南島語言 III

白樂思（Robert Blust）——著

李壬癸、張永利、李佩容
葉美利、黃慧娟、鄧芳青 ——譯

目次

南島語言

第 3 章 社會中的語言

第 5 章 詞彙

第 6 章 **構詞**

X

地圖、圖、表目錄

地圖

圖

表

第 8 章

構擬

8.0　導論

前面幾章曾引用過原始南島語、原始馬來-波里尼西亞語群和一些其他原始語的詞形作為討論基礎，並偶爾提及構擬問題。然而，有關構擬的基礎尚未系統性的呈現過。本章旨在填補這一缺口。礙於篇幅，構擬的討論將主要限於音韻層次。第七章的結尾已簡要的回顧了南島語言形態句法的構擬。在此以簡要介紹的方式來回顧南島歷史語言學比較研究史，將是有幫助的。藉此可顯示出在這領域中知識累積的狀態，是從有限的開始到越來越廣泛的概括認識。

8.1　學術史

在構擬任何語系的原始語之前，建立語言的親屬關係，並識別它們之間語音對應的完整範圍是有必要的。與世界其他地區一樣，在這兩領域，南島語言研究的進展都是零碎的。表 8.1 列出了重要事件的時期，包括：（一）發現南島語系的範圍，（二）發現反覆出現的語音對應，以及（三）構擬原始南島語的音韻、詞彙和語法，以及其他早期原始語的構擬。此表亦涵蓋涉及到更高層次的原始語構擬及與分群有關的重要出版：

表 **8.1**　南島語言比較研究的重要紀事

年份	事件
1521	- Pigafetta 從菲律賓與印尼收集詞彙
1603	- de Houtman 發現馬來語及馬拉加斯語的關聯

年份	事件
1615	- Le Maire 從波里尼西亞西部收集詞彙
1708	- Reland 發現從馬達加斯加到波里尼西亞西部的「通用語言」
1768-1779	- Cook 的太平洋島嶼之旅：Förster（1778）將波里尼西亞視為一個整體，美拉尼西亞語言則與其無關，或彼此間亦互無關聯
1784	- Hervas y Panduro 識別一個從馬達加斯加到波里尼西亞東部的「通用語言」
1836-1839	- von Humboldt 去世後出版的 *Die Kawi-Sprache* 問世
1841	- Bopp 稱此語系為「maleisch-polynesisch」
1861-1873	- von der Gabelentz 指出美拉尼西亞和波里尼西亞語言有通用的語法
1865	- van der Tuuk 確認三個重要的「語音法則」
1884	- Brandes 建立「Brandes Line」並創造專有名詞「van der Tuuk 第一法則」與「van der Tuuk 第二法則」
1885	- Codrington 出版 *The Melanesian languages*
1886	- Kern 出版 *De Fidji-taal*
1889	- Kern 認為大陸東南亞是南島語的起源地
1897-1912	- van der Tuuk 編纂 *Kawi-Balineesch woordenboek*
1899	- Schmidt 稱此語系為「南島語系」
1906	- Schmidt 提出 Austric 假說 - Brandstetter 編纂 *Prodromus*
1910	- Brandstetter 發現普遍存在的單音節「詞根」
1911	- Brandstetter 開始構擬「原有印尼語」構詞
1914	- Jonker 對「Brandes Line」提出疑問
1915	- Brandstetter 構擬「原有印尼語」語音系統
1920	- 田樸夫（Dempwolff）出版「Lippenlaute」
1924-1925	- 田樸夫出版「l-, r- und d-Laute」
1926	- Ray 出版 *A comparative study of the Melanesian island languages*

年份	事件
1927	- Stresemann 出版 *Die Lauterscheinungen in den ambonischen Sprachen*
1934-1938	- 田樸夫出版個人著作 *Vergleichende Lautlehre des austronesischen Wortschatzes*（構擬「Uraustronesisch」的語音系統及 2215 個基本詞形）並確立「melanesisch」分群（＝大洋洲語群）
1935	- Ogawa 和 Asai 出版 *The myths and traditions of the Formosan native* tribes（日文）並指出在非台灣南島語中所找不到的兩個音韻區別
1942	- Benedict 出版「Thai, Kadai and Indonesian: a new alignment in Southeastern Asia」
1943	- Capell 出版 *The linguistic position of South-Eastern Papua*
1946	- Leenhardt 出版 *Langues et dialects de l'Austro-Mélanésie*
1949	- 戴恩（Dyen）出版「On the history of the Trukese vowels」
1951	- Dahl 出版 *Malgache et Maanjan: une comparaison linguistique*
1953	- 戴恩出版 *The Proto-Malayo-Polynesian laryngeals* 以及「Dempwolff's *R」
1955	- Grace 出版「Subgrouping of Malayo-Polynesian: a report of tentative findings」
1956	- 戴恩出版「The Ngaju Dayak 'Old speech stratum'」以及「Language distribution and migration theory」
1959	- Grace 出版 *The position of the Polynesian languages within the Austronesian (Malayo-Polynesian) language family*
1961	- Milke 出版「Beiträge zur ozeanischen Linguistik」
1963	- 戴恩出版「The position of the Malayopolynesian languages of Formosa」
1965	- 戴恩出版 *A lexicostatistical classification of the Austronesian languages* 以及「Formosan evidence for some new Proto-Austronesian phonemes」 - Chrétien 出版「The statistical structure of the Proto-Austronesian morph」 - Haudricourt 出版「Problems of Austronesian comparative philology」 - Biggs 出版「Direct and indirect inheritance in Rotuman」

年份	事件
1966	- Walsh & Biggs 出版 Proto-Polynesian word list I，隨後擴大為持續運作的 Proto-Polynesian 線上詞庫（POLLEX） - Pawley 出版「Polynesian languages: a subgrouping based upon shared innovations in morphology」 - Green 出版「Linguistic subgrouping within Polynesia: the implications for prehistoric settlement」 - Grace 出版「Austronesian lexicostatical classification: a review article」
1967	- Pawley 出版「The relationships of Polynesian Outlier languages」 - Hudson 出版 *The Barito isolects of Borneo: a classification based on comparative reconstruction and lexicostatistics*
1968	- Milke 出版「Proto-Oceanic addenda」
1969	- Ferrell 出版 *Taiwan aboriginal groups: problems in cultural and linguistic classification* - Grace 出版「A Proto-Oceanic finder list」 - Blust 出版「Some new Proto-Austronesian trisyllables」
1970-1989	- Blust 針對原始南島語、原始馬來-波里尼西亞語群與 PWMP 發表超過 2,800 個新詞彙構擬，並認為數百個田樸夫構擬的詞彙應視為西印尼晚期的創新
1971	- Reid 出版 *Philippine minor languages: word lists and phonologies* - Haudricourt 出版「New Caledonia and the Loyalty Islands」
1972	- Pawley 出版 *On the internal relationships of Eastern Oceanic languages*
1973	- Pawley 出版「Some problems in Proto-Oceanic grammar」 - Wolff 出版「Verbal inflection in Proto-Austronesian」 - Dahl 出版 *Proto-Austronesian*（第二版在 1976 年出版）
1975	- Benedict 出版 *Austro-Thai language and culture* - Mills 出版 *Proto-South Sulawesi and Proto-Austronesian phonology* - Nothofer 出版 *The reconstruction of Proto-Malayo-Javanic*
1976	- Clark 出版 *Aspects of Proto-Polynesian syntax* - Tsuchida 出版 *Reconstruction of Proto-Tsouic phonology* - Tryon 出版 *New Hebrides languages: an internal classification* - Blust 出版「A third palatal reflex in Polynesian languages」以及「Austronesian culture history: some linguistic inferences and their relations to the archaeological record」

年份	事件
1977	- Zorc 出版 *The Bisayan dialects of the Philippines: subgrouping and reconstruction* - Blust 出版「The Proto-Austronesian pronouns and Austronesian subgrouping: a preliminary report」
1977-1984	- Blust 提出南島語言分群的質性研究，與戴恩（1965）的研究有本質上的差異
1978	- Chung 出版 *Case marking and grammatical relations in Polynesian* - Blust 出版 *The Proto-Oceanic palatals* - Sneddon 出版 *Proto-Minahasan: phonology, morphology and wordlist* - Zorc 出版「Proto-Philippine accent: innovation or Proto-Hesperonesian retention?」 - Reid 出版「Problems in the reconstruction of Proto-Philippine construction markers」 - Lynch 出版「Proto-South Hebridean and Proto-Oceanic」 - Lincoln 出版「Reef-Santa Cruz as Austronesian」
1980	- Blust 出版「Early Austronesian social organisation: the evidence of language」
1981	- Dahl 出版 *Early phonetic and phonemic changes in Austronesian* - Pawley 出版「Melanesian diversity and Polynesian homogeneity: a unified explanation for language」 - Lynch 出版「Melanesian diversity and Polynesian homogeneity: the other side of the coin」 - Blust 出版「Some remarks on labiovelar correspondences in Oceanic languages」以及「Linguistic evidence for some early Austronesian taboos」
1982	- Starosta、Pawley & Reid 出版「The evolution of focus in Austronesian」 - Haudricourt & Ozanne-Rivierre 出版 *Dictionnaire thématique des langues de la région de Hienghène (Nouvelle-Calédonie)* - Zorc 出版「Where, o where have the laryngeals gone? Austronesian laryngeals re-examined」 - Pawley 出版「Rubbish-man commoner, big man chief? Linguistic evidence for hereditary chieftainship in Proto-Oceanic society」 - Simons 出版「Word taboo and comparative Austronesian linguistics」 - Blust 出版「The linguistic value of the Wallace Line」

年份	事件
1983	- Collins 出版 *The historical relationships of the languages of central Maluku, Indonesia* - Geraghty 出版 *The history of the Fijian languages* - Tryon & Hackman 出版 *Solomon Island languages: an internal classification*
1984	- Sneddon 出版 *Proto-Sangiric and the Sangiric languages* - Verheijen 出版 *Plant names in Austronesian linguistics*
1985	- Lichtenberk 出版「Possessive constructions in Oceanic languages and in Proto-Oceanic」
1986	- Zorc 出版「The genetic relationships of Philippine languages」 - Lichtenberk 出版「Leadership in Proto-Oceanic society: linguistic evidence」 - Marck 出版「Micronesian dialects and the overnight voyage」
1987	- Reid 出版「The early switch hypothesis: linguistic evidence for contact between Negritos and Austronesians」 - Blust 出版「Lexical reconstruction and semantic reconstruction: the case of Austronesian 'house' words」
1988	- Ross 出版 *Proto-Oceanic and the Austronesian languages of western Melanesia* - Mahdi 出版 *Morphophonologische Besonderheiten und historische phonologie des Malagasy* - Blust 出版 *Austronesian root theory*
1989	- Adelaar 出版「Malay influence on Malagasy: linguistic and culturehistorical implications」
1990	- Grace 出版「The "aberrant"(vs. "exemplary") Melanesian languages」 - Geraghty 出版「Proto-Eastern Oceanic *R and its reflexes」
1990-1995	- Blust 著手 *An Austronesian comparative dictionary*（可於線上取得）
1991	- Dahl 出版 *Migration from Kalimantan to Madagascar* - Blust 出版「The Greater Central Philippines hypothesis」 - Rehg 出版「Final vowel lenition in Micronesian languages: an exploration of the dynamics of drift」

年份	事件
1992	- Adelaar 出版 *Proto-Malayic: the reconstruction of its phonology and parts of its lexicon and morphology* - Reid 出版「On the development of the aspect system in some Philippine languages」 - Ross 出版「The sound of Proto-Austronesian: an outsider's view of the Formosan evidence」
1993	- Sagart 出版「Chinese and Austronesian: evidence for a genetic relationship」 - Blust 出版「Central and Central-Eastern Malayo-Polynesian」以及「Austronesian sibling terms and culture history」 - Rehg 出版「Proto-Micronesian prosody」
1994	- Reid 出版「Morphological evidence for Austric」以及「Possible non-Austronesian lexical elements in Philippine Negrito languages」
1995	- Tryon 出版 *Comparative Austronesian dictionary* - Ross 出版「Reconstructing Proto-Austronesian verb morphology: evidence from Taiwan」
1996	- Lynch 出版「Proto-Oceanic possessive marking」 - Grace 出版「Regularity of change in what?」 - Ross 出版「Is Yapese Oceanic?」 - Blust 出版「Some remarks on the linguistic position of Thao」以及「The Neogrammarian hypothesis and pandemic irregularity」
1997	- Ross 出版「Social networks and kinds of speech community event」 - Blust 出版「Ablaut in northwest Borneo」
1998	- Ross、Pawley & Osmond 出版 *The lexicon of Proto Oceanic, vol. 1: Material culture* - Hage 出版「Was Proto-Oceanic society matrilineal?」 - Blust 出版「Ca- reduplication and Proto-Austronesian grammar」
1999	- Thurgood 出版 *From ancient Cham to modern dialects* - Blust 出版「Subgrouping, circularity and extinction: some issues in Austronesian comparative linguistics」 - Hage 出版「Reconstructing ancestral Oceanic society」
2000	- Marck 出版 *Topics in Polynesian language and culture history* - Blust 出版「Low vowel fronting in northern Sarawak」 - Zeitoun & Huang 出版「Concerning ka-, an overlooked marker of verbal derivation in Formosan languages」

年份	事件
2001	- Lynch 出版 *The linguistic history of southern Vanuatu*
2002	- Wouk & Ross 出版 *The history and typology of western Austronesian voice systems* - Lynch、Ross & Crowley 出版 *The Oceanic languages* - Reid 出版「Determiners, nouns, or what? Problems in the analysis of some commonly occurring forms in Philippine languages」 - Ross 出版「The history and transitivity of western Austronesian voice and voice-marking」 - Lynch 出版「The Proto-Oceanic labiovelars: some new observations」 - Kikusawa 出版 *Proto-Central Pacific Ergativity: Its Reconstruction and Development in the Fijian, Rotuman and Polynesian Languages*
2003	- Ross、Pawley & Osmond 出版 *The lexicon of Proto Oceanic, vol. 2: The physical enironment* - Bender、Goodenough、Jackson、Marck、Rehg、Sohn、Trussel & Wang 出版「Proto-Micronesian reconstructions – 1」以及「Proto-Micronesian reconstructions – 2」 - Hage & Marck 出版「Matrilineality and the Melanesian origin of Polynesian Y chromosomes」 - Blust 出版「Three notes on Early Austronesian morphology」
2004	- Li 出版 *Selected papers on Formosan languages* - Sagart 出版「The higher phylogeny of Austronesian and the position of Tai-Kadai」 - François 出版「Reconstructing the geocentric system of Proto-Oceanic」
2005	- Greenhill & Gray 建立南島語基本詞彙資料庫（Austronesian Basic Vocabulary Database, ABVD），是可透過加入 AN-LANG 群組而存取的公開資料 - Adelaar & Himmelmann 出版 *The Austronesian languages of Asia and Madagascar* - Sagart 出版「Sino-Tibetan and Austronesian: an updated and improved argument」 - François 出版「Unravelling the history of the vowels of seventeen Northern Vanuatu languages」 - Ross & Teng 出版「Formosan languages and linguistic typology」 - Scaglion 出版「Kumara in the Ecuadorian Gulf of Guayaquil?」

年份	事件
2006	- Ross 出版「Reconstructing the case-marking and personal pronoun systems of Proto-Austronesian」
2007	- Blust 出版「The linguistic position of Sama-Bajaw」 - Ross & Næss 出版「An Oceanic origin for Äiwoo, the language of the Reef Islands?」 - Blevins 出版「A long lost sister of Proto-Austronesian? Proto-Ongan, mother of Jarawa and Onge of the Andaman Islands」
2008	- Ross、Pawley & Osmond 出版 The lexicon of Proto Oceanic, vol. 3: Plants - Lichtenberk 出版 A grammar of Toqabaqita, and A dictionary of Toqabaqita (Solomon Islands) - Liao 出版「A typology of first person dual pronouns and their reconstructibility in Philippine languages」 - Greenhill、Blust & Gray 出版「The Austronesian Basic Vocabulary Database: from bioinformatics to lexomics」
2009	- Lobel & Riwarung 出版「Maranao revisited: an overlooked consonant contrast and its implications for lexicography and grammar」 - Clark 出版 Leo Tuai: a comparative lexical study of North and Central Vanuatu languages - Gray、Drummond & Greenhill 出版「Language phylogenies reveal expansion pulses and pauses in Pacific settlement」
2010	- Zeitoun、Teng & Ferrell 出版「Reconstruction of '2' in PAN and related issues」 - Lobel & Hall 出版「Southern Subanen aspiration」 - Blust 出版「The Greater North Borneo hypothesis」 - Lobel 出版「Manide: an undescribed Philippine language」 - Wolff 出版 Proto-Austronesian phonology with glossary
2011	- Ross、Pawley & Osmond 出版 The lexicon of Proto Oceanic, vol. 4: Animals - François 出版「Where *R they all? The geography and history of *R-loss in Southern Oceanic languages」 - Blust 出版「The problem of doubletting in Austronesian languages」

8.1.1　探索時代^①

雖然很難知道南島語言比較研究史始於何時，但也許我們可以說，在 van der Tuuk（或 von der Gabelentz）之前寫的任何東西都是「近代科學出現以前」的。那些收集資料的人（通常是船長或其船員）沒有接受過語言研究方面的專業培訓，儘管評論過「在馬拉加斯語中有很多馬來語」的 de Houtman 對馬拉加斯語與馬來語的關係得出了有效的結論，Cook 也很快地看出波里尼西亞語言的一致性，這些見解是基於大量的詞彙相似性，即使沒有特殊的訓練，也很難錯過它們在歷史上的關聯性。雖然 Reland 及 Hervas y Panduro 是古典學者，但他們缺乏在南島語言學領域的專業知識。儘管如此，Reland 還是編纂了馬拉加斯語和馬來語的簡短比較詞彙，甚至注意到馬拉加斯語 *v* 和馬來語 *b* 的對應關係。然而，他對馬拉加斯語和馬來語之間 *v:b* 的語音對應的精準描述，在那個以模糊「相似性」觀察為主導的時代是一個單一的例子，以更嚴謹方法描述南島語言之間在語音上多變的對應關係，即我們今日所知的「語音法則」則要到十九世紀下半葉才開始。

8.1.2　Von Humboldt 和 von der Gabelentz

von Humboldt 及 von der Gabelentz 是從探索時代過渡到比較分析早期時代的代表性人物，這時期的學術仍多是著重於對既有研究的重新分析或綜合，而非提供新的訊息或發展。Von Humboldt 處於過渡階段：他所介紹的新穎見解和方法使他不可能與 Reland 或 Hervas y Panduro 同屬一類，但同時這些成就也沒有使他能夠被納入

下一時期的學者。他巨大的學術成果，Über die Kawi-Sprache auf der Insel Java, *nebst einer Einleitung über die Verschiedenheit des menschlichen Sprachbaues und ihren Einfluss auf die geistige Entwicklung des Menschengeschlechts*（1836-1839）對古爪哇語研究是一項重要貢獻，也是對南島語比較研究及語言與人類智力發展關係相當著名的研究。在 1800 多頁的文字和表格中，他列出了他那個時代最完整關於南島語言的描述性和比較性知識。然而，與後來的荷蘭學者著作相比，這個作品膚淺且缺乏獨創性。Von Humboldt 對世界語言的全面思考不僅引用了 Kawi（古爪哇語），而且還提到了梵文、希臘語、華語、緬甸語、各種美洲原住民族語（Cora、Nahuatl、Mayan、Arawakan、Delaware），以及其他「馬來語言」（Malayischen）[78]。對於馬來語和爪哇語，他大量引用英國學者 Raffles、Marsden，尤其是 Crawfurd 的作品。同時，他廣泛地利用了馬拉加斯語、塔加洛語和波里尼西亞語言中的可用資源。數以百計的篇幅致力於描述各種語言的「字母」和「助詞」（=語法詞素）、動詞和名詞形態學、數詞系統等等，以及無數的比較評論。他的許多比較評論是有效和有見地的，但也有許多其他的言論並不是，由此顯示在比較跨語言詞素時，von Humboldt（如同跟他同時期的印歐學者）對於語音變化

---

78 Ross（1996a）指出，儘管 von Humboldt 經常被認為創造了「馬來波里尼西亞」一詞，但這並非事實。von Humboldt 使用了四個術語來提及 AN 語言：（一）「Malayischen」（＝AN），（二）「westlichen Malayischen」（=島嶼東南亞的 AN 語言），（三）「Südsee-Sprachen」(=太平洋的 AN 語言)，以及（四）「Polynesischen」。雖然 von Humboldt 沒有明確評論分群，他（1838: x）顯然把波里尼西亞語言的一體（「den polynesischen Sprachzweig」）視為一個確定的結果。

的規律性仍不敏銳。他引用了許多他能清楚識別到重覆規律性的詞源，其中馬拉加斯語的 *h* 對應到多數其他語言中的 *k*，或馬拉加斯語的 f 對應到多數其他語言中的 *p*，但同時他也願意訴諸不明確的語音相似性來比較看起來有歷史相關的形式。例如他注意到下述語詞的同源關係：馬來語 *laki-laki*、爪哇語 *laki*、馬拉加斯語 *lahy*、塔加洛語 *lalaki*「雄性動物、男人」，但是他也加上了並不相關的形式：東加語 *lahi*、大溪地語及毛利語 *rahi*「大、多、偉大的」，這些不僅是語意上的偏離，而且也缺乏和非波里尼西亞語言間的反覆出現的語音對應關係（1838: 219）。這樣的例子很有啟發性：由於馬拉加斯語 *h* 在大部份的「馬來語言」中對應到 *k*，von Humboldt 顯然不管是否有重覆性，都認為假設一個 *k: h* 對應是有理的（如果上述波里尼西亞形式是同源的，我們將預期看到東加語 *k*：大溪地語 *ʔ*：毛利語 *k* 的對應關係）。從詞彙比較的角度來看，von Humboldt 作品的一個亮點是用九種語言（馬來語、爪哇語、布吉語、馬拉加斯語、塔加洛語、東加語、毛利語、大溪地語、夏威夷語）、131 個單詞組成的摺頁表格。因為這些顯然是作為語言親屬關係的證據，所以很容易掉入相信它們被當作同源詞集合的陷阱，但事實上這些單詞只包含常見於德語的如天空、土地、水、海、鹽等詞彙。拚出同源詞形和清楚區分同源詞與非同源詞的時代尚未到來。

　　毫無疑問，von Humboldt 的專著在多個領域都是學術界的里程碑。然而，對於南島語言的比較研究，似乎可以很公平地說，他站在科學時代的邊緣而尚未跨入。他關於語言與思維關係的哲學論述遠遠領先他的時代，但是他對語言學比較研究的方法在許多方面並沒有比早他 130 年的 Reland 來得先進。

在 von Humboldt 的 Über die Kawi-Sprache 出版約 20 年後，另一個德國語言學家，Hans Conon von der Gabelentz（1861-1873）發表了一篇令人印象深刻、資料豐富，關於美拉尼西亞多個語言的研究，從過去 20 年間私人流傳的學校入門書、聖經翻譯和教義簡要中取得的語料，von der Gabelentz 整理歸納、資訊豐富的十種語言的音韻和語法概要。其中不僅包括斐濟語和 Bauro 語（東南索羅門群）等相對「簡單」的語言，還包括一些「困難」的語言，例如 New Hebrides（萬那杜）南部的 Anejom（Aneityum）語，和忠誠群島（Loyalty Islands）的 Nengone 語及 Dehu 語（分別稱為「Maré」和「Lifu」）。這項研究的主要目的是確定美拉尼西亞各語言是否有親屬關係，或是像 Förster 時代以來所普遍認為的，它們構成多個孤立語或無關語群。如前所述，von der Gabelentz 堅信美拉尼西亞的大多數語言是南島語。他的結論主要基於語法相似，特別是在人稱代名詞和領屬結構，他觀察到詞彙相似性也會發生在「困難」語言，雖較不常見。雖然 von der Gabelentz 對比較音韻輕描淡寫，但他確實有注意到（1861: 69）在一些明顯的同源詞上，Anejom 相較於斐濟語會多出一個詞首元音。如 *epeg*：*bogi*（*boŋi*）「夜晚」、*etmai*：*tama*「父親」、*ateuc*：*tico*（*tiðo*）「坐」或 *ero*：*rua*「二」。然而，他沒有進一步建立規律的語音對應關係（且不正確的同源詞，例如 *ateuc*：*tico* 等亦被參雜在有效的同源詞中）。最後，為了比較的目的，von der Gabelentz 還列舉了馬來語言和波里尼西亞語的形式，例如比較斐濟語 *laŋi*、波里尼西亞語 *laŋi* 以及馬來語言 *laŋit*「天空」。儘管他能辨識有效的同源詞集，但他並沒有將這些組合放在一個共同的「馬來波里尼西亞」原型下，正如同隨後在 Kern 的廣泛比較中所出現的情況。

8.1.3　觀察時期：van der Tuuk 到 Kern

　　在描述從科學發展以前到早期科學時期有關南島語比較研究的過渡階段，有必要考慮到這些語言的研究所處的更廣泛的社會和科學背景。在 1822 年，Jakob Grimm 發表了遠近馳名的 First Germanic Consonant Shift[2]，將印歐語言的比較研究付諸實踐；1859 年達爾文達發表了革命性思想，認為物種起源是透過天擇的方式；1863 年 8 月 August Schleicher 發表了第一本譜系圖，雖然要再過十幾年後，新語法學派才發表他們著名的宣言；到了 1860 年初，荷蘭跟德國對印尼語言的學術研究已經開始達到新的精確標準。正是在這種學術氛圍中，H.N. van der Tuuk（1824-1894），一位荷蘭聖經公會所雇用特立獨行的歐亞混血員工（也是一個直言不諱的無神論者），在南島語言的比較音韻中開創了所謂的「觀察期」。

　　在他的「Note on the relation of the Kawi to the Javanese」（1865）中，van der Tuuk 指出在西印尼和菲律賓一些當時學術界比較了解的語言之間，有三種重要的語音對應關係（MAL＝馬來語，BTK＝巴達克語，TAG＝塔加洛語，BIS＝比薩亞語，OJ＝古爪哇語（Kawi），JAV＝現代爪哇語，BAL＝峇里語，LPG＝Lampung，MLG＝馬拉加斯語）：[79]

---

79 ə 代表央元音。在這些或其他表格，同源詞集中沒有指明意義的差異，這在後續將再度被討論。我修改了 van der Tuuk 拼寫法的細枝末節，但有意保留了他的某些錯誤，以便更好地表達他作品的前瞻性，儘管按照現代的標準來看，這些作品在各個方面都有瑕疵。當他沒引用同源詞的情況下，我把條目留空，即使相關的形式有可能存在（例如塔加洛語 *túlog*「睡」）。

表 8.2　首次被 **H.N. van der Tuuk**（1865）辨識出的語音對應

1. MAL *r* : BTK *r* : TAG *g*: BIS *g* : OJ = Kawi Ø : JAV Ø				
	聽	**洗澡**	**擠、壓**	**打嗝**
MAL	děŋar	dirus	pěrah	—
BTK	—	dirus	poro	—
TAG		—	pigá	tigáb
BIS	duŋúg	digus	pogá	togáb
OJ	rěŋě	dyus	pwah	twab
JAV	ruŋu	a-dus	poh	a-tob

2. MAL *d* : BAL *d* : TAG *l* : BIS *l* : OJ = Kawi *r* : JAV *r*			
	鼻子	**睡覺**	**葉片**
MAL	hiduŋ	tidur	daun
BAL	—		don
TAG	ilóŋ	—	—
BIS	—	tulug	—
OJ	hiruŋ	turū	ron
JAV	iruŋ	turu	ron

3. MAL *j* : BAL *j* : BTK *d* : OJ *d* : JAV *d*				
	舔	**道路**	**遙遠的**	**雨**
MAL	jilat	jalan	jauh	hujan
BAL	—	jalan	joh	hujan
BTK	dilat	dalan	dao	udan
OJ	dilat	dalan	ma-doh	hudan
JAV	dilat	dalan	a-doh	udan

此後不久，在一個帶有比較註記的南蘇門答臘 Lampung 語之方言研究中，van der Tuuk（1872）加進一個七頁的章節（141-148 頁）專門討論「語音法則」。在一些較不重要的語音對應關係之外，他注意到以下的對應：

表 8.3　可能由 van der Tuuk（1872）辨識出的第四個語音對應關係

4. LPG *r* : MAL *d/t* : BAL *d* : BTK *g/k* : JAV *d/r*:					
	二	牆	鼻子	肚臍	蛆
LPG	rua	rindiŋ	iruŋ	pusor	hulor
MAL	dua	dindiŋ	hiduŋ	pusat	ulat
BAL	—	—	—	—	ulĕd
BTK	—	—	iguŋ	pusok	—
JAV	-do, -ro	—	iruŋ	pusĕr	ulĕr

在現代術語中，上述對應（1）被認為反映 *R，對應（3）被認為反映 *z 或 *Z。然而，我們現在知道對應（2）和（4）代表相同的兩個原始音位（現在大多數學者寫成 *d 跟 *j）。奇怪的是，van der Tuuk 沒有在（2）中列入巴達克語證據，這些證據正好可指出他（至少暫時地）混淆了不同的對應關係（Toba Batak *iguŋ*「鼻」，但是 *daon*「葉」）。此外，在對應（4）中，他省略了 Toba Batak *dua*「二」跟 *dindiŋ*「牆」，這些例子本來可以用來表明不同的語音對應關係已被混合，或是其與（2）中的對應關係是互補的分佈。由於他沒有考慮到後一種可能性，因此不清楚 van der Tuuk 會如何區分對應（2）和（4），或調和每一種對應關係中的內部矛盾。

最後，van der Tuuk 再次提及他早在 1865 年便提過的 *r*：*g*：Ø

對應關係，進而將其擴大包含 Lampung *y*：馬來語 *r*：巴達克語 *r*：塔加洛語 *g*：比薩亞語 *g*：峇里語 *h*：雅就達亞克語 *h*：爪哇語 Ø。在這些例子中，他都沒有提出構擬；這些對應關係僅被觀察，但沒有被解釋為個別承襲自共同原始語言的詞形。遺憾的是，對於比較南島語言學，這位傑出學者的餘生大多致力於彙編他龐大的 *Kawi-Balineesch-Nederlands woordenboek*（1897-1912），一個編排古怪的古爪哇語文學翻譯指南，雖然它包含了豐富的比較語言資料，但非常難以用於比較目的。

在 van der Tuuk 把比較語言學的興趣放到古爪哇語文學之後，J. L. A. Brandes（1857-1905）在 1884 年萊登大學的博士論文答辯中，再次提到了南島語言中的語音對應問題。Brandes 將 van der Tuuk 注意到的比較擴展到異它語、馬都拉語和蘇拉威西島的幾種語言（Tombulu、布吉語、Makassarese），這些語言當時已通過 B. F. Matthes 和其他人的努力而為人所知。此外，他還加入了一些僅被認定為「台灣南島語」的資料，這些資料取自於倪但理牧師（Daniel Gravius）編譯的西拉雅語福音書。[80]

Brandes 對南島音韻比較的主要貢獻是提出（1884: 19-20）以下的對應關係：馬拉加斯語 *i*：塔加洛語 *i*：巴達克語 *o*：比薩亞語 *o*（＝*u*）：Minangkabau *a*：雅就達亞克語 *a*：Makassarese *a*，以及在其

80　van der Tuuk（1897-1912）引用了他在早期出版物中沒有提到的印尼及菲律賓語言，但從未使用過台灣南島語的資料，顯然是因為這個語言對他而言是未知的。在給 Brandes 的訃文中，Kern（1906b: 302）稱許了這位他以前的學生，因為這個學生重新了發現了「在萊登大學被遺忘沉睡超過兩個世紀的倪但理牧師所編書冊。」

他的一些語言中的央元音，是從一個原始的央中元音演變而來，他以爪哇語對此音的稱呼「pĕpĕt」來表示此原始音。Brandes 也討論了西印尼及菲律賓其他語言之間的硬顎音及齒齦音之對應關係（但無法判斷硬顎音是原本原始語言即有的音位還是後來演變出來的），並首次提到南島語言中同源異形詞（doublet）的問題，還有分別將 y：r：g：h：Ø 和 d：l：r：g 對應關係稱為「van der Tuuk 第一法則」和「van der Tuuk 第二法則」，以紀念他們的發現者（1884: 139）。[81]

　　Brandes 在論文口試後不久，獲得了荷蘭殖民地公務員的職位。因此，他之後便在巴達維亞博物館工作，負責翻譯、辨讀古爪哇語銘文和文本。在他的餘生裡，他幾乎沒有發表任何關於南島語言的文章。相比之下，他在萊登大學的論文指導教授是一位在各個語言學研究領域都相當多產的作者。Hendrik Kern（1833-1917）從研究荷蘭文跟梵文開啟了他的學術生涯，直到 47 歲才發表南島語言相關作品。Kern 對南島語言比較音韻的主要貢獻是他 1886 年的專題著作 *De Fidji-taal vergeleken met hare verwanten in Indonesië en Polynesië*（斐濟語與其在印尼及波里尼西亞的親屬語言之比較），和他 1906 年的論文「Taalvergelijkende verhandeling over het Aneityumsch」（Aneityum

---

81　Blagden（1902）加入爪哇語 d：巴達克語 d：馬來語 j：巴里語 j：馬拉加斯語 r 的對應關係，稱為「van der Tuuk 第三法則」，雖然這種對應關係直到戴恩（1951）之前，都未被認為反映了某個原始語言的語音來源。因為跟隨 van der Tuuk 的看法，Brandes 在「van der Tuuk 第二法則」的名稱下，混淆了至少兩種對應關係。這種混淆曾由 Conant（1911）透過研究菲律賓語言所反映的語音形式，以及 Lafeber（1922）透過研究 Nias 語所反映的語音形式而辨識出，Brandstetter 則從未指認出來。相關的區別最終由田樸夫（1924-1925）鉅細靡遺地記載下來。

語的比較研究）。在這兩份出版物中，Kern 試圖識別出斐濟語或 Anejom 語（此為現代拼法）與其他南島語言—特別是印尼諸語—所共有的詞彙資料。在進行這項工作的過程中，他收集了許多廣泛分佈的同源詞，並展示了一些當時尚不清楚其親屬關係的語言與南島語的相似性。這些語言不僅限於 Anejom 這個被當時傳教士暨詞典編寫者 John Inglis 於 1882 年宣稱為巴布亞語的語言（儘管早些時候 von der Gabelentz 已進行了 Anejom- 斐濟語比較），也包含菲律賓 Negrito 族群的各種語言，及新幾內亞地區的幾種語言（如 Numfor、Yotafa），這些語言在其他較短的研究報告中皆有進行過比較研究。

　　Kern 與其他荷蘭學者不同之處在於他的研究視野涵蓋所有南島語族的成員，因而擴大了他的比較範圍，遠遠超出了 van der Tuuk 或 Brandes 當時試圖做的比較。雖然在某些領域 von der Gabelentz 是領先的，但 Kern 是第一個粗略做出詞彙構擬的人，能夠解釋東南亞島嶼及太平洋南島語言音韻的歷史發展，如斐濟語 *walu* <「M.P.」（馬來波里尼西亞語）*ualu*、*uwalu*「八」。然而，Kern 的「構擬」常常只是複製古爪哇語所反映的詞形，他顯然認為它比其他南島語言更存古。例如，他認為斐濟語 *vanua*「地、區域、地方」、*vatu*「石」、*uvi*「山藥」，是從「M.P.」*wanua*、*watu*、*(h)uwi* 而來的（參考：古爪哇語 *wanua/wanwa*「陸地；區、區域、村莊」、*watu*「石」、*(h)uwi*「一個塊莖」），即使其他同源詞，如馬來語 *bənua*、*batu*、*(h)ubi*，Toba Batak 語 *banua*、*batu*、*ubi*，或塔加洛語 *banwá*、*bató*、*úbi*，清楚指出原始語言的詞形應有 *b。在一些呈現較大語音變化的比較中，Kern 雖列舉了相關同源詞，但未大膽嘗試構擬詞源，如斐濟語 *ulo*、古爪哇語 *ulər*、塔加洛語 *uwód*、馬來語 *(h)ulat*、馬拉加

斯語 *ultra*「蛆」。此外，Kern 從未嘗試構擬原始馬來波里尼西亞語的音韻系統。可能受此影響（僅進行詞彙而非語音系統的構擬），他也採用了一種比 van der Tuuk 或甚至 Brandes 更隨興的方法來處理語音對應關係。

8.1.4　解釋時期早期：Brandstetter

　　儘管 Kern 提出了一些粗略成形的「構擬」，隨後亦被 Jonker（1914）沿用，但是，先前討論到的學者沒有一位試圖提升此實踐做法，使其高於當時基於方便的水準。要做到這一點，必須先將所構擬的詞形連結到原始的音韻系統。由於印尼及菲律賓的語言在音韻及詞彙上比大多數大洋洲語言更加存古，因此，要構擬其共同原始語言的音韻時，最早便是透過比較西部的南島語言來進行。第一個對此原始語言音韻系統之構擬的初略版，是由一位學者於 1910 年提出，並於 1911 年和 1915 年提出改良的版本，這位學者對馬拉加斯語跟東南亞島嶼的南島語言有非常好的比較性理解，但他把在太平洋的語言排除在他的調查之外。

　　Renward Brandstetter（1860-1942）出生於瑞士琉森（Lucerne），早年在當地接受教育，後來返回琉森，在那裡擔任當地州立學校的語言教師，直到退休。像 Kern 一樣，Brandstetter 的興趣也非常廣泛。荷蘭傳教士暨語言學家 S. J. Esser（1930）提及，Brandstetter 的學術興趣包括瑞士民俗學與方言學、法律史與音樂史、琉森州的植物生態以及對 Rhaeto-Romansch 語言的研究。在一次與經常到瑞士度假的荷蘭印度學學者 G.K. Niemann 的會面中，他展開對東南亞島

嶼語言濃厚的興趣。[82]

　　Brandstetter 在許多方面都是「安樂椅上學者」[③]的縮影。雖然他從來沒有訪問過世界上任何一個講南島語言的地方，但是，他孜孜不倦地從南島語言的語法書、字典和紙本詞彙表學習，如果這些材料無法取得，他便徹底搜尋可及文本，以擷取與他目的有關的詞彙及語法資訊。他的成果令人印象深刻。在一些井然有序、論述清楚、恰好相互連結的論文跟專題著作中，Brandstetter 對當時東南亞島嶼語言的比較進行了系統性的概述，而這些正是當時荷蘭學者的印尼語言研究成果中所明顯缺乏的。任何一個公正無偏見的讀者在細讀過 Kern 或 Brandes 及 Brandstetter 的作品後，必能推斷出上述結論，儘管早期荷蘭學者取得了重要的成就，但是在 Brandstetter 的研究中，南島比較語言學已經達到了一個事實和理論集成的新水準。

　　在介紹 Brandstetter 對「印度尼西亞」語言的比較音韻描述前，需要先說明其中幾個關鍵概念。其中最主要的是「通行印尼語」（Common Indonesian）和「原有印尼語」（Original Indonesian）之間的區別。雖然 Brandstetter 沒有提出分群的建議，但他將自己的研究領域劃分為在某種程度上與重要語言特徵分界相對應的地理區域。在 1911 年出版的研究中，他認定「七個大島嶼區」及「三個邊境地區」：（一）菲律賓、（二）西里伯斯、（三）婆羅洲、（四）爪哇-馬都拉-峇里、（五）蘇門答臘、（六）馬來半島及鄰近島嶼、（七）馬

---

[82] 近期對 Brandstetter 的研究工作及其在後續南島語研究所扮演之角色的評價，請見 Blust & Schneider（2012），其收錄在瑞士琉森舉行的 Brandstetter 誕辰一百五十週年的研討會論文集。

達加斯加、（八）北部邊境地區（巴丹群島及台灣）、（九）東部邊境地區（印尼龍目島至新幾內亞間的島群）、（十）西南部邊境地區（蘇門答臘島西邊的堰洲群島，包含 Simalur、Nias，和 Mentawai）。若有語言特徵出現在至少七個上述區域中，就會被毫無保留地歸屬到「通行印尼語」（Common Indonesian, CIN）。在較少區域出現的特徵，僅在有些保留的情況下被視為 CIN。為了闡明這一點，Brandstetter以「天空」為例，提出以下比較（地理區域在括弧中）：

圖 8.1　用以說明 Brandstetter 的「通行印尼語」概念的語料

(1)	塔加洛語	laŋit	(6)	馬來語	laŋit
(2)	Tontemboan	laŋit	(7)	馬拉加斯語	lanitră
(3)	Ngaju Dayak	laŋit	(8)	Ivatan	gañit
(4)	爪哇語	laŋit	(9)	比馬語	laŋi
(5)	Gayō	laŋit	(10)	Mentawai	laŋit

　　因為 laŋit 這個形式出現在他的十個區域中的七個區域裡，Brandstetter 的結論是─這是 CIN 用以表達「天空」的詞彙。與 CIN 詞彙明顯同源，但詞形略有不同者，則透過一般「語音法則」的運作來解釋，而當缺乏可及資料時，則引用平行例子（e.g. Ivatan añin 幾乎同 CIN aŋin「風」）。實際上，這些 CIN 形式是語言的構擬，Brandstetter 在他的文章「通行印尼語及原有印尼語」（1916: 128）的第二部承認了這一點：「我們在第 1 節中看到這個字 laŋit，在各個印度尼西亞語言中要嘛沒變，要嘛就是隨著嚴格的語音法則而改變。我們要如何解釋這一個事實？假設曾經有一個統一的原始的印尼語言，它有著 laŋit 這個詞彙，當它的後代語言分散出去時，便將

這個字一起帶走。」

為所觀察到的語言之間的詞形異同提出了一個解釋機制之後，Brandstetter 建議將「原有印尼語」（Original Indonesian, OIN）這個概念運用到「在第一部分已經被宣稱為通用印尼語的所有語言現象。」回想起來，在缺乏一個眾所公認的分群理論的情況之下，似乎「通行印尼語」的概念主要是用來控制將語音和詞彙特徵分配給原有印尼語。然而，正如戴恩（1971a: 22）所指出的，Bradstetter 的 OIN 與他的 CIN 不同，前者有二個不同的 r 音。雖然 CIN 的概念在當時起了控制分群的作用，但它並沒有給予 OIN 不能超過的限制範圍。

在 1910、1911 及 1915 年，Brandstetter 提出類似 OIN 音韻（當時稱為「語音」）系統。在最終版本中（1916: 248），此系統具有以下音韻對比：

表 8.4 「原有印尼語語音系統」（**Brandstetter 1916**）

元音	a	i	u	e	o	ě
半元音	y	w				
流音	r_1	r_2	l			
喉音	q					
軟顎音	k	g	ŋ			
硬顎音	c	j	ñ			
齒齦音	t	d	n			
脣音	p	b	m			
擦音	s					
氣音	h					

表後附有 7 條評論，其中以下幾點值得提出：（一）元音 *e* 和 *o* 一般是後來發展出的，僅能被構擬在兩個 CIN 詞彙中，（二）r_1 是舌音（＝van der Tuuk 第二法則），而 r_2 是小舌音（＝van der Tuuk 第一法則/RGH 法則），（三）*q* 是 hamzah[④] 喉塞音，在現代語言中「幾乎總是後來發展出的」，只有一個例子能將之歸於 OIN。此外，Brandstetter 為他的硬顎音和 *b 的構擬辯護，他說這些構擬被「一些學者」（據推測分別為 Brandes 和 Kern）拒絕。這些語音的構擬和演變是通過比較若干語言和運用各種為了說明演變而建立的法則（元音法則、半元音法則、流音法則…等）而得出的。

　　Brandstetter 單獨挑出特別重要的四個語音法則：（一）Pĕpĕt 法則、（二）RGH 法則、（三）Hamzah 法則及（四）Mediae 法則。在這些之中，至今只有前兩個值得討論。在（一），他遵循 Brandes（1884）的想法，認為本來就有個央中元音，而此音在許多語言中已經改變，他和 Brandes 一樣，以它的爪哇語名稱－pĕpĕt－命名這個音。在（二），「RGH 法則」（馬來語 *r*：塔加洛語 *g*：雅就達亞克語 *h*）這個名稱是根據 r_2 在各語言的反映形式而命名的，並與「RLD 法則」形成對比，後者與「van der Tuuk 第二法則」（Brandstetter 1906: 61，他用「鼻」這個字來說明）以及 r_1 在各語言的反映形式（Brandstetter 1916: 280，他用「千」這個字來說明）在多方面一致。如前所述，這些標示指涉不同的對應關係，因此 Brandstetter 的「RLD 法則」是一個令人困惑的名稱：

表 8.5 **van der Tuuk** 第一、第二法則以及 **Brandstetter RGH、RLD** 法則的對應關係

Brandes	Brandstetter	Malay	TB	Tagalog	NgD	詞義
vdT 1	r₂ = RGH	urat	urat	ugat	uhat	血管
vdT 2	RLD	hiduŋ	iguŋ	iloŋ	uroŋ	鼻子
—	r₁	ribu	ribu	libo	ribu	千

Brandstetter 的學術影響力也許在美國的菲律賓研究學者 Carlos Everett Conant（1911, 1912）的作品中最為明顯，他的論文也構成了英國語言學家 Sidney Herbert Ray（1926）對美拉尼西亞語言進行重要比較研究的基礎。相比之下，他的研究在荷蘭幾乎完全被忽視。因此，在 Brandstetter 大部分的主要論文發表十年後，當 Lafeber（1922）提到 van der Tuuk 描述過 Nias 語與其他語言之間的音韻對應，卻完全沒有提到 Brandstetter。同樣地，Esser（1927）在一份 40 頁關於 Mori 語（東中部蘇拉威西島）音韻發展歷史的討論中，從未提及 Brandstetter 的名字，只透過引述 Conant 的出版物提到「R-G-H」和「R-L-D」法則。最後，Jonker（1932）對小巽它群島上的 Leti 語的音韻變化進行了長達 27 頁的討論，但並未提及 Brandstetter 在印尼語言比較研究方面已經取得相當明顯的進展。Jonker 只有在能以最低程度的假設來解釋語音變化時才會進行構擬（MP *ama* > Leti *ama*「父」，MP *anak* > Leti *ana*「小孩」）。在對應關係更加複雜的情況下，他回復到直接列出各同源詞（例如 Leti *asna*、馬來語 *asaŋ*「女孩」，Leti *talla*、馬來語 *jalan*「徑，路」），就像 Kern 在近半個世紀前所做的。

Brandstetter 痛斥荷蘭對他的研究成果漠不關心，荷蘭也曾為了緩和彼此間的關係做出一些遲來的努力。在 1920 年代，他被冠以 Batavian Society of Arts and Sciences 的榮譽成員。Esser（1930）在其七十大壽時給了他一個大方的讚譽，這一點引人注目，因為這承認了荷蘭在印尼歷史語言學方面的不足之處（van der Tuuk 是個顯著的例外）。但這些讓步顯然來得太晚了。Brandstetter 去世時，在巴黎留下了一本未完成的比較詞典手稿，並具體指示不開放給荷蘭人。荷蘭人對 Brandstetter 的這種態度，某部分是因為荷蘭人認為他是一個「局外人」—尤其是他對印尼語言沒有第一手田野經驗，部分原因是他忽視了荷蘭學者—特別是 van der Tuuk—的開拓性工作，也認為他僅是用更基本的術語來重述前人已說過的話。[83]因此，在討論 Brandstetter 的後繼者前，最好先回顧一下 Brandstetter 的成就。

首先，不應該忘記的是，Brandstetter 的研究取向主要是比較研究。由於他從未實際造訪過南島地區，所以他幾乎沒機會進行田野調查，並對南島語言的描述做出原創性貢獻。在這方面，他的經歷與他同時代的荷蘭研究者和前輩們截然不同，後者幾乎都曾在印尼生活過，有些人在還在那兒生活了很長一段時間。Brandstetter 在南島語言學中的主要研究目標如下：（一）提供東南亞島嶼語言的類型概述，不僅包括印尼和馬來西亞，還包含菲律賓、馬達加斯加和（依當時出版資料可及性而定的）台灣，（二）構擬這些語言的共同

---

83 除了確實有一些貶低 van der Tuuk 的作品外，荷蘭學界的這種態度似乎沒有什麼依據。Brandstetter 的論文實際上大量提到荷蘭關於印尼語言的研究文獻—特別是他在各種段落中讚揚 Kern 和 Jonker 的貢獻—但也提到了 Brandes、van der Tuuk、Juynboll、Niemann、Adriani 和其他人。

原始語言的音韻系統和一些構詞上的特色，（三）以論證清楚的描述說明後代語言所發生的變化（尤其是語音變化）（即「語音法則」），（四）提供關於這些語言更深入的構詞分析，和（五）匯編這些語言的比較字典。

　　關於（一），任何一個公正的讀者一定會斷定 Brandstetter 是極為成功的。雖然這些研究最初是在 90 多年前發表的，但諸如「Root and word in the Indonesian languages」（1910）和「The Indonesian verb: a delineation based upon an analysis of the best texts in twenty-four languages」（1912）在南島語言學的整體文獻中，仍然是構詞類型學領域中最具可讀性和資訊量的一般性討論。至於（二），Brandstetter 是第一個嘗試構擬「原有印尼語」完整音韻比較的研究。van der Tuuk 正確地識別了幾個語音變異的對應關係，包括「RGH 法則」，但這些識別 a）未解答語音變化方向的問題，b）沒有在構擬整體系統的脈絡下考量。Brandstetter 進一步糾正 Kern 誤以為是 *w 但實為 *b 的錯誤「構擬」，例如 *batu「石頭」，並令人信服地（與 Brandes 正好相反）證明了印尼某些語言中的硬顎音系列是類似原始音的反映，而不是後來發展出來的。至於（三），由於 Brandstetter 注重明確的音韻構擬，因此，他是第一個描述南島語言發展過程中的語音變化方向的人，這個問題困擾了他的所有前輩。儘管某些細節在現今會得到與當時不同的處理，但他的「Phonetic phenomena in the Indonesian languages」（1915）一文仍然是一個清楚易懂的闡述範本，亦是有用的比較研究的來源。關於（四），Brandstetter 採納早期學者的一些綱領性的評論，並率先將雙音節詞分析成反覆出現的更小成分，這一問題已經在第六章討論過。只有在（五），Brandstetter 的

表現才能被認為是真正令人失望的。他的 *Ein Prodromus zu einem vergleichenden Wörterbuch der malaio-polynesischen Sprachen*（1906）是對於大量南島語言詞彙的一個非常臨時的比較研究，它幾乎沒有比 Kern 和其他荷蘭學者的作品更進步。

在負面的影響方面，Brandstetter 未能識別出「van der Tuuk 第二法則」的模糊之處，事實上，他將相同的標籤與他的 *r₁ 相結合，使得問題更加複雜。他對 *q 和 *h 的處理是不適當的，而且他沒有意識到某些音韻上對比的重要性，這些對比保留在台灣南島語言中（包括他所參考的西拉雅語），但在台灣以外的語言中已經減弱或喪失。此外，如前所述，他選擇將太平洋語言排除在他的研究之外，儘管 Kern 的開創性論文已經清楚地表明，斐濟語和一些親屬關係不明的語言如 Anejom、Numfor 及 Yotafa，與印尼及菲律賓等較為人所知語言之間的關係。

總而言之，Brandstetter 留下了一些尚未解決的重大問題，也沒有打算去面對另一些問題（例如：分群），但在許多方面，他推進了對南島語言的比較研究，遠遠超過 van der Tuuk，Brandes 和 Kern 所達到的水準。在 1920 年代，在這個領域的重要學者都無法忽視他的研究。

8.1.5　發展解釋期：田樸夫

所謂的「發展解釋期」始於出現真正開始系統性地進行音韻系統構擬的研究。雖然 Brandstetter 對於他所描述的語言是見聞廣博的，並提供了對他那個時代而言相當良好的語言類型概述，但是，他對音

韻系統和詞彙的構擬與後繼者的研究相較，缺乏紀律與精確性。沒有忽視 Brandstetter 作品的其中之一人是田樸夫（Otto Dempwolff，1871-1938）。

最初的時期

田樸夫原先是一名內科醫生，在德國殖民太平洋和東非的時期，產生了對語言學的興趣（Blust 1988b）。他在熱帶地區的第一次經歷是在巴布亞（當時的德屬新幾內亞），他從 1895 到 1897 年這段期間在那裡當內科醫生。在這段時間裏，田樸夫在研究當地人群瘧疾的同時，和傳教士 Bergmann 一起研究了南島語言 Gedaged 的方言 Siar。1901 年到 1903 年期間是田樸夫在巴布亞的第二次停留時期，他研究了另外兩種南島語言：他與傳教士 Bamler 一起研究 Tami，而與另一位傳教士 Pfalzer 一同鑽研 Yabem。在 1901 年之前的某個時間點，他還學習了洋涇濱英語和馬來語做為「通用話」[5]。儘管這些語言最初似乎都是作為方便履行醫療職責的工具而習得的，但田樸夫很快就將其轉化為研究目標。此外，通過它們，他能夠收集許多他所不會說的其他語言之資料。

在他的第一份出版刊物中，田樸夫（1905）介紹了在新幾內亞北岸和俾斯麥群島上使用的 28 種語言的主要詞彙、少數句子和簡短文本。這些語言被他分為「melanesische Sprachen」（15 種語言）和「Papuasprachen」（13 種語言），儘管部分後者所涵蓋的語言（如 Bunu）明顯帶有南島的基本詞彙。這些材料是根據德國的埃及古物學家和古文字學家 Karl Richard Lepsius 在十九世紀中為沒有文字記錄語言所開發的拼寫系統而紀錄下來的，這套系統田樸夫持續使用

於他整個職業生涯。也許這出版物最鮮明的特點是田樸夫精確點出其引用資料的來源。對於每一種語言，他都記下了資料的收集地點、月份及年份。另外，他往往寫出他用以田調的語言，以及語言報導人的姓名與年齡。然而，在大多數其他方面，這份出版物與當時其他殖民地公務員的文章幾乎沒有什麼區別。他與語言報導人的接觸顯然是短暫的，資料是有限的，而其所用的文字拼法充滿並非總是有幫助的特別符號。最後，該文章是描述性的，其中有幾個比較性的評論展示出與 Wuvulu 語（海軍部群島）的關聯，但是田樸夫對比較問題的興趣還沒有被喚醒，至少還沒有採取明確的形式。

在他早期在新幾內亞工作後，田樸夫到德屬東非工作，在那裡他遇到了被稱為「比較 Bantu 語言學之父」的 Carl Meinhof，並對一些以前未被描述過的語言進行了實地田野考察研究。在這一時期，他對語音問題的關注加深，對比較方法有了全面且透徹的深入理解。出於健康原因，田樸夫最終被迫離開熱帶地區。在 1911 年，他開始在 Kolonial Institut（後來成為漢堡大學）的語音實驗室工作，在那裡他主要關注他的非洲語言資料的分析。當漢堡大學自 1919 年由早期的多個研究所合併成立後，他擔任 Meinhof 的助手，教非洲語言學和南島語言學，並於 1931 年創立了自己的系所：Seminar für indonesische und Südseesprachen。

基礎準備工作

田樸夫對南島語言的第一份研究著作：「Die Lautentsprechungen der indonesischen Lippenlaute in einigen anderen austronesischen Südseesprachen」（簡稱 LIL）出現在 1920 年，當時他已近 50 歲。

這是為他的代表作奠定基礎的兩個重要研究作品之一。根據 1930 年代在漢堡大學短暫求學過的 Dahl（1976: 6）之觀點，「田樸夫認為他的作品是 Brandstetter 的延續，而 Brandstetter 肯定也這麼認為。」此一延續的自然起點是將「原始印度尼西亞語」擴展到 Brandstetter 之前所任意排除在其研究計畫之外的大洋洲語言。田樸夫缺乏 Brandstetter 的文學天賦，但有著與他一樣的有條不紊的氣質，從一開始就追求著對歧異度高的南島語言間的語音對應關係做出系統性解釋。

LIL 主要在論證大洋洲及非大洋洲的南島語言間，唇音對應的規律性。至少有兩個原因使田樸夫認為這樣的論證很重要。首先，儘管 von der Gabelentz（1861-1873）似乎在很大程度上沒有回答這個問題，但 Codrington（1885: 201-202）和 Friederici（1912: 20）等有影響力的作者都認為，在印歐語言學中發展的比較方法不能適用於美拉尼西亞的語言，因為這些語言沒有表現出規律的音韻對應關係。其次，Brandstetter 的作品代表了 1920 年比較南島語言學系統化的典型，但是也僅處理了普遍被認為屬同一語言家族中的一半成員。通過深入分析一組語音對應關係來證明「美拉尼西亞」語言適合進行有系統的比較處理，田樸夫無疑希望消除長期以來學術界認為這些語言不在科學研究範圍內的想法，並再次肯定 Kern 的開創性論證，即美拉尼西亞島嶼上絕大多數語言確實是南島語。同時，他明確地觀察到（1920: 5），「印度尼西亞」語言比東部南島語言更忠實地保留了原始的語音系統。

田樸夫的出發點是 Kern（1886）上的一句話，即「馬來波里尼西亞」*p 和 *w（=*b）在薩摩亞語體現為 *f*、在斐濟語 *v*，但是 *w

有時在薩摩亞語體現為 *p*、在斐濟語 *b* ([mb])。Kern 提出的這個問題幾乎是一個費解之謎，田樸夫著手解決它。他從 12 種「印度尼西亞」語言和 7 種「南海」或東部南島語言的資料中，清楚地列出了 350 組同源詞，他能夠從統計角度證明「原始印度尼西亞語」唇音在所有 19 種語言中的發展都顯示出令人信服的規律性（1920: 89-90）。Kern 指出的異常對應，依可信的論證可追溯到西部南島語言（以及「原始印度尼西亞語」）中單純輔音及前鼻音化輔音的區別：*p/b＞薩摩亞語 *f*、斐濟語 *v*，但是 *mp/mb＞薩摩亞語 *p*、斐濟語 *b*。田樸夫區分「實際（empirical）」及「假設（hypothetical）」兩種例子：在前者，前鼻音化輔音實際存在於 IN 同源詞的形式中；在後者，在西部南島語言的同源詞形式中有一個單純輔音，且與東部南島語言的反映形式不一致（後者可能反映的是一個前鼻音化的變體）。從第一類中統計關聯的強度以及 IN 語言中零星出現的詞中同部位音前鼻音化，似乎證實了對於第二類比較的解釋之推斷是合理的。然而，類似的異常對應也出現在詞首，雖然少有 IN 語言允許詞首的前鼻音化輔音。田樸夫建議，這些例子可以訴諸於構詞來解釋。他認為，同部位鼻音融合在許多 IN 語言的構詞中起著一定的作用，而他推論，出現在詞首的異常對應關係，可能是一個曾經活躍的構詞過程的殘餘。

除了對唇音對應關係的處理之外，田樸夫還提供了七種東部語言中的所有其他主要音韻變化的概述，並說明造成音位分裂的音韻條件。這本專書的結語包含三個尚未解答的問題，和一個嘗試性的重要分群假說。在第一個問題中，田樸夫問 IN 的齒齦音、硬顎音和軟顎音，在大洋洲語言中的前鼻音化對應輔音是什麼。在第二個問

題中，他問為什麼 Mota 語在對應到 IN 語言中的 *m* 和 *p/b* 時，偶爾會顯示為軟顎唇音 *m*ʷ 和 *p*ʷ，而不是常見的單純音 *m* 和 *v*。因為這種音位分裂不能歸因於有音韻條件的變化，田樸夫認為，它最終可能是由於接觸巴布亞語言所致，因其軟顎唇音並不少見。田樸夫的第三個問題引出了他的一個主要結論：在他所研究的七種東部南島語言中的變化規律（即 *p/*b 和 *mp/*mb 的合併）是否也適用於其他東部語言？基於證據的象徵性樣本，他初步認為這個問題的答案是肯定的，並指出如果這個結論是對的，那麼這個結論不僅會引起語言學的興趣，也會引起民族學的興趣。一個不常見於其他地區南島語言的音位合併，很難解釋成是在太平洋這廣闊而連續的地區中，歷經無數次的獨立發展所造成。它反而點出這些東部語言在與整個南島語族的社群分離後，有一個共同發展的時期。

無論如何，從任何方面來說，LIL 必須被認為是南島比較語言學的一個根本性突破。田樸夫不僅成功地證明了比較方法可以適用於美拉尼西亞語言，而且還初步指出現已確立的大洋洲語言分群。他對音韻對應關係的處理相當於或超過了 Brandstetter 最好的作品，而其研究所涉及範圍的廣泛性在他的前輩們中只有 Kern 最接近。

為田樸夫的代表作奠定基礎的第二個研究作品是「Die l-，r- und d-Laute in austronesischen Sprachen」（1924-1925）。在這項研究中，為了使包含 *l*、*r* 或 *d* 等語音的不同音韻對應關係有序化，田樸夫分析了足以代表南島世界所有主要區域的 50 種語言的比較材料。為了解釋這些對應關係，他提出了七種音位區分，以及一些用來表達歧異原始音段的書寫慣例。這些區分及其語音解釋如下所示：（一）*l（舌尖擦音），（二）*ļ（硬顎前擦音），（三）*ɣ（濁軟顎擦音），（四）

*ḍ（濁舌尖塞音），（五）*d′（濁舌葉硬顎塞音），（六）*ḍ（濁硬顎前塞音），（七）*g′（濁舌背硬顎塞音）。這裡所討論的音段被放置在一個完整構擬的語音系統中，由 21 個輔音，11 個「鼻音串」和 4 個元音組成（1924-25: 37）。實際上，當時，這項研究是對兩個 van der Tuuk 語言法則的重新審視，試圖將它們置於更廣泛的音韻對應關係系統中。就像之前的 Conant（1911）和 Lafeber（1922）一樣，田樸夫的結論是「van der Tuuk 第二法則」實際上涵蓋了不止一種語音對應關係。

正如他在先前的專著中所做的，田樸夫有力地證明了其所檢視的對應關係具有強而有力的規律性。他用了相當長的篇幅來處理變化法則的例外，並盡一切努力解釋它們，包括透過音韻條件、借移或是構擬出的詞對⑥來解釋。也許是因為他承認不規則的存在，田樸夫的研究明顯地超越了 Brandstetter 的作品，因為後者對許多語言中相互證實的不規則變化之包容，使他沒有清楚地區分田樸夫所分配給 *ḷ（*ḷibu「千」）和 *g′（*ig′uŋ「鼻」）的音韻對應關係。最後，田樸夫觀察到（1924-1925: 318）絕大多數 Numfor 語以東的語言已經將 *d′ 和 *g′ 合併為一個音段，而 *nd′/ŋg′ 則合併為另一個音段，從而進一步支持了南島語言中存在一個範圍廣泛的東部分群的論點。

除了上述這些主要研究成果之外，還有幾項較短的研究值得注意，這些是田樸夫最終構擬出「Uraustronesisch」音韻系統，以及關於現代語言音韻演化結論的重要過程。其中最重要的可能是他的「Das austronesische Sprachgut in den melanesischen Sprachen」（1927），在這篇論文中，所有田樸夫最終確認為東部南島語言特徵的音韻合併，被認為是一個後-UAN（UAN = Uraustronesisch）的共同創新，此原

始語被稱為「Urmelanesisch」（＝原始大洋洲語）。

同一時期，德國鳥類學家 Erwin Stresemann 發表了一篇關於中部 Moluccas 語言的重要比較研究，其中包括 Ambon、Buru、斯蘭島語及比較小或較不重要的相關語言，這篇文章在很大程度上借鑒了田樸夫構擬的 Uraustronesisch 音韻（Stresemann 1927）。

VLAW

田樸夫的代表作，*Vergleichende Lautlehre des austronesischen Wortschatzes*（南島語詞彙的比較音韻，以下簡稱 VLAW）是一套共三冊的研究，在各個方面都代表了他早期努力的巔峰，使南島語言的比較研究有序化（值得注意的是，在這一時期的大部分時間裏，他還繼續發表非洲語言學研究）。第一冊（1934）依據塔加洛語、Toba Batak 語和爪哇語這三種語言的比較，提出一個「原有 IN」語音系統的「歸納性」構擬。第二冊（1937）將上述構擬「演繹性」的套用在多個南島語言，測試此構擬的適切性，這些語言包括其他三種「印度尼西亞」[7]語言：馬來語、雅就達亞克語和馬拉加斯語的 Merina 方言（稱為「Hova」），兩種「美拉尼西亞語言」（斐濟語及 Sa'a 語）以及三種波里尼西亞語言（東加語、Futunan 和薩摩亞語）。由於發現此構擬可以適切的解釋這些語言的音韻發展，「原始印度尼西亞語」被重新命名為「原始南島語」（Uraustronesisch）[8]。第三冊（1938）是一本比較詞典，包含大約 2,215 個構擬與支持其論點的證據，資料來源幾乎完全基於在第一冊和第二冊所調查的十一種語言。

田樸夫在 VLAW 第一冊的開頭，以沿用自 Schmidt（1906）的「南島」一詞之定義談起。隨即補充說，由於南島語言「沒有一個共

同的語法」，他的調查僅限於字彙的比較，同時著重於語音對應關係。在對他的基本假設和方法論原則進行全面深入的討論之後，他描述了塔加洛語、Toba Batak 語和爪哇語的音韻和動詞構詞。在至少於兩種上述語言中可找到同源詞的基礎上，田樸夫開始構擬符合典型 CVCVC 音節結構的「原始印度尼西亞語」詞彙。他接著也對音節結構為 CVCCVC 的字詞進行構擬，並以「兩個音節以外」的字詞的構擬做為結束。

　　田樸夫的構擬在今日看來只剩歷史討論的意義，而沒有必要詳細列出。相較之下，對他所使用的書寫慣例和他的推理哲學進行一些一般性的評論，應該足以充分說明他如何進行研究以及他的成就為何。以下同源詞集和其相應構擬形式使我們得以窺見他的方法。（UAN＝「Uraustronesisch」，TAG＝塔加洛語，TB＝Toba Batak，JAV＝爪哇語）：UAN 'apuj＞TAG *apoi*'、TB *api*'、JAV *api*'「火」；UAN bu'uk＞TAG *buhok*、TB *'o|buk*，JAV *wo'*「頭髮」；UAN d'aɣum＞TAG *ka|rayom*、TB *d'arum*，JAV *dom*「針」；UAN hatul＞TAG *hatol*、TB *'atur*、JAV *'atur*'「規則」；UAN hudi'＞TAG *huli*'、TB *p-udi*'、JAV *b-uri*'「身體後部的」，UAN nijuɣ＞TAG *niyóg*、TB *niur*「椰子樹」，UAN tuva'＞TB *ma|tua*'、JAV *tuwa̱*'「年老的」。

田樸夫的書寫系統

　　對於這些材料，現代讀者可能會對其書寫系統感到奇怪。如前所述，田樸夫對語音學興趣濃厚並積極參與研究。從 1911 年至 1919 年，他在 Kolonial Institut 的語音實驗室工作，在他的第一次比較研究中，他對自己被迫使用「拼音字母」（Buchstaben）感到遺憾，

因為他的資料來源往往提供太少語音資訊，使他無法對「聲音本身」進行比較（1920: 第 6 頁起）。鑑於他有這樣的興趣，田樸夫從未使用國際音標一事令人驚訝。國際音標於 1888 年首次發表，到了 1930 年代已相當完善。相反的，他自 1905 年第一次出版以來一直遵循著一個慣例，即統一按照德國埃及學家 Richard Lepsius 的「標準字母表」來書寫他的資料。Lepsius 符號的音值解釋如下（1934: 14-16）：

1. *v*、*r*、*j*、*γ*、*l* 和 *s* 被歸類為「擦音」（*Reibelauten*），其中 *v* 是唇齒音，*r*、*l* 和 *s* 是齒齦音，*j* 是硬顎音，*γ* 是軟顎音。

2. 爪哇語 *a̱* 是圓唇元音，「akustisch zwischen *a* und *o*」[9]。

3. 連續元音符號下方的「弓」型記號表示他們不能個別發音，而是一組雙元音（例如，Tagalog *'apoi̯*「火」）。這點在本書所轉載的田樸夫資料中被省略了。

4. 齒齦輔音符號下方的小圓點表示其相對應的捲舌音：*ṇ*、*ḍ*、*ṭ*、*ḷ*。

5. 在 *n* 跟 *ŋ* 上方的斜線號（*ń*、*ŋ́*），或在 *d*、*t*、*g*、*k* 右側的斜線號（*d'*、*t'*、*g'*、*k'*）表示硬顎音，其中 *ń*、*d'*、*t'* 使用舌頭的前部發音，而 *ŋ́*、*g'*、*k'* 使用舌頭的後部發音。

6. '（「spiritus lenis」）表示緊的聲門閉合，而 '（「spiritus asper」）表示放鬆的聲門閉合。因此，「火」這個詞的第一音節在塔加洛語和 Toba Batak 語中有喉塞音在音節首，但在爪哇語中則是以元音為音節首。

　　在一些情況下，田樸夫對同一種語音的表述，在書寫實際語言的形式時使用一種符號；但在書寫構擬形式時使用另一種符號（如央元音，在爪哇語以 *ĕ* 表示，但是在 PIN 為 *ə）。田樸夫在塔加洛

語中使用重音符號來標記具有意義區別功能的重音，但並未總是一致。他也使用短直線來分別被認為是僵化詞綴的部份以及相對的詞幹。其餘的符號使用都有符合一般使用通則。

田樸夫的音韻詮釋

Dahl（1976: 9）曾注意到田樸夫自稱是新語法學派，在談話中，他否決了音位的概念。這當然是在他所撰寫的次音位細節裡所暗示的，正如塔加洛語 [u] 和 [o] 或爪哇語 [a] 和 [ɔ]（寫成 a̠），至少在當地詞彙中，最好被分別當成是單音位 /u/ 和 /a/ 的同位音。但田樸夫明確承認這種互補性，並進一步指出，塔加洛語 [o] 與 [u] 交替，而爪哇語的 [ɔ] 在後綴之前與 [a] 交替。其他他所認為是互補分佈的音一不論其書寫的形式為何一是塔加洛語 [ɾ]，僅在兩個元音間，以及 [d]（出現在其他地方），Toba Batak 語 [h]（元音之前）和 [k]（其他地方），以及爪哇語 [ʔ]（出現在非央元音外的任何元音後面的詞尾位置），和 [k]（其他地方）。在上述所列的例子，以及爪哇語 *b* 和 *w*，這兩個音在一些形式中自由地變化，田樸夫出於比較目的，將這些音段視為「等同」。他所構擬的「原始印度尼西亞語」（後來更名為原始南島語）語音系統，毫無疑問是音位對比的系統，我們可以在提到此系統的成員時，自由地使用「音位」這個術語。

田樸夫的原始印度尼西亞語（PIN）語音系統表，以更加符合當代語言學家慣用的格式來表明，如表 8.6（不包含在他構擬的結果，但實際出現於語言描述中的雙元音亦被加進去；僅出現在輔音之前的 ń 和 ŋ́，則被省略）：

表 8.6　根據田樸夫（1937）的「原始印度尼西亞語」語音系統

		輔音				
	1	2	3	4	5	6
a)	p	t	ṭ	t′	k′	k
b)	b	d	ḍ	d′	g′	g
c)	m	n		ń		ŋ
d)	v	l	ḷ	j		γ

元音			喉音		雙元音	
i		u	'	h	uj	iv
	ə					
					aj	av
	a					

　　1 = 唇音、2 = 齒齦音，3 = 捲舌音，4 = 前上顎音，5 = 後上顎音，6 = 軟顎音；a）= 無聲塞音，b）= 有聲塞音，c）= 鼻音，d）= 擦音。此外，所有詞中塞音可能會前鼻音化。雖然，前鼻音化塞音在 PIN 裡，最好被視為輔音串，但是，他們在很多大洋洲語群的語言中形成了獨立輔音系列，因而被田樸夫個別地列出。其中重要的音位配列限制有：

1. *g′ 不會出現在詞素之首。

2. *ṭ、*k′、*d′ 和 *ń 不會出現在音節末。

3. 輔音串可能由一個同部位前鼻音化塞音或重疊單音節裡的相鄰輔音所構成。

4. 詞首 *j 被構擬在兩個詞上：*javak「巨蜥」、*juju'「椰子蟹」。事實上二者都是三音節（以現代轉寫方式應為 *bayawak 和 *qayuyu）。

5. *ə 不被構擬在倒數第二音節的位置，也不會在最後「有氣記號」之前。

　　表 8.7 列出了支持這些對比的主要對應關係（SI ＝ 音節首，SF ＝ 音節尾，WI ＝ 詞首，WF ＝詞尾）。在沒有說明條件的情況下，對應關係被理解為在所有的位置都有效。[84]

表 8.7　支持「原始印度尼西亞語」語音系統的對應關係（田樸夫 1937）

		TAG	TB	JAV	PIN	條件
				輔音		
a)	1	p	p	p	*p	
	2	t	t	t	*t	
	3	t	t	ṭ	*ṭ	
	4	s	s	s	*t′	
	5	s	s	t′	*k′	
	6	k	h	k	*k	SI
	6	k	k	k	*k	SF 在 *ə 之後
	6	k	k	′	*k	SF 其他環境

---

84 +C 和 –C 表示元音串的語音縮減和非語音縮減。在 Toba Batak 語 d）4（C）代表了在第二個 *a 之前 *a 跟 *j 合併，(*b|uh|aja‘ > *buea‘*「鱷魚」、*daja‘ > *dea‘*「奸計，欺騙」)，但不會在其他元音之前（*kaju‘ > *hau*「木材」）。在爪哇語，在相異的元音之間 *ɣ 或 *‘ 的丟失通常導致相互同化及音串語音縮減 (*‘aɣut‘ > ‘*os|os*「流」、*‘uɣat > *‘ot|ot*「靜脈，腱」，*bu’ah > *woh*「水果」，*li‘aŋ > *leŋ*「穴」)。這些音串的語音縮減在 *h 的喪失之後並未發生。在相像元音之間，輔音或喉音的喪失，導致了在 Toba Batak 語和爪哇語的音串語音縮減：*d′ahat > TB *d′at*「邪惡」，*baɣa‘ > JAV *wa̲|wa̲‘*「餘燼」。

		TAG	TB	JAV	PIN	條件
b)	1	b	b	b	*b	SI
	1	b	p	b	*b	SF
	2	r	d	d	*d	/V_V
	2	d	t	d	*d	SF
	2	d	d	d	*d	WI
	3	l	d	ḍ	*ḍ	SI
	3	d	r	d	*ḍ	SF
	4	d	d′	d′	*d′	WI
	4	r	d′	d′	*d′	V_V
	5	l	g	r	*g′	SI
	5	d	k	r	*g′	SF
	6	g	g	g	*g	SI
	6	g	k	g	*g	SF
c)	1	m	m	m	*m	
	2	n	n	n	*n	
	3	n	n	ń	*ń	
	4	ŋ	ŋ	ŋ	*ŋ	
d)	1	w	Ø	w	*v	
	2	l	l	l	*l	
	3	l	r	r	*ḷ	
	4	y	(C)	y	*j	/a_a
	4	y	Ø	y	*j	其他元音之間
	5	g	r	Ø(+C)	*ɣ	

	TAG	TB	JAV	PIN	條件
			喉音		
1	'	'	'	*'	WI
1	'	'	'	*'	WF
1	h	Ø(+C)	Ø(+C)	*'	相像元音之間
1	h	Ø	Ø(+C)	*'	相異元音之間
2	h	'	'	*h	WI
2	'	'	h	*h	WF
2	Ø	Ø(+C)	h	*h	相像元音之間
2	Ø	Ø	Ø(-C)	*h	相異元音之間

	TAG	TB	JAV	PIN	條件
			元音		
1	i	i	i	*i	
2	u/o	u	u	*u	
3	u/o	o	ĕ	*ə	相鄰於 *u
3	a	o	ĕ	*ə	相鄰於 *a
3	i	o	ĕ	*ə	其他環境
4	a	a	a̲	*a	/__(Ca)#
4	a	a	a̲	*a	其他環境

	TAG	TB	JAV	PIN	條件
			雙元音		
1	oi'	i'	i'	*-uj	
2	yo'	i'	u'	*-iv	
3	ai'	e'	e'	*-aj	
4	ao'	o'	o'	*-av	

	TAG	TB	JAV	PIN	條件
鼻冠塞音（Prenasalised stops）					
1	mp	pp	mp	*mp	
2	nt	tt	nt	*nt	
3	nt	tt	ṇṭ	*ṇṭ	
4	ns	ts	ŋs	*ńt′	
5	ns	ts	ńt-	*ńk′	
6	ŋk	kk	ŋk	*ŋk	
7	mb	mb	mb	*mb	
8	nd	nd	nd	*nd	
9	nd	nd	ṇḍ	* ṇḍ	
10	nd	ńd′	ńd′	*ńd′	
11	nd	ŋg	nd	*ńg′	
12	ŋg	ŋg	ŋg	*ŋg	

　　在某些地方，有一些語言反映了鼻音串，但是其他語言的對應為單純塞音。田樸夫在圓括號內構擬了一個「官能上」的鼻音，例如 *ʻa(ŋ́)g′iʻ「弟妹」。雖然從共時角度此慣例的詮釋是明確的（有些語言反映了鼻音，有些語言則沒有），但它歷時的意義卻從未明確過：這是否意味（一）UAN 可能曾有鼻音，或沒有鼻音，或者（二）在原始語中前鼻音化塞音和單純塞音是共存的？

　　很多輔音串在 CVCCVC 重疊中被構擬，如：*bəg′bəg′、*dakdak、*gəmgəm、*lunlun 或 *ŋatŋat。這些演變會在相應的（＝SI，SF）非輔音串環境中發生，但以下情況除外：

1. 在 Toba Batak 語中，兩個相鄰輔音中的第一個可能會省略，如同

*bəg′bəg′ > bobok「纏在…周圍」、*buḍbuḍ > bubur「剁碎」，或 *ḷaḍḷad > rarat「攤開」。

2. Toba Batak 語輔音串的鼻音加無聲塞音，一般來說會產生一個與塞音相對應的成雙輔音（但 *ńt′，*ńk′ > ts）。然而，軟顎鼻音加齒音或硬顎塞音的輔音串則沒有同化（*taŋtaŋ > taŋtaŋ「緊握」、*tuŋtuŋ > tuŋtuŋ「不明顯的鈴聲」、*t′uŋt′uŋ > suŋsuŋ「不利於」）。

3. 爪哇語鼻音通常被下一個塞音所同化，而其他輔音串的開頭輔音常被省略：*banban > bamban「麻類」、*d′əŋd′əŋ > d′ĕnd′ĕŋ「站」、*taŋtaŋ > tantaŋ「緊握」，但是 *bakbak > baba'「透到骨子裡頭，剝…的皮，剝去…的殼」，*ḍapḍap > ḍapḍap「k.o. 遮蔭樹」，*pitpit > pipit「擰」，等等。

田樸夫例外情況的處理

正如先前所述，田樸夫工作的特點之一是對於例外情況的一板一眼。最重要的例外情況類別如下所示：

1. 非詞尾 *b 在爪哇語中通常反映為 w。

2. 與前述情況類似，*d 和 *ḍ 都經常顯示為爪哇語 r。

3. 在某些情況下，塔加洛語和爪哇語在顯示 *d 或 *ḍ 的方面不一致。當這種情況發生的時候，田樸夫偏愛塔加洛語的證據，因為爪哇語在一些借詞中用捲舌塞音來取代對應的齒齦音 d。就像 roḍa（< 葡萄牙語 roda）「輪」。塔加洛語偶爾將 *d′ 表現為 l，雖然預期出現的是 r。

4. 在塔加洛語中，非詞首 *l 有時顯示為 h 或 Ø（隨著相像元音之間的自動喉塞音的發展，或在第一個元音是高元音的相異元音之

間同部位滑音之發展）。

5. 在 Toba Batak 語中，輔音串 *lVr 經常被同化為 rVr，而輔音串 *rVr（不管 *r 的來源如何）在爪哇語中經常與 lVr 有所不同。

6. PIN *ɣ 有時候在塔加洛語顯示為 y，在爪哇語顯示為 r。

7. *-‘ 有時候在塔加洛語的 -’（塔加洛語有時因不明原因顯示為詞尾喉塞音）。

8. *-h 有時候顯示為塔加洛語的 -‘。在 7）和 8）中，田樸夫傾向爪哇語的證據。

9. *i 和 *u 偶爾會在 Toba Batak 語和爪哇語中分別顯示為 e 和 o。

10. *-aj 在一些爪哇語的形式中被反映為 -i‘。

　　雖然爪哇語 ḍ < *d 和 r < *ɣ 的音變被歸因為借移產生，而 5）的次規律性是源自於音韻條件，但上述變化的其餘部分被標記為「無法解釋的例外」。當在兩個或兩個以上例子中的不規律性可以相互證實、且只影響到少數形式的情況下，田樸夫透過設置原始詞對，從而避免更多例外情況或構擬新的音韻區別。例如：*hud’an/‘uḍan「雨」。這種權宜之計在處理喉音對應關係方面特別關鍵。

　　VLAW：II 介紹了田樸夫將所構擬的「原始印度尼西亞語」,「演繹應用」到三種「印度尼西亞」語，二種美拉尼西亞語及三種波里尼西亞語。構擬中的一些模棱兩可之處被移除，並完成了一些新的詞彙構擬，但音韻對比系統足以解釋這八種語言中的所有反映。為了理解為什麼田樸夫認為他的構擬是合理的，我們必須考慮他對兩種問題的思考：（一）分群，和（二）檢驗證據。

田樸夫的南島語言分群理論

　　雖然田樸夫在 VLAW：II 中得出了一個重大的分群結論，那就是波里尼西亞語、Numfor/Biak 以東的美拉尼西亞語和不包括帛琉語和查莫洛語的麥克羅尼西亞語，是從一個直接的共同祖先中產生，他稱此共同祖先為「Urmelanesisch」（今天被稱為「原始大洋洲語」），在沒有明確分群理論的前提之下，田樸夫對原始南島語音韻進行了構擬。為了方便起見，他將這些語言歸類為印度尼西亞語、美拉尼西亞（包括麥克羅尼西亞的大洋洲語群）和波里尼西亞語。除非詞彙構擬反映在至少兩種語言，而其中至少一種是「印尼語」，否則不會有詞彙構擬分配給原始南島語。雖然這種方法與他的觀點是一致的，即東部語言屬於西部語言以外的一個分群，但它意味著西部語言之間的獨立性比現在所認為的要大得多。無論他對印尼西部語言分群關係有何實際但未曾表態的看法，當時，從詞彙構擬的角度來看，田樸夫將它們視為南島家族的主要分群。因此，VLAW：III 中的許多構擬僅由印尼西部語言的反映支持，這些語言在借用關係中已有好幾個世紀，或者關係相當密切，或者兩者兼而有之。多達三分之一的這些例子現在似乎最好被視為（一）以前未被發現的，而是從馬來語借用過來的產物，（二）本土形式，但在印尼西部相對比較晚的創新產物，或（三）錯誤的詞源（後者是一個非常小的類別）。

檢測語言和指標語言

　　田樸夫將他比較的每種語言分類為「檢測語言」（TL）或「指標語言」（CL）。檢測語言保留不受語言合併影響的構擬語音。因此，塔加洛語、Toba Batak 語和爪哇語是構擬 *m 的 TLs（檢測語

言），因為在這三種語言，此語音都只有一種來源。另一方面，只有爪哇語是構擬 *ń 的 TL（檢測語言），因為它本身就保留了 *n/ń 的區別。而這個區別在其他兩種語言中，由於合併（n）而消失了。CL（指標語言）指的是可以與另一個語言結合使用，透過他們之間不完全相同的語音合併模式，來區分構擬語音。例如，塔加洛語非詞尾 l 有四種可能的來源：*ḍ、*g'、*l 和 *ḷ；而 Toba Batak 語非詞尾 r 則有二種可能的來源：*ḷ 和 *ɣ。然而，塔加洛語 l：Toba Batak 語 r 的對應關係明確指向 *ḷ（唯一的重疊區域），因此，塔加洛語和 Toba Batak 語合在一起就是 *ḷ 的 CLs（指標語言）。因此，「檢測語言」的概念是絕對的，因為它可以一勞永逸地確定任何一個語言是否是特定區別的 TL（檢測語言）。相比之下，「指標語言」的概念是相對的：語言 A 可能是相對於語言 B 的 CL（指標語言），但相對於語言 C，它對於解除語音學上相似原始音位的歧義可能沒有診斷價值，或者語言 A，當結合語言 C，可以是辨別一個語言區分的 CL（指標語言）。

歧義的代表

當所討論的區別僅在非檢測語言或非指標語言的同源詞出現時，田樸夫將統計上更頻繁的原始音位括在方括號內，以表示對兩個或更多個構擬語音的模稜兩可的選擇。因此，*[t]avaʻ「笑」在爪哇語中缺乏反映，此語言是 *t/ṭ 區別的唯一的檢測語言，所以構擬 *tavaʻ（統計上的優先選擇），或者 *ṭavaʻ，是含糊不清的。因為濁齒齦音和捲舌塞音 *d 和 *ḍ 在明確的構擬過程中，出現在詞首的頻率跟出現在元音間的頻率大致相等，涉及這些部分的歧義將被完整地寫為：*[dḍ]aɣah「血」、*pə[dḍ]ih「螫，引起劇痛」。

獨立證據要求與對稱性原則

　　值得注意的是，田樸夫從未明確地討論其比較方法的核心原則。這一原則可以被稱為「獨立證據要求」。基本上，獨立證據要求可防止未由至少兩個證明所支持的音韻區別的構擬。為了闡明這一點，田樸夫識別出，塔加洛語（TAG）–' 一般對應於 Toba Batak（TB）–'，爪哇語（JAV）–h，但是有時候也對應於兩個語言中的 –'。由於只有塔加洛語區分了這兩種對應關係，田樸夫傾向於將塔加洛語中的詞尾喉塞音對應於爪哇語的 Ø，視為一個「無法解釋的例外」，而不是提出一個新的原始音段（1934: 76）。相似地，儘管 Toba Batak 語和爪哇語有時在對應於馬來語及雅就達亞克語的 d'時，一致顯示為 d（正如 van der Tuuk 首先指出的），田樸夫將這些分配給詞對，而不是在少數詞彙項目（例如 Toba Batak 語、爪哇語 dalan＜*dalan，但是馬來語（Malay）、雅就達亞克語（NgD）d'alan ＜*d'alan「徑，路」）中設置一個新的、看似額外有系統的原始音位。他僅在一個實例中偏離了這一個原則：僅基於爪哇語的區別，構擬了 *ṭ。造成這種偏差的原因是田樸夫在音韻系統中，關於對稱性的重要，抱持著絕對的信念。因為他認為塔加洛語和爪哇語共同支持構擬 *d/ḍ 區別，而因為爪哇語 ṭ 是 ḍ 的無聲對應，他允許他自己在這個案例中構擬一個不受獨立證據支持的區別。

典型型態和對稱性原則

　　雖然田樸夫有時訴諸構詞來解釋音韻上的不規則性，但是他只構擬不加綴詞幹。其中絕大多數（超過 90% 以上）是雙音節的，少數有三音節的。四音節僅出現在 VLAW: III 中，而所有這些例子顯

示其顯然是複合詞。最後，原始南島語也有相當的單音節詞幹。無一例外，這些都是語助詞或擬聲詞（*ṭukṭuk ＝「敲擊、捶打、拍打」但是，*ṭuk ＝「聲音『砰!』」）。在許多語言中，這些單音節可能不加綴，儘管其對應的重疊形式可能會加綴。

田樸夫認為不加詞綴的詞幹從語意上而言，本質上是名詞，而他的翻譯常常反映了這種觀點。許多雙音節和三音節詞幹可以通過加綴來使其動詞化，特別是「鼻音代換」（*nasaler Ersatz*）和「鼻音增生」（*nasaler Zuwachs*），這在第六章中有所描述。田樸夫關於鼻音代換的觀察直接影響了他對原始南島語語音系統的構擬。例如，對於比較 *s : s : s*，他設置了一個原始的硬顎音，因為在區分硬顎音跟軟顎音系列的語言，*s* 的鼻音替換音是 *ṅ*，正如爪哇語 *surat*「寫作」：*ṅurat*「寫」。雖然田樸夫可能不信任二十世紀語言學的發展趨勢，但是，他對音韻關係的分析，考慮到了通常被認為與音位分析相關的所有因素，包括互補分佈、自由變異和交替。

也許田樸夫的轉寫系統最令人難以理解的特徵，是他在書寫實證詞型[10]及構擬詞形時使用了「有氣記號」。在實證詞型中，這個符號表示平穩的起始音，過渡音和終點音。最初，它在某些語言中被用來寫 *h*，但在其他位置或在其他語言的詞首，它沒有表示什麼音，就像在馬來語 '*ati*'（表示 [hati]），但是同樣書寫在爪哇語的形式為 '*ati*'（卻表示 [ati]）「肝臟」。在構擬詞形裡，有氣記號產生了馬來語相像元音之間的 *h*，產生了塔加洛語任意兩個元音之間的 *h*，但在其他位置，它只扮演調節典型型態的作用。這是田樸夫構擬過程中的一個重要層面，值得討論。

如前所見，田樸夫對「原始印度尼西亞語」的歸納構擬是按部

就班的，每一階段都涉及到符合一定典型型態的原形。然而，在許多語言中，也許只有在詞首元音之前、詞中元音串之間或詞尾元音之後添加有氣記號，或在高元音和之後的相異元音之間構擬同部位「擦音」，才能將原形分配給所認定的典型模式。因此，構擬 *'ambi'、*batu'、*bu'ah 和 *'ija' 便是用來說明典型型態 CVCCVC、CVCVC、CVCVC 和 CVCVC，即使他們可以更有力地分別被分析為 VCCV、CVCV、CVVC 和 VV 模式。在語料上使用這樣的方法，施加人為規律性，讓田樸夫得以用演繹對稱性來處理他的資料。這種傾向的另一個表徵是，他將實證語言中的 *r*、*l* 和 *j*（[j]）及原始南島語中的 *v、*l、*ḷ 和 *j 分類為「擦音」，與他們的語音現實相反。類似地，演繹對稱性的概念導致田樸夫都把 *d′ 和 *g′ 分別當為 *t′，和 *k′ 的濁音對應。即使語音和音韻上的證據表明 *d′（在爪哇語和馬來語中，反映為濁硬顎塞擦音）是 *k′ 的濁音對應（反映為同一語言的清顎塞擦音），而 *t′ 和 *g′ 都缺乏其清／濁的對應。

田樸夫的南島語言比較詞典

　　VLAW：III 包含了大約 2,215 個詞彙構擬。這些都根據以下字母順序排列：*a、*b、*d、*[dḍ]、*ḍ、*d′、*ə、*g、*g′、*'、*h、*i、*j、*k、*k′、*l、*ḷ、*m、*n、*ń、*ŋ、*p、*t、*ṭ、*t′、*u 和 *v。以 [dḍ] 開頭的詞幹被分別以 *d 或 *ḍ 為開頭的詞幹列出，而方括弧中單個符號所表示的模稜兩可的音段，則按字母順序排列，而不考慮括弧。為了按照字母的順序而排列，有氣記號和中鼻音串的同部位鼻音因而被忽略，但是，重疊單音節的鼻音卻沒有被忽視（因此，*kambiŋ「山羊」出現在 *ka(m)baŋ 和 *kabut 之間，而 *kunu' 和 *kupat′ 之間則出現了 *kuŋkuŋ「牢牢抓住」）。

田樸夫的原始南島語詞彙最引人注目和最具爭議性的特徵之一是其豐富的詞對（Nebenformen）一在形式上，它們的型態和意義非常相似，似乎是相同詞素的變體，如 *dalan 和 *d'alan「路徑，路」、*tiɖuɣ 和 *tuɖuɣ「去睡覺」，或 *tuhaꞌ 和 *tuvaꞌ「老」。初步取樣顯示，田樸夫所構擬的詞彙中，約 20% 具有詞對形式。在大多數情況下，這兩種變體都有獨立證據支持，但偶爾會將一個詞分配給兩個同源詞，例如，斐濟語 kumiꞌ 做為對 *gumiꞌ 和 *kumit'「鬍鬚」兩個構擬形式的證據，我們稍後將回來討論。

田樸夫（1937: 第 119 頁起）簡要地提到，在多種語言中次詞素的單音節「詞根」，並提及 Brandstetter 在這一領域的作品，以便進行更徹底的處理。他的詞彙中好幾個其他次詞素的語音一語意對應也令人感興趣，但很少或根本沒有被受到重視。例如，在 VLAW：III 的大多數單詞表以軟顎鼻音開始，有系統地以與嘴相關的含義編纂。大多數與碾、摩擦、刮擦、抓傷等等相關的詞幹，都以軟顎塞音為開頭，「愚鈍的、遲鈍的」的詞幹很常以 *l 結尾。這個音位在詞尾的位置上一般而言很罕見，而 *ṭ 僅出現在少量構擬型式中，但其中很大一部分是擬聲詞。

田樸夫對「如同哲學」的使用

最後一點值得注意，因為它有時被誤解了（如 Uhlenbeck 1955／1956: 318）。田樸夫的「原始印度尼西亞語」（PIN）音韻構擬僅基於從三個語言而來的證據，但他本人指出，在 1930 年代，大約 300 種南島語言已經存在已出版的材料中（在許多情況下非常有限，而且品質很差）。為什麼他把自己限制在可用材料的 1% 之內？基於

如此狹窄範圍相關資料的構擬怎麼可能健全呢？

　　要回答這些問題，很重要的一點是要認識田樸夫對於 PIN（第一冊）的歸納構擬，它佔據了 124 頁，並且他在解釋其他語言的音韻發展方面對這種構擬的充分性進行了測試（第二冊），它佔據了另外的 194 頁。再加上比較詞典，這三冊書共有 482 頁，寫得很嚴密，充滿了數據，並仔細地進行了合理的分析。試圖用兩倍於語言數量的語言來完成一部同樣完整的作品，可能會使作家和讀者的負擔超出他們的極限。當然，田樸夫在早期的出版品中，特別是在田樸夫（1920）和（1924-25）中，研究了許多其他語言的比較音韻。他最後一次真正挑戰是找到最小數量的語言，使他能構擬所有必要的區別，以解釋一般語言中的實證對應關係。顯然，隨機選擇的三種語言不足以達到這一目的。因此，田樸夫構擬的準確性關鍵取決於他成功選擇了*正確*的三個語言，而這又很大程度上取決於更廣泛的比較經驗，即為其從 VLAW 具體分析所得到的基礎。

　　正如 Dahl（1976）所指出的，田樸夫為了簡化描述，對 Vaihinger（1911）的「如同」哲學進行了重要的運用。Vaihinger 一書之核心是論證在進行科學時區分「假設」和「虛構」的效用。對 Vaihinger 而言，第一個術語就如其慣用意思一樣，而「虛構」則用於具有啟發價值的理想化。田樸夫認為他的 PIN 構擬是虛構的：三個他用來證明的語言所代表的意義，是比以前被研究過的語言數量大得多，這些語言如果都被納入調查範圍，對結果沒有進一步的影響。我們現在知道，田樸夫的構擬在某些方面是不足的。然而，所根據的並不是因為塔加洛語、Toba Batak 語和爪哇語不能作為他以前作品的語言之代表，而是因為他排除了台灣南島語。

田樸夫對 Vaihinger 虛構概念的運用，儘管在音韻的構擬很有用，但卻在詞彙構擬上產生相當大的限制。許多廣泛分佈的同源詞集，只因為它們無法在 VLAW 中至少兩種「印度尼西亞」語言找到，就無法使用它們。田樸夫有時覺得受到這種限制的束縛，因而極少數的情況下引入來自其他語言的證據，例如 *ha(ŋ)g′av/ʻa(n)dav)「日、太陽」的構擬，乃基於南蘇拉維西的布吉語，北呂宋島的 Ibanag 和大洋洲語群的撒阿語、東加語、Futunan 和薩摩亞語的反映。一些作者將 VLAW：III 視為原始南島語詞彙的總目錄或類總目錄，但此觀點大錯特錯。

田樸夫的貢獻摘要[85]

　　田樸夫在 1920-1938 年的出版品，代表著南島語言所有的比較工作在幾個方面取得重大進步。尤其是，田樸夫

1. 詳述和修正 Brandstetter 構擬的「原有印尼語」音韻（表 8.8）
2. 證明「原始印度尼西亞語」是所有南島語言（台灣以外）的祖先，因為它解釋了田樸夫所認為的「印度尼西亞」語言以及所有東部語言主要的音韻發展。

---

85 不幸的是，到目前為止，關於田樸夫主要作品還沒有好的英文譯本。Cecilio Lopez 的「Studies on Dempwolff's *Vergleichende Lautlehre des austronesischen Wortschatzes*」（1939）（儘管它的標題有些誤導）是 VLAW 的濃縮翻譯。在 1950 年某時，暑期語言學研究所菲律賓分部以未註明日期的仿製形式重新發行，採用「戴恩對田樸夫符號的修改」，並增加了第三冊的譯本，該譯本沒有出現在 Lopez 的原稿中。1971 年，Ateneo de Manila University 以仿製形式發佈了 VLAW 的完整（未記名）譯本，但這本書裡充滿了錯誤，因此初學者應該盡量避免閱讀它。

3. 確立了「美拉尼西亞」（大洋洲語群）分群的存在

4. 編纂了一本比較詞典，其中約有 2,215 個詞源和支持語料

5. 對一般對應關係的許多例外情況提供解釋。

　　當考量到越多近期的研究，VLAW 的各種缺點將變得清晰起來，但總而言之，似乎沒有理由質疑普遍接受的觀點，即它的出現使得南島語言的比較終於成型了。

表 8.8　Brandstetter（1916）「原有印尼語」與田樸夫（1934-1938）「原始南島語」的對應關係

Brandstetter	a	i	u	e	o	ĕ	y	w	r₁	r₂
田樸夫	a	i	u	--	--	ə	j	v	g′	ḷ
Brandstetter	r₁	r₂	l	q	k	g	n[86]	c	j	ñ
田樸夫	d/ḍ	ɣ	l	(?)[87]	k	g	ŋ	k′	d′	ń
Brandstetter	t	t	d	d	n	p	b	m	s	h
田樸夫	t	ṭ	d	ḍ	n	p	b	m	t′	h
Brandstetter	Ø	Ø								
田樸夫	h[88]	ʻ								

86　Brandstetter 在 n 上面加一點，來表示軟顎部位的鼻音。

87　Brandstetter 對 *q 的討論並不明確的。他主張（1916: 249）只有一種情況讓 *q「有可能歸屬於原始 IN」，並請讀者參考後面的章節。然而，本章節僅說明「原始 IN」詞，通常會是詞首元音，可能以 *q 開頭：如 *atay，或者更準確地說，*qatay「肝」，如 *atĕp，*qatĕp「屋頂」等等。

88　在許多情況下，當田樸夫提出了喉音輔音，Brandstetter 僅在詞尾構擬 *h，並安置了一個詞首元音或中間位元音串。這有時迫使他把在實證形式中 h 的出現看作是無法解釋的（例如，OIN *añud，但在馬來語為 *hañut*「隨波逐流」）。

8.1.6　田樸夫理論的修訂：戴恩

　　田樸夫逝世時間距歐洲爆發第二次世界大戰不到一年，戰爭期間除了 Arthur Capell 的 *The linguistic position of South-Eastern Papua*（1943）一書使用他的構擬理論來解釋新幾內亞東南部和鄰近島嶼不同語言的音韻歷史外，沒有其他有關比較南島語音韻的著作。戰爭結束，當大家再次對系統比較和構擬理論感興趣時，它盛行的地點不再是歐洲，而是在北美。

　　與田樸夫不同，1939 年美國語言學家 Isidore Dyen（1913-2008）在賓州大學撰寫關於梵文語法的論文（Blust 2009d）後，開始了他作為比較學者的生涯。戴恩於 1930 年代在美國的訓練讓他精通音位原則，尤其是 Leonard Bloomfield 所擁護的。作為 Bloomfield 學派的跟隨者，他著作的哲學基礎也許最適合被描述為有強烈的經驗主義。戴恩的南島語著作可以分為三個階段，第一個階段是 1946-1953 年時期，第二個階段以他的專題著作「原始馬來-波里尼西亞喉音」（*The Proto Malayo-Polynesian laryngeals,* 1953b）為中心，第三個階段涵蓋 1953 年之後的時期。

早期的論文

　　戴恩的南島比較音韻研究是從找出田樸夫變化規則的例外開始。他提出的分析有時候只影響實證語言[11]的歷時性規則，但往往它們也需要構擬形式型態上的改變。首先（戴恩 1947a），他建議將田樸夫的 *ḍuva‘* 修改為 *Dewha*「二」。一開始，戴恩為南島的構擬引入了一個在印刷方面更為便利的書寫系統，其中包括以下符號的異動，其他所有田樸夫所用的符號都保留下來。

表 8.9　戴恩（**1947a**）對田樸夫書寫系統的修正

田樸夫	k′	ḍ	ə	-ʻ-	ʻ-/-ʻ	-h(-)	ń	ḷ	ɣ	t′
戴恩	c	D	e	H	Ø	?	ñ	r	R	s
田樸夫	ṭ	v	j	D′
戴恩	T	w	y	Z

他補充說（1947a: 50）「除了對田樸夫的 h 和 ʻ 的替代，音韻上的解釋沒有差異。書寫系統在後續的出版物中被進一步修改，直到 1951 年，如下所示：

表 8.10　戴恩 **1951** 以前對田樸夫書寫系統的其他修正

田樸夫	戴恩
-ʻ	h (1947b)
g′	j (1949)
-ʻ	Ø (1949)
ʻ-	? (1949)
ʻ	h (1951)
h	q (1951)

此外，戴恩還修改了田樸夫用於其來源的書寫系統，省略了有氣記號，並在爪哇語的抄本中，用 ò（[ɔ]）取代了 a̲，用 q 替換了所有語言中的無氣記號。

戴恩將 *ḍuvaʻ 改為 *Dewha 的修訂與田樸夫對原始南島語音韻的解釋沒有衝突，但是在下面兩方面，卻與他自己對原始南島語典型型態的闡述相衝突。首先，*Dewha 當中包含一個獨特的序列 *-ew-，因為在田樸夫（1938）並沒有 *əv 出現在任何位置的例子。

其次，他是首次在非重疊形式詞基上提出了異部位音輔音串。

　　戴恩（1947b 及 1949）測試了田樸夫構擬的語音系統的充分性，以及其出現在特定詞素上的例證。第一篇論文提出了一套不同於田樸夫所描述 *d 和 *D 出現準則，而後者說明了 Chuukese 語的九個元音系統可以解釋為是田樸夫構擬的四種元音系統經過規律演變的產物。戴恩（1947b）的提議帶來了對應關係類別的重新分配，他將田樸夫使用 *d 所構擬的一些單詞改為用 *D 來構擬，而其他單詞使用 *(dD)，但這出版物和戴恩（1949）都沒有直接地關注田樸夫音韻系統結構上的演變。儘管如此，在後一份文件，戴恩（1949:註腳 5）在註腳提出了將田樸夫的 *-aj 分成兩個雙元音 *-ay 和 *-ey 的建議。下文將更詳細地討論這項建議。

　　戴恩（1951）是第一個提出田樸夫音韻構擬的結構性演變。這篇論文調查了一份 van der Tuuk（1865）關於對應關係的說法，並被 Blagden（1902）稱作是「van der Tuuk 第三法則。」簡單地說，為了下列的對應關係，田樸夫構擬了 *d′；塔加洛語 d-、-r-/-nd-：Toba Batak 語 d′-、-(n)d′-：爪哇語 d′-、-(n)d′-，如在塔加洛語 dait、Toba Batak 語及爪哇語 d′ait（PAN *d′ahit）「縫合」、塔加洛語 puri‘、Toba Batak 語及爪哇語 pud′i‘（PAN *pud′i‘）「讚美」，或塔加洛語 ’indak、Toba Batak 語 ’ind′ak、爪哇語 ‘ida’（PAN *‘i(ń)d′ak）「舞步，跳舞」。然而，正如 van der Tuuk 所觀察到的，在一些詞源中，Toba Batak 語和爪哇語有 d，而馬拉加斯語有 r（而不是預期的 d′ : d′ : z），此與馬來語及峇里語的 d′ 對應。在這種情況下，前三種語言指向 *d，後兩種語言指向 *d′。為了解決這一個明顯的矛盾，田樸夫放置了五組 *d/d′ 詞對，將 Toba Batak 語、爪哇語和馬拉加斯同源詞

（連同一些模棱兩可的反映）分配給前者，而其他的同源詞則分配給後者變體，如同 *dalan「道路、路徑」：塔加洛語 *daan*、Toba Batak 語、爪哇語 *dalan*、馬拉加斯語 *lalană*（同化）「道路、路徑」、*andalană*「按行排列」，但是 *d'alan「道路，路徑」：馬來語，雅就達亞克語 *d'alan*、斐濟語 *sala‘*、撒阿語 *tala‘*、東加語 *hala‘*、Futunan 語、薩摩亞語 *‘ala‘*「道路、路徑」，*‘alan-a'i*「和某人一起去」，或 *‘uḍan「雨」：塔加洛語 *'ulan*，Toba Batak 語 *'udan*、爪哇語 *‘udan*、馬拉加斯語 *‘urană*，Futunan 語 *‘u'a*「雨」，但是 *huḍ'an「雨」：馬來語 *‘uḍ'an*，雅就達亞克語 *'uḍ'an*，斐濟語 *'uza‘*、撒阿語 *‘ute‘*、東加語 *'uha‘*、薩摩亞語 *‘ua'*「雨」、斐濟語 *m- usa‘*「充滿水的」。

戴恩（1951）建議將五組 *d/d' 詞對中的每一個都分組到一個詞源下，其中包含一個以前未被識別出的音位 *Z。（與 *z 不同）。田樸夫所沒有構擬詞對的另外三個詞源，都被以同樣的方式處理，他們就像一組詞對，僅在兩個輔音上，有所不同。（田樸夫：*tu(n)duh「指向」：*tund'uk「顯示，指出」）。總之，*Z 被構擬在以下九個型式中：（一）*peZem「閉上眼睛」、（二）*eZem「擠出」、（三）*quZan「雨」、（四）*Zalan「道路、路徑」、（五）*Za(hØ)uq「遠」（括弧中的符號表示不確定是 *h 或是零標記的選擇）、（六）*Zilat「舔」、（七）*ZeRami(hØ)「稻荏」、（八）*ZuRuq「樹汁、蔬果汁、肉汁」、（九）*tuZuq「指出、指示、顯示」。*d' 的所有其他實例，都被替換為 *z。

戴恩在他的下一篇論文中（1953a）再次研究了一組詞源，其中田樸夫重構了一個單一的音位，以涵蓋幾個部分重疊的對應關係類別。田樸夫的 *R（＝*ɣ）經常在 Toba Batak 語、馬來語顯示為 *r*，

在塔加洛語為 g，在爪哇語為零標記，在馬拉加斯語為 z，在雅就達亞克語為 h（這是下面將討論一個複雜的問題）。這套一致的反映，本質上是 van der Tuuk 第一法則。然而，除了馬來語和塔加洛語中的反映沒有問題之外，戴恩還注意到爪哇語和雅就達亞克語中的 *R 的兩個反映，以及，馬拉加斯語中的 *R 有三個不同反映，其形式的分佈如下所示（Ø = 零標記）：

表 8.11　田樸夫的 *R 不規則發展

	爪哇語	雅就達亞克語	馬拉加斯語
1)	Ø	h	Ø
2)	Ø	h	Z
3)	r	h	Z
4)	r	r	R

　　田樸夫以多種方式處理了這些不規則。以下的對應關係：爪哇語的零標記、雅就達亞克語 r、馬拉加斯語 z 被認為是有規律的，而爪哇語 r 對應於雅就達亞克語 h 或 r，被歸因於借用，主要是從馬來語借用來的。雅就達亞克語 h，連同某些其他不規則之處，被認為是從「舊語語層」[12]而來，關於這點，田樸夫跟隨著他的同事 Walther Aichele 的腳步，試圖從假設的古代婆羅洲文學語言中衍生而來，而馬拉加斯語零標記和 r，則成為規則變化的「無法解釋的例外。」

　　為了解決這個問題，戴恩（1953a: 360）建議用「暫定或『有問題』的構擬」來標記上面（1-4）的對應關係，並將它們分別分配給 $*R_1$、$*R_2$、$*R_3$ 和 $*R_4$。根據這些語音在詞素中的位置，這些暫定構擬語音的實例數量如下：

表 8.12　戴恩 $*R_1$、$*R_2$、$*R_3$ 與 $*R_4$ 位置的頻率

$*R_1-$: 1	$*R_3-$: 1
$*-R_1-$: 8	$*-R_3-$: 4
$*-R_1$: 0	$*-R_3$: 1
$*R_2-$: 2	$*R_4-$: 0
$*-R_2-$: 4	$*-R_4-$: 3
$*-R_1$: 0	$*-R_4$: ?

　　許多其他 $*R$ 的實例仍然模糊不清。兩個帶有 $*R_2$ 的原始形式變成了雅就達亞克語的 r 而不是 h，因此，戴恩提出了 $*R_5$ 做為第五種區別的可能性。如前所述，田樸夫將雅就達亞克語 r 作為 $*R$ 的直接繼承反映。將 $*R > h$ 的實例歸因於借用。戴恩（1953a）逆轉這一解釋方向，將雅就達亞克語詞素中的 r < $*R$ 指定給源自 Banjarese 馬來語此一上層語言，藉此避免了 $*R_5$ 的構擬。與此同時，他拒絕了 Dahl（1951）所提出的建議，即，馬拉加斯語 r < $*R$ 可能是在馬拉加斯語從印尼離開之前，或更早期的借用所致。

　　本文介紹另外兩種構擬上的改變亦值得注意，儘管它們是伴隨著主要論點的附帶建議。第一點，與田樸夫對於原始南島語典型型態的觀點不同，戴恩承認帶有 $*q$ 的異部位音輔音串構擬形式，如在 $*beR_2qaN$「臼齒」、$*beR_2qat$「重」、$*peR_3qes$「擠出」（362）：「當 Tagalic 語言（包含塔加洛語、比薩亞語、比可語）暗示了輔音旁邊有 $*q$，我按照此做法，按照塔加洛語的語料，把它插入在其該出現的位置。」第二點（363, 註腳 18），他從一個單一形式 $*buR_3ew$「追逐，狩獵」，構擬 $*-ew$，從而補充了他的雙元音系統，此系統在早

期（1949）當他提議 *-ey 的構擬就已暗示。如同前例，這一重要的結構改變，他是在註腳中做了說明。

原始馬來波里尼西亞喉音（PMPL）

無疑地，戴恩對田樸夫分析的修正，最重要和最被廣泛接受的，是關於所謂的「喉音」的分析。田樸夫使用這個術語，來區分輔音和元音的有氣記號和 *h。戴恩在他的第一份關於比較南島音韻的出版物中，提出了對田樸夫喉音對應關係分析的改變，這種改變不僅涉及書寫系統的差異，還涉及到音韻解釋的差異。然而，直到 1953 年，沒有任何人試圖想證明這些觀點的合理性。除此之外，戴恩在（1947a, 1947b, 1949, 1951）中關於這些觀點的簡短陳述都出現在註腳中，這清楚地表明戴恩對喉音對應關係的解釋，是經過了幾個階段，才達到最終的形式。[89]

值得注意的是，在這些出版物中，戴恩對喉音的解釋（包括田樸夫 *v 和 *j 的過渡）在某些位置上保持不變，但是，在其他的一些位置上卻表現出相當大的遊移不定。因此，從 1947 年到 1951 年，田樸夫的 *-ʻ-、*v 和 *j 幾乎總是被轉寫為 *h、*w 和 *y，而非詞首的 *h 則被 *ʔ 所取代，直到 1951 年，當使用書寫系統慣例（不是結構上的重新解釋）時，才被更改為 *q。另一方面，他對田樸夫詞首和詞尾的有氣記號，以及 *h- 的解釋，顯示出相當大的差異。

---

89 比較示例，如 *abu、*abuh、*abu、*habuh、*abuh「灰燼」、*baʔeRu、*baʔeRuh、*baʔeRu、*baqeRuh、*baqeRu(h)「新」，*bayi、*baʔi、*beyi、*beyih、*bei「雌性動物；女人」，或 *biyak、*biyak、*biyak、*biyak、*biqak「被劈開」，分別出現在戴恩（1947a, 1947b, 1949, 1951, 1953b）中。

關於 *-ʽ 尤其是如此，它在戴恩（1947a）裡被省略，而在戴恩（1947b）中被恢復，在戴恩（1949）再次被省略，又在戴恩（1951）中，再次被恢復，並被當成普遍變化的一部分。除了把田樸夫的詞首有氣記號分成零標記和 ʔ-（這點將在下面進一步討論），在 1947年至 1951 年間，戴恩處理喉音的所有其他的變化，都是源自於後面更普遍的變化。

在早期的出版物中，戴恩對於喉音對應關係的分析，顯示出他與田樸夫在音韻上的解釋存在著明顯的差異。因此，在戴恩（1947a）中，田樸夫的有氣記號在詞中位被重寫為 *h，但是，在其他的位置，則被改寫為零標記，而他的 *h 保持在詞首，但是，在其他位置被寫成 *ʔ。與這些結構的重新解釋形成了鮮明對比的是，戴恩（1951: 535）回到了有關田樸夫有氣記號的簡單重新描述，田樸夫的有氣記號寫為 *h，而他的 *h 寫為 *q：在田樸夫引用的構擬中，*h* 代表他的 ʽ，而 *q* 代表他在任何位置的 *h*。當無法具體歸因於田樸夫的構擬且涉及了 *q 或 *h，則依據後續對於馬來波里尼西亞喉音處理的原則。為了方便參考，這些對應關係整理於後（早期位置的變化是用括弧標記）：

表 8.13　取代田樸夫「喉音」的符號（戴恩 1947-1951）

	田樸夫1934-1938	戴恩1947a	戴恩1947b	戴恩1949	戴恩1951
1.	ʽ-	Ø	Ø	Ø, (ʔ)	h
2.	-ʽ-	H	h	h	h
3.	-ʽ	Ø	(h)	Ø	(h)
4.	h-	H	h	h	(q)
5.	-h-	ʔ	ʔ	ʔ	q

	田樸夫1934-1938	戴恩1947a	戴恩1947b	戴恩1949	戴恩1951
6.	-h	?	?	?	q
7.	-v-	W	w	w	w
8.	-j-	Y	y	y	y

　　儘管早期戴恩對喉音的陳述，完全被戴恩（1953b）取而代之，但是，這個對於喉音理論發展的簡短調查，有兩個目的。首先，它揭示了戴恩早期作品中書寫的不一致和解釋方面的搖擺，這可能是細心讀者困惑的根源。第二，其指出了那些採用戴恩的書寫系統、但保留田樸夫對於喉音解釋的學者，他們對於戴恩喉音理論某些誤解的根源。這個問題在暑期語言學研究所的成員對占語的比較處理中尤其突出，並且可以追溯到一個單一的來源：亦即 Christine Laurens 和 Trudy Pauwels 在 Cecilio Lopez 的 *Studies on Dempwolff's Vergleichende Lautlehre des austronesischen Wortschatzes* 中所作的田樸夫（1938）的翻譯。這是由暑期語言學研究所菲律賓分部以未註明日期的油印形式重新發行。[90] Pittman（1959: 60）清楚地指出了他使用的來源（「印尼的 Christine Laurens 小姐和加拿大的 Trudy Pauwels 翻譯了田樸夫的原始馬來波里尼西亞單詞表」），注意到「在田樸夫的資料中，我們使用了戴恩的書寫系統。」在解釋中，他指的是戴恩（1953b）。

---

90 該資料來源的臨時性明確被表明：「在任何情況上，不得將該資料視為『已出版』或可在任何期刊上購買或審查。」該限定條件將對引用該作品的適當性提出質疑，但參考文獻除外。它出現在由菲律賓暑期語言學研究所的成員後來出版的出版品中。因此，將這部作品引入公共領域的人，在引用這部作品時，消除了任何不恰當的污點，因為有必要澄清為什麼這些出版品中出現的構擬型態與其他來源的不同。

Pittman 在論文中其他評論表明，儘管他使用了 Laurens 和 Pauwels 的資料，他並不是故意暗指戴恩對喉音的處理方式與田樸夫的處理方法僅是在書寫系統上有所不同。類似但更馬虎的限定條件也出現在 Blood（1962）和 Lee（1966）中，其中書寫系統差異和音韻上重新闡述之間的區別，往往是模糊不清的。在 Thomas（1963）中，表示喉音的系統是混合戴恩的理論（*apuy「火」，*mata「眼」）及以戴恩書寫系統所表達的田樸夫理論（*hasuh「狗」，*kayuh「森林；樹」）。

在討論戴恩對喉音的構擬之前，簡要回顧一下田樸夫的分析將是有幫助的。如果我們暫時忽略戴恩在「喉音」討論中所提到的「同部位擦音」，就會發現田樸夫識別出六種喉音對應關係（表 8.14）。田樸夫認為塔加洛語、Toba Batak 語和爪哇語足以構擬所有原始南島語音韻上的特性。然而，由於某些喉音的構擬得到了馬來語和東加語的額外支持，這些語言被添加到比較中（C＝元音序列的縮減形式；NC＝非縮減形式；東加語沒有詞尾輔音）：

表 8.14　田樸夫（1934-1938）發現的喉音對應關係

	ʻ-	h-	-ʻ-	-h-	-ʻ	-h
塔加洛語	Ø	H	h	ʔ/Ø	Ø(?)	ʔ
Toba Batak 語	Ø	Ø	Ø	Ø	Ø	Ø
爪哇語	Ø	Ø	C	NC	Ø	h
馬來語	Ø	H	Ø	h/Ø	Ø	h
東加語	Ø	?	Ø	?	--	--

在詞首，田樸夫只識別出兩個喉音對比（ʻ-，h-），而戴恩則將

這種可能性擴大到三個（*q，*h，∅）。戴恩將一些被建議為有氣記號的反映，以及一些被提議為 *h 的反映，分配到一個新的音位 *q。具體來說，田樸夫的 *'- 若無法對應到詞對的 *h- 時，就會被重新解釋為零標記，但是，若能對應到詞對中的 *h- 時，田樸夫的 *'-就會被重新解釋為 *q：*'aku' > *aku(h)「我」、*'anak > *anak「孩子」、*'uɣat > *uRat「靜脈，筋」，但是 *'atəp/hatəp > *qatep「屋頂；茅草屋頂」、*'ataj/hataj > *qatey「肝」、*'ulu'/hulu' > *qulu(h)「頭」等等。帶有詞首有氣記號的構擬形式若有詞對的對應關係，實際上代表了第三種對應關係，而這種關係，田樸夫曾經藉由設定詞對的方法，隱藏了他們的不合理。在相同語言的詞首中，戴恩的 *q，*h 和零標記的反映情況，如表 8.15 所示：

表 8.15　戴恩（1953b）關於詞首喉音位的對應關係

原始馬來-波里尼西亞語群	q	h	∅
塔加洛語	∅	h	∅
Toba Batak 語	∅	∅	∅
爪哇語	∅	∅	∅
馬來語	h~∅	h~∅	∅
東加語	ʔ	∅	∅

我們現在可以看出，田樸夫對構擬 *h 的要求是相互矛盾的，因為塔加洛語 h 明確地指向 *h，而東加語 ʔ 明確地指向 *q。馬來語 h~∅ 可以反映任何一個來源，在一些詞素與東加語 ʔ（對應關係 1）一致，而在另一些則對應到塔加洛語 h（對應關係 2）。它的主要比較價值在於，在包括塔加洛語而排除東加語的同源詞中的元音中間

位及詞首位置，可以區分 *q 與零標記。在那樣的情況下，田樸夫將表 8.13 中對應關係（1）和（2）混為一談。無論在什麼情況之下，只要是塔加洛語和東加語都有的同源詞，這都將導致了衝突。因為東加語 ʔ- 被指派給 *h，而這意味著塔加洛語 h- 與東加語 ʔ- 兩者之間並沒有產生對應關係。為了避免這種矛盾，田樸夫構擬了 *ʻ-：h- 詞對，將塔加洛語的反映分配給前者，而將東加語的反映分配給後面的變體。

田樸夫所引用的馬來語（Klinkert 1918）來源通常不會有 h~Ø 變體，只會記錄其中一種發音。其結果是，田樸夫有時將馬來語的反映分配給一個帶有 *ʻ- 的變體，有時分配給一個帶有 *h- 的變體：（一）*ʻatəp：塔加洛語 ʼatip，爪哇語 ʻatĕp、馬來語 ʼatap、撒阿語 s-aoʻ「屋頂；茅草屋頂」，（二）*hatəp：雅就達亞克語 hatap「用作建築材料的棕櫚葉」、東加語 ʼatoʻ、Futunan、薩摩亞語 ʼatoʻ「覆蓋屋頂」，（三）*ʻataj：東加語 ʼataiʻ、Toba Batak 語 ʼate-ateʻ、爪哇語 ʻatiʻ、雅就達亞克語 ʼatei、馬拉加斯語 ʻatiʻ、斐濟語 yate-、撒阿語 s-aeʻ「肝臟」，（四）*hataj：馬來語 ʻatiʻ、東加語 ʼateʻ、Futunan、薩摩亞語 ʻateʻ「肝臟」。總之，田樸夫構擬了 8 個 *ʻ-：h- 詞對，這些詞對除了在詞首有 *ʻ-：h- 變體以外，在其它方面完全相同，他也構擬幾個在兩個或多個音段上有差異的詞對，而其不同點中，其中一個一定是喉音。因為田樸夫在任何情況之下，都需要設定詞對，因此，對於他放棄了詞對的構擬，來使某些有問題的語音對應關係變得一致，也就不足為奇了。然而，正如戴恩將所有變體整合在 *z 底下一樣，這些詞對與今天所看到的那些合理的詞對有所不同：它們表現出一種反覆出現的變化模式：田樸夫使用 *h- 所構擬的詞對

具有 *'- 的比率超過 8.5%。戴恩正確地將田樸夫 *'-：h- 詞對反複出現的特徵，視為懷疑的依據，他還提議，將所有這些被分割的同源詞集，全部統一在同一個詞源下與 *q（*qatep「茅草屋頂；屋頂」、*qatey「肝臟」，等等）聯合。

　　戴恩（1953b）將田樸夫的 *'-：h- 詞對統一在一個音位的提議，並不完全是新的。早在 1949 年，他就曾建議，若有東加語同源詞且其反映為喉塞音，就將田樸夫的有氣記號寫成 *ʔ，否則就應將其記為零標記。雖然，這是區分田樸夫所混淆的兩個對應關係的重要第一步，但這並未被使用在所有比較語言的證據中。直到 1953 年，戴恩完全依靠東加語來區分表 8.15 中的對應關係（1）和（3），在 1949 年，因為沒有東加語的同源詞可利用，他構擬了 *ulej「蛆」形式，忽略了馬來語 hulat ~ ulat 的證據。為了使用田樸夫當時術語，戴恩願意在構擬 *q- 時，只相信一種「檢測語言」。在田樸夫於詞首構擬了有氣記號對應關係後，「原始馬來-波里尼西亞喉音（PMPL）」一書的主要進展是，納入了馬來語，做為 *q：Ø 的區分的第二個證明。（與塔加洛語言一起被視為「指標語言」）。因此，戴恩（1953b）透過擴大認定可採納的證據，即使在沒有東加語同源詞的情況之下，亦能區分詞首元音和 *q-。但他繼續給予東加語優先權，比如一從東加語 efu、塔加洛語 abó、爪哇語 awu 等證據構擬 *abuh「灰燼」，這在他的「原始馬來-波里尼西亞喉音（PMPL）」一書中十分罕見的直接錯誤之一，儘管從馬來語 (h)abu 和許多其他的語言而來的證據支持 *qabu 一形式（東加語 efu 顯然反映了原始馬來-波里尼西亞語群的 *dapuR）。戴恩的 *q、*h 和 Ø，在非詞首的反映如表 8.16 所示（C＝元音串的縮減形式，NC＝非縮減形式）：

表 8.16　戴恩（1953b）發現喉音非位於起始位置的對應關係

原始馬來-波里尼西亞語群	-q-	-h-	-Ø-	-q	-h	-Ø
塔加洛語	-ʔ,Ø-	-h-	-Ø-	-ʔ-	-Ø,h-	-Ø
Toba Batak 語	-Ø-	-Ø-	-Ø-	-Ø-	-Ø-	-Ø
爪哇語	h,Ø+NC	Ø+C	Ø+C	-h-	-Ø-	-Ø
馬來語	-h,Ø-	-h,Ø-	-Ø-	-h-	-Ø-	-Ø
東加語	-ʔ-	-Ø-	-Ø-	-Ø-	-Ø-	-Ø

　　在標準塔加洛語中，當 *q 出現在元音中間時，在相似元音間或在相異元音而且其中第一個元音較低的情況下，會變成 ʔ，在其他情況之下則消失。在爪哇語中，在某種條件下，當 *q 出現在元音中間，會變成 h，在其他情況之下則消失。然而，其所造成的元音串，並沒有被縮減。在馬來語，當 *q 出現在元音中間時會變成 h 或 Ø，這情形出現的條件非常相似於塔加洛語的 ʔ 和 Ø 反映所出現的情況。

　　在爪哇語中，*h 消失了，並縮減了鄰接的元音；相似元音產生對應的單元音，元音串 *a + *i 或 *i + *a 產生了 ε，而元音串 *a + *u 或 *u + *a 產生了 ɔ。從表 8.16 可以看出，Toba Batak 語沒有提供有關原始馬來-波里尼西亞語群喉音的訊息，而它之所以被包含於此，只是因為它是田樸夫在「歸納」原始南島語音韻構擬中，所使用的三種語言之一。

　　在兩種情況下，戴恩發現很難根據田樸夫考慮的證據來區分喉輔音和零標記。這些情況涉及（一）位在相異元音之間的 *q 的構擬，其中第一個元音是高元音，和（二）詞尾 *h。在田樸夫所採納

的語言中，只有東加語在相異元音中間且第一個元音是高元音的情況下，才區分出 *q 和 Ø 的不同，但是東加語往往缺乏田樸夫所構擬的 *-uva-、*-uvə-、*-uvi-、*-ija-、*-ijə- 或 *-iju- 的同源詞。為了修正這一缺點，戴恩添加了來自希利該濃比薩亞語、比可語和塔加洛語 Pagsanghan 方言的材料，所有這些材料都保留了在最後音節元音之前的 *q：Ø 區別，如在 *RuqaN（*N＝軟顎鼻音）> 塔加洛語（標準）guwáŋ、塔加洛語（Pagsanghan）、希利該濃語guʔáŋ、比可語 gúʔaŋ、馬來語 ruaŋ「膛」、*buaq > 塔加洛語（Pagsanghan）buwáʔ「水果的額外增長」、希利該濃語 búaʔ「發芽椰子的果肉」、馬來語 buah、爪哇語 wɔh、東加語 fua「水果」。

　　*-h 的構擬帶來了特殊的問題，因為戴恩所比較的語言都丟失了這一個音段。然而，後綴之前的「主題」輔音[13]則暗示了 *-h 和 Ø 之間的原始對比，如在塔加洛語 tubó「甘蔗」：tubuh-án「甘蔗種植園」（< *tebuh）相對於 má:ta「眼」：matá:ʔ -an「要尋找」（< *mata）。在少數情況下，假設的換位被當成 *-h 的補充證據，例如（早期）塔加洛語 tahóʔ < *taquh（田樸夫的 *tahu‘）「知道」。在許多其他情況之下，音韻的證據是缺乏或有問題的，於是就得構擬成詞尾是 *h 或 Ø 這種模稜兩可的情形：*aku(h)「我」、*tuqa(h)「成熟的；老的」、*buqaya(h)「鱷魚」等。現在我們知道塔加洛語詞尾的輔音並沒有提供可靠的證據來推斷 *-h 的構擬，因為相異元音之間的 -h 在歷史上是次要的（例如 abó「灰燼」：abu-h-án「灰坑」< *qabu）。戴恩透過內部構擬假定 *-h 的信心，可能部分來自於考量台灣南島語的證據，正如他所指出（1953b:註腳 79b）Tokuvul 排灣語 tivos「甘蔗」的詞尾輔音支持 *tebuh 的詞尾輔音構擬。然而，台灣南島語的

證據對於原始南島語喉音的構擬，只是暗示在「原始馬來-波里尼西亞喉音（PMPL）」一書的構擬，直到出版超過十年之後，才被認真考慮。

戴恩對喉音對應關係的重新分析帶來三個層面的後果：（一）典型型態、（二）音位庫、（三）特定詞素的音位組成。在最一般層面上來說，戴恩的原始南島語典型型態比田樸夫的構擬理論更符合現代語言實際狀況。單字不再被強制規範其型態，如果有證據可排除構擬喉輔音的話，是允許以元音開始或結束的，詞中元音串亦被允許。在最極端的情況下，這兩種方法間的形式差異很明顯，例如田樸夫的 *ʻijaʻ（CVCVC）對照戴恩的 *ia（VV）「他／她」一樣。當然，單詞邊界構擬為元音，這種典型型態的自由化早在戴恩（1947a）就已經開始了。然而，如上所述，戴恩對喉音的看法在 1947-1951 年間，有相當大的變動。除此之外，儘管他在典型型態這部份具有相當的靈活性，直到「原始馬來-波里尼西亞喉音（PMPL）」一書出版前，戴恩還是堅決維持田樸夫的「同部位音的擦音」（像是滑音 *-y-，*-w-），例如，在戴恩（1949）中構擬 *iya「他／她」。最後，戴恩（1953a）所提出的輔音後 *q 的構擬，在後面的研究中，顯然未再提及。

在詞首和詞尾的位置，戴恩提出三個區分（*q、*h 和 Ø），而田樸夫只承認兩種區分（*ʻ 和 *h）。當出現在元音中間時，田樸夫的 *ʻ 和 *h 區分為上述三個音位，而「同部位擦音」*j 和 *v 則分別在 *q 和 Ø 之間區分開來。在田樸夫的構擬中，他透過增加音節數量，提出了一些相似元音串，或是其中一個是央元音的相異元音串，：*bə(n)tit- > *betiis「小腿」、*təluk > *te + luuk「吠叫」、

*'aliməs >*alimees「看不見的」、*ɣabi' > *Rabii(h)「傍晚」。在最具體的層面上─也就是詞素中的音位組成─戴恩從兩個方向完成對田樸夫的修正:(一)將田樸夫的音位一分為二,以及(二)將一個原始音位的對應關係,重新分配給另一個。

綜上所述,戴恩的喉音理論是具有常久價值的重大成就。當田樸夫混淆了不同的對應關係,而且透過構擬音韻反複出現的原始詞對(「Nebenformen」)來避開錯誤的後果,戴恩的理論是清楚且有條理的。然而,諷刺的是,田樸夫和戴恩所考慮到的對應關係,都不是源自於現在所被認為的「喉音」。一旦我們將注意力轉向台灣的原住民語言,這一點,就變得清晰易懂了。

台灣的證據

1935 年,日本語言學家小川尚義和淺井惠倫發表了一份關於台灣原住民的重要調查報告,其中包括比較詞彙和一些語音對應關係的初步評論。小川和淺井指出,在台灣以外語言反映為 *t 和 *n 的語音,在大多數台灣語言都有兩套對應關係。他們因此提出了 $*t_1$ 相對於 $*t_2$,以及 $*n_1$ 相對於 $*n_2$[91]的區別。因為他們的作品是用日語出版的,並且是在田樸夫的 VLAW 第一冊出版之後才出現,這些提議對田樸夫的結論沒有造成影響。田樸夫於 1938 年去世,他留給後代的原始南島語音韻構擬,成為所有後續更深、更進一步的作品之起點。雖然 Brandstetter 曾經考慮過台灣的證據,但是,他所能使用的資料是有限的,而且,他在構擬「原有印尼語」時,很少使用到這

---

91 小川和淺井也構擬了 $*d_1$ 和 $*d_2$,但這些似乎與田樸夫已經識別出的 *d′ 和 *d/ḍ 區別產生對應關係。

些資料。因此,台灣語言對於構擬原始南島語的重要性,在下一個四分之一世紀之內,沒有得到重視。

在「原始馬來-波里尼西亞喉音(PMPL)」一書的補充說明中,我們得知,戴恩到了 1953 年時意識到台灣的證據,對於了解「喉音」具有潛在價值,但是,他第一次使用台灣的語言材料進行構擬,是在 12 年後。戴恩(1965c)之所以能被人們銘記,有兩種截然不同的原因。一方面,那篇文章相當有說服力地表明,如果不考慮台灣的證據,就不可能對於原始南島語音韻進行充分的構擬。它不僅將小川和淺井關於 *t_1:*t_2 和 *n_1:*n_2 的區別介紹至英語世界(以 *t:*C 和 *n:*N 呈現),它也表明,在 1953 年所構擬的 *q(=喉塞音 ʔ)和 *h 其實應該重新構擬為 *q(可能是一個小舌塞音)和 *S(一個與 *s 截然不同的擦音)。這可被認為是正面、積極的一面。確實,如果那時候有台灣的證據能夠讓田樸夫使用,大部分圍繞著「喉音」構擬的混亂局面,本來是可以全然避免的(連同這個術語的使用也是)。

另一方面,這篇文章加劇了已經存在的一種構擬方法,即放棄語音現實主義,轉而通過構擬區分來標記不規則。如其標題所示,「新的原始南島語音位的台灣證據」,文章主要目的是為證明田樸夫所構擬的音韻系統,不足以用來解釋台灣的資料。至於 *C、*N 和 *S,雖不造成問題,但在該文中的建議已將其提議更往前一步。戴恩表明,在假定 *R_1-*R_4 的情況下,他願意放棄語音現實主義,以便「解釋」最小程度上,不同的語音對應關係。這一趨勢,在戴恩(1962)一文中得到更進一步的發展,並在戴恩(1965c)中,達到了頂峰,完全拋棄了語音現實主義(表 8.17):

表 8.17　戴恩（1965c）新採用的音韻區分

先前的構擬	新的構擬
*t	*t, *C
*n	*n, *N
*q	*q, *Q_1, *Q_2
*h	*S_1 - *S_6
*w	*w, *w_1, *w_2, *W
*Ø	*x_1, *x_2, *X, *H, *ʔ

　　在戴恩（1965c）一文中，五個之前的原始音位（加上零）被轉化成 22 種音位區分。其中的一些，顯然是合理的，例如之前被小川和淺井所提出的 *t/C 和 *n/N 區分。然而，當中有些是不切實際的，在許多的情況下，它們只基於一種語言中一、兩個單詞的不規則性。不同於 *R_1 - *R_4 的構擬，它們被定位是「有問題的」構擬，「希望未來能得到解決方案」（戴恩 1953a: 366），基於台灣證據的新音位特徵，被認為是一種*既成事實*：「許多可歸於原始南島語系的區分，是沒出現在台灣以外的地方」（戴恩 1965c: 303）。與任何其他的文章相比，在此文中，田樸夫和戴恩之間的哲學差異被一一揭曉。田樸夫是語音現實主義者（有時走極端，特別是有關於對稱的概念），戴恩是一個嚴格的結構主義者，他的方法意味著，透過構擬更多的音位區別，可以消除每一個觀察到的不規則現象。換句話說，田樸夫試圖通過語音自然狀態來約束他的構擬理論，而戴恩則致力於使得構擬理論足夠強大，可以「解釋」一切，而不受自然狀態的控制，因此耗盡了任何真正意義上的「解釋」的概念。

不管他的構擬方法有什麼缺點，戴恩的書寫系統，多年來，已經證明了它的實用性，根據這一點，它將被使用來討論所有原始南島語的構擬，除非所引用的資料是出自其他作者使用其他的系統。

8.2　原始南島語音韻：一個關鍵的評估

不意外地，許多年輕的學者認為戴恩的構擬方法是一種退步。這並不意味著他們認為田樸夫的作品完美無瑕，而是田樸夫至少堅持了科學家們所普遍接受的解釋概念：理論必須加以約束，推論必須用獨立的證據來證明。現在是我們瞭解過去的最佳指南…等等。Dahl（1976）經由 Ferrell（1969）得到較新的台灣語言材料，全面地且批判性地評論戴恩的作品。Dahl 拒絕了戴恩的所有新音位，除了 *C（他跟著小川和淺井，將之寫成 *t₂），*N（他寫了 *ł）及 *H，關於後者，他保留了一個問號。他還提議用 *d1、*d2 和 *d3 的三向區別取代田樸夫的 *d/ḍ 區別，這區別是完全基於排灣語中無法解釋的不規則。

表 8.18 中的原始南島語音位庫包含 25 個輔音和四個元音。此外，列出四個雙元音是很有幫助的，雖然它們是語音串，而不是一個固定單位，然而在許多的後代語言之中，他們已被單元音化。

表 8.18　原始南島語音位庫

p	t,C	c			k	q
b	d	z	D	j	g	
m	n	ñ			ŋ	
	S	s				h
	l	N				
	r, R					
w		y				
元音：i、u、e（央中元音）、a						
雙元音（並非音位，而是單元音的歷史來源）：*-ay、*-aw、*-uy、*iw						

　　在不明確的狀況下，這些符號假設的語音值是：*C：清齒齦塞擦音，*c：清硬顎塞擦音，*q：小舌塞音，*z：濁硬顎塞擦音，*D：濁捲舌塞音（僅在詞尾的位置），*j：硬顎化濁軟顎塞音，*S：清齒齦擦音，*s：清硬顎擦音，*N：硬顎化齒齦邊音，*r：齒齦閃音，*R：齒齦或小舌顫音。典型型態是 CVCVC，或 CVCCVC，其中，所有的輔音都是非必要的，而輔音串僅允許出現在重疊式單音節，例如：*buCbuC「拔毛，拔」。中間位前鼻化的情況在台灣以外十分普遍，但無法構擬於原始南島語。

　　關於原始南島語音韻的一個普遍共識是，某些原始音位是完全沒有爭議的，而另一些原始音位可能在兩個方面有問題：（一）它們是否為獨立的音位是值得被質疑的，或者，（二）它們也許被廣泛接受，但它們的語音解釋是不清楚的。在下面的討論中，按發音方法對構擬的音段進行分組，但如果一次將相同發音位置的所有成員一

起處理會更加經濟省時，就可以偏離這種模式。然而，在處理音段系統之前，先討論「對比重音是否可以構擬於原始南島語」，將是有幫助的。

8.2.1 原始南島語是否有音位重音？

田樸夫所構擬「原始南島語（Uraustronesisch）」的音韻，在方法上來說，是很仔細、有系統的，總的來說算是相當成功。他無法令人滿意的兩個方面是：（一）他對「喉音」的處理方式，以及（二）他無法解釋塔加洛語的音位重音。正如現在已經看到的，戴恩（1953b）解決了這些問題中的第一個。然而，第二個問題卻在接下來的 20 年裏繼續惡化。[92]

Zorc（1972）指出，在菲律賓的中部和北部的許多語言中，存在著音位重音。由於倒數第二音節的重音是無標的結構，他推論終極（最後音節為重音的字）重音需要被標註。Zorc 發現，在許多環境中，Tagalic 語群的最後音節為重音的字，它的重音應該可以預測：（一）在中間位輔音串之後，（二）在倒數第二個非重央元音之後，（三）在輔音丟失之後，以及（四）在某些形式的類別中，似乎可以重音模式來區分（例如：主題代名詞、除了「十」之外的數字、直接稱呼形式、疑問助詞（詞首、詞尾）、否定詞和指示語等，在大多數的 Tagalic 語中，都是詞尾重音的）。最後，重音對比攜帶了構詞上的訊息，例如塔加洛語裡的 *tápus*「去完成」相對於 *tapús*「已

---

[92] 正如同 Zorc（1978: 67）指出，這個缺點是 Laves（1935）主要關注的問題，VLAW 第一冊承受了過於嚴厲的評論。

完成」。他以一個問題總結（Zorc 1972: 53）：「原始 -Tagalic 繼承了或革新了它的終極重音？」

Zorc（1978）提出了一個類似的問題，但有一個是針對原始菲律賓語（PPH）的構擬。在以下三方面，這篇論文與其先前對於原始 Tagalic 重音的討論有所不同。（一）它檢查了整個菲律賓語群的對比重音，（二）它的結論是「原始菲律賓語有對比重音」（1978: 89），以及（三）它認為原始菲律賓語對比重音是繼承自「原始 Hesperonesian」[93]。這些論點之中的最後一個，是試圖尋找在菲律賓群以外的語言群中，找到對比重音的證據，而對比重音，現在已經不存在這些語言裡了，因此，訴諸於「維爾納定律」（Verner's Law）的南島語版本。

Zorc 指出，菲律賓語言中的重讀元音很長，而非重讀元音很短。如果長度被假定為是主要的而重音是衍生的，則可以將對比重音證據的搜尋擴展到非菲律賓語言。田樸夫已經觀察到，早在 1924 年，在非重央元音（其本質是短的）之後的輔音往往會產生疊音，但是，Zorc 認為，這種輔音的重疊，在菲律賓語言中，可以發生在任何短元音之後。如果是這樣，這種輔音的重疊，提供了一個線索給早先時候的詞尾重音，即使這些語言沒有（或已不再有）對比重音。Zorc 用位於爪哇北部，馬都拉島上所使用的馬都拉語資料做為一個測試用例。他舉了 10 個馬都拉語的詞，而這些詞帶有中間位疊

---

93 這個詞的含義不明確，雖然它可能是指戴恩的（1965a）「Hesperonesian Linkage」，一個從詞彙統計法的角度來看的定義分群，其中包括西印度尼西亞和菲律賓的大多數語言，但把 Tontemboan，帛琉語和查莫洛語排除在外。

音，而其在菲律賓的同源詞中，帶有詞尾重音（亦即倒數第二音節的短元音）雖然他承認在馬都拉語的輔音疊音有多種來源，並認出少數對應關係規則的例外情況，他仍推斷，在「原始 Hesperonesian」之中，有足夠的證據來假定對比重音。然而，仔細檢查可構擬前期-原始菲律賓語（pre-PPH）重音的馬都拉語證據，它們並未能夠支持這一個結論。表 8.19 列出 Zorc 對於短元音—疊音的對應關係（A 部分）的相關證據，以及反證（B 部分）。出於統一、連貫性的考量，原始菲律賓語的形式被寫入時，是帶著重音，而不是音長：

表 8.19　菲律賓重音與馬都拉語疊音

	原始菲律賓語	馬都拉語	語意
	A)		
1.	laŋúy	laŋŋoy	游泳
2.	bukáq	bukka?	打開
3.	qasín	assin	鹹的
4.	basáq	bassa	潮濕的
5.	pitú	pittu	七
6.	walú	ballu	八
7.	halíq	alle	移動
8.	taqás	attas	在…之上
9.	tudúq	tojju	指向
10.	labúq	labbhu	向下
	B)		
1.	qatép	ata? (not -tt-)	屋頂；茅草
2.	balík	bali? (not -ll-)	返回
3.	limá	lima (not -mm-)	五

	原始菲律賓語	馬都拉語	語意
4.	hapúy	apoy (not -pp-)	火
5.	uRát	ura? (not -rr-)	血管
6.	matá	mata (not -tt-)	眼睛
7.	láŋit	laŋŋe? (not -ŋ-)	天空
8.	túkuŋ	tokkoŋ (not -k-)	無尾的
9.	túba	tobba (not -b-)	（植物）毛魚藤的根部

　　如 4.1.2 所示，在大多數菲律賓語言之中，最後音節為重音的單詞數量超過了倒數第二音節有重音的單詞。在馬都拉語之中，所有的輔音都是在非重央元音之後，形成疊音的，但是，在其他的元音之後，單輔音的數量比疊音多出至少十倍。那麼，透過隨機聯結，我們可以預計大多數都是（一）最後音節為重音的單輔音詞，這似乎是事實，因為，在 B1-6 之下，存在著數百個例子。其餘偶然產生的聯結，按照層級排列，有（二）倒數第二音節為重音的單輔音詞（有許多例子），（三）最後音節為重音的疊音詞，和（四）倒數第二音節有重音的疊音詞。Zorc 僅列出第 3 類型，而且沒有列出相關統計資訊。然而，基於隨機聯結，我們預期第 3 類型的數量將是第 4 類型的兩倍，因此，得出的結論是，該主張的反證與支持的證據，具有差不多相同的效力。[94]

　　Zorc（1983）第三次回到這個話題，提出了「維爾納定律」的

---

94 必須補充的是，除了非重央元音之外，在短母音之後，產生輔音疊音的情況的證據，是非常有限的，而且這種過程，在大多數的 AN 語言中，是完全沒有的。

另一個南島語版本。在北砂勞越的一些語言中，原始南島語的濁阻音分為兩個系列。在某些語言中，一個系列包含可能被描述為語音上無標的輔音，另外系列則為語音上有標的輔音。在其他語言中，這兩個系列都包含無標的輔音，然而，跨語言的語音對應關係是不常見的，這表示它是從語音上複雜原型所衍生而來的。Blust（1969, 1974b）認為這些複雜輔音具有原始北砂勞越語濁阻音串加上 *S 的屬性，這是當 *S 仍是一個擦音時，因元音省略所衍生而來（Kenyah＝Long Anap 高地 Kenyah 方言）：

表 8.20　假設的原始北砂勞越語 *S 音串及其反映

原始北砂勞越語	格拉比語	吉布語	Kenyah	Miri	Bintulu
*b	b	b	b	b	b/v
*bS	bʰ	s	p	f	ɓ
*d	d	d	d	d	r
*dS	dʰ	s	t	s	ɗ
*j	d	j/c/s	j	j	j
*jS	dʰ	s	c	s	j
*g	g	g/k	g	g	g
*gS	gʰ	k	k	k	g

　　PNS *bS、*dS、*jS 和 *gS 的格拉比語反映是「真正的濁送氣音」，就如同 Ladefoged（1971）所定義的：它們以濁音起始，但以清音結束，將非必要的清音音節首帶到接下來的元音。有幾個原因可以假定 *S 音串出現在原始北砂勞越。如果沒有這一個假設，就很難解釋格拉比語裡的 *bʰ* 與吉布語 *s* 的對應關係。除此之外，Blust 注

意到（1974b）在格拉比語中，i、u、和 a，可以出現在單純濁阻音之前，並且 i、u 和 ə 可以出現在濁音送氣之前。因此，在這些個別環境中，原始南島語 *a 和 *ə 的對比以不同的方式被抵銷。由於倒數第三個 a 在北砂勞越語言中跟非重央元音一起被中立化了，這一觀察似乎支持了用 *S 構擬一個附加音節：原始馬來-波里尼西亞語 *taliŋa > 原始北砂勞越語 *təliŋa「耳朵」，因此原始馬來-波里尼西亞語 *dakdak 修改為 *da-daSak > 原始北砂勞越語 *dədSak「壓實泥土」。在許多情況下，用包含 *S 的附加音節所進行的構擬，似乎能夠很好地解釋語料（在大多數其他語言中，沒有出現過問題，因為 *S 變為 h，並且經常在三音節中的相似元音之間消失，即使它本來是保留的）。然而，在其他的語言中，這一個假設，產生了矛盾的現象，特別是台灣同源詞未能支持這個新的 *S 的情況下。於是，Charles（1974）、Dahl（1976）和 Zorc（1983）都否決了這一種假設。

Zorc（1983）聲稱，北砂勞越語言的異常阻音，在菲律賓的同源詞形式裡，始終接在一個短元音之後。在一般的情況而言，這是事實，但是，在這個位置，也有許多正常濁阻音的例子。換句話說，以下類別，看來好像出現了對應關係：（一）最後音節為重音—正常阻音，（二）最後音節為重音—異常阻音，（三）倒數第二音節有重音—正常阻音。相比之下，倒數第二音節有重音—異常阻音的對應關係，很少出現或根本不存在。這個假設的問題，如同第一個 AN「維爾納定律」版本，將菲律賓重音和馬都拉語的疊音連結，其所提出的相互關係，無法雙方面地做預測：北砂勞越語言濁阻音的異常反映，往往預測了菲律賓最後音節為重音。但是，菲律賓最後音節為重音的反映，不能預測在北砂勞越語言濁阻音的異常反映。

除此之外，為什麼北砂勞越語言濁阻音的異常反映的發生，經常能夠成功地預測菲律賓的最後音節為重音是有一種自然的解釋。Charles（1974）是第一個提出了調整的建議，他認為原始北砂勞越語 *S 串的構擬，應當被替換為疊音輔音，而其源自二個主要的來源：（一）在 *ə 之後，疊音自然的產生和（二）在單音節重疊式中間位的第一個輔音之完全同化：

表 8.21　異常濁阻音的原始北砂勞越來源之修訂

原始馬來-波里尼西亞語	原始北砂勞越語	格拉比語	吉布語	**Bintulu**	詞義
*qabu	*abu	abuh	abəw	avəw	灰燼
*tebuh	*təbʰu	təbʰuh	təsəw	təɓəw	甘蔗
*buhek	*əbʰuk	əbʰuk	suaʔ	ɓuk	頭髮
*bahaq	*əbʰaʔ	əbʰaʔ	səiʔ	ɓaʔ	水
*bukbuk	*bubʰuk	—	busuaʔ	—	象鼻蟲
*bahaR	*əbʰaR	əbʰar	—	—	腰布、纏腰帶
*pajay	*paday	pade	padəy		水稻
*qapeju	*pədʰu	pədʰuh	pəsuaʔ	lə-pədəw	腫痛、擦傷
*dakdak	*dədʰak	dədʰak	—	—	把泥土夯實
*tujuq	*tujuq	tuduʔ	tucəuʔ	tujuʔ	七
*haRezan	*əjʰan	ədʰan	asin	k-əjan	梯子

根據這一修訂，在北砂勞越語言中，原始馬來-波里尼西亞語濁阻音的大多數異常反映，反映了疊音（在 *ə 之後自動產生），在原始北砂勞越語分裂以前，產生了最終的濁音清化。這本身並不意外，因為，在產生疊音輔音的期間，難以使阻音維持濁音，因此，

一般而言，清塞音發生疊音的頻率，遠比濁塞音產生疊音的次數，要來得多。由於倒數第二音節的非重央元音和中間位輔音串，可以預測原始菲律賓的詞尾重音，也難怪，在北砂勞越語言裡，濁阻音的異常反映，可以用來預測菲律賓最後音節為重音的產生。

Dahl（1981a: 108 頁起）對於是否需要構擬原始南島語的對比重音表達其不確定性，因為在台灣和菲律賓的語言，重音的對比，沒有明確一致性，但是，Ross（1992: 50）主張，魯凱霧台方言在同源詞形式裡，顯示了重音配置的一致性：「霧台方言的最後音節為重音的詞，很顯然是原始南島語對比重音的最後殘留。它們通常與原始菲律賓語（PPH）最後音節為重音的詞，產生對應關係，因此，據推測，反映了原始南島語最後音節為重音的字。」然而，相關的證據無法支持 Ross 的主張，因為他所提議支持霧台-原始菲律賓語相互關係的例子，與產生抵觸例子所發生的頻率，幾乎一樣（Blust 1997d）。

根據 Tsuchida（1976: 第 210 頁起）的建議，對比重音必須假定於原始鄒語，Pejros（1994: 125）認為，這種重音源自於原始南島語中的類似特徵，一旦它被識別，*t/C 的區別「可以被解釋為台灣南島語的第二級衍生，這是基於一個古老的重音系統，而這個系統現在只反映在鄒語中。」Pejros 並不試圖找出鄒語系元音減縮和原始菲律賓重音對比之間的相互關係，而他的結論是，構擬一個「早期的台灣重音系統」是有可能的，但是這是令人費解的，不論是其假定有一個台灣的分群，但卻沒能拿出證據，或是主張可以構擬原始南島語語言中的對比重音，但是，這個主張僅僅是根據單一語言或緊密結合的分群材料。由於他的提議與 Wolff 的提議，在很大程度上

重疊，Wolff 的提議，將在下方的 *t/C 和 *ñ/N 的對比討論中進行審視，因此，似乎沒有必要在這裡進行更深一層的討論。

8.2.2 清塞音

清塞音 *p、*t、*k 和 *q 的構擬是沒有爭議的。前三個音的大量證據是由田樸夫（1938）所提供的，而戴恩（1953b）則是對 *q 提供了證據。大家一致認為，*p、*t 和 *k 是不送氣清音。當有足夠的材料時，從廣泛分離的語言所提供的證據顯示 *t 是後齒音，而 *d 和 *n 是齒齦音。雖然戴恩對於 *q 的語音解釋做了註解、避免直接答覆（1953b: 1, 50, 註腳 2），他猜測「原始馬來-波里尼西亞語群的 q 不是（a）喉塞音，就是（b）喉擦音。」他後來駁回了這個觀點，而這個觀點，當今普遍都否定了它，而贊成 *q 是小舌塞音的看法。Blust（1999b: 43）發現有四個台灣南島語可以證明 *q 的構擬（原始泰雅語群、排灣語、邵語、布農語），在這些語言 *q 被體現為小舌塞音，而在四個語言（阿美語、賽夏語、卡那卡那富語、拉阿魯哇語）裡，被呈現為喉塞音，在道卡斯語，顯示為 h，而在泰安卑南語被反映為清咽喉擦音（寫成 H）（Tsuchida 1982: 190），並且在其他的十一個語言（龜崙語、巴賽語、社頭方言、噶瑪蘭語、西拉雅語、洪雅語、巴布薩語／法佛朗語、Papora、巴宰語、鄒語、原始魯凱語）顯示為零。很清楚，至少在中部阿美語裡，*q 的反映是會厭咽喉塞音（Edmondson, Esling, Harris & Huang 2005）。道卡斯語的 h，早在日本殖民統治時期，就被在語言學方面未經訓練的觀察者記錄下來，而其確切語音特性是未知的。

儘管這些反映中的一部份涉及到較低階分群的直接共同祖先的單一演變，如巴賽語、社頭方言和噶瑪蘭語，或洪雅語、巴布薩語／法佛朗語和 Papora，但是，即使沒有考慮到這種可能性，也不影響根據 *q 的語音值而得到的證據平衡。概括來說，從台灣的證據可以推論，演變路徑是緩和的：小舌塞音的位置，往後變成喉塞音（有時會同時具有會厭的或是咽喉的特徵），之後在大多數的語言中消失，只在兩個例子中變成喉音或是喉擦音。

　　在馬來波里尼西亞語中 *q 是少見的，如果有的話，會被視為反映小舌塞音。一般來說已不存在，若有被保留通常會是喉塞音。菲律賓和婆羅洲大多數的語言，南蘇門答臘的熱洋語、麥克羅尼西亞的帛琉語和查莫洛語，還有一些零散的大洋洲語群語言，包括 Bonga、東加、萬那杜的 Makura 和 Mataso 以及波里尼西亞的東加語、Rennell-Bellona 和 Rapanui 都是如此。在菲律賓和西印尼的多數地區，*q 在中間位和詞尾時會被呈現為喉塞音，在詞首它已經與零標記合併。在蘇拉威西屬於 Bungku-Tolaki 語群（Mead 1998）的語言中，只有中間位的喉塞音被保留下來，但是從其降低前面的高元音，能看出喉塞音曾經存在於詞尾。在這些語言中，喉塞音只有一個來源，但是在一些大洋洲語言中，例如新幾內亞尾端附近的 Molima、Bunama、Suau 和 Wagawaga 裡，*q 被反映為喉塞音，但是，已經與 *k 的弱輔音的反映合併，也可能已經經歷過曾為軟顎音的階段。

　　在台灣之外，或許 *q 第二個最常見的反映是 k，通常是隨著 *k 轉變為喉塞音或零標記而來。這在一些菲律賓語言中可發現，包括 Tagbanwa Kalamian、阿古塔亞語、Tboli 語和比拉安語，Mergui 群島的 Moken-Moklen 語、Moluccas 中部的 Watubela 語、Manus 語以

及在海軍部群島附屬國家的一些語言—Kis 語、Sera 語、Kairirru 語、Bam 語、Medebur 語，還有一些在新幾內亞北海岸很少被提及的語言—Mapos 語 Buang 語、Mumeng 語，一些在新幾內亞 Markham 北部山谷的語言、在 Dawawa、Tubetube，還有在新幾內亞 Massim 地區的其他語言。Markham 山谷裡的一些語言中顯示 *q 和 *k 的部分合併，*q 的反映會偏向 g 而不是 k（Ross 1988: 139）。

擦音的反映較不常見，但 *q 在東南亞大陸的占語，被反映為 h，而在馬來語及有些東南亞島嶼上的近親，如巽它語、爪哇語、Lampung、Nias 語和北部 Batak 語，反映為 h 或 Ø。*q 變成 h 的情況，在大洋洲語群裡，是不太常見的，儘管這種發展，出現在新不列顛島上的拉卡萊，在中部索羅門群島的龍宇語，並偶爾出現在其他的地方；在大洋洲語群更為常見的發展是 *q 與 *k 的反映合併為 ɣ（Ross 1988）。類似的變化，也在蘇拉威西東南部的 Muna 被發現，其中 *q 被反映為濁軟顎擦音，書寫為 gh（雖然這裡還沒有與 *k 合併）。最後，雖然帛琉語的 ch- (< *q) 現在代表喉塞音，在以德語為本的書寫系統，反映了這個音在一個多世紀以前，被記錄為清擦音的事實。一般的假設是，這是一個軟顎擦音，雖然，它是喉音的可能性也不能被排除。

8.2.2.1　PAN *C

如前所述，*t$_1$/t$_2$ 和 *n$_1$/n$_2$ 的對比，最早是由小川和淺井（1935）所提出的。這些區別被戴恩（1965c）所認可並重新記為 *t/C 和 *n/N，並且幾乎被所有的南島語專家所接受，其中包括 Ferrell（1969）、Blust（1969, 1970a）、Li（1972, 1977b）、Dahl（1976, 1981a）、Tsuchida

（1976）、Ho（1978）、Zorc（1982）和 Ross（1992）。然而，Wolff
（1991）指出 *t 和 *C 是單一音位的同位異音，由重音所決定：*C
出現在具有詞尾重音的雙音節，以及出現在倒數第二音節有重音的
三音節，而 *t 出現在其他地方。因此，他的理論是假設音位重音可
以構擬於 原始南島語。

　　原始南島語的重音對比證據如下。首先，台灣南島語中的卡那
卡那富語和魯凱語具有對比重音（或元音長度）。然而，在 Wolff
（1991: 537）所提出的幾個限定條件中的第一個：「魯凱語並沒有提
供任何證據給台灣南島語前身的重音構擬。」在另一方面，鄒語、
茂林魯凱語和泰雅語，在一些構擬的雙音節反映裡，呈現出削弱倒
數第二個元音，這種現象，被視為是早期最後音節為重音的形式，
而這個重音形式已經不再直接出現於這些語言裡。Wolff 的第二個限
定條件（1991: 537）是「然而，泰雅語對於原始語詞根的重音模式
而言，並不是一個很好的證明。」他的第三個限定條件認為「鄒語
除了在詞素音韻的層次外，已經失去了對比重音」因此，這種語言
不能做為原始南島語動詞上重音對比的證明。在接下來的段落，他
給出了他的第四個限定條件：「所有的南島語重音模式都受到類比變
化的牽制…鄒語和卡那卡那富語的動詞形式，很少給予詞根重音提
供證據，因為重音的轉變是動詞構詞的一部分…總之，在語言的重
音模式上，常常沒有一致性。」儘管存在著各式各樣的困難，Wolff
推斷（1991: 537）原始南島語的對比重音理論可以是基於「對宿霧
語和塔加洛語詳細的研究以及在鄒語和泰雅語資料上詳細的檢查。」
鑒於他的第二個限定條件，這種說法是令人驚訝的，但他仍然提出
了原始南島語重音構擬的原則：「（a）名詞及一些非靜態形容詞，在

無加綴的情形下，傾向於保持不變，（b）在菲律賓語言動詞詞根裡，主事焦點的重音模式往往反映了其所繼承而得的重音模式。台灣南島語言的動詞形式，很少提供證據。」這些說法都總結在表 8.22 裡：

表 8.22　根據 Wolff（1991）用以推斷原始南島語對比重音的來源

語言	動詞	無加綴型式（大部份是名詞）
卡那卡那富語	否	是
魯凱語	否	否
鄒語	否	是
茂林魯凱語	否	是？
泰雅語	否	否？
塔加洛語	是（僅在主事焦點）	是
宿霧語	是（僅在主事焦點）	是

　　總而言之，Wolff 最看重菲律賓中部語言。事實上，他的構擬策略，在本質上認為原始菲律賓語言的重音等同原始南島語的重音：「一種常見的情況是，台灣南島語言之間存有分岐，但菲律賓語言顯示出一致，並證實了我們在這裡試圖想證明的假設（1991: 538）。」

　　這種說法存在著嚴重的問題。首先，由於所有的比較材料[14]裡，有 90% 左右是雙音節，主要有兩種可能的重音模式：最後音節為重音以及倒數第二音節為重音。這些因素的組合（在雙音節裡兩種可能的重音模式、台灣的證據內部不一致，以及菲律賓證據內部的一致）基本上產生了三種比較的條件：（一）台灣的證據明確地指向這些模式中的一個，並與菲律賓的證據是一致的，（二）台灣的證據在內部呈現不一致，但任何一個模式都可以與菲律賓的證據做比較，

（三）台灣的證據是呈現內部一致性的，但是與菲律賓的證據不一致。Wolff 取前兩個條件做為原始南島語重音的證據。他的步驟所承認的唯一反證是，台灣的證據所呈現出來的結果內部是一致的，但是與菲律賓所呈現的證據不一致。由於 Wolff 指出，他所承認的台灣證據（重音對比，元音弱化）往往是內部自相矛盾的，這使得幾乎所有的同源詞集都自動支持他的假設，即菲律賓語言的重音模式與原始南島語中所呈現出來的模式相似。

其次，Wolff 只有將台灣南島語言裡的對比重音和元音弱化計算在內，做為原始南島語重音的證據。這是一個奇怪並難以解釋的限制，因為他的假設意味著所有區分 *C 和 *t 的語言都提供了原始南島語重音對比的證據。通過去除這個反覆無常的限制，其他許多台灣南島語言，變得可以用來測試這個假設，包括卑南語、排灣語、賽夏語、巴宰語、邵語、魯凱族的所有方言，以及現在大部分西部平原已經滅絕的語言。但是，這些語言幾乎都是內部一致地指向 *t 或 *C。更令人費解的是為什麼 Wolff 已經排除有關以 *t/C 對比為根據的原始南島語重音的推論，因為這些滿足了條件（三），且是構成允許他的測試比較的唯一語料庫。

第三，當相關的證據被收集完畢，*t/C 對比與音位重音的交互作用並不支持 Wolff 的論點，即 *C 出現在重音在詞尾的雙音節詞，或出現在重音在倒數第二音節的三音節詞，而 *t 出現在其他情況。姑且先不說這對於同位音分布的決定是非常奇怪，例如，它與從「維爾納定律」所看到明確的超音段情況完全不一樣。它錯誤地預測邵語 t-、排灣語 tj- 會對應菲律賓語言倒數第二音節為重音之詞，而邵語 c- 及排灣語 ts- 會對應到菲律賓語言最後音節為重音之詞。表

8.23 引用 Wolff 稱之為原始南島語 *t- 相關的比較，（忽略翻譯中的次要語意區別，省略重疊式單音節，因為這些在塔加洛語跟宿霧語之中，都是最後音節為重音的詞）：

表 8.23　菲律賓語言中 Wolff 構擬的原始南島語 *t 與重音的關聯性

A. 支持的例子

邵語	排灣語	塔加洛語	宿霧語	語意
tukus	tjukəz	túkod	túkud	支持
tusuq	tjuzuq	túloʔ	túluʔ	滴、漏出
tusuq		túroʔ	túruʔ	指向
shaqish	tsaqis	tahíʔ	táhiʔ	縫合
	tsəvud	tubúd		泉；源頭
	tsiŋas	tiŋá	tiŋá	牙齒縫裡的食物
	tsiqaw		tiʔáw	秋姑魚

B. 對立的例子

邵語	排灣語	塔加洛語	宿霧語	語意
talhaq		tagáʔ	tágaʔ	砍倒
	tjalʸək		tanúk	煮沸
tapish	tjapəs	tahíp	tahúp	簸、吹開糠皮
turu	tjəlu	ta-tló	tulú	三
	tjəvas	tibáʔ	tubáʔ	砍伐植被
tufúsh	tjəvus	tubó	tubú	甘蔗
	tjəza	tirá	tulá	剩菜剩飯
tiaz	tjialʸ	tiyán	tiyán, tíyan	肚皮
tuza	tjulʸa		tuná	鰻魚
	tjuqəz	tuʔód	tuʔúd	樹樁

邵語	排灣語	塔加洛語	宿霧語	語意
cakaw	tsakaw	tákaw		偷
canit	tsaŋitj	táŋis	taŋís	哭泣
	tsalis	táliʔ	táliʔ	繩索
	tsapa	tápa	tápa	肉乾
	tsapəl	tápal	tápal	補釘、修補
caqi	tsaqi		táʔi	排泄物
caw	tsau	táʔo	táʔu	人
cawa		táwa	tawá	笑
	tsətək	túsok	túsuk	刺穿
	tsusu	túhog	túhug	（用線）串起

　　正如在宿霧語中所見到的，*tiyán*、*tíyan*「肚子」，重音的變體甚至發生在相同的菲律賓語言。除此之外，儘管在菲律賓語言中對於重音的模式有強烈的傾向使其一致性，仍有跨語言的變體，如邵語 *talhaq*、塔加洛語 *tagáʔ*、宿霧語 *tágaʔ*「降低」，邵語 *canit*、排灣語 *tsaŋitj*（預期形式 **tsaŋit）、塔加洛語 *táŋis*、宿霧語 *taŋís*「泣，哭喊」，邵語 *cawa*、塔加洛語 *táwa*、宿霧語 *tawá*「笑」，或邵語 *shaqish*（< *caqish*）、排灣語 *tsaqis*、塔加洛語 *tahiʔ*、宿霧語 *táhiʔ*「縫」。這種變異帶來的不確定性通常可以藉由關係較遙遠的其他菲律賓語言來消除。因此，伊洛卡諾語 *tián*「肚子」體現 PPH *tián*「肚子」，比可語 *tagáʔ*「切割，劃開」，伊洛卡諾語 *tagá*「修整，使成形（通過切割）」證實 PPH *taRáq*「切割，劈砍」，伊洛卡諾語，伊斯那格語 *sáŋit*「哭泣，哭喊」證實 PPH *táŋis*「哭泣，哭喊」，伊洛卡

諾語 *katáwa*「笑」證實 PPH*táwa*「笑」，而比可語，Haunoo *tahiʔ* 證實 PPH *tahíq*「縫」。因此，我們剩下七個支持的例子和 20 個相互衝突的例子。僅憑偶然性，我們就可以預期，由重音分佈和 *t/C 區別的交叉所造成的四個單位中的每一個單位，都會出現 6.75 個例子，但是體現值是 *t：P = 3、*t：O = 10、*C：P = 10 和 *C：O = 4（其中 P = paroxytone（倒數第二音節有重音的詞），而 O = oxytone（最後音節為重音的詞））。這表明，在統計學上，Wolff 的主張有值得注意的負相關，而這就需要解釋。

在 Wolff 自己的報告中，菲律賓語言的重音與台灣的南島語言的 *t/C 對比關係，更趨近於隨機。例如在其他學者分配給 *C- 的對應中，Wolff 發現七個支持他假說的例子，但是有十三個例子呈現出問題。在中間位的位置，有八個支持的例子以及五個有問題的例子，但是，只有六個支持的例子同時涉及菲律賓語言和台灣語言的同源詞。詞尾有三個支持的例子以及四個有問題的例子，而他所給予的其他例子與前述情形大致相同。Wolff 駁斥了這種大規模的反證，理由是重音移轉在加綴之下很常見，因此，次重音的發展可能使最初的模式變得很難理解。然而，如果沒有明確的證據來證明這種次重音的干擾，讀者基本上只能憑信心接受這個論點，而 Wolff 消除 *C 的嘗試，僅促使少數人改變其信念。

8.2.2.2　原始南島語 *c

*c（最初由田樸夫所提出）的構擬呈現了截然不同的問題。Wolff 建議省略這一個音段，而 Ross（1992）也同意這一個觀點，而 Dahl（1976: 84）則不認同這個觀點。正如 Ross 正確地指出，證

明 *c 的問題在於它只存在於南島語家族的一個主要分支裡。事實上，只有印尼西部和東南亞大陸的 20-25 種語言把 *c 和 *s 相互區分開來，包括所有的占語（Thurgood 1999: 81）、伊班語、馬來語、Karo 和 Dairi-Pakpak Batak 語、熱洋語、Lampung、巽它語、爪哇語、馬都拉語、峇里語、撒撒克語、布吉語、Makassarese 和其他一些南蘇拉威西語。很少有被提議的語音區別使得南島學者們的意見分歧。Mills（1975）將 *c 分配給原始南蘇拉威西語，Nothofer（1975）將 *c 分配給他的「原始馬來-爪哇語」（一個偽分類），而 Adelaar（1981）將 *c 分配給原始巴達克語。雖然這些構擬的語言共享含有 *c 的同源詞形式，但是一直以來，將 *c 分配給一個更上層的原始語都是有待證明，這原始語言不僅是這些被構擬的語言的祖先，也是菲律賓、印尼東部、大洋洲和台灣的語言的祖先。支持和反對 *c 出現更上層語群的論點，全部總結在圖表 8.2 之中：

圖 8.2 　將 *c 構擬於原始馬來-波里尼西亞語或原始南島語的支持及反對論點

反對	支持
1. 僅在印尼西部發現	*c 或大量無條件分裂
2. 透過向馬來語移借而傳播	在單音節詞根中發現
3. 基本詞彙中不存在	與其他硬顎音形成一系列音

　　反對 *c 的第一個論點已於前面提出：*c 的獨特反映僅限於在印尼西部的二十多種語言，雖然，這些語言沒有形成一個分群，而且在地理位置上是間斷的，包括在西南婆羅洲，蘇門答臘北部和南部的語言，爪哇─峇里─龍目島和蘇拉威西的南部。很顯然，*c 的證

據很稀少，不能怪罪它本身，這是無可奈何的事。極少數的大洋洲語言保留了硬顎鼻音 *ñ 的獨特反映，但是人們普遍認為這一個音段形成了原始大洋洲語言的音韻系統的一部分（Blust 1978a）。正如前面所述，證明一個構擬的區別是否合理，關鍵不是跨語言的頻率，而是其反映的分佈狀況：如果這些反映被限制在一個單一的主要分群，必須要有可以令人信服的情況來證明一個實證的語音對應關係，是整個語群的共同祖先的原始音位之反映。原始大洋洲語群（POC）*ñ 的構擬是肯定的，因為含有硬顎鼻音的同源詞形式，不僅出現在大洋洲語群的幾個主要分群裡，也出現在非大洋洲語群的南島語言之中。舉一個比較極端的例子，有一個強而有力的證據證明菲律賓語群的存在，但是，加班邦安語是這一個分群之中，唯一保留了未與 *n 合併的 *ñ 的反映。這裡原始音位的區別，僅限於一個主要分群，而訴諸於外部的證據是必要的，用以強化對原始菲律賓語群（PPH）*ñ 構擬。

除了通常被分配到「西部馬來波里尼西亞」群這樣的說法以外，這些保留了 *c 反映的語言之分群關係，仍然是含糊不清的。那麼，可以加強構擬原始馬來-波里尼西亞語群或原始南島語 *c 的論點則是一個來自印尼西部以外地區之證明，如此一來，將允許 *c 在南島的譜系樹上移動到更上層。至少有兩個學者提出這樣的建議。戴恩（1949: 424-425）提出，特拉克語反映 *c 為 *s*，但是 *s、*z/Z 和 *j 被反映為 *t*。稍晚之後，這個建議又再一次的被 Goodenough（1961: 124）所採納，他聲稱 *c 與其他的硬顎阻音有所區別，不僅是在 Chuukese，還有在羅圖曼語和吉里巴斯語。然而，這一項提議，並沒有被普羅大眾所接受，在當前原始大洋洲語音韻構擬之中，並沒

有造成任何影響（Blust 1978a: 116-117; Ross 1988）。因此，我們不得不結論，*c 要嘛沒有存在於原始馬來-波里尼西亞語群或原始南島語，要嘛就是它非常不穩定，並且在幾乎所有倖存的語言裡與 *s 合併。

第二個反對 *c 的論點是，很多出現在田樸夫（1938）所構擬的形式是來自馬來語的借詞。其中包括了眾所皆知的構擬，例如 *candu「鴉片」、*caŋkul「鋤」、*caremin「鏡子」、*campur「攪拌、去混合」、*cium「親吻」（來自孟高棉的來源）、*cuba「試試看」、*baca「閱讀」（源自梵文）、*kaca「玻璃」（源自梵文）、*ka(n)caŋ「豆子」、*kunci「鑰匙」、*racun「毒藥」，以及 *ucap「陳述意見」。這些馬來語的借詞，出現在婆羅洲沿海地帶的語言之中、在蘇門答臘、菲律賓、巽它語、爪哇語以及馬都拉語之中。

反對 *c 的第三個論點是，它未出現在 Swadesh 200 核心詞表裡，也未出現在其他類似詞表中。這是一個對於任何原始音位之構擬的嚴重反證，因為其代表的意義是它是借移的產物。然而，它並不一定會是一個無可挽回的異議。有充分證據支持的原始音位，在基本字彙出現頻率上會有明顯的差異。在一個原始馬來-波里尼西亞語群的 Swadesh 200 核心詞表中，濁軟顎塞音 *g 只出現在 *gemgem「握拳」和 *gurgur「打雷」（Blust 1993b），但正如下方所示，將之構擬於原始馬來-波里尼西亞語群和原始南島語，都得到了充份的支持。

雖然這三方面的考慮似乎排除了原始南島語 *c 的構擬，但至少有其他三個理由支持原始南島語清硬顎塞擦音的構擬。首先，如果沒有 *c，要分配給它的對應關係必須重新分配給 *s，因為在大多數

的語言並沒有將 *c 和 *s 區分開來。但是，這個將導致無條件音位分裂（田樸夫從 48 詞源推定 *c- 的構擬，且自那時起，在 PWMP 或原始馬來-波里尼西亞語群有至少 47 個含有 *c- 的形式被構擬）。基於以下四個之一或多個原因，*c- 的比較構擬都存在著瑕疵，Wolff（1982: 3）因此提出要將 *c 去除：

1. 它們是擬聲詞，或者可能受到類比的影響；
2. 它們僅限於與馬來語較密切接觸的語言，而且可能是外來語；
3. 有些含 *c 形式的比較，在語意上是不相關的，或者在形式上，顯示出歷時的不規則；
4. 原始形式可以用 *s 構擬。

其中一些評論的基礎是明確的，在一些情況之下，對於 *c 持有懷疑的態度是合乎常理的。然而，在其他地方，拋棄 *c 的嘗試似乎很牽強，甚至被「演繹推理」決定所激發。因為不能因為一個詞是擬聲的，就決定這是一個無效的比較。許多擬聲詞顯示規律的語音對應關係和任何其他形式一樣多，並且，他們也很少移借。因此，沒有令人信服的理由來駁回以下這些比較，例如 *ciak > Maranao siak「由小雞所引起的噪音」、馬來語 ciak「小鳥的嘰嘰喳喳」、*ciap > 塔加洛語 siyáp「小雞或小鳥的啁啾」、比可語 siyáp「啁啾聲」、Haunóo、宿霧語 siyáp「窺視，啁啾聲」、Lara（Land Dayak）、Bekatan siap、加燕語 hiap「雞」、馬來語 ciap「小鳥的啁啾聲」、Bolaang Mongondow siap「小雞的偷窺」、Haunóo suksúk、阿克蘭語 súksuk、馬來語 cəcak、Makassarese caʔcaʔ、布吉語 cicaʔ「壁虎，守宮」，或伊班語 cərik-cərik「用刺耳的聲音說話」、Toba Batak 語 sorik「發出一陣刺耳的

尖叫聲作為戰鬥的吶喊」、Manggarai *cerik*「尖銳刺耳地尖叫」。如此一來，顯而易見的後果之一即是這種狹窄的看法，需假定原始語裡，沒有擬聲的詞彙，儘管，這顯然是不自然的，因為在眾多的後代語言之中都擁有豐富的擬聲詞。

Wolff 的其他反對原因，可以通過具體考慮以下特定例子，來得到解答：（一）不太可能從馬來語來的移借、（二）沒有語意上問題的例子、和（三）不能分配給帶有 *s 詞源。上述的這些，有許多可以在 Blust（1970a, 1973a, 1980b, 1983 / 84b, 1986, 1989b）以及 Blust & Trussel（進行中）中發現。下面的例子應該足以說明這一點。將 *c 和 *s 區分開來的語言有伊班語、馬來語、Karo Batak 語、現代爪哇語和古代爪哇語、峇里語、拉德語、撒撒克語、Makassarese 和布吉語：

1. *cakaq：Maranao *saŋkaʔ*「拒絕，決定，反對」、西部 Bukidnon Manobo *saŋkaʔ*「相互鬥爭」、伊班語 *cakah*「矛盾，爭執，反對」

2. *ceŋis：馬來語 *cəŋis*「臭味敗壞了胃口」、Bolaang Mongondow *toŋit*「惡臭（如出汗腋窩，燒焦的米飯…等。）」

3. *cikep：Maranao *sikəp*「徒手捉；獵物的灰色鳥」、馬來語 *cikap*「筷子」，Karo Batak 語 *cikəp*「手裡握著東西」、Bolaang Mongondow *sikop*「徒手捉魚」、東加語 *hikof-i*「用火鉗拿東西」、Rennellese *siko*「捕捉，做為一顆球或一陣波浪」、毛利語 *hiko*「試圖奪取」

4. *culcul：Maranao *sosol*「生火」、西部 Bukidnon Manobo *sulsul*「用火炬使某物著火」、伊班語 *tucul*「向誰開火」

5. *lucak：伊洛卡諾語 *lúsak*「粉碎、碾碎」，*ma-lúsak*「掉在地上和挫傷（水果）；被砸碎、被碾碎」，塔加洛語 *lúsak*「泥漿、泥濘」，

Maranao *losak*「以腳踐踏（例如在種植水稻以前）」，伊班語 *lucak*「泥濘、鬆軟的地面」，Karo Batak 語 *pe-lucak*「讓水牛踐踏稻田，以便準備播種」

6. *pacek：阿美語 *pacək*「鐵釘」，*mi-pacək*「釘、將鐵釘錘擊進去」，Kankanaey *pasək*「楔入」，Maranao *pasək*「杆、柱狀物」，西部 Bukidnon Manobo *pasək*「把杆子或棍子放在地上」，Bintulu *pasək*「進入」，馬來語 *pacak*「切開、（用尖銳物）刺穿、在火前烤或把…串在炙叉上；在地上釘尖樁；開車在界樁上行駛」，Nias 語 *fasa*「木樁，釘子；敲打木樁或釘子」，古爪哇語 *pacək*「用尖物刺穿、用針別住」，峇里語 *pacək*「釘，釘子；插進去，打個洞；栽種（幼苗等）」，Manggarai *pacək*「柱、標樁；把柱或樁等打入」

7. *peceq：排灣語 *pətəq*「一道裂痕、裂開（在玻璃、陶器上）」，*ma-pətəq*「變得支離破碎」，伊洛卡諾語 *pessá*「從卵中孵化」，加班邦安語 *apsáʔ*「孵化，一顆卵」，塔加洛語 *pisáʔ*「被碾碎、被擠壓、被壓縮；被孵化、卵」，宿霧語 *pusáʔ*「碾碎或壓碎柔軟的東西；打破脆弱的東西；孵化一顆蛋」、西部 Bukidnon Manobo *pəsaʔ*「打碎某物，例如一顆蛋、一隻毛毛蟲或某人的身體或頭部」，拉德語 *mcah*「被破壞的」、馬來語 *pəcah*「破裂成碎片」、Karo Batak 語 *pəcah*「破碎，破碎；爆發，噴發，火山爆發」，Sangir *pəsaʔ*「壓扁；粉碎成碎片；孵化，屬於蛋的」，Bare'e *poso*「破碎，硬的，脆的東西；孵化，如蛋一般，Nggela *posa*「打破，沸騰；爆裂」，Sa'a *ma-pota*「破成碎片」，Arosi *bota*「使用敲打其他東西來破壞，例如竹子上的蛋」

8. *picek：本督語 *pisǝk*「在單眼或雙眼上有一個白色眼罩的人」，Maranao *pisǝk*「瞎的」，西部 Bukidnon Manobo *pisǝk*「使某人事物看不見、失去理智或判斷力」，伊班語 *picak*「一隻眼睛失明」，古爪哇語 *picǝk*「瞎的」

9. *pecel：塔加洛語 *pisil*「用手擠壓」，Maranao *pǝsǝl*「按壓，如手指之間的按鈕」，西部 Bukidnon Manobo *pǝsǝl*「用拇指和食指之間擠壓東西」，Ibal *pǝcal*「捏，擠，抓」，馬來語 *pǝcal*「在手指間壓碎，在手中擠壓」

10. *qapucuk：阿美語 *ʔapocok*「山頂」，Limbang Bisaya *pusuk*「山頂、尖峰」，伊班語 *pucok*「樹的頂部，未分支的樹幹上方的部分」，馬來語 *pucok*「幼芽，頂部小枝，葉芽」，古爪哇語 *pucuk*「頂部，最高或最重要的一點，開始或結束」，峇里語 *pucuk*「末端，點，頂部」，撒撒克語 *pucuk/pusuk*「頂部，山峰」，Makassarese *pucuʔ*「樹的頂部，舌尖」，布吉語 *pucuʔ*「植被；發芽的植物尖端」，Muna *pusu*「頂部，尖端」

　　以上的一些形式並沒有出現在馬來語（正如 1、4、5 和 8），因此，不太可能是馬來語的外來語。其他的都有在馬來語當中發現，但是，在印尼西部和菲律賓的語言之中，沒有顯示任何來自馬來語的特質（*e > *a* 在詞尾音節…等）。因此，似乎沒有理由將這些或類似的比較，視為巧合或移借的產物，而如果他們的詞源是來自硬顎塞擦音 *s，如同伊班語、拉德語、馬來語、Karo Batak 語、古爪哇語、峇里語、撒撒克語、Makassarese 或布吉語，就不能僅被視為是一種原因不明的發展，而且當視為是*趨同發展*下的不規則。僅就

此這一觀察，就足以對去除 *c 的正當性提出嚴重的質疑。

　　與趨同發展有關的觀察是，只要有證據，*c 的次詞素詞根便會一貫地反映這一個音段為清硬顎塞擦音。因此 *lucak「通過踐踏，使其變得泥濘」一詞包含詞根 *-cak「泥濘；在泥濘中行走的聲音」，也被發現在：（一）西部 Bukidnon Manobo basak「泥漿」、（二）馬來語 becak「泥濘的；泥補片；水坑」、（三）Kambera kapihaku「泥漿，泥濘」、（四）爪哇語 kracak「水的傾瀉聲」、（五）馬來語 ləcak-ləcok「一個人走過泥濘的泥漿的聲音」、（六）馬辰語 licak「泥濘」（+標準馬來語 lecak「潮濕光滑的，就像雨後的地面」、（七）Karo Batak 語 oncak「搖，晃動，就像有人攜帶的罐子裏的水」、（八）Mansaka pasak「泥漿」、（九）宿霧語 pisák「泥濘的地面，泥沼」、（十）Mandar ressa?「泥漿」、（十一）撒撒克語 ricak「泥濘，沼澤，泥濘」，（十二）阿克蘭語 tamsák「激起水花，飛濺」，和（十三）比可語 tapsák「濺潑聲」（Blust 1988a: 90）。引人注目的是，即使找到相同的詞根形式，他們並非同源詞，在 Blust（1988a）中有區別 *c 和 *s 的語言之中，這組及其他語料一致顯示為 c。這種分佈顯然排除了移借，而使用 *s 構擬或基於語意的理由反對此構擬，似乎同樣地不適當。

　　最後，*c 與包括至少 *z（濁硬顎塞擦音）以及 *ñ 的一組輔音形成一系列音。在將各方面納入考量後，最合理的假設是，原始南島語有硬顎系列，其中包括濁音和清音的塞擦音和鼻音。在這些三個音段中，*c 是最不穩定的，並且只在 20-25 種南島語言中與 *s 做區分，所有的這些語言都屬於印尼西部地區（在其他方面，此區域的語音亦較為保守）。

8.2.2.3　田樸夫的清捲舌塞音

　　*T 的構擬從一開始就存在著問題。田樸夫（1934: 62）指出，只有在古爪哇語與現代爪哇語、馬都拉語和峇里語之中，才將它與 *t 做區分。但是，古爪哇語與現代爪哇為相同語言的不同階段，二者距離不超過一千年。而馬都拉語和峇里語已經受到大量爪哇語接觸的影響。*T 是唯一一個違反田樸夫固有的「獨立證據之要求」的音段，而他之所以允許如此的構擬，只因為他的構擬方法凸顯其對對稱法的重視。繼 André Haudricourt 早先的一項建議之後，Dahl（1976: 66）認為爪哇語中的捲舌塞音，可能是在梵文接觸影響下所獲得的。鑒於 ṭ 在擬聲和明顯的本土形式中出現，例如 ṭuṭuk「用於打擊的物體；一次又一次的打擊」（< *CukCuk），這一種假設必須受到質疑。儘管如此，*T 的證據顯然與 *c 的證據相去甚遠，因為（一）假定的 t/T 區別，僅限於一種語言以及另外兩種受其影響較大的語言，（二）*t/T 區別橫切了 *t/C 區別，而 *t/C 區別擁有遠遠強大太多的台灣證據在支持著。總而言之，在一小部分的爪哇語單詞中，識別一個無法解釋的 *t > ṭ 的變化，似乎比只根據一種語言的證據構擬一個 *T 音位更可取。

8.2.2.4　原始南島語擁有音位喉塞音嗎?

　　一旦確認原始南島語 *q 和 *S 都不是喉音，問題自然就產生了：原始南島語是否有真正的喉音輔音，例如 *ʔ 或 *h。喉塞音和喉擦音的演變路徑需受到嚴格的限制：一般來說，喉輔音若不是消失，就是在保持他們的位置情況下改變他們的發聲方式，同時。在這些可能性中，消失可能較為常見。由於這個原因，喉塞音和喉擦

音，通常是最難構擬的輔音，因為在大多數的語言家族中，它們只會留下微弱的歷時特徵。

表 8.24　支持詞尾 *ʔ、*q 與 Ø 的對應關係（纀 Zorc 1996 後）

語言	*ʔ	*q	Ø
塔加洛語	-ʔ	-ʔ	-Ø/ʔ
Bikol	-ʔ	-ʔ	-Ø/ʔ
Aklanon	-ʔ	-ʔ	-Ø/ʔ
宿霧語	-ʔ	-ʔ	-Ø/ʔ
Western Bukidnon Manobo	-ʔ	-ʔ	-Ø/ʔ
Kalamian Tagbanwa (Northern)	-ʔ	-k	-ʔ
Tboli	-ʔ	-k/ʔ	-h
Iban	-ʔ	-h	-Ø/ʔ
馬來語	-Ø/k	-h	-Ø
古爪哇語	-Ø/k?	-h	-Ø
排灣語	-Ø	-q	-Ø
布農語（卓社）	-Ø/(ʔ)	-q	-Ø/ʔ

Zorc（1982）在一篇開創性的論文之中，提出了原始南島語有喉塞音音位的可能性，這是 Blust（1980b）和其隨後的新詞彙構擬皆暫時接受的提案。[95] 大部份 *ʔ 的例子，都是出現在詞尾。Zorc（1996: 72）以表格形式列出支持構擬原始南島語 *ʔ、*q、*H、*S 和 Ø，以及原始馬來-波里尼西亞語群 *h 的對應關係。從這個表可

---

95 Blust（1980b）直到 1983 年或 1984 年才出現，而 Zorc（1982）預印出版物的版本，在 1981 年 1 月被當成會議文件。

以清楚地看到，原始南島語 *H 和原始馬來-波里尼西亞語群 *h 是相等的，並且兩者都可以由 *h 來表示。表 8.24 顯示了用來支持 *ʔ：q：Ø 區別的語言。

如表 8.24 所示，*q 和 Ø 在所有的語言中都有區別（下面將僅限於伊班語）。因此，建立 *-ʔ 的主要挑戰是證明 *-ʔ：-Ø 的對比並不是由於次要的變化所造成的。Kalamian Tagbanwa 語料並未能提供任何幫助，因為它固定添加詞尾喉塞音（Reid 1971）。馬來語和爪哇語也都是中立的，因為在這些 Zorc 所引用的語言中 *ʔ 非零反映的唯一證據是，在幾個親屬稱謂中所出現的 -k（[ʔ]），但是，對這更好的解釋是，這喉塞音是為保留 *-q「稱呼格」，因為實務的原因，而阻斷後來的 *ʔ > h 改變（Blust 1979）。Tboli 在從馬來語來的借詞（hintuʔ「門」< pintu）或其他語言來的借詞（basuʔ「玻璃酒杯」< 西班牙文 vaso）有顯而易見的詞尾喉塞音。除之此外，雖然 *-q 通常變成了 Tboli 的 -k，它也產生了某些形式的喉塞音，例如，在 *biRaq > bilaʔ「象耳芋頭」（參見馬來語 birah「象耳芋頭」，其中 -h 只能反映 *q），*pusuq > hosoʔ「心臟」（參見 Kalamian Tagbanwa pusuk，或古爪哇語 pusuh「心臟」，其中詞尾只能反映 *q），*salaq > salaʔ「錯誤，失誤」（參見馬來語，古爪哇語和現代爪哇語 salah，其中 -h 只能反映 *q），或 *teŋaq > təŋaʔ「一半測量」（參見馬來語、古爪哇語和現代爪哇語 təŋah「中間」）。因此，使用 Tboli 當做構擬 *ʔ 的證明只好被放棄。最後，無論是排灣語還是卓社群布農語，都沒有提供證據證明詞尾 *ʔ：Ø 的對比。這使得在菲律賓中部和南部的語言，以及婆羅洲西南部的伊班語成為 *-ʔ 最主要的證明。

在前五種語言之中的詞尾喉塞音的大多數例子反映了 *q，但是伊班語呈現了不同的狀況。在這語言中，詞尾喉塞音不能反映為 *q 或 Ø，並且二者是對比的，例如 titi「低橋」：titiʔ「剝奪」：titih「跟隨，結伴而行，加入」：titik「掉落；滴下」。雖然，詞尾的元音反映了原始的詞尾元音，-h 反映了 *q，-k 反映了 *k，沒有被普遍接受的來源，可以說明 -ʔ 是規律性音變之產物。在伊班語，詞尾喉塞音在一些形式裡反映了 *-R，正如原始馬來-波里尼西亞語 *wahiR > aiʔ「淡水」（馬來語 air），*ikuR > ikoʔ（馬來語 ekor）「尾巴」，*qiliR「流動」> iliʔ「在下游的」（馬來語 hilir），或 *qateluR > təluʔ「蛋」（馬來語 təlur），但是，這種變化是不規則的（Adelaar 1992: 91）。除此之外，雖然 *q 通常在伊班語反映為 -h，但它有時也反映為 -ʔ，如在原始南島語 *Cubuq > 伊班語 tubuʔ「年輕的可食用的竹筍」（參見排灣語 tsuvuq「竹筍」，這裡的小舌塞音排除了 Zorc 的 *ʔ 的可能性），原始南島語 *liseqeS、原始馬來-波里尼西亞語群 *lisehaq > 伊班語 linsaʔ「卵，蝨子蛋」（參見排灣語 lʼi-səqəs，再次對應小舌塞音，以及原始南島語的 *CVS 半規律換位到原始馬來-波里尼西亞語 *hVC），*luaq >luaʔ「吐出」（馬來語 luah），*ñatuq > ñatuʔ ~ ñatoh「生產馬來樹膠的樹木，尤指，*Palaquium* sp。」（馬來語 ñatoh），*sepaq > səmpaʔ「咀嚼後的食物殘留」（馬來語 səpah「檳榔的咀嚼物」），sawaʔ ~ sawah（馬來語 sawah）「灌溉地」，*Sapejiq > pədiʔ「劇烈疼痛；刺痛，劇痛」（比較排灣語 sapədiq「做個拓荒地的新來者，感覺很疼」，馬來語 pədeh「劇痛，疼痛」，這只能反映 *-q），或 *ma-etaq > mataʔ ~ mantaʔ「未加工、處於自然狀態的」（比較排灣語 matjaq，馬來語 məntah「未加工、處於自然狀態的」< *-q）。

有可能這一些以及類似的例子，都是從婆羅洲語言裡借來的，其中 *q > -ʔ，但是，即便如此，它的根源出處仍舊不明。第三，一些具有詞尾喉塞音的伊班語形式似乎是具有 -k（[ʔ]）的馬來語借詞，正如伊班語 badiʔ、馬來語 badek「匕首」、伊班語 biraʔ、馬來語 berak「澄清濾淨」，或伊班語 pokoʔ ~ pukuʔ「首領，校長」、馬來語 pokok「莖或樹幹；『樹幹』做為主要的部分」。這仍然留下許多伊班語 -ʔ 原因不明的例子。

Zorc 很謹慎地指出，菲律賓語言往往在已知的借詞裡，表現出次重音的喉塞音詞尾，而這些例子，在他的表格中，與本地詞彙的反映有所區別，以避免不必要的混淆。然而，一些在此列表中的關鍵證明，也在本地詞彙中顯示了歷史上的次重音喉塞音。這在伊班語之中，格外地明顯，只有在某些雙元音單元音化的情況之下，才能加上喉塞音。就像在原始馬來-波里尼西亞語 *antay > antiʔ「埋伏以待」，* baliw > baliʔ「改變，修改，褪色」，*baRiw > bariʔ「陳腐的，『腐敗的』」，*beRay > bəriʔ「嫁妝；給予」，*kahiw > kayuʔ「樹」，*um-anduy > mandiʔ「沐浴，洗澡」，*gaway > gawaʔ「工作，企業；任何必須完成的重要的或是嚴肅的事情，神聖的儀式，一個節慶裡不可或缺以及莊嚴的部分」~gaway「宗教的儀式伴隨著慶祝活動，盛宴，節日」，*punay > punaʔ~punay「鴿子」，或者 *reñay「風暴的餘波」> rəñiʔ「濛濛細雨」。[96] Adelaar（1992：第 63 頁起）

---

96 伊班語也有數個不同的詞對顯示 -ʔ 與 -ay 或 -aw 的對應，這裡沒有已知的詞源，就像 kəlidoʔ ~ kəlidaw「烹飪工具」，lambiʔ ~ lambay「揮手，招手」，mərundaʔ ~ mərunday「垂下來，鬆弛」，puduʔ ~ pudaw「果樹：Artocarpus sp.」，或 rəguʔ ~ rəgaw「被打擾了」。

已經提醒大家注意 Zorc 使用伊班語來證明 *-ʔ 的弱點。Zorc（1996）承認了這些問題，然而，他依然堅持主張，跨語言的證據仍舊支持著他的假說。

　　由於 Zorc 承認在 *ʔ 的證據中存在著不規律之處，因此，要評估這些資料的重要性，需要更好地瞭解菲律賓中部語言之中，伊班語 -ʔ 和詞尾喉塞音之間的關聯強度。要建立這樣的一個關聯，就不能像 Zorc 所做的那樣，只選擇性地引起人們對於此例的注意。相反的，我們需要在迥然不同的例子裡，在詞尾元音和詞尾喉塞音之間，就預期以及已證實的關聯性來進行量化評估。由於空間和時間的限制，無法對於 Zorc 所收集的證據，進行全面性的檢查。然而，仔細考慮相關資料，應該可以發現伊班語之中的詞尾喉塞音和菲律賓中部語言的詞尾喉塞音之間的對應關係，是否明顯超過了偶然性。如前所述，伊班語的詞尾喉塞音，有多個已知的來源，以及一個或多個未知的來源。雖然已知來源提供了部分語料的解釋，但是，在未知來源的詞尾喉塞音裡，不存在類似的控制。在這些情況之下，唯一可利用的方法是統計學：如果語音對應關係涉及到零與喉塞音，或喉塞音與背離空假設的喉塞音之間的關聯，它可以做為一個歷史相連的證據，因此，是有必要重新建構一個新的音位。另一方面，如果觀察到的分佈，沒有背離空假說，那麼，任何一些看似支持新原始音位的比較，都不可以被當成這種構擬的有效證據。比較 Richards（1981）中的伊班語的資料和 Panganiban（1966）中的塔加洛語的資料，可以發現以下幾個同源詞集，它們分別說明了這些語言之間，詞尾元音或喉塞音的四種可能的對應關係：

　　1. 伊班語 -V：塔加洛語 -V。在這兩種語言中，至少有 35 個詞

的對應關係是直接繼承的，就像在伊班語 *abu*：塔加洛語 *abó*「灰燼」，伊班語 *dara*：塔加洛語 *da-lága*「年輕的少女，處女」，或伊班語 *laki*：塔加洛語 *la-láke*「雄性動物」。相同的對應關係，只有發生在三個已知的借詞：伊班語 *baca*：塔加洛語 *bása*「閱讀」，伊班語 *jala*：塔加洛語 *dála*「鑄造網」，以及伊班語 *kaya*「富裕」：塔加洛語 *kaya*「能夠，可以做」。

2. 伊班語 -V：塔加洛語 -Vʔ。這種對應關係源自截然不同的情況。幾乎所有的例子都能在顯而易見的馬來語借詞裡發現：伊班語 *baju*「外套，夾克」：塔加洛語 *bároʔ*「上半身的著裝」（馬來語 *baju*「男式襯衫」，來自波斯語），伊班語 *bərita*：塔加洛語 *balítaʔ*「新聞」（馬來語 *bərita*，來自梵文），伊班語 *bisa*「強壯的，強大的，有效的」：塔加洛語 *bisaʔ*「功效、效力、力量」（馬來語 *bisa*「有毒；能夠，可以」），伊班語 *budi*「仁慈，慷慨，感激」：塔加洛語 *budhiʔ*「善惡觀念」（馬來語 *budi*「仁慈的行為和方式，性格」，來自梵文），伊班語 *daya*「手段，方式，閃避」：塔加洛語 *dáyaʔ*「欺騙，欺詐」（馬來語 *daya*「詭計，閃避」），伊班語 *guci*「小的罕見罐子」：塔加洛語 *gúsiʔ*「大的中國花瓶」（馬來語 *guci*「水容器」），伊班語 *kuali*：塔加洛語 *kawáliʔ*「煎鍋」（馬來語 *kuali*「廣口烹調鍋」），伊班語 *kuta*：塔加洛語 *kútaʔ*「堡，設防」（馬來語 *kota*「強化地方」，來自梵文），伊班語 *laku*「分佈廣泛，需求」：塔加洛語 *lákoʔ*「商品被到處挨戶兜售」（馬來語 *laku*「具有價值，銷售情況良好」），伊班語 *pintu*：塔加洛語 *pintóʔ*「門」（馬來語 *pintu*「門」），伊班語 *taji*：塔加洛語 *táriʔ*「金屬雞距」（馬來語 *taji*「金屬雞距」），伊班語 *tanda*：塔加洛語 *tandáʔ*「符號，標記」（馬來語 *tanda*「符號」）

等。

在少數伊班語 -V：塔加洛語 -VʔΞ 的例子中，沒有出現在塔加洛語裡，顯而易見的馬來語借詞的有：（一）伊班語 *bunsu*：塔加洛語 *bunsóʔ*「最年幼的孩子」，（二）伊班語 *əmba*「恐嚇，威脅」：塔加洛語 *ambáʔ*「威脅的手勢」（沒有已知的馬來語同源詞），（三）伊班語 *kaka*「姊姊」：塔加洛語 *kakáʔ*「最年長的哥哥、姊姊或第一個堂（表）兄、姊」，（四）伊班語 *kəlabu*「灰色，灰白色」：塔加洛語 *kulabóʔ*「褪了色，有點朦朧」，（五）伊班語 *muda*「年輕，未成熟」：塔加洛語 *múraʔ*「未成熟；不成熟」以及（六）伊班語 *tali*：塔加洛語 *táliʔ*「繩子」。然而，第一個塔加洛語的元音 *ambáʔ* 是不規則的，所以暗示了移借，而塔加洛語 *kakáʔ* 可以用 *-q 來反映 *kaka「呼格」。除此之外，由於塔加洛語 *táliʔ* 反映了原始馬來-波里尼西亞語 *talih，這個例子以及原始南島語 *tebaS > 原始馬來-波里尼西亞語 *tebah > 塔加洛語 *tibáʔ*「削減植被」可以用來顯示原始馬來-波里尼西亞語 *-h 通常成為零，有時被表現為為喉塞音。其他三個例子可能是馬來語外來語，但是，就算它們不是這裡對應關係的例子，這種對應關係的例子在本土的詞彙中也非常少。

3. 伊班語 -Vʔ：塔加洛語 -V。至少有 31 個這種對應關係的例子，它們的形式似乎是本土的，由於它們與語音構擬裡的一個長期存在已久的問題有關，這裡給出了完整的例子：（一）伊班語 *anuʔ*「有些（事情）；插話」：塔加洛語 *anó*「什麼？」，（二）伊班語 *asuʔ*：塔加洛語 *áso*「狗」（但是，伊班語 *ŋ-asu*「狩獵（使用狗）」，（三）伊班語 *ayaʔ*「舅舅、伯伯、叔叔（用於對年長男子的稱呼），姑姑、嬸嬸、阿姨（用於對年長女子的稱呼）；繼父」：塔加洛語

áya「看護孩子」，（四）伊班語 *bara?*「（餘火未盡的）煤或炭塊」：塔加洛語 *bága*「灼熱的煤塊」，（五）伊班語 *bida?*「踢或絆倒」：塔加洛語 *birá*「由暴力所引起的猛烈一擊」，（六）伊班語 *buka?*：塔加洛語 *buká*「打開的」，（七）伊班語 *buku?*：塔加洛語 *bukó*「中心點，接合點」，（八）伊班語 *dəpa?*：塔加洛語 *dipá*「測量……的深度」，（九）伊班語 *bə- dua?*「劃分」：塔加洛語 *dalawá*「兩個的」（但是，伊班語 *dua*「兩個的」），（十）伊班語 *kənu?*：塔加洛語 *kunó*「據說；引用標記」，（十一）伊班語 *kətawa?*：塔加洛語 *táwa*「笑聲」，（十二）伊班語 *kita?*「第二人稱單數。」：塔加洛語 *kitá*「我們兩人的」，（十三）伊班語 *kitu?*「在這裡，向這兒」：塔加洛語 *itó*「這個」，*d-itó*「這裡」，（十四）伊班語 *lia?*：塔加洛語 *lúya*「生薑」，（十五）伊班語 *lima?*：塔加洛語 *limá*「五」，（十六）伊班語 *ñilu?*「使人難受的（尤指刺耳的聲音或強烈的味道）」：塔加洛語 *ŋiló*「牙邊疼痛」，（十七）伊班語 *paŋku?*「抱在大腿上方」：塔加洛語 *paŋkó*「用手臂攜帶」，（十八）伊班語 *para?*「架在壁爐爐床；架子」：塔加洛語 *pága*「竹子的儲物閣樓」，（十九）伊班語 *pəria?*：塔加洛語 *ampalayá*「苦瓜：*Momordica charantia*（苦瓜的學名）」，（二十）伊班語 *puki?*：塔加洛語 *púki*「女性的外陰部」，（二十一）伊班語 *ru?*：塔加洛語 *agó?o*「岸邊的樹：*Casuarina equisetifolia*（木麻黃的學名）」，（二十二）伊班語 *rusa?*：塔加洛語 *usá*「水鹿」，（二十三）伊班語 *sa?*：塔加洛語 *isá*「一個」，（二十四）伊班語 *saŋa?*「叉子，分支」：塔加洛語 *saŋá*「分支」，（二十五）伊班語 *sawa?*：塔加洛語 *sawá*「蟒蛇」，（二十六）伊班語 *tai?*：塔加洛語 *tá?e*「排泄物」，（二十七）伊班語 *tasa?*「收集尼帕棕櫚樹葉來蓋屋頂」：塔加洛語 *sasá*

「尼帕棕櫚樹」，（二十八）伊班語 *tədaʔ*「殘渣，殘餘，殘羹剩菜」：塔加洛語 *tirá*「殘羹剩菜，剩餘物」，（二十九）伊班語 *tuliʔ*「聾；耳垢」：塔加洛語 *tu-tulí*「耳垢」，（三十）伊班語 *tumaʔ*「蝨子」：塔加洛語 *túma*「衣服上的蝨子」，（三十一）伊班語 *tusuʔ*「吸吮」：塔加洛語 *s<um>úso*「吸吮」（但是，伊班語 *tusu*「胸脯」）。在給出這些例子時，我已經省略了比較伊班語 *bəriʔ*「嫁妝；給予」等例子：塔加洛語 *bigáy*「給予」，其中伊班語的 -Vʔ 和塔加洛語的雙元音形成了對應關係。

相同的對應關係，也在四個借詞裡發現：（一）伊班語 *asaʔ*「欺騙」：塔加洛語 *ása*「希望」（馬來語 *asa*「希望」，來自梵文），（二）伊班語 *diriʔ*：塔加洛語 *saríli*「自我，自己」（馬來語 *səndiri*「自我，自己」），（三）伊班語 *jəramiʔ*：塔加洛語 *dayámi*（來自加班邦安語）「稻荏」），（四）伊班語 *saguʔ*「珍珠西米」：塔加洛語 *sagó*「西米棕櫚樹」（馬來語 *sagu*「西米棕櫚樹的粉狀髓」）。

4. 伊班語 -Vʔ：塔加洛語 -Vʔ。Zorc（1996: 第 48 頁起）引用了 14 個同源詞，這些同源詞，被認為能說明形式上的對應關係，這些形式是直接繼承且不受呼格標記影響。然而，伊班語同源詞不適用於其中兩種，而在一些其他例子中，塔加洛語同源詞要嘛不適用，要嘛在其他菲律賓中部語言之中，顯示與 -Vʔ 具有對應關係的 -V。其他的幾個例子很可能是馬來語借詞，如同比可語，宿霧語 *dátuʔ*「首領」（與穆斯林社會在菲律賓南部有相關聯的標題），塔加洛語 *pákoʔ*「釘子、指甲、爪」，塔加洛語 *naŋkaʔ*「波羅蜜果」（從熱帶美洲引入），塔加洛語 *sípaʔ*「踢」（來自馬來語 *sepak*，並通常與一種透過踢球的方式，使得藤球得以繼續維持在高處的遊戲有相關

聯）」，以及塔加洛語 *sulambí(ʔ)*「屋簷，三角牆」。還有一些來自於被混為一談，但是顯然為不同的詞源，如同塔加洛語 *támaʔ*「切中要害；正確的，無誤的」及伊班語 *tamaʔ*「進入，進去了，就像進入房間一樣」，或者有些甚至無法提供相關證據，如同伊班語 *kənaʔ*：馬來語 *kəna*，卡那卡那富語 *suma-kəna*，鄒語 *meʔho*，*əha*「打中要害」，其中伊班語是唯一一個有非詞尾元音的語言。

Richards（1981）和 Panganiban（1966）針對詞尾喉塞音形式的比較，指出以下為有效的對應關係實例（4），在形式上，他們不是顯而易見的借詞：（一）伊班語 *bulaʔ*「說謊」：塔加洛語 *búlaʔ*「撒無傷大雅的謊言、不真實」，（二）伊班語 *dampaʔ*「臨時的長屋」：塔加洛語 *dampáʔ*「簡陋的小屋、茅舍」，（三）伊班語 *əmpə-lawaʔ*「蜘蛛」：塔加洛語 *la-láwaʔ*「蜘蛛」，（四）伊班語 *gapaʔ*「摸索自己的道路」：塔加洛語 *kapáʔ*「在黑暗中摸索」，（五）伊班語 *gawaʔ*「工作、事業」：塔加洛語 *gawáʔ*「工作」，（六）伊班語 *pakuʔ*：塔加洛語 *pakóʔ*「蕨類、羊齒植物」，（七）伊班語 *paluʔ*「擊中、敲打、打擊」：塔加洛語 *páloʔ*「用手或棍子敲擊」，（八）伊班語 *sudaʔ*「在地面上設置竹穗」：塔加洛語 *suláʔ*「把……釘在尖椿上，作為懲罰」，（九）伊班語 *suduʔ*：塔加洛語 *súroʔ*「湯匙」，（十）伊班語 *təbaʔ*：塔加洛語 *tibáʔ*「砍伐，清除植被」，（十一）伊班語 *tikuʔ*「急劇彎曲」：塔加洛語 *tikóʔ*「彎曲的、曲折的」，（十二）伊班語 *timbaʔ*「保釋」：塔加洛語 *timbáʔ*「水桶，桶狀物」，（十三）伊班語 *tuŋkuʔ*「使用於烹調鍋的三腳火爐架」：塔加洛語 *tuŋkóʔ*「三角架」。即使在這些例子之中，已經存在著幾個問題（*bulaʔ* 似乎僅限於汶萊和砂勞越；經演繹的 *gawaʔ 反映與 *gaway 的反映共存，塔加洛語

tunkó? 似乎是一個借移，其取代了繼承而來的 *dalikan）。然而，如果我們把顯示這四個語言對應關係的例子，當做我們的基本資料，我們有 35 + 3 + 31 + 13 = 82 伊班語－塔加洛語同源詞集。從 Richards（1981）的前 100 頁中的所有詞基顯示，大約有 570 個伊班語形式以元音或喉塞音為結尾（小小的難題是通過交叉引用所引出的）。在這些形式之中，有 334 個，或 58.6%，是以元音為結尾，而 236 個，或 41.4% 則以喉塞音為結尾。在 Panganiban（1966）的前 100 頁之中，所有的詞基以類似統計顯示，大約有 455 個塔加洛語形式以元音或喉塞音為結尾（已知的西班牙外來語已被排除在外，因為這將人為地膨脹元音－詞尾基礎的數量；相仿地，馬來語之中帶有詞尾喉塞音顯而易見的借詞，也同樣地被排除在外）。在這 455 個形式裡，其中 218 或 47.9% 以元音為結尾，而 237 個或 52.1% 則以喉塞音為結尾。這種跨語言的相對頻率，產生了兩種語言之中，詞尾元音和喉塞音之間有預期相關聯頻率（EF）。這與證實相關聯頻率（AF）一起列於表 8.25 之中：

表 **8.25**　伊班語、塔加洛語的詞尾母音或詞尾喉塞音對應關係：預期且證實的頻率統計

伊班語		塔加洛語	EF	AF
-V (.586)	x	-V (.479)	23/82 = 28.1%	35/82 = 42.7%
-V (.586)	x	-V? (.521)	25/82 = 30.5 %	3/82 = 3.6%
-V? (.414)	x	-V (.479)	16/82 = 19.8%	31/82 = 37.8%
-V? (.414)	x	-V? (.521)	18/82 = 21.6%	13/82 = 15.9%

　　表 8.25 提供了幾種類型的資訊。首先，-V：-V 對應比 EF 多

50% 以上，因此，顯然是非隨機的，這反映了它們回到了包含詞尾元音的原始馬來-波里尼西亞語詞源。其次，-V：-Vʔ 對應關係遠遠低於偶然預期的水準，這表明了，塔加洛語的喉塞音，在直接承襲形式之中，幾乎總是反映一個輔音（*q）而該輔音通常不會成為伊班語的喉塞音。第三，-Vʔ：-V 對應關係出現幾乎兩倍的 EF，這表明這些伊班語形式的喉塞音，可能添加到早期的詞尾元音。Zorc（1996）把這個對應關係歸因於原始馬來-波里尼西亞語 *-h，如在原始南島語／原始馬來-波里尼西亞語 *baRah > 伊班語 baraʔ「餘燼」，原始南島語 *CiŋaS > 原始馬來-波里尼西亞語 *tiŋah > 伊班語 tiŋaʔ「吃東西過後，卡在牙齒之間的食物」，原始南島語 *paRiS > 原始馬來-波里尼西亞語 *paRih > 伊班語 pariʔ「魟魚」，以及原始南島語 *tumeS > 原始馬來-波里尼西亞語 *tumah > 伊班語 *tumaʔ*「虱子」，但似乎有許多其他情況之下，原始馬來-波里尼西亞語 *-h 在伊班語裡，產生了詞尾元音，如同原始南島語／原始馬來-波里尼西亞語 *baqeRuh > 伊班語 *baru*「新」，原始南島語 *kuSkuS > 原始馬來-波里尼西亞語 *kuhkuh > 伊班語 *kuku*「爪，手指甲或腳趾甲」，原始南島語 *ma-tuqaS > 原始馬來-波里尼西亞語群 *ma-tuqah > 伊班語 *əntua*「配偶之父或母」，原始南島語 *CaliS > 原始馬來-波里尼西亞語 *talih > 伊班語 *tali*「繩子」，或是原始南島語 *tebuS/CebuS > 原始馬來-波里尼西亞語 *tebuh > 伊班語 *təbu*「甘蔗」。鑒於這些形式，尚不清楚伊班語詞彙裡的詞尾喉塞音，例如 *baraʔ* 或 *tumaʔ* 是否反映了原始馬來-波里尼西亞語 *-h 而不是 Ø。最後，Zorc 用來做為構擬原始南島語 *ʔ 證據的 -Vʔ：-Vʔ 對應關係，發生在低於偶然頻率的情況下。因此，對於所有這些觀察結果，最簡單的解釋是，伊班語

詞尾 -Vʔ 對應到大多數其他南島語言的詞尾元音，在歷史上是次要的演變。

　　這個結論與不可避免的推斷一致，即伊班語形式中的喉塞音，例如 *antiʔ*「埋伏以待」（原始馬來-波里尼西亞語群 *antay），*baliʔ*「改變，修改，褪色」（原始馬來-波里尼西亞語群 *baliw），或 *kayuʔ*「樹」（原始馬來-波里尼西亞語群 *kahiw）一定也是次要的演變。此外，這與伊班語詞形變化之中，詞尾喉塞音和零之間的變體是一致的，如同 *asuʔ*「狗」：*ŋ-asu*「狩獵（使用狗）」或 *dua*「兩個」：*bə-duaʔ*「劃分」。然而，它沒有解釋為什麼伊班語在某些元音之後，會形成詞尾喉塞音，而在其他元音之後則不。與在其他南島語言之中，明顯的無條件音位分裂一樣，如果沒有獨立證明的佐證，伊班語中預期 -V 的 -Vʔ 的出現，不能支持 *-ʔ。Zorc 曾試圖提出這樣的證據，但是，有系統的比較在塔加洛語或伊班語中以喉塞音為結尾的同源詞形式，並不支持他的結論。如果沒有統計支持伊班語 -ʔ：塔加洛語 -ʔ 反映 *-ʔ，我們可以合理的假設，在比較伊班語及菲律賓的其他語言時，同樣的結論將保持不變。由於 Zorc 關於 *ʔ 的證據，在詞尾的位置上，比中間位置上的單詞，更強而有力地給予支持，因此，*ʔ 做為音位，在任何位置上的構擬，看起來似乎都是建立在不穩固的基礎之上。

　　伊班語並不是馬來語系及它的其他近親之中，唯一一個擁有音位來源不明的詞尾喉塞音。具有明顯外來喉塞音的其他語言有砂勞越馬來語和撒撒克語。表 8.26 概述了含有來源不明的詞尾喉塞音的比較（砂勞越馬來語可以使用的資料非常的有限）：

表 8.26　伊班語、砂勞越馬來語和／或撒撒克語來源不明的 -ʔ 範例

	伊班語	砂勞越馬來語	撒撒克語	詞義
1.	adiʔ	adiʔ	adiʔ	弟弟或妹妹
2.	ŋ-akuʔ		ŋ-akuʔ	要求、主張
3.	asuʔ	asuʔ	asu/asuʔ	狗
4.	auʔ		aoʔ	是
5.	bapaʔ	bapaʔ	bapa	父親
6.	bəriʔ	bəriʔ		給予
7.	bəkaʔ		bukaʔ	打開
8.	bukuʔ		buku	聯合
9.	dua bə-duaʔ	duaʔ	dua pə-duaʔ	二 劃分
10.	isiʔ	isi	isi	內容
11.	dituʔ	situʔ	ito	這裡；那裡
12.		juaʔ	juaʔ	也
13.	kakaʔ	kakaʔ	kakaʔ	哥哥或姊姊
14.	kali	kaliʔ	kali	挖掘
15.	kami	kameʔ	kami	第一人稱複數 （包含式代名詞）
16.	kitaʔ	kitaʔ	kita	第二人稱複數； 第一人稱複數 （包含式代名詞）
17.	labuʔ	labuʔ		葫蘆
18.	agiʔ/lagiʔ		lagi	更多
19.	layuʔ	layuʔ	layu	枯萎
20.	limaʔ	limaʔ	lima	五
21.		kereʔ	kiri	左邊

	伊班語	砂勞越馬來語	撒撒克語	語意
22.	lupa	lupaʔ	lupaʔ	忘記
23.	mandiʔ	mandiʔ	mandiʔ	浸洗
24.	mudaʔ	mudaʔ		年輕的
25.	palaʔ	palaʔ	kəpala	頭 (L)
26.	paluʔ	paluʔ	palu	擊打；鎚
27.	sidaʔ	sidaʔ	sida	第三人稱複數； 第二人稱複數
28.	taliʔ	tali	tali/ taliʔ	繩索 捆、綁
29.	tanda	tandaʔ	tanda	符號
30.	tauʔ	tauʔ	tao	知道

　　表 8.26 的例子可以大大擴展，但這樣做沒有什麼意義。伊班語和砂勞越馬來語有著密切的關係，而他們在非預期會出現的詞尾喉塞音裡，表現出高度的一致性，而對此最好的解釋是，這是一個來自直接共同祖先遺留的產物。然而，即使在這些密切相關的語言之間，如第 9、10、14、15、22、28 和 29 項所示，對於詞尾喉塞音的出現，也存在著分歧，這在比較伊班語或砂勞越馬來語和撒撒克語時，更為明顯。除此之外，在某些情況之下，當三種語言在所討論的形式上都呈現一致性時，最初卻不是以元音做結尾，如同原始馬來-波里尼西亞語群 *wahiR > 伊班語、砂勞越馬來語、撒撒克語 *aiʔ*「水」，或 *um-anduy > 伊班語、砂勞越馬來語、撒撒克語 *mandiʔ*「沐浴」。就像伊班語、撒撒克語也顯示了一些 -V/Vʔ 詞對，這表示喉塞音可能是某些構詞過程之一部分，而它只以片段的形式存在：

撒撒克語 *baru*「新」，但是 *baruʔ*「不久以前」，*batu*「石頭」，但是 *batuʔ*「磨刀石」，*dua*「二個的」：*pə-duaʔ*「劃分」，*tali*「繩子」：*taliʔ*「捆綁」，……等等。因此，從整體上看，證據並不支持原始南島語 *ʔ 在詞尾位置之構擬，或在任何位置的構擬。

8.2.3　濁塞音

　　田樸夫構擬了六個濁塞音：*b、*d、*D、*z、*j 以及 *g。所有的這些，除了 *j，在某些方面都有被質疑。在比較文獻之中，所出現的主要問題概述如下。

8.2.3.1　有二個 *b 音位嗎？

　　鑒於田樸夫對於「獨立證據」的訴求，他允許在個別語言之中，出現無條件音位分裂。其中最明顯的是，在爪哇語之中把 *b 分成 *b*/*w*，把 *d 和 *ḍ 分成 *d*/*ḍ*/*r*。只要沒有其他的語言表現出與爪哇語相似的分裂，這種不規則性，就不會威脅到他對「原始南島語言」的構擬。但是，在田樸夫去世以後，關於南島語言的描述性作品，大幅的增加，及時帶來了新的資料，挑戰了這種解釋。

　　Prentice（1974）根據都孫語和沙巴的穆魯特語（稱為「伊達漢語」）的新資料，認為田樸夫的 *b 代表兩個音位 $*b_1$ 和 $*b_2$，前者在伊達漢語和爪哇語之中反映為 *b*，而後者則反映為 *w* 。$*b_1$ 和 $*b_2$ 可能都是雙唇塞音，因為它們不同於 *w，從結構上和語音上，不應將 $*b_2$ 解釋為擦音。儘管 Prentice 對他所對比的語音假設保持沉默，但是，這幾乎會迫使人們做出這樣的解釋：其中一個塞音是內爆音，或者是「錯綜複雜的」。有證據支持這個解釋，就是通常對應於原始

北砂勞越 *b 的弱輔音之反映越多，對於 *bʰ 的強輔音之反映就越多。因此，婆羅洲內部的對應關係，一般可以通過下列解釋，假設沙巴語言和北砂勞越語言的直接共同祖先，在非重央元音之後的輔音，往往會產生疊音，而產生疊音的濁阻音，經歷了最後的清化，從而產生 a *b：*bʰ 對比，而它在北砂勞越語言之中，保存十分完好，並且，反映在東沙巴 Ida'an Begak 的概括化形式（Blust 1974b,2006a，Goudswaard 2005）。在都孫語和穆魯特語之中，*bʰ 和 *b 分別弱化為 b 和 v/w。

Prentice 所提出之真正的挑戰為，如何解釋伊達漢語 b/w 和爪哇語 b/w 之間，很明顯的高度相關，而不將兩種類型的濁雙唇塞音的區別投射到早期的原始語上。他給了 17 個支持伊達漢語 -b-：爪哇語 -b- 的比較。然而，其中 14 個有倒數第二音節的非重央元音，剩下的三個（*bibi「突然低下頭或身子」，*labu「葫蘆屬植物」）之中，至少有兩個可能是借詞。除此之外，他還舉出了 14 個伊達漢語 -w-：爪哇語 -w- 的例子，沒有一個是跟隨在非重央元音的後面。另外的 11 個在中間位置呈現雙唇塞音／滑音對應關係的例子是相互矛盾的，一個對應 *b₁，而另一個則對應到 *b₂，或者在伊達漢語言，顯示了沒有變化的反映，而爪哇語則顯示了 b 和 w 之間的變體。因此，在中間位置有 *b₁：*b₂ 區別的證據，最簡單地解釋是透過元音的條件：與許多其他南島語言一樣，在非重央元音之後，產生疊音的輔音所引起的音段，比起他們另一個變體，更能抵抗輔音的弱化。

在詞首，這樣的條件不能提供另一種解釋。在這裡 Prentice 找到了 15 個伊達漢語 b-：爪哇語 b- 的例子，以及 20 個伊達漢語 w-：

爪哇語 *w* 的例子。但是，他也發現了 22 個例子以某種方式違反了這些對應關係。他駁回了九個帶有詞首唇音的形式（1974: 51），其中四個支持著他的觀點，而另外的五個並未支持他的論點。這就留下了 31 個支持論點的例子和 17 個相互衝突的詞首為 *b1 或 *b2 的例子。鑒於缺乏已知的證據來證明南島語族的其他地方也存在類似的區別，而且可能有幾個伊達漢語 *b*：爪哇語 *b* 的例子，是源於馬來語移借而來的產物，因此，關於 *b1：*b2 區別的論點是無法令人信服的。

8.2.3.2 當時的 *d/D 有做區別嗎？

田樸夫所構擬的 Uraustronesisch（UAN）語音系統中，最薄弱的部分是一組捲舌塞音。只有爪哇語以及像是馬都拉語和峇里語等這種大量從爪哇語借詞的語言，才支持他構擬的 *T。然而，與 *D 的構擬有關的情況更為複雜。在詞尾的位置上，印尼西部的幾種語言反映 *d 為 -*t*，但是 *D 為 -*r*，這似乎是相當一致的。在非詞尾的位置上，證據相較於其他方面而言，是有問題的。田樸夫認為，他找到了統計的證據，證明 *d 變成了爪哇語 *d-*、-*d*-：塔加洛語 *d-*、-*r*-，但是 *D 變成了爪哇語 *d-*、-*ḍ*-：塔加洛語 *l-*、-*l*-。然而，如 Dahl（1976: 55）所示，這些對應關係，也有許多的例外，因為爪哇語，在 *d ~ ḍ* 或其中一個塞音和 *r* 之中，存在著很多不同的變體。鑒於這種令人不滿意的情況，Dahl（1976: 第 66 頁起）根據 Haudricourt 先前的建議，認為有證據指出齒音／捲舌音的區別是由於受到梵文的接觸而影響。正如已經提到與 *T 的構擬相關，這個解釋是有問題的。然而，不可否認的是，關於 *d/D 區別的爪哇語證據是互相衝突

的，因此，田樸夫更加地依賴塔加洛語，做為關鍵的證明。Zorc（1987）有效地推翻了這一個論點，就是塔加洛語（或任何其他菲律賓中部的語言）為 *d/D 的區別提供了證據，並且，隨著這部分比較的不成立，整個論點全盤崩潰了。[97]

雖然，在非詞尾的位置，沒有明確的有關 *d/D 區別的證據，但是，有關 *-D 的證據，涉及了一組單獨的對應關係。爪哇語不允許詞尾捲舌塞音，而塔加洛語與其他的菲律賓語言一樣，詞尾 *d 和 *D 有相同的反映。因此，田樸夫的 *-d：*-D 區別，是基於塔加洛語 -d：馬來語及 Toba Batak 語 -t 的對應關係，並相對於，塔加洛語 -d：馬來語及 Toba Batak 語 -r。雖然其中一些是詞對，但是，現在已知至少有 26 個比較證據支持 *-D 的構擬：（一）*bayaD「價格；付款」，（二）*be (ŋ) kaD「展開，像花朵一樣」，（三）*bitaD「使某人離開其他人或散開，（四）*bu (n) tuD「膨脹，像氣體一樣」，（五）*da (m) paD「平坦，水準」，（六）*gaDgaD「散開」，（七）*hantaD「可見，暴露」，（八）*hateD「護送，陪伴」，（九）*i (ŋ) suD「緩慢地移動，微微移動」，（十）*kiDkiD「擦痕」，（十一）*kiliD「銳化邊緣」，（十二）*laqaD「乾枯的河床」，（十三）*le (m) paD「往上飛舞、翱翔，飛翔（就如飛彈）」，（十四）li(ŋ)keD「硬幣」，（十五）*nataD「已被清除的房屋周圍的區域」，（十六）*puseD「螺紋，渦」，（十七）*qa(m)buD「使散落，散射，如穀物」，

---

97 Mahdi（1996）認為，古爪哇語、巴里語和馬都拉語之間的一致性，及排灣語和卑南族語之間的一致性，支持了 *d/D 的區別，這種區別至少與支持 *t/C 的區別一樣的強烈，但是，他為這一論點所提供的材料，可以用其他方式來解釋。

（十八）*sabeD「障礙物」，（十九）*sabuD「使散落，散射，如穀物」，（二十）*saluD「漏斗或海峽裡的水」，（二十一）*sapaD「使扁平」，（二十二）*siDsiD「沿著海岸線航行」，（二十三）*sikaD「精力充沛，活躍的」，（二十四）*tabuD「使散落，散射，如穀物」，（二十五）*tawaD「討價還價」，及（二十六）*tuaD「一種捕魚陷阱」。在這些形式裡的反映，伊班語、馬來語、巴塔克語言為一組，而峇里語和可能是在印尼西部的一些其他的語言，一致反映 *D 為 -r，但是 *-d 則反映為 -t。

　　一些田樸夫用來支持 *-D 的構擬證據，已經被證明是錯誤的，因為他的 *buDbuD「剁碎；粥」，必須被校正為 *buRbuR「粥」，*cemeD「不純」，則必須被駁回，因為它是考慮欠妥的，另外，*luluD「昆蟲的脛節、牛的小腿肉」必須被校正為 *luluj。儘管，支持的證據有所減少，但是，上述的 26 個詞源，概括說來，都得到了很好的支持，而且，對於我們正在討論的語音對應關係的真實性，是毫無疑問的。假定 *-D 的主要問題是，它與 *-d（和 *-j）的區別，只存在於印尼西部的少數語言之中，其中一些語言（伊班語、馬來語、峇里語）可能屬於一個時間深度不超過 2500 年的分群。然而，對這一反對意見，有一些強烈的反駁論點。首先，蘇門答臘島北部的巴塔克語，與馬來語沒有密切的關係，也區分了 *-d 跟 *-D（和 *-j）。儘管，這些語言已經接觸馬來語好幾個世紀了，但是，在 20 世紀之前，Toba Batak 語與之接觸顯然是相對較輕的，在 Toba Bataj 顯示 *-D > r 的大多數情況之下，這些字詞，似乎是本土的。其次，如果上面引用的 26 個形式是用 *-d 所構擬的，我們一定能夠推斷出以下結論，在 Batak 語、馬來語群的語言和峇里語之中，*-d 通常變

成 -t，但是，有時變成 -r。這不僅是一個無條件的音位分裂，而且，這兩種結果在語音方面，是截然不同的。（詞尾濁塞音，通常在伊班語、馬來語和 Toba Batak 語之中，會有濁音清化的現象，儘管，在北巴達克語之中，沒有這種現象，在北巴達克語裡，詞尾濁塞音與同部位鼻音合併了）。第三，當一個單音節的詞根可以被識別的時候，它在反映 *-D 為 -r 的方面是一致的，正如伊班語 papar「切割平滑（以修整木材所使用的扁斧削，等等。）」，馬來語 papar「平，光滑，鈍」，塔加洛語 sapád「扁平，不規則的扁平（指那些被認為應該要更圓的東西）」，伊班語 sapar「扁平面，柱子的，等等；正方形（不是圓形的）」< *sapaD），或是馬來語 aŋsur「一次一點一點地，在行動或運動中」，塔加洛語 isod「將某物在位置上向前挪動或移開的行為」，伊班語 insur「調整，移動某物」<*i(ŋ)suD。因此，忽視 *-D 的問題與忽視 *c 的問題相似。主要的區別在於，*c 填補硬顎音系列裡結構上的空缺，而 *-D 似乎不與任何其他原始音位形成系列音，並且它只出現在詞尾的位置。

對於構擬一個只發生在詞尾位置的單一捲舌輔音，不大可能不令人感到難以接受。另一種選擇是原始南島語 *-D 其實是 *-d，而明顯與 *-d 對比的例子，則是 *-j。這通常適用於比較的語言沒有區分 *-d 和 *-j 的情況，甚至有時候，也適用於在有區分 *-d 和 *-j 的情況，例如田樸夫的 *bukid「樹木叢生的山區」，但是，Ibanag vukig「山區」，Itawis hukig「茂密的樹木叢生的山區」，巴雅西南語 Bokig「東部；城鎮或省的東邊區域」，這顯示原始型式應為 *bukij，並迫使重新考慮 Toba Batak 語 buhit「高，壯麗，雄偉」，buŋkit「高」（預期為 **buhik 或 **buŋkik）是外來語或不相關的形式。然而，在其

他情況之下，這一個假設被打破了，例如在 *qañud > 邵語 *qazus*、伊洛卡諾語 *ánud*、Tboli *konul*、馬來語 *hañut*「隨著水流逐波漂流，被水帶走」，在這些例子中，邵語 *-s*，伊洛卡諾語 *-d*，不能與 *j 調和（>邵語 *z*，伊洛卡諾語 *g*），馬來語 *-t* 不能與 *-D 調和（> 馬來語 *-r*）或者在 *kukud > 伊洛卡諾語 *kúkod*「小腿，動物的小腿」之中，格拉比語 *kukud*「腳，腿」、亞齊語 *kukuët*「動物的下半部的腿，從蹄到腳踝」，同樣的，伊洛卡諾語 *-d* 不能反映為 *-j，而亞齊語 *-t* 不能與 *-D（>∅）調和。

8.2.3.3　有多少類型的 *d ？

根據小川和淺井早先的提議，Dahl（1976: 58 頁起）構擬了 *d₁、*d₂ 和 *d₃。這種區別幾乎完全僅基於來自台灣東南部的排灣語和卑南語的資料，這兩種鄰近的語言，已經有好幾個世紀的移借關係。儘管 Dahl 認為排灣語和卑南語在區分這三種類型的 *d 上是相互支持的，但是，證據顯示事實上是相互矛盾的（Blust 1999b: 49 頁起）。除此之外，*d₁-d₃ 區別橫切了田樸夫的 *d/D，如此一來，倘若兩組的區別可以被接受，那麼，構擬 *d 的音位數量必須大於三個。總而言之，在排灣語和卑南語之中，令人費解的舌尖塞音對應關係，可能最好解釋為是一個漫長且複雜的移借歷史之下的產物。

8.2.3.4　是否有 *z/Z 的區別？

根據最早由 van der Tuuk 所提出的一項提議，戴恩（1951）把田樸夫的 *z 劃分為 *z 和 *Z。證明 *Z 的證據在 Toba Batak 語和爪哇語中是一種相互印證的不規則，這兩種語言通常都有與馬來語 *j* 所相對應的濁硬顎塞擦音，但是，有時卻顯示為 *d*。Dahl（1976:

82）質疑了戴恩的許多比較，但是，接受了他的論點。

戴恩（1951）在八個形式構擬 *Z：（一）*Zalan「路徑，道路」，（二）*Za (hØ) uq「遙遠的」，（三）*ZeRami (hØ)「稻草」，（四）*Zilat「舔舐」，（五）*ZuRuq「樹汁，肉汁」，（六）*peZem「閉上雙眼」，（七）*eZen「按壓，擠出」，（八）*quZan「雨水」。所有這些，除了 *peZem（Toba Batak 語 podom，馬來語 pəjam，爪哇語 mərəm）一個或多個巴達克語顯示為 d，而爪哇語於預期的 j 中顯示為 d 或 r。然而，也有一些是 Toba Batak 語跟爪哇語不一致的例子：（一）Karo Batak 語、Toba Batak 語 jarum、古爪哇語跟現代爪哇語 dom「針狀物」，（二）Toba Batak 語 injak「踏上，踩上」，爪哇語 idak「被踩到」，（三）Karo Batak 語，Toba Batak 語 jadi，古爪哇語跟現代爪哇語 dadi「正在，成為」，（四）Toba Batak 語 ijur「昆蟲吐出的泡沫，唾液」，古爪哇語 hidu/idu「昆蟲吐出的泡沫，唾液」，現代爪哇語 idu「唾液；使過量分泌唾液」。在這些情況之下，巴達克語的證據指向 *z，而爪哇語指向 *Z。因此，這種對應關係，可能是通過一個初期的去顎化過程而產生的，而這個去顎化過程，在爪哇語之中比在巴達克語之中，走得更遠。去顎化現象可能是從最常用的詞彙開始，它導致受影響的詞素出現了明顯且重大的跨語言一致性，而事實上，這是由詞頻的共享模式所驅使的。

*z 不規則合併 *d 的趨勢，實際上比 van der Tuuk 或田樸夫表面上所理解的更為廣泛。雖然馬來語 padam「熄滅，撲滅」清楚地支持田樸夫 *padem「熄滅」的分析，例如，Mukah Melanau 有 pajəm「閉上雙眼；滅火」，這表明，即便是馬來語，有時候也反映 *z 為

d。[98]北砂勞越語言亦出現類似的問題，例如在吉布語之中，通常反映原始砂勞越 *j 為硬顎塞擦音（已有 8 個已知例子），但是，有時又表現為 *d-*（已有 4 個已知例子），在更少見的情況下，體現為 *s-*（Blust 2002c: 418）。除此之外，爪哇語和巴達克語言都有 *d/j* 詞對，正如在爪哇語之中 *pidak/pinjak*「踏板；踩」（馬來語 *pijak*「踏足」）或 Karo Batak 語 *dalan/dalin/jalan*「路徑，道路」，*pidəm/pijəm*「用來當做蜂巢的中空樹幹」。再者，最初認為田樸夫的一些符號是涵蓋多個原始音位的看法，再經過更仔細的檢查之後，發現這個看法是有問題的，而且，似乎最好不要區分 *z 和 *Z。由於 *Z 出現在包含濁硬顎塞擦音的兩個最穩定的比較之中（戴恩的 *Zalan「路徑、道路」和 *quZan「雨水」），一些放棄 *z/Z 區別的學者，使用 *Z 來代表兩者。但是，一旦中止了這個區別，就沒有理由不將這原始音位寫為 *z。

8.2.3.5 *j 的語音值

一些原始音位的語音值幾乎沒有爭議，例如 *m、*n、或 *ŋ，它們在相對較少的語言的非詞尾位置中，呈現了改變。在另一些情況下，原始音位的語音值，可以在沒有什麼爭議的情況之下被決定，即使這些音已經有了大規模的改變，例如 *p、*t 或 *k，它們經常歷經變化，但是，通常是沿著定義相當明確的輔音弱化途徑。然而，在一些情況下，某些已為大家接受的原始音位，難以解釋其音值。原始南島語 *j 及它在許多下層原始語的反映正是如此。

---

98 大概在同一類別的是田樸夫的 *dilaq「舌頭」，或馬來語 *lidah*（met.）「舌頭」所支持，而許多婆羅洲中部和西部的語言卻反映出 *zelaq。

雖然，幾乎大家都能接受 *j 做為一個獨立的音位，但是，由於它的反映，呈現出巨大的變體，這一個音段的語音值是有問題的。這些情況至少包括以下發展：

表 8.27　原始南島語 *j 的反映

c ([ɟ])	=	賽德克語（僅位於詞尾）
d	=	排灣語、卑南語、巴宰語（僅位於詞尾）、塔加洛語（僅位於詞尾）、Kelabit、原始 Sangiric、原始 Minahasan（僅位於詞尾）
g	=	泰雅語（零星分散的）、魯凱語、伊洛卡諾語、Toba Batak 語、Rejang（所有方言中的詞中位置）
j	=	Bare'e/Pamona（可能源自於早期的 *y*）
k	=	Palauan（僅位於／_C）、Toba Batak 語（僅位於詞尾）
l	=	卡那卡那富語、塔加洛語（僅位於詞中）、Botolan Sambal
ł	=	拉阿魯哇語（僅位於詞中）
n	=	阿美語、噶瑪蘭語、西拉雅語
ŋ	=	Karo Batak 語（僅位於詞尾）
ʔ	=	查莫洛語
r	=	賽考利克泰雅語、原始 Minahasan（僅位於詞中）、得頓語、原始海軍部群島語
s	=	泰雅語（零星分散的）、Maloh、Buginese、巴拉望語（僅位於詞尾）、原始大洋洲語（除了海軍部群島語以外）
t	=	馬來語、Rejang、Rawas dialect（僅位於詞尾）
x	=	Nias
y	=	賽德克語（僅位於詞中）
z ([ð])	=	賽夏語、邵語
z ([dz])	=	巴宰語（僅位於詞中）
Ø	=	布農語、鄒語、Pamona、原始 Bungku-Tolaki（可能源自於早期的 *y*）、Muna（可能源自於早期的 *y*）

除非另有說明，否則，帶有一般詞尾濁音清化的語言，反映了元音間位的濁阻音，做為對應的清阻音詞尾（馬來語 *j > -t，Toba Batak 語 *j > -k，等等）。決定 *j 語言值的挑戰，從這個反映的樣本看來，應該是十分明顯的，它涵蓋了發音方法特徵的全部範圍，以及除了唇音跟小舌音之位置特徵的整個範圍。

大多數的反映，指向阻音，而且可能是塞音，因為在已知的改變中，塞音弱化為擦音的現象，相較於擦音強化為塞音的現象，來得更為常見。除此之外，當不受在詞尾一般濁音清化的影響時，*j 的反映幾乎都是濁音。那麼，我們可以得出結論，*j 可能是一個濁塞音。但它的發音位置是什麼？毫無疑問，*j 與 *d 和 *g 都是有區別的，但是，它卻又不斷地與這些塞音融合。如果 *j 是齒齦音，很難想像任何次重音的發音特徵，可能會導致它一次又一次地回到軟顎音的位置（泰雅語、魯凱語、伊洛卡諾語和其他北呂宋島的的語言，北蘇門答臘的巴達克語言，蘇門答臘南部，除了 Rawas 和帛琉語以外的所有熱洋語）。另一方面，如果 *j 是軟顎音，它可能因為被次重音顎音化，而舌前音化，因此為 [gʸ]。這個假設的另一個優點是，對於某些語言之中的顎音反映，例如 -y- 或 -j-，提供了一個簡單的解釋。那麼，我們最好的猜測似乎是，*j 是一個顎音化的濁軟顎塞音，它在音韻上的系統中，形成了一個「安全島」，因為沒有能與其配對的清塞音或鼻音。

8.2.3.6　田樸夫的 *g

Wolff（1982, 1997, 2003）對於田樸夫 *g 的構擬證據提出了質疑，儘管關於他反對立場的細節，因為不同出版物而有所不同。

Wolff（1982）只留下田樸夫的 15 個有關 *g 的構擬，理由是因為其他所基於的形式，並不是同源詞，或者是從馬來語移借到西印尼和菲律賓的其他語言的產物。關於剩下的 15 種形式，他接著得出結論（1982: 13），「由於這些形式，完全沒有哪一種形式與大洋洲或台灣南島語顯示同源，我相信它們的關係很可能是通過移借而形成的，而且，我不認為它們有足夠的證據來構擬 *g。」另一方面，Wolff（1997: 581）指出，「我拿傳統上用來構擬 *-j- 和 *-j* 的形式來構擬 *-g- 和 *-g（田樸夫的中間位和詞尾的 *g'）。我以一些傳統上用來構擬 *g- 的形式來構擬詞首的 *g-（儘管它們大多數都不是繼承來的，正如 Wolff 1982 中所記錄的那樣）。」在此出版物中，他顯然放棄了先前完全不考慮 *g- 的決定。Wolff（2003: 2）用 *g 代替了傳統的 *j，並再次剔除了傳統的 *g。

考慮到 *j 的反映範圍，認為這個原始音位是一個濁軟顎擦音 [g] 的假設，是極不可能的。值得懷疑的是，在任何一個語言家族中，是否有被證實的例子，顯示 *g，反映為 *d*、*ð*、*l* 或 *s*。然而，這並不是 Wolff 的原始南島語輔音系統修正提議的唯一問題。他認為田樸夫 *g 的構擬不會反映在大洋洲語群之看法，與眾所皆知的證據是對立的，雖然，這些與 *k 的形式沒有區別（Blust 1977b）。但是僅由於大洋洲語群沒有區分 *g 和 *k，就拒絕承認原始南島語 *g，是毫無意義的：原始南島語 *b/p 以及 *g/k 的合併，是大洋洲語群的分群十分明確的特徵之一，類似的理由亦可輕易地否決掉有關 *b 的證據。這仍然留下了認為 *g 有區別的反映在台灣南島語中是未知的主張，但是這是錯的，因為排灣語和卑南語[15]都反映 *g 有別於其他音段（*g > 排灣語 *g*，卑南語 *h*，*k > 排灣語 *k*，卑南語 *k*）：

1. 原始南島語 *gaCel「發癢」：排灣語 *gatsəl*、泰安卑南語 *hatər*、伊洛卡諾語 *gatél*、本督語 *gatəl*、加班邦安語 *gatál*、Haunoo *gatúl*、格拉比語 *gatəl*、吉布語、Long Anap Kenyah *gatən*、伊班語、馬來語 *gatal*、Karo Batak 語 *gatəl*、古爪哇語和現代爪哇語、峇里語 *gatəl*「發癢，癢的」。

2. 原始南島語 *gayaŋ「狩獵矛」：排灣語 *gayaŋ*「上面帶有可拆卸的、似魚叉狀的有倒鉤的鐵尖端的狩獵矛」、伊洛卡諾語 *gayáŋ*「尖頭武器；矛、長矛、箭」、匝溪谷欄嘟馬家特語 *gayáŋ*「矛，長矛；丟擲矛（特別指伊龍果特族的矛；嘟馬家特（Dumagats）人本身不使用矛）、本督語 *gayáŋ*「一種矛，在刀刃上，有向上彎曲的突起」、Maranao *gayaŋ*「帶有刀片的武器；類似小鏟子的扁平刀片工具」、道蘇格語 *gayaŋ*「一個帶著刀片的武器（類似於使用於菲律賓群島的大刀，有一個長刀片）」、卡達山語 *gazaŋ*「一種長形的馬來西亞的大砍刀，大約二點五英尺長」、伊班語 *gayaŋ*「刺穿，刺傷，例如，使用矛或刀刺進豬的脖子做為一種儀式」、Bolaang Mongondow 語 *gayaŋ*「一種劍」，Tae' 語 *gaaŋ*「金色的馬來波刃短劍」；*gayaŋ*「使用馬來波刃短劍刺入」、Makassarese *gayaŋ*「一種武器，長的，兩側又尖又鋒利」、布吉語 *gajaŋ*「馬來波刃短劍」；*pa-gajaŋ*「刺入」。

3. 原始南島語 *gemgem：排灣語 *gəmgəm*、伊洛卡諾語 *gemgém*「拳頭」、本督語 *gəmgəm*「緊緊握在手裡；一把」、伊班語 *gəŋgam*「一把，拳頭；握緊」、馬來語 *gəŋgam*「握緊，緊握；緊緊握在手裡或動物的腳爪」、Karo Batak 語 *gəmgəm*「擁有一些受人控制的東西；指南，直接」、巽它語 *gəŋgəm*「緊握；一把」、峇里語

gəmgəm「夾在兩個東西之間」、Makassarese *gaŋgaŋ*「緊握在拳頭裡」。

4. 原始南島語 *gerger「發抖，發出顫聲，震顫」：排灣語 *i-gərgər*「震顫」、伊洛卡諾語 *pi-gergér*「震顫，發抖，發出顫聲，戰慄」、馬來語 *gəgar*「振動，正在顫抖，正在戰慄」、Manggarai *gəgər*「因寒冷而發出顫聲，震顫」、布魯族語 *gege*「震顫」。

5. 原始南島語 *geriC「撕扯、尖叫等聲音。」：排灣語 *pa-gərits*「驚嚇得尖叫」，*g<alʸ>ərits*「撕開布或紙的聲音」、伊班語 *gərit*「囓」，*gərit-gərit*「囓、啃咬的噪音」、馬來語 *gərit*「刮擦聲；正在被小鼠或大鼠囓」、巽它語 *gərit*「*padati* 的車輪吱吱作響（運輸貨物的車），或是門或閘的鉸鏈吱吱作響」、峇里語 *gərit*「擦亮，用力擦洗」、Manggarai *gərit*「發出刮擦聲，動物的腳爪；尖叫聲」。

6. 原始南島語 *gisgis/gisagis「摩擦，刮過」：排灣語 *gisagis*「被摩擦過的東西；野豬用來摩擦自己的樹」、[99] 卑南語 *gisgis*「刮剃毛髮；擦傷，接近某人、某物時輕輕相碰」、匝溪谷欄嘟馬家特語 *gisagis*「發出刮擦聲（像豬或菲律賓水牛用樹來回摩擦牠的身體側邊）」、比可語 *gisgís, giságis*「摩擦（對著一面圍牆或一顆樹）以緩解搔癢」、馬來語（汶萊）*gigis*「發出刮擦聲，使用指甲或劃線器做記號」、峇里語 *gisgis*「以指甲發出刮擦聲」。

7. 原始南島語 *guSam「咽喉感染：黴菌性口炎鵝口瘡」：卑南語 *huwam*「受黴菌性口炎鵝口瘡之苦」、塔加洛語 *guham*「皮膚出

---

99 排灣語通常顯示 *s > *t*，但在這個形式並不是如此。

疹子」、馬來語 *guam*「黴菌性口炎鵝口瘡，一種專門攻擊兒童的熱帶口瘡」、爪哇語 *gom*「因為維生素 C 缺乏所引起的類似壞血病的口腔疾病」、峇里語 *guwam*「兒童口腔疾病，扁桃體炎引起的扁桃體周圍膿腫」。

8. 原始南島語 *guCguC「拔出，剷除」：排灣語 *gutsguts*「給稻田除草」、伊班語 *gugut*「猛烈地拉出」。

9. 原始南島語 *gutgut「使用前牙一點一點地咬」：泰安卑南語 *huthut*「使用前牙一點一點地咬」、格拉比語 *gugut*「下門牙」、Karo Batak 語 *gugut*「使用前牙一點一點地咬或撕斷」、巽它語 *gugut*「咬」、古爪哇語 *gugut*「咬」、峇里語 *gutgut*「咬（人和動物）；猛咬；一點一點地咬；齧」。

10. 原始南島語 *tageRaŋ「多根肋骨」：泰安卑南語 *tahRaŋ*「胸部，乳房」、Ifugaw *taglán*「多根肋骨；人類胸部的一側（多根肋骨所圍繞著的部份）」、巴雅西南語 *taglán*「一根肋骨，骨架」、三寶波多蘭語（Botolan Sambal）、加班邦安語 *tagyáŋ*、美里語（Miri）*tagreŋ*、Long Anap Kenyah *təgaaŋ*「多根肋骨」。

除此之外，雖然大洋洲語言已經合併了 *g 和 *k，但是，一些中部馬來波里尼西亞語言保留了這種區別，這些語言是中東部馬來波里尼西亞分群的一部分，這個分群包括了大洋洲語群的語言，但是，不包括台灣、菲律賓或西印尼的語言。在此，已經舉了幾個為數不多的例子，例如，Manggarai *gəgər*、*gərit*、Buruese *gege*，這些例子可以通過如下比較進行擴大：

11. 原始馬來-波里尼西亞語 *gargar「勇敢的」：Minangkabau *gagar*

「勇敢，有膽量的」、Manggarai *gagar*「喜愛，有（打架、說話、性愛）的興致；勇敢、無畏的；精力充沛的、有慾望的」。

12. 原始馬來-波里尼西亞語 *gemi「咬緊牙關」：馬來語 *ikan gəmi*、Makassarese *gammi*「吸盤魚：*Echineis naucrates*」、西卡語 *gəmi*「捏、關閉、關上（正如嘴巴）」。

13. 原始馬來-波里尼西亞語 *pa(ŋ)gal「家畜脖子上的鐐銬」：伊洛卡諾語 *paŋgál*「將棍子或竹子橫向綁在動物的頭或脖子上……防止佩戴者穿過竹籬笆」、Manggarai *pagal*「蹣跚而行；掛在水牛的脖子上的沉重障礙物，用來妨礙牠的活動」。

14. 原始馬來-波里尼西亞語 *pager「防衛用的堅固的木柵」：伊洛卡諾語 *pagér*「防衛用的堅固的木柵」、美里語 *fager*「籬笆」、伊班語 *pagar*「籬笆，圍欄」、*pagar ruyon*「用柵欄圍起的堡壘」、Jarai *pəga*「籬笆，防衛用的堅固的木柵」、古爪哇語 *pagər*「樹籬，籬笆，圍欄」、峇里語（低特色語）*pagəh*「被柵或籬圍起來」；*pagəh-an*「樹籬，籬笆，圍牆，防禦工事」、布吉語 *pagəʔ*「籬笆，圍牆（就像一堵石牆圍繞著一片種植的土地）」、Buruese *pager*「籬笆」。

　　Wolff 質疑用 *g 構擬的有效性，理由是有些反映是不規則的。在許多南島語中可以發現，出現在軟顎塞音（*g > k and *k > g）裡的清濁交替現象。（Blust 1996d）。由於軟顎塞音發出濁音的潛在持續時間比前軟顎塞音短，所以，發出濁音的實際持續時間可能要再短一些，因此，它給予聆聽者減弱的訊號來區分 *g* 和 *k*。在南島語言中，在兩個方向上，零星的清濁交替現象幾乎是相同的，但是，對

於任何有充分證據證實的詞彙而言，證據數量上的優勢幾乎總是有利於這二者之一的軟顎塞音。在這裡引用的例子中，證據壓倒性地支持構擬 *g，因此，除了傳統的將 *g 分析為濁軟顎塞音以及將 *j 分析為不同的濁阻音之外，似乎沒有其他負責任的選擇。

8.2.4 鼻音

　　一般而言，鼻音是沒什麼爭議性的。這基本三個鼻音 *m、*n、*ŋ 普遍為大眾所接受。然而，*ñ 和 *N 的構擬一直存在爭議。關於 *ñ 構擬的核心證據，是由田樸夫（1934-1938）所提出的。保留 *n/ñ 區別的語言相對較少，但是，這些都是廣泛分佈的，而從它們而來的證據是相當清楚的。*ñ 的證明包含了在中部呂宋島的加班邦安語，許多沙巴以南的婆羅洲的語言（美里語、吉布語、伯拉灣語、民都魯語、Melanau 方言連續體、Ukit 語、Bekatan 語、比達友語、Maloh 語、加燕語、Kenyah 語、伊班語、雅就達亞克語、馬鞍煙語），熱洋語，Lampung 和蘇門答臘所有的馬來語系語言、馬來語、莫肯語、東南亞大陸所有的占語語言、巽它語、爪哇語、馬都拉語、峇里語、撒撒克語、蘇拉威西西北部大部份的 Tomini-Tolitoli 語言、蘇拉威西中部的數個 Kaili-Pamona 語言、Makassarese、布吉語、Mandar、Duri 和其他蘇拉威西南部的語言、小巽它的 Hawu、西部麥克羅尼西亞的查莫洛語，和零零散散的大洋洲語群的語言，包含了大部份海軍部群島的語言，新幾內亞北岸的 Wogeo 語和 Kairiru 語，Bugotu 語以及索羅門群島西部和中部的其他語言，一些核心麥克羅尼西亞語言和西部斐濟語。所有的這些語言都有區分 *ñ 和

*n，通常發為硬顎音和齒齦鼻音，但有時發成其他音（如 *y* 對 *n*）。例如加班邦安語 *yamuk*、馬來語 *ñamuk*、查莫洛語 *ñamu*、Bugotu *ñamu* < 原始馬來-波里尼西亞語群 *ñamuk「蚊子」（比較加班邦安語 *tanám*、馬來語 *tanam*、查莫洛語 *tanom* < 原始馬來-波里尼西亞語群 *tanem「植物，埋葬」，或馬來語 *tanah*、查莫洛語 *tanoʔ*、*tano* < 原始馬來-波里尼西亞語群 *taneq「泥土，土壤」），和馬來語 *pəñu*、*voñu* < 原始馬來-波里尼西亞語群 *peñu「綠蠵龜」（比較馬來語 *pənuh*、*vonu* < 原始馬來-波里尼西亞語群 *penuq「充滿的」）。除此之外，一些在呂宋島以北巴丹群島的巴丹語和 Itabayaten 語，*n 已經發展出為與前高元音相連的硬顎鼻音，但並不區分 *n 和 *ñ。

這個很清楚僅在台灣地區以外反映的區分，被僅發現於台灣地區的 *n 與 *N 的區分所掩蓋。雖然 *n 通常被反映為 *n*，而 *N 和 *ñ 通常與 *n 有所區分，並且二者（*N 和 *ñ）在除了鄒語和卡那卡那富語以外的台灣南島語合併。[100]大部分 *N/ñ 的反映為齒齦音或硬顎音，但是，它們在其他方面非常不同（若沒明確指出，*ñ 的反映是未知的）：（一）*N/ñ > *ð*（寫成 *z*）：邵語，（二）*N > *t*：道卡斯語，（三）*N > *n*（只在詞尾位置）：巴宰語，（四）*N > *n*（未知的 *ñ 反映）：巴賽語、社頭方言（五）*N/ñ > *n*：布農語、噶瑪蘭語，（六）

100　Blust（1999b: 43）列出 *N 和 *ñ 在 21 種臺灣南島語的反映，其中二種為原始。同樣的反映被發現在原始泰雅語 (*l)、噶瑪蘭語 (n)、阿美族語 (l)、卑南族語 (l)、排灣語 (ɬ)、西拉雅族語 (l)、賽夏族語 (l)、邵族語 (z)、布農語 (n)、拉阿魯哇語 (l)。這些原始音位看來好像在鄒語有做區別，其中在發絲音輔音之後 *N > *k*，但是在別處為 *h*，而 *ñ > *n-*、*-h-*、*-h*，並且在卡那卡那富語中，*N > *n*，但是 *ñ > *ŋ*（Tsuchida 1976: 138-143, 307）。

*N > *n* 但是 *ñ > *ŋ*：卡那卡那富語，（七）*N > *s*：洪雅語、巴布薩語，（八）*N > *l*：巴宰語（只有在中間位的位置），（九）*N > *l*（未知的 *ñ 反映）：Papora、魯凱語，（十）*N/ñ > *l*：泰雅語、賽德克語、賽夏語、西拉雅語、卑南語、（十一）*N/ñ > *l*：拉阿魯哇語、阿美語，（十二）*N > *ĺ*：排灣語，（十三）*N > *r*：龜崙族語，（十四）*N > *k/f*、*s*_、在其他地方反映為 *h*，但是 * ñ > *n*：鄒語。在台灣之外的所有語言，已經把中間位及詞尾 *n 和 *N 做合併。在詞首，*N 可能已經跟 *l 合併，而不是跟 *n 合併，因為拒絕這一個假設意味著接受一些在非台灣南島語中的詞對，而在這些語言 *l- 跟 *n- 是有區分的（*laŋuy/naŋuy「游泳」，*lesuŋ/nesuŋ「研米缽」，*luka/nuka「傷口」等等）。此外，有一對詞對在 *ñ 對 *l 對應亦有所不同：*ñamuk/lamuk「蚊子」。

　　部分由於這個理由，Wolff（1993）認為 *N 和 *ñ 是一個音位（寫成 *ñ），他們之間的分裂受對比重音的制約。正如他試圖淘汰 *C 一樣，這一個提議如同是南島語言版的維爾納定律：鑑於日耳曼語的重音位置決定了元音間位的擦音發成濁音，Wolff 認為重音的位置決定了南島語言裡的去顎化現象。這一個論點的基礎是可以理解的，但是，這一個論點令人驚訝，原因有二：（一）這一個論述，在很大的程度上取決於一個有問題的假設，即對比重音可以構擬至原始南島語，以及（二）這個假設的反證，幾乎與支持這個假設的證據一樣大。

　　Wolff 一開始（1993: 49）指出由於 *N 是在詞尾的位置構擬的，但是 *ñ 並非如此，「聲明詞尾 *N 實際上是詞尾 *ñ 並不會改變什麼」這可能是真的，但它將原始語的類型與其後代的類型設定為不一

致，因為實際上將 *c、*z 或 *ñ 反映為硬顎音的南島語，不允許它們出現在詞尾。在實證語言，是如此強烈地避免詞尾硬顎音，以至於即使當 *s 變成硬顎音，例如 Manggarai，這種情況只發生在詞首音節：*salaq > *cala*「錯誤的」、*sebu > *cəbu*「浪花」、*siku > *ciku*「手肘」、*susu > *cucu*「乳房」、*baseq > *baca*「濕」、*asu > *acu*「狗」，但是 *beties > *wətis*「小腿」、*qaRus「流動」> *arus*「來得迅速，來得流暢的」、*Ratus > *ratus*「百」等等。同樣的，在海軍部群島（Admiralty Islands）的語言裡，當一個中間位硬顎鼻音出現在詞尾，它也有反覆變化的趨勢，儘管它在詞首音節是穩定的：原始大洋洲語言 *poñu > Bipi *puy*、Lindrou 語、所力語 *boy*「綠蠵龜」（比較 *ñatuq > Bipi *ñak*、Lindrou 語 *ñek*、所力語 *ña*「一種硬木樹」）。儘管，原始語的類型，應該遵守其後代的類型，但是，這些觀察結果並不完全排除 Wolff 在詞尾構擬 *ñ 的提議，有人可能會認為 *-ñ 是如此的不穩定，以至於在原始馬來-波里尼西亞語中 *-ñ 與 *n 在詞尾音節合併，但在詞首音節則不。另一方面，現代語言中對於詞尾硬顎阻音和鼻音的普遍限制，使得這些音段都不可能在原始南島語的詞尾中出現。

Wolff（1993: 47ff）注意到在 *N、*n 和 *ñ 中，只有 *N 和 *n 在台灣南島語裡有做區分，而在非台灣南島語中，只有 *n 和 *ñ 有做區分。經演繹支持一個三向對比，但他認為原始南島語只有 *n 和 *ñ，而後者受它之前或之後的重音元音的影響而產生分裂，以致於在最後音節為重音的詞中，不論 *ñ 是在詞首還是中間位，在台灣南島語= *N，在非台灣南島語= *ñ，，然而在倒數第二音節為重音的詞，*ñ 在台灣南島語= *N，但是在非台灣南島語= *l-、*-n-（MP-1

= 非台灣南島語保留 ñ- 的語言，MP-2 = 非台灣南島語流失 ñ- 的語言）：

圖 8.3　原始南島語 *ñ 在台灣南島語與馬來-波里尼西亞語的系統化反映（引用自 Wolff 1993）

	重音在最後音節		重音在倒數第二音節	
	詞首	詞中	詞首	詞中
F	ł	ł	ł	ł
MP-1	ñ	ñ	l	n
MP-2	n	n	l	n

　　Wolff 將他的討論劃分為（一）在詞中位置 *ñ，和（二）在詞首位置 *ñ，他聲稱找到原始南島語裡重音位置和 *ñ 反映的高度相關性。由於篇幅的原因，我們只考慮在中間位置的 *ñ，因為，那裡有最充份的證明。我們有兩種方法來測試這個主張的充分性。首先，由於控制因素是重音，倒數第二音節和詞尾重音的相對頻率是可以計算的，從而得出其中 *ñ 應該成為 n 或 ñ 的百分比。其次，由於 Wolff 引用同源詞集來支持他的論點，這些主要資料來源可用來確認或否定他的主張，並且可以將他沒有引用的其他例子添加進去。

　　如前所述，將原始菲律賓語的音位重音投射到原始南島語上的嘗試，並沒有得到廣泛的接受，而這個情形，使得大家對於 Wolff 所提議的解釋提出了疑問。然而，最明顯的反證來自於 Wolff 自己的預測，這些預測產生的結果並沒有明顯偏離偶然性。相關的比較必須符合下列的每一個條件：（一）必須有一種能夠區分 *N 和 *n

的台灣南島語同源詞，（二）至少有一種語言必須為重音的位置提供
證據，（三）必須有一個同源詞在至少有一種 MP 語言，能夠區分
*ñ 和 *n。為了支持上述的相關性，Wolff 提供了 18 個比較，而只確
認了兩種例外。然而，這些相關證據並不支持他的解釋。表 8.28 列
出了滿足上述三個條件的所有已知形式。我排除了 Wolff 的 * keñáŋ
「確認，記得」和 *ʃuñud「前進，跟隨」，因為此兩例子並無法令人
信服（＋＝預測確認，－＝預測證明錯誤；*qaNuNaŋ 被計算兩次）。

表 8.28　馬來波里尼西亞語言中，假設原始南島語 *N > n 或 *N > ñ
　　　　的重音關聯性（引用自 Wolff 1993）

No.	原始南島語	Wolff 的 原始南島語	原始馬來- 波里尼西亞語群			預測
1.	aNak	añák	anak	n	+	小孩
2.	aNay/SayaN	áñay	anay	ñ	-	白蟻
3.	baNaR	bañáɣ	banaR	n	+	（植物）菝
4.	baNaS	báñas	banah	ñ	-	雄性（動物）
5.	buNi	búñi	buni	ñ	-	隱藏、隱瞞
6.	CaNem	tañém	tanem	n	+	種植、掩埋
7.	CuNuh	túñu	tunu	ñ	-	烘烤
8.	daNum	dañúm	danum	n	+	水
9.	keNa	keñá	kena	n	+	受到驚嚇
10.	paNaw	páñaw	panaw	ñ	-	步行、前往
11.	paNij	páñig	panij	ñ	-	翅膀
12.	qaNiC	qáñit	qanit	ñ	-	皮革
13.	qaNiCu	qañítu	qanitu	n	+	鬼
14.	qaNuaŋ	qañuáŋ	qanuaŋ	n	+	菲律賓水牛

No.	原始南島語	Wolff 的 原始南島語	原始馬來- 波里尼西亞語群			預測
15.	qaNuNaŋ	qañúñaŋ	qanunan	n	+	樹
16.	qaNuNaŋ	qañúñaŋ	qanunaŋ	ñ	-	樹
17.	qaNup	qañúp	qanup	n	+	打獵
18.	qeNeb	qeñéb	qeneb	n	+	關閉
19.	siNaR	ʃíñaɣ	sinaR	ñ	-	發光
20.	SiNuq	siñúq	hinuq	n	+	珠子
21.	SuNus	súñuʃ	hunus	ñ	-	取回
22.	taNek	tañék	tanek	n	+	沸騰
23.	tuNa	tuñá	tuna	n	+	鰻魚
24.	zaNi	jáñi	zani	ñ	-	接近的
25.	bañaw	báñaw	bañaw	ñ	+	清洗
26.	qañud	qáñud	qañuj	ñ	+	漂流
27.	Siñaw	siñáw	hiñaw	n	-	清洗

　　在這組構擬的 27 個例子中，有 15 個例子支持了 Wolff 的預測，因此有大約 55.5% 的支持率。這與他聲稱構擬重音和去顎音化歷程相關的 90% 的成功率（20 個例子中，有 18 個例子支持）相去甚遠，也與偶然性沒有明顯的偏離。再加上沒有一個普遍為大家所接受能用於構擬原始南島語對比重音的基礎，因此，我們別無選擇，只能接受將 *n、*ñ 和 *N 構擬為不同的原始南島語音位。

　　關於 *N，還有最後一點須加以說明。在台灣南島語之中，*N >n 的變化，只有在三個獨立的例子之中被證實：（一）在一個為巴賽語、社頭方言以及噶瑪蘭語的直系祖先的語言之中，（二）在布農語

之中，以及（三）在卡那卡那富語之中。在台灣代表的南島九個分支裡頭的八個主要分支中，有些語言或是全部的語言反映了 *N 為邊音。在排灣語裡，這個音已經被顎音化，在拉阿魯哇語和阿美語裡，它是清音或者部分清化，而在其它語言，則被報導為 [l]。這強力地指出 *N 不是一個鼻音，而是不同於 *l 的某種邊音。有鑑於它一再與硬顎鼻音 *ñ 在台灣南島語合併，我們有一些強而有力的語音學理由來假設 *N 是一個硬顎邊音。如果是這樣，它符合了一個已為大家廣為接受的系列 *c、*z、*ñ、*N（[ʎ]）和 *j（[gy]），它一不同於 *c—被相當完善的保存在馬來波里尼西亞的語言裡，但是，通常在台灣南島語裡因合併的過程而丟失。這種解釋也有助於了解不尋常的合併，例如在邵語裡的 *ñ、*N 和 *j 的合併（這三個有可能共享硬顎音的要素）。除此之外，由於缺乏了關於 *N- 的明確證據，進一步的強化了 *N 與 *j- 所呈現的平行缺口。然而，由於符號 *N 已經完全嵌入到比較文獻之中，因此，沒有必要改變它。

8.2.5 擦音

原始南島語區分兩個清齒齦音，*S（在戴恩 1953b 構擬為 *h）及 *s。第一個是在台灣南島語中反映為清齒齦音，除了在龜崙語（已滅絕）變為 s 或 h、在道卡斯（已滅絕）變成 s 或 Ø、在西拉雅（已滅絕）變成 g（顯然是 [x]），而在卑南語裡這個音消失了。台灣以外，在某些情況底下 *S 變成 h，這發生在多種菲律賓語言中（巴希語，菲律賓中部地區）、婆羅洲中部的加燕語，以及馬來語和 Moluccas 中部的 Soboyo。在其他地方變為喉塞音，或更常見的是丟

失。這在許多語言家族是常見無聲齒擦音的歷時演變，並強烈支持
Ross（1992: 38 頁起）所認為的 *S 為[s]。這意味著 *s 必須具有其
他音質值。田樸夫（1934-1938）將 *s 解釋為無聲的硬顎塞音。他認
為在 *ñ 保留為硬顎鼻音並且具有活躍的鼻音替代系統的語言中，在
某些構詞過程中，s 被 ñ 代替，例如：加班邦安語 *saklub*「遮蓋物」：
ma-ñaklub「去覆蓋」、*sulúʔ*「火炬」：*ma-ñulúʔ*「點亮火炬或燭」，
Kenyah *salut*「圈養，囚犯」：*ñalut*「捕獲，俘虜某人」、*səŋit*「尿」：
ñəŋit「排尿」、爪哇語 *sorot*「光線，光束」：*ñorot*「把…的光投向」，
sikəp-an「一個擁抱」：*ñikəp*「去相互擁抱」，查莫洛語 *saga*「住宿，
休息」：*ma-ñaga*「逗留」，*sotsot*「悔悟，痛改前非」：*ma-ñotsot*「悔
改」。他認為這是一個塞音，因為 *s 往往體現為塞音或塞擦音。儘
管有了這些觀察，在絕大多數南島的語言裡，*s 的反映是清齒齦音
或舌葉擦音。

Ross（1992）試圖調和這些看似矛盾的 *s 特徵：如果它是一個
硬顎音，並在鼻音替換中選擇了 ñ，為什麼它幾乎從來沒有反映為
一個硬顎音，特別是在馬來波里尼西亞語言之中？他提出的解決方
案具有相當大的解釋價值。原始南島語 *s 是一個清硬顎塞擦音
（*c），它一直保持為硬顎音，直到同部位音的鼻音替換在原始馬來-
波里尼西亞語中出現為止。在這段期間，*S 變成原始馬來-波里尼西
亞語 *h，而 *s 變成齒齦絲音以填補這一個變化所造成的間隙，直到
附加前綴系統中 *ñ 交替模式被建立。然而，這確實造成了一個問
題，因為我們已經發現有必要根據不同的語音對應關係，來構擬原
始南島語 *c。如果我們把 *s 當作硬顎擦音來處理，這個問題就可以
解決，而且這項構擬仍然符合 Ross 所提出的方案。

剩下的一個問題是，在許多的後代語言之中，*s 顯而易見的強化現象。如果 *s 是一個發絲音，那麼令人驚訝的是它經常被反映為一個塞音或是塞擦音。例如 ts（巴賽語、社頭方言、阿美語），c（Manggarai）和 t（原始西部平原語群、排灣語、阿哥達語、Atta、加當族語、伊斯那格語、緹伯利語和比拉安語、帛琉語、烏夫盧－阿瓦語、沙雅語、阿若細語和其他東南部索羅門群島的語言、特拉克語和麥克羅尼西亞的其他語言）。這似乎支持了一種觀點，即 *s 不是擦音，但是這個原始音位的反映也往往變成 h（原始泰雅語群、龜崙語、賽夏語、Ifugaw 語、Kallahan 語、Balangaw 語、Botolan Sambal語、Samihim 語、馬鞍煙語、原始 Bungku-Tolaki 語、Hawu 語、Mwotlap語、Raga 語、Sakao 語、東加語）或是 Ø（美里語、格拉比語、夏威夷語）。總的來說，似乎最好的假設是，*s 以前在原始南島語裡是一個硬顎擦音，後來在 *S > h 的變化以及同部位音的鼻音替換創新之後變成齒齦音。儘管[s]的強化現象在世界上的語言之中，可能比人們往往所認知的還要來得普遍，但是，為什麼它容易有重複強化的傾向，原因仍然是不明朗的。

第三個必須構擬於原始南島語的擦音，通常在文獻中顯示為 *H，但是，由於這是現代唯一的喉擦音，它可以被寫成 *h。這個原始音位的構擬是基於非常弱的證據，這是語言在經過 5000-6000 年的演變之後，也許可以期待的。台灣的四種語言（原始泰雅語群、賽夏語、巴宰語、阿美語）為 *h 提供了主要的證據，這些證據可發現於七個例子的詞尾，還有在另外兩個例子的中間位找到（表 8.29）：

表 8.29　原始南島語 *h 的證據

原始南島語	原始泰雅語群	賽夏語	巴宰語	阿美語	詞義
*baqeRuh	—	—		faʔloh	新的
*baRah	*bagah	baLah	bahah	—	餘火、餘燼
*Capuh	—	—	sapuh	—	清掃
*CuNuh	—	s-om-olœh		—	烘烤
*nunuh	*nunuh		nunuh	—	胸部
*qasiRah	—	—	—	cilah	鹽
*qumah	*qumah	—	u-ma-mah	omah	焚林開墾
*bahi	—	—		fafahi	女人
*buhet	*buhut	ka-bhœt	buhut	fohət	松鼠

　　這推論依據這些語言之間的一致性，這些一致性似乎代表了南島家族的四個主要分群。另有兩個從菲律賓而來的證據：*baRah > 伊巴亞頓語 vayah「紅，紅色」，vayah-ən「加熱到熾熱，如同鐵」，*bahi > 布基農語，西部 Bukidnon Manobo bahi「女性；女人」，雖然在某些情況是互相矛盾的，例如伊巴亞頓語 vaʔyo「新，新鮮」，帶著詞尾元音。在台灣，證據有時候也是相互矛盾的，就像原始泰雅語 *kari「挖」、巴宰語 sa-kari「挖掘棒」，但是，賽夏語 kaLih「從泥土裡挖掘出某物」，或者原始泰雅語 *mama「舅舅、伯伯、叔叔（用於對年長男子的稱呼）；父親或母親的兄弟」，阿美語 mama「父親」，但是，巴宰語 mamah「哥哥，妻子的哥哥」。

8.2.6　流音

　　撇開可能是硬顎邊音的 *N，原始南島語有三種流音。其中最不成問題的是 *l（儘管它在菲律賓中部語言之中，有一些不規則的地方）被數百種語言支持，成為一個獨特的音位，不需要進一步的討論。

　　Wolff（1974）認為田樸夫的 *r 是完全基於移借（主要來自於馬來語）所產生的對應關係，以及基於錯誤的同源詞鑑別。正如同他對於 *c 和 *g 的類似主張，然而，當我們對於現有可利用的證據進行了仔細的檢查，結果並未能支持這一個立場。田樸夫的 *r 和 *R 的出現，具相似的頻率。Chrétien（1965）列出了前者的 138 個例子，以及 160 個後者的例子。

　　雖然，許多有關田樸夫 *r 的構擬，顯然是從馬來語所移借過來的產物，正如 Wolff 所聲稱的那樣，但是有些其他的例子不能被輕易地以此理由排除。除此之外，許多較新的比較，也支持著 *r 的構擬：

1. *rauC「削剝藤莖或竹子」：排灣語 r<m>auts「劈開木材」、伊斯那格語 raut「製作籃子時，所使用的藤條」、本督語 láot「用於捆紮的一條細長的 bikal 竹子片」、láot-an「拿來當做繩線，用於按壓蓋屋頂草料的蘆葦」、Kankanaey láot「刮藤莖」、伊班語 raut「修減，去皮，刮」、馬來語 raut「whittle off 削掉」、爪哇語 rot-an「藤莖」。

2. *rawan「強烈的情感」：Haunoo rawán「嫌隙」、伊班語 rawan「體驗情感，使激動」、馬來語 rawan「情感，溫柔的感覺；被煽動」、Manggarai rawaŋ「悲傷的；焦慮的」

3. *ruit「掛勾的倒鉤」：伊班語 *ruit*「一個倒鉤」、馬來語 *ruit*「彎曲，鉤形；（汶萊）掛勾或倒鉤」、爪哇語 *ruit*「倒鉤（掛勾的）」、博朗蒙貢多 *ruit*「鋒利的，尖銳的」。

4. *kure(n)dut「皺紋，如同皮膚」：比可語「有皺紋的（僅用於皮膚）」、Mukah Melanau 語 *kərədut*「有皺紋的」、馬來語 *kərdut*「皺褶、皺紋、深深的皺紋」、k. muka「皺著眉頭的臉」。

5. *periŋ「竹子」：Rungus Dusun 語、多霍伊語 *poriŋ*、馬來語、Manggarai 語 *pəriŋ*、Banggai 語 *peliŋ*、Lio 語 *pəri*「細長的竹子類型」、Ponapean 語 *pe:ri* 'Bambusa vulgaris'

6. *samir「門窗等前面的葉遮陽篷」：伊洛卡諾語 *sámir*「椰子樹葉的羽片，編織成籃狀編製品，做為臨時遮蔭之用」、Maranao 語 *samir*「門窗等前面的遮陽篷」、馬來語 *samir*「風乾尼帕葉，但是，不進行製成蓋屋頂之用的茅草屋頂的後處理。普通乾燥的葉子用於臨時屏幕或住所」、Toba Batak 語 *samir*「任何用於提供住所的東西—例如樹葉」、爪哇語 *samir*「圓形的香蕉葉，固定在淺的上下顛倒的錐形物體，並且用來覆蓋食物」

　　在這些或其他許多類似的比較之中，沒有任何一個流音對應關係，可以像解釋其他的原始音位的反映那樣，容易被解釋。排灣語 *r* 有時候反映為 *R，但是，這不是尋常的發展，而伊斯那格語的 *r* 不能規律地從 *d 或是 *R 衍生出來。類似的情況也適用於 Haunoo，其中 *R > *g* 和 *d > *d*，而 *ruit 在伊班語以及馬來語可亦以反映為 *Ruit（而非 *duit），而爪哇語以及 Bolaang Mongondow 則反映 *duit（而非 *Ruit），等等。移借可以解釋這種類型的偶爾比較，但是，

無法被訴諸於所有，甚至其中的大部分。因此，我們別無選擇，只能假定構擬 *r，據推測以前是個齒齦閃音（如這些例子所示，其反映在大多數的語言之中，是 r 或者 l）。

雖然，*r 具有相當狹窄的反映範圍，與任何其他的原始南島語音位的發展階段相比，*R 在歷史上的發展可能顯示規模更巨大的語音多樣化，但是 *j 可能不包括在內。有些令人驚訝的是，鑒於其所推斷的語音，這些反映之中，只有少數是流音：

表 8.30　原始南島語 *R 的反映

d	=	Ibaloy（藉由 *R > l）、Inati
ð	=	Bugotu（位於非高母音之前）
g	=	泰雅語、北部科迪勒語、大中部菲律賓語言、Sabahan 語、伯拉灣語、查莫洛語、Tigak
h	=	Samal、加燕語、雅就達亞克語、Kove
j	=	Dangal（僅位於 u 之前）
k	=	查莫洛語、Tigak（僅位於詞尾）
l	=	道卡斯語、布農語、巴賽語、阿美語、Bontok、Pangasinan、Helong
lh	=	邵語（清邊音）
L	=	賽夏語（捲舌彈音）
ly	=	Sissano（位於 i 之前）
n	=	Mekeo、Solos
ŋ	=	Taiof（僅位於詞尾）
r	=	泰雅語（位於 i 之前）、賽德克語、Tiruray、格拉比語、馬來語、Toba Batak 語、帛琉語（僅位於齒音之前）、Motu
R	=	噶瑪蘭語（對比小舌翹舌音）
s	=	帛琉語、Bonfia[16]
w	=	比薩亞語（僅位於詞尾）

x	=	巴宰語
y	=	Bashiic、Botolan Sambal、加班邦安語、北 Mangyan、Melanau 語（僅位於詞尾）、Ma'anyan、Lampung、Sundanese、Manus 大部份的語言、Mwotlap、Olrat
z	=	馬拉加斯語（來自中間的 *y）
Ø	=	排灣語、Kenyah、爪哇語、比馬語、Hawu、Roti、原始中太平洋語群

　　儘管有如此範圍廣泛的反映，但是相較於 *j 的語音特性，*R 的語音特性有更大的一致性。跟隨田樸夫的大多數學者都認為 *R 是一個小舌擦音或顫音，這是一個合理、有可能發生的事。然而，舌冠音的反映比小舌音或軟顎音的反映更為常見。鑒於這一個觀察，可以合理地認為 *r 是一個齒齦閃音而 *R 是一個齒齦顫音，這一個假設得到了已知的語音變化的支持，因為從一個齒齦顫音轉變為一個小舌顫音，在法語和其他的歐洲語言的歷史上，獲得很好的證據支持，而相反方向的轉變，則是未知的。

　　原始南島語 *R 已經成為廣泛討論的主題。它最初是由 van der Tuuk 所識別，然後被 Brandes 命名為 van der Tuuk 第一法則，它後來被分為四個由戴恩（1953a）所提出的亞型，正如表 8.12 所註記。Dahl（1976: 86 頁起）把爪哇語，雅就達亞克語，馬拉加斯語 r < *R 歸因於移借，其中 *R 變成 r（最有可能為馬來語）以及馬拉加斯語 z < *R 歸因於移借自另一個語言，其中 *R 變成 y（最有可能為馬鞍煙語或一些類似的東南亞巴里多語言），其所得出結論就是 *R₁ 代表了在爪哇語、雅就達亞克語以及可能也包含了馬拉加斯語的唯一直接繼承 *R 的反映。借移無疑在決定 *R 許多南島語言的反映中扮演了重要的角色。田樸夫和戴恩都承認，雅就達亞克語具有兩層的語

言層，而這兩層的語言層被若干組的詞對反映所區別。而 *R > h/r 就是其中的一個用來區分語言層的詞對反映。Reid（1973b）呼籲大家關注呂宋島北部 Kankanaey 之中類似的情況，*R 被反映為 l、g 或是 Ø。之後，Conant（1911）指出，顯而易見的無條件分裂將 *R 分為 g 或流音，這在菲律賓北部和南部十分普遍。在某些語言中，例如 Tiruray，這種情況很顯然是由於移借（Blust 1992）。然而，在其它的語言之中，*R 的分裂則無法這麼容易地透過音韻情境限制或移借來解釋。

　　*R 在大約 200 個詞素中被構擬。戴恩給了其中的大約 24 個下標符號。然而，Dahl（1976: 91）將其減少到「只有 16-18 個實例，這些例子或多或少符合戴恩的假設。」儘管，關於 *R 反映之系統性研究，還沒有深入到使我們可以藉由這些對應關係的全面性描述，而在每一個構擬的詞素之中，構擬一個有區別的 *R（因此，將造成超過一百多個 *R 的下標符號變體），這也清楚地表明，隨著越來越多的語言被統整到比較之中，戴恩的構擬過程，不可避免地朝著這個方向發展。因此，Nothofer（1975: 160ff）指出，在輔音前和詞尾的位置，*R₃ 和 *R₄ 與 *D 和 *r 合併為「原始馬來爪哇語」*r，但是 *R₁ 和 *R₂ 必須再做進一步的細分（*R₁ 分為兩個，*R₂ 分為三個原始音位）以解釋巽它語的證據。這意味著若在譜系圖之中的某個較高的節點上採用他的方法，將使我們必須假定至少有七種 *R 的下標符號之類型。同樣地，在北砂勞越的 Limbang Bisaya 之中，*R 在詞首顯示為 Ø 或者 r-（小舌音），中間位 Ø，-g- 或者 -r-，以及詞尾 -w，-g，或者 -r。r 的所有實例，顯然都可以歸因於從汶萊或是砂勞越馬來語之中所移借來的，並且顯然存在一些音韻限制（在 *e 之

後，*R 的唯一反映是 g），但是，這仍然在許多的形式之中，留下了一個無法解釋的 *R 之分裂。如果詞源包含一個 *R 的下標符號，那麼，這便與戴恩的 *R₁ - *R₄ 無關：*baqeR₁u > agu「新的」，但是 *daR₁aq > $raaʔ$「血液」，*teR₂as > $tagas$「闊葉樹」，但是 *uR₂at > uat「靜脈，血管，葉脈」，等等。在大洋洲語群的語言之中，也發現了類似的模式（Geraghty 1990, Lynch 2009a, François 2011）。這讓我們別無選擇，只能做出以下結論：*R 在這些各種廣泛、零星分佈的語言之中，顯現出無條件音位分裂。而它的範圍從台灣南部（排灣語，有 Ø 以及 r）通過菲律賓以及婆羅洲西部，一直到萬那杜和麥克羅尼西亞。為什麼這個特定的原始音位會如此受到不規則變化的牽制，是無法解釋的，但是，以逐漸變小的同源詞組當做理由，用來構擬一個有無限數量之帶有下標符號的 *R，顯然是無法讓人接受的。

最後，在菲律賓和印度尼西亞的幾種語言，共享了顯而易見的同源詞，而其中包含了先前未被認知的流音：發絲音的對應關係，這些目前無法分析。在大多數的這些同源詞集之中，菲律賓的語言都有一個 l 或 r，它們與在印度尼西亞西部語言裡的 s 產生對應關係（Blust 2006b）。這些比較很令人費解，因為它們沒有遵照任何已知的比較準則。它們看起來可以用 *L 來標記，但這符號的語音值將是晦澀、難解的。

8.2.7　滑音

關於滑音，幾乎沒有什麼可說的。無論 *y 或 *w 都必須被構擬，而有關他們的反映，幾乎沒有什麼問題。Dahl（1976: 14）主張，將

滑音替換為與它有對應關係的元音 *i 以及 *u，但是，這個建議掩蓋了在南島語言裡，典型型態之重要的特徵，因此，讓人很難去說明許多語言之中的重音規則，導致用奇特的解釋來說明滑音強化的歷時演變。戴恩（1962）提出了 *w 的下標符號變體，但是，這在很大程度上是由於無法理解在許多距離遙遠的語言之中的強化過程。

8.2.8　元音與雙元音

　　原始南島語的元音，幾乎不需要討論。關於 *i, *u, *e（非重央元音）和 *a 的構擬，大家有一致看法。在南島語言學中，「雙元音」這樣的術語用於 -VC 序列，包含 *-ay、*-aw、*-uy 以及 *-iw，因為它們在許多的後代語言之中，呈現單母音化，所以必須與其他的 -VC 序列做不同的探討。除此之外，*-ey 和 *-ew 的構擬亦被提出，其中 *-ey 只出現在詞尾的位置，而 *-ew 則同時出現在中間位（在 *dewha「二個的」）以及詞尾的位置。

　　戴恩（1949: 註腳 5）不經意的在一個腳註之中提出了 *-ey：「我構擬了 *-ey 以用來解釋詞尾的對應關係，例如塔加洛語的那些 *paláy*，馬來語 *padi* 做為對照構擬 *-ay 以用來解釋塔加洛語 *á:nay*，馬來語 *anay-anay*「白蟻」，東加語 *ane*「飛蛾」的對應關係。田樸夫在這二個情況之下都構擬了 *-ay。」在第二個註腳（1953a: 註腳18）之中，他詳細闡述，認為 *-ay 可以解釋塔加洛語、馬來語 *-ay*、Toba Batak 語、爪哇語 *-e*，而 *-ey 可以解釋塔加洛語 *-ay*、Toba Batak 語 *-e*、爪哇語、馬來語 *-i*。除此之外，Hendon（1964）以一套稍有不同的準則（塔加洛語 *-oʔ*：爪哇語、馬來語 *-u*）來構擬

*-ew。Dahl（1976: 40 頁起）相信有關 *-ey 的證據，最好訴諸於移借來解釋，而關於 *-ew 也許就是個對於資料錯誤分析的產物。除此之外，Blust（1982a）指出，例如馬來語 *bini*「妻子」這樣的形式，幾乎可以肯定地反映原始南島語 *b<in>ahi，說明 *-ay 到 -*i*（*b<in>ahi > *binay* > *bini*）不規則發展的例子。

為了證明這些構擬的合理性，最徹底的嘗試是 Nothofer（1984），他引起大家對於西部印度尼西亞的四種語言之中，區別 *-ay/ey 和 *-aw/ew 的證據之注意：

表 **8.31**　*-ey 與 *-ew 的證據（繼 **Nothofer 1984** 後）

	塔加洛語	**Toba Batak** 語	爪哇語	馬來語	巽它語	馬都拉語
*-ay	-ay	-e	-e	-ay	-ay	-ay
*-ey	-ay	-e	-i	-i	-e	-i(h), e(h)
*-i	-i	-i	-i	-i	-i	-i(h), e(h)
*-aw	-aw	-o	-o	-aw	-o	-aw
*-ew	-aw	-o	-u	-u	-o	-u(h), o(h)
*-u	-o	-u	-u	-u	-u	-u(h), o(h)

表 8.31 顯示 *-ay 和 *-ey 在爪哇語、馬來語、巽它語和馬都拉語中有所區別，而 *-aw 以及 *-ew 則在除了巽它語以外相同的語言來區分。這些對應關係令人費解。一方面，似乎將 *-ay 與 *-ey 做區別，以及將 *-aw 與 *-ew 做區別的語言，顯示出高度的一致性，因此支持 Nothofer 的主張，認為這種區別是在他們推定的直接共同祖先（他稱之為「原始馬來爪哇語」）中發生的。另一方面，這些語言是毗鄰的（爪哇語和巽它語、爪哇語和馬都拉語），或長期有移借

的關係（馬來語與其他所有的語言）。因此，人們很容易遵循 Dahl（1976: 40 頁起）的觀點，來駁斥這些對應關係，將這些對應關係視為是由於擴散所造成的。然而，一些帶有 *-ey 的單詞是基本詞彙，很少被移借（肝臟、死、水稻植物）。除此之外，同一個詞，不太可能被單獨移借給幾種不同的語言。

這使我們在方法論上陷入了待定的狀態。如果能在更遠親的語言之中，找到這些區別的證據，那將是有幫助的。爪哇語似乎與馬來語、巽它語或馬都拉語，都沒有密切的關係，因此，這種比較特徵的分佈，在地理上是緊密的，但在親屬關係上是不同的。再進一步懷疑，在西部印度尼西亞，受馬來語影響的「擴散區」之外的地區裡頭，與馬來語最近的親屬語言之中，並沒有發現這種區別，這個親屬語言就是占語（Thurgood 1999: 124 頁起）。看起來，*-ey 和 *-ew 的構擬呈現出類似於 *c 的問題，但是它們有重要的差異。*c 填補了一個系統之中的結構空缺，而這個系統必須用具有對應關係的濁硬顎塞音和鼻音來構擬，而 *-ey 和 *-ew 沒有填補空缺，只是簡單地闡述了一個雙元音的系統，而這個雙元音的系統是對稱的，沒有 *-ey 和 *-ew，本質上是完整的。相仿地，儘管 *c 和 *s 即使在次詞素詞根之中，始終是不同的，但是，*-ey 和 *-ew 都沒有出現在任何已知的詞根之中（Blust 1988a）。在找到一個更好的基礎來構擬 *-ey 或是 *-ew 給原始南島語或是任何其他早期的原始語之前，最好將我們所談論的對應關係，簡單地視為是無法解釋的。

與我們在這裡所提供的有關原始南島語的語音系統和詞彙之不同的看法，讀者可以參考 Wolff（2010），以及對於該作品的一些評論（Blust 2011b, Adelaar 2012, Mahdi 2012）。

8.3　低於原始南島語層次的音韻構擬

由於篇幅限制，在此無法對低於原始南島語層次的音韻構擬作詳細評論。除了 *C，*N 和 *S 的構擬，大多數討論的有關構擬原始南島語的問題，也出現在原始馬來波里尼西亞。主要的區別在於，原始馬來-波里尼西亞語允許中間位阻音的前鼻音化，而原始南島語顯然是不允許中間位阻音前鼻音化。

中間位前鼻音化在田樸夫的構擬的方法之中，佔有顯著地位。當一致性指向中間位前鼻音化時，他構擬了一個前鼻音化的阻音，正如 *punti「香蕉」。當語言在單純或者前鼻音化的阻音呈現不一致時，田樸夫構擬了一個「官能上的」鼻音，正如 *tu(m)buq：塔加洛語 *tubóʔ*、Toba Batak 語 *tubu*、爪哇語 *tuwuh*，但是，馬來語 *tumbuh*、斐濟語 *tubu* ([tumbu])、東加語 *tupu* (*p* < *mb)「種植，使成長，畜鬚髮」。田樸夫用來代表官能上鼻音的慣例（使用括弧）不同於他使用來代表歧義的慣例（使用方括弧）。正確的推論似乎是，他不認為像 *tu(m)buq 這樣的形式是會引起歧義的。然而，它從來沒有明確的說明，官能上的鼻音代了什麼主張：（一）在原始南島語裡面，有兩種形式，（二）在一些有前鼻音化的後代語言中，只出現在 CVCVC 的形式，或是（三）在一些有去鼻音化後代語言中，只出現在 CVNCVC 的形式。在特殊的情況之下，這三種解釋都可以獲得支持。例如，關於田樸夫 *tu(m)buq 的證據，對於 *tubuq 或 *tumbuq 呈現大致相等的支持度，而且這兩個變體很可能共存於原始馬來波里尼西亞之中。另一方面，在田樸夫的一些同源詞之中，添加其他語言材料，顯示（採用他的慣例）一個「官能上的鼻音」在許多的情況之下是

必須構擬，在這些情況下他假定了一個單純的中間位阻音：*pusej，但是峇里語 *puŋsəd*「肚臍」（因此 *pu(ŋ)sej），*betuŋ，但是西部布基農-馬諾玻語 *bəntuŋ*「大型竹子 sp.」，（因此 *be(n)tuŋ），*pija，但是 Maloh 印巴羅 *insa*「有多少（不可數）／有多少（可數）？」（因此 *pi(n)ja），等等。在其他的情況之下，田樸夫的同源詞擴展逐漸損害了他對某些輔音前中間位鼻音的確定性：*buŋkus，但是西部 Bukidnon Manobo *bukus*「將東西卷起來或包起來，就像包紮傷口一樣」，撒撒克語 *bukus*「包紮，捆綁」（因此 *bu(ŋ)kus）。現在看來，雖然一些原始馬來-波里尼西亞語的形式，包含了前鼻音化中間位阻音，但是，零星的前鼻音化和去鼻音化，在整個非台灣南島語的歷史之中都起了作用（Blust 1996d）。

原始大洋洲語群的音韻構擬，呈現了一些與這些問題相同的問題，以及一些新的問題。大洋洲語群的語言，在詞素的詞首以及中間位裡，阻音可能反映口腔音（*p、*t、*c、*s、*k）或鼻腔音（*b、*d、*dr、*j、*g）。表 8.32 提供了原始馬來-波里尼西亞語之中的構擬以及它在原始大洋洲語言之中延續的例子，用來說明前鼻音化以及輔音「漸變」（OG=口腔音，NG=鼻音）之間的關係：

表 **8.32**　原始馬來-波里尼西亞語前鼻音化（**prenasalisation**）與原始大洋洲語言輔音之間的關聯

原始馬來波里尼西亞語	原始大洋洲語		詞義
pitu	pitu	(OG)	七
hapuy	api	(OG)	火
bulan	pulan	(OG)	月球
qabu	qapu	(OG)	灰燼

原始馬來波里尼西亞語	原始大洋洲語		詞義
punay	bune	(NG)	鴿子
t-umpu	tubu	(NG)	祖父母／祖先
beRek	boRok	(NG)	豬
tumbuq	tubuq	(NG)	成長、生長
taqun	taqun	(OG)	年
qutin	qutin	(OG)	陰莖
duha	rua	(OG)	二
kuden	kuron	(OG)	烹煮鍋
-nta	-da	(NG)	我們的東西（包括式代詞）
punti	pudi	(NG)	香蕉
danum	danum	(NG)	淡水
pandan	padran	(NG)	（植物）七葉蘭
susu	susu	(OG)	胸部
quzan	qusan	(OG)	雨水
zalan	jalan	(NG)	路徑、道路
tazim	tajim	(NG)	尖銳的

　　鑑於非大洋洲語群的中間位前鼻音化以及在大洋洲語群裡的鼻音的關聯（*tumpu：*tubu、*tumbuq：*tubuq、*-nta：*-da、*punti：*pudi、*pandan：*padran），田樸夫證明雖然原始馬來-波里尼西亞語 *b 和 *p（以及 *g 和 *k）已經於原始大洋洲語言合併，單純塞音和前鼻音化塞音產生了不同的反映。從這個角度出發，他的理由是，在詞首鼻音的反映，也許與那些在中間位的鼻音反映，有著相同的起源。由於他並沒有構擬前鼻音化阻音的詞首，他推測，在大洋洲語群中，與西部語言單純詞首產生對應關係的鼻音詞首的出現，可

能是當把 *maŋ- 或 *paŋ- 同部位鼻音加為前綴的過程之殘餘物。這種解釋，從表面上看起來，似乎是合理的，但是，不容易適用於像原始大洋洲語言 *bune「鴿子」，或者像 boRok「豬」這樣的詞彙上。除此之外，儘管田樸夫沒有注意到，許多大洋洲語言都有三個輔音漸變反映，學者自 1970 年代開始，感覺到田樸夫的輔音漸變理論是不完整的（Blust 1976a）。為了修復這個問題，Ross（1988）將口腔音漸變反映劃分為加強音和弱化音這兩種類型，但沒有說明明確的分別條件。這導致了大量的無條件音位分裂，但是，迄今為止，還沒有找到針對這一個長期問題更好的解決方案。儘管，早前有研究聲稱，不同語言之中，相同詞彙的輔音漸變出現了「交叉」，但是 Ross（1989）認為輔音漸變基本上是規則的，並且可以相當有信心的構擬於原始大洋洲語言。仔細觀察大洋洲語言的比較，在許多的情況之下都支持這一項觀點，但是，在其他的情形之下則不支持這個觀點，這一個問題仍然需要再進行更深層的調查。

　　在南島語族中，大洋洲語言在構擬上有一個問題，而這個問題是很乖癖的，那就是必須要另外設定一組軟顎唇音的輔音。田樸夫認為大洋洲語群的語言，通過與巴布亞語的接觸，獲得了軟顎唇音，但是，無法提出具體且合理的移借假設。Goodenough（1962: 406 頁起）主張，在大洋洲語群中的軟顎唇音，延續於原始南島語之中所發現的軟顎唇音系列，但是，這一項提議，尚未被接受。Blust（1981a）表明，雖然，軟顎唇音必須構擬在一些原始大洋洲語言的形式之中，在許多其他的例子中軟顎唇音的反映，在歷史上是次要演變的，例如 *Rumaq > Hiw em^w、Mota、Raga、Valpei im^wa、Ngwatua $iŋ^wa$、Soa im^w、特拉克語 iim^w、吉里巴斯語 uum^wa「房子」、

特拉克語 *imᵂa-n*、吉里巴斯語 *umᵂa-n*「他的／她的房子」、特拉克語 *mapo「恢復健康」：Wuvulu-Aua *mafo*、賽馬特語 *ma-mahu-a*、Gedaged *mao*、Lau *mafo*、阿羅西語 *maho*、Mota *mawo*、Pohnpei Mokilese *mo*、斐濟語 *mavo*、薩摩亞語 *mafu*、但是，Baluan、Lou *mᵂap*「使恢復健康」，或者 *ma-saŋa「分為二部分的，分叉的；使成對」：勞語、薩阿語 *mataŋa*「分叉的，分歧的」、阿羅西語 *mataŋa*「變成兩倍的，分叉的」、羅圖曼語 *majaŋa*「使成叉狀，分歧」、東加語 *māhaŋa*、薩摩亞語 *māsaŋa*「使成對」，但是，Aua *wataa* (< *mwasaŋa)「使成對」。雖然在某些形式上音韻條件是清楚的，例如 *Rumaq > *imᵂa*，等等，隨著圓唇從元音到唇鼻音的轉移，在其他形式中軟顎唇音的出現是無法解釋的。有關軟顎唇音在大洋洲語群的所有問題，Lynch（2002）進行了全面性調查，還有，Ross（2011）除了先前所接受的 *mᵂ、*pᵂ 和 *bᵂ 之外，還提議構擬原始大洋洲語言 *kᵂ。

　　原始大洋洲語言另一個與原始南島語有所不同的特徵，是它的五個元音系統：*i、*u、*e、*o、*a（其中 *e 表示一個中前元音，而不是像原始南島語或原始馬來-波里尼西亞語之中的非重央元音）。原始大洋洲語言 *e 的大多數例子是來自 *-ay。原始大洋洲語言 *o 的大多數例子是來自原始馬來-波里尼西亞語 *e（非重央元音），其他實例則反映了 *-aw。除了這些中前元音和中後元音的主要來源之外，少數形式還包含 *e 或 *o，要麼是顯而易見的詞彙創新，要麼就是早期 *i、*u 或 *a 之中零星變化的結果。這一個變化與中部馬來波里尼西亞語和南哈馬黑拉-西新幾內亞語言所共用，因此時間上勢必早於 原始大洋洲語言（Blust 1983/84a）。

8.4 詞彙構擬

　　由於形態句法構擬的某些方面在第六章已經談到，這裡將要討論的最後一個主題是詞彙構擬。如前所述，田樸夫（1938）包含了大約 2,215 個詞彙的詞基。當那本刊物出版時，只有極少數的語族有比較詞典，而田樸夫的構擬詞基一書，將南島語言的比較語言學之地位，進一步推向了一個可能僅次於印歐語系的位置。在田樸夫的比較詞典問世以後的 30 多年，除了德國的語言學家 Wilhelm Milke（1958, 1961, 1968）對於原始大洋洲語群方面所做的一些研究之外，幾乎沒有人提出新的南島語詞彙構擬。在 1970 年，這種情況開始發生變化，在 1970-1995 年的這段期間，發表了大約 3,000 個關於原始南島語、原始馬來-波里尼西亞語和原始西部馬來波里尼西亞語級別的新構擬，以及提及將近從 200 種語言來的證據。這些資料大多已經彙集在南島語言比較詞典（*Austronesian Comparative Dictionary*, Blust & Trussel 持續進行中的），並結合了針對田樸夫的構擬之批判性重新評估，這是一個現時（2013 年 4 月）僅完成約 33% 的線上資源，但是，其中包含了大約 4,767 個基本詞形和 13,000 個以上的原始詞彙（基本詞形以及加詞綴形式）。

　　南島語言比較詞典（ACD）的主要特點如下。每個條目的第一行包含三種類型的資訊：在括號中的代碼編號，用於指示該詞源所被分配到的原始語言、構擬形式以及它的翻譯。使用的代碼編號為（1）= 原始南島語言、（2）=原始馬來波里尼西亞語、（3）=原始西部馬來波里尼西亞語、（3a）=原始菲律賓語、（4）=原始中-東部馬來波里尼西亞語、（5）=原始中部馬來波里尼西亞語、（6）=原始東

部馬來波里尼西亞語、(7)原始南哈馬黑拉-西新幾內亞語，以及（8）
= 原始大洋洲語。具有相同型態的構擬，是由帶有連字符號的數字
所區分。在這條線下面，是支持性的證據，通過主要的分群或分群
的集合，來使它井然有序，其中 F =台灣南島語（南島語的九個主要
的分群），WMP =西部馬來波里尼西亞語（可能不止一個 MP 的主
要分群），CMP =中部馬來波里尼西亞語，SHWNG =南哈馬黑拉-西
新幾內亞語，OC =大洋洲語群。語言的名稱，使用三個字母的縮寫
表示，除非該名稱中包含四個字，在這種情況之下，它會以完整的
名稱來顯示。最後一行是一個可有可無的註釋，這是留給具有音韻
上不規則的相關形式，或者需要討論的其他事項。字典中「A」部分
底下的兩個連續詞條，將使用更具體的術語，來說明這些慣例：

表 8.33　　南島語比較詞典中的範例

(3) **abat-1**			給予支援
WMP:	HAN	ábat	以手引導
	CEB	ábat	抓住固定的東西穩住自己
		abat-án	嬰兒護欄
	IBAN	ambat	給予支持（穩穩地握著）
(3a) **abat-2**			邪靈
WMP:	ISG	ábat	帶給人疾病的惡靈
	BON	ábat	為中邪的人舉行的驅魔儀式
	CEB	ábat	有超自然能力的人或靈媒

註：**DIB** *abot*「因邪靈造成口吐紅色嘔吐物的病症」

在第一個比較之中（3）表示所構擬的形式為原始西部馬來波里
尼西亞語，而帶有連字符號的數字，表明了它是兩個或是多個型態相
同的原始形式之中的第一個。WMP 表示，在本節裡所引用的語言，

被分類為西部馬來波里尼西亞語，而 HAN 和 CEB 則是 Hanunoó 語和宿霧語（Cebuano）的縮寫（伊班語以全文寫出）。在第二個比較之中（3a）表示所構擬的形式為原始菲律賓語，而縮寫 ISG、BON 和 DIB 則代表了伊斯那格語（Isneg）、本督語（Bontok）和 Dibabawon 語。如果在單純輔音和前鼻音化中間位輔音之間存在了分歧，一般認為，除非大多數的語言支持，否則前鼻音化在歷史上是次要的。與田樸夫的做法相反，ACD 並不會自動地在構擬中包括「官能上的」鼻音來代表這類對應關係。

應當強調的是，這兩個條目都非常單純。許多條目都冗長許多，而且除了詞基，它還包括了可以構擬的所有詞綴，重疊式以及複合形式。除此之外，有一些條目被下大量的註解。條目（1）*ama「父親」，是大約六又二分之一頁長，並包含了基礎的 16 個詞綴形式，而它們被分配到各種的原始語之中：*da-ama「父親」，*maR-ama「父親和孩子」，*ta-ama「父親（ref.）」分配給（1），*pa(ka)-ama「像對待父親一樣對待」分配給（2），*si-ama「父親（ref.）」、*ka-ama-en「父親的兄弟；父親身份」分配給（3），*paRi-tama「父親和孩子的關係」分配給（8）。條目（1）*aNak「孩子，後代；兒子，女兒；貸款所產生的利息」長達十五頁，其中包含了 46 個詞綴，基礎的重疊式以及複合形式，以及將近滿滿一整頁的附加註釋。即使目前處於未完成的狀態，ACD 的印刷版本，也超過了 2,700 頁，且以單行間距排版。

除此之外，由於是一次對於九種不同的原始語進行了構擬，有些條目包含了在南島語譜系之中，多個分群點的構擬。為了簡單起見，構擬僅會在從屬節點表明，只有當它們在形式或含義（或兩者）

方面與主條目不同時，才會明確顯示。條目（1）*aNak「孩子，後代；兒子，女兒；貸款所產生的利息」，出現在台灣南島語的反映之後，顯示為（2）*anak「孩子，後代；兒子，女兒；兄弟的孩子（m.s.），姊妹的孩子（w.s.）；年幼的動物或植物；年幼的；小型的（就其種類而言）；依賴的或較大事物的組成部分；本土、居民、某地區棲居的動物；貸款所產生的利息」。然而，在 WMP 反映之後，由於（4）*anak 在本質上與原始馬來-波里尼西亞語群的形式雷同，因此，不需要進一步構擬，就能給出 CMP 反映。翻譯註解是根據該節點所屬的主要分群而給的，即使這些分群可能帶有爭議（例如以現代金融的術語來解釋「貸款所產生的利息」，但是，很可能在更早的時候有類似易貨交易的含義）。

在田樸夫的材料中有大約 90% 構擬的詞素是雙音節的。這意味著在原始南島語中，絕大多數的詞基是 CVCVC（其中所有輔音都是可有可無的），而在原始馬來-波里尼西亞語群中，它們要麼是 CVCVC 或帶有同部位中間位前鼻音化 CVNCVC。原始南島語和原始馬來-波里尼西亞語都有較小一類的 CVCCVC 單音節重疊式，例如原始南島語 *buCbuC「拽，拔出來」，這是兩種語言皆有的詞素。如今，在田樸夫所構擬的詞基中，有將近三分之一被認為是後來的創新，其中有許多透過向馬來語移借而來，傳播到西部印度尼西亞以及菲律賓。為了重新評估這些資料，ACD 包含了一個已被否絕掉的比較之附錄，以及似乎吸引人但卻是錯誤的新比較。由於台灣的南島語言間已經有很長一段時間的密切接觸，而早期的語言移借可能很難被發現，因此，有人認為，僅出現在台灣南島語的同源詞應該被謹慎地對待，儘管在許多的情況之下，它們很可能指向在台灣以

外已經消失的原始南島語形式。因此，不論是在整個台灣或是在島上的地理間斷分佈，若所發現的是僅出現在台灣南島語的同源詞，是分別進行匯編的。最後，這本詞典還包含了次詞素詞根的附錄，這是根據 Blust（1988a）的資料，進行了整併以及詳述。

　　許多較低層級的原始語，也進行了構擬，其中最著名的是原始馬來波里尼西亞語（Walsh & Biggs 1966 和正在進行的線上添加）、原始大洋洲語（Grace 1969, Ross、Pawley & Osmond 1998, 2003, 2008, 2011）、原始菲律賓語（Zorc 1971）、原始南部蘇拉威西語（Mills 1975）、原始鄒語群（Tsuhida 1976）、原始 Minahasan（Sneddon 1978）、原始巴達克語（Adelaar 1981）、原始 Sangiric（Sneddon 1984）、原始馬來語（Adelaar 1992）、原始 Bungku-Tolaki（Mead 1998）、原始占語（Thurgood 1999）和最近的原始麥克羅尼西亞語（Bender 以及其他人。2003a, 2003b）。下面將詳細介紹其中的三個。

　　原始南島語和原始馬來-波里尼西亞語詞彙的兩個特徵，可以單獨進行簡要的討論：（一）詞對的問題，（二）次詞素詞根的問題。「詞對」通常是指由於不同的歷史軌跡，而在同一種語言之中，找到的兩個（或多個）歷史上的相關形式。例如，在英語之中，*襯衫*（shirt）和*裙子*（skirt），有共同的起源，但*襯衫*（shirt）是本土的，而*裙子*（skirt）是早期的斯堪地語言的借詞。有些不同是，借詞葡萄酒和藤蔓，這是從拉丁語 *vinum* 在不同的歷史時期，所借用來的，導致了不同的音位適應變化。這種標準類型的詞對，在南島語言之中，與世界上其他的地方，一樣的常見。例如，在菲律賓南部的 Tiruray，其 *Ratas「乳汁」的反映既是 *ratah*「人類的母乳」（本土的），也是 *gatas*「從商店所購買的奶」（從鄰近的 Danaw 語之中借用）。然而，

南島的比較工作還必須處理許多不適合採用相同類型來解釋之構擬的詞對，如表 8.34 所示：

表 8.34　南島語構擬的詞對範例形態

1)	d : n	(3) *adaduq : (2) *anaduq 長的
2)	b : l	(1) *baŋaw : (1) *laŋaw 青蠅
3)	R : w	(1) *baNaR : (1) *banaw（植物）菝
4)	ŋ : q	(3) *bintaŋuR : (2) *bitaquR（樹名）瓊崖海棠
5)	q : t	(1) *beriq : (3) *berit 撕開
6)	ŋ : Ø	(3) *bakukuŋ : (3) *bakuku（魚類）鯛
7)	c : t	(3) *cekcek : (2) *tektek 壁虎
8)	mb : nd	(3) *kambiŋ : (3) *kandiŋ 山羊
9)	s : Ø	(2) *ŋisŋis : (3) *ŋiŋi 露齒而笑
10)	s : ñ	(1) *sepsep : (2) ñepñep 啜飲、發出聲音地吃／喝
11)	aw : u	(2) *qali-maŋaw : (2) *qali-maŋu 紅樹林蟹
12)	i : u	(2) *ma-tiduR : (2) *ma-tuduR 睡覺
13)	e : i	(1) *esa : (1) *isa 一
14)	a : e	(3) *puŋal : (3) *puŋel 修剪頂端
15)	i/e : u/a	(3) *bileR : (1) *bulaR 白內障、視覺模糊

　　這 15 個詞對是取自於本質上為開放式（Blust 2011a）的一個小樣本。一個型式偶爾會在一個以上的詞基上重複，但是，這與語意沒有明顯的相關性。正如我們所見，詞對的出現幾乎影響了所有我們可以想到的實詞種類，包括名詞、動詞、數詞以及描述性的詞彙。它包括用於動植物群的低頻率詞（Smilax spp.，海鯛），和用於基本詞彙的最高頻率類型（一，睡眠）。為了讓大家能夠瞭解，在構

擬形式之中，詞對的產生有多麼的稀鬆平常，Blust（1980b）所提出的 443 個詞基之中，至少有 20% 是互相參照的詞對。雖然，「詞對」這個術語，自然地使人聯想到，詞彙上的變體，往往通過形式上和語意上相似的詞基配對來表達，但是，詞對的產生，其實可以更多變豐富，例如 (2) *ipen、(2) *lipen、(1) *nipen、(3) ŋipen「牙齒」，上述沒有一個包含了能被識別的僵化詞綴。

Blust（1970a）區別了「詞對」及「分離詞」，其中，「詞對」指有獨立的證據用來構擬變體形式，而它也許可以合理地被稱為「相同的」詞基，而「分離詞」指的是只能藉由允許重複同源詞集來假定的詞對。例如，田樸夫（1938），假設了 *gumi 和 *kumis「鬍鬚」兩個型式，但是，將斐濟語 kumi 分配到兩者。在這種情況之下，原始馬來-波里尼西亞語詞對構擬的關鍵，取決於允許斐濟語形式具有雙重詞源。這兩個同源詞因此「重疊」，而詞對的可能產生，僅能透過任意分配斐濟語 kumi 到兩個原始形式。僅僅基於田樸夫所考慮的證據，那麼，*gumi 和 *kumis 是原始馬來-波里尼西亞語群的分離詞，而不是詞對。

這裡所看到的詞對的模式，和普通的詞對，像英語之中的襯衫：裙子，或者 Tiruray 語之中的 ratah : gatas 的不同之處是在構擬的詞對之中，所看到的音韻上的變體，不能解釋為語言移借之下的產物。首先，許多音韻上的差異，例如 d : n、b : l、R : w 或者 ŋ : q，是罕見或未知的南島語言之間的語音對應關係。其次，與普通的詞對相反，在變體的模式之中，一再出現的情況很少。第三，即使這些都被忽視了，在語言移借的假設之下，最基本的約束就是，在任何情況下，一個貌似有理的來源也極不可能被識別出來。第四，許多南島語言，

尤其是在菲律賓以及西部印度尼西亞，顯示同源詞的詞對並沒有涉及借詞，如同宿霧語裡的 *biɲáʔ/biɲág*，與馬來語 *biɲah/biɲar*「k.o. 螺旋形的殼：*Voluta diadema*」。為什麼會出現這樣的極端變體，以及為什麼在大洋洲語相對缺乏實例是不清楚的，但是，一般的詞對對於識別重複發生的語音對應關係，是不會造成影響的。

如果以同樣的方式處理有相同次詞素詞根的詞基，那麼，在原始南島語、原始馬來-波里尼西亞語或是原始西部馬來波里尼西亞語之中所構擬能被識別的詞對數量將會更大，但是，這樣的分析，將錯過一個重要的共通性。正如在 6.2 所提的，在南島語言之實證形式以及構擬形式中，最顯著的特點之一就是，在較長詞基最後的 -CVC 中，一再發生的語音—語意對應的存在。這在具有共同次詞素詞根的構擬之上，產生了大量的變體，就像（2）*ekeb「覆蓋起來，隱藏」，（3）*kebkeb「去覆蓋」，（2）*Ruŋkeb「在……上蓋上東西（例如裝了食物的碟子）」，（3）*se(ŋ)keb「覆蓋」，（3）*si(ŋ)keb「覆蓋」，（3）*ta(ŋ)keb「覆蓋，重疊的部分」。這些型態和語意雷同的構擬，明顯不同於表 8.34 之中所見的類型之變體，因為它們顯示了一種重覆出現的不完全模式，這種模式在沒有已知詞源的實證形式中可進一步看見，（峇里語 *aŋkeb*「覆蓋，蓋子；床罩，桌布」，爪哇語 *dəkəb*「雙手覆蓋捕住物體，如同捕捉鳥一般」，排灣語 *tsukəv*「覆蓋」等等。）

由於在非同源詞詞素中，詞對的產生和單音節詞根的共享，帶來顯而易見的不規則性，南島語詞彙比較並不總是一件簡單的事情。當我們將之與南島語言之間廣泛存在的借詞混為一談，而這些借詞可能會被誤認為是本土形式，原始形式有可能會被認為在歷史

上不曾實際存在過。田樸夫（1938）相當清楚這樣的情況，他將那些已知的非南島來源借詞標記為「x」，但是為了闡明一再發生的語音對應關係，將他們包括在討論中，例如 ˣkak'a'「玻璃」（<梵文）。Mahdi（1994a, b）稱這種偽構擬為「特立獨行的原始形式」，且探討了這些例子其中一部份的歷史。然而，如同 Wolff，Mahdi 不允許任何帶有 *c、*g 或 *r 的詞源，因為他不相信這些音位曾經存在過，因此他也往往過猶不及，在去其糟粕的同時，也丟掉了精華，就像他拒絕了原始南島語 *paŋudaN「露兜樹」或是 *bulaw-an「黃金」，儘管，兩者都得到廣泛分佈的本土形式的支持（Blust &Trussel 持續進行中的）。

8.4.1 原始大洋洲語的詞彙

毫無疑問，在南島的詞彙構擬之中，近期最引人注目的成就是原始大洋洲語詞彙（*The lexicon of Proto Oceanic*, LPOC; Ross、Pawley & Osmond 1998, 2003, 2008, 2011, 2013），這是一個預計有七冊的作品，其中的前五冊已經問世了。不同於 ACD 是按照最高級別構擬以及按照字母的順序來安排，LPOC 是按語意，這種安排極大地促進了在原始形式的語意區別。每一冊由一組相互關聯的語意場組成，這些語意場共同形成了一個更大的「超級語意場」。例如，第一冊的「文物的文化」包含以下章節：（一）「簡介」，回顧早期工作，討論構擬的方法和慣例，（二）「原始大洋洲語的音韻及構詞」，（三）「建築的形式和定居的模式」，（四）「家用的文物」，（五）「園藝的實踐」，（六）「食物的準備」，（七）「獨木舟和航海」，（八）「捕魚和

狩獵器具」，以及（九）「有影響力的行動、外力，以及狀態的改變」。除此之外，還有兩個附錄：（一）資料的來源和校勘，以及（二）語言。這裡的每一個章節，透過一系列的詞源學，來描繪原始大洋洲語的語言使用者的生活和環境，這些詞源學允許與所處理的語意場所相關的構擬形式（在「建築的形式和定居的模式」這個章節之中，使用了 34 個同源詞集，而在「獨木舟和航海」這個章節之中，使用了 46 個同源詞集⋯等等）。其結果，可以說與最好的印歐語系作品，並駕齊驅，如 Benveniste（1973），或 Mallory 和 Adams（1997）。

8.4.2　原始波里尼西亞語的詞彙

　　Walsh & Biggs（1966）建立了一本原始波里尼西亞語的詞典，最初包含大約 1,200 個同源詞集以及在不同級別方面的構擬，包括了原始波里尼西亞語、原始核心波里尼西亞語和原始東波里尼西亞語。這個材料，是以字母的順序列出原始形式，以及支撐它的證據，呈現的方式，類似於 ACD。關於波里尼西亞語詞彙的比較工作，線上形式稱它為 POLLEX（http://pollex.org.nz），該計畫目前由奧克蘭大學的 Ross Clark 所執行，已經持續了 40 多年，其結果是「已經發展到包括在 68 種語言之中，超過 4,700 個構擬形式的 55,000 多個反映」（Greenhill 和 Clark 2011）。Kirch & Green（2001）則展示了一個卓越的實例，我們可以看到它是如何利用這些資料來新增其他學科所提供的資料，以揭示波里尼西亞語的文化史。這是一本非常有見地的書，由這兩位著名的太平洋考古學家所撰寫，在某些情況之下，幾乎完全僅是依靠構擬的詞彙編寫。

8.4.3 原始麥克羅尼西亞語的詞彙

Bender 等人（2003a）提議對原始麥克羅尼西亞語、原始中部麥克羅尼西亞語以及原始西部麥克羅尼西亞語，進行大約 900 個詞彙的構擬。在隨後的一份出版品中，他們為麥克羅尼西亞語之中更有限制的分群（原始 Pohnpeic-Chuukic，原始 Pohnpeic，原始 Chuukic）添加了數量較少的形式，並附錄了 91 個明顯的借詞，而這些借詞在麥克羅尼西亞語之中，分佈相當廣泛。與 POLLEX 一樣，構擬是按照字母的順序所列出的，並與所支持的證據一起給出。所提議的 POLLEX 和原始麥克羅尼西亞語的構擬，至今都沒有被加上註解，而且與 ACD 不同的是，它們並沒有構擬詞綴的形式。

----

① 探索時代（Age of Discovery）指從 15 世紀到 17 世紀時期，那時歐洲的船隊出現在世界各處的海洋上，發現了許多當時不為歐洲人所知的國家與地區。

② 又稱格林法則（Grimm's Law），是首個被發現的系統性音變，指出德語及其他在歐洲及西亞的印歐語言的語音對應關係，並以實例說明。此法則的發現對歷史語言學相當重要，因為它顯示出語音的改變是規律的，而不是隨機的。

③ 原文為 'armchair scholar'，在此意指從未實際調查語言，僅憑二手語料做研究的學者。

④ hamzah 是指阿拉伯語中用以表示喉塞音 [ʔ] 的阿拉伯子母唸法。

⑤ 原文為「lingua franca」，指在某個地區內不同語言背景的人，可以用來彼此溝通的通行語。

⑥ 原文為 doublet，意指不同詞形的同源詞。

⑦ 原文為 Indonesian，但為避免與當代印尼語混淆，在此翻做印度尼西亞，因當時這個名詞約略等同現代所稱的南島語。

⑧ 雖然田樸夫所構擬的 Uraustronesisch 按字面可翻為「原始南島語」，然因他並未納入台灣南島語的材料，所以他的 Uraustronesisch 應該是對應到我們現在所認為的原始馬來波里尼西亞語（Proto Malayo-Polynesian）。

⑨ 聲學上介於 a 和 o。

⑩ 原文為 attested words，指的是實際出現在語言中的詞形，而非語言學家所構

擬的詞形。

⑪ 原文為 attested languages，指的是某種證據或型式確實存在於該語言。

⑫ 原文為 old speech stratum，此處翻為舊語語層，stratum「語層」指的是一個藉由接觸去影響別的語言的語言，或是被其他語言所影響的語言。

⑬ 原文為 thematic consonant，請見第四章關於這個專有名詞的說明。

⑭ 原文為 comparata，此處可能為筆誤。

⑮ 除了排灣語、卑南語之外，魯凱語也反映古語區分 *k和 *g，例如 *gerger > 魯凱語茂林方言 ul-gilgiri '發抖'，*gisgis > 魯凱語大南方言 wa-gisigisi '刮鬍子'。事實上，作者所列舉的十個原始南島語同源詞，漏列了不少台灣南島語言的同源詞形式。

⑯ 在原文（Blust 2013: 595）中，此處列的三個語言為 Maloh、Buginese、以及 Palauan。此處修正乃根據原作者於 2021/03/14 與李壬癸教授的通信內容。

第 9 章

音變

9.0 前言

　　南島語言的音變概述必須從大量且不同的南島語言社群中檢驗語言資料而來。因為整個南島語系至少就有 1,000 多種南島語言，更別說各個語言中還有各式各樣的方言，這些語言或方言在音韻演變上，多少有著引人注目的細微差異。James T. Collins 認為有多達 65 種的馬來語方言分布在斯里蘭卡到西巴布亞（Irian Jaya）之間，它們表現出廣泛的類型差異，並有許多音變情形在有親屬關係中的語言裡都能找到。而馬來語的方言多樣性也許是例外的現象，即使是砂勞越-加里曼丹邊界兩側，僅有約 5,000 名使用者的小語言葛拉密語（Kelabit），依舊是錯綜複雜，除了標準方言巴里奧（Bario）之外，光砂勞越邊境那側至少就有六個已知的方言，其中這並不包括撒班語，雖然詞彙統計法認定撒班語也屬葛拉密語的方言之一，但該語言經歷了翻天覆地的變化之後，應該要另外被列出來（Blust 2001e）。輪八望語（Lun Dayeh）與葛拉密語密切相關，可能是同一個語言的不同方言，一樣也有著許多方言。在這樣情況下，我們面臨著糾結的選擇：到底應該考慮那些不可勝數的有趣細節呢？還是應該專注在普遍的變化形式上，而用細節來舉例說明形式的變化發展呢？基於可行性的原因，我們在本章只討論普遍的變化形式，儘管如此，讀者依舊會發現到音變的討論是如此紛繁複雜。本章節將涵蓋以下五個主題：1 常見音變、2 罕見音變、3 音變的定量、4 規律假設、5 漂移。

　　表 9.1 提供了從原始南島語到原始馬來-波里尼西亞語和原始大洋洲語的音韻演變過程概述。距今 5,500-6,000 年前，台灣出現了新

石器時代文明，之後的 4,000 到 4,500 年之間，菲律賓北部出現原始馬來-波里尼西亞語，考古研究發現距今 3,350 年或更早時期，突然在俾斯麥群島出現與原始大洋洲語有關的拉皮塔（Lapita）陶器文化。由於語言資料的貧乏，原始大洋洲語反映的原始南島語和原始馬來-波里尼西亞語 *r 還不清楚。

表 9.1　從原始南島語到原始馬來-波里尼西亞語，再到原始大洋洲語的音韻演變

原始南島語	原始馬來尼西亞語	原始大洋洲語
*p	*p	*p/p^w
	*mp	*b/b^w
*t	*t	*t
*C	*t *nt	*t *d
*c	*c *nc	*s *j
*k	*k *ŋk	*k *g
*q	*q	*q
*b	*b *mb	*p/p^w *b/b^w
*d	*d *nd	*r *dr
*z	*z *nz	*s *j
*D	*D	*r
*j	*j *nj	*c ?

原始南島語	原始馬來-波里尼西亞語	原始大洋洲語
*g	*g *ŋg	*k *g
*m	*m	*m/mʷ
*n	*n	*n
*N	*n	*n
*ñ	*ñ	*ñ
*ŋ	*ŋ	*ŋ
*S	*h	ø
*s	*s *ns	*s *j
*h	*h/ø	ø
*l	*l	*l
*r	*r	*r(?)
*R	*R	*R
*w	*w	*w
*y	*y	*y

*a	*a	*a
*e	*e	*o
*i	*i	*i
*u	*u	*u
*-ay	*-ay	*e
*-aw	*-aw	*o
*-uy	*-uy	*i
*-iw	*-iw	*i

回顧第 8 章所提過的，*C 可能是清舌尖塞擦音[ts]，*c 是清顎塞擦音[tʃ]，*q 是小舌塞音，*z 是濁顎塞擦音，*D 是濁捲舌塞音（只在詞尾），原始南島語／原始馬來-波里尼西亞語的 *j 是顎化軟顎濁塞音[gʸ]（但原始大洋洲語的 *j 是前鼻化濁硬顎塞擦音），*N 在大多數語言都反映鼻音，但大概是硬顎邊音，*S 和 *s 的音值還不清楚，只知道他們是嘶嘯音，*r 可能是舌間拍音，*R 則是舌尖顫音（在許多語言中變成小舌音）。原始大洋洲語的濁塞音會自然地成為前鼻化音。值得注意的是，原始馬來-波里尼西亞語允許簡單或前鼻化阻音出現，但這樣的特徵在原始南島語中並不存在。在引用詞源時，通常會將構擬的古語用「原始南島語（PAN）」、「原始馬來-波里尼西亞語（PMP）」、「原始大洋洲語（POC）」等等標記出來，但有時缺少明確的年代轉換作為參考。

在進入細節之前，應該要注意「音變」一詞的使用常模棱兩可，可以是 1. 一個音段（包括零，也就是沒有音段）變化到另一個音段（例如 *p > f），或是 2. 一個音段累積許多變化成另一個音段的結果（例如 *p > h，中間經過 *f 變化）。嚴格來說，f 和 h 兩者都是 *p 的「反映」，但只有 *p > f 才是音變，（音變可能被視為更細微變化所累積的結果）。由於歷史語言學家工作的語料是音變後的結果，而且也必須從呈現出的結果去推斷個別變化，使得「音韻變化」和「反映」之間的差異往往不明顯。接下來的討論裡，在較大的演變形式和個別的音韻變化之間，我們會設法區分「音變」和「反映」，這將對普遍理論的許多重要方面產生質疑。

9.1. 常見的音變類型

　　音韻變化作為語言類型學中的一門跨語言研究，其發展遠遠落後其他普遍語言規則。儘管如此，歷史語言學家根據經驗法則，在學界已發展出關於「常見」音變的廣泛共識。許多印歐語系常見的音韻變化，同樣也能在南島語系裡發現，但反之則不然，有些南島語系常見的音變，對於印歐語系或其他熟知的語系則十分少見，而有些音變在其他語系裡甚是普遍，但在南島語系裡卻是罕見。我們先從大部分歷史語言學家並不感到意外的音變開始討論，可想而知的是，「常見」和「罕見」音變之間的差別有時很難判定，本章節關於常見音變的討論，有些細節內容會涉及到一些特例，尤其是與異化相關的部分。

9.1.1　軟音化現象與硬音化現象

　　語言學家們對於「軟音化」與「硬音化」現象有不同的詮釋。本書中，「軟音化現象」是指發音阻礙逐漸減少或趨近於零，硬音化現象是指發音阻礙逐漸增加或不趨於零。[101]這兩種現象都能無條件的產生音變，雖然有些同化現象也是趨近於零阻礙的現象，以下將分開討論。軟音化現象適用於各種語音部份，但關鍵的軟音化現象典型上則運用在塞音上，在南島語言的清塞音中，可以觀察到兩個

101　顯而易見的，這並非意味著 *p 或 *k 會無可避免地逐漸變化消失，只有變化發生時（可能已經上千年沒發生變化），軟音化現象會使音段的阻礙持續減少，直到零為止。因此，順序 *p > f > h > 零，在任一個階段都可能穩定下來，但當變化再繼續時，則非常可能會朝著侵蝕順序的右邊順序發展下去。

顯著且重要的軟音化現象或消蝕順序：1）*p > f > h > Ø 和 2）*k > h > Ø。第一個軟音化現象可以用原始南島語的 *pitu「七」和 *Sapuy「火」來說明：

圖 9.1　消蝕順序為 *p > f > h > Ø

原始南島語	pitu「七」	Sapuy「火」
排灣語	pitju	sapuy
薩摩亞語	fitu	afi
夏威夷語	hiku	ahi
Helong 語	itu	ai

這四種語言的例子表現出每種語言從原始南島語的變化過程中可能經歷的階段。換句話說，這裡假設的是 Helong 語並沒有直接失去 *p，而是從 *p 軟音成 *f，爾後經由 *h 到消失的階段。同樣地，假設夏威夷語的 *p 經由軟音化為 *f，才變化成 h。雖然我們往往缺乏中間階段的書面證據，但在某些情況下，可以從隸屬的語群中得到一些憑據。比方說，原始南島語的 *p 先是變化為原始波里尼西亞語的 *f，並在夏威夷語裡進一步軟化，最後在西帝汶所使用的 Helong 語中失去了 *p，但跟它親近的得頓語則保留了較少軟化現象的反映，像是「七」hitu，「火」hai（換位現象），皆顯示 *p 可能是經由 * p > f > h > Ø 階段而消失。

此一變化順序當然是一個普遍的模式。儘管它能明確地描述 *p 在許多語言裡軟化時的軌跡，卻無法排除其他可能的變化路徑。例如，波里尼西亞的拉羅東加語（Rarotongan）反映原始南島語的 *p 為喉塞音：「七」ʔitu，「火」aʔi，此喉塞音和起源 *p 沒有任何本質

上的關聯，而是從早期歷史中 *h 的多元起源發展而來，在拉羅東加語反映原始南島語的 *s 為喉塞音中亦可看出這點。許多大洋洲的其他語言將原始南島語的 *p 反映為 v 而不是 f，而有些語言（如帛琉語）則反映為 w。雖然這些音都是 *p 軟化後的結果，但它們象徵著語音發展上的分岔口，因為不論 *v 或 *w，都不可能比 *f 更能產生和 h 相近的音。

　　以下可以看到從 *k 經由 h 到 Ø 的一系列類似的軟化現象。這可以用原始南島語的詞彙反映說明：*kuCu「頭蝨」、*aku「我」。

圖 9.2　消蝕順序為 *k > h > Ø

原始南島語	kuCu「頭蝨」	aku「我」
邵語	kucu	y-aku
Toba Batak 語	hutu	ahu
羅地語	utu	au

　　與 *p 的消蝕順序一樣，有些語言偏離此模式，沿著不同的 *k 軟化途徑。例如，在薩摩亞語和夏威夷語中，*k 變成喉塞音，此一音變是在原始波里尼西亞語失去 *?（原始南島語的 *q）之後。這種消蝕順序可能會使一些讀者想起格林法則（Grimm's law）中關於清塞音的部分。除了在某些南島語言中，消蝕順序會繼續變化為零之外，主要的差異在於 *k> x 在南島語言裡極為罕見。與原始南島語的 *p 總是經由/f/階段到達/h/的情況恰恰相反，原始南島語的 *k 似乎常直接就變化為喉部摩擦音。如果音位 x 確實存在於南島語中的話，它通常要從其他來源發展而來，如原始南島語的 *q（郡群布農語），原始南島語的 *R（巴宰語、Seraway 語、Tobi 語），原始南島語的 *j

（Nias 語），原始大洋洲語的 *r（Bipi 語）或原始南島語的 *s（Seimat 語）。主要的例外可能在萬那杜，其中馬勒庫拉島（Malakula）和桑托島南部（southern Santo）的一些語言將 *k 反映為 k 或 x（Tryon 1976）。南島語清塞音的軟化現象和格林法則中的原始印歐語 *p、*t、*k 變化為 *f、*θ、*x 的第二個差異將在下面討論說明。

原始南島語的 *t 和許多語言特殊的舌尖音一樣，呈現出與 *p、*k 截然不同進化軌跡。這個塞音通常不會音變，若發生變化則很少軟音化現象。在摩鹿加中部的努薩勞特語（Nusalaut），Irian Jaya 的 Moor 語，海岸長島的 Wuvulu-Aua 語，以及新幾內亞東南部的一些 Mekeo 方言，有些 *t 是軟音化為 ʔ，而非同化：原始馬來-波里尼西亞 *mata > 努薩勞特語（Nusalaut）*maʔa*「眼睛」、Wuvulu 語 *maʔa-ia*「看」、*m-atay > Moor 語 *maʔa*、Wuvulu 語 *maʔe*「死」、*qatep > 努薩勞特語 *aʔo-l*「屋頂；茅草」、*kutu > Moor 語 *kuʔa*「蝨子」。在帛琉語中，*t > ð（寫作 d）是無條件音變，在麥克羅尼西亞語言中，像是 Chuukese 語，則是 *t > s（*mata > *maas*「眼睛；臉」、*pitu > *fisu*「七」）。在索羅門群島東南部各處的語言為 *t > Ø（*taliŋa > To'ambaita，Lau 語、Sa'a 語的 *aliŋa-na*「耳朵」，*m-atay > Toqambaqita，Lau 語、Sa'a 語的 *mae*「死」）。由於後者的語言失去了 *q，有些大洋洲語言對其反映是喉塞音，因此 *t 的消失有可能就是作為這過程的中間階段 *t > ʔ。新幾內亞東南部的 Roro 語有著獨特的 *t > h 變化，如下所列：原始馬來-波里尼西亞語 *taliŋa > *haia*「耳朵」、*taŋis > *hai*「哭泣」、*tina > *hina*「母親」、*qate > *ahe-na*「肺臟」、*qateluR > *ahoi*「蛋」。Roro 語的 h 音沒有其他已知的來源，我們依舊不清楚中間的軟化階段過程。現今 *t 最常見的軟音變化是：當 *t 出現在元音 i 的

前面位置時，會同化為 s，這部分我們放在後面的段落討論。

　　最後一個原始南島語清塞音是 *q。雖然 *q 在有些台灣南島語裡仍然是小舌塞音，但在台灣以外的南島語中，幾乎都已變成喉塞音、零或較少見的 k、h。而絕大多數南島語言更是完全的失去了這個音，過程中可能變為喉塞音。許多東南亞島嶼語言反映了 *q 在中間和末尾位置作為喉塞音，在起首位置則是零音位，這些現象可能是因為它已經丟失或是起始元音自然的得到喉音音節首。在菲律賓、婆羅洲、蘇拉威西和印尼東部的大部分地區都是如此。然而，對大洋洲語言而言，當 *q 在中間位置作為喉塞音時，*q 在起始位置會一直都是喉塞音音位，*q > h 的變化出現在印尼西部和東南亞大陸上的多種語言中（占語、馬來語、亞齊語、北巴達克語、Nias 語、Lampung、巽它語、爪哇語和峇里語）以及新不列顛的 Lakalai 語。在郡群布農語可以觀察到一些不同的軟音現象，像是 *q > x，以及在大部分卑南語的方言裡，*q 變化為濁喉擦音。

　　正如 Ross（1991）和白樂思（1991c）所指出，南島語言軟化程度和遷徙距離之間有著令人不解的相互相關。至今只對 *p 仔細地進行了相關性研究，如果就 *p 的軟音化程度給予相對應的數值，假設 p=0（無變化），f=1，h=2 且 Ø=3，則可以算出代表主要地理區域語言們的「消蝕值」。已經有 930 種語言完成計算，結果顯示其分布並非隨機。表 9.2 提供計算結果的簡化版本，僅呈現正、負值而非數值。馬達加斯加和東南亞大陸圍於南島語言數目少，基於統計原因，略而不列。

表 9.2　原始南島語 *p 在各個主要地理區域語言中的消蝕值

編號	地理區域	語言數量	消蝕值
1.	台灣	22	10
2.	菲律賓	129	17
3.	婆羅洲	96	3
4.	蘇門答臘-松巴瓦	21	11
5.	蘇拉威西	67	11
6.	小巽它	46	50
7.	摩鹿加	53	95
8.	新幾內亞	161	99
9.	俾斯麥群島	74	84
10.	索羅門-聖克魯斯	70	100
11.	麥可羅尼西亞	24	100
12.	萬那杜	105	100
13.	新喀里多尼亞-忠誠群島	28	100
14.	羅圖曼、斐濟、波里尼西亞	23	100

　　採樣的 22 種台灣南島語言中，只有 10% 的 *p 改變了，在菲律賓採樣的 129 種語言裡，消蝕值上升來到 17%，並逐漸向南、向東增加。表中最後五個區域裡的所有語言的 *p 都改變了，顯示軟化現象大概在共同的祖語就已經發生了，而這樣的統計結果會產生所謂的「高爾頓問題」（Galton's problem）。除非有其他獨立的證據能加以證明，這種分群的推論才得以成立。令人訝異的是，儘管多數大洋洲語言呈現原始南島語以及原始馬來-波里尼西亞語的 *p/b 軟化現象，但在原始大洋洲語裡，這些音位還保留著 *p 的形態，如原始馬來-波里尼西亞語 *hapuy >原始大洋洲語 *api > Sori 語 *jap*、Lehalurup 語

ep、Mwotlap 語 *n-ep*「火」；原始馬來-波里尼西亞語 *tabuRi >原始大洋洲語 *tapuRi > Sori 語 *dap*「海螺殼」；原始馬來-波里尼西亞語 *qapuR > 原始大洋洲語 *qapuR > Lou 語 *kɔp*「石灰」；原始馬來-里尼西亞語 *habaRat > 原始大洋洲語 *apaRat > Sori 語 *japay*「西北季風」。我們看到原始馬來-波里尼西亞語中 *p 的消蝕值在印尼東部和太平洋地區呈現大幅度成長的趨勢。歷史上，南島民族的移動軌跡是從台灣出發進入菲律賓，隨後分為東、西兩支，表 9.2 的消蝕值模式與遷移距離有著高度相關性。然而，若原始馬來-波里尼西亞語的 *p 依舊以塞音的形態保留在原始大洋洲語裡，那要如何解釋消蝕值與遷移距離的相關性呢？事實上，這樣的相關並不完全，印尼西部語言的 *p 消蝕值比東部少，但在某些區域內，兩者到台灣的距離大致相同（蘇門答臘、爪哇島、峇里島、龍目島、松巴瓦（Sumbawa））。與非南島語言的接觸程度或許可以用來解釋這樣的現象，因為這個因素存在於太平洋地區以及印尼東部，但不在印尼西部。初步研究結果顯示 *k 也存在此種區域差異現象，但尚未更進一步的系統性調查其他音位。

南島語系的另一種消蝕順序是 *s > *h* > Ø，亦常見於其他語系。以原始南島語 *susu「胸部」和 *asu「狗」的反映加以說明：

圖 9.3　消蝕順序 *s > h > Ø

原始南島語	susu「胸部」	asu「狗」
布農語	susu	asu
Kambera 語	huhu	ahu
Kédang 語	—	au
夏威夷語	ū	—

儘管 *s > h 相當普遍，但並沒有 *p 和 *k 的軟化現象那麼常見。在一些語言中，*s 只會在詞尾軟化，例如某些西班牙方言，並變化為 -ih 而非 -h，許多砂勞越沿海的馬拉鬧語言和一些越南占語會有這樣的現象：Jarai 語 *Ratus > Mukah Melanau 語 ratuih，Jarai 語 rətuih「百」、*panas「熱」> Mukah 語 panaih「暴怒」、*beRas > Jarai 語 braih「米」。蘇門達臘西南部的 Minangkabau 語，*-s 在 *u 後面變為 -ih，在 *a 後面則不變為 -ih：原始馬來語群 *haus > Minangkabau 語 auih「渴」，但原始馬來語群 *pəras > parah「擠壓」（Adelaar 1992）。

　　濁塞音的軟化現象屢見不鮮，*b 經常軟化為 v 或 w，*d 則軟化為流音，這樣的變化可以出現在兩個元音之間，比如塔加洛語和其他中部菲律賓語言，或是無條件的出現，像是大洋洲語言。比較少見但反覆出現的情況是 *b > f，台灣的鄒語、邵語和阿美語、蘇門達臘西部的堰州群島 Simalur 語、蘇拉威西西北部的 Taje 語，小異它群島的羅地語、Atoni 語、得頓語以及一些 Lamaholot 方言和摩鹿加群島中部的 Elat 語、Buruese 語、Soboyo 語，皆能發現到例子。若留心方言的話，也能找到一些例子，丁邦新（1978）文中顯示卑南語的 Ulibulibuk 方言存在 *b > f 的變化，與其他卑南語方言呈現的 *b > b 有所不同。Bontok 語中，b、d、g 的軟化現象只發生在音節首（Reid 1976: ix），這是同位音模式的一部分現象。這樣的變化在羅地語和 Atoni 語大概是共同存古，但在其他語言裡似乎是一個獨立演變的現象，不同於 *p 的反映，而為 *w 的反映。對 *p 和 *b 具有不同反映的語言中，*b > h 是很少見的變化，見於小異它群島的 Erai 語，可能的變化過程為 *b > f > h。而 *d > h 是罕見並值得注意

的 *d 軟化方式，見於查莫洛語，可能的變化過程為 *d > r > h。

　　流音 *l 有兩種軟化模式反覆出現，一種是軟化為顎化滑音 y，一種是軟化為舌根或喉擦音。這些變化並不常見，其出現的語境條件相當引人入勝。第一種模式（*l > y）見於 Bare'e 語（或稱 Pamona 語）和其他蘇拉威西中部的一些語言、麥可羅尼西亞西部的帛琉語、馬努斯島（Manus）東部的 Nali 語和 Lele 語以及萬那杜北部班克斯島（Banks）的 Hiw 語，並且都是無條件音變。在菲律賓中部的一些比薩亞方言裡，當 *l 與前高元音或舌尖輔音（i、y、d、t、n 或 s）相鄰時，維持不變，其他條件則軟化為 y 或 γ（Zorc 1977: 209 頁起；Lobel 2013: 249）。第二種模式則見於菲律賓北部的 Itbayaten 語和 Ivatan 語。當 *l 與 *i 相鄰時，保持不變，在其他條件下，Itbayaten 語軟化為舌根濁擦音，Ivatan 語則軟化為 h。跟舌尖音相鄰時，尤其是 i，似乎會對流音的軟化現象增加阻力，在 4.3.1.6 節中提到，在有些距離很遠的語言中，這樣的語境條件都會使得 *l 發生硬音化現象。

　　有些語言會有 *l > h 的變化情況，像是沙巴西部的 Kadazan 語，*l 規律的軟化為 h，並在詞尾位置丟失音位，（*lima > himo「五」、*balik > ɓahik「反面」、*putul > putu「切」）。塔加洛語有些零星的類似變化，*balay > báhay「房子」或 *luslus > hushós「向下滑」，變化的數量僅次於 *l > l。在一些菲律賓語言中，如北 Kankanaey 語、Botolan Sambal 語、塔加洛語、Dibabawon Manobo 語、Samal 語、Tausug 語和 Sangil 語，當 *l 處在兩個元音之間時會丟失音位，推測可能先軟化為 h，*zalan >塔加洛語 daán（[daʔán]）「路徑」；*taliŋa > taiŋa（[taʔíŋa]）「耳」，喉塞音會自動出現在相同或不同的

元音之間，且第一個元音是低元音（即兩個元音之間自動會有一個喉塞音）。摩鹿加群島中部有座斯蘭島（Seram），島上西部的 Wemale 方言裡有著一種語言現象：當 *l 出現在 *i、*u 和 *o 的前面時，會失去音位，但在 *a 或 *e 的前面時，則音位保留（Stresemann 1927: 30）。由於南島語並沒有 *l > w 的變化，但 *l >y 則是不斷發生，我們姑且得出原始南島語 *l 是個「明亮」流音，在多數的親屬語言中保存其屬性。這樣的理解可以幫助我們解釋莫杜語（Motu）和其他新幾內亞東南部一些語言中的特殊音變現象：當 *l 出現在高元音前面時，會失去音位，有時在其他型式也失去了。但 *-lu> -i：原始大洋洲語 *lima > ima「手臂」、*pulan > hua「月」、*poli > hoi「買賣」；但 *pulu> hui「毛髮」、*sa-ŋa-puluq > ahui「十」、*qatoluR > gatoi「蛋」、*tolu toi「三」。然而，*l 在其他語言中罕見的音變為 γ 或 h，可視為其早期「軟顎化」邊音的證據。

半元音的軟音化現象相形之下就較無趣了，印尼西部的一些語言，像是 Toba Batak 語以及索羅門群島西部的許多語言，緊鄰在元音前的 *w 會失去音位，馬來語也有類似的現象，但語序 *-awa- 除外。原始波里尼西亞中的 *y 以及有些索羅門群島的語言會無條件的丟失。

元音的軟音化現象可以用響度來呈現，當元音升高時，軟化現象發生，因為高元音比起中、低元音更有可能在易受影響的位置上丟失。但在南島語中，元音的上升與失去音位間卻很難相互關聯。餘下就只有央化、清化和刪略現象可視為元音軟音化現象的主要證據。

非重音元音的弱化和央化，常見於印尼西部和民答那峨島南邊。

此區域的重音出現位置絕大多數是在倒數第二個音節，而倒數第三個音節裡的元音則會弱化為 ə，這個元音比起其他非重音元音都短，有些語言裡，舉凡民答那峨島的西 Bukidnon Manobo 語或蘇門答臘南部的 Minangkabau 語，倒數第三個元音的軟化現象只發生在 *a 上，高元音則不受影響，但在其他語言裡，全部的倒數第三個元音都會變化為央中元音 ə。許多語言不允許倒數第三個位置上的央中元音 ə 一開始就出現，因此原始馬來波里尼西亞語的三音節裡，第一個音節的 *a-、*qa-、或 *ha- 會丟失，例如 *qasawa「配偶」> Kadazan 語 savo、葛拉密語（Kelabit）awa-n、雅就達雅克語 sawe「配偶」、Kiput 語 safəh、Tunjung 語 saga-n「老婆」（比較：塔加洛語 asáwa、查莫洛語 asag^wa、西 Bukidnon Manobo 語 əsawa「配偶」）。沙巴以南的婆羅洲島上的所有語言都有這樣的軟音化過程：*a/qa/ha- > *a- > ə->Ø，但馬拉加斯語卻沒有此種演變現象，顯示著倒數第三個元音都合併為央中元音的現象是在馬拉加斯語離開婆羅洲南部後才出現，並反覆出現在此一廣大的地理區域當中。在任何的西部印尼語中，重音前的元音都會弱化為 ə，但重音後的元音並不弱化為 ə（詞尾輔音群不詳）。帛琉語（Palauan）則相反，所有的非重音元音皆會變成央中元音 ə 或刪除。占語受到優勢的孟高棉語言影響，產生末音節重音現象，在首輔音後的非重音元音會變成央中元音 ə 或丟失。相對的，首高元音會變成 a-，而 *a- 通常保持不變（Thurgood 1999: 280 頁起，文中寫為 *ʔa-）。

　　元音清音化現象最常發生在詞尾，尤其作用在響度較低的元音（i、u）。幾乎所有已知的南島語例子都出現在大洋洲語群中。Rehg（1991）全面調查了麥可羅尼西亞語詞尾元音的軟音化現象。他將觀

察到的結果分為兩大類，一類是完全刪除詞尾元音，另一類是部分詞尾元音刪除和清音化。前者的特徵是會丟失詞尾的短元音或是將長元音縮短，這兩種過程可以視為當元音後面接著零或輔音群時，接在後面的元音會丟失。後者見於特拉克語群（Chuukic）的方言鏈之一的 Woleaian 語以及吉耳貝特語。Woleaian 語中的詞尾短元音呈現清音化，而詞尾的長元音則被縮短。吉耳貝特的詞尾元音刪除條件十分複雜，首先，在鼻音之後的詞組尾短高元音丟失以及長元音縮短。前者是不規則變化而後者的變化可有可無。此外，詞組尾短高元音在 *t* 後面會清化，而這個語境的同位音是[s]，詞組尾短元音在其他輔音後面會清化或不清化，詞尾短中、低元音在雙疊鼻音後會選擇性的清化，且中元音比低元音更容易發生。大致上，清音化現象和響度之間彼此有關聯：元音的響度越低越容易清化，甚至丟失。萬那杜北部的莫塔語（Mota）也有類似的模式，高元音最終在歷史進展下丟失，而中、低元音則保存下來：古大洋洲語 *kamali >*ɣamal*「男人的房子」、*mata-gu > *mata-k*「我的眼睛」、*ñamuk（> *ñamu）>*nam*「蚊子」、*pusuR > *us*「弓（武器）」、*qumun > *um*「焙窯」，但是 *papine > *vavine*「女人」、*qone > *one*「沙」、*pose > *wose*「獨木舟槳」、*mate > *mate*「死」、*lipon >*liwo*「牙」、*Rumaq > *imʷa*「房屋」、*kuRita > *wirita*「魷魚、章魚」、*pulan > *vula*「月」、*ma-maja > *mamasa*「乾」、*rua > *ni-rua*「二」。班克斯島（Banks）和托雷群島（Torres Islands）上與莫塔語密切相關的語言有 Hiw 語、Toga 語、Lehali 語、Lehalurup 語以及 Mwotlap 語，這些語言丟失了所有的詞尾元音，顯示著詞尾元音刪除現象是分階段進行的，先從響度較低的音位開始。雖然波里尼西亞語言不允許輔音詞尾，但類

似的元音刪除現象在口語上是能觀察到的。像是薩摩亞口語中，詞尾高元音很常被清化，特別是在一些清塞音和清塞擦音之後，例如 *tasi*「一」。最後，特拉克語群（Chuukic）的方言鏈最靠西邊的 Sonsorol 語存在著所謂的「細微元音」（furtive vowel）。Capell（1969: 13）用元音上標的方式表示，這些音位通常不是低聲細語，而是「稍微的出聲，有時甚至聽不見」。細微元音可能出現在：1. 輔音後的詞尾處（*ɣametak*ⁱ「生病」，*lil*ⁱ「結婚」，*rabut*ᵒ「蛇」，*ŋaidir*ᵉ「獨木舟的邊緣」）、2. 完整的元音（通常是長元音）之後、輔音之前的位置，這樣的語境在聲學上類似於響度下降的雙元音（*ma*ⁱ*l*「前額的裝飾品」，*ita*ⁱ*l*「他們的名字」）、3. 非詞尾輔音之後，會造成顎化以及軟顎化（通常元音會完全丟失）。原始大洋洲語在詞源學中所反映的詞尾元音一覽無遺地將這些細微元音展露出來，在大多數的麥克羅尼西亞語中已經丟失或清化，如 *masakit > Woleaian 語 *ɣametak*ⁱ「生病」。

最後這問題值得我們深思：「軟化的輔音間是否隱含著某種關聯？」，最簡單的解答方式是比較 *p、*t、*k 的反映，並另外比較 *b、*d、*g 的反映。由於 *t 的軟音化過程異於 *p 和 *k，僅就後兩個音位進行檢視，而且南島語中的清、濁塞音間有著天壤之別的軟音化過程，應該要分開討論。表 9.3 整理了 *p 或 *k 軟音化後的音位結果頻率。表格上半部為 *p 和 *k 皆發生軟音化，下半部則只有其中一個音段改變，有些軟音化現象並非全面地出現在所有語詞中，但我依舊計入：

表 9.3 原始南島音位 *p 和 *k 軟音化後在南島語中的狀況

*p	*k	
p、f	h	：比馬語
p、f	h、Ø	：Miri 語
f	k、Ø	：Masiwang 語
f	ʔ	：Bonfia 語、Kwaio 語
f	ʔ、Ø	：Nias 語、Lau 語
f	h	：馬拉加斯語、查莫洛語
f	Ø	：Koiwai 語、Minyaifuin 語、布力語、Wuvulu 語、Taiof 語
v	ɣ	：Hoava 語、Roviana 語、Bugotu 語、Ghari 語
v	Ø	：Magori 語
h	k、ʔ	：Arosi 語
h	k、Ø	：羅地語
h	ʔ	：Soboyo 語、夏威夷語
h	Ø	：得頓語、Kayeli 語、莫杜語、Seimat 語、Mono-Alu 語
Ø	ɣ	：Banoni 語
Ø	Ø	：Simalur、穆掃語（Mussau）
p	k、Ø	：Kambera 語
p	ʔ	：Ifugaw、Gorontalo、Pendau、Manam
p	h	：Toba Batak 語
p	Ø	：Talaud 語、Taje 語、Kemak 語、Mekeo 語
f	g	：Tiruray 語
f	k	：比拉安語、Watubela 語、原始波里尼西亞語
v	k	：Gapapaiwa 語
w	k	：帛琉語
y	k	：馬紹爾語

*p	*k	
h	k	：Tboli 語
Ø	k	：吉耳貝特語、Kosraean 語

　　表 9.3 僅列出具代表性的狀況，並非全部例子。對於語境條件下的軟音反映，只會列出前後緊鄰元音的狀況（與濁塞音有較多關聯），如葛拉密語，*k 在兩個不同的元音間且第一個元音不是央中元音時，會以 ʔ 反映，其餘則保存為 k，這樣的情況就不列入表中。Toba Batak 語中的 *k 在元音前會變成 h，其餘位置則變成 k，因此被歸類為 *p > p、*k > h 類型的語言，儘管查莫洛語（Chamorro）在任何語境下的變化都是 *k > h（隨後丟失 -h）。大洋洲語言由於存在著口部音反映（oral grade reflex）和鼻音反映（nasal grade reflex）的差異，致使情況更加複雜，甚至能進一步分成口部硬音以及口部軟音反映（Ross 1988）。表 9.3 只列出口部軟音反映。

　　列表呈現的比較結果堪稱有趣，先前曾提過的消蝕順序如 *p > f > h > Ø 或 *k > h > Ø 跟格林法則下的 *p、*t、*k 軟音化現象相似，卻有根本上的差異。舉例來講，原始印歐語系的 *p/t/k 轉化為原始日耳曼語群的 *f/θ/x 通常被認為是同一類的清塞音軟音化過程，但在南島語中並非這麼回事。不只 *t 往往被排除在這過程外，甚至連 *p 和 *k 的軟音化都是獨立進行的，兩者唯一能對比的是 *p > v 與 *k > γ，可視為同一音變，見於 Hoava 語、Roviana 語、Bugotu 語、Ghari 語和其他索羅門群島西部以及中部的語言。因此，現有的跡象顯示著南島語的清塞音軟音化現象是各個音位獨立進行，並不是 *p、*t、*k 一類，甚至也不是 *p、*k 一類，也沒有顯著的唇音或舌

根音優先的變化情況。表 9.3 中，有 16 種語言在一些情況下保留 *p，而軟音化了 *k，相反的狀況（保留 *k，軟音化 *p）則有 14 種語言。儘管有 27 種語言在部分甚至全部的詞源中，以零反映 *k，然而只有 5 種語言的 *p 反映是零，這樣的落差或許是因為 *p 的消蝕過程中有兩個中間階段（f 和 h），會花較長時間才能達到零，反觀 *k 只需要一個中間過程（h）就達到零。而有 *p 濁音反映（通常為 v 和 w）的語言，往往在第一階段的變化時，就能看出與零反映背道而馳，之後更是漸行漸遠。

表 9.4 呈現原始南島音位 * b 和 * d 軟音化的音位結果整理，斜線隔開首位以及元音間的語境位置；逗號隔開無條件反映。

表 9.4　原始南島音位 * b 和 * d 軟音化後在南島語中的狀況

*b	*d	
b/v	d/z	：西 Bukidnon Manobo 語
b, w	d, r	：Maranao 語、爪哇語
b/w	d/r	：Sangir 語
b/v	d/r	：加燕語
b/v	r	：民都魯語
b/β	r	：Nias 語
β	r	：Ratahan 語
f	s	：邵語
f	r	：阿美語、Simalur 語、Taje 語、得頓語、Ujir 語、Elat 語、Buruese 語
f	c, r	：鄒語
f	ts	：Bontok 語
f	n	：Atoni 語

*b	*d	
f	l	：Bonfia 語
f	h	：Manusela 語、Soboyo 語
f, h	Ø	：Nuaulu 語
v	d, r	：排灣語
v	r	：達悟語、Kejaman 語、馬拉加斯語、比馬語、Fordata 語
v	l	：Amahei 語
v	Ø	：Kadazan 語
w	r	：Tiruray 語、Tombonuwo 語、Tondano 語、Pamona 語、原始 Bungku-Tolaki 語、Ende 語、Sika 語、Lamaholot 語、Wetan 語
ɓ, w	d, r	：Muna 語
w	s	：Manggarai 語
w	s, d	：Kédang 語
w	z, r	：Ngadha 語
w	d, r	：Kambera 語、Kodi 語、Hawu 語、Kisar 語
h	d, r	：Dhao 語
h	n	：Hatue 語
h	r	：Erai 語
h	l	：Nusalaut 語、Paulohi 語、Asilulu 語
b	r	：賽夏語、塔加洛語、帛琉語、Numfor 語
b	l	：Amblau 語
p	l	：布力語
p	h	：查莫洛語
v	d	：卑南語

　　表內的例子顯示濁塞音與清塞音至少有 4 種軟音化差異。首先，濁塞音的軟音化通常是條件式的，並只會在前後緊鄰元音的情

況下影響 *b 和 *d。再來，清塞音中最不易軟音化的音位是 *t，在濁塞音中卻是 *g。[102]接著，*p 和 *k 變成零極其常見（尤以 *k 為最），但對 *b 和 *d 來說，變成零卻是罕見（儘管 *b > f 的變化很尋常，致使 *b > f > h > Ø 或許可預期出現在一些語言中）。最後，如前所述，多數情況下 *p 與 *k 的軟音化歷史進程是個別獨立進行，但 *b 與 *d 則是同一類的變化過程。或許這不容易定論，但在軟音化現象中，藉由計算 *p、*k 間以及 *b、*d 間不一致反映的數量，大約可以看出關聯。表 9.3 的 55 種語言中，有 24 種或大約 44% 的語言（列於橫線以下的語言）呈現「不一致」的軟音化模式，但表 9.4 的 62 種語言中，只有 8 種、佔 13% 的語言有這樣的情況。

「軟音化」和「硬音化」兩者間就像「同化」和「異化」那樣形成二元對立的概念。但其中的對立概念常讓人誤解為相反投射，若硬音化真是軟音化的相反，那消蝕順序，如 *p > *f > *h > Ø 或 *s > h > Ø 套用到硬音化時，變化順序應該要能夠可逆，但事實並不如此。

有兩個案例能充分證明 *p > *f > p 的變化順序。第一個例子見於 Pohnpeian 語和 Mokilese 語，原始大洋洲語的 *p 變成原始麥克羅尼西亞語的 *f，再變回塞音，如原始大洋洲語 *pali >原始麥克羅尼西亞語 *fali「禁忌」> Pohnpeian 語 pɛl「處於禁忌關係」，或原始大洋

102　一般情況下通常都能成立，儘管有些菲律賓語言的 b、d 和 g 緊鄰在元音之間時會產生變體的擦音，如 Kalamian Tagbanwa 語、Western Bukidnon Manobo 語和 Sangir 語。要注意的是，Guinaang Bontok 語的 b [f] 和 d [ts] 在元音之前有同位擦音，但 g 並沒有，g 在元音前發音為「前微弱送氣音，近似英語 "keep" 中的 k 音」（Reid 1976: viii）。在 Mainit 以及一些村莊的方言中，b 和 d 有同位清擦音，而 g 在任何語境中仍為濁軟顎塞音。

洲語 *piliq >原始麥克羅尼西亞語 *fili，*filifili > Pohnpeian 語 *pilipil*
「選擇」（Bender 等人 2003a）。第二個例子見於波里尼西亞語外圍語
言中的 Anuta 語，原始大洋洲語的 *p 變成原始波里尼西亞語的 *f，
再變回塞音，像是原始大洋洲語 *paRi >原始波里尼西亞語 *fai >
Anuta 語 *pai*「魟魚」，原始大洋洲語 *puaq >原始波里尼西亞語 *fua*
> Anuta 語 *pua*「水果」，或原始大洋洲語 *api >原始波里尼西亞語
*afi > Anuta 語 *afi*「火」。儘管在原始南島語、原始馬來-波里尼西
亞語甚至原始大洋洲語中都能找到 *p，但試圖認為 Pohnpeian 語或
Anuta 語一成不變的保留這個塞音是不合理的，因為其他麥克羅尼
西亞語言和波里尼西亞語言，還有跟波里尼西亞語親屬關係接近的
斐濟語和羅圖曼語（Rotuman），都把 *p 反映為擦音、喉塞音或零。
此變化方式可適用於其他相對較少的大洋洲語言，它們似乎以塞音
保留了原始馬來-波里尼西亞語的 *p，如原始馬來-波里尼西亞語
*paRi > Sori 語 *bay*「魟魚」、*peñu > *boy*「綠海龜」、*tapuRi > *dap*
「海螺殼」、*hapuy > *jap*「火」、*sa-ŋa-puluq > *saŋop*「十」，或原始
馬來-波里尼西亞語 *paRi > Lou 語 *pe*「魟魚」、*peñu > *puon*「綠海
龜」、*panakaw > *panak*「偷」、*puqun > *pu-n*「基地」、*qapuR >
kɔp「石灰岩」。若 Pohnpeian 語和 Anuta 語都是 *p > f > *p* 的變化方
式，既然有超過 450 種的大洋洲語言將原始馬來-波里尼西亞語的 *p
反映為 *f*、*v*、*h* 或零，為何不預設其他幾十種的大洋洲語言也是以塞
音反映原始馬來-波里尼西亞語的 *p 呢？這種觀點尚未成為當今主
流學說。部分原因在於，那些在其他語境下將 *p 軟音化的語言並不
會將名詞詞首的音位軟音化，如原始馬來-波里尼西亞語 *paŋan >
Bipi 語 *hak*「餵食」、*epat > *ha-h*「四」、*tapuRi > *drah*「海螺殼」，

但是 *paRi > *pay「魟魚」、*peñu > *poy「綠海龜」。Ross（1988）指出，在海軍部群島（Admiralty Islands）的許多語言中，「第二次產生的鼻音成分」反映了阻音由於常見的名詞冠詞 *na 的元音刪略，使得鼻音與緊鄰在後的輔音音節首自由詞素融合，進而產生鼻化現象。如果原始馬來-波里尼西亞語的 *p 變成原始大洋洲語的 *f，則必須預設 *f 在沒有前鼻化（prenasalised）的語境下，會先軟音化為 h，如 Bipi 語，否則就被強化為 p。然而在重音元音前，順序 *na+f > *mf > p 出現的可能性較 *na+p > *mp > p 或 b 小，因此 *p 才會跟 *k 一樣，在原始大洋洲語中以塞音保存，之後才廣泛的發生軟音化現象。

南島語言中，硬音化現象在 *s 以及滑音（glides）*w 和 *y 的發展裡顯著重要。原始南島語 *s 反映為 t 的現象存在於至少兩種現存的台灣南島語言（邵語和排灣語）和台灣東北部與西部一些已滅絕的語言，加上些許菲律賓語言，像是 Agta 語、Ilongot 語和 Isneg 語以及海軍部群島群島的 Wuvulu 語和 Aua 語（在高元音前以同位音[ʧ]呈現），還有索羅門群島東南部的 Malaita-Cristoba 語群（在高元音前保留 s，非高元音前變為 t）和許多麥克羅尼西亞語言中。Flores 島西部的 Manggarai 語，*s 變成硬顎清塞擦音，如 *susu > cucu「胸部」。*s 這種塞音反映的高頻率讓一些學者推測 *s 並非擦音，但如前所說，這種解釋雖然解決了一些問題，但也產生更多疑問。

或許南島語系中最引人入勝的硬音變化當屬 *w 和 *y 這種半元音（semivowel）在元音前的變化，以及它們不具音位性的對應音段在 *u 或 *i 與後接的不同元音之間所產生的變化。滑音的硬音化現

象通常會產生帶音的圓唇舌根音與硬顎阻音 g^w 和 j，但有些會被隨後的變化掩蓋。砂勞越（Sarawak）北部的民都魯語（Bintulu）將 *w 和 *y 分別強化為 b 和 z，如 *qasawa「配偶」> saba「妻」，和 *buqaya (> *baya) > baza「鱷魚」。然而，根據 Ray（1913）的語料，約西元 1900 年時，民都魯語的「妻」是 sag^wa。由此可知 *w 先將圓唇滑音舌根化，並在兩、三個世代後，主要和次要的發音相互同化，進而產生唇塞音。類似的情況見於其他砂勞越北部的語言，像是 Miri 語（*w > b，*y > j），和 Kiput 語（*w > f [f^w]，*y > č）。在婆羅洲南部的 Tunjung 語，其滑音先硬化後再弱化（reduction）為不帶次要發音部位的輔音，產生了 *w > g（大概會先過度為 *g^w）和 *y > j 的變化。除了婆羅洲島的語言外，相似的滑音硬化也發生在 Aru 島上的語言，如 Warloy 語（*w > k^w）和 Ngaibor 語（*w > g），以及麥克羅尼西亞西部的查莫洛語（*w > g^w、*y > dz）和馬努斯島（Manus）西部的一些語言，像是 Likum 語、Lindrou 語（*w > g^w、*y > j）與 Sori 語（*w > g、*y > j）。在其他大洋洲語言中，如索羅門群島東南部的 Kwaio 語和 Lau 語，以及萬那杜中北部的 Aoba 島上的一些語言，會將 *w 硬化為 k^w，但保留 *y。斯蘭島位於摩鹿加群島的中部，Alune 語分布於島上的西半部，該語言的 *w 在元音前會強化為 k^w。加上後綴 -e 產生名詞時，就連雙元音的韻尾也會受到影響：*kasaw > $ʔasak^we$「橡子」、*kalaw > $ʔalak^we$「犀鳥」、*labaw > $ma-laβak^we$「鼠」。

　　透過其他語系的歷史研究，讓我們對有些音變現象會更熟悉。*w 硬音化為 g^w 的現象使人想起圓唇舌根滑音在哥德語群以及冰島語群的發展。*w 硬音化為 g^w（或[$ɣ^w$]）且 *y 硬音化為硬顎濁塞擦音

的情況與西班牙語使用者念當代英語的方式雷同，如「Washington」（[ɣʷásiŋton]）或「mayonnaise」（[mædʒonez]）。在民都魯語和砂勞越北部的其他語言中，可以觀察到 gʷ 進一步弱化為 b，這現象令人想起凱爾特語群中的 P 類型（P-Celtic）中也有類似的模式。而 Tunjung 語、Ngaibor 語或 Sori 語中，將 gʷ 弱化為 g 的現象則和法語史上所產生的哥德語群借詞方式類似。

南島語言的滑音硬音化現象中，最令人驚豔的大概就屬「非音位滑音硬音化」，這現象就連印歐語系或其他熟知的語系裡都還找不到對應的例子。查莫洛語（Chamorro）能夠簡單說明此現象。在查莫洛語中，非音位的[w]和[j]分別強化為 gʷ 和 dz（*w 在圓元音前會變成 g），如 *buaq > pugʷaʔ「檳榔」、*zauq > chagoʔ「遠」、*niuR > nidzok「椰子樹」、*ia > gʷidza「第三人稱單數」。正如前面最後一個詞形所呈現的，元音性質的聲母前添加了 w（w-accretion），滑音硬音化後變為圓唇舌根塞音，即 *ia > *wia > gʷidza（Blust 2000c）。在添加滑音前，有些輔音必須丟失，所以原始南島語 *Sapuy（>原始馬來-波里尼西亞語 *hapuy > *api> *wapi）> gʷafi「火」。這模式同樣適用於兩個元音之間的滑音，在一些情況下，中間的輔音未丟失前，滑音便不會開始硬音化，如原始南島語 *duSa（>原始馬來-波里尼西亞語 *duha > *dua[duwa]）> hugʷa「二」，或原始馬來-波里尼西亞語 *dahun（> *daun > *dawən）> hagon「葉」。其他語言的發展史中也可找到類似的「後發性滑音硬音化現象」，例如馬努斯島（Manus）西部的 Sori 語，在丟失一些詞首輔音後，w 在 o- 或 u- 前面時會開始變化，並逐漸強化為 g，如：原始大洋洲語 *onom（> *wono）> gono-p「六」 *Rumaq（>*um >*wum）> gum「房」。

有些跨語言間的滑音硬音化現象令人困惑，查莫洛語對於音位或非音位的滑音都是同樣的強化方式，但 Lau 語並非如此，而是只將 *w 強化為 kʷ，對於相似的非音位滑音則不做任何影響，像是原始馬來-波里尼西亞語 *wahiR > kʷai「活水」、*siwa > sikʷa「九」，但 *buaq > fua「水果」、*duha（> *dua）> rua「二」。令人訝異的是砂勞越北部的 Narum 語，非音位滑音會硬音化，但音位滑音則否，如 *laqia（> *lia）> ləjeəh「薑」、*tian > tijiən「肚子」、*quay（> *uay）> bi「藤」、*buat > biət「長」（後兩個例子中的第一音節丟失；b 反映[w]）、*duha（> *dua）> dəbeh「二」，但是 *ayam > ayam「孫子」、*buqaya（> *baya）> bayeəh「鱷魚」、*daya > dayeəh「向陸、內陸的」、*kaSiw（> *kahiw > *kayu）> hayeəw「木頭、樹」、*jaway > jaweəy「臉」、*pawat > pawat「果蝠；飛狐」、*qasawa「配偶」（> *sawa）> awəh「妻」。

　　詞源 *duha > Narum 語 dəbeh，Long Terawan Berawan 語 ləbih，民都魯語 ba（*dua>*dəba > ba）引發了新的問題。砂勞越北部有強化非音位滑音現象的語言，大部分會將高元音央化，並伴隨著反覆出現但無法預測的第一音節丟失，這些變化造成了異常的詞源，如 Long Terawan 語 kəbiŋ「馬來熊」（馬來語 bəruaŋ 或 Taboyan 語 biaŋ < *biRuaŋ 的同源詞）和 kəjin「榴槤」（馬來語 durian 或 Taboyan 語 duyan < *duRian 的同源詞），以 k 反映 *R，並強化滑音音位，且倒數第二個高元音受到央化，而低元音在以下討論的語境中被前化（fronted），因此 *biRuaŋ > biguaŋ > bikuaŋ > kuaŋ[kuwaŋ]> kəbaŋ > kəbiŋ；*duRian > dugian > dukian > kian[kijan]> kəjan > kəjin，且詞中有硬顎濁塞擦音。這些詞源不尋常的地方在於，*w 和 *y 硬音化只

是這兩個異常音變的產物：低元音在濁阻音之後被前化，以及元音間的濁阻音清化。即使沒有清化現象，Long Terawan 語的音變依舊十分奇怪（**gəbaŋ、*gəjan）。

*i 和 *u 在上述及其他情況的央化現象令人費解，因為高元音並不會呈現那樣的央化方式。滑音的硬音化與高元音的央化或許能被整體視為一個複雜的音變現象。詞源中沒有央化現象的例子有 *tian > Narum 語 *tijiən*「肚子」或 *duha（> *dua）> Kiput 語 *dufih*，Lahanan 語 *lug\u02b7a*，Bekatan 語 *dug\u02b7o*「二」，上述例子顯示著 Narum 語和 Berawan 語的非音位滑音先硬音化後，使得前面的元音變得明顯，進而造成接下來的央化現象。

另一個音段呈現的硬音化現象也是非常有趣。*l 在 *i 前面時會變成 *d*，見於 Long Terawan Berawan 語（*lima > *dimməh*「五」、*lalej > *dilən*「家蠅」），和馬拉加斯語（*lima > *dimy*「五」、*kali > *mi-hady*「挖掘」）。有個表面上看似截然不同，實際上卻非常相關的現象是：*l 在除了 *i 以外的任何元音前都會被軟音化，見於菲律賓中部的一些比薩亞語言中（Lobel 2013）。在蘇拉威西北部的 Tonsea 語中，不管後面接什麼元音，*l 通常都會變成 *d*，儘管有時又不太符合。Stresemann（1927: 24 頁起）也注意到一系列不尋常的流音音變模式，他將摩鹿加語言分成五種流音音變方式，分別命名為「lilolo 型」，「rilolo 型」，「rirolo 型」，「diroro 型」和「riroro 型」。早先他所稱呼的 Sub-Ambon 語，會將 *l、*r 以及 *d 合併為 *l。此邊音之後隨著元音語境不同而形成各式反映。在「lilolo 型」中，*l 保留下來；而「rilolo 型」，如 Nusalaut 語、Sepa 語和 Paulohi 語，*l 在高元音前變成 *r*，但在其他語境中則保留不變；「rirolo 型」的有

Amahei 語、Haruku 語、Hatusua 語、Kaibobo 語和 Tihulale 語，*l
在高元音的前面或後面時，會變成 *r*，在其他語境中則保留不變。西
Sapalewa 語被歸類在「diroro 型」，變化稍微複雜了點，詞首位置的
*l 在 *a 和 *e 的前面時，會被保留，詞中的 *l 在 *e 前面時，依舊保
留，但在 *a 和 *o 的前面時，則變成 *r*，而不論詞首或詞中的 *l，在
高元音前都會變成 *d*。最後的「riroro 型」有 Saparua 語、Hila 語和
Hitulama 語，「lilolo 型」的語言模式被保存下來，但 *l 通常在沒有
任何明顯的元音語境下會變成 *r*，雖然 Stresemann 的「diroro 型」硬
音化的很明顯，但緊鄰高元音的 *l 變成 *r*，有可能 *l 先變成 *d*，然
後再軟音化。

　　*l 的其他硬音化現象十分少見，摩鹿加群島南部的 Selaru 語裡，
當 *l 緊鄰高元音時會變成 *s*（原始馬來-波里尼西亞語 *lima* > *sim-*
「五」、*luheq* > *su*「淚水」、*talih* > *tasi-*「繩子」、*qulu* >*usu*「頭
／水源頭」），在其他語境裡則保存不變（*dalem* > *rala*「裡面」、
salaq > *sal*「錯誤」），這種演變其他語言都未見。最後，查莫洛語
的 *l 在音節尾時會變成 *t*，中間可能有先變成舌尖濁塞音，但也無
法排除是直接從 *l 變成 *t*，因為在西班牙語的借詞中，*l* 和 *r* 都被 *t*
取代：*átgidon*、*átgodon*「棉花」（源自西班牙語 *algodon*）；*atmas*「武
器、火器」（源自西班牙語 *armas*）；*debet*「憔悴的、衰弱的」（源自
西班牙語 *débil*「虛弱的」）；*rumót*「流言」（源自西班牙語 *rumor*）。

9.1.2　同化作用和異化作用

　　雖然同化作用和軟音化現象有些概念重疊，但兩者依舊是不一

樣的現象。當一個低元音受到鄰近音節的高元音影響而升高和前化時，這樣的變化顯然是同化作用。我們不會把這樣的現象當作是軟音化，因為在語音消蝕過程中，中元音並不會比低元音更容易丟失。另一方面，*p 變為 *f* 明顯是軟音化現象，因為完全不需任何語境條件就能變化，所以不會是同化作用。

　　南島語言有許多「正常的」音變本質上是同化作用造成。其中最普遍的同化現象是 *t 在 *i 前面時會變成 *s*，在菲律賓北部的語言，像是 Agta 語、Atta 語、Isneg 語、Gaddang 語可以發現這類的歷時性變化。當中有些語言是從共同祖語中繼承變化，但並非每個語言皆如此。婆羅洲的葛拉密語存在類似的情況，並共時性的持續運作著規則，如 *tanəm*「墳墓」：*nanəm*「埋葬」：*s\<in\>anəm*「被某人埋葬」。在蘇拉威西北部的 Bolaang Mongondow 語也有一樣的變化：*tandoy*「竹」：*mo-nandoy*「用竹筒煮食」：*s\<in\>andoy*「在竹筒裡煮」。更往東部有 30 多種南哈馬黑拉-西新幾內亞（South Halmahera-West New Guinea）語言，反映著 *t 在 i 前面會變成 *s*（*t > s/_i），共同的祖語大概也有這樣的變化。另一個幾近相同的模式並經過充分證實的有莫杜語（Motu）和其他親屬關係接近的新幾內亞東南部語言，像是 Kuni 語、Lala 語、Gabadi 語和 Doura 語，*t 在原始大洋洲語的 *i 和 *e 前會擦音化（*tina >莫杜語 *sina*「母親」、*tiRom > *siro*「牡蠣」、*qutin > *usi*「陰莖」、*qate > *ase*「肝」）。Ross（1988）指出 Ubir 語、Anuki 語、Dobu 語以及新幾內亞東南部的其他語言有不同的變化（Tawala 語及其他少數語言的 *t 在 *i 前面會變成 *h*，是由於後來發生的音變 *s > *h*），新不列顛島的 Mengen 語以及索羅門群島西部的幾種語言，如 Uruava 語、Varisi 語，新不列顛島北部的 Bola 語

和 Bulu 語和新愛爾蘭島的 Lihir 語、Sursurunga 語和若干其他語言。最後，波里尼西亞西部的東加語和親屬關係近的 Niue 語呈現 *t > s/_ i，這變化模式對東加語而言是固定的，但在 Niue 語似乎是隨機的。

　　上述變化中有些特徵值得探究。首先，*t > s/_i 的情況通常發生在 *s 已經變成其他音位後（在許多菲律賓北部語言、Bolaang Mongondow 語和東南索羅門語言中變為 t，莫杜語中變為 d，東加語中變為 h，葛拉密語中變為零）。然而，在原始南哈馬黑拉-西新幾內亞和 Dobuan 語中，*t 和 *s 在 *i 前面時會合併。第二，*t > s/__i 和其他語系典型的顎化作用有相同的模式，只是產生了齒齦音而非硬顎音，因為整個過程是受同化作用影響，並非顎化作用，和芬蘭語群（Finnic languages）的情況類似。這種偏離典型顎化作用的情況，可能肇因於南島語罕見的硬顎清塞擦音，或更精準來說是硬顎清擦音。[103] 第三，*t > s/_i 出現在大洋洲語群的情況比非大洋洲語群更為常見。整個東南亞群島中，可能只有四、五例是各自獨立的音變具有這樣的現象，但在太平洋地區，卻有兩倍的案例。大洋洲語群和非大洋洲語群的南島語言數目幾乎相等，而音變在大洋洲語群中通常更為廣泛，因此 *t 在高元音前擦音化的機率與整體音變機率相當。

　　印歐語言中，舌根音比起齦音更容易在前元音前顎化，但在南

---

103 硬顎擦音的例子極為罕見，在波里尼西亞外圍的西富圖納語（West Futuna）中寫作 j。硬顎塞擦音在印尼西部、海軍部群島和新喀里多尼亞島並非不常見，但在其他地區就很罕見了。Ross（1988）也提出 *t 在前高元音前面時會顎化的證據，出現在 Petats 語、Halia 語、Selau 語（Halia 語的一種方言）以及所羅門群島西部的一些語言。我自己的田野筆記在 Selau 語中曾發現 t > 〔ts〕/_i。

島語言裡，對於 *k > č/_i 的變化幾乎從未見過。不論 *t 是否會在 *i 前面時變成 s，*d 在語言中很少有類似的變化。和其他語系顎化作用的模式相較之下，南島語言這樣難得一見的演變令人困惑。儘管如此，印尼西部有些語言，如馬來語、雅就達雅克語（Ngaju Dayak）和加燕語（Kayan），雖然沒有 *t > s/_i 的變化，*n 在前高元音前時卻會顎化。在砂勞越北部的 Long Jegan Berawan 語，詞尾的 *t 和 *k 在 *i 後面時都會被顎化，但這種例子很少見：*sakit > čakəic「不舒服的、令人痛苦的」，*betik > bətiəic「刺青」。

海軍部群島東部有若干語言，包括 Nali 語、Ere 語、Lele 語、Ponam 語、Pak 語、Lou 語、Penchal 語、Lenkau 語和 Nauna 語，以及新愛爾蘭島（New Ireland）中部的 Mendak 語（= Madak 語）和萬那杜中部、南部的一些語言中，*t > r 發生在緊鄰元音間的位置，跟美式英語的閃音類似。Ross（1988）指出新幾內亞東北部的 Markham 山谷中有一些語言的 *t 在元音前也有類似的變化。有個稍較常見但依舊罕見的變化是元音間的濁塞音會變成擦音，卻常常依舊是塞音的同位音。例子包括了在菲律賓南部的西 Bukidnon Manobo 語，元音間的 b 會擦音化為[v]而 *d 則擦音化為[z]，這些變化是共時的殘留（*babaw > bavəw「上層表面」：di-vavəw「在上方」，dumpəl「使銳利的邊緣鈍化」：mə-zumpəl「銳利邊緣的鈍化」），以及塔加洛語的 *d 在元音間時會弱化為 [ɾ]，為部分共時語法現象的殘留（*bukid > bukid「遙遠的山區」：ka-bukir-an「農田」），還有在婆羅洲中部和西部的一些語言，像是民都魯語（Bintulu）、加燕語（Kayan）、Kejaman 語，沒有任何共時的殘留現象。這類的變化可以視為軟音化現象或同化現象。

一些語言中會出現流音的同化現象，並有兩個類型值得探究：一、不同的流音順序同化後會產生相同的流音。二、*l 的相鄰音節有鼻音時會變成 n。第一種模式只見於菲律賓南部和印尼西部的些許語言中，並都涉及到 *lVr 變成 rVr。從民答那峨島西南部的 Tiruray 語中可以發現，*l 由多個歷史起源同化為 r：*bulud（> *bulur）> burur「丘陵」，*lujan（> *luran）> ruran「負載東西」，*luqar > ruwar「鬆的；寬敞的」。砂勞越北部的葛拉密語通常將 *l 反映為 l，該語言早期已經將 *l...r 順序（從原始馬來-波里尼西亞語 *l...R 順序來的）同化為 r...r，如 *aluR > arur「水流、潮流」、*liqeR > riʔər「脖子」、或 *qateluR > tərur「蛋」。加里曼丹西部的 Maloh 語（原始馬來-波里尼西亞語 *laRiw > rari「跑」、*libaR > ribar「寬的」、*luqar > ruar「在外面的」這些變化跟 *lima > lima「五」、*talih > tali「繩子」等等同時並存），以及蘇門答臘島北部的 Toba Batak 語（raraŋ「禁止」，跟馬來語 laraŋ 同時並存，rura「山谷」也跟馬來語 lurah 等等同時並存），也能看到類似的有條件的變化。多數菲律賓語言只有一種流音，而菲律賓語言的流音同化現象之所以罕見大概正因如此吧。

流音同化現象的第二種模式只在大洋洲語言中廣泛且零星的出現。新愛爾蘭島北部的 St. Matthias Islands 上有一種穆掃語（Mussau），將 *l 反映為 n，例如原始大洋洲語 *lima > nima「手、手臂」、*roŋoR（>*loŋoR）> noŋo-noŋo「聽到」，其他地方則未見（*laqia > laia「薑」、*laŋo > laŋo「家蠅」、*pale > ale「房子」等等）。索羅門群島的一些語言中，如 Langalanga 語、Kwaio 語、Sa'a 語和 Arosi 語以及部分新喀里多尼亞的語言，包括 Pije 語、Fwâi 語、Nemi 語和 Jawe 語能見到原始大洋洲語 *lima「五」和 *taliŋa「耳」的類似反映。東

加語（Tongan）的 *l > *n*，例如 *lima > *nima*「手、手臂」，由於穆掃語和東加語保留原始大洋洲語 *lima「五」的 *l，或許「手、手臂」的同化現象早在原始大洋洲語就發生了。

　　嗤嘶音的同化現象已在 4.3.1.2 節裡論述，在地理、親屬關係上都不同的三種台灣南島語言中反覆出現這樣的同化作用，但發現到的歷史演變的例子十分有限。雖然原始南島語 *s 和 *S 的語音差異還不清楚，但兩者都被認為是嗤嘶音。這兩個音段若是在同樣的詞素裡出現，它們會在賽夏語和排灣語中被同化。邵語裡有異常大量的擦音：s、sh（硬顎清擦音），c（齒後清擦音），z（齒後濁擦音）和 lh（清邊音），是嗤嘶音這個自然音類（natural class）的延伸，彼此在音變過程相互影響，可稱作嗤嘶音同化（Blust 1995b）。原始南島語 *C、*d、*z、*S、*R 和 *j 在邵語的反映分別為 c [θ]、s [s]、s、sh [ʃ]、lh [ɬ] 以及 z [ð]，但是若有其中兩個音在同一個語詞出現的話，會發生同化：

表 9.5　邵語的嗤嘶音同化現象

原始南島語	預期形式	實際形式	詞義
*CaqiS	caqish	shaqish	縫紉
*dakeS	sakish	shakish	樟樹
*daqiS	saqish	shaqish	臉
*daRa	salha	lhalha	台灣楓樹
*diRi	silhi	mu-lhilhi	站立
*zaRum	salhum	lhalhum	針
*Sidi	shisi	sisi	台灣長鬃山羊
*baRuj	falhuz	falhuz/falhulh	台灣綠鳩

邵語中的嗞噝音同化現象以三種不同的模式同步存在。第一種模式是詞綴的嗞噝音因為附著於含不同的嗞噝音的詞基而造成同位音：*masa-shdu* > *masha-shdu*「同意，抱持相同觀點」（向前同化），*shi-suhuy* > *si-suhuy*「曾在那邊」，*shi-sasaz* > *si-sasaz*「老了」（逆向同化）。第二種模式是詞基的不同嗞噝音在語音表層中和化，但是當嗞噝音被帶音節韻核的中綴分開時，差異再次浮現：*s<m>as*「寄送」，緊接著 *sh<in>as-ik*「我已寄送它」（因此詞基是 *shas*），或 *m<in>i-susu*「已用火使某人溫暖」然後 *sh<m>in-usu*「已用火使某人溫暖」（因此詞基是 *shusu*）。第三種模式正如 *falhuz/falhulh*「台灣綠鳩；斑鳩」所表示的那樣，嗞噝音同化現象呈現出在不同時代的個人或群體間，不同的說話方式。*filhaq ~ lhilhaq*「吐口水」，*ma-lhacas~ ma-lhalhas*「煮好；做完」，*lh<m>aushin ~ lh<m>aulhin ~ sh<m>aushin*「搖擺」。值得一提的是，受影響的音段因為包括[s]和[ʃ]，所以可稱為「嗞噝音」，但是這個變化所涵蓋的音，比傳統所謂嗞噝音這個自然音類要廣得多。

　　另一個廣受理論關注的音變是舌尖發音部位的同化現象。標準馬來語的 *-in* 和 *-iŋ* 互為對立，*-it* 和 *-ik* 對立，但在砂勞越的馬來語中，舌根鼻音和塞音在以下語境裡會變成舌尖音：*dagiŋ*：*dagin*「肉」、*giliŋ*：*gilin*「一捲」、*guntiŋ*：*guntin*「剪刀」、*kambiŋ*：*kambin*「山羊」、*balik*：*balit*「返回」、*bilik*：*bilit*「房間」、*sisik*：*sisit*「魚鱗」、*tarik*：*tarit*「拉」。詞尾的舌根輔音受到緊鄰在前的前高元音影響，發音位置被同化為舌尖位置，在其他語境則沒有變化（Blust 1994b）。松巴瓦（Sumbawa）西部的松巴瓦語也發現到類似的變化，*u 在詞尾舌尖音的前面時會被前化，和馬來語相互比較的例子如下（冒號

前的是馬來語）：*aŋkut*：*aŋkit*「運輸」、*(h)arus*：*aris*「水流」、*kəntut*：*əntit*「屁」、*gugur*：*gugir*「掉落」、*kukus*：*kukis*「蒸食」、*lamun*：*lamin*「假如」、*ratus*：*ratis*「百」、*(h)ulun*：*ulin*「奴隸、僕人」，跟*tutup*：*tutup*「關閉」、*minum*：*inum*「喝」、*hiduŋ*：*iduŋ*「鼻」同時並存。兩者間的差異在於一種是輔音受到影響，另外一種則是元音，而輔音和元音分別相互與舌尖音同化是很常見的。

好幾種語言在最後音節一樣會發生 *u > i，但發生變化的語音基礎條件並不清楚。南哈馬黑拉-西新幾內亞語群（South Halmahera-West New Guinea）的語言有很多這樣的變化，但顯然不在他們緊接的原始語言裡：原始馬來-波里尼西亞語 *manuk > Gimán 語 *manik*，布力語、Waropen 語 *mani*（但是 Moor 語則是 *manu*）「鳥」、*susu > Munggui 語、Waropen 語 *susi*（但是 Pom 語 *huhu*，Wandamen 語 *susu*）「胸」、*tuduR > Gimán 語 *im-tuli*「睡覺」。此外，還有摩鹿加群島中部的 Bobot 語（Bonfia 語）：原始馬來-波里尼西亞語 *batu > *fati*「石」、*qulu > *uli-n*「頭」或 *susu > *susi-n*「胸」和小異它島的 Wetan 語，如：*batu > *wati*「石」、*susu > *ui*「胸」、*asu > *ai*「狗」、*tuktuk > *tuti*「敲、撞」、或 *suluq > *uli*「火把」。由於音變各自獨立，加上沒有語言能只在倒數第二個音節呈現跟 *u > i 相反的音變形態，因此最後一個音節似乎是個有利元音前化的位置。

元音的圓唇特徵影響鄰近或非鄰近的輔音現象普遍存在於大洋洲語群裡，但在其他南島語群中卻幾乎從未見過。原始大洋洲語 *Rumaq > Chuukese 語 *imʷa*「房子」中，元音的圓唇特徵轉移到唇輔音，產生新的圓唇舌根鼻音。萬那杜語亦可發現類似的變化：*Rumaq > Hiw 語 *eŋʷ*，莫塔語（Mota）、Navenevene 語、Narovorovo

語、Baetora 語、Valpei 語 *im^{w}a*，Sowa 語 *im^w*，Ngwatua 語 *iŋ^{w}a*，Seke 語 *im*，Tasmate 語、Malmariv 語、Fortsenal 語 *ima*（後面幾個例子還產生鼻音去圓唇化）。其他語言中的圓唇元音會保留圓唇特徵，並同時圓唇化鄰近的輔音，如 Mate 語 *yum^{w}a*，Burumba 語 *yum^{w}o*，Vowa 語 *ni-um^{w}a*「房子」。馬努斯島東部的 Loniu 語，圓唇化會向右影響元音和輔音，像是 *kaman* [kaman]「男人的房子」但 *lokaman* [lo kom^{w}an]「在男人的房子裡」。類似的圓唇擴散在大洋洲語群外十分罕見，但在婆羅洲語中的撒班語或 Lahanan 語可以發現到：*Cuqelaŋ（> *tulaŋ）>撒班語 *hloəŋ*，Lahanan 語 *tulwaŋ*「骨頭」。

　　大洋洲語言向右擴散圓唇特徵的傾象只是元音的唇音和硬顎特徵影響鄰近輔音趨勢的一部份。元音和輔音間相互滲透特徵的情況在核心麥克羅尼西亞語言中發揮得最淋漓盡致。馬紹爾語有十二個表面元音，是從四個底層（underlying）音段按高低區分而來（Bender 1968）。輔音分為三類：軟顎化、唇化和硬顎化，因此四個底層元音的實際體現為十二個。從歷史發展來看，是元音調節了輔音的唇音和硬顎特徵，但現在可視為是輔音調節音段，使元音同化。雖然上述例子有點極端，但對大洋洲語言來說，如何區分元音和輔音之間的特徵是個普遍存在的問題。

　　對於音變的討論若只限於南島語系常見的變化，便不太完整。正如前文所提到的顎化現象，在其他語系中十分常見卻罕見於南島語系，這樣的變化依舊值得我們探討。許多語系中，元音間的塞音會受元音影響同化為帶音及連續音，像是拉丁語過渡到西班牙語時，清塞音會變成濁擦音。兩元音中間產生清濁同化在南島語中極為罕見，雖然大洋洲語言經常將原始南島語的 *p 和 *k 反映為濁擦

音，鼻音在前時則反映為濁塞音，不過，要在南島語言中找到元音間濁化的 *p、*t、*k 卻很困難。小巽它群島上的比馬語和 Sawu 語是少數有這現象的語言：原始馬來-波里尼西亞語 *qaRta > 比馬語 *ada*「奴隸」，*qatay > 比馬語、Sawu 語 *ade*「肝」，*kutu > 比馬語 *hudu*、Sawu 語 *udu*「頭蝨」，*mata > 比馬語 *mada*、Sawu 語 *na-mada*「眼睛」，*m-atay > 比馬語、Sawu 語 *made*「死、死亡的」，*pitu > 比馬語、Sawu 語 *pidu*「七」，*batu > 比馬語 *wadu*、Sawu 語 *wo wadu*「石」。而類似的音變現象也出現在詞首位置：*ma-takut > 比馬語 *dahu*、Sawu 語 *mə-daʔu*「害怕」，*qateluR > 比馬語 *dolu*、Sawu 語 *dəlu*「蛋」，*tau > 比馬語 *dou*、Sawu 語 *doʔu*「人」或 *tebuh > 比馬語 *doɓu*「甘蔗」。比馬語的 *dahu* 和 *dolu* 有可能在丟失靜態前綴 *ma- 或丟失倒數第三個音節，即詞首音節 *(q)a- 之前，元音之間的塞音就已濁化。但比馬語的 *dou* 和 *doɓu* 卻無法以上述假設解釋。更多可以比較的例子見於原始馬來-波里尼西亞語 *hipaR > 比馬語 *ipa*「河的對岸」，*ma-nipis > 比馬語 *nipi*「薄的（材料）」，或 *epat > 比馬語 *upa*、Sawu 語 *əpa*「四」，上述例子沒有呈現任何元音間的濁化現象。這顯示著比馬語和 Sawu 語的 *t 在元音前被濁化，在元音之間時，幾乎也是如此變化，可以說是沒有例外，但在詞首位置時就不一樣了，如原始馬來-波里尼西亞語 *telu > 比馬語 *tolu*、Sawu 語 *təlu*「三」或 *tuqah > 比馬語 *tua*「老的」。[104]

---

104 此現象隱含著語言共通性，在東閃米特語群（East Semitic）的 Akkadian 語中，連續的唇輔音亦不會被圓唇元音分開。（McCarthy 1979, Suzuki 1998: 111 頁起）。

第二個使人感興趣的異化現象是在兩個相鄰音節中的噝嘶音，其中第一個會變成 t（再次擴展語音學上傳統的噝嘶音的用法）。這一變化影響許多婆羅洲南部的語言，像是 Iban 語和雅就達雅克語（Ngaju Dayak）。兩者都異化噝嘶音中的 s：原始馬來-波里尼西亞語 *sasa > Iban 語 tasa「收集材料並編辮，好比覆蓋屋頂的棕櫚葉」、*selsel > təsal「後悔」、*sisir> tisir「梳」、*susu > tusu「胸」，原始馬來-波里尼西亞語 *salsal > 雅就達雅克語 tasal「鐵匠鋪的槌子」、*susu> tuso「胸」。在 Iban 語中，異化甚至會影響硬顎擦音，如 tacat「不完整、變形的」（馬來語 cacat）、ticak「壁虎」（馬來語 cicak）、tuci「純的」（馬來語 suci，來自梵語）、dajaʔ「叫賣，兜售」（馬來語 jaja）、dəjal「瓶塞，軟木塞；塞住」（馬來語 jəjal）、或 dijir「排成一行」（馬來語 jijir）。雅就達雅克語的本土詞彙中缺少 c，因此將 *c 異化，例如 tisin「無名指」（馬來語 cincin），可能造成 *c > s 的變化，因為硬顎濁塞擦音不會被異化影響：jəjəl「塞住」。在原始占語中也能見到類似的變化 *tasi「梳；一串香蕉」（馬來語 sisir），或原始馬來-波里尼西亞語 *susu > 原始占語 *tasəw「胸」。

　　流音異化是拉丁語群語言學家熟知的一種典型變化。爪哇語中，如果音變產生一連串的 rVrV，第一個捲舌音會異化為 l，如原始馬來-波里尼西亞語 *daRa（> *ra）> 古爪哇語 rara > 現代爪哇語 lɔrɔ「處女、幼女」或 *duha（> *dua > *ro）>古爪哇語 roro > 現代爪哇語 loro「二」。由於流音在同化作用中也會相互調節，致使在處理邊音和一些捲舌音（像是齒齦閃音）一起出現時，難度大增。

　　南島語言中最令人費解的異化現象大概是低元音異化了。在大洋洲語群的分群中，若 *a 後面緊接著的音節也有 *a 時，前面的 *a

會被升高，這出現在許多不同地理區域的語言中。低元音異化現象最早是在核心麥可羅尼西亞語言中發現的，反映了各自獨立的音變發展。例如，在馬紹爾語共時音韻中（Bender 1969a）：原始大洋洲語 *ma-sakit > *metak*「痛」、*ma-ramaR > *meram*「燈、發光」、*kataman > *kejam*「門」、*tama > *jema-*「父親」、*mata > *maj*「眼睛」：*mata-ña > *meja-n*「他／她的眼睛」，*acan > *yat*「名字」：*acan-ña* > *yeta-n*「他／她的名字」。東馬努斯島上的 Ere 語也有相似的變化（*kanase > *kinas*「烏魚」、*katapa > *kirah*「軍艦鳥」、*mata-ña > *mira-n*「他／她的眼睛」：*tama-ña > *tima-n*「他／她的父親」），一種分布於馬努斯島北海岸外小島的 Leipon 語則有不規則的變化（原始大洋洲語 *mata-gu > *minde-w*「我的眼睛」、*tama-gu > *time-w*「我的父親」、*katapa > *kitah*「軍艦鳥」，但 *tamata > *dramat*「人」、*padran > *padr*「林投」），萬那杜中部和南部的語言也有些許例子（Blust 1996a, b; Lynch 2003a）。令人費解的是，這些變化不斷出現在大洋洲語群中，遍布廣大的地理區域範圍，然而在其他南島語群中卻很少見。原始大洋洲語的元音系統（*a、*e、*o、*i、*u）和原始南島語的元音系統（*a、*e =ə、*i、*u）略有不同，但兩者同樣都有 *a，實在不清楚為何此種漂移只出現在南島語系中的一個分群，而其他分群卻都沒有。[105]

---

105 從本書的第一版出版以來，Blevins（2009）指出屬於東 Sepik Hills 語系的一種巴布亞語言 Alamblak 語也有相似的變化。

9.1.3　尾音清化（**Final devoicing**）

　　尾音清化或許可以被視為一種軟音化現象，通常在詞尾塞音刪減為喉塞音前，詞尾的濁塞音和清塞音會合併一起。[106]尾音清化還可以被歸類成一種詞尾後無聲的同化現象。儘管有些語言學家認為在連續語流中，詞尾並非無聲，因此反對此變化的語音基礎，但這種現象確實存在於世界各地的語言裡，Blevins（2006）一文用單一個南島語言（馬來語）指出這變化是語音所引發。

　　仔細觀察歷史變化後會發現到，尾音清化出現在許多南島語言中，但並非理論上所認為的那樣簡單明瞭，因為它處於軟音化和同化現象的過渡期，而所謂的「從右、左和中間的消蝕」會分開討論。表 9.6 列出所有合理、確信有尾音清化現象的南島語言，值得探究的是 *-g 十分稀少；*-b 也幾近稀有，因此常要仰賴原始南島語 *Suab「打哈欠」的反映來驗證；在許多語言中，*-d 和 *-j 合併為 *d 是較為常見的現象，並有許多穩定的形式（*likud「背」、*qelad「翅膀」、*qañud「漂在潮流上」、*qulej「蛆、毛毛蟲」、*pusej「肚臍」、*panij「翅膀」，等等）：

106　布農語存在一個罕見的例外，所有方言中的 *p，*t，*k 在任何位置上都會保留，但 *b 和 *d（在現今語言中已被前喉塞化）只會在非詞尾位置時保留。詞尾位置的 *b 和 *d 在方言中以喉塞音和零反映，但在 Isbukun 方言中則保留（李壬癸 Li 1988）。有些泰雅方言中也出現部分類似的情況，賽考利克泰雅語（Squliq）、四季泰雅語（Skikun）和碼崙泰雅語（Mnawyan）將 *b 和 *p 合併為 -p，但 *d 變成 -ʔ，且 *t 保留為 -t。

表 9.6　南島語言的尾音清化現象

語言	轉換音
泰雅語	有
賽德克語	有
巴宰語	有
Atta 語	?
撒馬八搖語	無
撒班語	無
Pa' Dalih Kelabit 語	?
Tring 語	?
Kenyah 語	無
Murik 語	?
原始 Kiput-Narum 語	無
Lahanan 語	?
Bukat 語	?
Maloh 語	?
原始東南巴里托語	?
原始西北巴里托語	?
原始馬來-占語群	無
Gayō 語	無
Toba Batak 語	無
Lampung 語	無
爪哇語	有／無
Sasak 語	無
Tonsawang 語	無
查莫洛語	無

以下內容將對上表所列舉的語言做一些澄清和說明：

泰雅語和賽德克語

　　泰雅語群有兩種語言，泰雅語和賽德克語，各有許多方言。泰雅語通常分為兩大主要方言群：賽考利克泰雅語群（Squliq）和澤敖利泰雅語群（Cʔuliʔ），兩者相較之下，前者較為同質，方言間差異不大，後者則是較為分歧（李壬癸 Li 1981）。下面全部具有名稱的方言都屬於澤敖利泰雅語群。李壬癸（Li 1982b）文中指出原始泛泰雅語群的 *-b 在汶水泰雅語（Mayrinax）保留為 -b，但在萬大泰雅語（Palŋawan Atayal）和所有賽德克方言都變為 -k，在其他泰雅方言則變成 -p。所有泰雅方言和賽德克方言的詞尾 *-d 都會被清音化，並在賽考利克泰雅語（Squliq）、四季泰雅語（Skikun）、碼崙泰雅語（Mnawyan）、汶水泰雅中反映為 -ʔ，在大隘方言（Maspaziʔ）、大興方言（Matabalay）中反映為 -t，在其他方言裡反映為 -c。意外的是，大興方言的詞尾 *b 和 *d 會被清音化為 -p 和 -t，但 *g 保留不變。多數泰雅方言和賽德克方言的詞尾 *g（＜*R）通常會軟音化為 -w。泰雅語和賽德克語 p～b、c～d 和 w～g 的變化音出現在元音起始的後綴前面，雖然萬大方言和賽德克語接觸後產生 *b ＞ -k，但原始賽考利克泰雅語（Proto Squliq）、原始賽德克語以及除了汶水方言以外的所有澤敖利泰雅方言的祖語絕對都是 *-b ＞ -p。詞尾 *d 的清音化模式更為複雜，賽考利克泰雅語群和澤敖利泰雅語群的方言當中，四季方言、碼崙方言、汶水方言的 *-d ＞ -ʔ（中間沒有經過 *t），大隘方言、大興方言的 *-d ＞ -t，萬大泰雅語、原始賽德克語的 *-d ＞ -c。語言接觸毫無疑問的對這些變化的擴散有著重要的影響，

這些複雜的語言資料若套用嚴格的語系模式來決定有多少各自獨立的音變數目，結果會是失準的。然而，至少我們知道原始賽考利克泰雅語和原始賽德克語的尾音清化現象大概是各自獨立發展。原始賽德克語的 *p/b 合併為 -k 且 *d/t 合併為 -c；原始賽考利克泰雅語的 *p/b 則合併為 -p，但 *t 保留為 -t，而 *-d > -ʔ。澤敖利泰雅語群的詞尾清化反映其複雜的語言接觸和交互影響的過程，還需要更多研究去釐清。

巴宰語

從語言演變看來，巴宰語有尾音清化，但共時音韻裡詞基結尾的清濁輔音轉換最好還是分析為元音間的濁化現象會比較好，因為濁-清音轉換會影響濁塞音和清塞音的反映，如 *sepsep > zəzəp「吸吮」：zəzəb-i「吸它」，*qaNeb「關；門」> a-aləp「門」，ta-aləb-i「讓我們關上它」（Blust 1999a: 326; Li & Tsuchida 2001）。

Atta 語

儘管關於 Atta 語或北 Cagayan Negrito 語的發表文章甚少，Reid（1971）文中已清楚呈現從原始馬來-波里尼西亞語 *g、*j、*R 中變來的早期 *g 在詞尾位置已被清音化。詞尾 *b 和 *d 則缺少類似的清音化證據：mana:ddak「站」（比較：Guinaang Bontok 語 takdəg「站起來」，單音節詞根 *-zeg），*ikej > ikak「咳嗽」（比較 *qalejaw > a:ggaw「天」），*timij > simik「下巴」、*niuR（> *niug）> niuk「椰子」、*bibiR > bibik「唇」、*bahaR > ba:k「腰布」、*ma-besuR > mabattuk「使飽足」、*qiteluR > illuk「蛋」（比較：*tageRaŋ > ta:gga:ŋ「肋骨」、*uRat > uga:ʔ「靜脈」）。值得關注的是，Atta 語

存在雙疊（geminate）濁塞音，卻能進行尾音清化，這樣的組合在一些理論架構中是不受青睞的（Blevins 2006）。

撒馬八搖語（Sama-Bajaw）

Samalan 語言的歷史音韻發展複雜，已知至少有三個不同的語言層，一個由馬來語借詞組成，一個是菲律賓中部借詞，多取自 Tausug 語或瓦萊語，最後則是本土詞彙。目前為止，所有的 Samalan 語言在本土詞彙中都能找到尾音清化的證據，而來自菲律賓中部的借詞則允許詞尾濁塞音。原始馬來-波里尼西亞語 *huab > Yakan 語 *ohap*「打哈欠」，*qulej > Mapun 語 *uwot*、Yakan 語 *olet*「蛆」，*pusej > Mapun 語、Yakan 語 *ponsot*「肚臍」和 *tuhud > Mapun 語 *tuut*，中部 Sama 語、Yakan 語 *tuʔut*「膝蓋」。

撒班語（Sa'ban）

撒班語提供了更大量的尾音清化證據：原始 Kelabit-Lun Dayeh 語 *aleb > *aləp*「膝蓋」、*ukab > *wap*「打開的」、*alud > *alut*「船」、*lalid > *alit*「耳」、*eleg > *ləp*「停止，作為工作」、*ileg > *eləp*「分開，離婚」等等。跟 Atta 語一樣，撒班方言也允許雙疊（geminate）濁塞音進行尾音清化（Blust 2001e）。

Pa' Dalih Kelabit 方言

Pa' Dalih Kelabit 方言和其他 Kelabit 方言的不同之處在於呈現了尾音清化的早期過程。一些情況下，似乎會與前面央中元音的前化與抬升現象相互影響，例如：Bario Kelabit 方言 *puəd*「肚臍」：*puət*「底層、底部」，但 Pa' Dalih 方言 *puit*「肚臍」：*puət*「底層、底部」，

Bario Kelabit 方言 *atəb*，但 Pa' Dalih 方言 *atip*「狩獵陷阱」，Bario Kelabit 方言 *kəkəb*，但 Pa' Dalih 方言 *kəkip*「蓋子；遮蔽物」，Bario Kelabit 方言 *tənəb*，但 Pa' Dalih 方言 *tənip*「冷」，Bario Kelabit 方言 *tuʔəd*，但 Pa' Dalih 方言 *tuʔit*「樹樁」。在其他例子中，央中元音抬升到 i 的情況和尾音清化是兩個獨立事件，可以交互出現：Pa' Dalih 方言 *kibit*（Bario 方言 *kibət*）「治療」，Pa' Dalih 方言 *dadim*（Bario 方言 *dadəm*）「冷到發抖」，Pa' Dalih 方言 *gatil*（Bario 方言 *gatəl*）「癢」。有些情況下，特別是詞尾唇塞音，清音和濁音都有，像是 Pa' Dalih 方言 *kərib/kərip*「能、可以」（Bario 方言 *kərəb*）。

Tring 方言

從原始 Kelabit-Lun Dayeh 語到 Long Terawan Tring 方言的 *b，*d 和 *g 在詞尾時都會被清音化，而 Long Terawan Tring 是一種葛拉密方言，已和 Long Terawan Berawan 方言接觸了好幾世代。如 Blust（1984b）提到，Tring 和撒班語都有兩個其他葛拉密方言沒有的特徵：尾音完全清化以及 *r > l-，-r-，-l。因此，其尾音清化現象有可能承襲自一個特別的始祖語言，尚且無法確定。

Kenyah 語

所有已知的 Kenyah 語／方言都有尾音清化，這現象肯定承襲自原始 Kenyah 語。而原始 Kenyah 語涵蓋了「Kenyah 語」和一些被稱為「Penan」的語言，至少包括砂勞越北部 Penan 語的 Long Labid 方言、Long Lamai 方言以及 Long Merigam 方言。

木力克語（Murik）

　　木立克語跟加燕語（Kayan）的親屬關係接近，遍布於婆羅洲中部，區域範圍廣。兩者都沒有將詞尾 *-d 清音化的現象：*qulej > *uləd > Uma Juman 加燕語 *ulər*，Uma Bawang 語、Long Atip Kayan 語、木立克語 *ulən*「蛆、毛毛蟲」。然而，所有已知的加燕方言將 *-b 反映為 -v 或 -m，而木立克語的同源詞則是將 *-b 反映為 -p。這意味著原始加燕-木立克語（Proto Kayan-Murik，PKM）將 *-d 軟音化為 -r 後，木立克語對其餘的詞尾濁塞音額外獨立進行清化，例如：*-b：原始加燕-木立克語 *keleb > Uma Juman 語 *kələv*、木立克語 *kələp*「陸龜」，原始加燕-木立克語 *kaheb「翻船；倒塌」，*ŋaheb「拆毀」> Uma Juman 語、Long Tebangan 加燕語 *ŋahəm*，木立克語 *ŋahəp*「拆毀；作為老長屋」，和原始馬來-波尼里西亞語 *huab > Uma Juman 語 *uhav*，Long Tebangan 加燕語 *uham*，木立克語 *t-uap*「打哈欠」。

Kiput 語

　　Kiput 語和 Narum 語皆有詞尾清音化現象，因此可以判定他們的共同祖語亦有此現象。Kiput 語有著最完整的紀錄（Blust 2002c），得以證明早期的 *-d 廣泛地進行清音化（原始北砂勞越語 *alud > *alot*「船」、*likud >*cut*「背部」、*lulud > *lulot*「小腿」等等），但也包括 *b（*Ruab > *lufiəp*「漲潮」）。

Lahanan 語和 Bukat 語

　　這兩種語言分布於砂勞越中南部的 Rejang 河上游流域。儘管他們看來似乎不是關係密切的語群，卻至少都有著早期 *d 的詞尾清音

化現象（<原始馬來-波里尼西亞語 *d 和 *j）：*likud > Lahanan 語 *likut*「背部」，*qulej > Lahanan 語、Bukat 語 *ulət*「蛆」，*qelad > Lahanan 語 *lat*「翅膀」，*dalij > Bukat 語 *lalit*「板根」。

Maloh 語

Maloh 語的詞尾清音化現象的證據雖然少，但卻具有說服力，因為這些相關的詞源並非隨機發生也無法輕易被借用：*lahud > *i-laut*「下游」、*tuhud > *liŋku-tut*「膝蓋」，*sumaŋed > *sumaŋat*「靈魂、精神」。

原始東南巴里托語（Barito）

Hudson（1967）針對婆羅洲東南方的南島語言提出一種語群類別，稱做「巴里托語群」（Barito Family），進一步再區分 1. 巴里托-Mahakam（Tunjung）語群、2. 西巴里托語群（以西北巴里托語和西南巴里托語為其主要分群）、3. 東巴里托語群（以東北、中東以及東南巴里托語為其主要分群）。西北巴里托語包含 Dohoi 語、Murung-1 語、Murung-2 語以及 Siang 語，統稱叫做「Ot Danum 語」，西南巴里托語含括 Ba'amang 語、Kapuas 語和 Katingan 語，統稱叫做「雅就達雅克語」，東北巴里托語則有 Taboyan 語和 Lawangan 語，中-東巴里托語包括都孫 Deyah 語，而東南巴里托語包含都孫 Malang 語、Samihim 語、都孫 Witu 語、Paku 語以及馬鞍煙語（Ma'anyan）。所有的東南巴里托語都能找到詞尾清音化的現象，像是 *qulej > 都孫 Malang 語、Samihim 語、都孫 Witu 語、Paku 語、馬鞍煙語 *ulet*「蛆骬、毛蟲」，*qelad > Paku 語、馬鞍煙語 *elat*「翅膀」或 *tukad > 都孫 Malang 語、都孫 Witu 語、Ma'anyan 語 *tukat*「梯子」。在東北巴

里托語卻沒有詞尾清化而有 *-d > r，此不一致性反映在都孫 Deyah 語上（*likud > likut「背部」，但 *qulej > ulor「毛蟲」，*tukad > tukar「梯子」）。鑑於以上的分布情況，我假設原始東南巴里托語有一個單一變化。馬拉加斯語在支持元音（supporting vowels）產生前發生詞尾清音化，這大概是從原始東南巴里托語中延續下來的現象。

原始西北巴里托語

歷史上，所有的東南巴里托語都存在著詞尾清音化現象，除此之外，幾乎所有的西北巴里托語也有類似的變化：原始馬來-波里尼西亞語 *likud > Dohoi 語、Murung-2 語、Siang 語 likut「背部」，*qulej > Dohoi 語 ulʰat、Murung-2 語 ulot、Siang 語 ulʰot「毛蟲」。

原始馬來-占語群

馬來語擁有豐富的詞尾清音化現象（Dempwolff 1937: 13-45），與其親屬關係接近的占語亦如此（Thurgood 1999）。源自濁音的詞尾清塞音並不會在加接後綴時出現詞音位轉換音，都是清塞音。

Gayō 語

Gayō 語的歷史音韻現象和 Toba Batak 語類似，但顯然是平行變化的結果。詞尾清音化在詞源中的例子如下：原始馬來-波里尼西亞語 *ma-huab >map「打哈欠」、*qañud > anut「漂流」，以及 *pusej > pusok「肚臍」。

Toba Batak 語

Toba Batak 語的詞尾清音化現象跟馬來語一樣都很常見

（Dempwolff 1934），並且在後綴中不會產生濁音的轉換。北巴達克語言未曾出現詞尾清音化現象（Adelaar 1981），由於這些語言在地理上介於 Gayō 語和南巴達克語之間，因此他們該被視為各自獨立的音變。

Lampung 語

Lampung 語的詞尾清音化例子不多，確定無誤的有：原始馬來-波里尼西亞語 *hated「帶著碎片」> atot「扛（米）」、*lahud「下游；入海」、lao?「海」，*surud > suxut「退潮、海水逐漸遠離」、*taŋkub「遮蓋物、蓋子」> taŋkup「陷阱」（Walker 1976; Anderbeck 2007）。

爪哇語

雖然 Dempwolff（1934-1938）認為爪哇語在沒有清音化的情況下反映 *-b，*-d，*-j 和 *-g，但 Nothofer（1975: 107 頁起）一文顯示，這樣的狀況只發生在爪哇語的西部方言中。相較之下，中部爪哇語在停頓前會有清塞音，但在後綴之前是出現對應的濁塞音，而東爪哇語在停頓和後綴之前都有清塞音。他僅針對 *-d 和 *-g 舉例說明，並暗指在任何爪哇方言中，像是 *-b 的唇塞音並不會受到清音化影響（1975: 142）。

薩薩克語（Sasak）

薩薩克語至少在 *b 和 *j 中會出現詞尾清音化現象：原始馬來-波里尼西亞 *huab > uap「打哈欠」、*pusej > pusət「肚臍」、*qulej > ulət「蛆、毛蟲」、*luluj > lulut「小腿、小腿骨」。儘管看似跟馬來-占語群親屬關係接近，但證據顯示著薩薩克語和保留了詞尾濁塞音

的峇里語（Balinese）更加密切（Adelaar 2005c）。因此，馬來-占語群和薩薩克語被視作各自獨立的音變。

Tonsawang 語

蘇拉威西的北部有 Tonsawang 語，其詞尾存在著 *[ʔp]*、*[ʔt]* 和 *[ʔk]* 作為 *b*、*d* 和 *g* 的同位音（Sneddon 1978: 54 頁起）。由前喉塞化可推知這些清塞音的基層為濁音（underlyingly voiced），儘管沒有相對應的濁音轉換。

查莫洛語

原始南島語 *b 無條件地變成查莫洛語中的 *p*，所有可能發生的詞尾清音化現象因此而被掩蓋。查莫洛語有少許的 *g 反映，然而 *d 在緊鄰元音前會變成 *h*。並在詞尾丟失：*daRaq > *haga?*「血」、*dalem > *halom*「裡面；進入」、*qudaŋ > *uhaŋ*「蝦子」，但 *lahud「向海；下游」> *lagu*「北（關島語）；西（Saipan 語）」。由於 *-t 從未丟失，表明著 *-d 未曾清音化過。此外，由於查莫洛語清楚顯示 *R 的反映在詞尾清音化（*Rabut > *gapot*「拉出」、*uRat > *gugat*「血管；肌腱」，但 *deŋeR > *huŋok*「聽」、*niuR > *nidzok*「椰子樹」、*peRes > *foks-e*「擠壓、按」），因此可以得出詞尾的清化是在 *d > h > Ø 以及 *R > g 這兩種音變之後。

除了這些情況以外，有些語言不允許詞尾濁阻音，卻很難找到支持詞尾清音的詞源。例如，弗羅里斯（Flores）西部的 Manggarai 語中，清塞音、鼻音、流音和 *s 在詞尾位置時，並不會改變，但 *-b、*-d、*-j 或 *-g 的反映卻難以掌握。儘管沒有確鑿的證據，但缺乏詞尾濁阻音的現象暗示著詞尾清音化的歷史演變。其他語言中，

清、濁塞音會合併為喉塞音，如原始南蘇拉威西語（Mills 1975）。雖然詞尾濁塞音有可能先變成喉塞音後，再接著變成清塞音，更有可能的是所有的詞尾塞音在軟音化為喉塞音之前就先清音化了。

　　正如本章呈現的其他音韻變化那樣，詞尾清音化在南島語言的地理分布上並不整齊。菲律賓語言的清音化現象很稀少，尤其考慮到撒馬八搖語（Sama-Bajaw）是一個意想不到的語言群體，過去 1200 年內，幾乎可以確定他們是從婆羅洲到達菲律賓南部（Pallesen 1985; Blust 2007d）。相較之下，至少有 11 個婆羅洲語言各自獨立發展詞尾清音化現象（若把撒馬八搖語或婆羅洲西南部的馬來原住民語算入的話就更多了）。儘管許多蘇拉威西島語言丟失詞尾輔音的過程，大概包括了詞尾阻音清濁區別消失的階段，但是除了 Tonsawang 語之外，在蘇拉威西或印尼東部沒有例子出現。多數的大洋洲語言已丟失所有的詞尾輔音，並且無條件的合併一起：*b/p、*g/k 和 *j/c/s/z。*-d 的反映透過支持元音（supporting vowel）的增加而保留了下來，然而並未顯示清音化現象，像是 *teka lahud > Roviana 語 *togararuru*「北北西風」。最後，令人訝異的是，所有台灣南島語言的詞尾清音化現象都會造成共時的清濁轉換音，這在其他南島語言中十分少見，只在爪哇中部出現過，但西部或東部方言則無。合理推測詞尾清音化現象一開始會產生清濁轉換音，而各自發展的音變中則不斷將清濁轉換音的現象消除掉。

9.1.4　右消蝕、左消蝕和中間消蝕

　　消蝕通常是無條件變化的，舉凡 *p > f > h > Ø，影響著音位系

統（phoneme inventories），但不影響典型形態（canonical shape）（直到最後階段）。相反的，右消蝕、左消蝕和中間消蝕則是有條件變化。右消蝕和左消蝕可能會透過增加詞尾清音化的共時規則來增加同位音，但這些軟音化隨著時間積累下，開始對典型形態造成影響，像是刪除閉音節。中間消蝕則與前兩者不同，傾向直接影響典型形態，導致原先不被允許的詞中輔音串出現在非重疊詞基中，並隨著時間演進之下，進一步簡化元音刪略（syncope），帶來的創新形態。右消蝕和左消蝕一開始是影響非典型形態、朝向對典型的形態演變，而中間消蝕則是影響典型形態、朝向對非典型形態演變。

9.1.4.1　右消蝕

　　如前所述，詞尾逐漸丟失的情況通常會被稱作「右消蝕」，同時能被視作軟音化或同化現象。當塞音在詞邊界或音節邊界前清化時，許多語言的發展歷史顯示其為軟音化現象，發生時間通常早於詞尾塞音合併為喉塞音，後來才產生喉塞音與零合併。由於這樣的變化僅出現在特定的位置上，亦可視為一種非音段條件的同化現象，此處為詞邊界的靜音（silence）。右消蝕因而是一種介於軟音化和同化的情況。

　　眾多令人驚豔的南島語類型差異間，其中一個有趣的議題是詞素結構上可接受的詞尾輔音種類。如前面第四章（表 4.28）所示，南島語可以按詞尾位置所允許的輔音種類，依序排列，從全部皆允許到一個也不允許的開音節（open syllable）狀況都有，這是詞尾輔音弱化和丟失的演變結果。右消蝕是很自然發生的語言現象，持續不斷丟失詞尾輔音使得閉音節（closed syllable）消失。但若只有觀

察到詞尾輔音在一些語言中丟失是不夠的，因為這些語言現象在地理分布上很不整齊且難以解釋，舉例來講，沒有任何一個在台灣、菲律賓、婆羅洲、蘇門答臘大陸、爪哇島、峇里島和龍目島的南島語言丟失詞尾輔音，但在蘇拉威西中部、南部丟失的情況卻很常見（Sneddon 1993），印尼東部一些地區以及大洋洲語言亦如此。[107]

　　嚴謹的比較分析結果顯示，詞尾輔音丟失的音變情況在蘇拉威西島的語言中經常發生（Mead 1996）。此種音變廣泛出現於太平洋，在 450 多種大洋洲語言裡，約有 90% 的語言丟失詞尾輔音。某些情況下，原先的詞尾元音也進一步被消蝕掉，因而產生新的閉音節，如海軍部群島東部的語言、麥克羅尼西亞語和大部分的萬那杜語。原始大洋洲語幾乎保留了原始馬來-波里尼西亞語所有的詞尾輔音，似乎只丟失 *h，儘管起初文獻上並不認可這樣的說法。大洋洲語丟失詞尾輔音的現象顯然是一種時常發生的音變，就如蘇拉威西語那樣。總而言之，大洋洲語相較於其他典型的南島語言，是一群顯著高度右消蝕語言。這與前面所提到的其他消蝕狀況一致，比如消蝕順序 *p > f > h > $\varnothing$，就是在印尼東部和大洋洲語群中有著最高的消蝕值。有些學者會就此主張蘇拉威西語和太平洋東部語言屬於同一個語群，但這顯然是行不通的。

　　Blevins（2004a）就大洋洲語丟失詞尾輔音的音變現象提出一個難解的問題。理論上預期詞尾輔音的丟失進程是有順序的（首先詞

107　Blevins（2004a: 210）指出：中馬來-波里尼西亞語群是南島語中，唯一一個沒有詞尾輔音丟失的主要語群。僅管她列舉了比馬語、Ngadha 語、Ende 語、Flores 的其他語言以及 Sawu 語作為詞尾輔音丟失的例子，她卻誤將他們標示為「西馬來-波里尼西亞語群」。

尾會清音化，接著塞音合併為喉塞音，而鼻音則合併為 ŋ），所有已知的、有丟失詞尾輔音的大洋洲語言在加接後綴時，會重現輔音尾，且該音段並沒有軟化的現象，這並非無條件音變時該有的情況，如原始馬來-波里尼西亞語 *inum >薩摩亞語（Samoan）*inu*「喝」：*inu-mia*（而非 **inu-nia 或 **inuŋia）「被某人喝掉」，或 *qutup >薩摩亞語 *utu*「浸沒容器以裝滿」：*utu-fia*（而非 **utu-ʔia 或 **utu-hia）「藉著浸沒裝滿」。這些例子的第一個型式沒有顯示 *-m 弱化至 *n 或 *ŋ，並不依照詞尾鼻音通常的丟失變化順序。第二個案例則顯示著軟音化音變 *p > *f*，在原始波里尼西亞語中，這是個無條件音變，可以預期當真正的右消蝕發生時，會再進一步軟音化。大洋洲語這樣的音變模式暗示著詞尾輔音的丟失是很突然發生的，完全沒有任何中間過渡的音變階段。正如 Blevins 所指出的那樣，突然的詞尾輔音丟失並沒有語音動機性，到底大洋洲語言為何不斷有此情況出現，依舊有待人們去解惑。

　　最後，大多數南島語言中，原始南島語 *-ay、*-aw、*-uy 和 *-iw 的音變通常會「單元音化」，但有一種不尋常的右消蝕模式會將音節韻尾丟失，卻不影響音節韻核，這樣特殊的情況出現在台灣西部和印尼東部。在台灣西部平原已滅絕的三種南島語言裡，留有極少的語料可以參考：*m-aCay > 洪雅語 *maθa*「死」，*Cumay > 貓霧涑語 *choma*「熊」，*pajay > 貓霧涑語 *adda*、巴布拉語 *pada*、洪雅語 *padza*「稻米」，*ma-Cakaw > 巴布拉語 *matsāha*「偷」，*babuy > 貓霧涑語、巴布拉語、洪雅語 *babu*「豬」，或 *Sapuy > 巴布拉語 *tapū*、洪雅語 *dzapu*「火」（Tsuchida 1982）。此外，還有正在音變中的邵語，例如 *Sapuy > *apuy~apu*「火」，*i-saháy*：[isáj]~[isá]「那裏」，或 *ma-cuaw*

:[maθuwaw]~[maθuwa]「強調；非常」（Blust 2003a: 32）。此種音變稱為「複合元音截略」，在弗羅里斯（Flores）西部和中部的語言，像是 Manggarai 語、Ngadha 語和 Lio 語，以及摩鹿加群島中部的 Elat 語、Watubela 語，加上斯蘭島（Seram）、安汶島（Ambon）和布魯島（Buru）的多數語言（但不包括蘇拉群島（Sula Archipelago）），還有新幾內亞 Bomberai 半島的 Sekar 語和 Koiwai 語，都能找到「複合元音截略」的例證。但此音變卻完全不見於帝汶語、羅地語、Hawu 語和松巴語，偶爾以不規則的變化形態出現於 Lamaholot 語、Erai 語、Kisar 語和 Leti 語（Blust 1993b: 265）。因此複合元音截略在印尼東部呈現不連續的地理分布，中部區域並沒有此「音變複合元音完全單元音化」（full monophthongisation of diphthongs）現象。表 9.7 提供弗羅里斯（Flores）的 Manggarai 語和 Ngadha 語的複合元音截略，摩鹿加群島中部 Masiwang 語與 Buruese 語，原始馬來-波里尼西亞語的 *b<in>ahi 被假設在音變之前有個中間過渡形態 *binay。括號內為沒有顯示複合元音截略的同源詞；非同源詞則被省略：

表 9.7　四個中馬來-波里尼西亞語的複合元音截略

原始馬來-波里尼西亞語	Manggarai 語	Ngadha 語	Masiwang 語	Buruese 語	語意
*qatay	(ati)	(ate)	yata-n	—	肝
*matay	mata	mata	mata	mata	死
*ma-Ruqanay	rona	—	mnana	ana mhana	男性
*b<in>ahi	wina	(fai)	vina	ana fina	女性
*qenay	—	əna	yəna	ena	沙
*lakaw	(lako)	laa	—	—	走路、去

原始馬來-波里尼西亞語	Manggarai 語	Ngadha 語	Masiwang 語	Buruese 語	詞義
*-labaw	(bəlawo)	—	mi-lava	—	鼠
*takaw	(tako)	naka	manaa	ʔnaka	偷
*qalejaw	(ləso)	ləza	—	—	天
*naŋuy	—	naŋu	naku	(naŋo)	游泳

複合元音截略和右消蝕兩者間自然是有因果關係的，這是眾人已知且不須被驗證的知識。這在 Ngadha 語中是成立的，因為所有詞尾輔音都被丟失，有人認為原因可能在於複合元音韻尾被作為詞尾輔音對待（雖然有些形態呈現單元音化，例如 *qatay > *ate*）。雖然這推論可以套用在 Ngadha 語和某種程度上的 Buruese 語中，卻無法套用在沒任何詞尾輔音丟失的 Manggarai 語。同樣地，Masiwang 語保留了大部分的詞尾輔音，洪雅語、貓霧涑語和巴布拉語亦如此。*y 和 *w 在詞中的反映（末音節聲母）和多數語言詞尾滑音丟失的狀況也不同：*layaR > Manggarai 語 *lajar*、Ngadha 語 *ladza*「航行」，*hawak > Manggarai 語 *awak*、Buruese 語 *awa-n*「腰」。最後，複合元音截略在台灣南島語以及中馬來-波里尼西亞語裡必須認定都是以元音加上詞尾滑音為音變標的，而非只是普遍的詞尾輔音丟失或滑音軟化的結果。

9.1.4.2 左消蝕

南島語言中的左消蝕通常發生在元音，而非輔音。從菲律賓南部的民答那峨島（Mindanao）到整個婆羅洲的許多語言，加上馬來語和印尼西部一些其他婆羅洲地區以外的語言，當元音在倒數第三

個位置時，會弱化並合併為央中元音。這個過程似乎有四個階段，而其中一個階段會發生兩次：階段 1）原始馬來-波里尼西亞語的 *a 與央中元音合併，階段 2）*h- 和 *q- 消失，階段 3）倒數第三個位置的央中元音在詞首位置丟失，階段 4）高元音與央中元音合併，階段 5）重複階段 3。階段 1 和階段 2 的發生順序是任意的。在民答那峨島的 Western Bukidnon Manobo 語中首次發現這樣一連串的音變，有些型式受到重組，但在其他語例中依舊留有共時的 *a* 和 *ə* 轉換音：原始馬來-波里尼西亞語 *qanibuŋ > ənivuŋ「棕櫚樹」、*qanunaŋ > ənunaŋ「破布子樹」、*qasawa > əsawa「配偶」、*balatik > bəlatik「竹矛陷阱」、*taliŋa > təliŋa「耳」；*amut*「做出貢獻」：*əmut-aʔ*「貢獻」，*apuʔ*「祖父母；孫子女」：*əpuʔ-an*「血緣關係」，*balak*「人們的；一起來」：*bəlak-an*「十字路口」。在倒數第三個音節的 *a 與央中元音合併時，原始馬來-波里尼西亞語的 *h- 和 *q- 在婆羅洲語中可能早已丟失。有了這種時間順序之後，我們更能說明倒數第三個 *a 在起始位置丟失的情況。

在西 Bukidnon Manobo 語中，倒數第三個 *a* 和央中元音會中和化，但典型形態不受影響。菲律賓南部的左消蝕跡象在婆羅洲語中得到進一步發展，所有已知的原住民語言（非近期來自菲律賓南部的移民語言，像是 Iranun 語）都已經過了階段一和階段二。在這樣的變化之下，倒數第三個音節以 *a- 開頭（緊跟著 *h- 或 *q- > Ø）的詞彙丟失第一音節。音節若以非喉音輔音開始或在各種雙音節的情況下，通常不會有丟失的狀況。這個過程可透過一些詞素加以說明，但由於這些詞素的保留程度不一，無法完整呈現情況，因此用大多數語言都保存的單一詞形來闡述就已足夠。原始馬來-波里尼西

亞語 *qasawa「配偶」散見於婆羅洲島不同地區的反映有：（沙巴）Rungus 都孫語、Kadazan 語 *savo*、Ida'an 語 *sawa*、（砂勞越北部）Lun Dayeh 語 *awa-n*、Kiput 語 *safəh*、民都魯語 *saba*、（砂勞越中部）Mukah Melanau 語 *sawa*、Uma Juman Kayan 語 *hawa-n*、Lahanan 語 *sawa*、（砂勞越南部）Kuap 語 *sawidn*、（加里曼丹東南部）Kapuas 語 *sawa*、Tunjung 語 *saga-n*「配偶」。有些婆羅洲語言，像是砂勞越北部的 Miri 語，已將央中元音轉移回 *a*，而其他語言，如沙巴北部的 Rungus 都孫語，則是將央中元音轉移為 *o*，這些音變絕對是在階段一、二之後才發生，因為三音節中以 *a-、*qa-、或 *ha- 開頭的詞首音節已丟失：原始馬來-波里尼西亞語 *taliŋa > Miri 語 *taliŋah*，Rungus 都孫語語 *toliŋow*「耳」，但 *qasawa > Miri 語 *abah*，Rungus 都孫語 *savo*「配偶」。田樸夫（Dempwolff，1934-1938）未能理解這樣的音變模式，因而構擬出錯誤的雙音節詞彙，像是把 *qanibuŋ「棕櫚樹」和 *qasawa「配偶」構擬為 *nibuŋ 和 *sawa，並將塔加洛語 *aníboŋ* 和 *asáwa* 的反映誤以為是加接了來路不明的前綴 *a-*。

　　從上述例子以及更多證據中可以發現到，沙巴南部每個已知的的婆羅洲語言都有丟失三音節中以 *a-、*ha- 或 *qa- 開頭的詞首音節現象，但有一個語言例外，而這個例外啟發我們能更了解南島語。學界已普遍接受馬拉加斯語是西元七世紀後從婆羅洲東南部遷移到馬達加斯加的說法。不同於其他婆羅洲語言，馬拉加斯語以 *a-* 保留了倒數第三個位置的 *a-、*ha- 和 *qa：*qapeju > *aféro*「憤怒；魯莽」，*qanibuŋ「棕櫚樹」> *anivona*「用來建造房子的棕櫚樹」，*qateluR > *atódy*「蛋」。這意味著丟失倒數第三個位置的 *a-、*ha- 和 *qa 只是種區域性的現象。顯然馬拉加斯語離開婆羅洲南部時，

當地的一些語言還保留這些詞首音節，因此逃過其他語言所面臨的消失情況。馬拉加斯語的音韻系統十分創新，顯得這樣的存古現象非常突出。此外，如前面第七章所提到的，馬拉加斯語的語態系統和傳統語態系統諸多一致，在馬拉加斯人遷移後，這種類型的語態系統已不見於沙巴南部的婆羅洲語言。

Minangkabau 語和馬來語可以說是關係密切的兩種語言或同一種語言的不同方言。兩者可用來說明階段一與階段二邁入階段三和階段四的進程。原始馬來語群是兩者和其他語言的共同祖語，已經歷過階段一、二，因此丟失了倒數第三個位置中以 *a-、*qa- 或 *ha- 開始的詞首音節。如下例：原始馬來-波里尼西亞語 *qanunaŋ >原始馬來語群 *nunaŋ > Minangkabau 語、馬來語 nunaŋ「破布子樹」（Adelaar 1992）。從原始馬來語群中分出的 Minangkabau 語通常會保留倒數第三個位置的高元音，但馬來語則會將它們和 *a 合併為央中元音：原始馬來語群 *kuliliŋ > Minangkabau 語 kuliliŋ、馬來語 kəliliŋ「去或扭轉」，*sumaŋet > Minangkabau 語 sumaŋeʔ、馬來語 səmaŋat「精神、靈魂」，*biRuaŋ > Minangkabau 語 biruaŋ、馬來語 bəruaŋ「馬來熊」，*tiŋadah > Minangkabau 語 tiŋadah、馬來語 təŋadah「向上看」。因此，Minangkabau 語還處在第三階段，而馬來語已來到階段五。

印尼東部的許多語言保留了 *a，像是原始馬來-波里尼西亞語的反映 *taliŋa「耳」，但丟失 *qasawa 的第一音節或其他元音開始的三音節詞、*q 或 *h：原始馬來-波里尼西亞語 *qanunaŋ > Manggarai 語 nunaŋ、得頓語 nunan「破布子樹」，*qanitu > 羅地語、Asilulu 語、Buruese 語 nitu「鬼、亡靈」，*qasawa > 羅地語 sao「結婚；配偶」。顯示著原始中馬來-波里尼西亞語也將倒數第三個 *a 弱化為央中元

音，但在三音節的情況中丟失詞首央中元音時，會恢復為低元音。另一種方式是假設三音節的詞首 *a 在沒有軟音化前就已丟失，這樣的語音變化方式令人吃驚，可以比擬大洋洲語詞尾輔音突然丟失的狀況。

為何左消蝕現象會有不同的區域特徵，這問題和本章提到的其他音韻變化一樣，依舊是個待解之謎。這個區域特徵影響著許多印尼的語言，但不影響台灣南島語言、大洋洲語言以及幾乎所有的菲律賓語言。菲律賓北部和中部的多數語言中，重音是有音位性的，這樣的古語模式仍然令人費解。值得一提的是，舉凡菲律賓南部的語言、大部分的印尼語言和大洋洲語言，重音會在倒數第二個位置上。因此，倒數第三個元音的中和化作用等同於重音前（pretonic）中和化作用。可將經歷過此音變的菲律賓南部語言可分為三組：1. Bilic 類（比拉安語、Tboli 語、Tiruray 語），2. Manobo 類（Western Bukidnon 語、Ilianen 語、Cotabato 語、Sarangani 語），和 3. Subanun 類（Sindangan 語以及 Siocon 方言，見 Reid 1971 一文）。有些語言處於階段一或二中，如 Western Bukidnon Manobo 語。其他語言似乎在階段三，像是 Sindangan Subanun 語。所有婆羅洲語言至少都到階段三了，大多數已來到階段五。由於 Bilic 語、Manobo 語和 Subanun 語和其他語言一同被分類為菲律賓語言，而非和它們共享元音左消蝕特徵的婆羅洲語言，意味著這項音變可能是在重音固定於倒數第二音節的語言中各自發展，或藉由語言接觸而獲得。上述的第一種解釋無法說明為何許多有倒數第二音節重音的大洋洲語言就沒有類似的消蝕過程，第二種解釋的困難是婆羅洲語言和印尼東部語言間並沒有接觸的狀況。亦或許這兩種因素或多或少都有可能：左消蝕現象自然的發生

在有倒數第二音節重音的語言中，並在特定地理區域發展起來後，透過語言接觸而傳播。這樣的折衷解釋預設著是在丟失重音的音位性後，才有演變出後來的倒數第二音節重音，但這或許不太正確。

左消蝕在少數情形下會作用在輔音而非元音上。砂勞越北部的撒班語也許是最明顯的例子。如先前所說，撒班語從詞彙統計法來看是葛拉密方言，因為它和標準巴里奧方言有 82% 的基本詞彙相同。然而，迅速且帶有些驚奇的音變方式使得撒班語和其他葛拉密方言在語音、音韻、詞素結構、詞法和句法上都大相逕庭。再一次的，重音位置的改變似乎對語言結構有著深遠的影響（Blust 2001e）。

與其他葛拉密方言不同的是，撒班語的重音在最後音節。我們尚未知道重音形態為何會有這樣的改變，但這項差異使得許多音變隨之而來，其中之一便是輔音左消蝕的傾向，表 9.8 的詞源顯示這一系列複雜且令人訝異的音變（PKLD = 原始 Kelabit-Lun Dayeh 語）：

表 9.8　撒班語的左消蝕

PKLD	撒班語	詞義
*baka	aka	野豬
*batuh	ataw	石
*bəŋar	ŋal	木板
*bərək	rək	家豬
*bibir	ibiəl	嘴唇
*buaq	wəiʔ	水果[108]

108　*wəiʔ* 和 *wiət* 中的圓唇舌根滑音（labiovelar glide）以及 *ayəŋ* 中的顎滑音（palatal glide），是 u 和後面的不同元音之間、或在 a 和 i 之間，由非音位滑音所發展出的音位。

PKLD	撒班語	詞義
*butuq	tuʔ	陰莖
*daqun	un	葉子
*dayəh	ayəh	朝向內陸
*dəlaw	liəw	淡水鰻魚
*dilaq	iliʔ	舌
*duruq	ruʔ	蜂蜜
*gaiŋ	ayəŋ	陀螺
*guta	toə	涉水而過
*kamih	amay	我們（排除式）
*kayuh	ayəw	木頭、樹
*kəduit	wiət	湯匙、勺子
*kilat	ilat ilat	閃電
*kulat	loət	菇
*lalid	alit	耳
*lipən	epən	牙齒
*matəh	atah	眼
*mulaq	loəʔ	許多
*namuk	muək	沙蠅
*nubaq	biʔ	飯
*ŋadan	adin	名字
*pahaqən	ahan	扁擔
*ranih	anay	收成
*rəraq	raʔ	螞蟻
*riruh	eraw	笑聲

PKLD	撒班語	詞義
*rumaq *sagət	maʔ ajɪt	房子 快速的
*taruq	aroʔ	做
*tədʰak	seək	南瓜
*tidhuq	səuʔ	手
*tukəd	kɔt	支撐物

　　有一種詞源變化會刪去倒數第二個元音，並產生清響音（sonorant）或詞首雙疊音，必須和上表的例子區別開來，舉凡 *pənuq > *hnoʔ*「裝滿的」，*pudut > *dduət*「方式；舉止；形狀」，或 *tulaŋ > *hloəŋ*「骨頭」，這些例子都沒有詞首輔音丟失，但表格內的例子若是衍生輔音群亦會保留詞首輔音，如 *bulan > *blin*「月」。

　　撒班語有著不同的元音左消蝕，和其他語言的典型音變很不一樣。倒數第二個 *a 不論在詞首或接在詞首輔音後都會保留，*ə 總會在詞首位置丟失，並常常在詞首輔音後丟失，*i 會下降變成前中元音並且不丟失，*u 無論在詞首或接在詞首輔音後通常都會丟失。儘管有大量構擬的原始 Kelabit-Lun Dayeh 語作為支持證據，撒班語輔音和元音的左消蝕情況似乎依舊無法預測。因此，雖然 *baquŋ > *uəŋ*「香蕉」或 *təluh > *law*「三」呈現第一音節完全丟失的狀況，但 *baqaw > *biʔiəw*「珠子」或 *tələn > *hlən*「吞嚥」則否。雖說如此，輔音左消蝕依舊有不少值得關注的面向。所有詞首輔音實質上至少會以一種詞形丟失，而丟失的比例則各有所異，如表 9.9：

表 9.9　撒班語的詞首輔音丟失模式

輔音	丟失數量	存古數量	丟失比率
b	36	42	46
d	23	12	66
g	5	8	38
k	34	11	76
l	16	52	24
m	6	31	16
n	4	13	24
ŋ	2	7	22
p	6	54	10
r	12	17	41
s	1	10	9
t	17	73	19
w	1	0	100

　　撒班語的詞首輔音丟失雖然有其模式，但仍然有無法解釋的地方。濁塞音有一半的機會丟失，而 *d 是最有可能丟失的。清塞音有 35% 的比例丟失，但 *k（76% 丟失比例）、*t（19% 丟失比例）和 *p（10% 丟失比例）間存在很大的落差。這些數據沒有把其他變異因素考慮進去，像是不同的典型形態以及多數詞首輔音在 *a 之前會傾向保存。一般來說，詞首輔音在三音節詞中幾乎都會丟失，但在單音節中則完全不會，而構擬的原始 Kelabit-Lun Dayeh 語有超過 90% 是雙音節，不受三音節詞的詞首輔音丟失影響，因此這個因素並不會扭曲統計結果。

加里曼丹東部的 Modang 語，與加燕語和 Murik 語屬於同一語群，出乎意料的有著極近似的創新音韻（Revel-Macdonald 1982）。Modang 語就像撒班語一樣，透過第一音節或元音的丟失發展出許多單音節詞，並允許大量的詞首輔音串，這現象在共同祖語和幾乎所有婆羅洲語言中是不被允許的：原始馬來-波里尼西亞語 *quzan > *si:n*（撒班語 *din*）「雨」，*tuqelaŋ（> *tulaŋ）> *tluaŋ*（撒班語 *hloəŋ*）「骨頭」，*tuzuq「指著」> *tsuʔ*（撒班語 *ddəuʔ*）「七」，*manuk > *mnɔk*（撒班語 *manok*）「鳥」（Revel-Macdonald 1982）。雖然 Modang 語和撒班語間有著特別顯著的相似創新，但兩者分屬不同語群是無可置疑的。從細節面來看，Modang 語傾向允許更多類型的詞首輔音群，而撒班語則是把許多詞首輔音群轉變為雙疊音或清響音。兩者語言中，改變重音位置顯然會引起左消蝕，但重音位置的改變只能作為這些變化的必要條件，而非充分條件。砂勞越沿海許多語言至少在引用形式（citation form）上，已經將重音轉移到最後一個音節，卻沒有導致相對應的太多創新。為何兩個不同語言在相距 200 公里之下還能有如此驚人的相似之處？而在這兩種語言之間的各種語言卻沒有類似的變化？目前為止依舊是個謎。Blevins（2004b）指出類似的狀況也時常發生在澳洲的語言中，他試圖從它們特有的語音特徵中找到解釋，但似乎對撒班語的情形不太有幫助。

9.1.4.3　中間消蝕

　　南島語言分布在廣大的地理範圍中，存在著一種典型的弱化過程—「中間消蝕」。在這情況下，沒有重音的元音，一般為 *e，會在 VC_CV 的語境中被刪略。這樣的刪略結果會造成詞中間產生輔

音串，且通常會是異部位的輔音。許多菲律賓中部語言顯示著這樣的音變同時是獨立重組發展（在三音節詞基中）也是共時語法的主動進程（在雙音節詞基的加綴詞形中）。以塔加洛語為例，原始馬來-波里尼西亞語 *binehiq > *binhiʔ*「稻種子」或 *qiteluR > *itlóg*「蛋」產生原始南島語或原始馬來-波里尼西亞語非重疊詞基中不可能會出現的輔音串。在 *qatep > *atíp*「茅草屋頂」中，*e 保留，因為並沒有符合刪略的語境出現。但 *qatep-an > *apt-án*「用茅草覆蓋屋頂」則同時有刪略和換位的現象。在菲律賓中部的許多語言中，也發現到類似的音變發展和共時殘留情況。相似的情況使得台灣南島語言出現許多詞彙中間出現異部位輔音串，像是布農語和邵語：原始南島語 *baqeRu > 布農語 *baqlu*，邵語 *faqlhu*「新」，*bineSiq > 布農語 *binsiq*，邵語 *finshiq*「稻種子」。台灣南島語言中沒有發現到共時殘留，但在查莫洛語中則有一樣的音變造成音位重組，並產生和塔加洛語對應的完整和弱化的詞幹轉換音，而這些都是各自獨立發展出來的音變現象：原始馬來-波里尼西亞語 *baqeRu > *paʔgo*「新」、*qalejaw > *atdaw*「日子」、*qatep > *atof*「茅草屋頂」、*qatcp-i > *aft-e*「蓋屋頂」。

在馬來語和印尼西部的語言中會發現類似的音變現象，但一開始被音串刪減所掩蓋而未被發現。以馬來語、Ngaju Dayak 語、爪哇語 *timah* 和 Toba Batak 語 *tima*「錫、鉛」為例，Dempwolff 構擬 *timah*「錫」的原因無須更多解釋（錫礦在東南亞島嶼中已有數百年的開採歷史，為原始、古老的詞彙）。根據這個構式，塔加洛語的構擬詞彙 *tingáʔ*「鉛（金屬）」看似與其毫無關聯，因而被 Dempwolff 和其他之後的學者忽略。但 Bikol 語的 *timgáʔ*、*tingáʔ*「鉛（金屬）」顯示

著塔加洛語的詞彙反映著 *timeRaq，且 *R > g 的規律音變，央中元音刪略並有鼻音部位的同化現象。事實上，藉由其他語言的同源詞，像是卑南語 timera 以及葛拉密語 səmeraʔ「錫」亦可以構擬出這樣的詞形。

從 *timeRaq 我們可以得知，馬來語（以及其他印尼西部語言）藉由（1）刪略詞中的央中元音，（2）刪減隨之產生的輔音串，來瓦解掉原先的三音節。其他刪略中間元音、音串或兩者皆刪的例子有：原始馬來-波里尼西亞語 *qali-metaq > Isneg 語 alimtá、Singhi 語 rimotah、Malay 語 lintah「稻田間的水蛭」（Dempwolff 寫作 *lintah）、*tuqelaŋ > 巴拉灣巴達克語 tuʔlaŋ、查莫洛語 toʔlaŋ、馬來語 tulaŋ「骨頭」（Dempwolff 寫作 *tulaŋ）、*bineSiq > 邵語 finshiq、塔加洛語 binhiʔ、馬來語 bəneh「稻種子」（Dempwolff 寫作 *benih/binih）、*bakelad > 塔加洛語 baklád「魚欄」、馬來語 bəlat「魚欄陷阱」、*saŋelaR > 宿霧語 saŋlag「不用油或些許油在鍋子裡烤東西」、Minangkabau 語 saŋlar「焙烤；用篝火煮食」、馬來語 səlar「烙印」（央中元音顯示著馬來語的倒數第二個元音先前是在倒數第三個位置上），或 *uteŋaq > 宿霧語 utŋáʔ「分離；將某個牢牢附著的東西分開」、馬來語 uŋah「把牙齒或不牢固的木樁鬆動」（Blust 1982c, 2001d）。從這些詞源來看，馬來語和許多印尼西部語言先經過了刪略中間元音的階段，產生出異部位輔音串，就跟菲律賓語言一樣。差異在於，菲律賓語言保留許多發展下來的音串，但印尼西部幾乎所有地方都把音串刪減掉了，沒有留下輔音可以回溯原先的第三個音節，但偶而可以從倒數第三個元音為弱化的央中元音看出。

另一個獨立發展出這種音變現象的區域在海軍部群島的馬努斯

島東部，任何無重音元音會在 VC_CV 的語境中被刪除，產生異部位的輔音群。在有些語言中，這些音會更進一步同化為雙疊輔音，舉例來說：原始海軍部群島語 *na taliŋa > Nali 語 drayiŋa-，Kuruti 語 dralŋa-，Ere 語 dralŋwa-「耳」和 *papanako > Nali 語 pahana，Kuruti 語 pahna（有元音刪略現象），Ere 語 panna（有元音刪略和同化現象）「偷」。

9.1.5 加插

目前許多音變涉及到音段丟失。然而，許多南島語言存在著音段增加的變化，將統稱為「加插」並在這一小節探討。

有種特別普遍的音變現象是喉音加插，會在詞尾元音後加入喉塞音或 h。許多台灣南島語言，像是泰雅語、賽夏語、巴宰語、魯凱語、布農語、噶瑪蘭語、排灣語、卑南語以及阿美語，大致上都能預測到有詞尾喉塞音。有些語言，像是泰雅語，大部分都有詞尾喉塞音，儘管有一些稀少的對比，不過在轉寫時依舊會將詞尾喉塞音寫上。

多數菲律賓語會將原始南島語的 *q 反映為喉塞音，原始南島語的詞尾元音則依舊反映為詞尾元音。因此在詞尾位置可以看到喉塞音和零的對比。然而，巴士語群的語言，比如雅美語、Itbayaten 語、Ivatan 語以及 Casiguran Dumagat 語則將兩者合併為喉塞音，而 Kalamian Tagbanwa 語反映 *q 為 k，解除了非音位性喉塞音在深層詞尾元音後的使用限制。在婆羅洲，加里曼丹島東南方的 Barito 語言會在原始的詞尾元音後加上喉塞音，正如西爪哇島上的巽它語一

樣。婆羅洲中部的加燕語（Kayan）會把早期的 *-V 反映為 -Vʔ，*-Vʔ 反映為 -V。方言證據顯示出，喉塞音先被加在詞尾元音後，這樣的現象和傳承的元音+喉塞音的方式不同，兩者的元音長度（低元音）或舌位高度（中、高元音）有所差異。鑒於非音位詞尾喉塞音現象在南島語樹圖中的出現數目，這個現象很有可能是從原始南島語中延續而來，因為原始南島語有小舌塞音 *q，但沒有喉塞音。

有些語言中，-h 會被加在原始的詞尾元音後。這種演變在以下語言裡都能見到，菲律賓中部的 Aklanon 語和其他比薩亞方言，菲律賓南部的 Tausug 語和各種砂勞越語言，像是 Miri 語、Narum 語、Kiput 語、Berawan 語、西 Penan 語、Long Wat Kenyah 語、Sebop 語、葛拉密語、Dalat 語、Matu 語、Serikei Melanau 語以及一些 Land Dayak 語：原始馬來-波里尼西亞語 *mata > Tausug 語 matah，葛拉密語、Narum 語、Matu 語、美拉鬧語（Melanau）mataəh「眼」，*telu > Tausug 語 tuuh，葛拉密語 təluh，Paus 語，Siburan Land Dayak 語 taruh「三」。由於其分布呈現不連續的狀況（分布在菲律賓南部、砂勞越，但沒有沙巴），加入 -h 的現象必須被視作至少兩個獨立發展的音變產物。儘管原始馬來-波里尼西亞語的 *-a、*-i 和 *-u 在葛拉密語中變成 -əh、-ih 以及 -uh，在許多沿海砂勞越語因為詞尾高元音變為複元音而沒有加插 -h 的現象，例如 *telu > Narum 語 təlaw，Matu Melanau 語 tələw「三」。在其他語言中，像是砂勞越最北端沿岸的 Miri 語，詞尾高元音雖已複合元音化，但依舊有 -h 加入：*mata > matah「眼」，*telu > təlauh ~ təloh「三」，*nupi > nupaih「夢」。類似的複合元音化見於 *putiq > futaiʔ「白」，或 *kulit > ulait「皮膚，樹皮」，而 -h 似乎在元音分裂前被加上。

雖然南島語言中，幾乎所有已知的 h- 加插現象都發生在詞尾，Hudson（1967）記錄到加里曼丹東南部的 Dohoi 語，有約 300 個詞彙是在中間的清阻音前加插 h：原始馬來-波里尼西亞語 *utaq > ŋ-uhta? 「吐」，*mata > mahta? 「眼睛」，*m-atay > mahtoy 「死」，*tektek > nohtok，「切；劈」，*ikuR > ihkuh 「尾巴」，*kutu > kuhtu? 「蝨子」，*batu > bahtu? 「石」，*putiq > puhti? 「白色」，*nipis > mihpih 「薄的」，*kapal > kahpan 「厚的」，*itu > ihtu? 「這個」，*ma-zauq > mahcu? 「遠」，*aku > ahku? 「我」，*beken > buhkon 「其他」，*epat > ohpat 「四」，*pitu > pihtu? 「七」，*tugal > tuhkan 「挖穴小手鏟」，*seput > sohput 「吹箭」，*betaw > bohtow 「姊妹」。些許例外如下：*ka-taqu > kotou? 「右側」，*likud > likut 「後面」，*qatay > atoy 「肝」，*quzan > ucan 「雨」，*ma-qitem > mitom 「黑色」，以及 *punti > puti? 「香蕉」（比較 puhti? 「白色」）。尚不清楚產生例外的原因為何，可能是可記音時的不一致性、條件性的變化（在刪略 *punti 中間音串之前，於輔音位置前加上 h）或就是例外情況。但值得注意的是，h- 加插現象不會出現在任何非清塞音的中間輔音之前。

　　砂勞越南部的一些 Land Dayak 語言展現了引人注目的阻音加插模式。其中以 Singhi 語具有代表性，在 Singhi 語中，*a 和 *u 會合併為 -ux，而 *i 會變成 -is：原始馬來-波里尼西亞語 *Raya > ayux 「偉大；大」，*depa > dopux 「噚」，*lima > rimux 「五」，*qabu > abux 「灰燼；壁爐」，*batu > batux 「石」，*tunu > ninux 「燃燒」；*qubi > bis 「山藥」，*kali > karis 「挖」，*suligi > sirugis 「矛」。阻音加插屬於晚期的音變現象，發生在原始馬來-波里尼西亞語丟失一些詞尾輔

音，像是 *q 和 *h 之後，*putiq「白色」> bi-putis「白人；歐洲人」，*piliq > piris「選擇」，*talih > taris「繩子」。Rensch 等人（2006）認為這樣的變化始於 -h 加插，並且其擦音徵性受到前面元音的影響。如果這個解釋成立的話，在 *i 之後的 h 會被顎化為 [hʸ]，並強化為嗞嘶音，這是南島語中前所未見的音變現象。該解釋能否成立端看 Proto Land Dayak 語中有關 *-h 加插的構擬，由於加入 -h 是砂勞越地區性的語言現象，這使得整體情況更加複雜（舉例來說，原始 Kenyah 語實際上缺少 *-h，但 Kenyah 語群，如 Long Wat 語、Sebop 語和西 Penan 語的詞尾卻能加上喉擦音（glottal spirant），顯然是語言區域擴散所造成的）。基於這個因素，Singhi 語的詞尾高元音有可能直接被加上阻音，我們無法排除這個可能性，比如 *-i > -it 和 *-u > -uk 在緬甸北部所使用的藏緬語—Maru 語裡是一般學者都能接受的音變（Blust 1994b）。

　　南島語言中最普遍的加插現象是在詞首 *a 前面加上硬顎滑音。這個變化凌散出現於印尼東部，包括中馬來-波里尼西亞語群的 Fordata 語、Kei 語和 Masiwang 以及南 Halmahera- 西新幾內亞語群的 As 語、布力語和 Numfor 語。在大洋洲語群中則十分常見，像是西馬努斯島的 Likum 語、Levei 語、Pelipowai 語、Drehet 語、Mondropolon 語和 Bipi 語，新幾內亞北部海岸的 Gedaged 語，新幾內亞東南部的 Keapara 語、Tubetube 語、Gapapaiwa 語、Molima 語、Dobuan 語和 Kilivila 語，麥克羅尼西亞的 Mortlockese 語、Puluwat 語、Woleaian 語 Ulithian 語、Sonsorol 語和 Pulo Annian 語。許多情況下，硬顎滑音加插後會產生音變，不論 y 的來源如何，都會被轉變為其他音段，掩蓋原先的變化。麥克羅尼西亞的加洛林群島上的 Woleaian 語

提供以下清楚的語例：原始大洋洲語 *api > *yaf(i)*「火」，*aŋin > *yaŋ(i)*「風」，*qate > *yas(e)*「肝」以及 *qatop > *yas(o)*「屋頂；西谷米葉子的屋頂」（比較 *ikan > *igal*「魚」以及 *qusan > *ut*「雨」，沒有滑音加插；*onom> *wolo*「六」，有圓唇舌根滑音加插）。斐濟語存在類似的變化，會將 *y > *c*（齒間濁擦音），呈現變化的過渡現象：原始大洋洲語 *acan > *yaca-*「名字」、*asaq > *yaca*「研磨；削尖」、*qalop > *yalo*「招手」、*qate > *yate-*「肝」、*Rabia「西谷米」> *yabia*「竹芋」，但 *aŋin > *caŋi*「風」、*aRu > *cau*「木麻黃」、*apaRat「西季風」>*cavā*「暴風」。如上述例子顯示，斐濟語丟失一些詞首輔音之後、包括原始大洋洲語的 *q 和 *R，會加插 *y-*。摩鹿加群島中部的斯蘭島上，其東部的 Bobot 語（Bonfia）的 *y-* 或 *j-* 出現在 *a 之前，其背後是類似的音變競爭：原始馬來-波里尼西亞語 *hapuy> *yāf*「火」、*ama > *yama*「父親」，但 *haŋin > *jakin*「風」、*qatay > *jata-n*「下巴、顎」。

在莫杜語中，可以發現到一些不明顯但類似的案例，乍看之下會以為 *l* 被加在詞首低元音前：原始大洋洲語 *acan >*lada*「名字」，*asaŋ > *lada*「鰓」，*apaRat > *lahara*「西北風和季節」，*api > *lahi*「火」、*aŋin > *lai*「風」、*aku > *lau*「我」。比較證據顯示這些變化和 Woleaian 語以及斐濟語的變化類型相同，理由在於說：1）*l* 不會被加在其他詞首元音之前：*inum > *inu-a*「喝」、*upe > *uhe*「播種的種子」，以及 2）原始大洋洲語 *y 變成 *l*：*maya > *mala*「舌」、*puqaya > *huala*「鱷魚」。

索羅門群島東南部的語言顯現出更大範圍且令人困惑的第二次變化（obfuscating secondary changes），反映原始大洋洲語的 *y 為 *l*

（Kwaio 語）、*r*（'Āre'āre 語）、*s*（Lau 語，Kwara'ae 語，Sa'a 語，Arosi 語）、*θ*（Baelelea 語，Toqabaqita 語）或 *d*（Longgu 語），並且在詞首 *a 的前面出現類似的輔音加插：原始大洋洲語 *qatop > Kwaio 語 *lao*，'Āre'āre 語 *rāo*，Lau 語、Kwara'ae 語、Sa'a 語 *sao*，Toqabaqita 語 *θao*，Longgu 語 *dao*「棕櫚樹；棕櫚葉的屋頂」；原始大洋洲語 *puqaya> Kwaio 語 *huala*，'Āre'āre 語 *huara*，Lau 語 *fuasa*，Sa'a 語、Arosi 語 *huasa*「鱷魚」。同樣的，如此的反映型式無疑是始於 *y*- 加插（Lichtenberk 1994）。在西馬努斯島的 Lindrou 語和 Sori 語中可以發現類似的現象，*y*- 加插被二次硬音化為阻音，以原始大洋洲語的 *a 被反映為 *ja*- 為例：*apaRat > Lindrou 語 *jaha*，Sori 語 *japay*「西季風」。在波里尼西亞外圍的萬那杜有一種語言—Aniwa 語，通常會將原始大洋洲語的 *a- 和 *qa- 反映為 *cia*-，例如：*api > *ciafi*「火」，*qapu > *ciafu*「灰燼」，*saman（>原始波里尼西亞語 *hama）> *ciama*「舷外浮架」，*qajo（>原始波里尼西亞語 *ʔaho）> *ciao*「天」。由於原始大洋洲語的 *y 在原始波里尼西亞語中早已丟失，所以當 *ci*- 出現在低元音起始的詞基時，我們無從得知 Aniwa 語是否反映了早期的硬顎滑音。原始大洋洲語的 *t 出現在前元音前面時，會被 Aniwa 語反映為 *c*，我們懷疑後來產生的 *ci*- 在這些名詞中反映了原始波里尼西亞語常見的名詞冠詞 *te。然而，以其他元音起始的名詞就沒出現這樣的音段：原始大洋洲語 *ikan > Aniwa 語 *ika*「魚」，*qusan > *ua*「雨」，*qupi > *ufi*「山藥」。Aniwa 語的詞首輔音加插發展史依舊是一團迷霧，因為該語言丟失原始大洋洲語的 *y 後，只反映出第二階段才產生的硬顎滑音。

　　令人費解的是，這項變化情況遍布於印尼東部和太平洋地區，

但沒有在其他南島語地區中發現。再次應證語言現象會經常出現區域性的創新特徵，並造成不連續卻同時遍布許多地區的情況。這樣的變化在大洋洲語言裡很常見，有時被上推到原始大洋洲語的層次。但是，有些觀察並不支持這種解釋方式。在斐濟語中，滑音加插能出現在原始大洋洲語中以 *q 或 *R 開頭的詞基，但莫杜語則與其不同，加插 y- 滑音時，它詞首的 *a 和 *qa- 有著對比，以 *q 開頭的詞並不加插 y- 滑音，後來 *q 丟失：原始馬來-波里尼西亞語 *qasawa > Motu 語 adava「配偶」、*qazay > ade「下巴」、*qaRus > aru「河流或海流」、*qatay > ase「肝」。

　　許多語言可以看見其他滑音被加在詞首元音前的現象。Puluwat 語和麥克羅尼西亞中部的加洛林群島上的一些語言會在詞首高或中元音前加上同部位滑音，像是：原始大洋洲語 *ikan > yiik，yika-n「魚」、*ina > yiin，yina-n「母親」、*ican > yiit，yita-n「名字」、*onom > woon「六」、*qumaŋ > wumʷó-wum「寄居蟹」或 *quraŋ > wúur「龍蝦」。和 y- 加插在 *a- 前面的情況類似，有些語言加上的同部位滑音會被隨後發生的變化掩蓋掉。舉例來說，Babatana 語、Simbo 語和索羅門群島西部的其他語言存在 v- 加插，馬努斯島西北部的 Sori 語則有 g- 加插，出現在第一次或第二次音變產生的圓唇元音前：原始大洋洲語 *onom > Babatana 語、Simbo 語 vonomo、Sori 語 gono-p「六」，*kutu（> *utu）> Babatana 語 vutu「蝨子」，*qone > Sori 語 goŋ「沙子」，*Rumaq > Sori 語 gum「房子」（比較：原始大洋洲語 *waiR > Sori 語 gay「淡水」，有證據顯示這些語例中的 g 反映了早期的 w）。在新幾內亞北海岸有個和其所處島嶼同名的語言—Wogeo 語，y 或 w 會無法預測的出現在原始大洋洲語的 *a- 前

面，而隨後被強化為 v 的 w 在出現頻率上更為常見：原始大洋洲語 *apaRat > yavara「西季風」、*qasawa > yawa-「配偶」、*ayawan > vaiawa「榕樹」、*saman（> *ama）> vama「舷外浮架」、*anunu > vanunu「影子；反射」、*qatop > vato「茅草；屋頂」、*qawa > wawa-（把 v- 同化為 -w-）「嘴」。其他的詞首元音前面就不會加上滑音。

蘇拉威西島北部的 Gorontalo 語會將 w- 加在 *（q）a- 前面：原始馬來波里尼西亞語 *qabu > wahu「灰燼」，*añam > walamo「編織」，*anak > walaʔo「孩童」，或 *anay > wale「白蟻」（Sneddon & Usup 1986）。查莫洛語丟失 *h 之後，開始在所有詞首元音前加上 w-，接著在非圓唇元音前硬音化為 gʷ，在圓唇元音前硬音化為 g。喉塞音前不會有這些變化，甚至整個喉塞音位會消失：原始馬來波里尼西亞語 *hapuy > gʷafi「火」、*aku > gʷahu「我」、*ini > gʷini「這裡、這個」、*hunus > gunos「斷奶；取回」、*enem > gunum「六」，但是 *qazay > achay「下巴」、*qalep > alof「招手」、*qipil > ifet「太平洋鐵木」、*quzan > uchan「雨」。

帛琉語中，原先以元音或輔音起始的詞彙會丟失輔音，改以舌根鼻音出現：原始馬來-波里尼西亞語 *hated「陪同、護送」> ŋádər「新娘嫁到夫家所帶的食物」、*anay > ŋal「白蟻」、*wada（> *ada）> ŋar「定位；存在；存活」、*aRuhu > ŋas「鐵木；木麻黃」、*hapuy > ŋaw「火」、*ia > ŋíy「第 3 人稱單數」、*hikan > ŋíkəl「魚」、*uRat > ŋurd「靜脈；動脈」。雖然有學者試圖提出帛琉語和查莫洛語的創新是由「捕獲的構詞」（captured morphology）[1]造成，但從其他夠份量的證據來看卻又是音韻變化的緣故。兩種語言的這些音段，在所有詞類中都會出現在詞素前面，這樣的現象不太可能是後設分析

所造成的。帛琉語還有另外一個疑惑待解，ŋ- 在詞彙中的來源，諸如 ŋal 或 ŋar，可以追溯到早期的語法標記，因此，許多借詞會有詞尾舌根鼻音增生的現象：

表 9.10　有詞尾舌根鼻音增生的帛琉語借詞

詞形	詞源	原詞	詞義
baŋderáŋ	西班牙語	bandera	旗幟、橫布條
biáŋ	英語	[bija]	啤酒
blauáŋ	英語	[flawa]	麵包
butiliáŋ	西班牙語	botella	瓶子
kámaŋ	日語	Kama	鐮刀
kambaláŋ	西班牙語	campana	鈴
karróŋ	西班牙語	Carro	貨運車廂
kawáŋ	馬來語	kawah	大鍋
kuábaŋ	英語	Guava	番石榴
mastáŋ	英語	[masta]	主人
stoáŋ	英語	[stoa]	商店
tóktaŋ	英語	[dɔkta]	醫生

雖然有些元音結尾的借詞並沒有加上舌根鼻音，但這樣的音變依舊十分常見，而且不需要語境條件。帛琉語中的舌根鼻音加插顯示出奇特的不對稱現象。在原始詞形裡，幾乎總是加在詞首，或許是因為非重音的詞尾元音通常會在舌根鼻音加上前就已丟失。另一方面，在借詞中則是有許多加在詞尾元音後的例子，卻沒有加在詞首元音前的情況（*adios*「再見」、*iíŋs*「英寸；鉸鏈」、*ikelésia*「教堂」、*osbitár*「醫院」、*uós*「馬」）。然而，少數原始詞基保留了詞

尾元音，並獨立展發出後來產生的舌根鼻音，而這些詞彙剛好都是基本數詞：原始馬來-波里尼西亞語 *esa > e-taŋ「一」、*duha > e-ruŋ「二」、*epat > e-waŋ「四」。Josephs（1975: 470）一文在列舉這些數詞時，並沒有詞尾舌根鼻音，但 McManus & Josephs（1977）在辭典條目列舉這些數詞時，是有舌根鼻音的，但在非詞尾位置時，會丟失舌根鼻音：taŋ「一（計量時間或人）」：ta el sils「一天」，eruŋ「二（計量時間）」：eru el sikaŋ「兩小時」，eru el sils「兩天」。這些音變發展令大家爭辯不休，Blust（2009b）一文針對其音韻進行分析，而 Reid（2010）則分析了構詞，他利用外部的證據，但證據不足。近期則有 Blevins & Kaufman（2012）根據帛琉語詳盡的內部分析，提出舌根鼻音插入的構詞來源，而他們的理論看來終會得到學界的普遍認可。

　　沙巴的許多都孫語會將一些具詞源的詞首位置加上 t，像是：原始馬來-波里尼西亞語 *anay > Kadazan 語 tanay「白蟻」、*hasaŋ > tasaŋ「鰓」、*hawak > tavak「腰、腰部的肉」、*qabu > tavu「灰燼」、*qayam > tazam「家畜」、*ikuR > tikiw「尾巴」、*hipun > tipun「小蝦」、*buhek（> *buk > *əbuk > *obuk）> toɓuk「頭髮」、*qaniɓuŋ > toniɓuŋ「棕梠樹」、*qulin > tuhin「舵」、*qulu > tuhu「頭」，或 *uban > tuvan「白髮」。這種變化乍看很像查莫洛語中的 w- 增生以及帛琉語的 ŋ- 增生，但關鍵性的差異在於：t- 增生只出現在名詞。（比較 *isa > iso?「一」、*epat > apat「四」、*enem > onom「六」、*esak > ansak「煮；成熟」、*hasaq > asa?「磨利、削尖」、*ikej > ikod「咳嗽」、uliq > uhi?「返回、回家」，以上沒有 t- 增生）。不論補語語法結構有沒有 t- 增生，這樣的音段現象從構詞解釋切入會比

音韻解釋來的洽當，在 Kroeger（1990）一文中已充分討論過了。

元音加插主要有兩種形式：1）於詞首加上元音（通常為央中元音），以恢復丟失的雙音節形態。2）於詞尾加上支持元音（supporting vowel）或迴響元音（echo vowel），以滿足開音節的要求。後者的變化與南島語常見的雙音節形式矛盾，因此產生許多方式去消除這種矛盾。兩種加插方式最好是從「漂移」（drift）層面去切入討論，但在這我們先簡單提及一下。

在萬那杜南部的 Anejom 語裡，以 nC- 開頭的名詞會在詞首位置被加上 *i*，這樣的變化或許是為了讓詞首輔音群更容易發音，不過這是一個孤立變化：原始大洋洲語 *na patu（> *na hatu > *nhatu）> *inhat*「石」、*na waiR > *inwai*「水」。

美拉尼西亞西部的許多語言會將迴響元音（echo vowels）加在原始大洋洲語的詞尾輔音後，比如新愛爾蘭島北部的聖穆紹群島（St. Matthias Archipelago）上的穆掃語，或索羅門群島西部的新喬治亞群島上的 Roviana 語：原始大洋洲語 *panas（> *pa-panas）> Mussau 語 *aanasa*「熱」、*kiRam > *iema*「斧頭；刀子」、*ma-takut > *(ma)matautu*「害怕」、*onom > *(o)nomo*「六」、*pulan > *ulana*「月亮；月份」、*asaŋ > Roviana 語 *asaŋa-na*「牠的鰓」、*qapij > *avisi*「同性雙胞胎」、*kaRat > *garata*「咬」、*ma-takut > *matagutu*「害怕」、*onom > *onomo*「六」。新幾內亞東南部的當特爾卡斯托群島（D'Entrecasteaux Archipelago）上的幾種語言則是在詞尾輔音後加上固定的支持元音（supporting vowel）*a*，其中最著名的例子就是 Dobuan 語，並在加插後丟失 *p 和 *k：原始大洋洲語 *pat > *ata*「四」、*qatop > *ʔatoa*「屋頂、茅草屋頂」、*ikan > *iana*「魚」、*inum > *numa*「喝」、*manuk > *manua*

「鳥」、*sinaR「發光」> sinara「太陽」。

　　東南亞島嶼的一些語言，像是台灣南部的鄒語、卡那卡那富語、拉阿魯哇語、和魯凱語，以及馬拉加斯語和蘇拉威西島北部的 Gorontalo 語，與松巴島（Sumba）東部的 Kambera 語和西巴布亞迴響的 Moor 語也都會加上支持元音。有些情況下，支持元音會和迴響元音相互對應，但對應關係並不完整，因此得出的結論是，真正的迴響元音在大洋洲語群以外的南島語中是非常稀少。鄒語群和魯凱語在詞尾輔音後會複製原始南島語的 *i、*u 和 *e，但會加插一個央中元音以支持 *aC，例如原始南島語 *qayam > 鄒語 zomə、拉阿魯哇語 aⱡamə、魯凱語茂林方言 arámə「鳥」。此元音的的音值與典型形態無關，因為 *a 有各式各樣的反映，像是 *lima > 鄒語 eimo、拉阿魯哇語 (k)u-lima，或魯凱語茂林方言 rima「五」。馬拉加斯語的 -a 加在大多數的詞尾輔音後（原始馬來-波里尼西亞語 *epat > éfatra「四」、*enem > énina「六」、*laŋit > lánitra「天空」），新幾內亞的鳥頭半島（Bird's Head Peninsula）上屬於南哈馬黑拉-西新幾內亞語群的 Moor 語亦有類似的變化：原始馬來-波里尼西亞語 *niuR > nera「椰子」、*taŋis > ʔanita「哭泣」、*danum > rarum(a)「淡水」、*zalan > rarin(a)「路」。Gorontalo 語裡，央中元音會被加在詞尾並在普遍的音變過程作用下再變為 o（原始馬來-波里尼西亞語 *bulan > hulalo「月」、*enem > olomo「六」、*tuqelaN > tulalo「骨頭」），而在 Kambera 語中，詞尾輔音會加入支持元音 -u：原始馬來-波里尼西亞語 *alas > alahu「森林」、*hikan > iyaŋu「魚」、*ma-qitem > mítiŋu「黑色」、*epat > patu「四」。

　　有些蘇拉威西島上的語言被發現到有著不同的元音加插型式，

就如 Sneddon（1993）提出，蘇拉威西島北部的 Sangir 語和 Bantik 語會在詞尾的濁塞音、*s 和流音後面加上一個元音和喉塞音。民答那峨島南部的 Sangir 語和 Sangil 語加的是央中元音和喉塞音，而 Bantik 語加的則是迴響元音和喉塞音：原始馬來-波里尼西亞語 *lahud「面海」> Sangir 語、Sangil 語 *laudə?*，Bantik 語 *láodo?*「海洋」，*tapis > Sangir 語 *tapisə?*，Bantik 語 *tápisi?*「過濾」，*qateluR > Sangir 語 *təluhə?*「蛋」。Sneddon（1984）主張有兩個語群，一個是北 Sangiric 語群，包含著 Sangir 語、Sangil 語和 Talaud 語，另一個為南 Sangiric 語群，包括 Bantik 語和 Ratahan 語。由於 Sangir 語/Sangil 語和 Bantik 語分屬不同 Sangiric 語群，加上 Talaud 語和 Ratahan 語都沒有 -V? 加插的現象，因此 Sangir 語/Sangil 語和 Bantik 語的 -V? 加插現象很有可能是各自發展的音變結果（不過其中一個也有可能是語言接觸造成）。令人訝異的是，在蘇拉威西島南部的望加錫語（Makassarese）中，其詞尾的 *s 和流音後面也出現相似的音節加插現象：原始馬來-波里尼西亞語 *nipis >望加錫語 *nípisi?*「材質薄」，*tuŋgal > *túŋgala?*「單獨」，*huluR > *úloro?*「用繩子下降」。普遍的語言學理論認為，增加支持元音能夠將音節無標化，但上述的例子卻很難用這個理由解釋。Talaud 語的元音加插現象是在所有的詞尾輔音後加上 -a，並延長詞尾輔音（Sneddon 1984: 33）。這個特別問題將在有關輔音疊化的段落中進行討論。

9.1.6　換位

換位通常被視為偶然發生的音變現象，而這些零星出現的換位

在許多南島語中都能看見。正常來說，這樣的出現頻率並不會被視作音變的一部分，表 9.11 列出一些偶爾發生的換位例子，以便提供後續整體歸納換位現象的基礎。原始型式（protoform）具有不同的時間深度，為了簡化討論，我們只對 CVCVC 型或在換位發生前會變為雙音節的原始型式做討論（因此排除掉 *balian >西 Bukidnon Manobo 語 bəylan「薩滿巫師」，或原始大洋洲語反映中，第二和第三輔音反覆發生的換位現象 *palisi「草」）。輔音為選擇性的，而輔音的位置則是根據 CVCVC 的模板來推算，舉例來說，*iluR 的第一個輔音是 C2 而非 C1：

表 **9.11**　南島語言零星出現的換位例子

原始型式	反映	音段	語言	詞義
*dilaq	lidah	C1/C2	馬來語	舌
*laŋo	nalo	C1/C2	夏威夷語	家蠅
*ŋipen	wiŋəl	C1/C2	帛琉語	齒
*qañuj	pa-a-laHud	C1/C2	卑南語	漂流；漫無目的
*Ratus	dart	C1/C2	帛琉語	百
*qalunan（> lunan）	nulaŋu	C1/C2	Kambera 語	頭墊、枕頭
*qanilaw（> nilaw）	lino	C1/C2	羅地語	扁擔木
*qitik	siʔi	C1/C2	東加語	小，少
*salaq（> lasaq）	hasaʔ	C1/C2	Kadazan 語	錯的、錯誤
*tuhud（> hutud）	utut	C1/C2	雅就達雅克語	膝蓋
*iluR	liur	V1/C2	馬來語	口水
*ma-iraŋ	ma-hiaŋ	V1/C2	雅就達雅克語	紅色
*iRik	giʔík	V1/C2	塔加洛語	使穀物脫粒
*bañen	bənnaŋ	V1/V2	Sangir 語	打噴嚏

原始型式	反映	音段	語言	詞義
*dakep	dəkap	V1/V2	馬來語	抓、握
*qinep（>*qenip）	one	V1/V2	Ngadha 語	下
*bales	wahal	C2/C3	Roma 語	答案
*baŋun	n-vanuŋ	C2/C3	Fordat 語	醒、豎立
*haŋin	aniŋ	C2/C3	Sika 語	風
*liseqah（>*lisa）	lias	C2/V2	雅就達雅克語	蟲卵

　　上表只列出南島語偶然出現的一些換位例子[2]，由於為隨機採樣列舉（大部分例子出自於 Dempwolff 1934-1938 以及 Blust 和 Trussel 正在進行的研究），因此應該沒有和模式頻率有關的樣本偏差問題。儘管如此，這 20 個例子中，有一半的例子涉及 C1 和 C2 的換位，約 15% 的換位與 V1/C2、V1/V2 和 C2/C3 有關，但 C2/V2 卻只有一個換位例子。值得一提的是，儘管樣本數目稀少，但這些換位模式在整個南島語系中依舊是主要的形態，V1/C2 模式只出現在西部馬來-波里尼西亞語群，而 C2/C3 模式只出現中部馬來-波里尼西亞語群。南島語偶發的換位現象似乎存在某種先前沒注意到的規則，目前還無法對這樣的模式做出解釋。

　　換位現象除了會偶然發生以外，還有一些是反覆出現的，儘管仔細研究下，其中一些是看起來像換位的別種變化類型。在討論規律和反覆出現的換位現象之前，有一點必須得先說明。在零星出現的換位情況中，除非語言間是從共同祖語中承繼了這些創新，不然我們是不會期待換位現象出現在不同語言間的同樣詞彙裡。然而奇怪的是，原始南島語 *Caliŋa「耳朵」，其流音和鼻音的換位見於非

常不同的語言間，而且地理上又離得很遠：（台灣）泰雅語汶水方言 *caŋiyaʔ*、巴宰語 *sariŋa*、*saŋira*、布農語 *taiŋa/taŋia*、魯凱語茂林方言 *cɲira*、西拉雅語 *taŋira*；（菲律賓）Ibaloy 語 *taŋida*、Keleyqiq 語 Kallahan 方言 *taŋilaq*、Maranao 語 *taŋila*；（新幾內亞）Irarutu 語 *tegra*、Kilivila 語 *tegila*、（索羅門群島）Alu 語 *taŋna-na*、Banoni 語 *taŋina*，和 Kokota 語 *tagla-na*。這些分布顯示出原始南島語除了 *Caliŋa 之外，還有一個較少使用的變體 *Caŋila，在一些語言中被保留下來作為轉換的發音方式或這個詞素的唯一發音。

　　透過台灣南島語和其他非台灣南島語的比較，可以完善建構出一個換位規則（至少是反覆出現的情況），原始南島語允許 *CVS 音位順序以及 *SVC 順序，C 可以是任何輔音，V 也可以是任何元音，而 S 表示原始南島語的嘶嚓音 *S。台灣南島語保留了這樣的特徵，但其他非台灣南島語的 *CVS 通常會換位成原始馬來-波里尼西亞語的 *hVC：原始南島語 *bukeS >原始馬來-波里尼西亞語 *buhek「頭髮」（比較：原始南島語 *ma-buSek >原始馬來-波里尼西亞語 *ma-buhek「醉」，沒有發生變化），原始南島語 *CaqiS >原始馬來-波里尼西亞語 *tahiq「縫」，原始南島語 *liseqeS >原始馬來-波里尼西亞語 liseheq「蝨卵」，原始南島語 *quSeNap >原始馬來-波里尼西亞語 *huqenap「魚鱗」，原始南島語 *tapeS >原始馬來-波里尼西亞語 *tahep「簸」，原始南島語 *tuduS >原始馬來-波里尼西亞語 *tuhud「膝蓋」。

　　菲律賓北部的許多語言，在順序 *tVs 或 *tVCVs 中會呈現規律的 *t、*s 換位現象。伊洛卡諾語為一典型案例：原始馬來-波里尼西亞語 *Ratus >*gasút*「百」、*Retas > *gessát*「切斷繩子」、*lásat*「經過、

穿越」（以及單音節詞根 *tas「走近路、截斷、抄小徑」）、*utas「走近路」>úsat「開路，在草叢中清出一條路」、*tastas > satsát「解開；撕開、扯開衣物」、*tebus > sambut「清償」、*tameqis > samʔít「甜」*taŋis > sáŋit「哭泣、流淚」、*tiRis >sígit「倒出；注入」、*timus「鹽」> símut「蘸鹽或醬汁」。所有已知的 *tVs 換位語例都出現在詞尾音節，而詞根的前面兩個輔音可能因為偶然而缺少這種模式。類似的創新亦見於 Bontok 語、Kankanaey 語、Kalinga 語、Isneg 語、Itneg 語、Isinai 語、Dupaningan Agta 語（Robinson 2011）和 Pangasinan 語，Bolinao 語和 Botolan Sambal 語也有一些。呂宋島北部的其他語言或許也經歷過相同的變化，但由於 *s 與 *t 合併，因而觀察不到結果。

令人訝異的是，蘇拉威西島北部的 Sangir 語、Sangil 語[3]和 Talaud 語也出現相同的創新。Sneddon（1984: 31 頁起）指出這三種語言反映出詞尾 *s 和前面的 *t 有著換位的現象，例如：*Ratus > Sangir 語 hasuʔ、Sangil 語 rasuʔ、Talaud 語 žasutta（但 Bantik 語 hátusuʔ）「百」，或 *bitis > Sangir 語、Sangil 語 bisiʔ，Talaud 語 bisitta（但 Bantik 語 bítisiʔ）「小腿」。*-tVs 的換位現象在 *t 被前鼻音化時依舊會出現：原始 Sangiric 語 *pəntas > Sangir 語 pənsaʔ（但 Bantak 語 pantasaʔ）「收穫」。Sneddon 認為 *-tVs 是規律的換位現象，但這些輔音分屬不同音峰（syllable peak），為偶然發生才是，因此和呂宋島北部的情況並不相同。此外，Sangir 語和 Sangil 語（但沒有 Talaud 語）呈現互補的語言變化，無論中間隔了多少音峰，詞首 *t 會完全同化為之後的 *s：*tasik > Sangir 語、Sangil 語 sasiʔ（但 Bantik 語 tasiʔ）「海」，*tasak > Sangir 語、Sangil 語 sasaʔ（但

Bantik 語 *tasaʔ*）「成熟」，*talisay > Sangir 語 *saḷise*，Sangil 語 *saḷisay*（但 Bantik 語 *talisey*）「欖仁樹」。考量到分隔的地理位置以及一些音變細節，呂宋島北部和蘇拉威西島北部的 *-tVs 換位現象應該是趨同演變（convergence）的結果。

此外，喉音的換位現象廣泛分布於菲律賓中部。由於中間消蝕的因素，喉塞音或 *h* 會出現在另個輔音旁邊，在任何語言中，喉頭音換位只允許出現在輔音前或輔音後。宿霧比薩亞語只允許喉頭音出現在輔音串中的輔音之後：原始馬來-波里尼西亞語 *baqeRu（＞*baʔgu）> *bagʔu*「新」，*tuqelan「骨頭」（＞*tuʔlan）> *tulʔan*「人類或大型動物的膝蓋關節」，*kihkih（＞*kihki）> *kikhi*「擦、刮除」，*kuhkuh（＞*kuhku）> *kukhu*「擦、刮除」。另一方面，巴拉灣巴達克語則只允許喉頭音出現在輔音前：原始馬來-波里尼西亞語 *baqeRu > *baʔgu*「新」，*ma-beReqat > *ma-bəʔgat*「重」。

有一種限制較多的換位現象是語言共通性所造成，當第一個輔音為舌冠音而第二個輔音非舌冠音時，衍生的輔音順序會被反轉過來，在塔加洛語的加後綴型式中可窺見一二：*qatep *atip*「茅草屋頂」：*qatep-an > *apt-án*「用茅草覆蓋屋頂」，或 *tanem > *taním*「種植；埋葬」：*tanem-an > *tamn-án*「栽種；有安放的位置」。至少有三個觀察到的規律可以用來支持這些換位現象的出現是為了避免產生特定的輔音順序：1）其他衍生輔音的順序次序不會改變、2）舌冠輔音-非舌冠輔音順序中的鼻音音段雖然也改變了，不過是受到同化現象影響而非位現象：*banig*「地毯」：*baŋ-án*「放地毯」，*dateŋ > *datíŋ*「到達」：*datn-án*「到達時找人」、3）舌冠輔音-非舌冠輔音順序在其他語言中亦展現出不穩定性（Blust 1971）。類似的換位變

化在宿霧比薩亞語、菲律賓中部的其他許多語言、查莫洛語（qatep >atof「茅草屋頂」：*qatep-i > aft-e「用茅草覆蓋屋頂」）、Leti 語、Moa 語、Wetan 語以及 Luang-Kisar 語群的其他語言（原始馬來-波里尼西亞語 *tanem > Leti 語 tomna、Moa 語 tamna、Wetan 語 tutnitamna「種植」，中間的音群預期是 -nm-）。

　　呂宋島中北部的加班邦安語（Kapampangan）看起來存在著規律的 CV- 換位模式，例如：原始馬來-波里尼西亞語 *bales > ablás「歸還；回應」、*besuR > absíʔ「使飽足」、*beRas > abyás「白米」、*lebuR > álbug「洪水」、*letiq > altí「雷」、*tebuh > atbú「甘蔗」、和 *telu > atlú「三」。所有語例中的元音都是原始馬來-波里尼西亞語的 *e，很可能會再被加上前綴 a，使得 *e 出現在 VC__CV 的語境中，如我們所觀察到的，這樣的情況在許多語言中會有刪略現象。這個換位規律在 *e 被刪略後，使這樣的解釋更加得到證實：*qalejaw > aldó「太陽、日子」、和 *qapeju「惱怒」> atdúʔ「怒氣」，此外，又有名詞加前綴 a-，如：*puluq > apúluʔ「（群）十」、*tian（> *tyan）> atcan「胃」，西班牙語借詞 aplaya「海灘」（借自西班牙語 playa）。然而，必須假定 *bales > ablás 有元音換位的情況，且 ablás 和 absíʔ 都不是名詞，這使得解釋力道又減弱了。

　　Kapampangan 語的歷史音韻系統引起許多偽換位（pseudo-metathesis）議題，這樣的問題在南島語史中不斷地出現。帝汶東部的 Leti-Moa 群島上的 Letinese 語似乎是第二種有規律換位的語言，事實上是其他變化累積下來的結果。例子列在表 9.12 中：

表 9.12　**Letinese** 語的偽換位現象

原始馬來-波里尼西亞語	**Leti** 語	詞義
*haŋin	anni	風
*kempuŋ	apnu	肚子
*ijuŋ	irnu	鼻子
*garut	kartu	刮
*gatel	katla	癢
*laŋit	lianti	天空
*lumut	lumtu	苔癬
*ma-qitem black	metma	黑色
*panas	pansa	熱
*zalan	talla	小徑、道路
*tenun	tennu	編織
*tanem	tomna	種植；掩埋
*kulit	ulti	皮
*quzan	utna	雨
*habaRat	warta	西方
*bulan	wulla	月亮

　　有些借自馬來語的借詞也有明顯的換位現象，如：Leti 語 *derku* 「柑橘」（馬來語 *jəruk*），*lemnu* 「檸檬」（馬來語 *limun*，源自葡萄牙語），*mapku* 「醉」（可能來自馬來語 *mabuk*），*riwtu* 「暴風雨」（馬來語 *ribut*），或 *surta*（馬來語 *surat*）「寫」。這些語例若非在借入後產生創新的換位變化，就是語言的結構限制使得借詞需要調整詞型。其他很不同的語言，像是 Moa 方言、Wetan 語以及 Kisar 語也有類

似的換位模式，顯示著馬來語借詞會被調整詞型以適應結構限制。其中這些詞也有許多會以沒有換位的形式出現。Leti 語的換位與無換位型式的分布乍看下和語法條件有關，因為同一個詞素出現在詞組中間時可能是一種形式，出現在詞組末尾時又是另一種形式。影響這些轉化的條件十分複雜，但其實完全能用音韻術語來定義。

　　儘管 Leti 語的換位例子可作為共時現象處理，Mills and Grima（1980）觀察到輔音的排列方式可能透過以下兩個不同變化而產生：1）加入迴響元音、2）在 VC_CV 的語境中刪略元音。這項解釋的證據來自缺少元音刪略語境的形式，如：*kawil（> *kail）> Leti 語 a:li、Moa 語 áili「魚鉤」，*likud > Leti 語 li:ru、Moa 語 liuru「後面」、或 Leti 語 ta:li、Moa 語 táili（馬來語 tahil，可能源自閩南語）「商用度量」。Moa 語明顯保留了 -VC 順序，但多加上一個迴響元音。有鑑於這點觀察，有些詞源，舉凡 *kulit > ulti，可以重新解釋為 *kulit > *kuliti > uliti > ulti 一連串變化下的結果。Moa 語中，每個元音在詞中都有換位的變體（ail、liur、tail），這顯示著一旦元音受到複製或刪略，所產生的變體能夠以換位重新解讀。

　　其他也有系統性換位現象的語言包括帝汶西部的 Dawan 語（Atoni 語）、斯蘭島東部的 Kiandarat 語、新幾內亞北海岸的 Sissano 語、索羅門群島西部的 Choiseul 島上的 Ririo 語、索羅門群島東南部 Malaita 島上的 Kwara'ae 語、萬那杜北部班克斯島（Banks）上的 Rowa 語、萬那杜中部 Aoba 島上的 Lolsiwoi 語和位於太平洋中央的斐濟島，其北部的羅圖曼語。

　　在 Kiandarat 語和 Sissano 語中，*-Ci 和 *-Cu 在換位發生前會合併為 -Ci：原始馬來-波里尼西亞語 *hapuy > Kiandarat 語 aif-a「火」、

*susu > *suis-a*「乳房」、*batu > *wait-a*「石」；原始大洋洲語 *kani >
Sissano 語 *ʔain*「吃」、*boŋi > *poin*「夜晚」、*manuk > *main*「鳥」、
*ranum > *rain*「水」、*kutu > *te-ʔuit*「蝨子」。Ririo 語的 -CV 順序會和
連併或合併的元音順序交換位置，比較下列跟它關係接近的 Babatana
語形式：Babatana 語 *madaka*：Ririo 語 *madak*「血」，Babatana 語
pade：Ririo 語 *pɛd*「房屋」，Babatana 語 *saŋgi*：Ririo 語 *sɛŋg*「生小
動物」，Babatana 語 *vato*：Ririo 語 *vɔt*「態度」，Babatana 語 *boko*：
Ririo 語 *boʔ*「豬」，Babatana 語 *vumi*：Ririo 語 *vuim*「鬍子」，Babatana
語 *mata-ŋgu*：Ririo 語 *matóŋg*「我的眼睛」，Babatana 語 *vati*：Ririo
語 *vɛc*「四」。在 Kwara'ae 語中，詞末的 -CV 順序據說在快速談話
中會透過後面元音的複製而發生換位。產生的元音順序合併情況不
一（正式談話的語例在冒號左邊，快速談話的語例在冒號右邊）：
faŋa：*faŋ*「食物」，*leka*：*leak*「去」，*kusi*：*kuis*「否定」，*pita*：*piat*
「彼得（人名）」。班克斯島上的 Rowa 語也有類似的換位現象，與
關係親近的莫塔語對照後會發現，詞末的 -CV 產生換位且元音一定
會變成 *e*，例子如下：莫塔語 *liwo*：Rowa 語 *liew*「牙齒」，莫塔語
lito：Rowa 語 *liet*「木柴」，莫塔語 *siŋa*：Rowa 語 *sieŋ*「光澤」，莫
塔語 *siwo*：Rowa 語 *siew*「下」，還有一個類似的創新是，換位與換
位元音（metathesising vowel）的特徵變化有關，在親屬關係遠些的
Lolsiwoi 語中可以發現：原始大洋洲語 *pulan > *vuol*「月」、*qusan
> *wuos*「雨」、*pilak > *viel*「閃電」、*pose > *voas*「槳」、*pusuR >
vus「船頭」、*maqetom > *maeat*「黑色」、*ma-maja > *mamas*「乾」、
*mapat > *mav*「重」、*tolu > *ke-tol*、*pati > *ke-vet*「四」、*lima > *ke-
lim*「五」、*onom> *ke-on*「六」、*boŋi > *mboŋ*「夜晚」。在好幾種地

理上距離相當遠的語言間，這些彼此之間看起來相關的音變是否有關係我們依舊不太清楚。

Collins（1982: 119）對 Kiandarat 語所描述的變化，產生了另個問題。他將詞尾低元音的詞源以連字號分開如下：*hapuy（> *api）> aif-a「火」。在共時分析中，連字號指的是詞素界限，但在歷時研究上，卻可能只是表示該音段為有疑慮的詞源。如同先前已討論過的一些變化，這些非常不同又地理位置遙遠的語言間（即帝汶中部的 Mambai 語），存在著驚人的相似度。與得頓語關係親近的 Mambai 語也會把 *-CV 變成 -VCa：原始馬來-波里尼西亞語 *hapuy（> *api）> aifa「火」、*asu > ausa「狗」、*batu > hauta「石」、*manuk（> *manu）> mauna「鳥」、*hisi > s-isa「肉」、*tali > taila「繩子」、*tasik > taisa「海」、*kutu > uta「蝨子」。根據現有的 Kiandarat 語和 Mambai 語的語料，我們可以觀察到 *-CV 變成 -VCa 的現象只發生在名詞中，因此 -a 很可能是另一個詞素，雖然這個詞素還沒在這兩種語言中被清楚鑑定。當換位現象發生在非名詞中就不會添加 -a：*matay（> *mate）> maet「死」、*inum（> *eno）> eon（比較 Kemak 語 enu）「喝」。

換位現象的創新有時和漸進音變的概念不相容，但這樣的認定只在不承認變異扮演重要角色的音變理論中存在。如第 4 章（表 4.45）所列，帝汶西部的 Dawan 語（Atoni 語）正經歷著 -CV 音節的換位變化。Dawan 語的 -CV 換位通常更有可能發生在最後一個元音是高元音的情況。有些已發表的研究，像是 Steinhauer（1993, 1996a）就認為 Dawan 語的換位具有句法上的條件，其基底形式只出現在詞組末尾的位置。然而，在 1973 年，Molo 方言的發音人 Urias Ba'it

以數詞數數時，說出有換位和沒有換位的詞型。

　　換位作為正在發生中的變化，對於一般理論有著深富意義的啟發。通常我們認為過於劇烈的換位結果會引起說話者的注意，但Dawan 語的使用者似乎沒意識到換位與無換位的差別，好比美語使用者不會察覺到除阻（released）與不除阻（unreleased）詞尾塞音的不同。舉例來說，當發音人 Urias Ba'it 說出的詞有換位時，他會堅持自己說的並沒有換位，很難說服他相信自己剛剛說的就是換位形式。

　　或許南島語系中最廣受討論的換位現象非羅圖曼語莫屬，其一再受到一般音韻文獻的關注。由於第 4 章已大致提要過，在此就不多做著墨。如前所述，Blevins & Garrett（1998）文中對羅圖曼語的換位方式總結出兩步驟：1）逆向元音複製，2）非重音詞尾元音刪略。若上述為真，那麼羅圖曼語就像 Letinese 語那樣有著換位的共時規則，而其規則是由兩個不涉及音段換位的變化步驟而來。

　　最後，許多語言的換位現象在中綴 *-um- 和 *-in- 的情況下會跨詞素發生（*C<um>VCVC > *mu-CVCVC，*C<in>VCVC > *ni-CVCVC）。雖然這類型的變化有時被叫做「中綴換位」，但中綴本身是否真的交換位置，或只是詞基的第一個輔音和中綴的輔音交換位置並後續調整音位界限（*C<um>VCVC > *m<uC>VCVC > *mu-CVCVC），尚且不得而知。如第 6 章所提到，最能夠解釋這種創新的說法是孩童傾向將有標性（marked）的中綴轉換為前綴，以便創造一個連續的詞基形式。孩童語言中的語言創新或許由於古怪，通常在成年後便煙消雲散，但中綴換位之所以能夠繼續在成人語言中觀察到，可能因為較為常見。

總而言之，我們可以歸納出以下幾個正確的陳述。首先，偶發的換位通常是交換 C_1 和 C_2。再來，除了中綴換位 *-um- 和 *-in- 以外，沒有一個規律換位符合上述模式。最後，規律換位有三種：1）原始南島語的 *CVS 換位為原始馬來-波里尼西亞語的 *hvC，其中 C 為塞音，而 *CVS 可以在詞基的起始或末尾位置；2）呂宋島北部和蘇拉威西島北部的許多語言是 *tVs 換位為 sVt，或 *tVCVs 換位為 sVCVt。3）菲律賓中部的 *-ʔC- 換位到 -Cʔ-（反之亦然）。對於這些換位現象，我們可以加上有相同鼻音音值的舌冠和非舌冠輔音順序（意即兩個塞音、兩個鼻音），比如：*qatep > 宿霧語 *atúp*「屋頂」：*apt-án*「蓋屋頂」，或 *inum > 宿霧語 *inúm*「喝」：*imn-án-an*「稍微習慣性喝酒」。南島語中，許多系統性的換位現象會涉及到 -CV- 的順序交換，應該有個單一解釋能闡述這種模式。但這項解釋是否能同樣套用到原始馬來-波里尼西亞的 *CVS 換位、*tVs 換位到 *sVt 或中綴換位 *-um- 和 *-in-，實在令人存疑。南島語令人詫異的有著豐富的換位語料，毫無疑問的將是未來換位理論發展的重要研究標的。

9.1.7　前喉塞化（Preglottalisation）和內爆（implosion）

前喉塞音和內爆輔音在許多南島語中發展成熟，並往往具有地理區域特徵。

台灣中部的邵語、布農語和鄒語有前喉塞化唇音以及齒齦塞音，但很少內爆音。布農語和鄒語的 *b* 和 *d* 在元音前會自動前喉音化，邵語則是從布農語借詞過來。歷史發展上，原始南島語 *b 和

*d 保存在布農語中，仍是 *b* 和 *d*，但在鄒語中變成 *f* 和 *c*；因此鄒語中的 *b* 和 *d* 為後來產生的音段。台灣中部的前喉塞音起源於布農語或鄒語，之後擴散到鄰近的語言中。由於卡那卡那富語和拉阿魯哇語缺少這些音段，因此前喉音化的特徵最有可能先出現於布農語中，之後往北擴散到邵語，往西擴散到鄒語。[④]

菲律賓南部的蘇祿群島上的中 Sama 語的 *b*、*d* 和 *g* 有同位內爆音，民答那峨島西部的 Sindangan Subanun 語（中 Subanen 語）則有 *b*、*d*（沒有 *g*）的同位內爆音（Reid 1971）。馬拉鬧語的 *b*、*d* 和 *g* 的同位內爆音據稱只出現在詞首（Lobel 2013: 286）。在這三種情況中，內爆音顯然成為濁塞音的同位特徵性。

更重要的是，原始北砂勞越語（Proto North Sarawak）的濁送氣音 *bʰ*、*dʰ*、*jʰ*、*gʰ*，在標準葛拉密語為 *bʰ*、*dʰ*、*dʰ*、*gʰ*，在 Kiput 語為 *s*、*s*、*s*、*k*，在高地 Kenyah 語為 *p*、*t*、*c*、*k*，這些音讓民都魯語（Bintulu）產生具有音位性的雙唇內爆音和齒齦內爆音 *ɓ*、*ɗ*、以及非內爆音 *j* 和 *g*（Blust 1973b）。如 4.1.3 所述，低地 Kenyah 方言，像是 Long Ikang 語、Long San 語和 Long Sela'an 語都已把所有的濁塞音內爆音化。這些方言中，有些內爆仍為同位音，另外在一些將前鼻化塞音變為單純塞音的語言，內爆音在四種發音部位上逐漸變成音位（Blust 1980a）。雖然民都魯語和低地 Kenyah 語的內爆音都反映了原始北砂勞越語的濁送氣音，但內爆音在這兩個語群中是各自獨立發展。

東南亞大陸的占語群受鄰近的孟-高棉語群影響，出現許多區域上的適應變化（Thurgood 1999）。其中，濁塞音串+原始馬來-波里尼西亞語的 *h，產生了具音位性的前喉化塞音，過程大概是先將 *h 變

為喉塞音，如下所例：原始馬來-波里尼西亞語 *buhek（> *buʔək）> Jarai ʔbuk「頭髮」。由於變化條件非常限縮，因此含有這樣音段的例子十分稀少。

如 Klamer（2002）指出，內爆塞音是蘇拉威西島南部和緊鄰的部分小巽它島所擁有的區域特徵。有些蘇拉威西島南部的語言中，濁雙疊音在語音上會變成前喉塞音。在 Buginese 語、望加錫語（Makassarese）和 Mandar 語中，所有的濁塞音：/bb/ [ʔb]，/dd/[ʔd]，/jj/[ʔdʒ]，/gg/[ʔg]，於詞基的輔音加上前綴 mar- 時，喉塞化會發生在詞素或跨詞素界限上。然而，前喉化和內爆音都不是南蘇拉威西語言的音位（Mills 1975）。表 9.13 呈現此地區語言的內爆音音位分布：

表 **9.13** 蘇拉威西島南部和小巽它島的內爆塞音分布

語言	唇音	齒齦音	硬顎	舌根音
Muna 語	x			
Kulisusu 語	x	x		
Wolio 語	x	x		
Tukang Besi 語	x	x		
比馬語	x	x		
Komodo 語		x	x	
Ngadha 語	x	x		
Kambera 語	x	x		
Hawu 語	x	x	x	x

表 9.13 列舉了許多內爆塞音。Muna 語有一個雙唇內爆音，顯然是從標準語音（phonetic norm）轉移（shift）而來，雖然變化有其

條件：*b 在 *u 前面時不會改變，但在其他元音前面時會轉移為內爆音（van den Berg 1991b: 10）。Mead（1998: 22）指出 Kulisusu 語的 ɓ 和 ɗ 是繼承語形的簡單語音轉移結果，而從其他語言借用非內爆濁塞音的情形產生了他們的對比狀態。比馬語的 b 或許會自動內爆化（*b 變成 v，且在原始詞彙中沒有[b]的來源），但 d 和 ɗ 明顯是不同的音位，如 eda「見」：edi「腳／腿」。比馬語的內爆音起源撲朔迷離，但比較訊息（comparative information）讓這團迷霧露出曙光，此地區多數語言的內爆音反映了標準濁塞音的移轉。

除了表中列的語言外，內爆塞音還可能出現在蘇拉威西島東南部和弗羅里斯島（Flores）的中部和西部。以弗羅里斯島中西部的 Riung 語為例，它有著濁塞音 b、d 和 g 的同位內爆音，van den Berg（1991b: 10）認為：「Muna-Buton 區域的所有語言都能發現內爆塞音，就連蘇拉威西島東南部非常北端的 Tolaki 語中亦能見到內爆音。」Mead（1998: 19）對這句話做出補充說明：「Tolaki 語的濁塞音 b 和 d 是隨機內爆化，在中元音和低元音前更加頻繁發生，並且鄉村語言比城市語言更加有這樣的特徵。」

最後，如前面第 4 章所提到的，大洋洲語言似乎缺少真正的內爆音。

9.1.8　疊輔音（Gemination）

前面第 4 章已指出疊輔音在南島語系中廣泛出現，但和其他歷史上的二次音變特色一樣，通常具有區域特徵。在台灣南島語言當中，噶瑪蘭語是唯一確信有疊輔音的語言[5]，巴賽語或許也有一些。

然而，呂宋島北部除了南科迪勒語群（South Cordilleran）以外的多數語言都有疊輔音。菲律賓的其他疊輔音出現於極南端的 Samalan 語言以及和其密切接觸好幾世紀的 Tausug 語。目前沙巴的所有語言還沒發現疊輔音，但北砂勞越不少語言出現疊輔音，比如撒班語、Berawan 語和 Kiput 語。南至蘇門答臘北部的 Toba Batak 語、蘇拉威西島北部的 Talaud 語以及 Tae' 語、Buginese 語、望加錫語和其他南蘇拉威西語言都有疊輔音的蹤跡。在印尼東部，一些松巴語言和一些 Lamaholot 方言有疊輔音，其他地方則很罕見。太平洋地區的疊輔音出現在馬努斯島的各種語言中，許多核心麥克羅尼西亞語言以及回流到麥克羅尼西亞語言地區和美拉尼西亞地區的一些波里尼西亞外圍語言也都有疊輔音。

　　南島語言的疊輔音常透過以下四種方式產生：1）將鼻音同化為後面的同部位塞音，2）將異部位輔音串同化，3）央中元音後的抵補延長，並將央中元音和其他元音合併，4）相同的輔音或相近部位輔音之間的元音會被刪略。還有不常出現的第五種方式，會在9.2.2.3 節中再做討論。

　　第一種方式只會產生鼻音＋清塞音，在蘇門答臘北部的 Toba Batak 語可以見到，*mp > -pp-，*nt > -tt-，和 *ŋk > -kk- 以及 *ns > -ts-）：*ampeRij > apporik（寫作 amporik）「稻雀」，*tentu > tottu（寫作 tontu）「確實」，*luŋkas > lukkas（寫作 luŋkas）「開著」。異部位鼻音+塞音有時會同化為疊輔音，有時則無：*kamkam > hakkam「用手抓住、握緊」，但是 *tiŋtiŋ「按鈴」> tiŋtiŋ「宣布」，*tuŋtuŋ > tuŋtuŋ「木鑼」。tiŋtiŋ 和 tuŋtuŋ 的鼻音保留或許是因為擬聲詞所致。鼻音+濁阻音保持不變。

砂勞越北部的 Kiput 語有些不同的現象。其疊塞音似乎反映了早期的鼻音+清塞音音串，但這情況只出現在馬來語的借詞中，像是：*lappiəw*「一種魚陷阱」（<馬來語 *səlambaw*，鼻音同化前可能先發生鼻音後清化），*lappuŋ*「燈」（<馬來語 *lampu*），*guttıŋ*「剪刀」（<馬來語 *guntiŋ*），*lattaay*「鍊條」（<馬來語 *rantay*），*lattıŋ*「木筏」（<馬來語 *rantiŋ*），*mattay*「翠鳥」（< Brunei 馬來語 *mantis*），*baccı?*「討厭」（<馬來語 *bənci*），*kaccıŋ*「扣子」（<馬來語 *kanciŋ*），*jaccı?*「承諾」（<馬來語 *janji*），和 *bassə?*「種族，民族」（<馬來語 *baŋsa*）。當地語言裡也出現一些疊輔音，如：*daccih*「鱷魚」（比較 *dacih*「大」），或 *durrəy*「逃脫」（比較 *durəy*「荊棘」），不甚清楚其詞源。

　　第二種方式還可以分成兩種情形：一種是原先就已存在異部位輔音串，另一種則是元音刪略後才產生輔音串。第一種情況可在馬都拉語（Madurese）中見到，重疊式單音節 CVCCVC 的異部位輔音串受完全同化影響而產生一些疊輔音，像是原始馬來-波里尼西亞語 *bakbak > babba?*「樹皮」，或 *paqpaq > pappa*「椰子葉或香蕉葉」。第二種情況見於呂宋島北部的 Atta 語、蘇拉威西島南部的 Buginese 語和望加錫語（Makassarese），以及美拉尼西亞西部的海軍部群島上的許多馬努斯語言。菲律賓語言有許多未同化的異部位輔音串是元音刪略所造成的，但在 Atta 語中，第一個輔音會完全同化為第二個輔音：*qalejaw > a:ggaw*「日子」（比較 Batad Ifugaw 語 *algáw*）。有些馬努斯島東部和中部的語言，其疊輔音也有類似的變化過程，如：*pa-panako*（> pahanak）> Kuruti 語 *pahna*，但 Nali 語 *panna*「偷」。此外，Atta 語的主動動詞前綴 *mag-* 會有韻尾同化的現象，

在許多動詞中產生了跨詞素（heteromorphemic）疊輔音，像是：Atta 語 *majjiguq*「戲水」（< *maR-diRuq），或 *mappi:li*「選擇」（< *maR-piliq）。南蘇拉威西的語言，像是 Buginese 語、望加錫語（Makassarese）或 Mandar 語也有類似的跨詞素疊輔音現象（Mills 1975），而疊濁音會以前喉塞音顯現出來，因此不算。

第三種方式見於 Isneg 語、望加錫語或斯里蘭卡馬來語：輔音在央中元音後會產生同位雙生，之後和另一個元音合併。如先前所見那樣，東南亞島嶼的語言很常在央中元音後出現疊輔音，為共時音韻的一部分。當音變消除了疊輔音出現的可預測性後，拉長的同位輔音會成為音位。在 Isneg 語和望加錫語中，*e 會和 *a 合併，產生在 /a/ 後面單音（singleton）與疊輔音的對比：*enem > Isneg 語 *annám*，望加錫語 *annaŋ*「六」，*teken > Isneg 語 *takkán*，望加錫語 *takkaŋ*「撐船的竹竿；棍棒」（比較 *anak > Isneg 語 *anáʔ*，望加錫語 *anaʔ*「孩童」）。斯里蘭卡馬來語（Adelaar 1991）的輔音在央中元音後會自動雙生，下個音節若有前元音時，央中元音會變成 *i*，若為後元音，則變成 *u*，產生具音位性的疊輔音：標準馬來語 *kəcil*：斯里蘭卡馬來語 *kiccil*「小」，標準馬來語 *ləbih*：斯里蘭卡馬來語 *libbi*「更」，標準馬來語 *pərgi*「去」：斯里蘭卡馬來語 *peggi*、*piggi*「沒了、最終」，標準馬來語 *təman*：斯里蘭卡馬來語 *tumman*「朋友」，標準馬來語 *pənuh*：斯里蘭卡馬來語 *punnu*「滿」，標準馬來語 *təbu*：斯里蘭卡馬來語 *tubbu*「甘蔗」，標準馬來語 *təlor*：斯里蘭卡馬來語 *tullor*「蛋」。

最後一種方式可以在大洋洲語言中反覆觀察到：兩個相同輔音之間的元音會被刪略，進而產生疊輔音。這現象在許多語言中只會

出現於受元音刪略影響的 CV- 重疊，以 Kapingamarangi 為例：*piki > *piki*「有黏性」：*pi-piki > *ppiki*「卡住」，*tuki > *tuki tuki*「打、捶」：*tu-tuki > *ttuki*「重擊」，*laka > *laka laka*「大步前進」：*la-laka > *llaka*「大步前進」。從波里尼西亞回流的語言以及許多核心麥克羅尼西亞語言和美拉尼西亞地區的一些大洋洲語言，像是聖穆紹群島（St. Matthias Archipelago）的穆掃語，也都有類似的變化發展。Mussau 語會加上迴響元音，產生許多基底為三音節的詞基。相同輔音間的元音刪略現象會發生在一個詞素裡，常見於年輕的語言使用者，在年長的語言使用者中並不常見：*mumuko*：*mmuko*「海參」，*papasa*：*ppasa*「舷外浮架竿」，*kabitoto* > *kabitto*「蝨卵」，*mumumu* > *mummu*「吸吮」。Blust（1984c）記錄著元音刪略現象只發生在三音節以上的詞，但 Brownie & Brownie（2007: 16）文中顯然記錄到這現象已被年輕的語言使用者運用在雙音節的詞上了。最後，核心麥克羅尼西亞語言，如 Chuukese 語，其元音刪略現象會發生在相同發音部位的輔音間，但不一定是相同的發音方式（Blust 2007b）。

表 9.14　Talaud 語的詞尾疊輔音

原始馬來-波里尼西亞語	Talaud 語	
*-p	-ppa	*qatep > atuppa「屋頂；茅草」
*-t	-tta	*Ramut > žamutta「根」
*-k	-ʔa	*anak > anaʔa「孩童」
*-b	-bba	*tutub > tutubba「關門」
*-d	-dda	*likud > liʔudda「背」
*-g	?	
*-m	-mma	*inum > inumma「喝」

原始馬來-波里尼西亞語	Talaud 語	
*-n	-nna	*kaen > anna「吃；食物」
*-ŋ	-ŋŋa	*daŋdaŋ（> dadaŋ）> daraŋŋa「用火取暖」
*-s	-ssa	*teRas > tohassa「硬、壯」
*-l	-lla	*beŋel > beŋella「聾」
*-R	-kka	niuR > niukka「椰子」

　　蘇拉威西島北部的 Talaud 語並不屬於上述的任一種方式，但也不算是「特例」。Sneddon（1984）記錄了 Talaud 語的三種疊輔音情況。第一種輔音加前綴的雙生情形不僅少見且變化過程不甚清楚，如：Cu- + daḷanna「走」> duddaḷanna「正在走」。第二種是常見的央中元音後的輔音雙生，並接著和 a 合併：原始馬來-波里尼西亞語 *enem > annuma「六」，*epat > appata「四」，*lemes > lammisa「溺水」，*qateluR（> *teluR）> talluka「蛋」（比較 *anak > anaʔa「孩童」，或沒有疊輔音的 *mata > mata「眼睛」）。第三種情形最為有趣，呈現於表 9.14 中。

　　總而言之，除了滑音（和前面元音合併）和 *-k（變成喉塞音，無法雙生）之外，其他所有詞尾輔音都會雙生後加上 -a。Sneddon 注意到這個現象有其限制，首先，在 *enem > annama「六」的例子中，央中元音後的雙生變化比詞尾輔音雙生更早發生，導致語境改變而無法進行詞尾輔音雙生。再來，雙生變化也很常受後面的輔音串影響而無法發生，如原始馬來-波里尼西亞語 *demdem > Talaud 語 danduma「暗」，*puŋgut > puŋguta「沒有尾巴」，或 *sandeR > sandaka「靠著」。這些情況顯示著，有一種普遍的限制，即每一個詞素不容

許超過一個長輔音，或是輔音串。但是在同一個語詞中可以出現多重雙生，如 *duddaḷanna*「正在走」。更令人驚訝的是，若詞尾音節韻頭（onset）為 *ž*（<*R）也會阻止疊輔音的產生：原始馬來-波里尼西亞語 *hiRup > *ižupa*「啜飲、吸吮」，*huRas > *užasa*「清洗」，*habaRat*「西季節風」（> *baRat*）> *bažata*「西」，附註 *paRes*「用工具打」> *pažasa*「用竹竿將果實打落」。這樣的特性令人不解，因為原先以 *-Ca* 結尾的詞並不會對詞尾音節的聲母產生雙生（*apa > *apa*「什麼？」，*lima > *lima*「五」，*mata > *mata*「眼睛」，*qasawa*（> *sawa*）> *saβa*「配偶」，*taumata > *taumata*「人」），*-a* 加插明顯不會比疊輔音先發生。但若疊輔音先發生的話，會導致發音上的困難或不可能出現的詞尾疊阻音 *-pp*、*-tt*……等。目前有兩種解釋，要嘛 *-a* 加插先發生，而輔音在詞尾 *-a* 前面雙生的情況只發生在三音節以上的詞，要嘛詞尾輔音先雙生，而 Talaud 語的 *-a* 加插為單一複雜音變。

有時很難界定疊輔音為單一音位或是音串。巴達克語受印度語系影響，其音節文字（syllabary）以鼻音+塞音的方式呈現疊輔音，因此 Toba Batak 語的使用者會把 *-pp-*、*-tt-* 和 *-kk-* 視為音串。然而，跨語言來說，對應至輔音串的疊輔音可能還保留著音節界線，而對應至單一塞音的則被視為一個音位。

在一些南島語言中，長元音由以下兩種方式發展而來：1）元音間的輔音丟失，或 2）長詞素刪減為單音節，在許多親屬語言間則必為雙音拍（bimoraic）。語例如下：原始大洋洲語 *layaR >原始波里尼西亞語 *laa*「航行」（只有一個音峰），導因於上述的其中一種或兩種音變，而在原始大洋洲語的 *apaRat*「西季風」>原始波里尼

西亞語 *afaa「暴風、颶風」，比較原始大洋洲語 *apa >原始波里尼西亞語 *afa「什麼？」，只有第一種音變產生。分屬不同音節的相同元音順序可能會和疊音或長元音搞混，但兩者是不一樣的現象。前者肇因於中間的輔音丟失，如：原始馬來-波里尼西亞語 *daRaq > Mukah Melanau 語 *daaʔ*「血」（有兩個音峰；比較 *gaʔ*「通用的處所標記」）。

9.1.9 影響鼻音的創新

　　印尼西部和東南亞大陸的占語群發現到兩種影響鼻輔音的音變，其中絕大多數的現象集中在婆羅洲島上。Court（1967）將第一種音變命名為前爆鼻音（preploded nasal），是不常見的音變類型，已在第 4 章簡略討論過。這個現象給人的印象是鼻音前有個短促的同部位塞音，發音方式為藉由延遲軟顎下降直到口腔閉合，婆羅洲島西南部的馬來 Dayak 語中，一種叫做 Selako 的語言便有此現象，其和馬來語的 *tajam*「尖銳」，*hujan*「雨」，*tulaŋ*「骨頭」相對應的發音分別為 *taja^bm*、*uja^ɪn* 和 *tua^kn*。婆羅洲島西南部 Land Dayak 語言廣泛存在類似的詞尾鼻音變化。有些語言，像是 Selako 語的前爆鼻音聽起來像是短促的清塞音。但在其他語言中，如 Kuap Land Dayak 語則像是短促的濁塞音（原始馬來-波里尼西亞語 *dalem > Kuap 語 *dərə^bm*「在裡面，內部」，*quzan > uje^dn*「雨」）。南島語言中，前爆鼻音最令人訝異的特徵為：1）只出現在詞尾，2）以鼻輔音開始的音節無法產生前爆鼻音，3）隨著時間推移，前爆鼻音傾向和相似的清塞音合併，4）前爆鼻音有地理區域特徵，但發現的地區

彼此並不接壤。

　　如第 4 章提到的，南島語言常見的鼻輔音會逐漸向右擴展，這方面的語料十分充沛，但反方向則不如此。因此，如果最後一個音節的聲母是鼻音時，前爆音很難影響到詞尾鼻音，如：*malem > Lundu 語 *maəm*「夜晚」，*diŋin > *diŋin*「冷」，或 *kuniŋ*「黃色」（馬來語 *kuniŋ*）。當鼻音向右擴展時，音節為 -NVN 的詞型會在鼻音擴展和詞尾鼻音前爆化兩者中產生衝突。而鼻音擴展在這抉擇中佔有優先地位，因此，詞尾元音被鼻音化，使得口腔無法在軟顎下降前閉合。當詞尾音節的聲母不是鼻音，接著的元音就是口部元音。鼻音前爆可以視為保護著元音不受韻尾鼻音影響而產生反向的鼻音擴展（Blust 1997c）。有些語言的前爆鼻音會進一步被簡化為清塞音，砂勞越南部和加里曼丹邊界屬於馬來 Dayak 語言的 Keninjal 便有此現象：*tazem > *tajap*「尖銳」，*quzan > *ujat*「雨」，*tuqelaŋ > *tulak*「骨頭」，但 *haŋin > *aŋin*「風」。雖然鼻音前爆化現象或許在婆羅洲西南部的 Land Dayak 區域最為出名（Court 1967），其實在印尼西部也有著廣泛但不連續的分布，北到沙巴（Bonggi 語）、多數 Land Dayak 語言以及一些相鄰的馬來 Dayak 社群，如婆羅洲西南部的 Selako 語、加里曼丹東部的 Tunjung 語、蘇門答臘島和婆羅洲之間的 Bangka 島和 Belitung 島上的 Lom 語、蘇門答臘島南部的 Rejang 語、蘇門答臘島以西的 Mentawai 群島上的一些 Mentawai 方言，泰國西南部有著不尋常語音系統的一種馬來方言 Urak Lawoi' 語，以及占語群中的 Roglai 語和 Tsat 語。當中的一些語言，像是 Keninjal 語，已經沒有前爆鼻音了，但詞尾鼻音以同部位清塞音反映，顯示出曾經有過前爆鼻音，除非最後一個音節是以鼻輔音開始。東南亞

大陸的孟-高棉語言中也有相同的現象，其呈現形式極為類似，而世界上的其他語言，則以略為不同的形式呈現相同的現象（Blust 1997c）。

鼻音後爆（Nasal postplosion）始於語詞中間的鼻音+濁塞音音串。在許多語言的鼻音-塞音音串中可以觀察到，鼻音和濁塞音的塞音阻塞時間會比和清塞音組合來的更短（Cohn 1990）。這種語音共通性在印尼西部有些語言裡，包括砂勞越北部的 Narum 語、砂勞越南部及相鄰的加里曼丹部分的 Iban 語，和蘇門答臘島北部的亞齊語、蘇門答臘島西南部的 Rejang 語，以及峇里語，它們發展得更徹底，幾乎無法察覺到濁塞音的存在，如 Narum 語：*kambiŋ > *am*b*iŋ「羊」，或 *p-inzam > *pin*j*am「借」。事實上，濁塞音藉由在語詞中間鼻音後的位置，將阻塞時間縮短到難以覺知，進而產生鼻後爆音的效果，詞中鼻音後面的口部元音，顯示早先曾經有過音串、或基底型式中有音串。如 Blust（1997c）指出，該地區的語言強烈傾向同時擁有詞尾鼻音前爆和詞中鼻音後爆，加里曼丹西南部與砂勞越 Land Dayak 區域接壤的 Kendayan Dayak 語中，由 Kendayan 一詞的原始發音（﹝kən*d*ája*n*﹞）可以觀察到這樣的現象。

詞尾前爆鼻音很容易辨識出來，即使在簡單的語音資料中，但語詞中間的鼻後爆音就不是那麼一回事，在現有資料裡可能只被簡單紀錄為 -mb-、-nd-、-nj-、-ngg- 或相對應的簡單鼻音。如果詞源資料顯示是一般的詞中鼻音反映前鼻化濁阻音，那麼有很大的可能性是後爆鼻音誤記為一般鼻音、或在早期曾是後爆鼻音。最後，大多數有詞中後爆鼻音的語言會將鼻音從音節韻尾重新劃分到聲母。因此，詞型結構中原先的前鼻化濁阻音詞素會從 CVCCVC（切為

CVC.CVC）變成 CVCVC（切為 CV.CVC）。

　　太平洋是第二個有重大鼻音創新的區域，許多大洋洲語言將 *m
（和 *p）反映為圓唇舌根音。圓唇舌根音的定義在大洋洲語言中有
所差異。多數語言的圓唇舌根輔音只是簡單的唇音加上圓唇滑出音
（offglide）。但在核心麥可羅尼西亞語言中，圓唇舌根輔音 m^w 則是
展唇而非圓唇。如 4.1.12 節中提過的，還有一些其他語言的唇輔
音，尤其是萬那杜北部，是發音共構產生的：[$ŋm^w$]、[kp^w]。這些輔
音的原始來源常有爭議。Blust（1981a）指出，雖然圓唇舌根音能在
許多大洋洲語言裡見到，常出現在同源詞素中，但唇音和圓唇舌根
音的跨語言分歧十分普遍。舉例來說，絕大多數大洋洲語言的「手
掌、手臂；五」為 *lima 的反映，但莫塔語 lim^wa「手掌；五」，和
斐濟語 liŋa「前臂和手掌」則是反映 *lim^wa。同樣的，多數大洋洲
語的「房子」為 *Rum^waq 的反映，但少許有圓唇舌根音的語言則反
映著 *Rumaq，像是 Wogeo 語，Arosi 語 ruma，Lau 語 luma，Sa'a
語 nume「房子」，Nauna 語 yum「房子」，yuma-n「巢；網」。原始
馬來-波里尼西亞語 *Rumaq >原始大洋洲語 *Rum^waq，可以看到圓
唇舌根音的發展會受到相鄰的圓唇元音語境影響。然而，*lima >莫
塔語（Mota）lim^wa、斐濟語 liŋa 的情況則不適用此解釋。Lynch
（2002）詳細的重新檢視了這些現象，得出一個結論：大洋洲語言多
數的圓唇舌根音是條件式變化或借來的。這結論可能成立，但還是
無法解釋莫塔語 lim^wa 和斐濟語 liŋa 的這些重大殘留。除了這些音
變之外，有些南島語言會將任何詞尾鼻音合併為 -ŋ，大致上南島語
言值得一提的鼻輔音變化就是這些了。

9.1.10　元音音變

原始南島語只有四個元音：*a、*i、*u 和 *e（央中元音）。在這當中，央中元音是最不穩定的，發展出多樣的反映。另一方面，典型的三元音 *a、*i、*u 至少在某些語境下，被保留於所有語言中。*a 在詞尾位置時，通常會變為央中元音或 *o*，大洋洲語言中的 *a 會透過低元音異化現象變為 *i* 或 *e*，而砂勞越北部和呂宋島東北部的語言則會藉由低元音前化現象變為 *i* 或 *e*。先前已討論過的低元音異化現象影響連續音節中兩個低元音的第一個。而低元音前化現象影響濁阻音之後的低元音，將在「不尋常的音變現象」小節中再做探討。以下分別敘述其他類型的元音音變。

9.1.10.1　元音音位數量增加

原先的四個元音音位數量基於種種不同原因而增加。有些情況下，這些擴張是適度的，但在某些狀況下卻是極端的。聲調、口部元音與鼻化元音之對比等超音段變化將分開討論。

有些語言的高元音在特定語境下位置會降低，當語境不復存在時，有時便會產生新的中元音 *e* 和 *o*。我們可以從分布在砂勞越北部的 Penan 語 Long Labid 方言觀察到：*R 和 *s > *h*，並且高元音在詞尾 *h* 和 ʔ 前面時位置會降低，然後丟失 *h*，例如：原始馬來-波里尼西亞語 *ikuR（> ikuh > ikoh）> *iko*「尾巴」，*Ratus（> hatus > atuh > atoh）> *ato*「百」，*sendiR（> səndih > səndeh > səreh）> *səre*「斜靠」，*beties（bətih > bəteh）> *bəte*「小腿」。在舌位高低和諧的作用下，有些具音位性的中元音也會在倒數第二個位置出現：*nipis > *nepe*「薄（材質）」。有些大洋洲語言裡可以清楚見到明顯的元音增

加，像是 Chuukese 語在各種同化現象以及語境丟失的作用下，發展出九個元音（Dyen 1949）。根據 François（2005）的研究，萬那杜北部的一些語言已發展出多達 16 個元音（算入長元音，而非將音長視為節律）。

除了新元音的產生之外，許多複合元音的出現也是改變元音庫的主要方式。從最初的元音系統變化到新的元音、複合元音系統的語例中，最令人驚嘆的例子包括蘇門答臘島南部的 Rejang 語 Musi 方言，呈現出原始南島元音的 27 種分裂方式以及 21 種合併方式（Blust 1984b; McGinn 2005），以及在砂勞越沿岸地區的美拉鬧語有著繁複的元音分裂過程。如章節 4.3.2.10 所述，許多砂勞越的沿岸語言以及一些內陸的高元音有兩種元音分裂或複合元音化的模式。第一種出現在詞尾閉音節裡，高元音在詞尾 *k* 和 *ŋ* 的前面時，會發展出央中滑出音（mid-central offglide）。第二種則是發生在詞尾開元音裡，高元音會發展出央中滑入音（mid-central onglide）。結尾滑音在大多數語言的共時語法中還有殘留，但起始滑音會造成重建，像是 Mukah Melanau 語裡的例子：*titik > *titik*（[títijəʔ]）「斑點，圓點」，*manuk > *manuk*（[mánuwəʔ]）「鳥」，*pusiŋ > *pusiŋ*（[púsijəŋ]）「轉動」，*buŋbuŋ > *bubuŋ*（[búbuwəŋ]）「屋脊」，比較 *qubi > *ubəy*「山藥」，*telu > *tələw*「三」。元音分裂的細節因不同語言而有所差異。舉例來說，Mukah 語的 *a 會升高並結尾滑音化為[ejə]，如：*anak > *anak*（[ánejəʔ]）「孩童」，或 *bintaŋ> *bitaŋ*（[bítejəŋ]）「星星」。而詞尾 *k 在分裂後會軟音化為 -ʔ，區別出 -*ik* 和 -*iʔ*，就是[ijəʔ]和[eʔ]對比，這些現象都很不尋常。另一方面，加燕語 Uma Juman 方言的 *i 在 *-k 和 *-ŋ 的前面時都會分裂，但在 *u 的前面時

卻會降低位置。表 9.15 整理了砂勞越沿海地區和鄰近區域的各式語言元音分裂模式（KT = Kampung Teh，KK = Kampung Kekan）。以下資料以音標的方式呈現：

表 **9.15**　砂勞越語言的元音分裂模式（排除可預測的滑音）

	*-ik	*-iŋ	*-uk	*-uŋ	*-ak	*-aŋ	*-i	*-u
Kiput 語	-iəʔ	-iə	-uəʔ	-uə	-ak	-aŋ	-əy	-əw
Balingian Melanau 語	-iək	-iəŋ	-uk	-u(ə)ŋ	-ak	-aŋ	-əy	-əw
Mukah Melanau 語	-iəʔ	-iəŋ	-uəʔ	-uəŋ	-eəʔ	-eəŋ	-əy	-əw
Dalat Melanau KT 語	-iək	-iəŋ	-uək	-uəŋ	-ak	-aŋ	-əy	-əw
Dalat Melanau KK 語	-eək	-eəŋ-	oʔ	-u	-iʔ	-i	-əy	-əw
Matu Melanau 語	-it	-in	-ok	-oŋ	-ak	-aŋ	-əy	-əw
Sarikei Melanau 語	-iəʔ	-in	-uəʔ	-uəŋ	-ak	-aŋ	-ay	-aw
Uma Juman Kayan 語	-iək	-iəŋ	-ok	-oŋ	-ak	-aŋ	-eʔ	-oʔ
Uma Bawang Kayan 語	-ik	-iŋ	-uk	-uŋ	-eək	-eəŋ	-eʔ	-oʔ
Long Wat Kenyah 語	-iək	-iəŋ	-uək	-uəŋ	-ak	-aŋ	-əy	-əw

　　砂勞越語言的元音分裂情況複雜多變，表 9.15 只是提供一個大略的樣貌。儘管只呈現部分的語言和方言，砂勞越地區的元音分裂現象依舊是百花齊放的精彩。以 Mukah Melanau 語為例，-h 從 *R > r 而來，而低元音在 -h 前面時會分裂：*sandaR > sadar（[sádejəh]）「倚靠」，gagar（[gágejəh]）「平台」。而 Long Wat Kenyah 語中，常見的結尾滑音分裂模式（在詞尾 *-k 和詞尾 *-ŋ 的前面時），在一些情況下還增加了 -ut 和 -un（但顯然沒有 -it 和 -in）。在 Dalat Melanau KT 語裡，央中滑入音導致高元音重組也出現在詞尾喉塞音和 h 之前：*puluq > puləuʔ「十個一群」，*betis > bətəih「小腿」。而 Sarikei

Melanau 語的高元音結尾滑音化也是出現在詞尾 *h* 和詞尾 *t* 前面。在砂勞越地區中，美拉鬧語有著最繁複的元音分裂發展過程，而低地 Kenyah 語則較少，如 Long Wat 語。這些創新從沿岸開始興起，並朝整個河流系統向上蔓延，當擴散到一些加燕方言區域時，影響已經減弱。拉丁語系的元音分裂現象眾所皆知，但和砂勞越語言的情況有兩大差異。首先，詞尾舌根音會觸發元音分裂，但對於那些 -*k* 和 -*g* 為對比的語言來說，分裂並不會出現在 -*g* 前面，如 Mukah 語或 Dalat Melanau 語：Mukah Melanau 語[hig]「輕微移動」，[dúhig]「森林神獸」，[tug]「前腳掌」，[pádʒug]「腳」，[tátag]「補釘，修補」，[típag]「踩腳」，Dalat Melanau KT 語[lílig]「樹酯」，[ríbig]「捏」（比較雙音節的[píjəg]「顫抖」），[múug]「擦地、刷地」，[tug]「腳跟」。再來，Mukah 語的重音位置在倒數第二個音節，因此產生分裂的元音會在沒有重音的音節裡，這和拉丁語系分裂的元音並不相同。

　　表 9.15 中，詞尾高元音分裂為 -*əy* 和 -*əw*，整體來說或多或少還算一致（只有加燕語不一樣，因為它是透過美拉鬧語（Melanau）擴散後才有元音分裂）。蘇門答臘島南部的 Rejang 語也有相同的詞尾高元音分裂情形，如：*mi-Sepi（> mipi）> mipəy「做夢」，*hisi > isəy「內容物」，*waRi > biləy「日子」，*bulu > buləw「體毛、羽毛」，*sapu > supəw「掃把」或 *qulu > uləw「頭」，而占語中的例子則有：原始馬來-波里尼西亞語 *beli > Jarai 語 bləy「買」[⑥]，*duRi > Jarai 語 drəy「荊棘」，*bulu > Jarai 語 bləw「體毛、羽毛」，或 *telu > Jarai 語 kləw「三」。蘇門答臘島南部的 Minangkabau 語缺少詞尾高元音的起始滑音分裂現象（*tali > tali「繩子」，*kutu > kutu「頭蝨」），但高元音在特定詞尾輔音前會結尾滑音化。Adelaar（1992:

42 頁起）指出，Minangkabau 語早期的 *-i 和 *-u 在以下情況裡並不會結尾滑音化：1）在 *p 或 *t 變成的 -ʔ 前面，2）在 *m 和 *n 變成的 -n 前面，3）在 *s 變成的 -h 前面，或 4）在構擬型式的詞尾位置。但有以下四種情況時會結尾滑音化：1）在 *k 變成的 -ʔ 前面，2）在 -ŋ 前面，3）在原始馬來-波里尼西亞語 *q 變成的 -h 前面，和4）在早期 *l 或 *r 變成的零前面。這些模式有趣的地方在於，詞尾舌根音再次成為觸發高元音結尾滑音化的主要因素。如其他幾個本章討論的變化一樣，南島語言的元音分裂現象同樣有著令人不解的地理分布情況：它侷限在婆羅洲西北部，貌似為區域性的現象，但跳過靠近蘇門答臘島的 Land Dayak 地區，又出現在蘇門答臘島南部和東南亞大陸上。有待研究這是否為語言早期的接觸方式，不過，此種特殊形式只出現在這些不連續且侷限的地理區域裡，在南島語系其他地方的語言貌似都未見過，實在令人驚訝。

高元音有另一種顯著但不規律的變化，許多大洋洲語言以及一些大洋洲語群外的語言，*u 有時候在沒有明顯特定的語境下會反映為 i，如：原始大洋洲語 *tusuq >原始波里尼西亞語 *tusi「指著、指出」，原始大洋洲語 *turu >原始波里尼西亞語 *turi「膝蓋」，原始波里尼西亞語 *tupu-na > 毛利語 *tipuna*「祖先」，原始波里尼西亞語 *qumu > 夏威夷語 *imu*「土窯」，或原始波里尼西亞語 *tamaŋu >夏威夷語 *kamani*「瓊崖海棠」。Blust（1970b）指出許多大洋洲語言有這種奇特的類漂移現象，但此後一直沒有關於這方面的研究探討。

剩下要談的元音中最容易改變的就是央中元音，它具有很大的移動空間。原始南島語的 *e 明顯是央中元音，雖然許多菲律賓語言將其反映為央高元音（寫作 ɨ）。而異它語言則把本地詞彙中的 *e 反

映為 i，來自爪哇語會的借詞中則將 *e 反映為 ə，成為東南亞島嶼上少數幾種有央高元音和央中元音對比的南島語言。

央中元音在條件變化下會變為 i、u、o、ə 或 a。有些語言會根據不同語境變為 i 或 u。以台灣中部的邵語為例，*e 通常在倒數第二個音節中丟失，但在詞尾輔音前會保留，並分裂為舌尖音和舌根音前的 i，以及唇音前的 u：原始南島語 *bukeS > fukish「頭毛」，*keRet > klhit「切、割斷」，*RameC > lhamic「植物的根」，*ŋipen > nipin「齒」，*Sajek > shazik「氣味；臭味」，*lemlem > ma-rumrum「昏暗、不亮」，*qaRem > qalhum「穿山甲」，*dakep > sakup/sapuk「抓住」，*Sulem > urum「雲、霧」。塔加洛語的 *e 若有 *u 出現在相鄰音節的話，會變成 u/o，若無則變成 i：原始馬來-波里尼西亞語 *buhek > buhók「頭毛」，*tebuh > tubó「甘蔗」，但 *beRas > bigás「稻殼」，*deŋeR > diníg/diŋíg「聽」，*tanem > taním「種植」。如前所述，斯里蘭卡馬來語的 *e，若下一個元音是前元音，則 *e > i，但是下一個元音若是後元音（*u 或 *a）則 *e > u。有些語言的 *e 反映很是不同，受詞素的位置而非相鄰的元音的影響。以馬來語大多數的方言來說，*e 在詞尾音節時反映為 a，在其他位置則反映為[ə]（寫作 e），如：*enem > ənam「六」。另一方面，布力語和其他南Halmahera- 西新幾內亞語言的 *e 在倒數第二個音節位置時，反映為 o，在詞尾音節時，反映為 a，如：原始馬來尼西亞語 *depa > 布力語 lof「噚」，*kuden > ulan「陶炊壺」，或 *enem > wonam「六」。在條件音變中沒有 *e > [e]的例子。

在無條件音變中，央中元音可以變成除了 i 以外的任何元音。台灣中部的布農語、宿霧語、菲律賓中部的其他語言以及查莫洛語（有

同位音 *u/o*）中可見到 *e > *u*，伊洛卡諾語的北部方言和 Ma'anyan 語可見到 *e > *e*，Isneg 語、一些其他呂宋島北部的語言、加班邦安語（以及塔加洛語中來自加班邦安語的借詞）、沙巴的 Murut 語、蘇門達臘西南部的 Minangkabau 語和蘇拉威西島西南部的望加錫語可見到 *e > *a*。央中元音最常見的無條件音變是 *e > *o*，在呂宋島北部的 Ifugaw 語、民答那峨島的 Ata Manobo 語、有些菲律賓南部的 Samalan 語、沙巴的都孫語、蘇門答臘北部的 Toba Batak 語、蘇門答臘南部的一些 Lampung 方言、Bolaang Mongondow 語及其分布在蘇拉威西島北部的近親語言、原始東部的西里伯斯語群（Mead 2003b）、Wolio 語、Soboyo 語和原始大洋洲語群以及其他。

9.1.10.2　單元音化

對於 *-ay、*-aw、*-uy 和 *-iw 能否歸類為複合元音，大家依舊存有分歧（Clynes 1997, 1999），但它們在進行相互同化和縮略時，顯然和其他 -VC 順序有著極為不同的表現，在許多現代語言裡呈現：*-ay > -*e*，*-aw >*o*，且 *-uy 和 *-iw >*i*。雖然 *-ay > -*e* 和 *-aw >*o* 通常會同時發生，就像 *-uy >*i* 和 *-iw >*i* 那樣，後者的單元音化在有些語言裡並沒有對應的 *-ay 或 *-aw 變化。

9.1.10.3　聲調

南島語言中的音位聲調非常少見而且是後來才產生的變化。Remijsen（2001: 3）指出可以在以下地區發現到聲調：1）東南亞大陸的有些占語群語言，2）新幾內亞西部及鄰近島嶼的 Mayá 語、Matbat 語、Moor 語和其他南哈馬黑拉-西新幾內亞語，3）新愛爾蘭的 Kara 語、Barok 語和 Patpatar 語，4）新幾內亞 Huon 海灣地區的

Yabem 語和 Bukawa 語，5）新喀里多尼亞的五種語言。具有聲調變化的南島語言大多已從雙音節詞轉移為單音節。某些情況中，聲調現象似乎是因為語言接觸而產生，但在其他狀況裡又無法確定這種因果關係。

占語群呈現著連續的區域適應特徵。除了與相鄰的孟-高棉語接觸而獲得了各式音段特徵，和高棉語關係緊密的西占語發展出許多發聲態（氣聲和正常聲），而東占語或稱 Phan Rang Cham 又和越南語關係密切，呈現一些早期的聲調特徵，然而研究人員對於語言接觸的影響力看法不盡相同（Thurgood 1999; Brunelle 2009）。中國南部的海南島住著穆斯林人口，他們使用著 Tsat 語，而這種語言已發展出完整的聲調系統，共有五個聲調（Ouyang & Zheng 1983; Haudricourt 1984; Benedict 1984; Maddieson & Pang 1993）。

Thurgood（1999: 179）指出「發聲態本身的複雜性使得特徵會同時發生：音質（發聲類型）、元音長度、音高以及音質引起的元音滑音化…個別語言會強化一、兩種特徵，並抑制其他特徵。」西占語中，在濁阻音後會發展出氣嗓音，然而，在其他輔音後則為真聲（modal voice）。氣嗓音和真聲間的差異產生了兩個互補元音組，和每種發聲類型息息相關。隨著時間遷移，氣嗓發聲擴展到響音後的元音（在占語系中是異常的），原先清晰的變化條件在濁、清塞音合併以及發聲態從重讀音節前的初始音節擴展到重讀音節時丟失。東占語，也就是越南的 Phan Rang Cham 語，因為語言接觸而產生了高、低對比的早期聲調系統。詞尾喉塞音進一步誘發了曲折調。以 Jarai 語為例，可以預測元音在從 *t 變來的詞尾喉塞音前的發音為短的上升調，如原始馬來-波里尼西亞語 *epat > Jarai 語 *paʔ*（[paʔ²⁴]）「四」。

海南島的 Tsat 語約過去一千年前出現，長期與侗傣語和漢語接觸，因而幾乎演變成單音節詞，更發展出有五種聲調的系統，Thurgood（1999: 215）以高平調（55）、中平調（33）、低平調（11）、高降調（42）和低升調（24）來表示。原始占語的濁阻音不論在詞首或末音節的聲母位置時都有氣聲的發聲態，在 *h 前面是 55，在 *ʔ 前面是 42，在其他輔音前，包括零則為 11。其他原始占語初始輔音產生真聲發聲態（modal voice register），在 *-h 前面是 55，在 *-ʔ 前面是 24，而在其他輔音尾前是 33，如表 9.16 所示：

表 9.16　海南 Tsat 語的五聲調系統發展

原始占語	Tsat 語	詞義
*babah	pha^{55}	嘴
*mamah	ma^{55}	咀嚼
*batuk	tuʔ^{42}	咳嗽
*manuk	nuʔ^{24}	雞
*habəw[109]	phə^{11}	灰燼
*dua	thua^{11}	二
*ʔular	la^{33}	蛇
*lima	ma^{33}	五

　　原始占語初步和典型孟-克緬語接觸後，慢慢開始就有明顯的真聲和氣聲差別。從這點來看，音節結尾決定了聲調變化，並且和聲調語言接觸後，從一個跟馬來語相似的無聲調祖語中，產生出一個

109　Thurgood (1999:183) 將古占語的複合元音寫作 *-ɛy，*-ɔw，在此我記錄為 *-əy，*-əw。

完整的聲調系統。這結果密切地模仿著鄰近語言的類型，就算這些鄰近語言屬於其他語系。因此，如此迥異的類型特徵之所以會出現在南島語言中，再明顯不過是因為長期語言接觸所造成的。

　　Mayá 語、Matbat 語、Moor 語和一些其他的南哈馬黑拉-西新幾內亞語言發展出聲調。Remijsen（2001）曾在 Mayá 語找到驚人的發現，這是一種使用於 Waigeo 島、Salawati 島和 Misool 島的語言，他們分布在新幾內亞鳥頭半島北部和西部的 Raja Ampat 群島內，Mayá 語具有明顯的混合韻律（prosodic）系統，以音位重音和音位聲調為特色。多數 Mayá 語的詞素是單音節或雙音節，而且音節可能帶著以下三種聲調中的一種：高聲調（以 /³/ 表示），只出現在實詞詞尾音節的上升調（以 /¹²/ 表示），以及無標性聲調的〔+stress〕。在多音節中，不管是什麼聲調，重音通常會落在倒數第二個或最後一個音節上。Misool 島上所使用的 Matbat 語據說有五個聲調：極高降調（/⁴¹/）、高平調（/³/）、低升調（/¹²/）、低平調（/¹/）和下降調（/²¹/）。雖然 Remijsen 在討論這些聲調發展歷程時使用了普遍的術語，但他無法提供一套可以從構擬詞形中，預測 Mayá 語或 Matba 語聲調值的歷時規則，如以下的詞源比較：原始馬來-波里尼西亞語 *bunuq > Mayá 語 *bu³n*「殺」vs. *penuq > *fo¹²n*「滿」，*salaq > *sa³l*「錯誤」vs.*qateluR（> *teluR）> *to¹²l*「蛋」，或 *matay > *ma¹²t*「死」vs.*kutu > *u³t*「蝨子」。因此，這些語言的聲調發展條件依舊不太清楚，有可能是接觸了巴布亞語言後而產生聲調。

　　Capell（1971: 264）指出新愛爾蘭島北部的 Kara 語和新愛爾蘭島中部的 Barok 語是二聲調語言（高聲調跟低聲調）。Beaumont（1976: 391）另外補充就在 Barok 語南部的 Patpatar 語 Sokirik 方言

也是二聲調語言。由於地理上的連續性，Barok 語和一支 Patpatar 方言所出現的聲調可能是由於擴散作用，但對 Kara 語來說不太可能受到擴散作用影響，因為中間還隔著 Nalik 語、Notsi 語、Madak 語和非南島語的 Kuot 語或 Panaras 語，而這些語言並非聲調語言。Hajek（1995）再次討論了這個問題，並列出 Kara 語、兩個 Barok 語方言和 Patpatar 語 Sokirik 方言的 141 個詞彙。可惜的是，這些語料在處理歷時問題時的幫助有限，因此，對於上述語言的聲調是如何演變的，我們依舊未明。

　　Yabem 語和 Bukawa 語分布在新幾內亞北岸的 Huon 灣地區，他們有簡單的高、低聲調對比。這些語言的音位性聲調發展遵循著三個步驟：1）單詞內所有的塞音和擦音都必須清濁一致，以建立一個和諧的阻音系統，當清濁不一的狀況出現時，清阻音會濁音化，2）清阻音後面的元音會產生高聲調，而濁阻音後面的元音則為低聲調，3）阻音丟失了清濁之間的區別（Bradshaw 1979）。Yabem 語和 Bukawa 語相較於其他區域的語言，其聲調發展較易理解。

　　Rivierre（1993）提出新喀里多尼亞（New Caledonia）的 28 種南島語言中，有 5 種是聲調語言。分別是新喀里多尼亞中北部的 Cèmuhî 語和 Paicî 語，新喀里多尼亞極南端的 Drubea 語和 Numèè 語，以及本島東南部的 Pines 島上的 Kwenyii 語。Haudricourt（1968）開創性的歷時研究中曾指出，新喀里多尼亞北部有些語言的送氣塞音以及其他清擦音在同源詞上對應著 Cèmuhî 語和 Paicî 語的高聲調。他進一步將這些對應關係和其他許多大洋洲語言相互對照，尤其是 CV- 重疊後有刪略現象並產生詞首疊輔音的波里尼西亞外圍語言，這現象在有些語言裡更發展為送氣塞音。如果這論點是正確的

話，那麼新喀里多尼亞的語言就有可能是聲調發展的終點，不一定是必然的終點，但至少是南島語大洋洲語群中較原始語詞的聲調發展終點：1）詞基重疊，2）刪略重複的元音並產生詞首疊輔音，3）疊輔音變成送氣音，4）送氣音使隨後的元音產生高聲調，非送氣音則產生低聲調。新喀里多尼亞的語言和其他聲調語言的情況不同之處在於，其聲調發展絕非透過和非南島語言接觸所能達成的。

南島語言除了發展出聲調外，還演變出許多後來才有的音位重音，前面已提過 Mayá 語的例子。其他有這現象的語言包括了台灣中部的邵語、台灣中南部的魯凱語、呂宋島中部的 Pangasinan 語和馬拉加斯語，疑似也有馬努斯島西部的 Lindrou 語。邵語中，約 98% 的詞基在倒數第二個音節上有重音，但約有 2% 的重音出現在詞尾音節：*bakóŋ*「湯碗」，*baksán*「糯米糕點」，*dadú*「領導者」，*falhán*「肋骨」，*tufúsh*「甘蔗」，*ushán*「月經開始」等。有些具詞尾重音的語詞是借詞，但有些顯然是本土語詞，因此，我們不甚清楚為何有些重音出現在詞尾音節。有些魯凱方言的重音是對比的，但通常不一致，因此 Li（1977b）在構擬原始魯凱語時就將重音省略。在雙音節中，大南方言（Tanan）和多納方言（Tona）通常會一致，但不同於霧台方言（Budai）：大南方言、多納方言 *abó*，但霧台方言 *ábo*「灰燼」，大南方言、多納方言 *comáy*，但霧台方言 *cómay*「熊」，大南方言、多納方言 *cakí*，但霧台方言 *cáki*「糞便」等。然而，在多音節中，霧台方言通常就會和其他方言一致或為了和其中幾個一致而犧牲其他：大南方言、霧台方言、多納方言 *mabosóko*，茂林方言（Maga）*mabusúku*「醉」，大南方言、霧台方言、多納方言 *kisísi*「羊」，霧台方言 *likólaw*，多納方言 *ikólaw*，但大南方言

likoláw「雲豹」。魯凱語的重音發展還有待解決。有些菲律賓語言，像是菲律賓的 Casiguran Dumagat 語、Ibanag 語和蘇拉威西島北部的 Ratahan 語，丟失了原始菲律賓語的重音，並發展出新的重音對比模式（Zorc 1979）。馬拉加斯語中，重音對比是從韻步外的的迴響元音發展而來：原始馬來-波里尼西亞語 *taliŋa > tadíny*「耳」、*taŋan*「大拇指」> *tánana*「手」。

作者在九個多小時的 Lindrou 語田野調查過程中，收集到約 750 個語詞和 30 個句子，並記錄下重音對比。在某些情況下，重音的感知會受到疊輔音對比的影響，進而產生不一致的紀錄。即使有詞源可參考，為何有創新的重音對比（或疊輔音）仍不清楚：原始大洋洲語 *onom > ono-h*「六」、*bʷatu*「頭」> *battu-k*「我的頭」、*kiajo > kies*「舷外浮架桿」、*lima > lime-h*「五」，上述語詞的重音在倒數第二個音節，但 *tolu > talóh*「三」、*mata*「眼」> *madá-k*「我的眼」、*kanase >kanás*「烏魚」、*talise > dralís*「欖仁樹」、*tina*「母親」> *tiné-k*「我的母親」，這些語詞的重音則在詞尾音節。在丟失詞尾元音前，重音有可能在倒數第二個音節的位置，並在丟失狀況發生後，持續保留在原先的位置上，進而造成顯著的詞尾重音現象，但這解釋無法適用於所有的重音形式。

9.1.10.4　元音鼻化現象

音位性的鼻化元音是南島語中少見的現象。許多新喀里多尼亞的語言能觀察到這樣的情況，且不少是北部的語言。據說他們從早期的後鼻化塞音演變出一連串的複雜變化：*CVNV > CⁿV > Cʰ > C*（Ozanne-Rivierre & Rivierre 1989）。砂勞越北部的 Miri 語中，具音

位性的鼻元音可在最小差異對比詞（minimal pair）中觀察到：hããw「你」（原始馬來-波里尼西亞 *kahu）：haaw「橡子」（原始馬來-波里尼西亞 *kasaw）。然而，鼻音對比似乎僅限於這個單一形式，而且鼻音化的基礎並非很清楚。

海軍部群島中的馬努斯島，其西部廣大的 Ninigo 潟湖區使用著 Seimat 語，這種語言明顯的只在 w 和 h 後才出現鼻元音（Blust 1998a; Wozna & Wilson 2005: 6）。就像多數南島語言那樣，Seimat 語有聲母引發的鼻音和諧現象：鼻化現象起源於鼻輔音向右影響接續的元音。原始大洋洲語的鼻音 *m、*n、*ñ 和 *ŋ 在 Seimat 語中的反映分別為 m、n、n 和 ŋ。但原始大洋洲語／原始海軍部群島語的 *mw 會弱化為滑音。當 *mw 軟化時，後面所接續的同位鼻音會產生對比元音，使得 w 後面有些是鼻元音，有些不是，如表 9.17 所示：

表 9.17　Seimat 語在 w 後的鼻元音

原始大洋洲語／原始海軍部群島語	Seimat 語	詞義
*m^{w}ata	wãt	蛇／蚯蚓
*m^{w}aqane	wã-wãn	男人／男性
*m^{w}alutV（原始海軍部群島語）	wãlut	野鴿
*dram^{w}a	kaw（ã）-	額頭
*watiRi（原始海軍部群島語）	wat	巨蜥
*waka	wa	船
*qawa	aw（a）-	嘴

Seimat 語在 h 後也有鼻元音，是從原始大洋洲語的 *r 變來的。這樣的語境雖不如鼻輔音後的鼻化現象般令人熟悉，但如今在幾個語

系中已發展成熟，是鼻元音的來源，Matisoff（1975）稱該語境為「鼻音喉音關聯」（rhinoglottophilia）。在波里尼西亞外圍的 Rennellese 語可以發現到同位語境，如語詞 *hahine*「女人」，*a* 受到強烈的鼻化影響（而 *i* 所受的影響較少）。Seimat 語在 *h* 後的鼻元音現象複雜，因為原始大洋洲語的 *r 和 *p 都被反映為 *h*，但只有反映 *r 的 *h* 能引發元音鼻化：

表 **9.18** **Seimat** 語在 *h* 後的鼻元音的來源

原始大洋洲語／原始海軍部群島語	Seimat 語	詞義
*roŋoR	hõŋ	聽
*rua	hũ-hũa/hũo-hũ	二
*matiruR	mati（hũ）	睡
*maqurip	moĩh	活著，存活
*wara- **原始海軍部群島語**	wah(ã)	根
*panek	han	爬
*pija	hil	多少?
*poñu	hon	綠蠵龜
*puqaya	hua	鱷魚
*qutup	utuhi	汲水

　　為何反映原始大洋洲語 *r 的 *h* 會引發元音鼻化，但反映原始大洋洲語 *p 的 *h* 就不會？最有可能的解釋是，在喉音後的鼻化發展出來之後，兩個不同音位的喉擦音才合併在一起。仔細檢視 Seimat 語料後，我們發現到對 *h* 後的鼻元音而言，鼻化現象的焦點應該是在輔音，而非元音。在及物的後綴 -*i* 中可以更清楚見到，從 *r 變來的

h 後面會浮出鼻元音，但從 *p 變來的 *h* 後則是口元音：原始大洋洲語 *tuqur「站」> *tu*「站起來」，*tu-a*「起立！（未完成式）」，*ha-tuh-ĩ*「豎立，直立某物」，*qutup「把船弄沉下去以灌滿水」> *utuh-i*「把船灌滿水」，*utu-a*「灌滿！（命令式）」。由於同一個詞素有兩個詞基，*ha-tuh-ĩ* 的鼻化現象絕對是由鼻音擴散而來。雖然 *w* 沒有找到類似的語料，但模式或許是相似的。總而言之，Seimat 語存在具音位性的鼻喉擦音以及圓唇舌根滑音（Blust 1998a）。

9.1.11 其他正常音變類型

本節會提到其他兩種「正常音變」類型，雖然其中一個在類型上並不尋常。

第一組音變是一種重構。原始馬來-波里尼西亞語只允許中間輔音串。其中最常見的是同位鼻塞音順序，如：*tumbuq「生長」，或 *punti「香蕉」。在東南亞島嶼中，這些順序顯然是音串，但在大洋洲語言以及原始大洋洲語裡，順序被反映為自動前鼻化的濁塞音 *b、*d、*g。以馬來語為例：*tumbuh*「生長」的輔音串和 *kampuŋ*「村莊」的輔音串為對比。斐濟語 *tubu*「生長」的音位 *b* 在語音上和馬來語音串（[mb]）類似，但結構上並不相同，因為前鼻化清塞音和濁塞音兩者均不出現。事實上，許多大洋洲語言的濁塞音和前鼻化塞音彼此相互影響，這些影響會產生新的音位（可預測是前鼻化塞音）。

第二組音變類型產生許多創新的構詞，亦即元音交替。這現象在第 6.5 節已做過討論，在此就不贅述。

9.2　罕見的音變類型

　　有些反映無法輕易的從正常音變中推敲出來，我們便把這些反映歸在不正常音變。南島語的語言規模之大，會出現許多不正常音變並不讓人訝異。Blust（2005e）文中討論了一些現象。

　　不正常音變大致可以分為以下三方面的異常：1）變化形態異常，2）條件異常，3）結果異常。變化形態異常是指有許多無預期的特徵和構擬音位及其反映並不相同，使得變化的過渡階段無法令人信服，如 *t > k。條件異常係指正常的變化特性出現在無預期的條件下。結果異常指的是一切過程都很正常，卻產生類型上異常的音段。以下將討論五種不正常變化形態的音變現象、五種不正常條件的音變現象以及三種不正常結果的音變現象。這些討論並不會很詳盡。

9.2.1　罕見的變化形態

　　音變現象有 5 種罕見的變化形態值得我們注意：1）*t > k、2）*l > ŋg、3）*w/y > -p、4）*p > y、和 5）*w > c-，-nc-。

9.2.1.1　*t > k

　　南島語言中最著名的不正常音變就屬 *t > k。雖然這現象的常見語例只有夏威夷語和薩摩亞語，但有 43 種語言存有此反映，並至少有 20 中語言是各自獨立發展出來的創新（Blust 2004b）。在此將呈現五種語言的語料：夏威夷語、薩摩亞語、Luangiua 語（也被稱為 Ontong Java 語）、Bipi 語和 Likum 語。

當夏威夷的書寫系統於 1820 年代由波士頓傳教士所建立時，*l* 和 *r*，以及 *t* 和 *k* 在拼寫上便有不一致，顯示著它們在當時是自由變體。事實上，*t > *k* 尚未出現在所有方言裡，因為與世隔絕的尼伊豪島（Ni'ihau Island）在某些語音條件下會保留 *t。這個變化在薩摩亞語裡依舊進行中，而且可以從社會語言學的角度來定義語境：變體 *k* 在休閒或非正式的談話中經常出現，是母語使用者間平常輕鬆交談時會有的現象。但正式談話時則會出現變體 *t*，像是宗教佈道場合、公開演講以及和外人交談時（Mayer 2001）。Luangiua 語是一種在索羅門群島使用的波里尼西亞外圍語言，在歷史上或社會語言學方面有關此語言的 *t > *k* 變化資訊較少，儘管這語言已有相當不錯的詞彙可以研究（Salmond 1975）。表 9.19 呈現 *t > *k* 在這三種波里尼西亞語言裡無條件的發生情況。薩摩亞語的例子中，正式和非正式的發音之間會加斜線隔開，而在斜線前面的為正式發音：

表 9.19　原始大洋洲語在夏威夷語、薩摩亞語和 **Luangiua** 語的 *t > *k* 變化例子

原始波里尼西亞語	夏威夷語	薩摩亞語	**Luangiua** 語	詞義
*taʔe	kū-kae	tae/kae	kae	糞便
*tolu	kolu	tolu/kolu	kolu	三
*turi	kuli	tuli/kuli	kuli	膝蓋
*katafa	ʔākaha	ʔātafa/ʔākafa	akaha	軍艦鳥
*ʔate	ake	ate/ake	ake	肝
*ʔatu	aku	atu/aku	aku	魚、鰹魚
*kutu	ʔuku	ʔutu/ʔuku	uku	頭蝨

1970 年代的理論學家以特徵分類理論來處理夏威夷語的 *t > k 變化時遇到了瓶頸,因為當 t 變成 k 時,有許多語音徵性必須改變。類型學家也被這樣罕見的情況困擾著。南島語的語例中,令人訝異之處在於這些變化不斷出現在已經數百年,甚至數千年沒有接觸但源自共同祖語的語群中。所有具有 *t > k 變化的南島語言都是如此,而小範圍的語群,像是夏威夷語、薩摩亞語以及 Luangiua 語的變化也是如此,而它們在波里尼西亞語群中的關係相當疏遠。薩摩亞語中,t 和 k 在社會語言學上來說是交替使用著,t 是不送氣齒齦清塞音,而 k 是舌根清塞音,目前並沒有語音規則能夠解釋為何會有這樣的變化發生。

雖然還有些許細節待釐清,但 Wise & Hervey(1952)首度就夏威夷語的變化做出討論,之後更有 Schütz(1994: 215)廣為人知的探討,他對不斷出現在南島語中的 *t > k 變化提出一個最好的解釋:當 *k 丟失時,留下塞音系統 p、t、ʔ 或 p、t,其中的 t 會獲得很大的語音變化自由。當發音部位靠後的塞音常常出現時就造成音變。[t]到[k]間的高度自由變化,就是二十世紀初,波士頓傳教士在制定夏威夷文書寫系統所面臨到的情況,後來他們原則上以 t 或 k 來表示音位(Blust 2004b)。

9.2.1.2　*l > ŋg

不像 *t > k 變化那樣經常發生在南島語族裡,*l > ng 的變化僅限於一種語言[⑦]。原始大洋洲語的 *r 和 *l 相互對比,如 *rua「二」和 *luaq「嘔吐」。原始波里尼西亞語裡保留了這個對比,但卻在分化為原始東加語和原始核心波里尼西亞語後丟失。斐濟語和波里尼西

亞語關係密切，還保留著 r：l 的區別（rua「二」，lua「嘔吐」），東加語是東加語群的核心，而東加語群為波里尼西亞兩大主要語群的其中之一，東加語保留此對比為零：l（ua「二」，lua「嘔吐」）。核心波里尼西亞語則合併兩者，如 l（薩摩亞語 lua「二」，lua-i「吐出」），或 r（毛利語 rua「二」：rua-ki「嘔吐」）。索羅門主島鏈以南的 Rennell 島上有波里尼西亞外圍語言，其反映原始核心波里尼西亞語 *l 為 ng（在標準書寫系統裡寫作 g），而 Bellona 方言反映 *l 為 ŋ，或許是早期 ng 的刪略。這些變化被詳細記錄著，如表 9.20 所示：

表 9.20　原始波里尼西亞語在 Rennellese 語中 *l 和 *r 變成 ŋg 的例子

原始波里尼西亞語	Rennellese 語	詞義
*hala	aŋga	小徑、路
*ali	aŋgi	比目魚
*ʔaro	ʔaŋgo	前面
*walu	baŋgu	八
*laa	ŋgaa	航行
*leʔo	ŋgeʔo	發聲態／正常聲
*lima	ŋgima	手、手臂；五
*rua	ŋgua	二
*luaq	ŋgua	吐出／嘔吐
*fale	haŋge	房子、建築
*rano	ŋgano	湖
*roŋo	ŋgoŋo	聽／新聞、報導
*tolu	toŋgu	三

儘管原始波里尼西亞語的 *r 和 *l 都有這個變化，但顯而易見的

是，在合併為 *l 或 *r 後才會發生變化。令人訝異的是，兩種情況下的簡單齒齦流音會變為前鼻化舌根塞音。我們可以推測近期的前身是齒齦捲舌音，接著後退成為小舌 r，並被強化為塞音，依據美拉尼西亞地區的模式來看，最後會自動將濁塞音前鼻化。音變中，這些有關中間過渡階段的語音推測在某種程度上是可以經得起檢驗的，或是說這些階段在親屬關係近的語言中被保留下來了。這個推測主要用來支持所有的音變背後都有其語音動機，但對 Rennellese 語來說並非如此。

Rennellese 語的借詞有音位 l，顯示著這種波里尼西亞外圍語言在歷史上某個時期曾經長期和東南索羅門語群的語言保持著密切接觸（Blust 1987a）。若 Rennellese 語的 ŋg 直接反映了邊音音位，那麼這些來自東南索羅門語言的借詞勢必在 *l 變成 ŋg 後才進入這個語言。另一方面，若 Rennellese 語的 ŋg 反映了捲舌音位，那麼這些來自東南索羅門語言的借詞可能在 *r 變成 ŋg 前就已進入這個語言。不論哪種情況，這些變化約是一千年前或更久之前就出現，顯然早在 Rennell 語和 Bellona 方言分化之前。

9.2.1.3 　*w、*y > -p

如前所述，*w 和 *y 硬音化為阻音的情況在南島語中並非不常見。然而，這類的硬音化現象會產生和滑音發音部位相同的的濁塞音，並且幾乎會就不同的半元音產生不同的塞音。相較之下，分布在馬努斯島西部的 Levei 語和 Drehet 語，他們的 *w 和 *y 都會被強化為詞尾 p，這種變化和平常的滑音硬音化現象根本不同。為了增加比較語料的數量，Levei 語和 Drehet 語直接和其他海軍部群島東

部語言的同源詞一起比較，而這些語言保留了 *w 和 *y。在處理一堆尚未仔細進行比較研究的語言時，這樣的比較方式會被視作循環論證，但有幾個原始大洋洲語的詞源情況已經證實過這樣的變化方向（p^wiyey「鱷魚」和 p^wiley「老鼠」源自 Likum 語，而非 Lindrou 語，Levei 語的 *solay*「劍魚」被認為是從 Sori 語借來的借詞）：

表 9.21　原始大洋洲語在 Levei 語和 Drehet 語裡 *w 和 *y > *p* 的例子

原始大洋洲語	Levei 語	Drehet 語	Lindrou 語	詞義
*pakiwak	peʔep	peʔep	beʔew	鯊魚
*qayawan	ep	ep	ew	榕樹
*pati	ha-hup	ha-hup	ha-huw	四
	isop	asap	asiw	房屋
	kamop	kamop	kam^{w}ew	左邊
*kanawe	kanap		kanaw	海鷗
	kop	kop	kow	圍籬
	nasop	nosop	lasow	袋狸
	nelip	nelip	ñalew	菲律賓橄欖
*boRok	pup	pup	bow	豬
*pitaquR		p^{w}isip	besew	瓊崖海棠
	usip	isip	osew	藤
	kenep	kenep	kaney	沙蟲
*kayu	kep	kep	key	樹
*laqia	lip	lip	ley	薑
*waiwai	owip	owip	ewey	芒果
*paRi	pep		bey	刺魟
*puqaya	puep	puip	bua, p^{w}iyey	鱷魚

原始大洋洲語	Levei 語	Drehet 語	Lindrou 語	詞義
	pʷilip	pʷilip	pʷiley	鼠
*sakulayaR	（solay）	solap	solay	劍魚

*w > *p* 的情形和某些類型的滑音硬音化現象足夠相似，因此不需要在異常音變的段落進行討論，但 *y > *p* 便不是這樣的情況。在已有的證據下，*w 和 *y 歷經單一變化，使得後來產生的詞尾滑音變成 *p*。馬努斯島西部的多數語言構成一個方言網絡，儘管音變持續快速進行中，他們依舊密切相關。因此，*w 和 *y 變成 *p* 的現象勢必發生的很快且在不久前才發生。我們可以假設 Levei 語和 Drehet 語的共同祖語發生一次變化，而所有紀錄下的語料都是後來產生的詞尾滑音才受到影響，有些是從 *i 演變而來（原始大洋洲語 *laqia > *laya > *lia [lija] > liy > *lip*）或 *R（原始大洋洲語 *paRi > *payi > *pay > *pey > *pep*）。沒有詞首 *y 的語料，而詞首 *w 沒有參與變化。

9.2.1.4　*p > y

在兩個相距遙遠的大洋洲語言裡，驚人的都發現到 *p > y，這兩個語言分別是麥克尼西亞東部的馬紹爾語以及萬那杜 Malakula 島東北部的 Sakao 語。原始馬來波里尼西亞語的 *b 和 *p 合併為原始大洋洲語的 *p，但原始馬來波里尼西亞語的 *mb 和 *mp 則合併為原始大洋洲語的 *b，是一個自動前鼻化的雙唇濁塞音。原始大洋洲語的 *b 變成原始麥克羅尼西亞語的 *p，原始大洋洲語的 *p 則變成原始麥克羅尼西亞語的 *f（Bender 等人 2003a, b）。由於馬紹爾語一

貫將原始麥克羅尼西亞語的 *p 反映為 *p*，將 *f 反映為 *y*，該語言顯然是把唇齒清擦音變成硬顎濁滑音（馬紹爾語的標準拼寫法無法呈現欲討論的變化，因此以國際音標描述）：原始麥克羅尼西亞語 *faka- > 馬紹爾語 *ya*（*k*）-「使動」（僵化的形式），*afara >*hayeray*「肩膀」，*fai- > *yayi*-「相互前綴」（僵化的形式），*faa > *ya*-「四」（in *ya-biqiy*「400」），*fai > *yayi-biqiy*「刺魟」，*fanifani > *yanyen*「保釋」，*fanua > *yaney*「土地、島嶼」，*faŋi > *yag*（*i*）-「北方」，*fara > *yar*「林投果」，*fara > *yar*「肺」，*farafa > *yerey*「舷外浮架臺」，*fasu > *yat*（*i*）-「眉毛」。

　　Sakao 語中可見到原始大洋洲語的 *p 在重音音節上會變成 *y*，但在其他位置則丟失。由於大多數的萬那杜語言會將 *p 反映為 *v* 或 *v* 的弱化續體，顯然 Sakao 語也是從唇齒擦音發展出硬顎濁滑音。Guy（1978）主張原始北萬那杜語的 *v 變成半元音後，在 *a、*e 和 *i 的前面位置會前化：原始北萬那杜語 *vano > *yan*「前往」，*vati > *yed*「四」，*vili> *yil*「打」，*sava > *aya*「什麼？」，*vatu > *e-yed*「石」。Sakao 語的歷史音韻學難題重重，依舊有許多變化特徵是未知的。乍看之下，從 *v 變成 *w，並受前元音以及 *a 的影響，在它們前面位置前化，是種不尋常的變化，但一想到 Sakao 語的音韻系統如此複雜後，就不這麼覺得了。

9.2.1.5　*w > c-、-nc-

　　爪哇島西部三分之一的地區大部分都使用著巽它語，該語言中 *w 在詞首位置會變成 *c*，在中間位置則變成 -*nc*-。*b 的一些語例也有同樣變化，可能是先軟音化為 *w* 後才開始演變，演變的例子見表

9.22。當原始馬來-波里尼西亞語的構擬詞彙未知時，以馬來語的同源詞代替。

跟本節其他討論的變化一樣，*w 要直接變成硬顎清塞擦音在語音上似乎是不可能的，但這情況下要找出中間的過渡階段又不太樂觀。由於 *b 通常不會變為異它語的 w，而要變成馬來語的 w，又只會在 *-aba- > -awa- 的情況中出現，因此異它語的 *b > c-、-nc- 變化很有可能是從爪哇語中借來的，因為 *b 在爪哇語裡通常會變成 w。由於異它語借自爪哇語的發生時間過於久遠，我們所知有限，但歷史紀錄顯示著，爪哇語在過去一千年以來影響著異它語。在所有情況中，我們可以發現到 *w > c-、-nc- 顯然不會出現在異它語裡，必須直到原始馬來-波里尼西亞語的 *b 變成爪哇語的 w 後，異它語再從反映此變化的爪哇語中借來才獲得這種變化。此外，Nothofer（1975: 298）認為有些詞形，如 katuncar，源自梵語 kutumburi/kustumbari「香菜種子」，而表 9.22 例子裡的 lincaŋ 顯示著 *-mb- 直接變成 -nc-，沒有中間過渡階段。種種跡象表明異它語的音變發生的很快，並在不久前才發生，而音變背後的語音動機不甚明顯。

表 9.22　原始馬來-波里尼西亞語的 *w 或 *b 變成異它語的 c- 或 -nc-

原始馬來-波里尼西亞語	異它語	馬來語	詞義
（1）*w > c-/-nc-			
*wahiR	cai[110] kancah karancaŋ	air kawah kərawaŋ	水、河流 缸、大鍋 鏤空；一種設計的圖案

110　在爪哇島西部以異它語為母語的地區會將許多地名縮寫為 ci-，例如：Ciamis、Cianjur、Cikalong、Cilacap、Cirebon 等城市。

原始馬來-波里尼西亞語	異它語	馬來語	詞義
*lawaq	lancah ranca	rawa	蜘蛛 沼澤地、泥淖
*sawa	sanca		蟒蛇
（2）*b > c-/-nc-			
*bahaq *badas	caʔah cadas canir	bah banir	洪水 沙礫地 板根
*baŋkudu	caŋkudu cariɲin cauŋ	bəŋkudu bəriɲin bauŋ	諾麗樹／橄樹 榕樹；無花果樹 鯰魚
*bayaR	caya	bayar	給予賠償
*laban	lancan katuncar lincaŋ	lawan kətumbar ləmbaŋ	反對者 香菜種子 水腫

9.2.2 罕見的條件

以下五種音變的發生條件並不尋常：1）元音間清化，2）鼻後清化，3）雙生聲母輔音以產生詞尾開音節，4）詞尾 *a 圓唇化，以及 5）低元音在濁阻音後會往前移。

9.2.2.1 元音間清化

許多砂勞越北部的語言具有複雜的歷史音韻系統，其中存在不少的異常音變，當中的 Berawan 方言最值得我們注意。在詞首位置時，*b 通常保持不變，而可能是早於原始 Berawan 方言的小舌顫音 *R 則會變成 g（以下語例來自 Long Terawan 方言，若是其他來源會標示出來）：*balu > *billoh*「寡婦」，*bana > *binnəh*「丈夫」，*batu

>*bittoh*「石頭」，*bulu > *bulloh*「體毛、羽毛」，*buku > Long Jegan 方言 *bukkyəw*「關節；結合處」；*Ratus > *gitoh*「百」，*Ribu > *gikkuh*「千」，*Ramut > *gimauʔ*「根」。*b 和 *R 在元音之間都會被反映為 *k*：原始馬來-波里尼西亞語 *qabu > *akkuh*「灰燼」，*balabaw > Long Jegan 方言 *bəlikiw*「老鼠」，*babuy > Long Jegan 方言 *bikuy*「豬」，*bubu > Long Jegan *bukkəw*「魚筌」，*Ribu > *gikkuh*「千」，*tuba >*tukkih*「魚藤」，*qubi > *ukkih*「山藥」；*beRas > *bəkəh*「米」，*beRat > *bəkəiʔ*「重」，*qabaRa（> *baRa）> *bikkih*「肩膀」，*hadiRi > *dəkih*「木樁」，*duRi > *dukkih*「荊棘」，*kaRaw > *kikiw*「抓癢」，*paRa > Long Jegan 方言 *pakkyəy*「木架」，*tageRaŋ > *takiŋ*「肋骨」。以下兩個已知的語例顯示著元音間的清化發生在丟失詞基的初始音節之前：*biRuaŋ > *kəbiŋ*「馬來熊」，*duRian > *kəjin*「榴槤」。名詞和動態動詞詞首的 *b > *b* 和 *R > *g*，是元音間清化後丟失前綴的情況，兩者在靜態動詞裡都會變成 *k*，本來具有前綴 *ma-：*ma-buat>*kəbəiʔ*「長」，*ma-Raya > *kijjih*「大」，*ma-Raqen > *kiʔən*「輕」。Berawan 方言在歷史上某個時候增加了元音間的清化規則，而這些變化就是證據。由於 *d 變成了 *-r-*，因此清化現象只適用在 *b 和 *g，而 *b 在元音間被反映為 *k*，有可能先變成 *-g-* 之後，然後只有舌根塞音才受元音間的位置影響而清音化了。

　　Long Terawan Berawan 方言的滑音硬音化現象使得 *w 被反映為 *b*，*y 被反映為 *j*，如：原始馬來-波里尼西亞語 *tawa > *tabəh*「笑」或 *ma-Raya > *kijih*「大」。這兩者在元音間均無發生清化，因此，合理認為元音間先發生清化後才有上述的現象。相較之下，鄰近的 Kiput 語在元音間所保留的塞音中，*b 和 *d 通常不會清化，但是 *g

會，而且 *v*（< *w）和 *j*（< *y）也會：原始馬來-波里尼西亞語 *qabu > *abəw*「灰燼」，*babuy > *babuy*「豬」，*nibuŋ > *nibuŋ*「尼邦刺椰子」，*tuba > *tubih*「魚藤」，*hajek（> *adek）> *m-adək*「聞；親吻」，*ŋajan（> *ŋadan）> *adin*「名字」，*pajay（> *paday）> *padəy*「稻子」，*t-aji（> *tadi）> *tadəy*「弟弟或妹妹」，但是 *tugal > *tukin*「挖洞棒」，*jaway（> *javay）> *dafiəy*「臉」，*duha（> *dua > *duva）> *dufih*「二」，*kahiw（> *kayu）> *kacəw*「木柴，樹」，*qasawa（> *sava）> *safəh*「妻子」，*tian（> *tijan）> *ticin*「肚子、腹部」，*quay（> *uvay）> *ufiəy*「藤」。元音間的清化現象發生在 Kiput 語的 *g* 以及從滑音變來的擦音和塞擦音上，但對 Berawan 語來說則發生在從 *b、*R 或許還有 *g 所變來的 *g* 上。

9.2.2.2　鼻後清化

　　三個地理分布遠距且親屬關係不同的語言有著鼻後清化現象：婆羅洲西北部的 Murik 語、婆羅洲西南部的 Land Dayak Bengoh 方言以及蘇拉威西島南部的 Buginese 語。Murik 語的鼻後清化規則有些跟音位相關，有些和同位音相關（Blust 1974c）：原始 Kayan-Murik 語 *kelembit > *kələmpit*「盾牌」，*umbuŋ > *umpuŋ*「屋脊」，*lindem > *lintəm*「昏暗」，*mandaŋ > *mantaŋ*「飛」，*tundek > *tuntuk*「鳥喙」，*lindiŋ > *lintiŋ*「房屋牆壁」，*undik > *untik*「河流上游」，*tandab > *tantap*「潛入水中以抓住某些東西」，*andeŋ > *antəŋ*「聾子」，*pindaŋ > *pintaŋ*「花朵」，*pendan > *pəntan*「小果蝠」，*nji > *nji* [nʧi]「一」，*menjat > *mənjat* [mənʧat]「拉」，*anjat > *anjat* [anʧat]「藤編包」，*tunjuq > *tunjuq* [tunʧuʔ]「指向」。關於 Land Dayak

Bengoh 方言的資訊甚少，除了以下所說的一「Bengoh 方言某種程度上保留了鼻音加濁阻音串，因為濁阻音被清化後，進而強化了音串」（Rensch, Rensch, Noeb & Ridu 2006: 69，註腳 40）。Buginese 語和 Mandar 語的濁塞音保持不變，但原始馬來-波里尼西亞語的 *d 和 *j 經常會變成 Buginese 語的 -r-，鼻後清化似乎總是造成詞彙重組（我寫的央中元音 ə 在 Mills（1975）中是央高元音 i）：原始南蘇拉威西 *aŋgəp > Buginese 語 aŋkə?「價格」，*anjap > Buginese 語 ancə?「掛在榕樹上給幽靈的祭品」，*bemba > bempa「水罐」，*lambuk > lampu?「搗米」，*limboŋ「深水」> Buginese 語 lempoŋ「池塘」，*rambu > rampu「流蘇」，*rumbia > rumpia「蘇鐵」，*tambiŋ「房屋擴建部分」> tampiŋ「外圍建築」，*barumbun「色彩圖案」> Buginese 語 warumpuŋ「青白色的雞」，*bumbun > wumpuŋ「堆積」。

　　由於元音間跟鼻後位置都是濁音容易發生的語境，因此前面兩種變化都可視為異化作用，但無法解釋為何會有這樣的演變出現。亦或者這其實和 *t 變成 k 的情況類似，鼻音後的清化現象之所以可能發生是因為鼻音後的阻音受到濁音同化的影響（鼻音+清塞音變成鼻音+濁塞音），先丟失了清濁對比，但在其他語境就沒有。因此，在這種語境下，清濁可以自由改變。如果鼻後阻音的清音變體較為優勢的話，清化現象就會發生。除此之外，鼻音後的濁音同化仍然是「自然變化」。

9.2.2.3　詞尾開音節的聲母輔音疊化

　　如前所述，南島語言有幾個公認的疊輔音來源方式，包括輔音串的同化以及央中元音之後的抵補音長。然而，砂勞越北部的 Berawan

方言中，疊輔音則是在非常不同的語境中出現：如果詞尾音節是輔音開始，並在變化時為開音節，則音節的聲母輔音會疊化。詞尾的 *q 和 *R 隨後丟失，而 Long Terawan 語和 Batu Belah 語則會在詞尾加上 -h，但 Long Jegan 語則否，進而模糊了起初的變化語境：原始北砂勞越語 *mata > Long Terawan 語 *mattəh*、Long Jegan 語 *matta*「眼睛」，*mataq > Long Jegan 語 *mata*「生的、沒煮熟的」，*bulu >Long Terawan 語 *bulloh*「體毛、羽毛」，*buluq > Long Terawan 語 *bulu*「竹子」，*bana > Long Terawan 語 *binnəh*「丈夫」，*tanaq > Long Terawan 語 *tana*「陸地」，*aku > Batu Belah 語 *akkoh*「我」，*ikuR >Batu Belah 語 *iko*「尾巴」，*Ribu >Long Terawan 語、Batu Belah 語 *gikkuh*「千」，*babuy >Batu Belah 語 *bikuy*「豬」，*anipa >Long Terawan 語 *lippəh*「蛇」，*tapan >Long Terawan 語 *tapan*「簸」，*tama > Long Terawan 語 *tamməh*「父親」，*tumid >Long Terawan 語 *tumin*「腳跟」。這種變化的語例很多，其音變條件毫無疑問，但背後的語音動機（如果有的話）依舊未知。

9.2.2.4　詞尾 *a 圓唇化

若在接續的音節裡出現後高元音時，許多語言的低元音會圓唇化。以蘇門答臘島南部的 Rejang 語為例，若接續的音節是閉音節，則 *a > *o*，若接續的是開音節，則 *a > *u*（McGinn 2005）：*zaRum > *dolom*「針」，*manuk > *monoʔ*「雞、家禽」，*Ratus > *otos*「百」，*batu > *butəw*「石」，*sapu > *supəw*「掃把」。出乎意料的是，許多東南亞島嶼的南島語言只會在詞尾位置將 *a 圓唇化。出現這種變化的語言包括 1）沙巴西部的 Kadazan 語，2）沙巴西部的 Timugon

Murut 語，3）汶萊的 Kedayan 語，4）砂勞越南部的 Bekatan 語，5）沙巴東部的 Ida'an 語，6）加里曼丹中部的 Òma Lóngh Kenyah 語，7）蘇門答臘島西南部的 Minangkabau 語，8）蘇門答臘島南部的 Lampung 語，9）爪哇語以及 10）蘇拉威西島北部的 Gorontalo 語。應注意有些語言在變化方面的細節上差異。

雖然 Kadazan 語和 Timugon Murut 語的親屬關係很近，但似乎是各自獨立發展詞尾 *a 的圓唇化，因為其他關係近的語言並非每個都有這種創新。Kadazan 語的變化例子有：原始馬來-波里尼西亞語 *duha > *duvo*「二」，*lima > *himo*「五」，*ina > *ino*「那個」，*mata > *mato*「眼睛」，*taliŋa > *tohiŋo*「耳」，但沒有圓唇化的有 *salaq > *hasaʔ*（換位現象）「過失、錯誤」，*ma-etaq > *mataʔ*「生的、沒煮熟的」，*natad > *natad*「庭院」等。爪哇語有七個元音音位（*i*、*u*、*e*、*o*、*ɛ*、*ə*、*a*），詞尾 *a 會圓唇為 ɔ，若有單輔音介在兩個 *a 的中間，則前面的 *a 會被逆向同化為 ɔ，這些變化依舊保留著同位音：*lima > *lima* [limɔ]「五」，*mata > *mata* [mɔtɔ]「眼睛」，*ñawa「呼吸；靈魂」> *ñawa* [nɔwɔ]「靈魂、精神、生命」…等。

其他語言，包括婆羅洲的 Bukat 語，蘇門答臘北部的 Gayō 語，以及峇里語、Sasak 語和馬來語的若干方言，當它們的 *a 在詞尾位置時，都會弱化為央中元音。由於 Kadazan 語、Timugon Murut 語、Kadayan 語、Bekatan 語和 Gorontalo 語都會將原始馬來-波里尼西亞語的 *e（央中元音）反映為 *o*，因此這些語言的 *a > -o 有可能中間先經過 *a > -ə 後才變成 -o。然而，Òma Lóngh Kenyah 語、Minangkabau 語、Lampung 語、爪哇語或 Ida'an 語並非如此，目前的證據顯示它們並沒有這個中間階段。

9.2.2.5　低元音前化

　　有一種異常音變著實令人訝異，原因在於其變化語境居然會讓低元音在濁阻音後被前化。這個創新出現在至少九種砂勞越北部的語言中，以及許多呂宋島東北部的語言裡。雖然多數的砂勞越語言都屬於一個明確的分群且彼此在地理上相鄰，可是形式上的差異意味著低元音在濁阻音後被前化的現象在有些語言中是個別演變出來的。Miri 語分布於砂勞越北部，詞尾音節內的低元音唯有當語詞內的前面有一個濁阻音時才會產生前化。因此，前化作用可以緊鄰在濁阻音後發生，也可以隔一段位置後發生：原始北砂勞越語 *adan > aden「名字」，*paday > fadih「稻子」，*tugal > tugel「挖洞棒」，*ujan> ujen「雨」；*busak > buek「花」，*dua > dəbeh「二」，*dilaq > jələʔ「舌頭」。若語詞以濁阻音開始，當後面有兩個低元音時，會跳過第一個而影響第二個低元音：*baRa > bare「煤塊、灰燼」，*daqan > daʔen「樹枝」，*jalan >jalen「小徑、道路」。在 Miri 語中，元音的前化現象發生在原始北砂勞越語 *ə > a 之後，因此只要合乎條件，無論第一個或第二個元音都會受到影響（Miri 語的 e = [ɛ]~[e]）：*agəm > agem「握」，*daləm > dalem「裡面、內部」，*bəbhər「風扇」> fer「吹」。Miri 語從馬來語借入的借詞中，也有同樣的變化：badek「犀牛」（馬來語 badak），barjeh「工作」（馬來語 bəkərja，從梵語借來），fajer「黎明」（馬來語 fajar，從阿拉伯語借來），karbew「水牛」，carabao'（馬來語 kərbau，從孟-高棉語借來），tabageh「銅」（馬來語 təmbaga，從中印度語借來）。最後，若低元音前面有清塞音或鼻音的話，則前化現象不會發生：*bakaw > bakaaw「紅樹林」，*butan > butaan「椰子」，*dəpa > dəpa「噚」，

*gatəl > gatal「癢」；*bana > banah「丈夫」，*baŋaR > baŋaar「溪中死水的淤泥臭味」，*danaw > danaaw「湖」，*jaməq > jama?「髒」，bənaŋ「線」（馬來語 bənaŋ）。從 Baram 河上去約 25 英里的 Narum 語是和 Miri 語親屬關係近的語言，同樣也有類似的變化，但不會受到輔音影響，變化依舊發生：*bana > baneəh「丈夫」，*bataŋ > batiəŋ「樹幹；木材」，*buŋa > buŋeəh「檳榔」，*dəpa > dəpeəh「噚」，*dətaq > dətiə?「沸騰」，*dipaR > dipir「對岸」，*gatəl > gətel「癢」，*jameq > jameə?「髒」，以及借詞 səgupin「菸斗」（借自汶萊馬來語 səgupan）。從這些差異中我們可以瞭解到，儘管 Narum 語和 Miri 語的地理位置以及親屬關係都很相近，但他們是從祖語分化後才各自發展出低元音的前化現象。

位於 Baram 河中游的 Berawan 方言之所以和上述語言不同的地方在於，當語詞內有數個低元音時，前化現象會作用在濁阻音之後的第一個低元音，而非最後一個低元音。在這些語言中，發生前化現象的低元音可以離濁阻音有段距離，而且只要條件符合，元音都會被前化並不會漏掉，如下例：原始北砂勞越語 *baRa > Long Terawan 語 bikkih「肩膀」，*bulan > bulin「月亮」，*jalan > ilan「路徑、道路」，*dua > ləbih「二」。Berawan 方言的前化現象作用在不同位置的低元音上，那些元音在 Miri 語和 Narum 語中由於不是在詞尾位置、不會產生變化，有些元音則是在 Miri 語中受到前面輔音的影響而不變化、但在 Narum 語不受輔音影響而仍舊產生變化：*batu > Long Terawan 語 bittoh，Miri 語 batauh，Narum 語 bateəw「石頭」，*bana > Long Terawan 語 binnəh，Miri 語 banah，Narum 語 baneəh「丈夫」。

撒班語是種與眾不同的葛拉密方言，其地理位置和親屬關係雖然跟砂勞越北部的語言相距遙遠，卻也有作用在詞尾低元音的音變現象，不論引發變化的音段是否緊鄰著被前化的元音之前。然而撒班語的「左消蝕」使得許多觸發前化現象的濁塞音丟失或改變：原始北砂勞越語 *adaq > adəiʔ「陰影；幽靈」，*dalan > alin「路徑、道路」，*daRaq > areaʔ「血」，*labaw > labiəw「老鼠」，*daqan > laʔin「樹枝」，*buaq > wəiʔ「水果」。

　　驚人的是，有一種低元音前化模式「由北到南貫穿整個呂宋島，從最北端的 Black 菲律賓語言─Dupaningan Agta 語…到最南端的 Manide 語和 Inagta Alabat 語，中間則有 Umirey Dumaget 語、北 Alta 語以及南 Alta 語」（Lobel 2013: 253），而在 Manide 語和 Inagta Alabat 語中，也明顯發現相關的元音音變變體（低元音後化，後元音前化），同樣是受輔音語境影響（Lobel 2010）。矮黑人分布在呂宋島東北部，他們使用的語言被證實有低元音前化現象，同樣的語言現象零星出現在非矮黑人族群的 Gaddang 族群南部以及 Isinay 族群。在 Casiguran Dumagat 語中，緊鄰濁阻音後的低元音會被前化，在第一音節時會變為 i，在最後音節會變為 e：原始馬來-波里尼西亞語 *balay > bile「房屋」，*danum > dinom「水」，*Ramut > gimot「根」，*quzan > uden「雨」，*kaRat > kaget「咬」，*daRaq > dige「血」。因此，其作用的元音位置和 Berawan 方言相同，但變化的結果則因音節位置不同而使得上升的程度有所差異。

　　濁阻音後的低元音之所以會被前化，目前有兩種截然不同且令人困惑的理由：首先，其背後的語音動機性完全不得而知。許多孟-高棉語言及有些與孟-高棉語言接觸過的占語會將濁塞音賦予氣聲的

韻律特徵，並向右擴展直到有清塞音為止。而該氣聲韻律特徵主要會使得元音抬升，因此我們會以為砂勞越北部和呂宋島東北部的低元音前化是類似的現象。然而，婆羅洲和呂宋島的低元音前化是受前面濁阻音影響的主要產物，元音上升只是附帶的結果。以央中元音來說，必須得先轉移為 a 才會變化，若真和孟-高棉語言的情況一樣的話，那央中元音應該也可以轉移到央高位置。此外，若變化屬於發聲類型的話，全部相關的音段都會受到影響，但如前所示，低元音前化會跳過一些相關元音，而作用在較遠的目標元音上，例如 Miri 語、Narum 語或撒班語。再來，這演變的地理侷限十分顯著，只發生在兩個區域。從分布的情況來看，這兩個區域受語言接觸的影響，相互發展出低元音前化，但細微的前化差異又推翻了這項解釋。「刺激擴散」（Stimulus diffusion）的概念係指外來文化被借入後重塑，在文化人類學中相當受到重視，但語言學對此卻著墨甚少，若音變是一種文化產物的話，很難只借語音卻不借詞彙。砂勞越北部的語言到處都有這種演變，為了說明它們都是語言獨立發展的變化結果，我們可能要引入「刺激擴散」的概念到語言學中。另一方面，語言接觸這理由很難解釋為何撒班語會有低元音前化，因為撒班語和砂勞越北部的語言相距遙遠，要解釋砂勞越北部和呂宋島東北部都有這種異常音變，用語言接觸這個理由很難說得通。

9.2.3　罕見的結果

　　產生異常結果的音變本身或許就不太尋常。值得注意的是它們之間和類型學的關聯：變化之前，語法結構特徵在類型上並沒什麼

特別之處，但在變化後，它徹底改變為令人驚豔的特徵。這樣的音變主要產生兩種不尋常的結果：1）許多馬努斯語和萬那杜語從雙唇塞音到雙唇顫音，2）許多萬那杜語從雙唇塞音、擦音、鼻音到舌尖唇音，3）Kelabit- Lun Dayeh 語和一些婆羅洲北部、西北部的語言簡單濁阻音到濁送氣音。此外，我們可以在印尼西部以及東南亞大陸發現前爆詞尾鼻音（preploded final nasal），或在麥克羅尼西亞西部的 Yapese 語和東帝汶的 Waimoa 語中發現喉塞化輔音，雖然以上兩種特徵也能在世界各地的其他語言中見到。

9.2.3.1　雙唇顫音

雙唇顫音非常罕見，所有幼兒都能發出這個音，但在自然語言中卻不存在。然而，這個稀少的語音已經在三個相距遙遠的南島語言中被發現，通常以 *mb/__u 的形式反映。海軍部群島上約有 30 種馬努斯語言，其中約 1/3 的語言至少都有一個前鼻化顫音 br（雙唇音）或 dr（齒齦音）。有些語言兩者都有，並且其中至少有一種語言（Leipon 語）允許兩者都在同一詞素中出現，如原始大洋洲語 *na pudi（> mpudi > budi）> brudr「香蕉」。萬那杜的幾種語言中也有類似的音段（Crowley 2006a），分布在蘇門答臘島西部堰洲群島（Barrier Islands）的 Nias 語亦如此（Catford 1988）。本章只討論馬努斯語言。

馬努斯島至少有七種語言有前鼻化雙唇顫音 br（Blust 2007a），分別是：1）Nali 語，2）Titan 語，3）Papitalai 語，4）Kuruti 語，5）Leipon 語，6）Lele 語，和 7）Kele 語。一些語言有齒齦顫音，但沒有雙唇顫音，像是馬努斯島東部的 Ere 語有[mb]，馬努斯島西部的

Lindrou 語有[b]，以及從馬努斯島西部遷移過來的 Bipi 語有[p]，對應著其他語言的雙唇顫音。除了語音的稀有性之外，馬努斯語的顫音基於下面以下兩種原因，值得外界注意：1）那些語音總是被前鼻化，2）雙唇顫音幾乎都出現在 u 前面。Maddieson（1989a）就其音段的語音特色進行描述，並提出這背後的機制來自於早期的[mbu]語序：

1. 在發 *mbu-* 的音時，鼻腔通道起初是打開的，且聲帶振動。於此同時，口腔內的壓力低，並在發塞音時微微增加，是非常短暫的前鼻化濁塞音情形。
2. 當唇音解阻時，由於分開雙唇的壓力微弱，使得雙唇張開速度緩慢。
3. 由於輔音後面接著圓唇高元音，因此解阻後的雙唇維持一段時間的微閉和微張狀態。
4. 解阻時，由於圓唇元音嘬起雙唇，使得雙唇相對鬆弛。
5. 在塞音和元音的發音移轉間，受白努力定律（Bernoulli's principle）影響，使得加速的氣流通過狹窄的唇孔時，可能造成雙唇自動反覆閉合，類似於聲帶振動的發聲機制。

馬努斯語言裡，能夠產生 *br* 和 *dr* 的重要前提在於名詞冠詞 *na，其非重音的元音很常丟失，接著跟後面的名詞合併進而出現前鼻化音。這種冠詞鼻音留存的現象使得大多數名詞都有 Ross（1988）所謂「第二次產生的鼻音成分」。位置在 *pu- 前面時通常會發展出雙唇顫音。馬努斯島東部的 Nali 語的例子有：原始大洋洲語 *na puaq kayu > *brua key*「水果」，*na puqaya > *bruay*「鱷魚」，*na puki

> *brui-*「陰道」，*na punti > *brun*「香蕉」，和 *na putun > *brut*「棋盤腳樹」。雙唇顫音只會出現在圓唇元音的前面，大多是 *u 之前。現今這現象的地理分布情形是選擇性的保留產物，通常齒齦顫音比較穩定。這兩種顫音現已完全消失於海軍部群島東南部（Baluan 語、Lou 語、Rambutyo 語、Nauna 語）以及西部（Wuvulu-Aua 語、Ninigo lagoon 語）。

9.2.3.2　舌尖唇音（Linguo-labials）[8]

萬那杜中部有些語言發展出一連串 Maddieson（1989b）稱之為「舌尖唇音」的輔音。以舌尖頂住上唇來發聲，跟舌尖-齒音（apico-dental）類似，只是位置更前面一點。在最大的延伸範圍內含括了塞音、擦音和鼻音。具有全部或部分舌尖唇音的語言為：1）Mafea 語，2）Aore　語，3）Tangoa　語，4）Araki　語，5）Vao　語，6）Mpotovoro 語，7）Leviamp 語，和 8）Unmet 語。Tryon（1976）將這些音段寫作 /p, v, m/。其他語言早期顯然也有舌尖唇音，但去除有標性狀態，因此 /p/ 為 /t/，/v/ 為 /ð/ 或 /θ/，以及 /m/ 為 /n/。這些語言有 9）Tolomako 語，10）Roria　語，11）Tur 語，12）Tambotalo 語，13）Sakao　語，14）Lorediakarkar　語，15）Shark Bay I　語，16）Shark Bay II 語，17）Orap 語，和 18）Mae 語（Tryon 1976）。實際上，舌尖唇音用舌頭代替下唇作為主動發音器官，唇音在圓唇元音（*u、*o）前面時會保持不變（如表 9.23 的第一部分所示），但在非圓唇元音（*i、*e、*a）前面時則會往前變為舌尖唇音，而有的語言，比如 Tolomako 語，則會將其無標化為舌尖齒音（如表 9.23 的第二部分所示）。

由於元音 *i、*e、*a 並不偏向以舌頭取代下唇作為主動發音器官，再加上狹小的唇孔並不利於伸出舌頭，因此舌尖唇音的發展顯然受到圓唇音所阻礙。這不僅適用於在圓唇元音前的簡單唇輔音，對有些語言的圓唇舌根音後來丟失了圓唇音來說也是如此：*bʷatu > Tangoa 語 *patu-*「頭」，*bʷoe > Tangoa 語 *poi*，Tolomako 語 *poe*「豬」，*Rumaq（>*Rimʷa）> *ima*「房子」，*mʷata > Tangoa 語，Tolomako 語 *mata*「蛇」（比較表 9.23 的「眼睛」）。有些語言是零星的將唇音往前為舌尖唇音，如原始大洋洲語 *pisa > Tangoa 語/moβisa/（預期應為 **mo pisa），Tolomako 語/βisa/（預期應為 **tisa）「多少？」。從此現象的分布情況以及其在有些語言中的不規則變化來看，這變化很有可能一開始在一個非常侷限的地理範圍內出現，可能是 Santo 島東部或 Malakula 島北部，後來從這裡擴散到外圍語言去。

表 9.23　萬那杜語言的舌尖唇音發展和有標性狀態的去除

原始大洋洲語	Tangoa 語	Tolomako 語	詞義
（1）			
puaq	βua	—	水果
pulu	βulu	βulu	毛髮
saŋapuluq	saŋaβulu	—	十
putos	puto	pito	肚臍
pose	e-βose	—	船槳
	mohi	moɣi	蚊子
（2）			
piri	piripiri	—	擠

原始大洋洲語	Tangoa 語	Tolomako 語	詞義
bebe	pepe	tete	蝴蝶
pakiwak	paheu	—	鯊魚
pano	vano	βano	去
kamiu	kamim	kaniu	第 2 人稱複數
meme	meme	nene	舌
mata	mata	nata	眼
kamali	hamali	ɣanali	男人集會所
lima	lima	lina	手

9.2.3.3　濁送氣音

　　如前幾章所述，砂勞越北部的幾個葛拉密方言有類型學上很少見的濁送氣音音位 b^h、d^h、g^h，並和 b、d、g 成為對比，並且和印度語中常見的「送氣濁塞音」（murmured stops）不同。葛拉密方言的濁送氣音以濁音開始，清音結束，而有些人會將清音韻尾連至接下來的元音，因而產生「送氣音」。雖然這些音段長度幾乎是 b、d、g 的兩倍，但他們並非輔音串（Blust 1974a, 2006a）。Bario Kelabit 方言的濁送氣音 b^h：d^h：g^h 是從原始北砂勞越語的音位 *b^h，*d^h，*j^h 和 *g^h 傳承而來，伴隨著齒齦送氣音和硬顎送氣音的合併。表 9.24 列出一些其他葛拉密方言和砂勞越北部有些其他語言的對應音段。

　　就和 Long Wat 語一樣，雖然 Long Merigam 語的 b、d、j、g 在類型上看來普通，但至少 b 和 d（反映原始北砂勞越語的 *b 和 *d）有著較多的限制。Blust 的兩篇論文（1969, 1974b）裡提到，濁送氣音被視為反映由語詞中刪略（syncope）所引起的原始北砂勞越語語

串 *bs、*dS、*jS、*gS，這樣的詮釋被稱為「原始北砂勞越語元音刪略假說」。儘管有其他發現支持這樣的構擬方式，但主要根據還是以 Bario Kelabit 方言的 *b^h* 對應 Kiput 語的 *s* 為主。這假說使得許多前-原始北砂勞越語的構擬必須重新修正，得再多加上一個有 *S 的音節，並認為這是台灣以外唯一還以嘶嗦音保留著原始南島語 *S 的語言。因此，Bario Kelabit 方言 *təbʰuh*，Kiput 語 *təsəw*，民都魯語 *təbəw*「甘蔗」之前被構擬為原始南島語的 *tebuS，或許要修正為 *tebuSu；Bario Kelabit 方言 *pədʰuh*，Kiput 語 *pəsəuʔ*，民都魯語 *lə-pədəw*「膽汁，膽囊」先前被構擬為 *qapeju，可能要修正為 *qapejuSu，以此類推。有些情況下，並不一定要重新加上一個音節，例如原始南島語 *bukeS（或許要修正為 *buSek）> Bario Kelabit 方言 *əbʰuk*，Kiput 語 *suaʔ*，民都魯語 *ɓuk*「頭髮」，因為有直接證據顯示元音在濁阻音和 *S 之間會丟失。

表 9.24　原始北砂勞越語的濁送氣音反映

原始北砂勞越語	bʰ	dʰ	jʰ	gʰ
Bario Kelabit 方言	bʰ	dʰ	dʰ	gʰ
Pa' Mada Kelabit 方言	p	t	t	k
Pa' Dalih Kelabit 方言	p	s	s	k
Long Napir Kelabit 方言	f	s	s	k
Long Anap Kenyah 方言	p	t	c	k
Long Dunin Kenyah 方言	ɓ	ɗ	s	ɠ
Long Wat Kenyah 方言	b	d	j	g
Long Merigam Penan 方言	b	d	j	g
Long San Kenyah 方言	ɓ	ɗ	ɗʸ	ɠ

Berawan 所有方言	p	c	c	k
Kiput 語	s	s	s	k
Narum 語	f	t	c	k
Miri 語	f	s	s	k
民都魯語	ɓ	ɗ	j	g

　　台灣南島語通常會以嘶嚓音保留 *S，並且從證據來看，預期會保留假設的額外音節。台灣南島語有時會和元音刪略假說矛盾，如巴宰語 *apuzu*（而非 **apuzuu），或排灣語 *qapədu*（而非 **qapədusu）「膽汁」。

　　此外，隨著時間經過，一群不對稱的原始北砂勞越語濁送氣音反映逐漸明顯產生：幾乎所有原始馬來-波里尼西亞語的單音節重疊詞反映以及濁阻音反映，在原始馬來-波里尼西亞語 *e（央中元音）的後面時，都會變成原始北砂勞越語的濁送氣音。這些偏離的變化提供了關鍵的線索讓我們得以重新檢視音變現象。在許多東南亞群島中，會將原始南島語的 *e 反映為特別短的央中元音。由於它的持續時間比其他短元音或短輔音來的更短，它若不是傾斜的將重音放在向右的一個音節上，就是藉由雙生後面的輔音來抓住重音。Bario Kelabit 方言中的清塞音在央中元音後面時，依舊會出現同位的疊輔音，但普通濁塞音幾乎從未在這樣的語境中出現。疊輔音通常透過繼承而來或衍生自輔音串中。原始北砂勞越語的濁送氣音看來似乎一開始先是濁疊輔音，而濁疊輔音主要產生於以下兩種語境：1）*e（央中元音）後面的同位音會被拉長，和 2）在單音節的重疊詞中，緊鄰的兩個輔音裡，前面的那一個被完全同化。第一種語境的例子

可以和直接承繼的央中元音一起發生，如：原始南島語 *tebuS，原始馬來-波里尼西亞語 *tebuh（> *təbbu）>原始北砂勞越語 *təbʰuh「甘蔗」，也可以和後來加上的央中元音一起發生，由於實詞詞素會透過正常音變變成單音節，因此央中元音會為了構擬丟失的雙音節而加入詞語中，如：原始南島語 *bukeS >原始馬來-波里尼西亞語 *buhek（> *buk > *əbuk > əbbuk）>原始北砂勞越語 *əbʰuk「頭髮」。第二種語境的例子如下：*butbut（> *bubbut）> Bario Kelabit 方言 *bubʰut*「拔、拉出」。由於疊輔音有兩種可能來源，因此有些詞源可以有兩種解釋方式，如原始南島語、原始馬來-波里尼西亞語 *qalejaw（> *ələdaw > *əldaw > *əddaw）>原始北砂勞越語 *ədʰaw「日子」。

正如人們所知道的，疊輔音偏向以清音音段產生，因為從空氣動力學來看，長時間的閉合狀態下很難維持住濁音。基於這個原因，普遍的語音因素並不利於早期 *-bb-、*-dd- 和 *-gg- 的發音。在歷史進程上，較早於原始北砂勞越語的語言可能清、濁疊輔音都有。若真如此，那麼清疊輔音保留著同位音或變為普通清塞音，但濁疊輔音則會部分清化，進而產生真正的濁送氣音。這些因此演變成相異但令人吃驚的語音對應關係，如表 9.24 所列。在 Lower Baram 語言中，像是 Miri 語、Dali'語、Lelak 語、Kiput 語或 Narum 語，原始北砂勞越語的 *bʰ 顯然會變為 *f。此外，正如 Dahl（1981a: 60）首次提出那樣，Kiput 語的前身 *f 變成 *s* 是件很不尋常的音變，但由於除了台灣以外，沒有證據顯示還有其他語言以嘶嘶音保留 *S，因此必須做這種假設。

9.3 音變的定量分析

本章將簡要探討兩項能以定量分析的南島語音變議題。其中第一個源自 Lehmann（1992: 191）文章中所做的一般性陳述：「任何變化確實都不會影響一個音位的所有情況。因此，完全無條件音變可能無法在語言中記錄下來」。第二個議題則是在印象中，印歐語系的元音音變現象較南島語系常見而來，反觀輔音音變則較常見於南島語系中。

Lehmann 以原始印歐語的 *o 變為原始日耳曼語的 *a 來闡述他的論點，並指出這種變化是「無條件的，儘管非重音音節的 o 會丟失。」這意味著 1）原始印歐語的 *o 變為原始日耳曼語的 *a 之後，接著丟失 *a，或 2）原始印歐語的 *o 先丟失，接著所有還保留該音位的語詞都變成原始日耳曼語的 *a。不論哪種解釋，這些變化都是無條件的。要不然，那就會把反映和演變混而為一了。許多南島語的音變現象是無條件的，我們必須將音變從反映中區分出來才能發現。以下列舉可能的少數例子，像是原始波里尼西亞語的 *ʔ 在夏威夷語中無條件消失：*ʔate > ake「肝」，*ʔone >one「沙子」，*ʔila > ila「胎記」，*ʔuha > ua「雨」，原始波里尼西亞語 *matuʔa > makua「父母」，*taʔu > kau「年，季節」。接著這個變化之後，所有的 *k 都變成 ʔ 的例子，如：*kutu> ʔuku「蝨子」或 *ika > iʔa「魚」，接著是所有的 *t 都變成 k 的例子，如：*tolu > kolu「三」，或 *mata > maka「眼睛」。此外，還有 *n 和 *ŋ 的無條件合併，如原始波里尼西亞語 *laŋi > lani「天空」，跟 *ono > ono「六」並存。有人會爭論說因為原始波里尼西亞語的 *laŋi 是從原始馬來-波里尼西亞語的

*laŋit 傳承而來，所以 *t 變成 k 是有條件的，但這論點是毫無意義的，因為所有原始波里尼西亞語的詞尾輔音早在夏威夷語的特殊音變之前就都已丟失了。

這些討論顯示著無條件音變確實發生在南島語中，卻沒提及任何發生頻率。為了瞭解相對的發生頻率，表 9.25 整理了六種語言的主要音變現象，分別有邵語、塔加洛語、查莫洛語、得頓語、莫杜語（Motu）和夏威夷語。

表 9.25　六種語言的無條件音變和條件音變的相對頻率

語言	無條件音變	條件音變	無條件音位分裂
邵語	10	2	1
塔加洛語	5	3	4
查莫洛語	10	4	1
得頓語	12	6	1
莫杜語	7	4	2
夏威夷語	9	2	2
總計	53	21	11

邵語中至少有 10 個音變是無條件的，而有條件音變則只有 2 個。10 個無條件音變分別為：1. *C > c（從可能的齒齦清塞擦音演變為齒間清擦音），2. *b > f，3. *d/z > s（有可能是兩個音變，但可視為一個），4. *s > t，5. *j > z（從可能的濁顎舌根塞音演變為濁齒間擦音），6. *N/ñ > z，7. *ŋ > n，8. *l > r，9. *R > lh（從可能的濁齒齦顫音演變為清齒齦邊音），10. *h > Ø。*S 無條件演變為 sh 或零：*Suni > shma-shuni「鳥叫聲」，*luSeq > rushaq「眼淚」，*tapeS

> *tapish*「風鼓」，但是 *kaSiw > *kawi*「木頭，木棍；樹」，*kuSkuS > *kuku*「指甲，爪子」，*SuReNa > *ulhza*「雪、冰」。原先穩定產生 *c*、*s*、*sh* 或 *z* 的演變後來都受「嗞嘶音同化」影響，如：*CaqiS > *shaqish*（預期為 **caqish）「縫」，*daRa > *lhalha*（預期為 **salha）「台灣楓樹」，或 *Sidi > *sisi*（預期為 **shisi）「野山羊，羚羊」（Blust 1995b）。每一種分裂（*C > *c/sh*、*d > *s/lh*、*S > *sh/s*）都可視為有條件的，但這樣就看不見基底下的嗞嘶音同化現象的一致性。因此，更簡單也更可行的詮釋方式便是假定 *C > *c*、*d/z > *s*、和 *S > *sh* 為無條件音變，接著出現嗞嘶音同化，將原先一致性的演變導入另一種創新發展。而邵語中的有條件音變分別為：1. 倒數第二個音節中的 *e > Ø，在詞尾唇音前會變成 *u*，但在詞尾舌冠音或舌根音前會變成 *i*，2. 嗞嘶音同化。

　　塔加洛語中至少有 5 種音變最好歸類為無條件，而 3 種是有條件的，並且有 4 種是無條件音位分裂。5 種無條件音變分別為：1. *c > *s*，2. *q > *ʔ*，3. *z > *d*，4. *ñ > *n*，和 5. *R > *g*。Dempwolff（1934）將 *g* 和 *y* 都視為塔加洛語中的 *R 反映，但顯然的，*R 會演變為 *y* 是由於早期對加班邦安語（Kapampangan）的借入。塔加洛語中沒有爭議的 3 種條件音變分別為：1. *d > *d-*、*-r/l-*、*-d*，如：*deŋeR > *diŋíg*「聽到」，*bukid > *búkid*「丘陵；林區」，但 *dadaŋ > *daráŋ*「向火」，或 *qudaŋ > *uláŋ*「龍蝦」，2. *e > *u/o* 若有 *u 在相鄰的音節中，或其他位置有 *i*，如：*buhek > *buhók*「頭髮」，或 *tebuh> *tubó*「甘蔗」，但是 *tenek > *tinik*「荊棘」，3. *u 在閉音節中演變為 *o*（在西班牙語借詞引入前都還是同位音）。而 4 種無條件音位分裂分別是：1.*-d- 分裂為 *-r-* 或 *-l-*，2.*l 分裂為 *l* 或零，3.*g 分裂為 *g/k* 或

*k 分裂為 *k/g*（視作同一種演變），4.*S 分裂為 *h* 或零。

至少將 10 種查莫洛語的音變歸為無條件的會較為恰當，而只有 4 種是有條件的。10 種無條件音變分別為：1. *z > *ch*（濁顎塞擦音演變為清顎塞擦音），2.*p > *f*，3.*b > *p*，4.*j > *ʔ*，5.*q > *ʔ*，6.*S > Ø，7.*R > *g*，8.*d > *h*，9.*k > *h*，和 10. *e > *u*。第 1 到第 6 種音變毫無爭議是無條件式。而第 7 到第 10 種音變表面上看來是有條件的，因為 *R 被反映為 *g-*、*-g-*、*-k*，而 *d 和 *k 被反映為 *h-*、*-h-*、*-Ø*，以及 *e 在開音節中會演變為 *u*，但在閉音節中會演變成 *o*。然而，若將這些音變視作有條件的話，會混淆了反映和音變；相較於有條件的 *R > *g-*、*-g-*、*-k* 演變，*R 的反映更有可能是 *R 無條件演變為 *g*，之後在詞尾位置發生清化。同樣的，相較於 *d 和 *k 在詞尾位置變為零、在其他位置變為 *h* 的條件變化，*d 和 *k 的反映更有可能是 *d > *h* 和 *k > *h* 的無條件演變，接著丟失詞尾的 *h*，*e > *u*/*o* 顯然是 *e > *u* 的結果，並且在閉音節中將高元音位置拉低，對 *i 和 *u 也都有同樣的影響。

毫無爭議的有條件音變有以下 4 種：1. *w > *gʷ* 和 *y > *dz*/__V（視為同一種變化），2. 元音刪略，3. 閉音節中的元音拉低，和 4.*l > *t*，當後面不是接著元音時。第一種音變例子如下：*walu > *gʷalu*「八」，*qasawa > *asagʷa*「配偶」，*paya > *fadza*「沙丁魚」，或 *niuR > *nidzok*「椰子」，比較 *buRaw > *pugaw*「追趕」，或 *qazay > *achay*「下巴」。第二種音變見於 *tuqelaŋ > *toʔlaŋ*「骨頭」，*peRes-i > *foks-e*「擠出；表露」，或 *aRemaŋ > *h-akmaŋ*「海鰻」。第三種演變的例子為：*bukbuk > *poppo*「腐蝕後的粉末」，*quRut > *ugot*「按摩」，以及其他許多詞形。最後一種沒有爭議的條件音變為 *laki >

lahi「男人，男性」，*kali > *hali*「挖出塊莖」，但 *qipil > *ifet*「太平洋鐵木」，或 *qalejaw > *atdaw*「日子；太陽」。

得頓語中至少有 12 個音變似乎是無條件的，而有條件音變則只有 6 個。12 種無條件音變分別為：1.*p > h，2. *c > s，3. *q > Ø，4. *z > d，5. *d/j > r，6. *g > k，7. *ñ > n，8. *ŋ > n，9. *R > Ø，10. *S > Ø，11. *y > Ø，12. *w > Ø。條件音變分別為：1. *-ay/aw > -e/o（視為同一種變化），如：原始馬來-波里尼西亞語 *qatay > *ate*「肝」，或 *lakaw > *laʔo*「走」，2. *-uy/iw > -i，如：原始馬來-尼西亞語 *hapuy > *ahi*「火」，或 *kahiw > *ai*「樹」，3. *-m > -n，如：原始馬來-波里尼西亞語 *enem > *neen*「六」或 *zaRum > *daun*「針」，4. *b- > f，但 -b- > h，如：原始馬來-波里尼西亞語 *batu > *fatu*「石頭」，*beRas > *fos*「米」，*babuy > *fahi*「豬」，*bukbuk > *fuhuk*「木象鼻蟲」，*labaw > *laho*「老鼠」，或 *tuba > *tuha*「魚藤」，5. *-mp- > b 和 *-nt- > d（視為同一種變化），如：原始馬來-波里尼西亞語 *kempuŋ > *kabun*「胃」，*punti > *hudi*「香蕉」，6. 在倒數第二音節裡，*e > o，在詞尾音節時，演變為 a，如：原始馬來-波里尼西亞語 *depa > *roha*「噚」，或 *deŋeR > *rona*「聽」。有一種變化明顯是無條件音位分裂，即：*k > k、ʔ 或零，如：原始馬來-波里尼西亞語 *kima「大蛤」>*kima*「貝殼」，*hikan > *ikan*「魚」，但 *takut > *taʔu*-k「懼怕」，*kutu > *utu*「蝨子」。

莫杜語（Motu）中有七種音變很顯然是無條件的，並且有 3 種音變對音韻語境很敏感。七種從原始大洋洲語來的無條件音變分別為：1. *q > Ø，2. *y > l，3. *ñ > n，4. *ŋ > Ø，5. *s > d，6. *l > Ø，7. *w > v，以上都是毫無爭議的。4 種有條件音變分別為：1.–C > Ø，

2. 在 *i 或 *e 的前面時，*t > s，如：*tina > sina「母親」，或 *qate >
ase「肝」，3. Ø >y/#__a（接著發生 *y > l，以及 *q > Ø），如：原始
大洋洲語 *apaRat > lahara「西北風及其季節」，或 *aŋin > lai「風」
（但不是 *qapuR > ahu「石灰、生石灰」），4. *-lu > i，如：*tolu >
toi「三」，或 *qatoluR（> *qatolu）> atoi「蛋」。有 2 種明顯的無條
件音位分裂：1. *p > p 或 h，和 2. *k > k、ɣ 或零。

夏威夷語有至少有 9 個無條件音變，2 個有條件音變以及 2 個
明顯的無條件分裂。9 個從原始大洋洲語來的無條件音變分別為：1.
*t > k，2. *k > ʔ，3. *q > Ø，4. *b > p，5. *dr/r > l，6. *ñ > n，7. *ŋ >
n，8. *R > Ø，和 9. *y > Ø。以上皆毫無爭議。有條件音變會丟失詞
尾輔音（在原始中太平洋語中就已丟失），而 *pap > wah（波里尼西
亞東部的雙唇異化現象），如原始大洋洲語 *papine > 夏威夷語
wahine「女人」。2 個明顯的無條件分裂分別為：*u > u，但偶而變
成 i，以及 *s > s/Ø。

以這 6 種語言代表整個南島語群顯然是不夠的，但值得注意的
是，這 6 種語言都有一個相同的模式：無條件音變是常規情況，有
條件音變則為例外狀況。若有更多資料的話，很有可能也會出現類
似的結果。因此，那些主張不存在真正無條件音變的論點不僅大錯
特錯，還否定了南島語中極為常見的音變現象。此外，有條件音變
通常影響著元音更甚於輔音，是本節中要討論的第二個重點議題。

第二個重點議題在於，和日耳曼語群相較之下，南島語群的元
音系統比輔音系統帶給外界一種較為穩定、少變化的印象。這一點
在南島語群中的波里尼西亞語群裡一覽無遺，屬於該語群的語言
中，元音系統並沒有發生任何規則的音變，反觀輔音系統卻發生了

許多演變。表 9.25 中的統計也可作為元音音變與輔音音變的相對發生頻率評估。這項評估整理於表 9.26：

表 **9.26** 六種語言中，元音音變與輔音音變的相對發生頻率

	無條件音變	條件音變	無條件音位分裂	總計
邵語： 輔音 元音	10	1 1	1	12 1
塔加洛語： 輔音 元音	5	1 2	4	10 2
查莫洛語： 輔音 元音	9 1	2 2	1	11 4
得頓語： 輔音 元音	12	3 3	1	16 3
莫杜語： 輔音 元音	7	4	2	13 0
夏威夷語： 輔音 元音	9	2 1	1	12 1

　　同樣的，語言樣本數偏少，加上來源為不同的原始語言（邵語的來源為原始南島語，塔加洛語、查莫洛語和得頓語的來源為原始馬來-波里尼西亞語，莫杜語和夏威夷語的來源為原始大洋洲語），使得分析失真。儘管有這些問題，但呈現出的模式依舊很明顯：這些語言（通常是南島語）的輔音音變數量遠大於元音音變數量（無條件音變數量為 52：1，有條件音變數量為 13：8，無條件音位分裂數量為 9：2）。雖然有些爭論認為，這樣的模式只是表示輔音在音

位數量上遠大於元音，但這解釋完全行不通，因為日耳曼語群的輔音數量也是遠大於元音，但元音的音變數量卻明顯多於輔音。

9.4　規律假設

上一節所提到的無條件音位分裂對規律假設（Regularity Hypothesis）引起一個很重要的問題。音變的規律性一直以來都是個充滿爭議的議題，甚至產生對立的立場。南島語言大部分的音變都有規律，這點無庸置疑，但有些音變只是重複出現，並非規律出現，使得音變理論受到挑戰。在此，雖然只討論小部分的語言資料，但依舊可以從中看見有些無條件音位分裂顯然是個別語言特有的，其他（廣泛流行的不規律現象）則為整體語言共享的。

原始馬來-波里尼西亞語的 *l 在塔加洛語中通常會被反映為 l：*（la）-laki > *laláki*「男人、男性」，*leŋa > *liŋá*「芝麻」，*lima > *limá*「五」，*luheq > *lúhaʔ*「眼淚」，*qilaw > *ílaw*「火炬、光線」，*bileR > *bilíg*「白內障」，*beli > *bilí*「買」，*walu > *waló*「八」。然而，在有些詞源中會演變為 h 或丟失（並且會在相同元音之間或不同元音間且第一個為低元音之間自動插入喉塞音）：*luslus > *hushós*「滑倒」，*balay「公共建築」> *báhay*「房屋」，*buluq > *búhoʔ*「竹子」，*balu > *bálo* ~ *báʔo*「寡婦、鰥夫」，*zalan > *daʔán*「路徑、道路」，bulan > *buwán*「月亮；月份」，*uliq「返家」> *ulíʔ*「再次」~ *uwiʔ*「返家」，*selsel > *sísi*「後悔」，原始菲律賓語 *habel「織布」> *hábi*「織花紋在布上」。沒有任何的語境條件可以描述這種分裂，有可能是早

期從比薩亞語借來的產物，該語言的 *l 被軟音化了。

　　有些南島語言的濁塞音 *b 和 *d 很明顯的呈現無條件分裂。Dempwolff（1934）詳實地將爪哇語的這種音變現象記錄下來：在沒有任何語境條件下，*b > b 或 w，而 *d > d、ḍ 或 r，如：*batu > watu「石頭」，但 *balay > bale「大會堂、公共建築」。某些情況下，*b > b 可能是來自馬來語的借詞，但從許多詞源來看又不太可能，有些詞還出現 b 和 w 的變體，像是 balik/walik「相反」。類似的問題也出現在其他語言中，如民答那峨島的 Maranao 語和 Tiruray 語，以及沙巴的 Timugon Murut 語：原始馬來-波里尼西亞語 *bulan > Maranao 語 olan「月亮；月份」，*bihaR >wiag「活著」，*babuy > bəboy「豬」，*buaq「水果」> boaʔ「椰子的內胚乳」，*baRah > baga/waga「灰燼」，*batu > batu/watu「石頭」。有些語言的不規則變化可能是音變過程中所產生的，但這原因無法解釋為何 *b 和 *d 的音位分裂會比 *p 和 *t 的常見。

　　無條件音變，例如 *b 和 *d 的無條件分裂，對「規律假設」造成重大的問題，因為正如王士元（Wang 1969）所言，那樣的現象意味著音變過程中，詞彙可能是一個接著一個改變。對單一語言或一群親屬關係近的語言而言，音位分裂的合理解釋或許起因於詞彙擴散，但這解釋對於各自獨立影響一大群相關語言的變化就更難說得通了。這種尚未在其他語系中發現到，卻反覆出現於南島語系的變化被稱為「廣泛流行的不規律現象（pandemic irregularities）」（Blust 1996d）。

　　Dempwolff（1934-1938）承繼著早期學者，並發現到他所構擬的大洋洲語阻音音位經常出現兩種反映，例如 *puluq >薩摩亞語 se-fulu「十」，但 *pulut > pulu「麵包樹」。他將這些差異歸因於前鼻化音，

在大洋洲語言學裡，口部音（oral grade）和鼻音（nasal grade）用來指稱阻音中較為軟音或硬音的反映。到了 1970 年代，原先大家所認為的概念：口部音（oral grade）反映源自於簡單塞音，而鼻音（nasal grade）反映源自於前鼻化塞音，已經不足以說明許多語言中更完整範圍的反映（Blust 1976a; Geraghty 1983）。Ross（1988）首度嘗試以廣泛的原始大洋洲語音韻系統來說明這種異常現象，他發現到許多大洋洲語的阻音反映有三種分裂方式：口部音軟化（oral lenis grade）、口部音硬化（oral fortis grade）以及鼻音化（nasal grade）。雖然口部音和鼻音的差異很大程度上可以透過南島語中非大洋洲語的前鼻音化來預測，但軟音和硬音的差別則是無條件音位分裂所造成的。這種分裂的特別之處在於，上百種語言的 *p、*k 和 *s（但沒有 *t）反映深受其影響，由於軟音和硬音反映往往在不同語言的同源詞素中存在分歧，因此必須假定這樣的分裂是各自發展的產物。Ross 提出的經典新語法學家理論（Neogrammarian theory）不可能有辦法解釋，但如果不採用他所假定的一系列假設也同樣無法解釋這些資料。為何傳承的阻音在詞彙特徵的分裂上，會以漂移的方式影響南島語族中橫跨廣泛地理區域，並有上百種語言的單一語群？這點仍然是個謎。

　　東南亞群島的許多南島語言有類似但不太相同的問題出現。除了出現在語詞中的簡單阻音以及同部位的前鼻化音，像是 *putiq「白色」，*punti「香蕉」，Dempwolff（1934-1938）構擬了將近 200 個「鼻音可有可無」的詞彙，如 *tu(m)buq「成長」。以括號標示疑慮詞源的方式容易理解，這樣的慣例實際上標記了內部有矛盾的一組同源詞。有些語言明確顯示出簡單塞音，其他則是塞音前有鼻音，如塔加洛語 túbo?「植物的苗」，爪哇語 tuwuh「成長」（< *tubuq），但馬

來語 *tumbuh*、斐濟語 *tubu*「成長」（< *tumbuq）。就各種語詞中前鼻化音的有無數量而言，這算是種常見的現象，並且幾乎普遍發生於菲律賓以及印尼西部的語言當中，沒有任何構詞或音韻理論可以解釋這種變異的情況（Blust 1996d）。只舉一些例子來說，Dempwolff 構擬了 *hasaq「磨利」，以 *s-* 形式在數百種語言中被反映出來，但婆羅洲西部的 Maloh 語有 *ansaʔ*，而爪哇語有 *asah/aŋsah*「磨利」，Dempwolff 構擬了 *betuŋ「竹子」，但西 Bukidnon Manobo 語有 *bəntuŋ*，而 Dempwolff 構擬了 *ribu（現在寫作 *Ribu，許多語言在語詞中以簡單塞音的形式反映，然而這些語言卻允許前鼻音），但蘇拉威西島東部的 Banggai 語有 *imbu*「千」。有些情況下，前鼻音可能非原先就有，如原始馬來-波里尼西亞語 *busbus > Iban 語 *bumbus*「有孔的」，其異部位輔音串在前鼻化發生前必須刪減，或 *i kahu > Maloh 語 *iŋko*「第二人稱單數」，前鼻化音跨過原先的詞素界限出現，進而丟失了界限。

更根本的事情是，Grace（1996）根據新喀里多尼亞（New Caledonia）的資料，否定了傳統的語言和語言社群的模型的正確性。過去，語言被認為與社會以及地理位置息息相關，而他則認為應該要有全新、更流暢的詮釋。這種觀點的革命性意義在於說明了不規則音變還有很多現象尚待人們探索。

這些情況並不意味著南島語的音變現象是混亂的，完全不是那麼一回事。總體上，南島語廣泛的音變模式呈現出規律的傾向。「傾向」在這是很關鍵的形容，個別語言中存在許多不規則演變，而在更大的語言群體中也有廣泛的不規則模式，如原始大洋洲語的 *p、*k、*s 在許多大洋洲語的硬／軟音反映，以及菲律賓和印尼西部的

南島語中，廣泛出現的零星詞中前鼻化現象。這樣的異常現象不該被視為常態，但也不該輕描淡寫的以借詞、類比或詞彙擴散來做解釋，因為從過去經驗來看，誠實地承認這些和理論上不一致的資料，對日後的研究進展有極大助益。

9.5　漂移（Drift）[9]

如 Sapir（1921）所用的術語「漂移（Drift）」一樣，係指從共同祖語分化出來的語言之間，傾向各自發展演變。在舉例說明裡，Sapir 注意到英語和使用於上流社會階層的高層德語（非低層德語）的複數元音變異系統（*mouse : mice, Maus : Mäuse*）都是從早期含有後綴 *-i* 的名詞組中發展而來。儘管漂移的概念起初迴響冷淡，但後來在許多不同的語系中反覆證實為真，包括南島語系。將以南島語言中三個廣泛分布的漂移情形作為說明。

9.5.1　開音節的漂移

在語音演變中，丟失詞尾輔音是一件很自然的事情，我們會以為這情形隨機發生在任一語系當中，或是有共同祖語的單一語群中所出現的創新。詞尾輔音丟失在南島語中引人入勝的地方在於其顯著的地理區域分布情形：儘管台灣南島語的語言多樣性最高，卻都沒有丟失詞尾輔音的現象，菲律賓的 100 多種語言、婆羅洲的大部份語言以及印尼西部其他多數地區裡的語言也都沒有這樣的現象。

與之形成鮮明對比的是蘇拉威西最北半島的南部地區，有許多語言急劇的透過合併、丟失或加上回響元音的方式，使得詞尾輔音消失，多達 450 種以上的大洋洲語言中，有近 9 成的語言已丟失詞尾輔音，儘管原始大洋洲語除了 *h 以外，保留下所有原始馬來-波里尼西亞語的詞尾輔音。

有些學者（Sneddon 1993, Mead 1996）認為，至少在多數蘇拉威西次要語群（microgroup）的共同祖語中，能發現一些詞尾輔音，但這些輔音在有些或全部的現代語言中會丟失。換句話說，這些語言的詞尾輔音受某種共同趨勢的影響，各自獨立卻平行地進行輔音消除。Sneddon（1993）主張蘇拉威西島上有十組原住民次要語群、三組獨立語群以及 Manado 馬來語。這些語言當中，有三組語群沒有任何丟失詞尾輔音的現象，分別為：1. Minahasan 語群、2. Saluan 語群和 3.Banggai 語群。有兩組語群稍微丟失了詞尾輔音（多為詞尾鼻音合併為 -ŋ）：4. Tomini-Tolitoli 語群和 5. Balaesang 語群。第六組語群（Gorontalo 語群和 Mongondow 語群）表現分岐，Gorontalic 語群以 *-Co 反映 *-C，而 Mongondow 語群幾乎將所有原始菲律賓語的詞尾輔音都保留下來。其餘的八個語群則呈現強烈的詞尾輔音丟失趨勢，許多語言甚至完全丟失詞尾輔音。由於後來進入該地區的 Manado 馬來語也有這種情形，因此語言接觸被認為是此種音變的原因之一。在某些情況中，這種解釋或許是可行的，但對 Sangiric 語群卻行不通，因為它和許多詞尾丟失的蘇拉威西語相距遙遠，中間還隔了兩個沒有詞尾輔音丟失的 Minahasan 語群和 Mongondowic 群。

大洋洲語群中，詞尾輔音丟失的情形更普遍存在，只有少數幾十種語言沒受到影響。大部分沒有丟失詞尾輔音的語言會透過加上

迴響元音或輔助元音 *-a* 的方式形成開音節。為何大洋洲語言相較於其他南島語會有如此常見的詞尾輔音丟失情形，其原因我們依舊不得而知。不同於空間小又擁擠的蘇拉威西島，大洋洲語言廣佈於遼闊的地理區域中，這與新石器時代的農民急速擴張至太平洋地區的現象不謀而合。保留著詞尾輔音的語言散見於太平洋各地（新愛爾蘭島、法屬群島、新幾內亞東南部、萬那杜南部以及新喀里多尼亞），有證據顯示，太平洋許多地區的詞尾輔音急速且突然在各自語言中丟失。

9.5.2 雙音節典型目標[10]

Chrétien（1965）指出 Dempwolff（1934-1938）構擬的詞基中，有 94% 為雙音節。雖然詞彙加綴後的長度比雙音節更長，自原始南島語社群在台灣分化的五千五百年至六千年以來，雙音節典型形態取得了壓倒性的優勢，並對音變產生持續的影響。在整個南島語族中，衍生單音節或衍生三音節會以各種方式恢復丟失的雙音節，否則音變就不會發生。這些處理過程被統稱為「典型恢復（canonical restoration）」。

其中一種典型恢復的例子可在爪哇語中見到，由於丟失 *h 或 *R 使得許多詞彙變為單音節，如：原始馬來-波里尼西亞語 *zuRuq >古爪哇語 *duh*「果汁、汁液」，*paRih >古爪哇語 *pe*「魟魚」，*tuRut >古爪哇語 *tut*、*tūt*「跟隨」，或 *baRah >古爪哇語 *wa*、*wā*「餘燼」。在現代爪哇語中，這些詞彙透過 CV 重疊已經恢復為雙音節：現代爪哇語 *duduh*、*pe/pepe*、*tutut*、*wawa*。此過程持續在數個世代

中發生，甚至早在古爪哇語（第九到十五世紀）時期就有一些例子有重疊詞素的恢復音節現象：*daRa（> *ra/rā）>古爪哇語 *rara*、*rarā*「青少年、處女」，*duha > ro*、*roro*「二」，*uRat > otwat/otot*「靜脈、肌腱」。值得注意的是，這種重疊方式沒有任何構詞上的意義，僅是為了符合雙音節的典型目標。

古爪哇語（Zoetmulder 1982）的靜態動詞有前綴 *a-*，如：*bwat*「重量、負擔」：*a-bwat*「重、增加負擔」< *beReqat；*doh*「距離、遠方」：*a-doh*「遙遠」< *zauq；*lon*「慢（名詞）」：*a-lon*「慢（形容詞）」< *laun，或 *twas*「樹心」：*atwas*「硬」< *teRas。許多同等詞彙的詞素界限在現代爪哇語中逐漸模糊或丟失。Horne（1974）列出詞典中的詞條有：*abot*「重；硬」，*adoh*「遠」，*alon*「慢」，*atos*「硬；困難」，以及 *awor*「混合」（*bot*、*doh*、*wor* 為獨立的條目，但 *lon* 或 *tos* 則不是）。丟失詞素界限表面上和重疊詞素無關，但結果都會將音節恢復為雙音節。

加插（epenthesis）是實詞中最常見的雙音節典型恢復方式之一。通常會加上央中元音 。由於多數元音間的輔音在菲律賓語言中會被保留下來，因此這種變化在菲律賓語言裡較為少見，但在 Isneg 語的詞源裡卻能看見這種演變：原始馬來-波里尼西亞語 *bahaR > abāg*「腰布」，*buhek > aboʔ*「頭髮」，*baquR*「陷阱的發動器」> *abóg*「魚竿」，*paqet > apāt*「鑿子」，或 *tuhud > atúd*「膝蓋」。菲律賓南部的 Tiruray 語也有類似的現象：*nahik > ənik*「爬、攀登」，*tau > ətəw*「人」，*tahep > ətof*「簸」，*tuhud > ətur*「膝蓋」，或 *buhek > əbuk*「頭髮」，甚至借詞 *əsah*「茶」（借自漢語）。婆羅洲有些語言也有同樣的演變，如：*bahaR >* 葛拉密語 *əbʰar*「腰布」，*buhek >*

əbʰuk「頭髮」，或 *bahaq「洪水」> *əbʰaʔ*「水、河流」。為了避免產生單音節實詞，借詞也同樣的受到影響：*əbol*「球」，*əpəm*「幫浦」，*əti*「茶」（借自英語）。最後，從爪哇語的例子來看，顯然是加上央中元音以恢復雙音節典型：*duRi >古爪哇語 *rwi* >現代爪哇語 *əri*「荊棘」，*paRih > 現代爪哇語 *əpe*「魟魚」（*pepe* 的變體），*əbuk*「筆記本」（荷蘭文 *boek*），*əgaŋ*「通道」（荷蘭文 *gang*），或 *əsop*「湯」（荷蘭文 *soep*）。值得注意的是，所有加插央中元音的情況只發生在後來產生的單音節裡，從來沒有影響絕大多數的雙音節詞基。

　　塔加洛語重疊相同的雙音節，如 *baʔit*「好」：*magpaka-baʔit-baʔit*「試著友善」（Schachter & Otanes 1972: 339）。然而，重複的詞基若有喉塞音或 *h* 在相同的元音之間，則會有喉音刪略和音節縮減的情形發生，如：*búhos*「撒出」：*b<al>usbós*「穀物從袋子中撒出來」；*laʔáb*「火焰蔓延」：*l<ag>abláb*「大火」；*láhad*「手張開」：*ladlád*「打開、展開」，或 *súhol*「賄賂」：*sulsól*「煽動犯罪」。這演變似乎和 CV- 重疊、丟失詞素界限或加插無關，但是舉凡 *búhos* 或 *laʔáb* 這種簡單的詞基則不會被影響，再次應證是為了滿足雙音節典型目標而出現的演變。

　　雙音節典型目標的處理過程中，最令人驚奇的方式是「反反疊音化（antiantigemination, AAG）」，在相同輔音之間才會刪略元音（Blust 2007b）。這種演變常見於波里尼西亞的外圍語言中，也能在核心麥克羅西亞語言、美拉尼西亞西部的穆掃語、婆羅洲西南部的伊班語（Iban）、東馬來半島的方言以及蘇拉威西島北部的 Tomini-Tolitoli 語找到類似的現象。波里尼西亞西北部的吐瓦魯語和婆羅洲西南部的伊班語可以用來說明反反疊音化。Besnier（2000: 618）條

列了許多吐瓦魯語的基本詞形和刪略後的衍生詞形。基本詞形（以符號 *註記）被描述為「同時具有共時抽象和歷史構擬特徵」，並且和其他波里尼西亞語言的 CV- 重疊相互對應，以薩摩亞語為例：*vavae：vvae「分開」（薩摩亞語 vavae「分開、分離」），*mamao：mmao「遠」（薩摩亞語 mamao「遠方、距離」），*totolo：ttolo「爬行」（薩摩亞語 tolo「爬行、湧動」，totolo「爬行、緩慢前進」）。伊班語可能是 CV- 重疊的歷史演變結果，加上倒數第三個元音差異會中和化為央中元音，產生了許多以 C1əC1- 起始的三音節詞基。幾乎每種情況都有兩種發音，一種帶有央中元音 ə，一種則無：bəbadi/bbadi「出意外、受折磨」，gəgudi/ggudi「風箏」，jəjage/jjage「一種水棲昆蟲」，ləlaki/llaki「男性」等等。

總之，這些歷史演變背後都承擔了一種構詞結構上的動機：達成普遍的雙音節典型目標。這種動機驅使共時音韻的共謀，並構成漂移的另一種形式。

9.5.3 大洋洲語言中重疊式和及物動詞間的關聯

最後一個漂移的例子特別具有啟發性，背後的驅動力也是和典型目標有關，並對大洋洲語言的句法類型造成根本上的影響。實際上，這是一種受音韻驅使的句法漂移現象，可以更清楚闡明演變過程中，語言各個部份的關聯性。

許多大洋洲語言都有同樣的構詞模式，及物動詞會以重疊不及物動詞的方式呈現。這現象在講涇濱（Tok Pisin）中非常顯著，講涇濱通常會在一貫的大洋洲語詞中疊加一個英語詞彙，如：wasim

「洗」：*waswas*「浸泡」，*tingim*「記住、想起」：*tingting*「想、思考」，*lukim*「見」：*lukluk*「看」，或 *tokim*「說點什麼、跟人說話」：*toktok*「說」（比較：*iu*「洗」：*iuiu*「浸泡」，*tumu*「寫下來」：*tutumu*「寫」，或 Tolai 語的 *kal*「挖出」：*kakal*「挖」，該語言提供許多講涇濱的非英語詞彙和結構）。由於這種模式分布廣泛，有些學者甚至認為此現象源自原始大洋洲語。但是從比較證據來看，9.5.2 節所提到的雙音節典型目標才是造成重疊及物動詞反覆出現的結果。

原始馬來-波里尼西亞語具有大量無法拆解的重疊單音節，像是：*butbut*「拔、拉出」，*gemgem*「握在手掌中」，或 *tuktuk*「敲、擊、打」。在規律的音韻演變下，簡化為原始大洋洲語的 CVCVC，如：*puput*、*kokom*、*tutuk* 等等。有些大洋洲語規律的反映這些詞形，像是 Lau 語的 *fufu*「摘果」（< *puput），東加語的 *koko*「壓、擠」（< *kokom），或薩摩亞語的 *tutu*「在一種特殊的砧板上敲打桑樹皮」（< *tutuk）。然而，似乎更多語言的不同反映如下：原始大洋洲語 *puti*「拔、拉出」，*komi*「握在手掌中」，或 *tuki*「敲、擊、打」，和 Nggela 語的 *vuti*「拉起、拉出、拉離、拉開；扎根」、Rennellese 語的 *komi*「牢牢抓住」或 Nukuoro 語的 *dugi*「猛擊、打、撞擊、重擊」一樣。如果只有這些例子，說服力似乎不夠，但類似的模式在紀錄中已有 37 種形式，因此不太可能是巧合（Blust 1977b）。那麼 *puput：*puti、*kokom：*komi 或 *tutuk：*tuki 之間分別的對應關係是什麼？它們與上一段提到的講涇濱及物標記有什麼關聯？

Pawley（1973）構擬了原始大洋洲語的 *-i 為及物詞綴。這是大洋洲語中非常普遍的詞綴，並且毫無爭議的存在於原始大洋洲語

裡。假使原始大洋洲語的 *-i 是指及物，那麼原始大洋洲語的 *puti「摘」、*komi「抓緊」或 *tuki「擊打」便能解釋為及物動詞（*put-i 等等），而它們的不及物動詞詞形則是去掉詞綴：*puput、*kokom、*tutuk。這兩套構擬詞彙間仍存有一些歧異，也就是說第一音節在及物詞中消失了，像是 *put-i 等等。在少數其他大洋洲語言中，Nggela 語的 vuti 同源詞、Rennellese 語的 komi 同源詞或 Nukuoro 語的 dugi 同源詞是三音節，正如 Lau 語的 fufusi、Sa'a 語的 huhusi「拔、拉出」（搭配常規變化 *t > s/__i）、東加語的 kokomi「壓、擠」或 Manam 語的 tútuki（及物動詞單數）、tutúki（及物動詞複數）「壓扁、打碎（食物、檳榔）」。早期的構擬形式似乎很零散，在不了解內部連貫的狀態下，呈現了部份的構詞典範。為了修正這項問題，必須同時構擬基本詞形及加綴詞形，像是原始大洋洲語 *puput：*puput-i「拔、拉出」，*kokom：*kokom-i「握在手掌中」，*tutuk：*tutuk-i「敲、擊、打」等等。

這可以連結到南島語的雙音節典型目標，它透過同類音刪略（haplology）的方式也能達成。也有可能藉由其他過程實現，比如 Nggela 語的 vuti 先由反反雙音化形成之後，再刪略疊輔音，但是若考慮到原始大洋洲語的 *p 軟音化反映後，這項解釋又不太可行。原始大洋洲語的 *-i 自然會被加綴在非重疊詞基中，像是：*qunap「魚鱗；龜殼」：*qunap-i「刮魚鱗」，起初並沒有發展出同位詞的現象。這種模式一開始只限於這套形式，但由於為了達到雙音節典型的目標，透過重疊單音節的加綴型式，連帶產生許多相關的重疊詞和及物動詞。比較證據顯示出大洋洲語言反覆進行同樣的刪減模式 *puput-i > *put-i，最終在較短的詞形中失去了詞素界限。因 *puput：

*put-i（＞ *pupu：*puti）這一類的演變數量增多，進而使非重疊詞基產生類似變化。因此，根據模式 *pu-ti]ₜ：pu-pu]ᵢ「拔、拉出」，其對應的型式為 *una-pi]ₜ：una]ᵢ「刮魚鱗」可以被類比為 *una-pi]ₜ：una-una]ᵢ，以便於重疊詞和及物詞之間產生關聯，像是 Mokilese 語 *wina*（及物詞）：*winaun*（不及物詞）「拔出、刮除」（Harrison 1973）。如開頭所述，詞形和功能之間的關聯在許多大洋洲語裡都能見到類似的現象，因此很容易會把這種特徵歸因於原始大洋洲語。然而，從原始馬來-波里尼西亞的重疊單音節反映中，我們發現到這種語法特徵並不存在於原始大洋洲語裡，而是各自在多種且相距遙遠的大洋洲語言中反覆出現，是音變隨機發生的結果。

----

① 有些學者認為詞首新增的 ŋ- 音是一個詞綴，以「捕獲的構詞」（captured morphology）稱呼，意即為意外捕獲的一枚詞綴。

② 作者舉例說明 V1/V2 換位的三個例子，元音之間都有一個輔音。布農語卻有兩個元音相連在一起而換位的現象，例如：ma-tua', tau'-un‘開’；buan‘月亮’，baun-an‘有月光’；pakasia，pakasai'-un‘懇求’。

③ 有資料認為 Sangir 語和 Sangil 語是同一種語言，參見 Gowing, Peter G. (1975) 一文。

④ 作者的推斷嚴重偏差：因為卡那卡那富語和拉阿魯哇語並沒有前喉塞音，他就認為鄒語本來也沒有，而是起源於布農語。他誤以為鄒語、卡那卡那富語、拉阿魯哇語屬於同一個語群才這麼說。近幾年來的研究都顯示：鄒語並非跟卡那卡那富語、拉阿魯哇語屬於同一個語群。根據土田滋（Tsuchida 1972）的研究，鄒語的前喉塞音 ʔb 和 ʔd 分別由 *k 跟另一個輔音演變而來：*km ＞ ʔb，*kN ＞ ʔd。這兩個音後來由鄒語傳到布農語，再由布農語傳到邵語（詳見 Li 2015）。

⑤ 台灣南島語言有疊輔音的，除了噶瑪蘭語外，魯凱語茂林方言（Maga）也有，參見李壬癸（1975）。李壬癸曾經寫信告訴 Blust，他可能忘了，況且他不諳中文文獻。文獻資料為：李壬癸，1975 年發表，〈馬加音韻初步報告〉，《台灣大學考古人類學刊》37-38：16-28。

⑥ 比較台灣賽德克語霧社方言 baruy「買」，前高元音 *i 分裂為 -uy，不是 -əy。

⑦ *l > ts 的變化也僅限於一種語言，台灣巴賽語，例如：*lima > tsima「五、手臂」，*quluh > utsu「頭」。

⑧ 在一般的國際音標手冊裡都沒有提到「舌尖唇音」這種發音部位和方法。譯者李壬癸於 1968 年夏天到達當時還叫作 New Hebrides 的萬那杜群島（Vanuatu）首都 Port Vila 做田野調查，曾經調查到一種語言，並首次發現它含有這一套新奇的輔音：除了常見的雙唇音、舌尖音、舌根音以外，還有介於雙唇音和舌尖音之間的語音，舌尖伸出來去碰觸上唇，且這種特殊的輔音在清塞音、濁擦音、鼻音等三種發音方法都有出現，當時就在 p、β、m 中間加上一橫槓來表示這一套音。這種語音在世界上很罕見。本書原著作者在 4.1.12 節的萬那杜語言中，也特別提到這種特殊語音。

⑨ 薩皮爾（Sapir 1921: 155, 172）所提出的「漂移」概念，大意是說：語言的演變有既定的方向，從語言過去的歷史就可推斷出演變的方向來；有親屬關係的語言即使在分化之後，還會有相同或相似的演變方向。台灣南島語言也有這種現象。例如，鄒語、卡那卡那富語、拉阿魯哇語、魯凱語等四種語言，儘管它們屬於不同的主要語群，都產生了回響元音（echo vowels），就是在輔音尾之後又多出了跟其前面元音相同或相似的元音，如：ənəm > ənəmə「六」。又如泰雅語群現有的各種方言都有這幾種共同的演變趨勢：1. 輔音尾的唇音 p、b、m 都變成舌根音 k 或 ŋ，2. 輔音尾的 g 都變成 w，3. 輔音尾的 l 都變成 n，4. 輔音尾的舌尖音 t、d 都變成 c。詳見李壬癸（Li 1982）泰雅語群不同年齡層在語言形式上的差異，《清華學報》新十四卷一、二期合刊，頁184-186。

⑩ 原始南島語語根的典型形態是雙音節的 CVCVC。Dempwolff 只根據台灣以外的南島語言構擬原始南島語，其典型形態是 CV（M）CVC，因為在那些語言中，語詞中的輔音前常有同部位的鼻音，以（M）表示，而台灣南島語言卻沒有。

第 10 章

分類

10.0 導論

　　依據族群的歷史來劃分語言所會面對的問題可分為兩大類，其一是親屬關係的建立，其二是語言的分群。近年來，對第一個研究領域產生興趣的學者激增，因為許多通常（但並非總是）在主流歷史語言學領域以外的學者做了許多大膽的假設，試圖將不同的語系連結，建立為更上層的超語系關係。然而，在介紹這其中一些比較完整發展與南島語系有關的提議之前，讓我們先來了解一般在建立親屬關係時會面對的問題，以及南島語族所涵蓋的範圍。

10.1 親屬關係的建立

　　在主張語言間存有親屬關係前，我們必須先權衡關於語言間相似性的四種競爭可能解釋，也就是這些相似處可能來自於：（一）隨機，（二）語言普遍性，（三）移借，或（四）分別承自於其共同的祖先。我們必須了解的是，要證明任何兩個語言之間沒有親屬關係（在方法論上）是不可行的，所以，當我們無法明確證明第四種可能（也就是其相似性是承自於其共同的祖先），我們僅能說目前尚未能提出足夠證據顯示其關係。如此一來，對於目前尚未被認可有親屬關係的語言，也保有將來證明其關係的空間。然而，我們必須強調的是，在證明語言間有親屬關係之前，不論所提出的關係有多遠，我們都需先排除機率、語言普遍性、以及移借的可能性。

　　要將語言間的相似點是源自於隨機的可能性排除，最毫無疑問

的方法就是藉由詞彙比較，如同格林伯格所提到，詞彙的組成是一組組語音與語意任意武斷的結合，每一個單詞都是獨立的，這樣的特性跟語言中的音韻、構詞及句法這些有結構性的特質不同。再者，雖然詞彙可以移借，但從不規則的語音對應我們可以分辨出借詞，而且借詞不容易在基本詞彙中佔優勢。然而，當我們說詞彙有語音與語意隨機結合的特性，我們並非主張與歷史無關的詞彙相似性不存在。既然，每一個自然語言的詞彙都是由數以千計的形式所組成，機率因素有時會導致相當驚人的結果。表 10.1 列了一些南島語與其他語系的語言因機率因素所造成相似性的例子，這些例子是筆者用不到四小時時間從已出版的辭典所找出，這說明謬誤的比較是相當容易發生的。（南島語系：馬來語、Seraway、Erai、Ifugaw、Lindrou、加燕語、Gane、卡那卡那富語、拉阿魯哇語、羅丁語、馬拉加斯語；印歐語系：梵文、阿拉瓦克語、Yavitero；希瓦羅語系：阿瓜魯納族語；尼日-剛果語系：Swahili；愛斯基摩-阿留申語系：尤皮克語；孤立語言：阿伊努語）：

表 10.1　南島語系與其他語言間巧合的相似處

南島語		其他語言	
馬來語 *dua*	二	梵文 *dva*	二
Seraway *axi*	日子；天	Yavitero *axi*	日子；天
Erai *ani*	蜜蜂	Yavitero *ani*	黃蜂
邵語 *apu*	祖父母、祖先	阿瓜魯納語 *ápu*	酋長
Ifugaw *búuk*	頭髮	阿瓜魯納語 *buúk*	頭
馬來語 *ikat*	綁；繫上	阿瓜魯納語 *ikat*	綁；繫上
賽馬特語 *mut*	嘔吐	阿瓜魯納語 *imut*	嘔吐

南島語		其他語言	
Lindrou *babu*	祖父	Swahili *babu*	祖父
加燕語 *bua*	水果	Swahili *bua*	莖；樹幹
Lamaholot *bobũ*	愚蠢	Swahili *bubu*	啞
巴宰語 *damu*	血	Swahili *damu*	血
馬來語 *kaka*	兄姊	Swahili *kaka*	哥哥
Lamaholot *əmaʔ*	母親，女性長輩	尤皮克語 *ema-*	祖母
拉阿魯哇語 *naani*	這裡	尤皮克語 *maani*	這裡
Gane *manik*	鳥	尤皮克語 *manik*	鳥蛋
卡那卡那富語 *nanu*	哪裡	尤皮克語 *nani*	哪裡
羅丁語 *tamu*	嚼	尤皮克語 *tamu*	嚼一次
馬來語 *api*	火	阿伊努語 *abe, api*	火
馬拉加斯語 *nunu*	胸部	阿伊努語 *nunnu*	哺乳

　　對於某些學者而言，這些相似點可能會顯得驚人，特別當那些形式及語義基本上是一致的情況，例如 Seraway（蘇門答臘東南部）和 Yavitero（Upper Orinoco）的 *axi*「日」、Erai（Wetar Island，印度尼西亞東部）的 *ani*「蜜蜂」和 Yavitero 的 *ani*「黃蜂」、Lindrou（馬努斯島，美拉尼西亞西部）和 Swahili *babu*「祖父」，巴宰語（台灣中部）和 Swahili *damu*「血」、馬來語 *kaka*「兄姊」和 Swahili *kaka*「哥

哥」，或馬來語和阿伊努語的 *api*「火」[111]。馬來語的 *dua* 跟梵文的 *dva* 在 160 年前就被 Bopp（1841）發現，然而他誤解了這個和其他因隨機和移借而產生相似之處，將他們作為印歐語與南島語有親屬關係的證據。許多遠距親屬關係的假設似乎都是以這種方式開始的，學者在他／她的田野的範圍之外，觀察到一或兩個引人注目且以前沒有被發現極為相似的詞彙，並確信這些相似之處只能歸因於其共同的起源。一旦這樣的心態變得固定且沒有回頭：他／她開始認真搜索更多的證據，用更多的例來引證語言之間親屬關係，然而這些例子自然缺少系統性的（語音）對應，品質也不好。

　　隨機的相似性可以被看作為一種趨同性：一開始不同的語言隨著詞彙和語音變化，彼此變得相似。馬來語的 *dua* 及梵文的 *dva* 的對比，比原始南島語 *duSa 跟原始印歐語 *dwo-「二」的對比更具吸引力。同樣情況還有，馬來語的 *api* 跟 阿伊努語的 *abe* 及 *api*，對比原始南島語的 *Sapuy 跟阿伊努語的 *abe* 及 *api*「火」；或 Gane 的 *manik* 跟尤皮克語的 *manik*，對比 PMP*manuk「雞」和尤皮克語的

---

111 Ruhlen（1994）和 Bancel & Matthey de l'Etang（2002）已經證明了，與馬來語的 *kaka* 形式類似，Swahili 的 *kaka* 是全球性的分佈。因此，他們認為 *kaka「哥哥，叔叔」源自於原始人類。如果我們接受人類語言單一性的論證，那我們就需要將 *kaka 構擬於一個至少在 10 萬年前使用過的語言。然而，除了極少數例外，用來支持這種全球詞源的形式都有舌根塞音，從較保守的角度看，這使得這些論證的可信度都受到影響。一些 Bancel & Matthey de l'Etang（2002）引來支持這個論點的南島語形式是與原始南島語 *kaka 無關（Ontong Java 的 *kainga*、Rhade 的 *awa*、Tubetube 的 *kaukaua*、Nggela 的 *kukua*、斐濟語的 *tuaka*），因此他們引用於其他語族的例子亦可能有相同情形。然而這並不是否認 kVkV 以驚人的頻率使用於指涉年長的血緣關係，然而這種關聯的正確解釋尚無法確定。

manik「鳥蛋」。找到遠距且分離的語言之間因隨機而產生的相似性並不難，我們甚至能預期，原始語之間的比較也可能會產生類似質量的結果。

趨同性也可能受語言普遍性的推動。可能最知名的例子是世界上許多語言中的 *mama*「媽媽」和 *papa*「爸爸」這兩個詞。就像薩摩亞語的 *mama*「媽媽」（兒童語言）、*papa*「爸爸」（兒童語言），西班牙語 *mamá*「媽媽」、*papá*「爸爸」，或中文及 Swahili *mama*「媽媽」、*papa*「爸爸」。感謝 Jakobson（1960），這套詞彙的普遍性已經確立，並且不太可能導致錯誤的親屬關係假設。然而，一些語意普遍性或隱喻的普遍性是較鮮為人知，並可能造成誤導的親屬關係，如表 10.2 所示：

表 10.2　南島語及非南島語因語意普遍性而造成的相似性

南島語	其他語言
馬來語 *mata hari*（眼-日）太陽	愛爾蘭語 *suil an lae*（eye of day）日出
馬來語 *mata ikan*（眼-魚）繭	德語 *Hühnerauge*（雞-眼）繭
	華語 *jīyǎn*（雞-眼）繭
	泰語 *taapla*（眼-魚）繭
馬來語 *mata jala*（眼-網）網孔	希伯來語 *ayin ha rɛʃɛt*（網眼）網孔
	日語 *ami no me*（網-屬格-眼）網孔
	越南語 *mat luoi*（眼-網）網孔
	泰語 *taakhàay*（眼-網）網孔

雖然這裡的相似性是結構性而非詞彙性，但未能辨識以「眼睛」這個詞素來表示「中心，焦點」這個抽象意義是一種普遍性的傾向，

會造成親屬關係錯誤的假設，就如同我們在表 10.1 所見的例子一樣。其他因語言普遍性而造成在結構上的趨同，例如詞序類型及典型結構，同樣也在某些（錯誤的）親屬關係的假設中扮演了角色。因移借而產生的相似性通常很容易理解，並且不需要廣泛的討論。總的來說，它更有可能在分群中產生問題而不是協助建立親屬關係。雖然語言結構的任何特徵或內容都可以藉由接觸擴散，擴散的概率並不是均勻分佈在語言的所有部分。特別是，比起文化詞彙，基本詞彙較不可能被借用，而這種區別往往被用來判斷詞彙的相似性是源自於語言間的親屬關係或是移借。

一旦因隨機，普遍性或移借等因素所造成的相似性已被安全地排除，唯一剩下的選擇是源自於語言共同起源，而這必須是建立在經常性語音對應的基礎上。從令人驚訝的小量語料就能顯示語音對應關係。然而重要的不是同源詞的數量，而是針對每一個語音對應有清楚和無爭議的例子。毋庸置疑，這兩種數量的測量往往是相互關聯的，因為每個同源詞的認定必然對已建立的語音對應提供新例證，或是提供新的語音對應。儘管如此，只要有 50 個同源詞就可以令人信服地建立起兩種語言或語群的親屬關係，只要每一個語音對應都有至少兩個（最好三個）例子來說明。表 10.3 以有限的馬來語跟夏威夷語例子說明了這一點：

表 10.3　馬來語跟夏威夷語的規則語音對應

馬來語	夏威夷語	詞義
mata	*maka*	眼睛
kutu	*ʔuku*	頭蝨
ikan	*iʔa*	魚

馬來語	夏威夷語	詞義
laŋit	*lani*	天空
taŋis	*kani*	哭泣

如果我們同意我們僅需對於在音素上有規則對應的例子加以證明，（例如 *t*：*k*，但不是 *m*：*m*），那麼用以下證據就能證明表 10.3 中的例子為同源。（一）*t*：*k*（眼睛，蝨子，哭泣／哭泣）；（二）*k*：*ʔ*（蝨子，魚）；（三）-*C*：*Ø*（魚，天空，哭泣／哭泣）；（四）*ŋ*：*n*（天空，哭泣／哭泣）。從這五個詞彙，我們有三個例子說明馬來語的 *t* 對應夏威夷語的 *k*，馬來語的字尾輔音對應夏威夷語空音，有兩個例子說明馬來語的 *k* 對應夏威夷語的 *ʔ*，以及馬來語的 *ŋ* 對應夏威夷語的 *n*。這並不意味著我們不需要更多語料，而是這表明即使只有少量語料，只要有明確的規則語音對應，我們依舊能有效排除因機率而產生的相似性。因為當普遍性和移借等因素也難以對上述相似性提出合理的解釋，唯一剩下的選擇是語言親屬關係；也就是這些語言（連同許多其他語言）都延續於一個在史前曾存在的語言。

10.1.1　南島語族的劃分問題

儘管大多數南島語言的分類都沒有爭議，但事實並非總是如此，對於某些語言問題仍然存在。也許第一次西方人在解釋南島語言的相似性和多樣性時所面臨的概念性問題，就是如何對美拉尼西亞語言進行分類的。正如第一章所提及，在 1778 年時福斯特曾說，波里尼西亞語與馬來語有相似之處，而美拉尼西亞的語言則構成了獨立的群體。我們現在知道福斯特錯了，但檢視他錯誤的原因是有

益的，因為這個錯誤造成持續了一個多世紀的學術討論。

有兩個因素似乎使南島語言在美拉尼西亞的分類比其他地方更成為問題。其中第一個是，歐洲觀察家傾向將語言和種族做連結。在東南亞島嶼的南島語言使用者與在麥克羅尼西亞或波里尼西亞的南島語言使用者在一般外型上相似，而在美拉尼西亞的南島語言使用者相較下在外型上比較相似於巴布亞語言的使用者，而不像美拉尼西亞以外的南島語言使用者。原因就在於此語言隸屬關係和物理類型的傾斜顯然是基因流動，在某些情況下擴展超過三千年。巴布亞語言的使用者在西太平洋地區已有超過 3 萬年的歷史，而大約 3500 年前到達那裡的南島語言使用者，隨著時間的推移不同程度地與原有族群相互交往，在某些情況下導致外型發生根本變化。

第二個因素是美拉尼西亞一些南島語言發生無可否認的詞彙改變。如果我們採用表 10.3 中的五個詞彙項，再增加十個，並將比較擴展到美拉尼西亞的語言，這一點就變得清晰了，如表 10.4 所示：

表 10.4 五種南島語言的正規詞彙模式

馬來語	Kaulong	Nengone	斐濟語	夏威夷語	詞義
mata	*mara*	*warowo*	*mata*	*maka*	眼睛
kutu	*əmut*	*ote*	*kutu*	*ʔuku*	頭蝨
ikan	*ili*	*pashawa*	*ika*	*iʔa*	魚
laŋit	*hiŋis*	*gulaʔawe*	*lomā-laŋi*	*lani*	天空
taŋis	*hau*	*mane(o)*	*taŋi*	*kani*	哭泣
kulit	*po*	*nenun*	*kuli*	*ʔili*	皮膚
susu	*susu*	*mimi*	*suðu*	*ū*	乳房
hati	*əran*	*tareat*	*yate*	*ake*	肝

馬來語	Kaulong	Nengone	斐濟語	夏威夷語	詞義
api	*yau*	*ciʔiei*	*bukawaŋga*	*ahi*	火
air	*eki*	*tin(i)*	*wai*	*wai*	（乾淨）水
dua	*ponwal*	*rewe*	*rua*	*lua*	二
tiga	*miuk*	*tini*	*tolu*	*kolu*	三
əmpat	*mnal*	*ece*	*va*	*ha*	四
lima	*eip*	*doŋ*	*lima*	*lima*	五
ia	*yaŋ wut (f.)*	*bon/ic(e)*	*koya*	*ia*	第三人稱單數

　　雖然這個樣本具有選擇性，但它具有足夠的代表性，可以確定的是，如果真的增加到 100 或 200 個項目，我們依然可以看到相同的模式：有明確證據顯示馬來語、斐濟語和夏威夷語彼此之間以及與其他南島語言之間具有親屬關係，僅有有限的證據顯示出 Kaulong 語與這些語言有關係，而幾乎沒有證據顯示 Nengone 語與這些或大多數其他南島語言有關係。馬來和夏威夷在地域上距離最遠，很明顯，語言分歧與地理距離並沒有直接關聯。相反地，如果有的話，語言差異傾向與說話者的生理類型有關聯。換言之，大多數在詞彙上「異常」的南島語言都出現在美拉尼西亞，在那區塊的族群與許多巴布亞語言使用者在外表上沒有顯著不同。無可否認，這樣的陳述是過於簡單的，因為（一）在美拉尼西亞地區的族群的膚色（僅選擇一種外表變異的量度）範圍涵蓋類似東南亞或麥克羅尼西亞（包含 Wuvulu 和 Aua 群島，在海軍部群島已經滅絕的 Kaniet，以及木艘以東的 Tenis）地區的類型，到如同西索羅門群島居民一樣烏黑的類型，以及（二）在美拉尼西亞的語言，與南島大多數地區相比，

其平均詞彙保留率顯著較低，但是個別語言之間差異極大，例如莫度、幾種索羅門中部和東南部的語言（Nggela 語、阿羅西語、撒阿語）、東北部的 Raga 語、萬那杜語或斐濟語，這些語言在詞彙上與典型的波里尼西亞語言一樣保守。然而，除了印度尼西亞西部的應加諾語，密克羅尼西亞西部的雅浦語，也許還有密克羅尼西亞東南部的諾魯語外，沒有其他可能被認為「詞彙異常」的南島語為外表像蒙古南部的人群所使用，許多這些「詞彙異常」的南島語仍是由表型上為「美拉尼西亞」的人群所使用。因此，總體情況顯示，儘管出現了驚人且仍然無法解釋的例外情況，但接觸和基因流動在許多美拉尼西亞南島語的快速詞彙替換率中扮演重要角色。

回到表 10.4，該表包含一些南島語中最穩定的基本詞彙，Kaulong 語（新不列顛西南部）僅顯示兩個明顯相關的形式（*mara*「眼睛」，*susu*「乳房」）。總的來說，在 Swadesh 200 基本詞彙統計列表中，可以為 Kaulong 語提供的 194 個詞中，只有 10 個詞顯示出明顯源自南島語，即僅有 5.2% 的比率。不僅其餘詞彙不常見於其他南島語，而且 Kaulong 在第三人稱單數的代名詞區分性別，這種結構特徵在南島語中很少見，但在巴布亞語中很常見。至少有六種巴布亞語，使用於新不列顛，包括 Anem 語、Baining 語、Kol 語、Pele-Ata 語、Sulka 語和 Taulil 語（Gaktai 可能是第七種或是 Baining 語不同的方言）。鑑於這一系列的觀察結果—包括「美拉尼西亞」的人種類型，有很少的共享詞彙，有不同的結構特性，以及與巴布亞語相鄰—我們自然地想知道，像 Kaulong 語這樣其基本詞彙僅有少數可識別為南島來源的語言，是否這些詞彙並不是由一個非南島語言借入的南島語詞彙。傳統上，有兩個考慮因素促使學者將 Kaulong 語歸類為

南島語。第一個，他是在詞彙非常基本的部分存在一些明顯的南島元素。例如，除了 *mara*「眼睛」，*susu*「乳房」，Kaulong 語有 *it* < *kita「第一人稱複數包括式代名詞」，雖然在其代名詞系統沒有其他熟悉的南島語元素，而且其基本詞彙亦僅有非常少數其他項目可以被識別為南島語來源。第二個考慮因素是 Kaulong 語與 Miu 語和 Asengseng 語同屬西方白人語族（Western Whiteman Family），這些語言中還另外出現了一些其他的南島元素（儘管數量不多）。由於基本詞彙比非基本詞彙非常不可能被借用，因此將這些語言歸類為南島語的論證取決於基本詞彙中是否存在一些明顯的南島語形式，以及其與毫無爭議的巴布亞語言之間沒有明確的關係。

要了解這些論點有多不穩定，我們只需找到一個毫無爭議的巴布亞語，且該語至少具有與 Kaulong 語（或西方白人語族的其他成員）一樣的南島語基本詞彙。符合此條件的是 Mailu 語，它是新幾內亞東南部六個 Mailuan 語言中最大的一個（Dutton，1975 年）。依據一個修改後的 Swadesh 200 基本詞彙詞表，Mail 語在 179 個項目中有 19 個（佔 10.6%），明顯來自於南島語，這與用來稱 Kaulong 為南島語所用的材料是一樣基本：1. 手：*ima*（< POC *lima），2. 腸：*sinae*（< *tinaqi）、3. 血：*lala*（< *raRaq）、4. 夢：*nivi*（< *nipi）、5. 屋頂：*ato*（< *qatop）、6. 活的：*auauri*「活的」，*mauri*「生命」（< *maqurip）、7. 買：*woiwoi*（< *poli）、8. 鳥：*manu*（< *manuk）、9. 肥／油脂：*mona*（< *moñak）、10. 頭蝨：*tuma*（< *tuma）、11. 蚊子：*nemo*（< *ñamuk）、12. 沙：*one*（< *qone）、13. 淡水：*mami*（<*mamis「甜」）、14. 流動：*aruaru*（<*qaRus）、15. 星星：*vitiu*（<*pituqon）、16. 風：*ani*（<*aŋin）、17. 生病／痛：*marai*（<*masakit）、18. 害羞／可恥：*mai*（<*mayaq）、19. 上面：*ata-na*（<*atas；在 *au-na* 及 *goda-na*「下面」有同樣的後綴）。除了這些詞彙，Mailu 語還有一些非基本詞彙的南島語借詞（*tua* < *tupa「盧根魚毒」、*uaea* <*puqaya「鱷魚」等等）。Mailu 語的分類被認為是無爭議的，因為學者完全同意它與 Mailuan 語族的其他語言具有親屬關係（Binahari 語、Morawa 語、Domu 語、Bauwaki 語以及 Labu 語），而這些語言僅有極少或甚至沒有任何南島語元素。這些其他語言在內陸地區使用，而 Mailu 語則是使用在新幾內亞東南部海岸的 Mailu 島上，與內陸語言相比，更容易受到南島語的影響。如果 Mailu 語的基本詞彙中所含有明確南島語言來源的是 Kaulong 語所含有的兩倍多，肯定將前者分類為南島語而後者歸為非南島語的基礎會受到質疑。歸根究底，很明顯地，如果我們可以在新不列顛找到有一些確定的巴布亞語言，Kaulong 語（如同其他西方白人語族語族）就可以歸類為巴布亞語言。然而我們沒有找到這樣的親戚，但是這可能只是一次歷史偶發事件。如果有其他巴布亞語存在於新不列顛，西方白人語族可能早就有了在內陸缺乏南島語特徵的親戚，就像在內陸的 Mailuan 語與 Mailu 語之間的關係一樣。從另一方面來看，如果內陸的 Mailuan 語已經滅絕，Mailu 語很容易被誤解為異常的南島語言，就像 Kaulong 語或其他西方白人語族一樣。這不是牽強附會，因為這些語言都很小：Dutton（1975: 614）給出了人口數據：Binahari 語 770、Morawa 語 755、Domu 語 482、Bauwaki 語 378、Labu 語 51、Mailu 語 4,662。像這樣的問題已經引起一些學者做出結論，認為親屬樹狀圖（幾乎所有歷史語言學家都認為它是語言過程的理想化分裂）不適合用來描繪語言的親屬關係。正如 Thurston（1987: 4）

所說，「我認為所有語言最早的形式都會經歷涇濱化，在使用幾代之後，這些語言習得了複雜性以致掩蓋其來源。」很少有歷史語言學家會這樣做並走到這一步，但在新不列顛這幾個地區，沒有相關的語言經歷數代的接觸，已經明顯模糊了語言家族之間的界限，這些界線在過去應該是相當清楚的。

　　Kaulong 和其他西方白人語族已經很難分類，而 Nengone 語的問題則更大。Geraghty（1989）和其他人聲稱忠誠群島的語言屬於新喀里多尼亞的語言，Lynch, Ross & Crowley（2002: 888）毫無保留地接受了這樣的分類。但是，這種說法的證據是微不足道的。即使在互相鄰近的島嶼上所使用的 Nengone 語和 Dehu 語，彼此之間顯示出的詞彙相似性很少。當我們對前 50 個修改後的 Swadesh 200 字表進行隨機檢查，針對這兩個語言，我們只發現了 7 個可能的同源詞，（Dehu 語 aj：Nengone 語 al「游泳」、Dehu 語 jun：Nengone 語 dun「骨頭」、Dehu 語 madra：Nengone 語 dra「血」、Dehu 語 mano：Nengone 語 nono「呼吸」、Dehu 語 thinem：Nengone 語 gutinen「舌頭」、Dehu 語 xen：Nengone 語 kān「吃」和 Dehu 語 deŋ：Nengone 語 dredreŋ「聽」），而能將它們與新喀里多尼亞語言連結起來的證據更加有限。事實上，將忠誠群島語言視為南島語，在很大程度上取決於其地理位置，因為距離最近且無爭議是巴布亞的語言，遠在索羅門群島大約 1,700 公里處。至於西北部，迄今為止的考古記錄並未明確表明在美拉尼西亞南部有拉皮塔（Lapita）陶器文化前期的人口，因此除了將這個地區的所有語言歸類為南島語言以外似乎沒有其他選擇。

　　雖然目前普遍認同西方白人語族、Dehu 語和 Nengone 語是南島語，美拉尼西亞的一些其他語言的分類則存有相當的爭議。第一次

爭議始於 1911 年，當時 W. M. Strong 和 Sidney H. Ray，在後續的文章中對在新幾內亞東南端的 Maisin 語提出了相反的主張。Strong 相信 Maisin 語是一種巴布亞化的南島語言，而 Ray 認為它是一種南島語化的巴布亞語。對於 Maisin 語的分類，超過 65 年後（有時被稱為『克里奧語言』）仍處於不確定狀態。Lynch（1977b）和 Ross（1996b: 192 頁起）支持 Strong 於 1911 年的結論。

　　第二個爭議涉及在位於索羅門島鏈上聖克魯斯群島所使用的 Reef-Santa Cruz 語言。這些包括使用於幾個小島嶼的 Reef 語（或 Gnivo），Lödäi 語則是聖克魯斯群島周圍的一系列方言，以及 Nagu 語（或 Nanggu 語），是位於聖克魯斯群島的東南角。Lincoln（1978: 930）認為，根據數詞、代名詞詞綴和時態標記的證據，這些語言是南島語。然而，這些語言的數詞與原始大洋洲語幾乎沒有相似之處，如以下來自 Nemboi 語和 Nagu 語的語料所示：

表 10.5　Reef-Santa Cruz 群島上 Nemboi 語和 Nagu 語的數詞

原始大洋洲語	Nemboi 語	Nagu 語	詞義
*tasa	tüöte	töti	一
*rua	ali	tüli	二
*tolu	atü	tütü	三
*pat, *pati	awä	tup^{w}a	四
*lima	nöwlün	mööp^{w}m	五
*onom	pötäŋimö	temũũ	六
*pitu	itumütü	tũtüü	七
*walu	itumüli	tumulii	八
*siwa	itumöte	tumatee	九
*sa-ŋa-puluq	nöpnü	napnũ	十

另一方面，Wurm（1978: 971）採納了另一種觀點，這種觀點認為 Reef-Santa Cruzans 族原來使用非南島語或是一種不完全取代南島語的語言。直到最近，大多數學者在這個問題上都與 Wurm 站在同一邊（Lynch 1998: 217，Lynch, Ross & Crowley 2002）。然而，Næss（2006）認為，這些語言隸屬於巴布亞語系的證據沒有比他們隸屬於南島語系的證據來得強，Ross & Næss（2007）提供對歷史音韻的詳細分析，終於令人信服地證明這些語言確實是大洋洲語群，雖然他們具有非常不典型的表面特徵，而且他們顯然是大洋洲語群的主要分群。

　　第三個爭議涉及 Magori 語和新幾內亞東南部的相關語言，由 Ray（1938）分類為巴布亞語言。但是，從 Dutton（1976）進一步描述和比較研究，清楚地表明這些語言是中巴布亞家族的成員，如同較為人知的莫度語和美幾歐語等語言，他們的異常外顯結構起因於受到已經南島語化的巴布亞語言 Mailu 長期的影響。

　　在美拉尼西亞之外，關於南島語系的界限，唯一真正引起爭議的是與占語有關。這裡的問題再次是與語言接觸和語言趨同有關，但在此例，它們是跟語言類型方面的趨同性有關，而非是語言表面型態的趨同，或與基本詞彙的快速替代有關。早在十九世紀末之前，占語就被認為是馬來波里尼西亞語言。在他們被 Kern（1889）著名的著作所提及後不久，在 1891 年，Niemann 認為它們與蘇門答臘北部的亞齊語密切相關。之後，那些對這些語言貢獻了最具實質性語言描述的法國學者（特別是 Aymonier & Cabaton1906）明確地宣稱他們的馬來波里尼西亞語起源。然而一些德國學者，特別是具有影響力的奧地利民族學家和語言學家 Schmidt 卻對這種說法持有

不同意見。由於 Schmidt（1906）過度依賴類型學相似性作為親屬分類的基礎，他將占語稱為南亞克里奧語，該誤稱在 1950 年代前持續存在於部分英語系國家。Pittman（1959）對此提出澄清（雖然法語系國家的學者必然對此必要性感到疑惑），而此後便再無分歧。Thurgood（1999）對於占語的歷史提出最完善的解釋，他認為這些語言與馬來語及其在印度尼西亞西部具備密切親屬關係的語言有密切相關。其研究不僅詳細紀錄了從具有西印度尼西亞類型特徵的原始語到具有典型孟高棉類型特徵的後輩語言的過程，亦主張亞齊語是原始占語的後代而非占語語群的某個同輩語言，而 Sidwell（2005）對此主張提出質疑。

10.2 南島語言的對外關係

諸多研究嘗試探討南島語言與其他語系間的關聯性，而其中當然有些像是以具有獵頭習慣為由而推論現已不復存在的紐芬蘭 Beothuk 與南島語言有關聯的主張（Campbell 1892），太過牽強瑣碎，並不值得討論。以下依照他們首次在文獻中被談及的順序列舉之，並將分別予以簡介：（一）南島語－印歐語（Austronesian-Indo-European）、（二）南島語－南亞語＝南方大語系（Austronesian-Austroasiatic＝Austric）、（三）南島語－閃族語言（Austronesian-Semitic）、（四）澳－日語（Austro-Japanese）、（五）南島語－美洲印地安語（Austronesian-Amerind）、（六）南島語－傣語－卡岱語＝澳－傣語（Austronesian-Tai-Kadai＝Austro-Tai）、（七）南島語－漢語＝漢－

南島語（Austronesian-Chinese = Sino-Austronesian）、以及（八）翁甘－南島語（Ongan-Austronesian）。

10.2.1　南島語－印歐語

　　Humboldt（1836-1839）在其具有開創性的比較研究中，在許多層面上詳究了古爪哇文本之詩歌語言—Kawi 語。他注意到一個很明顯的現象，也就是其大部分的詞彙都是從梵語中借來的，不過他懷疑，在這相對近期的借用層次背後，存有著可顯現語言親屬關係的更深遠層次。Bopp（1841）將 Humboldt 此一相當綱領性的結論予以擴充，他公開的專文談到 Humboldt 的語料以及他自己的研究使他得出如此結論（1841: 1）：「馬來波里尼西亞語群為梵語的後代，其與梵語的關係為後輩語言，而大多數歐洲語言都是梵語的同輩語言。」以現代的角度來看，這相當於聲稱所有南島語言都是印歐語的 Indo-Iranian 語群當中的 Indic 分群。Bopp 建立了一個非系統性的語音類比模式，有時拿僅出現於單一語言的詞形來跟梵語進行比較。因此，大溪地語 *pae*：梵語 *pañća*「五」被認為是有相關的，儘管從 Humboldt 的表中可以清楚地看出 *pae* 並不普遍（事實上，它似乎是大溪地語特有的），而且，南島語原先的「五」一定是類似 *lima*，像是馬來語與夏威夷語。

　　儘管 Bopp 明確斷言南島語言是梵語的後代，他還是堅持引用與其他印歐語言有關的證據。例如，南島語言普遍的詞形 *lima*，被他拿來與愛爾蘭語、Scots Gaelic 語的 *lamh*「五」做比較。在其他案例中，他僅考慮符合他想達成的目標的音節，不像 Kawi 語 *pitu*：梵語 *sa-pta*「七」是需要被證明音節分割的情況。梵語與馬來語等南島語

言間的高度語法差異可歸因於語言之退化。在 Bopp（1841: 2）看來，相較於拉丁語，羅曼語展現出其退化的形態（德語「eines verfallenen Sprach-Organismus」），而同樣地，他也將南島語言看待為「毀壞的梵語」。

　　這些來自於 19 世紀印歐語言學界的主張都非常異乎尋常。在沉溺了近一個世紀之後，此諷刺意味又再次加劇，二十世紀早期在南島語言學領域具有領導地位的 Renward Brandstetter 又讓**印歐-南島語**假說再度浮出檯面。不同於 Bopp 的是，Brandstetter 並沒有提出南島語與任何一個印歐語之間有特別關係的主張。同樣的，該主張建立在一個非系統性的語音類比模式。此外，該主張亦為單音節詞根的理論所支持，而該理論就其本身而言是有價值的（Blust 1988a），但又比其他情況更進一步放寬了標準，如以下比較：Kapampangandak 語的 *dakáp*「抓；逮捕」、Toba 巴達克語的 *taŋkap*「抓住；抓緊；理解」、Karo 巴達克語的 *akap*「想」、拉丁語的 *capere*（一般詞根：*kap*）「抓住；抓緊；理解」。

10.2.2　南方大語系（Austric）

　　在 19 世紀中葉之後，一些英國殖民作家開始注意到印度東部的 Munda 語言與東南亞孟高棉語言的相似性。1906 年，奧地利身兼人類學家與語言學家的 Wilhelm Schmidt 完善地利用這些觀察結果，提出了一個跨越東南亞從越南到印度中部的語系。他將此語系稱為「南亞語系」（Austroasiatic, AA），並將其劃分為七個主要語群：（一）「混合型」語言，包括占語，以及現在通常被認為屬於孟高棉語族的

Sedang 等語言，（二）孟高棉語族（得名於兩個帝國），以及越南、寮國和柬埔寨山地部落使用的幾種語言，（三）馬來半島的原住民（馬來語前身）語言，（四）Palaung-Wa 和中緬邊境的 Riang 語，（五）Assam 的 Khasi 語，（六）Nicobar 島嶼的語言，（七）印度的 Munda 語。現在普遍認為 Schmidt 將占語劃定為屬於南亞語系是不妥的，而其他的類群大致上是普遍被接受的。

繼早期學者的初步結論，在 Schmidt 的著作 Die Mon-Khmer Völker 的第四章中，他指出南亞語與南島語皆為南方大語系（Austric）這個大群體的一部分。Schmidt 所提出的證據包括數個詞形相似的詞綴，以及一組 215 個詞彙的比較。在形態上的證據尤其特別而引人注目。原始南島語與原始馬來波里尼西亞語（PMP）主要的句法關聯顯然可從複雜的動詞詞綴系統看出來，而這些詞綴可能和幾個在名詞組前會出現的助詞一起出現。這些詞綴包含了各種前綴、中綴 *-um- 與 *-in-，以及後綴 *-an、*-en 和 *-i。在一些台灣南島語和菲律賓語言中 *-um- 與 *-in- 的反映可同時出現，形式為 -inum- 或 -umin-。Schmidt 指出，高棉語有中綴 -m-、-n-，其他南亞語系的語言也或多或少有，還有高棉語與 Nicobarese 有所謂的雙中綴 -mn-。他進一步指出，儘管這些詞綴的功能在兩個語系中有所不同，但經合理推測，他們似乎是相關的。

鑑於人類語言中的中綴很少，這些論證令人印象深刻，特別是關於一些詞綴共現的現象。然而，正如 Schmidt 自己所指出的那樣，在一些南亞語系的語言中，幾乎任何的響音都可以成為中綴：m、n、ñ、ŋ、l、r，還有由觀察釋義似乎也無法得出 -um- 與 -m- 之間或 -in- 與 -n- 的語意相似性。因此，當我們更深入探究這些對照

時，南島語言與南亞語系的語言在中綴的使用上的相似之處將受到很大影響。在其他情況中，Schmidt 曲解了一些事實。例如原始南島語後綴 *-an「處所」與 *-en「受事者」被視為某個語素的變體。形容詞後綴 -a 在波里尼西亞語中被用來表達 *-an，並用於標註原始的 *-an「形容詞」，從而默許與 Munda 語群中 Mundari 的一個相似的後綴進行比較。

Schmidt 的詞彙對照雖然有時引人注目，卻沒有凸顯出系統性的語音對應關係。在形態相似性最大之狀態下，有時卻有意思差異很大的情況出現，像是馬來語的 lumut、塔加洛語的 lumót、Munda 語的 lumuta「苔癬」以及高棉語的 ləmuot「黏稠的；黏滯的；滑的」。在意義相同的情形下，語音的相符不需要很近，而他們仍然不是基於反復出現的語音對應，像是馬來語的 ñamuk Munda 的 gamit「蚊子」。在少數例子中，Schmidt 貌似有提出真正彼此有關聯的例子，但這些例子可以被解釋為借詞，如馬來語的 danaw、爪來語的 dənaw 以及屬於孟棉語族、北方與爪來語接壤的 Bahnar 中的 dönau「湖泊」。

繼 Schmidt 的專著，南方大語系假說為許多著名的南島語言學家所背書，以 Kern（1908）及 Brandstetter（1916: 25）最為著名。其他的學者，像是 Blagden（在 Skeat& Blagden 1906: 2, 444）所提出的比較沒有被接納，而該提議也沉寂多年。Kuiper（1948）試著透過 Munda 語和他所稱呼的「印尼」語言之間的類型相似性來支持南方大語系理論。然而，他的論點與 Schmidt 的皆存在有相同的弱點（未能找出反復出現的語音對應），而且還包含許多對南島語言的狀況嚴重的錯誤表徵。這對南島語言學術研究並沒有太大的影響，在 Brandstetter 之後也沒有許多著名的南島語言學家接受 Schmidt 的理論，直到近期才

有。[112]

Reid（1994b）是重燃南方大語系假說的最大功臣。儘管有語料
使用上的偏誤，但 Schmidt 的論證中最有力的部分顯然是在構詞上，
而 Reid 試著利用相較於二十世紀初更易取得的描述性資料來支持南
方大語系假說的構詞部分。他主要使用 Nicobar 群島上的 Nancowry
語以及越南中部高地的 Katu 語的語料。直到近幾十年來，這兩個語
言都是相對與外界隔絕的，而且可能因為這個原因，在關鍵的部
份，他們在形態上與音韻上都是很保守。表 10.6 列出了兩個語系間
似乎具有一致性的幾個最關鍵的詞綴或依附詞：

表10.6 南亞語系與南島語言的形態相似性

Katu	Nancowry	原始南島語
pa-	ha-	*pa- 使動式
pa-ka- 雙重使動式	-um- 使動式 -an-/-in- 名物化標記 ma-/-am- 主事	*pa-ka- 使動式（靜態動詞） *-um- 主事焦點 *-in- 完成式／名物化標記 *ma- 靜態
ta- 不自覺的動作	-a 賓語名詞化標記 na 連字 i 方位格	*ta（R）- 不自覺的動作 *-a 第三人稱單數賓語 *na 連字 *i 方位格

起初，相似形態的中綴就是引起大多數學者關注的共享形態特
徵。正如 Diffloth（1994: 310）所指出，在評定其相似性時，我們必
須牢記是「罕見性最高、遍及範圍最廣的真正的中綴」，像是同時出

---

112 然而，在南島語言學界之外的情況就非如此，像是以下著作 Benedict（1942,
第55個注腳）或是 Shorto（1976）。

現在南亞語系與南島語言。Schmidt 的詞形語料受到元音的變異性所牽制，使其僅能斷定 *-m- 與 *-n-，以及 *-Vm- 與 *-Vn-。此外，兩個語系間的詞綴功能差異亦對其造成影響。

　　Nancowry 的語料最重要之處在於其明顯可讓原始南亞語詞形被重建為 *-um- 與 *-in-。這或許看似是一個很微小的音變，但其大幅降低了南亞語系（AA）和南島語（AN）中綴的相似性為趨同所造成的結果之可能性。在借出的一方，Reid 注意到 Nancowry 名詞化中綴有 -an 與 -in- 的同位詞素（-an 出現於單音節，-in- 出現於雙音節）。由於原始南島語 *-in- 只能被重建成僅僅一種詞形，其相應的原始南方大語系的詞形必須要是 *-in-。然而，其他孟高棉語群的語料，呈現其為 *-an-，如同 Katu *-an「名物化標記」，此顯示了，若原始南島語的 *-in- 與 AA 的名物化中綴為同源詞，-in/-an 同位詞現象已存在於原始孟高棉語言。儘管有大量證據支持原始南島語 *-um- 與 *-in- 分別是標註焦點與完成貌的動詞詞綴，而兩者都反映在一些後輩語言中標示名物化。如第六章所示，這在 *-in- 的反映中很常見，因此我們可以將此輔助性的名物化功能歸因於原始南島語中的這些詞素。然而，關於 *-um- 的名物化功能，較少被支持，這通常必須從更豐富的句法情境才能看得出來。然而，作為對於 AA 和 AN 中綴親屬關係的附加性證據，Reid（隨 Schmidt 而後）注意到這兩者可以連在一起為中綴 -mn-，此過程與原始南島語中主事焦點動詞的完成貌詞形非常相似，該詞形以 *-umin- 作為標記。

　　雖然相同詞形的中綴特別顯眼，但它僅可作為 AA 與 AN 間可能存在遠親屬關係的證據的一部份。使動前綴 *pa- 在兩個語系中都很常見，而對於藏緬語也是如此。更引人注目的是，Costello（1996）

發表了 Katu 語中幾個詞綴組合，包含了由 *pa-*「使動」+ *ha-*「使動被動」組成的 *pa-ha*「使動被動」與由 *pa-*「使動」+ *ka-*「使動」組成的 *pa-ka-*「雙重使動」。第二種竟與原始南島語中的 *pa-ka-*「靜態動詞使動」非常相似。Reid（1994b: 327 頁起）試圖為原始南島語 *ka-*「使動」提出一個論點，但他的證據較清楚地支持 *pa-*「使動」+ *ka-*「靜態」（Zeitoun & Huang 2000，Blust 2003c: 443）。儘管這些功能不是很精準，但這兩個語系在詞綴形式呼應無法顯現出明顯的跡象。最後，Costello（1966）提出 Katu 語有 *ta-*「非自願動作」，其類似於原始南島語的 *ta/taR-*「自發性或非自願動作前綴」，包含在 Reid 所提出有關南方大語系的證據當中。

當 Reid 試圖以共有構詞形態的證據讓南方大語系假說復甦，在同期期刊中，Diffloch（1994）綜合評述了南方大語系的詞彙證據，他下了一個結論說，這證據「並不有力」。在其所考量的 41 個項目裡，大部分很容易被認定為偶然的結果或是借用。然而，正如同 Diffloch（1994: 312）所指出的，「諷刺的是，南亞語系與南島語間的共享詞彙相對貧乏，加上在形態學上明顯的對應，支持這兩個語系是存在親屬關係而非接觸關係，提供我們更深遠的時程去避免這樣似是而非的論點。」

Hayes（1992, 1997, 1999a, 1999b）提出了一個與眾不同的南亞語系（AA）－南島語（AN）詞彙關係，他稱之為「南方大語系假說不可辯駁的證據」。這項研究的最後聚焦於有限且是推定的語音對應關係，如圖 10.1 所示：

圖 10.1　假定的原始南亞語系與原始南島語系的語音對應關係
（繼 **Hayes 1999b** 之後）

原始南方大語言（**PAS**）	原始南亞語（**PAA**）	原始南島語（**PAN**）
1. *s >	*s	*s > *h
2. *z >	*z > *s	*z > *D
3. *z >	*z > *nz > d, ʔd, ḍ	*z > *D
4. *z >	*z > *s > *ns > t, ʔt, ṭ	*z > *D

　　我們將以上完整表達可得出，Hayes 認可這幾項原始南亞語-原始南島語「denti-alveolar sibilant」對應關係：原始南島語：1. *s : *s, 2. *s : *h, 3. *z : *z, 4. *z: *D, 5. *s : *z, 6. *s : *D, 7. *nz : *z, 8. *nz : *D, 9. *d : *z, 10. *d : *D, 11. *ʔd : *z, 12.*ʔd : *D, 13. *ḍ : z, 14. ḍ : *D, 15. *ns : *z, 16. *ns : *D, 17. *t : z, 18. *t : *D, 19. *ʔt :*z, 20. *ʔt : *D, 21. *ṭ : *z, 22. *ṭ : *D。因此，有不少於二十二個假定的語音對應關係，對應到原始南方大語系的 *s 和 *z 上。毋庸置疑的是，若沒有證據，這會讓人認為是隨機對應的。雖然本文篇幅有限，有不少部分的資料無法呈現，但為了避免選擇的偏誤，在以下的批判中，所有 Hayes 提出支持原始南方大語系（PAS） *S 構擬的原始南亞語和原始南島語的例子都列於表 10.7 中：

表 10.7　根據 **Hayes**（**1999**）的原始南亞語 *s 的證據

No.	原始南亞語（**PAA**）	原始南島語言（**PAN**）
1.	*ɣasi	*biRah 姑婆芋
2.	*sarʔom	*ha[r]um 香味、氣味
3.	*sa[ʔ]ak	*hawak 身體

No.	原始南亞語（PAA）	原始南島語言（PAN）
4.	*caḷus	*[s]ilu[h] 指甲
5.	*saqi	*bahaq 淹水的
6.	*suk	*buhuk 毛髮
7.	*tunqas	*tuqah 老的
8.	*saḷu]	*haluh 杵、臼
9.	*ganosi	*sa(ŋ)guh 髓、西米椰子
10.	*sa(n)qaɣ	*haka[r] 根
11.	*suɣup	*hiRup 啜飲
12.	*rawasi	*ñawah 心靈、靈魂
13.	*buɣasi	*buRah 噴、灑
14.	*(m)bus	*sebuh 形成水蒸氣
15.	*sarut	*hurut 擊敲
16.	*g[a]nis	*gigih 齒
17.	*(kən)[ḷ,r]us	*peñuh 龜
18.	*ŋkasi	*zaŋkah 測量單位
19.	*(tam)pis	*ta(m)pih 簸、吹開糠皮

　　首先，關於此列表的普遍觀察是，所構擬的南島語詞形無法被指定給特定的原始語，這一點將於下面闡明。其二，PAA 詞形並未被賦予解釋，這會導致一些讀者得出 AN 詞形的解釋也適用於 PAA 的結論，但事實並非如此。相反地，Hayes 引用個別的 AA 語言的詞形或是較低層級的原始語言，在其 PAA 重構式的左方，而只有那些有加上解釋（例如，Katu *saak*「屍體」：PAA *sa[ʔ]ak：AN *hawak「身體」）。其三，雖然大多數 Hayes 提出的 PAA 構擬詞形都是雙音

節，但在某些例子中，PAA 詞形顯然被認為僅與 AN 詞形的最後一個一節匹配，而在其他的例子中，它被認為與南島語雙音節詞形完全相符。我們現在來做個個別比較，並給予詳細的說明：

1. 在 AA 方面，Hayes 引用了高棉語 *ras*，顯然應該匹配 *biRah 的最後一個音節，但南島語言的構擬詞形顯示：原始南島語 *biRaq「象耳芋；姑婆芋屬」。**形式問題：**（一）PAA 第一個音節的丟失難以解釋，（二）PAA *s：原始南島語 *q 並非穩固的語音對應關係，（三）PAA 詞形的尾元音並未得到解釋。**語意問題：**在南島語系中，尚未發現任何將姑婆芋與「根」意義聯繫在一起的語意轉變。更確切地說，吃了姑婆芋會引起發癢，此與性慾有隱喻上的關聯（Blust & Trussel，進行中）。在許多台灣南島語中，*biRaq 的外觀反映意思為「葉子」，因為這很可能是植物中最顯著的部分。

2. 在 AA 方面，Hayes 引用了越南語的 *thɤm*「芳香」。田樸夫的 *ha[r]um「香氣」也僅出現於馬來語及其他大量借用馬來語的一些印度尼西亞西部的語言，像是爪哇語和雅就達亞克語。因此沒有證據顯示這個是南島語中的古老詞形。況且，這些語言之間的對應關係都指向一個有首音 *q 的詞形。**形式問題：**（一）PAA *s：原始南島語 *q 並非穩固的語音對應關係。

3. 在 AA 方面，Hayes 引用了 Katu *saak*「屍體」。然而其右方欄應為原始南島語 *Sawak「腰部；腰背部」。**形式問題：**（一）PAA *[?]：原始南島語 *w 並不存在，也無法強而有力地對應到早期的

*ʔ 或 *w。**語意問題**：在大多數南島語言中，這是一個缺少精確的英語對應的身體部位用語：Kavalan *sawaq*「腰部；腰背部」、哈奴挪語 *háwak*「腰部；腰背部」（沒有「腰部」的普遍用語）、宿霧語 *háwak*「腰部」；*háwak-un*「有背痛的傾向」；Simalungun 巴達克 *awak*「腰部」、Manggarai *awak*「臀部；腰部」。證據顯示，原始南島語 *Sawak 與原始馬來波里尼西亞語（PMP）*hawak 指的是胸廓與骨盆間未受保護、沒有被橫膈肌包覆的空間，因此此身體部位大致相當於英語中「腰部」的概念，但僅適用於側面與背面。

4. 在 AA 方面，Hayes 引用了 Semelai *cəruus*「爪；指甲」。正確的南島語詞形為 *silu，此詞出現於數個婆羅洲與蘇門答臘的語言，更明顯在菲律賓南部的馬諾波語言出現，其有首位元音同化的現象，像是 Ilianen 馬諾波語 *sulu*「手指甲」。然而，原始南島語中「指甲；爪」的詞形為 *kuSkuS。**形式問題**：（一）PAA *c：原始南島語 *s 並非穩固的語音對應關係，（二）PAA *a：原始南島語 *i 的對應並不規則，（三）無論在多古老的南島語，*silu 都沒有字尾的輔音，Hayes 則錯誤延續了田樸夫所提及的「送氣輔音」，將其抄錄為 -h。

5. 在 AA 方面，Hayes 引用了 Bahnar *kəsayʔ*「噴灑」。南島語詞形是 PMP *bahaq「淹水；洪水」，不過原始南島語詞形卻不得而知。**形式問題**：（一）PAA 中第一個音節的丟失原因未明，（二）PAA 詞形的硬顎邊音沒有得到充分解釋。**語意問題**：噴灑與洪水在任何已知的南島與中都沒有密切的關聯。前者不是與少量的水有

關，就是與播種有關。

6. 在 AA 方面，Hayes 引用了 Old Mon 的 *sok*「頭髮」，這個詞形在
   AA 語言中很普遍。**形式問題：**（一）PAA 中第一個音節的丟失難
   以解釋，（二）*buhuk 的 *h 源自於原始南島語的 *S，不過其演變
   為原始南島語 *bukeS > PMP *buhek，其中間與字尾的輔音僅在音
   變 *S > h 之後呈現出預期的次序，（三）PAA *u：原始南島語 *e
   不是一個規則的語音對應。

7. 在 AA 方面，Hayes 引用了 Katu 的 *takɔh*「老男人或女人」。其右
   方欄應為 *tuqaS「長者；成熟」。**形式問題：**（一）Katu 的詞形，
   在 PAA 構擬詞形中的元音次序並未得到解釋，（二）Katu -*k*- 源自
   於 *q 的模糊主張與其他 Hayes（1999b）引用的詞形相互矛盾，
   在許多南島語言中，這種詞形通常帶有指稱年長親戚的靜態前綴
   *ma-，其亦可指熟的果實。

8. 在 AA 方面，Hayes 引用了 Katu *saal*「舂米」。其右方欄應為原始
   南島語 *qaSelu「舂米所用之臼」。**形式問題：**（一）PAA 中第一
   個音節的丟失難以解釋，（二）在 PAA 詞形中所使用的方括號顯
   然是為了避免在 AA 詞形中沒有字尾元音的問題，（三）PAA *a：
   原始南島語 *e 對應關係並無規則。

9. 在 AA 方面，Hayes 引用了 Semelai *gnɔs*「心臟」。南島語詞形可
   構擬為 *sagu，但其分布有限，而且大多數情況下似乎是馬來語的
   借詞。**形式問題：**（一）PAA 中第一個音節的丟失沒有得到解釋，
   （二）PAA *-no- 與原始南島語 *-gu 的對應關係沒有關聯，（三）

PAA 詞形中最後一個音節的丟失難以解釋。**語意問題**：*sagu 的反映指加工過的西米粉（而非西谷椰子）。「西米粉」與「心臟」的語意聯繫難以解釋。

10. 在 AA 方面，Hayes 引用了 Soui *səŋkaal*「皮膚」。其右方欄應為 PMP *akaR/wakaR「根」（兩種詞形皆可被構擬）。**形式問題**：（一）PAA *s：原始南島語 *w 或零標記並非穩固的語音對應關係，（二）PAA *q：原始南島語 *k 並非規則的語音對應關係。**語意問題**：「皮膚」與「根」在歷時語意上沒有關聯，而這裡所提出的關聯基本上是模糊的。

11. 在 AA 方面，Hayes 引用了高棉語 *sruup*「吞；啜飲」，其與原始南島語 *SiRup「啜飲」的語音相似性很高，但與表 10.1 中多數相似處相比，並沒有特別明顯或更有系統性。

12. 在 AA 方面，Hayes 引用了越南語 *[h]waːś > vay*「祖先」。其南島語詞形應為原始南島語 *niSawa「呼吸；氣息靈魂」。**形式問題**：（一）PAA *r：原始南島語 *ñ 僅在比較（17）中得到證明，而根據一些其他原因，這存在些問題，（二）PAA 詞形中最後一個音節的丟失難以解釋。**語意問題**：「呼吸」與「氣息靈魂」這兩個概念在南島語言的歷時語意中與「祖先」並沒有關聯。

13. 在 AA 方面，Hayes 引用了原始 Monic *pruus「噴射」。其南島語詞形為原始南島語 *buRes「從嘴裡噴出液體」。**形式問題**：（一）PAA 詞形中最後一個音節的丟失難以解釋。**語意問題**：在南島語中「噴射」（於含有液體的物體上施加外部壓力所產生的）以

及從嘴裡噴射是非常不同的概念。*buRes 的反映通常指的是薩滿教式的治療方式，為患者咀嚼藥物，從患病部位噴出。

14. 在 AA 方面，Hayes 引用了原始 Monic *ʔbuh「沸騰」。其南島語詞形為 PMP *sebu「滅火」。**形式問題：**（一）PAA 詞形中第一個音節的丟失難以解釋，（二）PAA *s：原始南島語 零標記並非穩固的語音對應關係。**語意問題：**在各種已知的南島語中，*sebu 的反映指的是用水來滅火或是使金屬回火。其根本的概念為水與熱的急促交會。沸騰與滅火的概念是截然不同的，與任何已知的南島語言也沒有關聯。

15. 在 AA 方面，Hayes 引用了 Pearic *sro(o:)t*「脫衣服」。其南島語詞形為 PMP *quRut「按摩」。**形式問題：**（一）PAA *s：原始南島語 *q 並非穩固的語音對應關係，（二）PAA *a：原始南島語 *u 是不規則的。**語意問題：**脫衣服與按摩兩個概念在任何南島與中皆無關聯。

16. 在 AA 方面，Hayes 引用了原始 Monic *gnis「犬齒」。其南島語詞形為 *gigi，但很可能是在馬來-占語系首度出現的（比較原始南島語 *nipen「牙齒」與多種同義的詞對）。**形式問題：**（一）PAA *a：原始南島語 *i 是不規則的，（二）PAA *n：原始南島語 *g 在某些狀態下是未知的，（三）PAA *s：原始南島語零標記並非穩固的語音對應。

17. 在 AA 方面，Hayes 引用了原始 Waic *ris「烏龜」。其南島語詞形為原始南島語 *peñu「綠蠵龜」。此比較的根基完全模糊不清。

形式問題：（一）PAA *(kən)- 與原始南島語 *pe- 的對應並不對等，（二）PAA *：原始南島語 ñ 僅能在比較（12）中得到證明，而這存在些問題，（三）PAA *s：原始南島語 零標記並非穩固的語音對應關係。**語意問題：**原始南島語至少區別了以下兩種烏龜：*qaCipa「淡水龜」與 *peñu「綠蠵龜」，後者為大型海龜，而據推測 PAA 的人應該是完全不知道。

18. 在 AA 方面，Hayes 引用了 Pacoh *ŋeaih*「記數」。AN 詞形為 *zaŋka，其已知的反映僅限縮於印度尼西亞西部的語言，有著可觀的意思多變性：Toba 巴達克 *jaŋka*「測量，秤重」、爪哇語 *jaŋka*「術語，時間的長度」、馬來語 *jaŋka*「量出，尤指量尺或指南針；土地測量單位（在 Negri Sembilan）」。**形式問題：**（一）PAA 詞形中第一個音節的丟失難以解釋，（二）PAA *s：原始南島語 零標記並非穩固的語音對應關係，（三）PAA 詞形的字尾元音難以解釋。**語意問題：**計數與測量這兩個概念在南島語中有所差別，而其中一個概念即使經過語意轉變也極少與另外一個概念有所交匯。

19. 在 AA 方面，Hayes 引用了原始 Waic *pes「掃」。其南島語詞形為原始南島語 *tapeS「簸」。**形式問題：**（一）PAA *i：原始南島語 *e 的對應關係不規則。**語意問題：**南島語詞形指的是用簸箕籃子將穀粒拋於半空中。在南島語中掃與簸的概念是截然不同的，同時在任何語言學比較中皆無關聯性。

我們不需要再進一步去看這些「不可辯駁的證據」只不過是一

系列偶然的證據，以及有時只是個設法將不同語系中個別音節互相對應的危險嘗試。很多對於 PAA *s 與原始南島語 *h 的對應的試驗都奠基於構擬南島語的錯誤型態。在其他情況下，字尾的元音或整個音節都未予以說明，過半比較中的語意都是極度勉強的。長期進行對照的學者們，都從過去的批評中記取教訓，即僅有根據反覆出現的語音對應關係所提出的語言親屬關係證據，才會被大多數的歷史語言學家所接受。因此，學者們盡一切努力去締造能夠滿足此標準之外顯特徵。若這些對應關係不可行，學者會通過發明的方式來產出，但它們幾乎都有形式或語意或兩者的問題。Reid（2005）透過收集一組包含 78 條的對照關係，重新審視了南亞語的詞彙證據。他將這些關係分為很可能的（17）、有點可能的（22）、不牢固的（7）或難以接受的（32），做了一個令人疑惑地過於正向的評述，又同時承認南方大語系的詞彙證據並不如所想的如此可信。

南方大語系假說在根本上將構詞與詞彙證據分離，可說是獨樹一格：AA 與南島語言在形態上的一致應可認真考量做為遠親屬關係的可能證據（導致共同詞彙關係的完全淘汰，但仍然保有少數的核心語法詞素）。但正如 Diffloth（1994）務實指出的那樣，南方大語系的詞彙證據仍是難以實現的。

10.2.3　南島-閃族語

僅就地理分布而言，關於南島語言外部關係的探討，Macdonald（1907）堪稱是最特別的一個。他寫的這本書為其早期研究的後續成品，包含 81 頁的語法和 220 頁的詞典，用於當時稱作 New Hebrides

的 Efate Island 上的非波里尼西亞語言，Macdonald 曾在那邊進行數年的傳教工作。雖然詞典本身非常實用，但它本身以及其語法都是因為要支持南島語言（此處稱為「大洋洲語群」）與閃族語言具有關聯性的理論而提出的。為了支持這樣的立場，Macdonald 對許多南島語言與閃族語言進行了諸多的語法比較，也在附錄中提出了 36 頁的索引，為了支持他所主張的—Efate 詞彙源自於閃族語言。如同上述已被討論過一些以詞彙為基礎的主張，他的論點因其潤飾過度的方法而被輕視。在一個可被多次重複加成的例子中，Macdonald（1907: 25）提及閃族語言的集體、抽象或陰性後綴 -t「常常在馬達加斯語與馬來語中變成 k（或 h）」，如馬來語 goso-k「擦、擦洗」。由於 Macdonald 並未考量詞形或語意作為詞素劃分的理由，我們也可以就此主張英語的 hook 詞末輔音與閃米語言後綴為同源。毋庸置疑，未有證據能夠證明反覆出現的語音對應關係，不是存在一定程度的語音相似性（Efate sumi「親吻」：阿拉伯語 s'amma「聞到」），就是完全沒有（Efate uota「首領、領主；丈夫」：希伯來語 ba'al「領主；丈夫」）。

10.2.4　澳-日語（Austro-Japanese）

在一些南島語言學家仍十分關注南方大語系假說之時，van Hinloopen Labberton（1924）提出了南島（他稱為「馬來-波里尼西亞」）語言與日語存在親屬關係的新穎看法。在此同時，他接受了 Schmidt 的觀點，意指澳-日語超語系的存在。他所提出的支持南島語言與日語關聯性的證據部分是類型上的，部分是詞彙上的（例如

馬來語 *ikan*：日語 *sakana*「魚」，馬來語 *nasi*：日語 *meshi*「米飯」），但也非常有限。後來發表的文章提出了更多的「證據」，但沒有進一步加強其論證。

半個多世紀後，關於南島語言與日語的親屬關係的論文再次得到了進展，以 Takao Kawamoto 為代表，他從 1977 年開始發表了一系列著作，提出這些語言在歷史上之關聯的詞彙證據。在他一些著作裡，像是 Kawamato（1977: 23），他描述說「日語與南島語同源」，而在另外一些著作裡，像是 Kawamoto（1984: 31），他卻又是說「日語至少經過了兩次的南島語化」，因此這些描述傳達說這些所觀察的相似性是因為克里奧語化而非親屬關係。在該著作的某處，他（1984: 32）卻又指出，日語跟海洋有關的元素是直接繼承南島語的，而非海洋有關的南島語元素則是因為語言接觸，此意指日語是一種包含著非海洋關聯的南島語借詞的海洋語言。雖然他提出了數百個詞彙項目以及內含據稱是反覆出現的語音對應關係的表格來支持他的例子，但他對語料的分析並不支持這些主張。相反地是，幾乎每條詞源都有至少一項的問題，其詞彙相似性，在系統上與語意上皆比不上 Hayes 提出的南方大語系證據。

在 Kawamoto 忙碌於數百個有關日語－南島語言詞源的著作的時期，美國語言學家 Paul K. Benedict（1990）拓展了他的澳傣語系假說（見下文），將日語納入一個有三個節點的超語系：（一）原始澳傣語系（PAT）分成苗－瑤（洪－棉）以及其他；（二）原始澳-卡岱語（PAK）分成卡岱語以及其他；（三）原始澳-日語（PAJ）分成南島語言以及日語－琉球語。Benedict 的論點同時基於形態學和詞彙學的證據。他指出，將日語與南島語言以外的語言聯繫起來較

常在文獻中得到關注，並認為「南島語假設未能吸引更多的人，主要原因在於其完全不充分的呈現方式。」Kawamoto …提出了許多群的對照以及「相似之處」，而非同源詞組本身。實際上，這說明了他（1977: 25）的比較包含了「同源詞或可能的同源詞」，而且，他提出的音韻對應關係顯示出其可在任一方向／所有方向，而此幾乎沒有讓其論點的可信度提升。

鑑於此關鍵性的評論，我們期待能夠看到更有力的日語－南島語言聯繫的論證，但 Benedict 的（有效）評論證明也沒有比較高明。在他 104 頁的「澳－日語」詞彙表中，數百個的「相似之處」如下：（一）「肚子」：PAJ *ba[r]aŋ：原始南島語 *ba[rɣ]aŋ、原始魯凱語 *baraŋ、日語 Fara，（二）「鳥（獵物）」：PAJ *taka：原始南島語 *taka-，基於排灣語 tjakaŋa「鳶」、賽夏語 takako「獵鷹」、日語 taka「鷹、獵鷹」，（三）「狗」：PAT *ʔa(ŋ)klu：原始南島語 *asu/wasu、古日語 winu，與（四）「羽毛／箭」：PAJ，原始南島語 *lawi：日語 ya「箭」。在第一個例子裡面，並沒有原始南島語 *ba[rɣ]aŋ 的內部證據。Benedict 將原始魯凱語 *baraǝ「肚子」與其古日語詞形做比較，而非注意到原始南島語 *tiaN「腹部」的內部證據。如果語言之間的關係已經被牢固的建立了，那麼「自上而下」的構擬方式是歷史語言學中較確鑿且常常有助益的程序。然而，在目前的情況下，它暗指了 *tiaN 在除了魯凱語以外的所有南島語言，皆可取代 *baraŋ 作為一個原始語，因此得到了一個普遍不被支持的主張，就是南島語言在最高級別可分為兩個子群：1. 魯凱語 2. 其餘語言。儘管 Starosta（1995: 691）也為這個觀點背書，但其論證仍存在缺陷，Benedict 本人也從未明確採用此假說。在第二組對照中，沒有證據表明原始南

島語 *taka-，其為從排灣語與賽夏語的形詞所擷取的兩個音節，他們都不包含已知的共時與歷時的語素。在第三組比較中，Benedict 假定了一個很獨特的詞中輔音串，因此他也有非常大的空間能夠描述其進展。[113] 對照（四）與南島語言中「尾羽」的詞形有關。目前沒有發現有反映與箭杆的羽化有關，而與日語的比較在語意和音韻上都存在問題，因為 Benedict 的對應關係論述讓我們會期望說 PAJ *w 反映在日語為 -w-（1990: 107），而日語的詞尾元音丟失亦同樣無法解釋。這些說法的武斷性可從以下觀察中明顯看出，雖然 van Hinloppen Labberton 提供了馬來語 *ikan*：日語 *sakana*「魚」的對照，但 Benedict 卻將相同的南島語詞形（原始南島語 *Sikan）與日語 *ika*「花枝」做比較。

　　Vovin（1994）認為上述所有論文都沒有根據。這些將日語與南島語言聯繫起來的許多提議在方法上起了不錯的成效，因為一方面它們表明了對不同時間點的許多學者皆看似合理的同一種潛在關係，但另一方面它們看起來在同源詞選擇上都十分武斷。

10.2.5　南島語－美洲印地安語之關聯

　　關於南島語言與美洲的語系之間語言親屬關聯的各種提議，皆未得到普遍採信。最早且作品最豐富的提議者為在南美洲比較語言學貢獻良多的法國語言學家 Paul Rivet。在一短篇報告中，Rivet 表明他所稱的「馬來－波里尼西亞」以及「Hoka」語言有共同的起源。

---

113 Benedict 構擬了 *k₁ 在詞首位置的一個案例，據信變成日語 *kusi*「吐、竹籤」中 *k-* 的音。

他用的術語十分奇特，且讓人懷疑 Rivet 講的相似性起因於借用（從美拉尼西亞與波里尼西亞語言借到美洲新大陸）而非親屬關係。但他很明確表示（1925: 51）：「Un groupe linguistique nord-américain et un groupe sud-américain peuvent être rattachés respectivement à la famille mélano-polynésienne et à la famille australienne.」[①] Rivet 無緣無故的改變了由 Dixon & Kroeber（1912）首次提出、且後來被 Sapir 用以指稱分布範圍從 Oregon 到 Nicaragua 的語系的詞「Hokan」，以及「馬來－波里尼西亞」（以下簡稱 MP）這個詞所指稱的語言範疇。更令人費解的是，他沒有引用一般已識別的語言。反而提及廣義的「馬來－波里尼西亞」以及「Hoka」，沒有指出任何特定語言，如 MP *wahine*：「Hoka」*huagen*「女人」，其中第一個詞是取自夏威夷語，但 MP *tasi*「海」：「Hoka」*tasi*「水」，則第一個詞取自一些被定義為非波里尼西亞的大洋洲語群的語言。毋庸置疑的是，這種缺乏可掌握的反覆出現的證據，隨意像釣魚似地尋找的距離甚遠的語言之間的相似性，與表 10.1 中的材料沒有什麼不同。River（1926）是一個很大膽的表明南島語言與美洲印地安語言有親屬關係的嘗試，不過在方法上仍然與早期的著作犯有同樣的錯誤。

近期對於南島語言與諸多美洲語言的親屬關係的提議包含了 Key（1984、1998）與 Foster（1998）。根據 Key（1984: 1），「波里尼西亞的語言包含了已在北美洲與南美洲找到的一些成分，它們表明了遙遠的歷史聯繫。」在此初步研究中，尚無法確定這些相似性是因為借用，還是共同的結構特徵可追溯至相同的親屬起源。她聲稱（1984: 5）將同源標識基於「由語言變化造成的對應關係與反映」，不過從她的 35 頁的同源詞組來看，並沒有證據表明她已很確信自己

的主張。相反地是，她所收集的素材並沒有比如 Macdonald（1997）般有多點系統性的連貫。她在附錄中的前五項「詞組」足以說明以下幾點：（一）原始南島語 *buka、PPN *fuke、Aztec *tapowa、Quechua *phaska-、Tacana *pohoke*「開」，（二）夏威夷語 *tūtū/kūkū*、Nggela *kukua*、原始 Uto-Aztecan *kaku、Mapuche *kuku*「祖父母」，（三）原始南島語 *halaŋ「躺下」、復活節島語言 *taha*「傾斜」、原始 Uto-Aztecan *ka、原始 Panoan *raka-、Cavineña（Tacanan）*ha'ra-*「躺下」，（四）Qae *caro*、Nggela *saro*、原始 Quechua *siri-「躺下」，（五）原始波里尼西亞語 *loto、夏威夷語 *i-loko*、原始 Quechua *ukhu、Cavineña（Tacanan）*-doko-*、Chama（Tacanan）*-doxo-*、阿馬胡瓦（Panoan）*ʔokə*「內部」。

對照（一）是基於大多數可被證實的反覆出現的一個字首雙唇塞音以及字中 -k-。然而，沒有證明反覆出現的語音對應關係的提議。第二個例子表明，即使在南島語言中，同源的主張也是純粹基於零星的語音相似性（規則性的對應關係：夏威夷語 k：Nggela t，或夏威夷語 ʔ：Nggela k/g）。第三個對照用了一個沒有給予原始南島語或甚至是 PMP 的語系內部證據（Blust & Trussel，進行中）的南島語詞形 *halaŋ「擋住去路」[②]，並將之提出與南美洲之間做聯繫。把復活節島語言（Rapanui 語）*taha* 包含在內這件事情再次清楚地表明，反覆出現的語音對應關係與 Key 的同源詞提議沒有關係，因為如此一來 *halaŋ 的常規性 Rapanui 語反映將會是 **ala。在第四個對照中，南島語言皆從個別語言來做選擇，且沒有已知的原始形式。如果如其所聲稱的，這些是借詞，則必須要有辦法從索羅門群島中央傳到安第斯山脈的高處（反之亦然）。此外，Fox（1955）將 *saro*

的意思標為「鋪墊；散播開來」，而非「躺下」。對照（五）採用原始波里尼西亞語的 *loto「內部；游泳池；湖泊、潟湖」（Walsh & Biggs 1966）並將其與隨機收集的多種美洲印地安語言中含有字中 -k- 的詞形做比較，每個的意思明顯都是「內部」。這些波里尼西亞語言的詞形的語意都顯示出其意思從「潟湖」演變為「內部」（從具體名詞演變為表達關係的用語）。Key 清楚地表明（1984: 8）她對於夏威夷語、玻利維亞的 Tacanan 語言之一的 Chama 的平行演變 *t > k 感到訝異。雖然這在歷時類型學上是個有趣的議題，但它難以構成其為歷史接觸的證據，但這似乎是她傾向於使用的方式。在此情形下，對於含有 -k- 的美洲印地安語言詞形的引用，排除了其親屬關係，因為只有 Chama 有被證明有 *t > k 的音變。由於她沒有考慮其可能性，這似乎讓借用成為了 Key 唯一願意接受的說法。但借詞必須有其來源，而唯一經歷過 *t > k 變化的東波里尼西亞語言是夏威夷語和大溪地語（Blust 2004b）。在這兩種語言中，這些都是非常晚期的演變。在夏威夷語方面，有一些所記載的歷史證據表明了，在十八世紀晚期，隨著 Kamehameha I 的征服，*t > k 這個音變可能從夏威夷島向北擴散。在大溪地，它僅限於 Leeward Islands 的方言，以及異化的、具有快速語言風格的標準語言中。因此，任何借用的假設，都必須假定在過去的兩個半世紀內，（南部）夏威夷人和安第斯山脈高處的各個民族之間有所聯繫。

Key（1998）以同樣的方式繼續引用了南島語言和南美洲印地安語言中模稜兩可相似的詞形，如巴拉圭的 Guarani（Tupian）、火地島的 Selknam（Chon），哥倫比亞的 Cayapa（Paezan），Guianas 的 Waiwai（Cariban），以及安地斯山脈高處的 Quechua（Quechuan）

和艾馬拉（Aymaran）。這些相似之處與表 10.1 中提到的相似性沒有本質上的不同，並且通常不那麼引人注目。Foster（1998）譴責 Key（1998）在使用比較方法來確定語言關係的不一致性，而在實際上又沒有使用。她參考了自己的提議，指出「這裡所討論的比較證據遵循她所推薦的語音方法原則，證明了南美洲的 Quechua（Qu）、非洲與美索布達米亞的 Afroasiatic（AA）以及南島語系中的太平洋島嶼語言，具有非常接近的親屬關係，儘管其分布範圍非常廣泛。」她將這些似乎不可能湊在一起的假定的相關語言稱為「原始 Pelagian language phylum」，建立其所聲稱的語音對應關係的表格，然後提出了一些明顯違反她所提倡的方法的同源詞組。

10.2.6　澳-傣語系（Austro-Tai）[3]

1942 年，關於南島語言外部關係，有兩個新的提議。第一個是丹麥語言學家 Kurt Wulff 的一本書，第二個是美國語言學家 Paul Benedict 的一篇文章。雖然兩個著作是完全獨立的，但他們都提出了一個包含南島語言與傣語系的超語言。Wulff 的書在他過世後三年出版。其中，他假設傣語系與漢語有關的傳統觀點是可行的，但他也進一步論證「漢-傣-南島語超語系」。Wulff 的證據包含了一些 145 組的詞彙對照。由於 Benedict 已經更加詳細他論述了南島-傣的連結，因此以下將考慮其說法。

Benedict 對於「南島-傣」連結的論點——一般稱為「澳-傣-卡岱語系假說」——與 Wulff 的觀點不同，他將傣語與漢語的相似性歸因於借用。Benedict（1942）在他關於這一主題的第一篇著作中指出了

田樸夫的 Uraustronesisch（稱為「印度尼西亞」）以及通稱「卡岱」的中國南方和越南北部的少數民族語言的數詞之間非常驚人的相似之處。為了證明這些證據有多麼誘人，這些比較呈現如下，在此省略了北黎語與南 Kelao 語沒有提供線索的語料，並使田樸夫的構擬形態更加現代化。

表 10.8　澳-傣-卡岱語數詞（繼 Benedict 1942 後）

詞義	原始南島語	Laqua	南黎語	北 Kelao 語	Lati 語
一	isa	tiã	ku	si	tsam
二	duSa	ðe	dau	so	fu
三	telu	tău	su	da	si
四	Sepat	pe	sau	bu	pu
五	lima	mö	ma	mbu	ŋ
六	enem	nam	nom	naŋ	nă
七	pitu	mö tău	t'u	ši	ti
八	walu	mö du	du	vleu	be
九	Siwa	mö diã	pöü	su	lu
十	sa-puluq	păt	p'uot	beu	pa

這些在所構擬的南島語言數詞與南方的黎語（現稱為（Hlai'））特別是數詞 5 至 8 之間的相似之處，似乎將其可能性的限制往合理的解釋推進。相反的是，他們認為卡岱語中原來較長的單詞，除了最後音節，其他都丟失了，因而減少為單音節。在 Benedict 第一個著作中，他很有自信，但是也很克制—他並沒有對於南島語言與傣-卡岱語言的共同祖先提出原始語的構擬。他建議（1942: 597），「大

部分重要的詞彙對應都沒被發掘。」[114]

　　Benedict 在往後的 25 年內沒有再發表過這個議題，而當他重回此議題時，他已經將澳-傣語系（Austro-Tai）假說拓展到包含中國南方的苗－瑤（Hmong-Mien）語言，並且放棄了語音對應的所有方法上的限制。在一系列從 1967 年開始、以 Benedict（1975）為高峰潮的著作中，他提出了數百種新的詞源與原始形式。為了了解這些原始形式如何與用於支持它們的語料有所相關，我們僅考量表示「水牛」、「柑橘」與「狗」的這幾個詞。對於「水牛」，Benedict 構擬了原始澳-傣語（PAT）*k[a]R[ ]baw；*k[a]R[]b/l/aw 用來解釋馬來語 kərbau、原始傣語 *grwaay。這個詞並沒有南島語古詞，很可能是馬來語的孟高棉借詞，從而傳播到印度尼西亞西部沿海和菲律賓的一些語言。據說傣語詞形源於 *g[]rbaay<*k[]rbaay < *k(a)Rbay < *k(a)Rb/al[/aw]，這是透過一系列刻意設計的便利假設所提出的變化。「柑橘」這個詞 PAT *m[i]law，是根據馬來語 limau 與其他語言像是印度尼西亞西部類似的詞形，原始波里尼西亞語 *moli 與原始傣語 *naaw，說是來自 *[ml]aaw < *m(a)law < *m[i]law。但較明確的 *limau「柑橘類水果」的反映僅限於古爪哇語 limo、馬來語 limau 以及一些印度尼西亞西部語言，且沒有有說服力的理由來將反映 *molis 的大洋洲語群的詞形做聯繫。儘管不知道原始南島語的詞形，但關於「柑橘類水果」而言，PMP 比較有可能的詞形為 *muntay，

---

114 在早期的作品中，Benedict 用「Thai」來指稱一個語群，1975 年後他開始用「Tai」來指稱傣語群，而將「Thai」用來指稱 Siamese proper，因此造成這些用語不一致。

其反映至少從菲律賓南部到蘇門答臘以西的 Mentawai，東至 Moluccas
（Blust & Trussel，進行中）。最後，「狗」這個詞有在上述的澳-日語
系（Austro-Japanese）假說被提到，它被構擬為 *ʔa(ŋ)klu。Benedict
（1975）基於大多數南島語言中 *asu 的反映（在一些台灣南島語中
是 *wasu）、原始傣語的 *hma 與原始苗－瑤語中的 *klu，反而提出
了 *[wa]kləwm[a]的假設。方括號的使用和獨特的輔音串的構擬似乎
是為了進行語音不相似的詞性的比較，在沒有反覆出現的語音對應
關係之證據下，[115]發揮最大的可能性。不幸的是，Benedict 在後來的
研究上，對於語音的方法也採取此暴力的方式，因為澳-傣語系假
說，像是南方大語系假說，在沒有原則性的詞源化中很可能是一個
不錯的建構，只是不公正地喪失其可信度。

表 10.9　布央語（**Buyang**）：南島語言詞源（繼 **Sagart 2004** 後）[116]

PAN	PMP	布央語	詞義
*maCay	*matay	maᵒtɛ54	「死亡」
*maCa	*mata	maᵒ ta54	「眼」
*qayam	*manuk	maᵒnuk11	「鳥」

---

115 Matisoff（1990）描述了「構擬」這個詞的使用，其基本上將不相關的語素
　　結合為一個單一的結合的詞形，是為「原始詞形填充」。在相同的操作中，
　　藉由一些適當的刪除規則，以及任意選擇的詞形，英語的 dog 和塔加洛語的
　　aso 亦可說明是於一個特設的「原始詞形」*dogaso。
116 Sagart 也將布央語 *taqup*：西馬來波里尼西亞 *ta(ŋ)kup「覆蓋」包含在內，
　　但這是一個相對較弱的對照，因為單音節的詞根 *-kup「包圍；覆蓋」與許
　　多南島語中的第一音節同時出現，與此構擬相容的詞形，目前只有伊洛卡諾
　　語 *takup*「修補、以片狀物修補」（Blust 1988a: 116）。在 Sagart 的詮釋中，
　　原始南島語超過「四」的數詞包含了一些較特別的複雜性，將在以下討論。

PAN	PMP	布央語	詞義
*quluh	*qulu	qaᵒðu312	「頭」
*kuCu	*kutu	qaᵒtu54	「蝨」
*qetut	*qetut	qaᵒtut54	「放屁」
*qudip	*qudip	qaᵒʔdip54	「（食物）生的」
*Cumay	—	taᵒmɛ312	「熊」
*-ku	*-ku	ku54	「我」
*-Su	*-mu	ma312	「汝」
*duSa	*duha	ca54	「二」
*telu	*telu	tu54	「三」
*Sepat	*epat	pa54	「四」
	*lima	ma312	「五」
	*enem	nam54	「六」
	*pitu	tu312	「七」
	*walu	maoðu312	「八」
	*siwa	va11	「九」
	*sa-ŋa-puluq	put54	「十」

　　更多近期以嚴密的方法來進行的研究，證明了傣-卡岱語系與南島語言非常有可能有歷史上的連結，但此聯繫的特性仍然有所爭議。Ostapirat（2000, 2005）匯集了一些南島語言與傣-卡岱語系（稱作「Kra-Dai」）核心詞組的比較，讓人想起了 Benedict（1942）的詞源，但在幾個層面都超過了他們。其例子包含了原始南島語 *nipen：傣語 *fan*：Gelao *pan*「牙齒」、原始南島語 *qetut：傣語 *tot*：Buyang *tut*「放屁」、原始南島語 *kuCu：Kam-sui *tu*：黎語 *tshou*：Laha *tou*「蝨子」，原始南島語 *maCa：傣語 *taa*：黎語 *tsha*：Laha *taa*「眼

睛」，以及原始南島語 *aku：傣語 *kuu*：布央語 *kuu*「我」。他提的語音對應關係在幾個方面與 Benedict 的有所不同，且避免了許多困擾著 Benedict 有時不切實際的主張的方法問題。同樣地，Sagart（2004: 432-433）引起了大家對中國－越南邊境的 Kra（Kadai）語系布央語的觀注，該語言明顯與南島語數詞 1-10 以及許多基本詞彙有同源關係。這種語言引人注目的是它沒有嚴格的單音節，並且兩個音節都與南島語言詞形有反覆出現的對應關係，如表 10.9 所示。

　　布央語保留了倒數第二個音節，但這些在詞形上受到了限制，因為其元音一直都有著中性的音調，且其字首輔音必屬於 *m*、*q* 或 *t* 的集組。表 10.9 的重要之處就在於它極力增強了 Benedict（1942）所提的關於南島語言與傣-卡岱語系之間歷史連繫的證據。很少看到這些證據的語言學家會覺得這很自然。然而，對於其歷史連繫是因為接觸還是由於各為發散的後裔，仍然是爭論的焦點。雖然布央語的證據對 Thurgood（1994）並不可行，他基於音調對應關係的不規則性，主張南島語言與傣-卡岱具有歷史上的連繫，是在南島語族離開亞洲大陸之前的早期借用，而非親屬關係。Ostapirat（2005）表示 Thurgood（1994）所提出的音調對應關係事實上很具規則性，而很可能是遙遠的親屬關係。正如接下來會在漢-南島語系假說中談到的，Sagart 認為其存在親屬關係，但比 Benedict 或 Ostapirat 所預期的還要近許多。

10.2.7　漢-南島語系（Sino-Austronesian）

　　繼較早期之時，Wulff（1942）以及 Peyros & Starostin（1984）

較不具有系統性的提議，法國漢學家 Laurent Sagart 開始嘗試證明漢藏語與南島語言的親屬關係。在其最初的表述中（Sagart 1990, 1993），提議將南島語與漢語聯繫起來，而非整個漢藏語。此後不久，為了回應東南亞專家的批評，Sagart（1994）將他提議的語系拓展到包含南方大語系＋漢藏語，也給了一個最終可能也會包含苗－瑤語（Hmong-Mien）與傣-卡岱語系（Tai-Kadai）的建議。Sagart（1995）又再次修正此提議，因為他提出說，雖然漢語與藏緬語可能具有親屬關係，但其關係非常遠，被早期的漢語借字所掩飾，且並不具有排他性（即漢藏語的關係可能是有效的，但這並不排除有漢語－南島語關係更近的可能性）。表 10.10 列出了 Sagart（1994）提出了原始南島語、古漢語與原始藏緬語之間的一些比較，Sagart（1994）將其稱為「潛在的同源詞」：

表 10.10　漢-南島語系的初步證據（繼 Sagart 1994 後）

原始南島語	古漢語（OC）	原始藏緬語（PTB）	詞義
*quluH₁	hl\<j>uʔ	*lu	頭
*punuq	nuʔ	*nuk	腦
*nunuH₁	n\<j>oʔ	*nuw	胸部
*-luR	hl\<j>uj	*twiy = twəy, lwi（y）	流動
*qiCeluR	prefix+lonʔ	*twiy = twəy	蛋
*tuktuk	tok, t\<r>ok	*tuk「切割、敲打」	啄
*-kuk	kh\<(r)j>ok	*kuk	彎曲的
*a(n)Dak	t\<r>ik	*l-tak	上升
*kuSkuS	k\<r>ot	*kut	刮
*-lus	lot, hlot	*g-lwat「鬆開」	滑落、鬆動的

原始南島語	古漢語（OC）	原始藏緬語（PTB）	詞義
*-sep	tsip	*dzo:p	吸吮
*tutuH$_1$	tuʔ	*tow/dow	擊打、敲
*imay	mijʔ	*moy（Bodo-Garo）	稻米
*D$_2$amaR	hmijʔ	*mey	火把

　　整體而言，這些證據難有說服力。在十四個比較之中，有四個南島語言單音節詞根被單獨當作比較的對象，即使在南島語言中這些詞根必須與前面的音節一起出現。古漢語中的輔音後滑音與邊音是中綴與否是漢學家們首先必須要確定的問題，如果還無法確定的話，它會對剩下的比較造成不好的影響。即使將輔音後滑音與邊音分析為中綴的方式可行，表 10.10 的素材也幾乎不能構成南島語言與漢藏語具有親屬關係的可信證據。藏緬語的同音詞 *twiy = twəy、lwi(y)「流動」和 *twiy = twəy「蛋」與南島語言同音的詞尾音節 *-luR「流動」和 *qiCeluR「蛋」可能較為顯著，但相似語音相異韻律的詞組可在其他通常不被認為相關的語言間找到，像是荷蘭語 enn、steen、馬來語 satu、batu「一個；石頭」。

　　最近，Sagart 提出了他對漢-南島語系的改良論點。針對關於早期著作中古漢語－南島語言的比較非常缺乏基本詞彙的批評（Li 1995b），Sagart（2005: 161）提出了「六十一個南島語言、漢語與藏緬語間的基本詞彙比較」。此隨即引起了學者們的廣大認同與關注。這非常能夠被接受是因為它完全認可了漢語與藏緬語的親屬關係，符合大多數關注這些語言的專家的觀點。在此同時，它引起了一些關注，因為有超過 250 種藏緬語與原始南島語或其他所提出的

南島語言古語的語料相匹配，一致的可能性大大增加。很難看出這
裡講的對照與 Sagart 在早期論文中提出的對照之間存在任何質性差
異。這些強烈的成果也是他已經說服了自己有這樣的關係，且他也
盡最大努力搜尋任何可以作為支持他論點的證據。表 10.11 列出了
他給的前十個比較，扣除其漢字；B. = Benedict（1972），PECL =原
始東海岸連結，是台灣東海岸原始南島語的第一層次的後裔語言；
上標字母表示聲調：

表 10.11　漢-南島語系的改良證據（繼 Sagart 2005 後）

		原始南島語（PAN）或 原始東海岸連結（PECL）	古漢語（OC）	藏緬語（TB）
1.	體毛	gumuN	^{b}mu[r]（眉毛）	B. mul （Moshang kemul）
2.	骨	kukut	^{a}kut	
3.	腦	punuq	^{a}nuʔ	B. (s-)nuk
4.	肘	siku(H₂)	^{b}t\<r\>kuʔ	Gyarong tkru
5.	女性 乳房	nunuH₁	^{b}noʔ	B. nuw
6.	腳	kakay		B. kriy
7.	頭	quluH₁	^{b}hluʔ	Lushai lu
8.	手掌	dapa	^{b}pa	B. pa
9.	傷口	nanaq		Tib. rnag
10.	母親	ina(-q)	^{b}nraʔ（女人）	B. m-na

　　普遍來說，Sagart 認為古漢語詞形與許多已被證實的藏緬語僅
反映了原始南島語構擬中的最後一個音節。對照（1）沒有與已知的
原始南島語原形相符（普遍的構擬是 *bulu「體毛；柔軟的羽毛；植

絨」），相反地，卻引了一種被提議為「原始東海岸連結」的語言。沒有任何著作表示對此構擬支持，因此其地位是不明確的。在已證實的語言中，我只能在泰安卑南語中找到有關聯的詞形，像是 *gumul*「體毛、羽毛」。毋庸置疑的是，這個對照在分布上、形式上與語意上都是難以令人信服的，而添加的 Baric Moshang 語雙音節詞形只會讓這種詞源化有種垂死掙扎的印象。對照（2）的情形也是如此。普遍被接受的「骨頭」原始南島語字詞是 *CuqelaN，而 *kukut 的來源也是沒有著作討論過而不明確的。對照（3）的情況較沒有受到質疑，因為從限於台灣南島語的比較中，*punuq 可被構擬成原始南島語的詞。對照（4）明顯需要原始南島語 *sikuh「肘部」的兩個音節同時被保留，不過由於這個正常來講也不是改善未解問題的方式。對照（5）提出另外一個問題，元音並沒有相符；從觀察 Sagart 的列表可發現他允許 *o 與 *u 在沒有任何條件下，同時對應到原始南島語 *u。對照（6）裡面有個錯誤；「腳／腿」的原始南島語詞為 *qaqay，而非 *kakay。在任何一種情況下，我們都不清楚為何 Benedict 構擬 *kriy 被認為僅僅是一個偶然的與南島語言詞形相似的。對照（7）可被認為是 Sagart 對於隨機相似性的歷時解釋的成功嘗試之一：*q 似乎可以在此得出 OC *h-*，在原始南島語得出 *qaluR「流動」> OC *hlu[r]?*「水，河」。我們可以爭辯說，這是重複出現的語音對應關係證據，但正如前面所指出的，兩個相似或具有相同含義的顯著語音對應關係例子可能隨機出現。對照（8）採用 Blust（1980b）中提出的「原始西部馬波語」詞形，僅基於宿霧語 *lapalapa*「鞋底，腳底表面」和撒撒克語 *dampa*「棕櫚；鞋底」，並將其視為好像是原始南島語「手掌」的構擬形。事實上，原始南島語詞形並

沒有被建立，而具有這種意思的最廣泛分佈的詞是 PMP *palaj「手掌；腳底」。對照（9）應為 *naNaq，其與藏語 *rnag* 的對照是不規則的。對照（10）未能解釋 OC 中的邊音，且平白無故地假設詞末喉塞音是來自原始南島語的呼格後綴 *-q（Blust 1979）。

此外，Sagart 的 61 個基本詞彙比較中的 16 個試著將南島語言中的單音節詞根（*-qem「雲」、*-taq「土地」、*-kut「挖」等）對應 OC 或 TB 中的一個單詞，即使這些詞根在南島語言中總是以附著形式出現的。大體而言，這最近期的嘗試對於漢-南島語系假說的強化並無幫助。在另外一個獨立的表格中，Sagart 在南島語言、OC 與 TB 間新增了 14 項「文化詞彙比較」，包含 Setaria 與 Panicum 的小米、糙米、水稻、雞、籠子或圍欄、網、掃帚、瓶蓋或塞子、埋葬或墳墓、纏腰帶或長袍、綁辮子或辮子、射擊或打獵。其中有些很有趣，像是原始南島語 *panaq「瞄準目標；箭頭的飛行」、OC ^{a}*naʔ*「石弓」，但在大多情形下它們看起來都很牽強（例如原始南島語 *beCeŋ：OC ^{b}*tsik*「狐尾粟」，其中 OC -ŋ 與 -k 都被認定在沒有條件的情形下對應到原始南島語 *-ŋ*）。

Sagart 的研究在方法上嚴謹細緻且注重細節，遠遠超過大多數試圖將南島語言與其他語系聯繫起來的主張。儘管存在這些價值，但在大多數學者的印象中，漢-南島語系（Sino-Austronesian）假說仍是很偏執：提及漢語與南島語言有親屬關聯的主張，都會盡任何可能，試圖找到進一步的證據。Sagart 的結論之所以與大部分的南島語言與漢語歷史語言學家（Wang 1995）大相徑庭，在於他認為與表 10.9 中的原始南島語 *-luR、*qiCeluR 與 D₂amaR 有關聯的比較都是語音對應關係的證據（在此例為原始南島語 *R：OC *j*：PTB *y），儘管沒有個別的比較具有高度明確性。Sagart 用以支持他論文資料的最後部分，明顯是取自較晦澀難懂的古漢語。正如 Li（1995b）所指出的那樣，在許多情況下，其所提出的對照在語意上相當鬆散。

10.2.8　翁甘-南島語系（Ongan-Austronesian）

在近期，Blevins（2007）提出了一個具有創舉性的主張，即 Jawara 語與安達曼群島的 Onge 語組成一個「翁甘」語系，為南島語系的同輩語言，兩個語系組成「翁甘-南島」超語系。基於幾個原因，這主張是相當令人驚豔的。首先，根據所有跡象，至少在大約一萬年前，即更新世（Pleistocene epoch）結束時，安達曼群島可能已經與所有其他大陸分離。在西方勢力侵入時，安達曼人缺乏可遠航的獨木舟，因此當還是亞洲大部的一部分時，他們可能是步行到該島嶼的範圍，或是在當島嶼與大陸之間的距離較全新世（Holocene period）時期為短時，他們經由海路抵達。其次，所有的安達曼人在身形上也非常不同於大多數屬於南部蒙古人種的南島語族，在身材、膚色、髮型及各種不同的身體特徵皆不同。此外，他們與現僅存於馬來半島（通常是混血）及菲律賓零星族群的東南亞矮黑人形成一個曾經是更廣泛分布的族群。第三，他們與大多數現代南島語族與原始南島族人有著很大的文化差異。從比較語言學的證據顯示，原始南島民族住在永久性的木樁住宅，有稻米與小米農業，種植香蕉和甘蔗等非糧食作物，用簡單的背織機織布，製作陶器和馴養狗、豬等家禽，也可能養雞。相比之下，在最初接觸西方時，安達曼人還是狩獵採集者，因此缺乏剛才所提的幾個特徵。

此背景資訊顯示，南島語族與安達曼人代表著迥然不同、已經分離數萬年的人種。由因及果，在身形與文化上的證據並無法為南島語言與安達曼的親屬關係假說作強力的背書。事實上，正如 Blevins（2007: 158）與她之前的其他學者所指出的，我們無法證明 Jarawa 語和 Onge 語在親屬上與大安達曼的語言有關聯，大安達曼一詞清楚表明了這些島嶼在非常長的時間裡住著小黑人的狩獵採集者。Belvins 認為 Jawara 語與 Onge 語（「翁甘語族」）在親屬上可能與南島語言有關係，但也不可置否的是其與大安達曼語可能有親屬關係。如果我們考慮到整體安達曼群十分接近的身形與文化特徵，我們要說 Jawara 語與 Onge 語在他們已經從其他安達曼語族分離的時候又與南島語族形成共同的群體是很奇怪的。儘管有這些難以挑戰的障礙，Blevins 仍提出了原始翁甘語（Ongan）與原始南島語之間規則性的語音對應關係，並以超過 100 多個詞源與數種語法關係來支持此說法。雖然她聲稱她是用比較方法得出這些成果，但在語意比較上較為寬鬆，構詞劃分也是為了方便而劃，並非依照一些準則，且又援引一些特設的音韻假說來進行比較「工作」。

大多以上的假說都僅淪為南島語言與其他語系間的非系統性或牽強的相似性比較。最清楚明朗的是南亞語系（根據構詞上的對應關係）與傣-卡岱語系（Tai-Kadai/Kra-Dai）（根據詞彙上的對應關係）。除了傣-卡岱語系以外，沒有詞彙語料比表 10.1 中的更有優勢，然而這些觀點的倡議者也不常被點出他們有語音方法上的違逆。因此，Macdonald（1907: 6-7）批評 Bopp 方法上的失誤，但他自己犯了甚至更嚴重的錯誤，而 van Hinloopen Labberton（1924: 250-257）把 Bopp & Macdonald 錯誤結論帶到他的研究中。同樣的，Benedict

（1990）批評 Kawamoto 用「表面相似」為根基來提出日語－南島語親屬關係，而自己的比較也是僅給人大致印象。最後，Benedict 將南亞語與南島語言的相似性歸因於語言接觸，儘管至少有一位學者對於南島語言與傣-卡岱語言（Tai-Kadai languages）的相似性作出了相同的論述（Thurgood 1994）。前述的提案或是某些提案的結合或許能得出最終正確的結論（傣-卡岱語與南島語言已被証實有歷史的連結）。然而，在現今可行的證據之中，對於南島語言外部關係的主張仍是眾說紛紜。

10.3 分群

語言分群的問題可以細分為三個方面討論：（一）分群的模型（二）分群的方法（三）分群的結果。在正確理解南島語族（AN）語族分群結果之前，有必要簡要地檢視各種分群模型及方法。

10.3.1　分群的模型

雖然歷史語言學的一般文獻只承認兩種語言分群的模型（家庭樹模型，波浪模型），但是在 AN 文獻中已經提出了幾種不完全對應於其中任何一種其他可行方案。

10.3.1.1　家庭樹模型及波浪模型

十九世紀的語言學家在理解分群的基礎前就已知道如何建立親屬關係，或者說，已知建立概念工具來處理分群問題。第一個這樣

的概念工具是家庭樹模型，由德國印歐主義學者 August Schleicher 於 1861-1862 所開創。Schleicher 的印歐語系家族樹包含了一些現今不被接受的分群，如「斯拉夫-日耳曼」、「Aryan-Greco-Italo-Celtic」、「Greco-Italo-Celtic」或「Albanian- Greek」。十年後，Schleicher 的學生 Johannes Schmidt 以波浪模型與之對抗。為了解釋導致 Schleicher 提出在印歐語系底下斯拉夫-日耳曼分群的語言特徵分佈，Schmidt（1872）認為，許多語言創新都是從最具聲望或影響的中心傳播出來的，如同在掉落石頭的池塘中像漣漪一樣散開。隨著時間的推移，顯示兩種模型在所定的情況下都具有其效用。波浪模型較能解釋方言網絡，高度的相互可通度允許語言變化容易地從一個社區擴散到另一個社區，而家庭樹模型較能解釋已經分離一段時間的語言之間的關係。其原因部分與語言相關，部分與地理相關。隨著分離時間的增加，語言社群有更大的機會分開，並且更有可能被相隔較遠，而在相對較短的時間內分離的語言社群則相反。

在實際操作上，許多歷史語言學家發現家庭樹模型比波浪模型更方便作為一般的圖解工具，並且傾向於幾乎完全使用家族樹來表示子群關係。當這樣做時，有時會注意到該模型對變化過程相當理想化，因為其假設沒有接觸的語言社群之間存在明顯的分離。然而，事實上，大多數語言分離可能從部分分離開始，這意味著在完全分離（如果有的話）之前，創新繼續在子社群之間傳播幾代。這一點有時被非語言學家誤解，他們從字面解讀家庭樹模型即為語言分裂過程，並錯誤地認為歷史語言學家沒有考慮到擴散影響。

10.3.1.2　變換子群模型

在 AN 語系中第一個提出的家族樹模型的替代方案是 Geraghty（1983），他發現不可能將嚴格的家族樹原則應用於斐濟的語言。特別是，斐濟東部的 Lau 群島（稱為 Tokalau Fijian）的方言與波里尼西亞語言共有一些相同特徵，而這些特徵並不見於斐濟其他地方。這些共同的創新不是最近從東加語借來的，而據說是僅共享於「原始波里尼西亞及東斐濟（特別是 Tokalau Fiji），排除西斐濟」（1983: 366-367）。Geraghty 認為，對事實的最簡單的解釋是假設語言分離之後趨同：Lau 群島的方言是原始波里尼西亞語言中的一份子，後來被重新融入斐濟語方言網絡。在家庭樹模型中，這種關係不容易被表示，因為分群發散，但從不收斂。正如 Geraghty 所說（1983: 381），「因此，補充遺傳模型以解釋觀察到的關係，藉由允許語言隨著時間的推移改變其子群成員。」Geraghty 所建立的斐濟模型不完全對應在為印歐語言所建立的經典波浪模型，因為波浪模型在語言分裂期間可逐漸或不完全分離，因此允許重疊的等語線，但在分裂後則不允許收斂。它可能因此被稱為「收斂模型」。然而，這個名字可能會產生誤導，因為 Geraghty 也承認語言裂變的正常過程。我暫且把它稱為「變換子群模型」。

10.3.1.3　網絡破解模型

Pawley & Green（1984）提出了一種語言分裂模型，它不同於波浪模型和 Geraghty 的變換子群模型。他們將標準家庭樹描述為「輻射模型」，其基本特徵是通過廣泛分散的子群來擴展本地化的同質語言社群，因此在他們的持續發展中彼此隔離。Pawley & Green 以他

們稱之為「網絡破解模型」來反對這種模式，它們認為原始語言的領域可能根本不會擴展，但是後代語言是通過方言中溝通領域逐漸收縮的過程而產生的。在這個模型中，基於貿易、通婚等溝通網絡所形成的方言複合體，隨著交際聯繫逐漸削弱以及語言一致的領域縮小，逐漸演變成一些半獨立的後代。雖然經典波浪模型強調跨越空間的創新傳播，但是，網絡破解模型強調了隨著時間的推移交際聯繫的弱化，以及隨之而來的後代社群的分歧。在這個意義上，家庭樹和波浪模型都可以看作是語言分裂的動態模型（因為它們都涉及語言社區或創新的向外運動），而網絡破壞模型是語言分裂的靜態模型。

10.3.1.4　創新定義和創新連結的子群體

Ross（1997）對於語言學及其姊妹學科，包括社會／文化人類學和考古學文獻中關於裂變和融合過程的討論，被認為是在 AN 領域中對分群模型最徹底的討論。他認為，在語言和文化的歷史中可以識別出分支（分裂）和根莖（融合）過程，但是這兩種過程在種族進化過程（ethnogenesis）中都很常見，而根莖過程在語言進化過程（glottogenesis）中很少見，只發生在涇濱化和克里奧語化的情況下。Ross 的討論涉及許多重要問題，其中最重要的一點可以概括為他所謂的「創新定義」和「創新連結」子群體之間的對比。第一個對應於家庭樹模型下所表示的子群類型，或 Pawley & Green 的輻射模型。第二個大致對應於波浪模型，但強調的點不同。雖然波浪模型被用來顯示兩個明確定義的子群由於接觸而具有某些特徵（如斯拉夫語和日耳曼語，或者在 Rhenish Fan 地區的 High German 和 Low

German），因創新連結的子群則定義為一個親屬單位，在此單位裏所有語言群體無法用同一個創新來包含。創新（1）可以在語言 A-E 被發現，創新（2）在語言 B-G 中，創新（3）語言 D-K 中被找到，因此允許通過鏈接的創新來建立廣泛的子群。Ross（1997: 222）提出的另一個值得注意的觀點是，由於剩餘的語言分群可能由家族樹圖中的單個下降線表示，因此給人的印象是，這些類別代表創新定義或創新連結的子群，而不是一個統一的多集合。例如，首次在 Blust（1977a），並在許多後來的出版物中所提出的西部馬來波里尼西亞分群就是這樣的情況，儘管這些語言缺乏獨有的共同創新。

10.3.2 分群方法

由於數量、地理範圍廣，並且顯然迅速擴散（有兩個值得注意的「暫停」打斷，一個在台灣、另一個在波里尼西亞西部），南島語言呈現出巨大分群挑戰。在這方面，南島語與一些語言家族非常不同，例如在印歐，對於將某個語言分配於某子群，大家幾乎有一致的看法。部分是由於這些問題，部分是由於 AN 區域的動物地理學獨特特徵，AN 語言的分類產生了自 19 世紀以來，在歷史語言學中一些最原始分群的方法。

10.3.2.1 獨有的共同創新

直到 1930 年代前，AN 語言都還是按地理區域分類：東南亞島嶼為「印尼語」，美拉尼西亞為「美拉尼西亞語」，在麥克羅尼西亞的語言為「麥克羅尼西亞語」，在波里尼西亞的語言為「波里尼西亞語」。田樸夫（1934-1938）在他的 Vergleichende Lautlehre 的第一卷

中採用了這種模式，但隨後找到了一個大型「melanesisch」（＝大洋洲語群的）分群的證據，這分群包括除了帛琉語和查莫洛語之外的所有 AN 語言。他對這個分群的證據主要包括語音合併，特別是 *p 和 *b 非常獨特的合併，這在大多數語言中相對容易證明。確認此分組的其他合併是硬顎塞音 *c，*s，*z 和 *j 的合併，以及 *e（央元音）和 *-aw 合併為 o。我們現在知道 *j 與硬顎塞音的合併是發生在海軍部群島上的語言與其他大洋洲語群的成員分離之後，*e 和 *-aw 的合併發生在其他 AN 中。但 *s 和 *z 的合併幾乎與 *p 和 *b 的合併一樣獨特。

田樸夫建立大洋洲語群分群的方法與 Brugmann（1884）在半個多世紀前，以獨有的共同創新將印歐語言分群的證據類型非常吻合。所有目前普遍被接受的 AN 分群都是在此基礎上建立的，但正如下文所示，這些創新的表現方式有時非常具有創新性。不同於田樸夫用於建立海洋亞群的證據類型，這些使用同樣程序的其他標準用法，主要是針對詞彙而非語音創新。例如，東部馬來波里尼西亞分群幾乎完全以詞彙創新來定義，包括明確的替代創新（PMP *anak 取代了 PEMP *natu「孩子」、PMP *nunuk 取代了 PEMP *qayawan「榕樹」、PMP *tuRun 取代 PEMP *sobu「走下去、下降」等。

10.3.2.2　詞彙統計學

戴恩（1965a）在 AN 語系中開創以詞彙統計學來作為分群的方法。在一個大規模的比較中，他以 Swadesh 200 詞表為基礎，用一組 371 個單詞列表對 245 種語言進行了比較。使用直觀來決定同源，戴恩以「加」和「減」值輸入位於耶魯大學的早期大型計算機，

用以產生在樣本中語言之間的同源百分比矩陣圖。如此產生的結果需要解釋和微調，但其充滿了信心所做出的結論如下：AN 家族分為 40 個主要分群，其中 34 個位於美拉尼西亞或附近，指向主要中心分散地是在新幾內亞和畢斯麥半島地區。雖然這個結論幾乎立即被一些人類學家接受（如 Murdock 1964），但幾乎所有語言學家和幾乎所有的太平洋考古學家都拒絕接受。戴恩的結論來自他使用的數據類型：其同源百分比並不考慮創新／保留區別。由於基本詞彙的替換率在不同語言之間明顯不同（Blust 2000a），因此，恆定替換率的假設，很容易導致其從同源百分比矩陣圖所得到的推論失真。

10.3.2.3　數量與質量的對比

在分群上所使用獨有的共同創新，最初是由 Brugmann（1884）表達的純數量術語構思的：子分群推論的確定性，與支持此推論的獨有共同創新數量不同。Brugmann 沒有具體說明，需要多少數量的創新來才足以允許安全的分群推論，但他清楚相對數量。在其他條件相同的情況下，很少有語言學家會反對這個立場。然而，其他條件並不總是平等的，因為音韻創新的質量可能會有顯著差異。在一群語言中，* h>零標記、* s> h、以及字尾塞音清化等語音變化，對分群假設是微弱的證據，因為這三個變化在全球視角中是常見的，並且可以容易地獨立出現。相對而言，一個非常不尋常的創新可能比一系列平凡的變化具有更大的分群價值。

為了說明，一個可能包括婆羅洲北部所有語言的北砂勞越分群即是基於一個單一變化而提出的，即 PMP 濁塞音 *b、*d/j、*z 和 *g 的分裂。這個語音變化基於兩個原因在分群上有非常大的價值。

首先，分裂的條件很複雜，在某些情況下顯然是不規則的。其次，通過分裂產生的新音段與語音複雜或非詞尾清音的反映不同：

表 10.12　北砂勞越中 PMP 濁塞音的雙反映

PMP		b	d/j	z	g
Bario Kelabit	（1） （2）	b b^h	d d^h	d d^h	g g^h
民都魯	（1） （2）	b ɓ	d ɗ	j j	g g
Highland Kenyah	（1） （2）	b p	d t	j c	g k
伯拉灣	（1） （2）	b/k/m p	r/n c	s c	g k
吉布語	（1） （2）	b/p s	d/t s	d/j s	g/k k

比較說明該表的部分內容包括 PMP 的 *qubu「灰燼」和 *tebuh「甘蔗」在各語言的反映（Bario Kelabit *abuh : təb^{h}uh*、民都魯 *avəw : təbəw*、Highland Kenyah *abu : təpu*、伯拉灣 *akkuh : təpuh*、吉布語 *abəw : təsəw*），PMP *ŋajan「名字」及 *qapeju「膽／膽囊」（Bario Kelabit *ŋadan : pəd^{h}uh*、民都魯 *ñaran : lə-pədəw*、Highland Kenyah *ŋadan : pətu*、伯拉灣 *(ŋ)adan : pəcuh*、吉布語 *adin : pəsəwʔ*），*quzan「雨」和 *haRezan「凹口木梯」（Bario Kelabit *udan : əd^{h}an*、民都魯 *ujan : kəjan*、Highland Kenyan *udan : can*、伯拉灣 *usin : acin*、吉布語（*pəraaʔ*）: *asin*。

如前所述，除了這些語音分裂之外，諸如 Long San 或 Long Sela'an 等的 Lowland Kenyah 方言，還有一個語音內爆音，其反映

PMP 濁塞音，在雙唇、齒齦、硬顎和軟顎位置有阻礙。由於早期輔音串，如 *-mb-、*-nd- 等輕化為非內爆濁塞音，內爆音才開始在這些語言中成為音素，但是所有原本單純的濁塞音都是內爆音的事實，更增加了原先已有相當多的證據，證明早期一系列語音複雜的輔音。在方法學上值得注意的是，北砂勞越分群是根據僅有一個語音變化的基礎上提出的——一個產生系列（2）反映的創新。雖然可以使用其他證據來支持這一假設，但同源詞素中，音素分裂的明確證據本身，就足以排除機會或漂移作為共同一致（shared agreement）的可能原因。正如下面將要看到的，在沙巴東部所說的 Ida'an 語 Begak 方言中也證實了類似的變化，在那裡它產生了共時的輔音串（Goudswaard 2005）。

10.3.2.4　華勒斯線的語言學價值

　　AN 區域被英國博物學家 Alfred Russel Wallace 於 1869 年所確定的主要動物地理邊界一分為二。也許其他任何地方都沒有地質歷史的文物可以提供做為語言分群的線索，但語言分群和生物分區的不對應使得華勒斯線可以提供線索做語言分群。考慮到台灣南島語／馬來波里尼西亞分裂，有些胎盤哺乳動物的名稱可以被分配到 PAN（PAN）或原始馬來波里尼西亞語（PMP），包括PAN *luCuŋ、PMP *lutuŋ、PMP *ayuŋ「猴子」；PAN *takeC「吠鹿」；PAN / PMP *saladeŋ「雄鹿」；PMP *qaNuaŋ、PMP *qanuaŋ「野生水牛」；PAN *Sidi「長鬃山羊，台灣山羊」；PAN / PMP * babuy「豬」；PAN / PMP *qaRem「穿山甲」；PAN *buhet，PMP *buet「松鼠」（Blust 1982b、2002b）。由於胎盤哺乳動物不是華勒斯線以東地區的原生動物，因此PAN和 PMP 必須在該邊界以西用過這些詞彙。在穿過華

勒斯線時，AN 語言的使用者才首次遇到有袋動物。如果這樣的情況是藉由分批遷移到印尼東部和西太平洋而發生的，那麼就沒有理由期望有袋類哺乳動物的名稱是同源的，因為那些名稱應是在不同時間和不同地點獨立發明（或借用）。然而，正如它所發生的那樣，印尼東部和太平洋地區的許多語言反映了 *kandoRa「有袋類的樹上動物（cuscus）」和 *mansar / manser「袋狸（bandicoot）」，而這些詞彙不可能出現在PAN或 PMP 中。

表 10.13　東印群島與太平洋群島有袋動物名詞的同源詞

	*kandoRa「斑袋貂」	*mansar/manser「印度碩鼠」
Moluccas		
Leti-Moa		mada/made「印度碩鼠」
Damar		madar（？）
Yamdena		mande「斑袋貂」
Ngaibor（Aru）		medar「有袋動物」
Ujir（Aru）		meday「斑袋貂」
Elat（Kei）		mender「斑袋貂」
Asilulu（Ambon）		marel「斑袋貂」
Kamarian（斯蘭島）		maker「印度碩鼠」
Kei		medar「斑袋貂」
Watubela	kadola	
Kesui（Keldor）	udora	
Geser-Goram	kidor	
Ambelau		mate「斑袋貂」
Misool（Fofanlap）	do:	
布力語	do「小型有袋動物」	

	*kandoRa「斑袋貂」	*mansar/manser「印度碩鼠」
美拉尼西亞		
Lou		m^{w}as
Sori	ohay（met.）	
Seimat	koxa（met.）	
Penchal	kotay（met.）	
Nauna	kocay（met.）	mwac
Mussau	aroa	
Vitu	hadora	
Manam	ʔodora	
Motu		mada
Takia		madal
Wogeo		m^{w}aja「斑袋貂」
Duke of York		man
Lungga	ɣandora	
Nggela	kandora	
Vitu	hadora	

　　Schapper（2011）正確地指出，大多數印尼東部語言針對原始東部馬來波里尼西亞語（PEMP）*mansar / mansər「袋狸（bandicoot）」一詞的反映，實際上指的是「有袋類的樹上動物（cuscus）」，這個事實於 Blust（2009a）的表中沒有正確地被報導。然而，這一觀察結果，對有袋動物的同源詞組在分群假設中扮演的角色沒有影響（Blust 2012a）。由於融合創新不能合理地解釋這種分佈，因此中部馬來波里尼西亞和東印尼分群下的南哈馬黑拉-西（SHWNG）新幾

內亞語與大洋洲語群（OC）的語言結合成一個中-東部馬來波里尼西亞（CEMP）分群。

　　關於 CEMP 分群假設還有其他類型的證據，但有袋動物哺乳動物的同源詞組的分佈必須被認為是這一假設的亮點。這個論點很複雜，因為它要求必須接受先決的分群條件（MP 假設），這條件最初可能看起來與要解釋的事實相差甚遠。但如果要將胎盤哺乳動物的詞彙分配給原始南島語（PAN）和原始馬來波里尼西亞語（PMP），則有袋類哺乳動物的詞彙必須是創新的，而且由於沒有明顯的趨同基礎，最簡單的方式即是將這些創新歸因於 CMP、SHWNG 和 OC 語言的共同祖先。

10.3.2.5　齒擦音同化

　　有另一種不尋常的證據類型也被用於 AN 語言的分群假設。通常被認為屬於 PMP 的數字 1 到 10 是 1. *esa / isa、2. *duha、3. *telu、4. *epat、5. *lima、6. *enem、7. *pitu、8. *walu、9. *siwa、10. *sa-ŋa-puluq。藉由涵蓋台灣南島語而來的證據，該系統必須以多種方式進行修正。首先，*duha 和 *epat 必須寫成 *duSa 和 *Sepat。其次，在 *sa-ŋa-puluq 中的數字繫詞無法被構擬，因此原始南島語的形式應是 *sa-puluq。第三，也是最關鍵的，雖然幾乎所有非台灣語言都明確地指向 *siwa，但所有台灣語言都明確指出正確形式應是 *Siwa「九」。

　　為了解釋這種差異，戴恩（1971a: 34）將田樸夫的 *s 分為 $*s_1$ 和 $*s_2$，並將後一音素分配給「九」，因此 $*s_2$iwa。像 Dahl（1981b）這樣的學者認為這種方法只是簡單地標記數據，所以 Blust（1995b）

重新討論了這個問題，我們觀察到至少有三種台灣語言顯示出「齒擦音同化」的共時或歷時證據，如同我們在 4.3.1.2 和 9.1.2 所描述。簡而言之，包括排灣、賽夏和邵在內的幾種台灣語言，顯示了同一個詞中的齒擦音傾向於同化的歷史證據，這個過程在共時層面持續存在邵語並至少影響 *c*（[θ]）、*s*、*sh*（[ʃ]）和 *lh*（[ɬ]）。雖然這樣一組輔音比通常的齒擦音組更大，並且從未被認為是自然音類，但似乎清楚的是，這些例子中所見的那種發音干擾與英語繞口令中的干擾基本相同 － 諸如「she sells sea shells by the sea shore」之類的。那麼，如果連續數字的起始音相似但不相同，則它們在許多語言中亦會表現出干擾效應。例如，如果只按規則語音變化來決定形式，英語的「four」形式應該為 **whour，但是因為它緊接著「five」，所以原本預期的序列「whour, five」變成「four、five」。在現有的情況下，「十」的原始南島語形式是 *sa-puluq，具有明確的詞首輔音 *s。如果原始南島語「九」的形式是 *siwa，如同田樸夫所構擬，那麼就沒有理由解釋為什麼台灣語言會反映 *Siwa。如果原始南島語數字序列形式是 *Siwa「九」：*sa-puluq「十」，那麼，與邵、賽夏和排灣歷史中所觀察到的類似齒擦音同化可能已經將 *Siwa 轉換為 *siwa。由於這是一種在台灣以外普遍存在的創新，因此最簡單的假設是曾發生於非台灣南島語的共同祖先中。

10.3.3　分群結果

前面的小節提請讀者注意在南島語言學中用分群的新方法。在介紹這些方法的同時，已經討論了一些被提出的子群。本節的目的是更詳細地概述南島語言的分群。由於許多最嚴重的爭議會影響到

最上層級的分類，因此最好的方法是從樹的底部開始，並從成熟完善的低層子群開始到更高層的子群。

10.3.3.1　波里尼西亞

波里尼西亞分群很早就被認可，在大眾想像中，它通常被認為是整個南島語系的最佳範例。正如前面章節中所指出，在 1768 年至 1979 年庫克探險期間，波里尼西亞分群或多或少獲得全面認可。語言學家面臨的挑戰包括：（一）波里尼西亞語言的內部分群，以及（二）確定波里尼西亞最近的外部親屬。雖然 Elbert（1953: 169）發表了波里尼西亞語言的一個重要的內部分類，他確認東加語群（Tongic）：核心波里尼西亞（稱為「Samoan-Outlier-Eastern」）分裂，東核心波里尼西亞分裂為 Rapanui 與其他，後者被分到 Marquesic 和大溪地語群（Tahitic）（但夏威夷語被分配到 Tahitic 而不是大溪地語群），二十世紀下半葉波里尼西亞語言中最具影響力的分群假設是由 Pawley（1966、1967）所提出的：

表 10.14　波里尼西亞語言分群（繼 Pawley 1966、1967 以後）

I.	東加語群
	A. 東加、Niue
II.	核心波里尼西亞
	A. 薩摩亞外圍語群（薩摩亞語、East Uvean、East Futunan、Outliers）
	B. 東波里尼西亞
	1. Rapanui
	2. Central-Eastern
	a. Marquesic（夏威夷語、馬貴斯語、Mangarevan）
	b. 大溪地語群（大溪地語、Tuamotuan、拉羅東岸語、毛利語）

如同 Elbert 一樣，Pawley 打破了前人認為東加語群和薩摩亞語同屬一支的觀點，過去這種想法主要是由於文化領域和語言分群的混淆而產生的。與 Elbert 的分類一樣，Pawley 的分類強調東加語群在原始波里尼西亞構擬中的重要性，和 Rapanui 在原始東波里尼西亞構擬中的重要角色。然而，其與 Elbert 早期分類的一個明顯的突破涉及夏威夷語的位置，Pawley 將夏威夷語歸入 Marquesic 分群，與東南 Marquesan 顯然最接近。雖然不時有人會對波里尼西亞語言的分類提出質疑（特別是 Wilson 1985 年），但前述分類標準一直存在到二十世紀末。

　　最近 Marck（2000）詳細地重新審視了波里尼西亞語言的分群，並提出了幾個基本的修訂。雖然他保留了東加語群和核心波里尼西亞兩個主要分群，但 Samoic-Outlier 分群則被推翻。取而代之的是，他將核心波里尼西亞分為十一個主要分群。其中 10 個分群各由單個 Outlier 語言為成員：（一）Pukapuka（Pawley 未提及）、（二）East Uvea、（三）East Futuna、（四）West Uvea、（五）Futuna-Aniwa、（六）Emae、（七）Mele-Fila、（八）Tikopian、（九）Anuta 和（十）Rennell-Bellona。第十一支是 Ellicean，底下有三個平行分群：（一）Samoan-Tokelauan、（二）Ellicean 外圍語群（Kapingamarangi、Nukuoro、Sikaiana、Ontong Java、Takuu、吐瓦魯語）和（三）東波里尼西亞。東波里尼西亞的內部分組保持不變。要證明包含 Ellicean Outliers 和吐瓦魯語的子群之存在尚有許多問題，即使這樣的子群存在，也不太可能在不久的將來能以任何非常明確的方式解決這些問題。儘管如此，Marck 的分群假設還是有其優勢，一則是對於這一系列語言的觀察做更好的說明，並有助於彌合 Outlier 波里尼西亞考古記錄與

早期 Outlier 波里尼西亞語分類之間的差距（正如 Kirch 1997: 60-61 所述，放射性碳對外圍波里尼西亞的定年，包括 Tikopia 約於 2680±90 BP 的日期，以及索羅門群島阿奴達語約於 2830±90 BP 的日期，表明一些外圍語言在相當早期即與其他波里尼西亞分離）。

Otsuka（2006）解決了一個早期語言學家所提出的問題，他們指出，儘管 Niuean 通常沒有爭議性的被歸類為東加語支，但其顯示出一些東波里尼西亞才有的音韻和句法特徵（2006: 429）。這個分佈基本上有三種解釋：（一）有問題的特徵在原始波里尼西亞語（PPN）中找到但在東加語遺失，（二）這些特徵是由 Niuean 語使用者通過與東波里尼西亞語言接觸而獲得的，或者（三）Niuean 和東波里尼西亞顯示並行創新。在仔細考慮語法證據之後，她得出結論，這些解釋中的最後一個是最合理的，而且 Niuean 和東波里尼西亞因此在語法漂移（syntactic drift）的情況下變得更加相似。

最近，太平洋考古學家團隊（Wilmshurst 等人，2011 年）對東波里尼西亞的放射性碳定年進行了重新評估，大大縮短了在這一大面積任何部分可能允許的定居時間。在這項詳盡的考察研究中，最早的可靠日期大約是公元 1025 年，該組織的考古證據表明，東波里尼西亞幾乎所有其他可居住的島嶼都在其接下來的 100 至 150 年內定居。由於這個縮短的定年表沒有留下時間發展 Tahitic-Marquesic 區別，而且除了社會群島也未留下其他明顯的地點給中－東波里尼西亞，而社會群島通常被視為原始東波里尼西亞的發源地，語言學家被迫重新思考東波里尼西亞語言的內部分群，以及在這個數百甚至數千英里的公海上旅行是一種可行之語言動態分裂。Walworth（即將刊登）總結了新的結論：Green（1966 年）提出的，並且幾乎所有後

來研究波里尼西亞的人都接受的 Tahitic / Marquesic 分裂的證據,在仔細檢查下,並不能得到完全的證實。相反地,東部波里尼西亞的所有語言似乎都在大約一個世紀的時間內,從共同的來源中脫離出來,而且他們共享的許多創新都是在群島間內部發展起來的,這些群體之間仍然保持聯繫,一直到分離後的前六至八代,儘管涉及的距離很遠,但是親屬關係和共同起源的口語傳統促使他們繼續保持一體。由於地理上的孤立,Rapanui 只在途中停下定居一次,(與其他群體)很少或根本沒有接觸,因此,就會產生一種印象(在嚴格的家庭樹圖模型中),它是在當所有其他東波里尼西亞語言仍然是一個單一的語言社群時,即定居在此。在新的分群模型中,除 Rapanui 之外的所有東波里尼西亞語言形成一個單一的語言社群,原因是因為他們在 Rapanui 被切斷聯繫後,這些其他語言繼續參與這個長達一個世紀或更長時間的長距離通信網絡。

這個模型有助於調和因配合考古記錄所要求必要縮短的放射性碳定年表與比較語言學證據,但它仍然尚未解決原始東波里尼西亞發源地的問題。東波里尼西亞語言是通過一系列獨特的創新來定義,如果東波里尼西亞在第一次登陸社會群島後的 100-150 年中即定居於此,這段時間太短無法使得所有創新都在此地發展累積,因此,語言學家必須更往西尋找在原始東波里尼西亞定居到社會群島前,這個語言社群可能已經成立的位置。大多數學者的默許假設是社會群島從薩摩亞地區開始涵蓋(Pawley & K. Green 1971),但這導致了一個窘境,因為薩摩亞地區沒有任何島嶼住有可能的東波里尼西亞近親候選人。為解決這個問題,Wilson(2012)提出非常有說服力的觀點,他認為東波里尼西亞的直系親屬是 Takuu 和 Luangiua,

他稱之為中北部外圍（CNO）語言，而 Sikaiana 則與他所稱之為「Northern Outlier－東波里尼西亞」的關係再疏遠一些。如果這論點成立，意味著社會群島是從更北部的一個先行地點定居，而且比傳統上被認為是原始東波里尼西亞的發源地薩摩亞更西部。毋庸置疑，它還衍生了其他問題，例如像 Takuu 和 Luangiua 這樣的小環礁社區如何能夠推動如此大規模的人口擴張，從而導致在不到兩個世紀的時間內建立一個比美國大陸更大的地區。

10.3.3.2　中太平洋

　　Grace（1959）認為，波里尼西亞語言最親近的親屬是斐濟群島上由非波里尼西亞人所說的斐濟語，以及位於 320 英里外，在 Vanua Levu 西邊角落的小島上，由波里尼西亞人或類似波里尼西亞人所說的羅圖曼語，Grace（1967）將這個其所提議的分群命名為「中太平洋」。這個擬議的中太平洋分群衍生了幾個問題。首先，考慮到現代波里尼西亞人和羅圖曼人，對應於斐濟人之間的人種差異，原始中太平洋語的使用者其人種類型是什麼？其次，正如 Biggs（1965）所指出的，羅圖曼至少有兩個「語言層次」，其中一層次含有許多波里尼西亞借詞。難道，移借掩蓋了羅圖曼與波里尼西亞語言之間的主要親屬關係嗎？雖然今天學者普遍認為第二個問題的答案是「不」，但第一個問題則從未得到滿意的解決。雖然，我們可能無法在多個定居點看到同一個族群遺留的考古足跡，但斐濟很可能遷移的過程中至少連續兩次定居下來。第一次定居發生在當他們在接觸萬那杜後馬上遷出當地，Bellwood（1979）稱之為「南方蒙古人種」（在這種情況下是波里尼西亞祖先）。第二個，也許是隨後的定居，是由一

群人種混合的人口所完成，這些人口是由南方蒙古人種和萬那杜或太平洋西部某處遇到的明顯與之不同的「美拉尼西亞」人之間的幾代混種造成的。第一波移民湧入東加、薩摩亞，最終到整個波里尼西亞，而第二波仍留在斐濟，繼續與留在原地的南方蒙古人種混合。根據這種解釋，羅圖曼語可能與波里尼西亞語言的關係稍微密切，而不是斐濟語，因為它是斐濟和鄰近地區第一次定居的產物。下一個對中太平洋語言進行分類的重大突破是由 Geraghty（1983）所提出。他說明，將中太平洋成為分群的證據並不如先前所認為的那麼強大，這些證據包含單一的語音創新（POC *R 的丟失）、四個共享語法詞素和兩個共享的詞彙項目。*R 的丟失亦發生在其他大洋洲語群的語言中，並且這一些語法詞素亦存在有合理的外部同源，因此進一步削弱了這種分群假設。其次，這些斐濟語和波里尼西亞所獨有的形式，幾乎完全是由東斐濟和在西部斐濟語的波里尼西亞共同分享。這不僅包括最初用於證明中太平洋的創新，還包括兩個額外的語音創新和 113 個詞彙創新，其中 27 個涉及語法詞。如上所述，由於這個原因，Geraghty 做出以下結論，他認為東斐濟（稱為 Tokalau 斐濟）最初是方言網絡的一部分，該網絡產生了波里尼西亞語言，但後來被重新融入在更大的斐濟方言複合體。Geraghty（1986）再次討論了中太平洋分群的問題，重申他對此更大分群的有效性表示懷疑，同時提出了一個「原始中太平洋」語音系統。

　　中太平洋假說仍然處於尚未得到結論的狀態。Lynch, Ross & Crowley（2002）認為它是一個語言間彼此「聯繫」的關係群體，而不是一個語言家族，聲稱它不是一個獨立的分群。Geraghty 的結果很受歡迎，因為他認為定居是分多次進行的，如此可以幫助我們面

對原始中太平洋語言使用者人種類型的困境。「中太平洋」語言更廣泛的親屬關係，將在下面簡要討論，雖然其仍然有待進一步證實。

10.3.3.3　核心麥克羅尼西亞

　　波里尼西亞早在十八世紀就被認可是一個明確定義的語言單位，與波里尼西亞的語言不同，麥克羅尼西亞語言是異質的。它們包括一組由 Bender（1971）所稱之為「核心麥克羅尼西亞」的大洋洲語群的語言，包括雅浦語，（屬於大洋洲語群，但不與麥克羅尼西亞的任何其他大洋洲語群語言有相近的親屬關係），還有帛琉語和查莫洛語，他們彼此以及與大洋洲語群的親屬關係是相當遙遠。同樣地，與波里尼西亞語言相比，核心麥克羅尼西亞語言在第二次世界大戰之前大家對它所知甚少。藉由在世界各地工作的眾多不同學者的努力，我們對波里尼西亞語言的了解逐漸增加，但我們對核心麥克羅尼西亞語言的了解幾乎完全得歸功於夏威夷大學一小部分學者，在「太平洋語言發展計畫」或「PALI 計畫」中的努力（Rehg 2004）。一旦有足夠的描述，我們發現相當明顯的，大多數麥克羅尼西亞的大洋洲語群語言形成了明確的語言親屬單位。核心麥克羅尼西亞亞群一般分為以下分群（Bender et al. 2003a，改編自 Jackson 1983）：

表 10.15　核心麥克羅尼西亞語言分群

1.	Kosraean
2.	中部麥克羅尼西亞
2.1.	吉耳貝特語
2.2.	西部麥克羅尼西亞

2.2.1.	馬紹爾語
2.2.2.	原始 Pohnpeic-Chuukic
2.2.2.1.	Pohnpeic（Ponapean, Mokilese, Ngatik, Pingelap）
2.2.2.2.	Chuukic（the Chuukic dialect continuum）

　　表中缺少的是諾魯語（及與其在地理位置斷開的方言 Banaban），這個語言顯然是大洋洲語群，且可能與核心麥克羅尼西亞語言屬於同一分群，這分群可能是與表格中其他所有相關的語言形成主要分群，但我們尚未了解透徹（Nathan 1973，Rensch 1993）。

10.3.3.4　東南部索羅門分群

　　Pawley（1972）提出了一個東南部索羅門分群（SES），有兩個主要次分群：（一）Guadalcanal-Nggelic（GN）和（二）Cristobal-Malaitan（CM）。這些分群的個別完整性在檢視時是顯而易見的，並且有大量證據顯示，它們可結合為更大的 SES 分群。然而，正如布魯斯特（1984a）所提出，有一些反面的證據指出，獨立於所有其他南島語言之外，CM 和核心麥克羅尼西亞語言共享了一段短暫的共同歷史。由於有更多的證據證明 CM 和 GN 語言之間存在直接的親屬關係，CM －核心麥克羅尼西亞的歷史可能類似於 Geraghty 所描述的「Tokalau 斐濟」，早期但短暫的獨有共享創新，很大程度上被 CM 重新融入 SES 所掩蓋，正如 Tokalau Fijian 重新融入更大的斐濟方言複合體一樣。

10.3.3.5　北部及中部萬那杜

　　Tryon（1976）提出了萬那杜語言的分群（當時稱為「New

Hebrides」)。根據音韻學的共同創新，他得出以下結論（1976: 51頁起），他認為有一個「New Hebrides」分群，底下有兩個主要分群：（一）遠北的 Banks 和 Torres Islands 的語言，以及，（二）所有其餘的語言。在這個包含所有其餘語言的分群中，他提出了一個「Central New Hebrides」分群，底下有幾個次分群（Malakula、安布里姆島、Paama、Epi、Tanna）。根據詞彙統計證據，他得到一個不太一樣的分類結果，有六個平行的分群：（一）North and Central New Hebrides（西桑托語群、Malakula Coastal、East New Hebrides、Central New Hebrides、Epi），（二）東桑托語群，（三）Malakula Interior，（四）Erromanga，（五）Tanna 和（六）阿耐用語。[117]後來的研究，包括 Lynch（1978b, 2001），Guy（1978）和 Clark（1985），以多種方式修改了這種分類，得到遠南的語言（Erromango、Tanna 和阿耐用語）與中部和北部的語言之間存有的基本分離的結果。

10.3.3.6　南萬那杜語

　　自十九世紀以來，萬那杜南部的語言被認為是異常的，對他們的地位長期存在疑問。Kern（1906a）花了相當的努力，證明阿耐用語是南島語，儘管這個問題早在二十世紀中葉就已經解決，但萬那杜南部的語言仍然被 Capell（1962: 383）認為是異質性最高和描述最少的語言。隨著 Lynch（1978b）的努力，這種情況開始發生變化，他發現了許多獨有共同創新，可以確認原始 South Hebridean 語言成為一個分群，包括 Erromanga，Tanna 和阿耐用語的語言。這些

117　Tryon 將之拼為「Malekula」及「Aneityum」。作者（Blust）則根據目前譯法將之拼為「Malakula」及「Anejom」。

工作後來在 Lynch（2001）中得到了相當的改進和擴展，他稱這群語言的共同祖先為「原始南萬那杜」。

10.3.3.7　新喀里多尼亞跟忠誠島

新喀里多尼亞跟忠誠島的語言呈現出任何大洋洲語群的一些最困難的語言比較問題，與其它南島語言共享較低同源詞比例，以及具有複雜和經常明顯不規則的音韻歷史（Grace 1990）。鑒於這些特點，它們在大洋洲語群中的位置還不容易定位。儘管如此，Geraghty（1989）已經確定了一些被這些語言共享的可能創新，並稱其假設的直接共同原始語為「原始南太平洋」。Ozanne- Rivierre（1986, 1992）為這一群組提供了進一步的證據，Lynch、Ross & Crowley（2002: 887）接受了這個提案，並建議建立一個更大的群組，稱為「South Efate/Southern 美拉尼西亞語言群聯繫」，有兩個分群：（一）South Efate，和（二）南美拉尼西亞語群。後者依次分為 2.1 南萬那杜語群，和 2.2 新喀里多尼亞語群，將後者進一步劃分為新喀里多尼亞語群和忠誠島語群。

10.3.3.8　南太平洋和東太平洋的更廣泛的分組

由於波里尼西亞和麥克羅尼西亞文化和物質類型的相似性，人們有時懷疑波里尼西亞語和核心麥克羅尼西亞語屬於較大的大洋洲語群內的一個分群，但沒有發現這些語言間關聯的專有證據。相反的，這兩個群組在一些分類中被歸入一個更大的語言集合，包括它們與美拉尼西亞東部，或東部及南部美拉尼西亞的各種語言。這些最早的提案之一是由 Biggs（1965: 383）所提出，他提出了一個叫做「東太平洋」的分群，據說它包括斐濟語、波里尼西亞、羅圖曼語和

Solomons-New Hebrides chain 的某些語言，包括可能是 San Cristoval 的 Arosi、Contrariété Island 的 Ulawa、Malaita 的 Sa'a、Lau 跟 Kwara'ae、Florida 的 Nggela、Guadalcanal 的 Kerebuto 和 Vaturanga、Banks Island 的 Mota，以及 New Hebrides 的 Efate。這個主張是由 Pawley（1972）闡述的，他加入了核心麥克羅尼西亞語，並試圖通過構擬原始東太平洋詞彙的一部分，包括語法詞素，來鞏固這個假設。雖然其中的一些形式可能被證明是專有共享的，但是在其提議的東太平洋語群之外，其他形式有明確的同源詞。

　　稍後，Lynch & Tryon（1985）提出了一個更大的「中東太平洋」語群，內含三個分群：（一）東太平洋（東南索羅門、北部及中部萬那杜、中太平洋、麥克羅尼西亞），（二）南萬那杜，及（三）Utupua 和 Vanikoro（聖克魯斯群島南部）用來支持這分群的證據是站不住腳的，在任何如上所述的情況下，它現在已經被「South Efate/南美拉尼西亞語言群聯繫」所取代。（「語言群聯繫」表示它不是一個離散的群體。）

10.3.3.9　北部新幾內亞語言群

　　在 Capell（1943）的初步調查之後，直到最近才有對美拉尼西亞西部語言的分群進行比較詳細的工作。Grace（1955）假定了 19 個大洋洲語言主要的分群，其中 14 個在新幾內亞、俾斯麥群島和索羅門群島西部，而戴恩（1965a）不認可大洋洲語群，他假定在美拉尼西亞西部有一個以大量詞彙統計所定義的主要分群。Ross（1988）的研究改變了這種混亂和不合理的狀況，他的工作對於這一大群的南島語言的比較研究，有了革命性的突破。在從新幾內亞到索羅門

群島西部。Ross 識得了語言的四個「語言群」，他稱之為「北部新幾內亞語言群」、「巴布亞島尖語言群」、「美索－美拉尼西亞語言群」、「海軍部語言群」、以及一個孤獨語或微語言群 St. Matthias Group。

北部新幾內亞語言群（NNGC）「包括所有巴布亞新幾內亞北海岸的南島語，Huon Peninsula 和 Huon Gulf 的海岸與其腹地（包括 Markham Valley），以及大多數 Willaumez Peninsula （但不包括）以西的新不列顛群島，以及其南海岸直到剛好超過 Jacquinot Bay 的一個點……這個語言群還包括除了法屬群島到西新不列顛北部，該地區所有近海島嶼的南島語言」（Ross 1988: 120）。Ross 的 NNGC 包括三個主要分群：（一）Schouten 語言鍊、（二）Huon Gulf 語族，及（三）Ngero/Vitiaz 語族。Ross（1988: 120、183）表示，他對於 Huon Gulf 和 Ngero / Vitiaz 語族的親屬關係相較於北部新幾內亞具有更多的信心，它是由構成群體的小部份之間鬆散的連結所定義，而不是由充斥在提出小組中的一組專有共享創新發現所定義。換句話說，「原始北部新幾內亞不是一個擴散或分裂的單語言，而是語言的連結，可以這麼說，在那時候變成北部新幾內亞語，獨立於其它大洋洲語言（1988: 120）。

10.3.3.10　巴布亞頂端語言群

Ross 在美拉尼西亞西部識得的第二大南島語群是巴布亞頂端語言群（PTC）。PTC 比北部新幾內亞或美索－美拉尼西亞更能被接受，而且，在這一地區的語言學文獻中早被認可。它包括新幾內亞東南部跟 Kilivila/Louisiades Network 的所有南島語言，包含 Goodenough、

Ferguson 跟 Normanby Islands、the Trobriands、Woodlark Island 還有 Misima，以及許多在這些區域之間的小島嶼。大家普遍認為這是一個有效的群體，是一個明顯起源於新幾內亞尾部東南部島嶼，隨後大約在 2000 BP 傳到大陸，到達中部巴布亞地區（美幾歐語、Roro、莫度、Sinaugoro 等）。

10.3.3.11　美索-美拉尼西亞語言群（MMC）

　　Ross（1988: 261）將 MMC 的分類地位與北部新幾內亞語言群的分類地位進行比較，認為兩者是語言群聯繫，而不是語言一致的語言群體的後代。在他看來，早期說大洋洲語群的人可能已經形成了一個從新幾內亞北部海岸延伸到索羅門群島西部的方言鏈或網絡，在新不列顛的 Willaumez Peninsula 周圍發生了重大的斷裂，形成了兩個廣泛的子聯繫，一個是北新幾內亞語言群聯繫的祖先，另一個是美索美拉尼西亞語言群聯繫的祖先。Ross（1988: 384，2010）也指出，在美索美拉尼西亞語言的東南索羅門詞彙，現在出現於索羅門群島西部，暗示講南島語言的人二度遷移到索羅門群島。Pawley（2009b）對此論點有不同的論述。他認為第一個是東南索羅門的祖先，第二個是講美索美拉尼西亞語的人，他們在西部索羅門群島覆蓋了早期的人口，但並沒有到達新喬治亞和 Santa Isabel。其結果顯示，西部索羅門群島與島鏈其他部分之間有明顯的語言中斷，顯示出在西部語言的底層，有東南所羅門語言的痕跡。

10.3.3.12　海軍部群島語群（Admiralties）

　　像巴布亞頂端語言群一樣，海軍部群島語言群（Lynch、Ross & Crowley 2002 稱為「海軍部群島語群」）也是一個相對獨立的單位。

Grace（1955）指出該語系中的兩個群體是大洋洲語言的主要分群：第 14 組：「海軍部群島及西部島嶼」和第 15 組：「Wuvulu 和 Aua」。Blust（1978a: 34）將這些合併為海軍部群島語群，但沒有佐證。有關海軍部群島語群的證據最初由 Ross（1988: 315-345）提出，並由 Blust（1996f: 頁起）修改。從表面上看，Wuvulu-Aua（一種語言的方言）、Kaniet（可能有兩種語言，現在已經滅絕）和 Seimat 等語言似乎與 Manus 及其直接的衛星語言有相當大的不同，但它們共享許多在其它南島語言上所沒有的詞彙及構詞學上的創新。詞彙的替代創新包括 POC *siku > PAdm *kusu「肘」（Wuvulu/Aua *utu*、Lindrou *kusuʔu-*、Titan *kusu-*），POC *qapaRa > PAdm *pose「肩」（Wuvulu *foka*、Aua *fore*、Bipi *pose-*、雷非語 *pose/pwese*、Nali *pwese-*），和 POC *ikan > PAdm *nika「魚」（Wuvulu, Aua *nia*；Bipi、Lindrou、Likum、Kuruti、Leipon、Nali、Loniu、Pak、Nauna *ni*；Lou、Baluan、Lenkau *nik*；雅浦語 *niig*）。構詞學上的證據包含後綴反身代詞 *-pu 在 Kaniet *-fu*，賽馬特 *-hu*，Bipi、Lindrou、Likum、Kele、Lele、Kuruti、Leipon、Ere、Nali、Loniu、Pak、Nauna *-h*；Sori、Lou、Baluan、Penchal、Lenkau *-p*，以及在形式上看到的零星重疊，如 POC *panako > PAdm *papanako「去偷竊」（Aua *fafanao*；Kuruti *pahna*；Ere *panna*；Nali *pahana*。

10.3.3.13　St. Matthias 語族

St. Matthias 語族只包含兩種語言：Mussau 和 Tenis 或 Tench（後者幾乎完全未知）。Ross（1988）認為，海軍部群島語群及 St. Matthias 語群可能形成一個更大的分群，但為此提供的證據並沒有說服力，

兩者在 Lynch, Ross & Crowley（2002: 878）的論述裡是分開的。

10.3.3.14　西太平洋語群

在 Ross（1988）開創性研究的結論中，他初步提出了以北新幾內亞語言群、巴布亞頂端語言群和美索-美拉尼西亞語言群為主要分群的更大的分群。他稱之為「西太平洋語群」。在 Lynch, Ross & Crowley（2002: 879）的闡述中，這被稱為「西太平洋連結」，並加入了 Irian Jaya 的 Sarmi/Jayapura 語族。

10.3.3.15　大洋洲語群

大洋洲語群是最大的一個明確定義的南島語分組，缺少了馬來波里尼西亞，估計有 466 種語言（Lynch, Ross & Crowley 2002: 頁起）。它最初是由田樸夫（1927, 1937）在完全共享的音韻學合併的基礎上提出的，Milke（1958, 1961, 1968）、Grace（1969）和 Pawley（1973）隨後增添了進一步的證據。如今，它幾乎被所有從事太平洋南島語言工作的歷史語言學家所接受。大洋洲語群的分群主要是由多個音韻合併所定義，如表 10.16 所示：

表 10.16　大洋洲語群分群的音韻證據

PMP	POC
*b/p	*p
*mb/mp	*b
*c/s/z/j	*s
*nc/ns/nz/nj	*j
*g/k	*k
*ŋg/ŋk	*g

PMP	POC
*d/r	*r
*e/-aw	*o
*-i/uy/iw	*i

　　其中一些合併發生在非大洋洲語群的語言，但在 Irian Jaya 的 Mamberamo River 以西，總體模式是未知的，有些單獨的合併，例如 *b 和 *p，在太平洋語群之外極為罕見。

　　關於大洋洲語群分群上層組織的主要論點是海軍部群島語言的位置。Lynch, Ross & Crowley（2002）假定大洋洲語群的五個主要分群：（一）St. Matthias 語群、（二）雅浦語、（三）海軍部語群、（四）西太平洋連結（五）中-東大洋洲語群。Blust（1978a, 1998d）指出，東部海軍部的語言與其他大洋洲語群語言一樣融合了 PMP *c、*s 和 *z，但不像其他大洋洲語群語言合併 *j 與 *d 和 *r。從音韻歷史上而言，這種獨特差異最簡單的解釋是假設大洋洲語群語言包含兩個主要分群：（一）海軍部語群和（二）其他。在這種解釋下，術語問題出現了：「原始太平洋語群」是否應該保留在先前包含在這一類別中的所有語言的祖先，或者僅針對那些已經將 PMP*j 與 *s 合併的祖先？在這兩種情況下，另一組都需要不同的名稱。

　　最後，雅浦語在大洋洲語群內的定位仍不確定。多年來，一直無法確定雅浦語是否為大洋洲語群的語言，如同大部份位於太平洋的其它南島語言一樣；或是像帛琉語跟麥克羅尼西亞西部的查莫洛語一樣一是非大洋洲語群的語言。儘管如此，Ross（1996c）還是證明了雅浦語屬於大洋洲語群，並建議其與海軍部語群是同群的遠

親。在 Lynch, Ross & Crowley（2002）的論點下，無論如何，雅浦語被視為大洋洲語群的主要分群。

10.3.3.16　南哈馬黑拉-西新幾內亞

田樸夫早在 1927 年識別了一種大洋洲語群的（「melanesisch」）分群，只是他不確定它的西部邊界，這個不確定性持續了幾十年。Held（1942: 7）表示，他所謂的「印度尼西亞」和「美拉尼西亞」語言之間的邊界穿過 Geelvink（現為 Cenderawasih）海灣的中部，分隔 West Geelvink Bay Group 的「印度尼西亞」語言（Numfor-Biak 和 Wandamen-Windesi），及 East Geelvink Bay Group 的「美拉尼西亞」語言（Yapen and Kurudu Islands 及瓦洛本庭的語言）。

Grace（1955）將大洋洲語群的西部邊界置於荷屬新幾內亞和澳屬新幾內亞領地。Milke（1958: 58），另一方面，則將 Numfor/Biak 包含進太平洋語群。戴恩（1965c: 304）指出，「*p 和 *b 的合併表明，幾乎所有 Biak 及 Palau 東部的語言都可能構成一個單獨的分群，雖然不一定違背西部語言作為一個群體的假設。」這個問題最終被 Blust（1978b）所解決，他提供了以 Irian 的 Mamberamo River 河口附近一個主要語言邊界的證據：在這條線的東面，南島語言叫大洋洲語群；在這條線的西邊，它們屬於 Esser（1938）所稱為「南哈馬黑拉-西新幾內亞」（SHWNG）的一組。

這大約有三十種語言的語群，其中許多人只知道在 Anceaux（1961）的初步調查中大約 250 個單詞的比較詞彙，是從哈馬黑拉南部通過 Raja Ampat Islands 到 Waropen，沿著 Cenderawasih Bay 東海岸一直延伸到 Mamberamo 河的河口。它是由一些音韻和詞彙創新所

定義的。SHWNG 的證據特別關注一些被南哈馬黑拉語言所共享的某些語音變化，例如 Buli，和一些西新幾內亞語言，如 Numfor/Biak，這些變化是以相反的順序出現。這可以在表 10.17 中看到：

表 10.17　布力語和 **Numfor/Biak** 的共同音變（順序不同）

PMP	布力語	Numfor/Biak	Taba	Munggui	詞義
*kutu	ut	uk	kut	utu	蝨
*telu	tol	kor	p-tol	bo-toru	三
*susu	sus	sus	susu-	susi	胸部
*m-atay	mat	—	-mot	—	死亡
*manuk	mani	man	manik	—	鳥
*Rebek	opa	rob	-opa	yoba	飛
*Rusuk	usi	—	—	—	肋骨
*hajek	—	yas			吸氣、親吻
*paniki	fni	—	nhik (met.)	—	狐蝠

表 10.17 中的資料顯示，布力語和 Numfor/Biak 都（一）遺失了 *k 和（二）遺失了最後的元音，但順序不同（在 Numfor/Biak 是（一）然後（二），在布力語是（二）然後（一））。布力語現位於 Numfor/Biak 以西約 800 公里處。布力語西部的語言，如 Taba（=East Makian），顯示變化（二），但不顯示變化（一））。Numfor/Biak 東部的語言，如 Munggui，顯示變化（一），但不顯示變化（二）。更一般地說，變化（一）涵蓋了這區域最東端到東部哈馬黑拉的布力語的 SHWNG 語言，但不包含更東端的語言。在中心的地區，兩種變化都會發生，但順序相反。這是一個典型的語音變化的例子，通

過雙向擴散在相似的時間和速率傳播，在中心區域重疊。因為變化（一）從東方開始，它在到達了布力語之前，先到達 Numfor/Biak，而由於變化（二）從西方開始，它在到達 Numfor/Biak 之前到達了布力語。語音變化很少在不同的語言之間傳播，這種重疊表明，SHWNG 最初是一個方言鏈，在這個鏈中，創新在當時相鄰的社區之間傳播，隨著時間的推移及隨著地理分離的新增，這些社區逐漸演變成一個互不可理解的語言鏈。

10.3.3.17　東部馬來波里尼西亞（EMP）

EMP 語群的成立主要基於 56 項詞彙創新（Blust 1978b）。其中一些是已經被發現在 CMP 語言中的同源詞，但另一些是明確的替換創新，具有相當的分群參考份量。其中更重要的是：（一）PMP *anak > PEMP *natu「小孩」（布力語 ntu；瓦洛本庭 ku，ku-ku；POC *natu），（二）PMP *bahuq > PEMP *boi/bui「聞，惡臭」（布力語 pui「惡臭，臭」，斐濟語 boi「聞聞看」），（三）PMP *nununuk > PEMP *qayawan「狡殺榕」（布力語 yawan，POC *qaywan）；*nununuuk 的反身代詞也被保留在 POC 中），（四）PEMP *ka(dR)a「鳳頭鸚鵡；鸚鵡」（Ansus、Ambai kara「鸚鵡」；Roviana kara「鸚鵡的通用名稱」；PMP 無此用語），（五）PEMP *sakaRu「暗礁」（布力語 sa；POC *sakaRu；PMP 無此用語）及在 *besuR > PEMP *masuR/mosuR「酒足飯飽、吃很飽」（布力語 mose；Windesi mos；Wuvulu maku；Aua maru；Label masur；Raluana maur；斐濟語 macu）的不規則變化。EMP 現在已被廣泛接受，但其語言成員還有許多基本紀錄需要完成，特別是在 SHWNG 分群中的語言。

10.3.3.18 中部馬來波里尼西亞

中部馬來波里尼西亞（CMP）包括印尼東部大約 120 種語言，從松巴瓦東部的比馬語到小異它再到 Moluccas 的南部及中部。這個被提議的分群其內部凝聚力不如 SHWNG。正如 Blust（1993b）所指出的，CMP 語言共享數個音韻、詞彙和形態句法的創新，這些創新有些重疊，但不涵蓋該組的所有成員。如由 Ross（1988, 1997）採用的術語，它最好被視為一種「連結」。

在 CMP 中已經確認出了一些較小的親屬單位。繼 Stresemann（1927）的開創性工作之後，Collins（1982, 1983a）識別到一個以斯蘭島為中心的大型中部 Maluku（CM）語言群。中部 Maluku 分為西 CM（Seram、Ambon、Seran Laut Islands、Banda、及 Buru 上的 Kayeli 語言）。Taber（1993）提出了一個西南部 Maluku 語言的詞彙統計分類，識別 Wetar、Kisar-Roma、Luang、東達馬爾語、Teun-Nila-Serua and Babar 語群，以及西達馬爾語的孤立語。Kisar-Roma 和 Luang 似乎有一個共同的交叉點，除了 Moluccas 西南部的其他語言。此外，Blust（1993b: 276 頁起）提出了一個在 CMP 中地理不連貫的 Yamdena-North Bomberai 分群，其中包括至少 Moluccas 南部 Tanimbar Archipelago 的 Yamdena，以及 Sekar、Onin、Uruangnirin 和其它在 Bomberai Peninsula 新幾內亞北邊所使用的語言，位於東北方大約 500 公里處。

CMP 儘管取得了很大的進步，但 CMP 語言內部分群仍有許多工作要做。大部份試圖超越個別島嶼所做的更大分群主張，其完成進度仍遙遙無期。例如，Esser（1938）提出的「Bima-Sumba」語群是虛幻的，而比馬語的語言地位仍然是一個懸而未決的問題（Blust

2008a）。小異它的其他語言的分群是粗略的，儘管一般認為有帝汶和弗羅里斯群，前者包括帝汶及 Rotinese 的所有語言，後者至少包括西部及中央弗羅里斯。松巴島的語言彼此密切相關，與 Hawu-Dhao 形成一個沒有爭議的親屬關係。有關其他語言的定位，包括小異它東部的西達馬爾語和阿魯群島的語言，仍然存在疑問。

10.3.3.19　中－東部馬來波里尼西亞

中－東部馬來波里尼西亞（CEMP）包含所有中部馬來波里尼西亞和東部馬來波里尼西亞語言，因此包含所有除了帛琉語跟麥克羅尼西亞西部的查莫洛語以外的東印尼跟太平洋群島語言。這一大語群的一些分群證據在早些時候已提出。除了透過「有袋動物」詞彙同源所提供的獨特角度（表 10.13），許多分佈在同一分群的語言顯示零星同源語素高元音的降低，正如在 PMP 所示。*uliq >原始中－東部馬來波里尼西亞語 *oliq「返回、回來」，PMP *tudan >原始中－東部馬來波里尼西亞語 *todan「坐」，或 PMP *ma-qitem >原始中－東部馬來波里尼西亞語 *ma-qet&m「黑色」，同化 *aCi > eCi，正如 PMP *i-sai >原始中－東部馬來波里尼西亞語 *i-sei「誰?」或是 PMP *kali >原始中－東部馬來波里尼西亞語 *keli「挖出植物塊莖」，詞彙的替換創新，如 PMP *dilaq，但原始中－東部馬來波里尼西亞語 *maya「舌」，或 PMP *qabaŋ，但在原始中－東部馬來波里尼西亞語 *waŋka「獨木舟」，還有顯而易見的在原始中－東部馬來波里尼西亞語的創新 *kanzupay 與承繼的 *ka-labaw「鼠」同時並存，及原始中－東部馬來波里尼西亞語 *keRa（ŋŋ）「hawksbill 龜」（Blust 1983/84a）。鑑於 CEMP 的良好證據，我們也許可以說這個分群與大洋洲語群以外的任何一個大的南島分群一樣確實。

表 10.18　東印尼與太平洋群島主要的南島語分群

No.	語群	來源	型態
1.	中-東部馬來波里尼西亞（CEMP）	Blust 1983/84a, 1993b	F
2.	中部馬來波里尼西亞（CEP）	Blust 1983/84a, 1993b	L
3.	中部 Maluku	Stresemann 1927, Collins 1982	F?
4.	Yamdena-North Bomberai	Blust 1993b	F?
5.	東部 MP（EMP）	Blust 1978b	F
6.	南哈黑馬拉-西新幾內亞（SHWNG）	Esser（1938）, Blust 1978b	F
7.	大洋洲語群	田樸夫 1927, 1937	F
8.	西太平洋	Ross 1988	L
9.	St. Matthias 語群	Ross 1988	F
10.	海軍部群島語群	Blust 1978a、Ross 1988	F
11.	美索-美拉尼西亞語群	Ross 1988	L
12.	巴布亞頂端語群	Ross 1988	L
13.	北部新幾內亞語群	Ross 1988	L
14.	新喀里多尼亞語群[118]	Haudricourt 1971	F
15.	南萬那杜語群	Lynch 1978b	F
16.	北中萬那杜語群	Grace 1955	L
17.	東南索羅門語群	Grace 1955	F?
18.	核心麥克羅尼西亞語群	Grace 1955	F
19.	中太平洋語群	Grace 1955	F?
20.	波里尼西亞語群	Förster 1778	F

---

118 Grace（1955）識別新喀里多尼亞及忠誠島分群。Haudricourt（1971）可能是第一位明確主張在此區域的語言共有一位祖先，他為此主張提供一些詞彙構擬。

表 10.18 總結了迄今討論的分群，並顯示了每個分群的提議，並將其分類如下：F = 語族：任何高度離散的組，即由大量完全共用創新所定義，L = 連結：一批由重疊的創新而結合的語言，R = 殘餘：其他語言分群後所剩下的語言。

在此，我只包括被廣泛接受的分群，這些分群的主要來源或後來的出版都提供了佐證。因此，中-東部太平洋語群和東太平洋語群在此被忽略，理由是，自從它們被提出以來，很少有文獻提及。Grace（1955）所提出的幾個沒有支持證據佐證的群組被包含在討論，根據的理由是，它們已經在完全共享的創新基礎上被證明是成立的。而當 Ross（1988）和 Lynch, Ross & Crowley（2002）在分群的名稱或類型上有所不同時，我遵循後者。

Pawley & Ross（1993：437）認為 CEMP 和 CMP 分群的成立比 EMP、SWWNG 和 OC「更有問題」，其中，關於後者（CMP），可能是因為該群似乎不離散。然而，Blust（1993b: 263, 270）明確指出可以定義 CMP 的等語線，他觀察到這些語言的相互聯繫符合 Ross（1988）在美拉尼西亞西部南島語言中稱為的「連結」。因此，CMP 的定義與 Ross 對西太平洋、美索－美拉尼西亞語言群及北新幾內亞語群的定義大致相同。然而，沒有任何對於 CEMP 分群的保留提出理由，透過任何平常的分群方法，他是一個離散單位。

另一方面，Adelaar（2005b: 24-26）對 CEMP、CMP 甚至 EMP 等分群假設表示懷疑。他質疑以構詞句法的證據來支持 CEMP 的假設，他認為這些證據對論證而言是次要的，並忽略了有袋動物專有名詞在分群的暗示、這些是詞彙的創新也是前面提到在詞彙上 *i 和 *u 語音降低例子。關於 EMP，他沒有提出具體反對證據，但聲稱

（2005b: 26）Ross（1995）也懷疑 EMP 的證據。Ross（1995c: 84-85）注意到 EMP 的證據，包括 56 個假定的詞彙創新，並且「沒有兩個成員組共同擁有令人信服的音韻創新。」如此看法僅是重述 Blust（1978b）的看法，亦即 EMP 唯一明確的證據是來自詞彙。因此，Ross 所質疑這些分群提議的理由含糊不清。同樣地，如果 CMP 假設被駁回，理由是它是一個聯繫而不是一個離散的群體，那麼大多數除了波里尼西亞及 POC 本身以外的大洋洲語群的分群假設將不得不以相似的理由放棄。

對 CMP 和 CEMP 假設更一致的反對出現在 Donohue & Grimes（2008），這是一篇已被一些作者引用的文章（如 Spriggs 2011），雖然它看似是一個毀滅性的批判，事實上，該論點在許多方面存在方法上的缺陷（Blust 2009 c）。

儘管 Ross（1997）進行了示範性的討論，分群的分類方法並非總是清楚的。正如 Blust（1978b）所指出的，南哈黑馬拉-西新幾內亞（SHWNG）似乎是從一個方言網絡演變而來的，在這種方言網絡中，創新能反向擴散，所以一些語言以不同的順序取得。然而 SHWNG 語群似乎是離散的，在某種意義上，對於某一語言是否屬於它幾乎沒有問題。換言之，這個群體的直系祖先顯然是在充分的隔離下發展以獲得一個獨特的身份，隨後發展了一個方言鏈，並在其中傳播創新。因為這個原因，我把它歸類為「語族」。在 Grace（1955）裡，萬那杜北部及中部似乎大致對應於 Lynch, Ross & Crowley（2002）中的「北萬那杜連結」（Torres and Banks Islands、桑托島、Ambae-Maewo），但更具包容性。東南索羅門有許多離散群的特徵，但正如 Blust（1984a）所指出的，有證據表明 Cristobal-Malaitan

語曾經是核心麥克羅尼西亞方言網絡的一部分,因此提出了更大的東南索羅門群(也包括 Guadalcanal-Nggelic)是否應該被視為一個「語族」。最後,正如 Geraghty（1983, 1986）所指出的,收集一系列完全共用的創新來定義一個「中太平洋」群組的努力,面臨到相當大的挫折,儘管人們普遍認為這種語言集合組成了一個有效的分群。

以上這些討論涵蓋了從 CEMP 到波里尼西亞所有目前主要南島語分群(因此,涵蓋東印尼及除了帛琉跟查莫洛以外的太平洋群島)。現在將繼續討論西印尼較低層級分群、菲律賓以及台灣,將這些分群與更具包容性的群組連結,直至原始南島語。

10.3.3.20　Celebic

Sneddon（1993）識別十種蘇拉維西微群,他們是沒有爭議的小型語言集合。這些包括(一)桑伊爾語群:四種在桑伊爾和 Talaud 群島和蘇拉威西北部半島的語言,(二)Minahasan 語群:五種在北部半島的語言,(三)Gorontalo - Mongondowic 語群:九種在半島北部的語言,(四)Tomini - Tolitoli 語群:在北部半島頸部位置的 11 種語言,其位置在 Palu 和格容達洛省之間（Himmelmann 2001）,(五)Saluan 語群:在蘇拉威西東部半島跟 Togian Island 的 Tomini Gulf 的四種語言,(六)Banggai 語群:在蘇拉威西半島中部東端的 Banggai Islands 的一種語言,(七)Kaili - Pamona 語群:五種或更多(取決於語言／方言區別如何劃分)在中部蘇拉威西山嶽的語言,(八)Bungku-Tolaki 語群:15 種在東南半島的語言（Mead 1999）,(九)Muna - Buton 語群:蘇拉威西（van den Berg 1991a）東南島嶼上的 7 種語言,(十)南蘇拉威西語群:27 種在蘇拉威西西南半島

和 Salayar 島上的語言。此外，他視 Lemolang 語、Wotu 語和 Balaesang 語為孤立語，以及視 Manado Malay 為蘇拉威西的非本土引介。最近 Himmelmann（2001）已將 Balaesang 語列入 Tomini-Tolitoli 群，並對於 Totoli 和 Boano 是否屬於此群而提出了質疑。Donohue（2004）質疑 Tukang Besi 是否屬於 van den Berg（1991a, b）提出的 Muna-Buton 群，但 van den Berg 提出了將其列入的一個有力理由（2003）。

近年來對於蘇拉威西語最重要的分群假設有 van den Berg（1996b），他將 Sneddon 的第 7，8 組和第 9 組合併到單個「Celebic」語群；Mead（2003b），擴展了此 Celebic 語群，使其包括所有 Sneddon 的 4-9 組（將 Banggai 語群和 Saluan 語群視為 1 組）加上 Lemolang 語、Wotu 語和 Balaesang 語。這個假設對此大島的殖民歷史具有重要意義。由於兩種 Celebic 假說排除了廣泛的南蘇拉威西語群，看來島的西南半島及最中心，和東部及東南部有相當不同的語言歷史。考慮到 Celebic 的更大領土範圍，南蘇拉威西語言可能代表了早期講南島語言的人群的保留，在很大程度上被在北半島南邊島嶼其他部分擴張的原始 Celebic 所取代。

10.3.3.21　大南蘇拉威西

繼人類學家 Alfred Hudson 的早期建議之後，Adelaar（1994a）認為，西加里曼丹 Kapuas 河上游的 Tamanic 語（Embaloh、Taman、Kalis）屬於南蘇拉威西群，與布吉語有著最密切的聯系。這是令人驚訝的，因為這些語言位於遙遠的內陸，其所提出的分群關係意味著一些存古從南蘇拉威西遷移，這個遷移從 Kapuas 河而上，經過了

許多其他的語群，這些語群一定在當時停留在原處，未曾移動。此外，由於與布吉語的具體關聯，遷移的時間因此定在布吉語與其他南蘇拉威西語言分離之後，這段時間幾乎不可能早於 1500-2000 年前。

10.3.3.22 （Greater）Barito

雖然馬拉加斯語與馬來語（以及其他南島語言）的關係早在 1603 年就被 de Houtman 所承認，但馬拉加斯語在南島語系中的地位在十九世紀上半年才開始引起人們的興趣。根據動詞系統在類型學上的相似性，von Humboldt（1833-1839）得出馬拉加斯語屬於菲律賓語言的結論，30 年後 H.N. van der Tuuk（1865）提出了馬拉加斯語和蘇門答臘北部的巴達克語屬於同一分群的看法。然而，這些努力顯示，要將這個在地理上移置的南島語放進分群位置是不成熟的，最終是不成功的。

Dahl（1951）解決了一個長期存在的謎團，因為他能夠證明馬拉加斯語與加里曼丹東南部的馬鞍煙語關係最為密切。按當時可掌握的資料，使他無法確定這兩種語言所屬的更大的群組。後來由 Hudson（1967）完成這項工作並命名為「Barito 語族」來稱呼這 5-15 種語言（所謂的「孤立語」）的集合，他們位在婆羅洲東南部 Barito 河的盆地。他將 Barito 語族分為三個平行分群：（一）Barito- Mahakam，僅有一種語言（Tunjung），（二）西 Barito（傳統上被稱為「Ot Danum」和「雅就達亞克語」的群組）和（三）東 Barito（Taboyan、Lawangan、都孫 Deyah、都孫 Malang、都孫 Witu、Paku、馬鞍煙語及 Samihim）在 Barito 語族中，馬拉加斯語似乎與包括馬鞍煙語在內東 Barito 語

最為密切，。最近，Blust（2005c）表示，菲律賓的 Sama-Bajaw 至少在一千年前借用了 Barito 語，或者他們屬於一個包括 Sama-Bajaw 和 Barito 作為主要分群的「Greater Barito」語群。

10.3.3.23　馬來-占語及其他

占語與蘇門答臘北部亞齊語的密切關係最早被 Niemann（1891）所認得。Marrison（1975）也提議了更重要的馬來-占語聯合體。這些觀察是以更系統的方式彙集在 Blust（1981b, 1994a），他提出了一個「馬來-占語」語群，並構擬了一些詞彙。最近 Adelaar（2005c）提議成立一個更大的語群，名為「馬來-松巴瓦語群」，有三個主要分群：（一）馬都拉語、（二）巽它語、（三）原始馬來-占語-BSS（BSS =峇里語、撒撒克語、松巴瓦語），在他看來，第三個分群再分為三個子群：（一）原始 BSS、（二）占語、以及（三）馬來語支。其中幾種語言的研究相對較好，Adelaar 認為，如果長期存在的爪哇文化和語言對峇里語的影響沒有掩蓋這種語言跟馬來語之間更密切的關係，那麼這群組可能會更早地被識得。關於馬來-松巴瓦語群的證據是具啟發性的，但沒有完全令人信服，除此之外，解構一個馬來-占語分群將使得 Blust（1994 a）提到的某些類型的證據無法解釋。為此，Blust（2010）將之否決。

10.3.3.24　堰洲群島-北蘇門答臘

根據 Nothofer（1986）提供的證據，堰洲群島的語言與蘇門答臘北部的巴達克語言同屬一分群。它們共享的音韻創新是有限的。其中最強烈的例子也許是原始南島語 *j 在這些語言反映為舌根塞音或擦音，但是在蘇門答臘南部的熱洋語的一些方言和其他南島語言

中也發生了類似的變化。此外，Nothofer 列出了六種堰洲群島語言所共有的音韻不規則，以及其他三種巴達克語言及堰洲群島語言共同的音韻不規則。並不是所有提議分群語言裡都有上述的不規則，但有一個相當適用於連結 Simalur、Sichule、Nias 跟 Mentawai，以及巴達克語言。69 個詞彙創新被提出用以支持堰洲群島語群；其他 66 個詞彙創新被提出來用以支持堰洲群島－巴達克語群。Nothofer 把 Sichule-Nias 置於最低節點，這些再加上 Mentawai 則置於下一個節點，然後 Simalur、應加諾語和巴達克語言在三個升高的節點下面，至於應加諾語的位置則提出疑問。然而，在他所提出的詞彙創新中包含了從 Gayō 而來的語料，雖然他沒有明確指出該語言是否屬於這個被提議的分群。我目前將稱之為「堰洲群島－北蘇門答臘」語群。這項提議最令人感到意外的在於這個證據包括應加諾語，該語言作為堰洲群島－巴達克群語群的一份子最顯為異常。如果這提議是正確的，它代表這語言，無論為了什麼原因，在所有語言結構上都發生了非常快速的變化（包括音韻、詞彙、形態、句法）。

10.3.3.25　北砂勞越

有些關於北砂勞越分群的證據，在早些時候已被提出，北砂勞越至少有四個主要分群：（一）Kelabitic（格拉比語、Tring、Lun Bawang/Lun Dayeh、撒班），（二）Kenyah（在砂勞越和加里曼丹，包括 Sarawak Penan 的一些相當密切的語言），（三）Berawan-Lower Baram（四種伯拉灣方言，連同吉布語、Narum、Belait、Miri、Dali'、Lelak 跟 Lemeting），（四）民都魯。Blust（1969, 1974b）提出這個語群的關鍵證據是 PMP 濁阻音 *b、*d/j、*z 和 *g 分裂成兩

個系列，其中一個是無標的，另一個是有標的，或者是語音複雜的。詞彙證據表明，婆羅洲中部和西部的一些其他語言，如 Melanau 跟加燕語，也屬於這一群體，但語音證據是模稜兩可的，而在北砂勞越的語言中可能包含了哪些，仍有待澄清。

10.3.3.26　北帛琉

雖然迄今提出的證據是有限和初步的，但有跡象表明，有一個更廣泛的「北帛琉」群，其中包括北砂勞越和沙巴土著語言（Blust 1998e）。最明顯支持北帛琉群的跡象之一是語音上複合塞音或音串的出現，*bp*、*dt*、*gk*，在歷史上源自於分裂的濁塞音，這些出現在北砂勞越語言跟在東沙巴（King & King 1984: 9 頁起）的「Ida'an 次語群」的一員。然而，在 Ida'an 的一些詞彙中，這些塞音顯然是次要的，這使得事實變得更加複雜。根據 Goudswaard（2005）所述，表 10.19 給出了 PMP 的複合塞音 *b、*d/j、*z 和 *g 在北砂勞越的格拉比語 Bario 方言，以及從東沙巴 Ida'an 的 Begak 方言的反映：

表 10.19　**Bario Kelabit 和 Ida'an Begak 的複合塞音**

PMP	Bario Kelabit	Ida'an Begak	詞義
*baqbaq		babpaʔ	口
*baqeRu	bəruh	bagku	新的；再次
*beRas	bəra	bəgkas	糙米
*beRat	bərat	bəgkat	厚重的
*bahuq	bəw-an	bpow	嗅；臭味
*buhek	əbʰuk	bpuk	頭髮
*ma-buhek	mabuk	bpuk	暈的；喝醉的

PMP	Bario Kelabit	Ida'an Begak	詞義
*qalejaw	əd^{h}o	dtow	白天；太陽
*Rabiqi		gabpi	夜晚
		gobpi	午後
*Rebaq		gəbpaʔ	倒塌
*haRezan	əd^{h}an	gədtan	梯子
*peRaq		gkaʔ	擠出
*beRay		gkay	給予
*heReŋ	ərəŋ	gkaŋ	吼叫、喊叫
*eguŋ		gkuŋ	大鑼
*hizam		idtam	借入
*qijuŋ	i^{d}huŋ	iruŋ	鼻
*kiskis		kigkis	刮除乾淨
*lebuR		ləbpog	渾濁的水
*lebeŋ		ləbpoŋ	墳墓
*hapejes		pədtos	疼痛的；生病的
*sijem		sidtom	螞蟻
*tebek	təb^{h}ək	təbpok	刺穿；注入
*tebeŋ	təb^{h}əŋ	təbpoŋ	砍樹
*tebuh	təb^{h}uh	təbpu	甘蔗
*teduŋ		tədtuŋ	遮蓋頭部
*teRas		təgkas	堅硬的木頭
*teguk	təguk「喉嚨」	təgkuk	吞嚥；飲用

　　為了理解這些材料，需要作出某些澄清。首先，格拉比語重音是在倒數第二音節，不論元音為何，加上後綴的詞，重音向右移，

仍然是倒數第二音節，如在 *taban*（[tában]）「綁架，私奔」：*təban-ən*（[təbánən]）「被綁架，跟誰私奔」。第二，正如 Blust（1974a, 1993a, 2006a）所述，格拉比語音段 *bʰ*、*dʰ*、*gʰ* 是真正的濁送氣音，正如 Ladefoged（1971: 9）所定義：它們一開始有聲，結束時無聲，無聲的終止可能延續到後面元音的開始。第三，這些是單一單位音素，因為（一）如果將它們視為語音串一樣進行分析，它們將是唯一的同詞素輔音串，（二）*bʰ*、*dʰ*、*gʰ* 與 *b*、*d*、*g* 交替，在重音的央音之後幾乎完全可以預測，正如在[kə́dtʰa]「能夠承受疼痛」：[kədáan]「受苦」，或是 [ə́l:əg]「停止；離婚」：[lə́gkʰən]「由某人離婚」，（三）至少對一些語言使用者來說，*bʰ*、*dʰ*、*gʰ* 是有明顯的送氣，以至於 *dʰ* 可能會被稱為塞擦音，例如[dʤʰ]；相比之下 *p*、*t* 和 *k* 總是沒有送氣，（四）高元音在閉音節中有較低或鬆的同位音，但在有聲送氣之前沒有降低或放鬆，顯示濁送氣的有聲部份不是前面音節的音節尾（比較 *idʰuŋ*（[ʔídtʰʊŋ]）「鼻」，最後音節元音降低，但第一個音節元音則不）。相較之下，Ida'an Begak（IB）允許模稜兩可的輔音串（*ndow*「孩子鬼」、*agbod*「小米籃」、*ləkpud*「損壞」），並且沒有後綴，因此可以去除 *-bp-*、*-dt-* 及 *-gk-* 是否會在有後綴的情況下變成單純有聲輔音的可能性。分析格拉比語 *bʰ*、*dʰ*、*gʰ* 作為單一音素的原因都不存在於 IB 中，因此，將 *bp*、*dt* 和 *gk* 作為輔音串處理似乎是正確的，儘管明顯地它們是起源於單個濁塞音，其中一些反映較早的非阻音輔音（反映為 *R）。

　　上述資料有一個有趣的含義。當格拉比語是濁送氣音時，Ida'an 通常是同部位濁音－清音串（七個例子中有六個，在央元音之後沒有例外）。同樣的關係有時也存在於與格拉比語沒有同源的地方，但

其他北砂勞越語言顯示為一個 PNS 濁送氣音（PMP *baqbaq > Long Anap Kenyah *paʔ*、Long Dunin Kenyah *ɓaʔ*、IB *babpaʔ*「嘴」），或當 PMP 詞源是未知，而北砂勞越語言表現為濁送氣音，如格拉比語 *r-ədʰan*、民都魯 *mədan*、Long Anap Kenyah *mətan*：IB *m-adtan*「暈倒；昏倒了」。然而，相反的暗示，往往會被違反，因為 IB 在音變 *R > g（*bəRas > [bəggas] > bəgkas 等）之後發展出 gk 出現在重音央元音後。這可能會被解釋為 NS 和 IB 的變化是獨立的，但這似乎不太可能，因為複雜輔音或輔音群從單一的濁阻音進化而來太罕見，以及 NS 濁送氣音必然包含 IB 濁音－清音串的一致模式。最有可能的情況是 *bʰ、*dʰ、*gʰ 是在北砂勞越和 Sabahan 語言的直接共同祖先中發現的。由於 IB 時代前，重音央元音後出現全然的濁塞音並不被允許，因此音變 *R > g 可被容於此環境中的現有模式（語言紀錄如 *babpaʔ*、*bagku* 或 *gabpi* 是可疑的，這當中可能含有倒數第二音節的央元音）。為北砂勞越語和 Sabahan 語的祖先語言而構擬 *bʰ、*dʰ、*gʰ 得到了從 Sabahan 進一步支持，這些語言顯示了先前 *b、*d/j、*z 和 *g 的相應分裂，但缺乏一個複雜的輔音系列：PMP *qabu「灰」、*tebuh「甘蔗」> PNB *abu，*təbʰu > Kadazan *avu*、*toɓu*，Tombonuwo *awu*、*toɓu*，PMP *bulan「月亮」、*buhek「頭髮」> PNB *bulan、*&bʰuk > Kadazan *vuhan*、*toɓuk*，Tombonuwo *wulan*、*oɓuk*。[119]

---

119 Kadazan 有同部位的濁音-清音輔音串，例如 *abpai*「交叉腿，放置腿在人身上或橫跨某人坐在地板上」、*bodtuŋ*「小腿」或 *higkaŋ*「健康且強壯」，但這些音串幾乎只出現於未知詞源的詞根，因此他們的來源仍然模糊。

10.3.3.27　大北帛琉

Blust（2010）表明，還有更多的詞彙證據支持一個更大的「大北帛琉」群體，這個群體除了 Greater Barito 之外，包括婆羅洲所有的語言。在某些比較中，很難確定帛琉語言的某一形式是原生的還是向馬來語借來的，但在其他情況裡，「借」這個選項可以被刪去。最顯著的詞彙創新可能是 *tuzuq 取代了原始南島語 *pitu「七」，但同樣分佈的其他創新還包括 *tikus「野外大老鼠，家鼠」、*labi「鱉」、*lamin「房子的房間」和 *sakay「訪客；陌生人」等。其他詞彙創新的分佈較為廣泛，除蘇拉威西外，涵蓋了西印尼的所有語言，如 *baRuaŋ「馬來熊」、*beduk「椰子獼猴」、*duRian「一種熱帶水果，榴槤」、*pilanuk「鼠鹿：Tragulus kanchil」、*pulaŋ「回到一個人的原點」及 *suŋay「河」。

10.3.3.28　菲律賓

菲律賓南島語分群的存在受到 Reid（1982）的質疑，並且最近 Ross（2005b）也提出質疑，但一直受到 Zorc（1986）跟 Blust（1991a, 2005c）的支持辯護。正如 Charles（1974）所指出的，這個分群的音韻學證據很少。此外，大多數菲律賓語言在形態學上是保守的，進一步削弱了尋找有效創新的可能性。然而，這些語言有大量的詞彙創新是獨有共享的。Blust（2005c）提出了 241 個詞彙創新，這些似乎局限於菲律賓語言，其中一些是明確替換創新。連同由 Zorc（1986）提出的資料，該清單可以擴展到 327 種形式。由於 241 個詞彙創新是從（Blust & Trussel 進行中）中選取的，這個計畫現時只完成了大約 33%，這意味著若完整蒐索，數量將超過 700 個可定義菲

律賓分群的詞彙創新。

　　菲律賓分群可分為 15 個無爭議的子群：（一）Bashiic 語群（雅美、伊巴亞頓、巴丹），（二）科迪勒語群（大部份為呂宋島北邊的中部科迪勒語言，有一些低地語言，例如伊洛卡諾語及 Ibanag），（三）呂宋島中部（Botolan Sambal、Tina Sambal、Bolinao、加班邦安語，各種小部份小黑人人口所使用的語言，以及可能包括民都洛的北 Mangyan），（四）Inati 語群（在菲律賓所使用的一種孤立語，為住在 Panay 山區少部份小黑人所使用），（五）Kalamian 語群（Kalamian Tagbanwa 及在巴拉望和 Mindoro 中間 Calamian 群島的阿古塔亞語），（六）Bilic 語群（比拉安語、Tboli、Tiruray 和民答那峨南部的 Giangan Bagobo），（七）南 Mangyan 語群（Buhid、哈奴挪語），（八）巴拉灣語群（Palawano、塔格巴努瓦族、巴拉灣巴達克語、Molbog），（九）中菲律賓語群（塔加洛、比可語、比薩亞語、Mamanwa、Mansaka、Mandaya、Kalagan、Tagakaulu 等），（十）馬諾波語群（民答那峨中部和東部山區的山地部落所說的幾種語言，位於民答那峨島北部 Bohol 海 Camiguin 島的 Kinamigin，在比薩亞和巴拉灣之間 Cagayan 群島所使用的 Kagayanen），（十一）Danaw 語群（Maranao、Iranun、Magindanao，在民答那峨西南部所使用，大部份為穆斯林人口。），（十二）Subanen 語群（民答那峨西部的 Zamboanga 半島裡，二到三種關係緊密的語言），（十三）桑伊爾語群（桑伊爾和 Talaud Islands 和蘇拉威西半島北部的五種語言，加上 Sangil，桑伊爾的一種方言，由 Sarangani 群島和民答那峨南部近期的移民所使用），（十四）Minahasan 語群（蘇拉威西半島北部 Lake Tondano 附近的五種語言），（十五）格容達洛語群（蘇拉威西半島

北部中西部地區所說的九種語言）。正如 Blust（2005c）所述，菲律賓分群的成員可能是一種單一的原始語的後代，這種語言是以犧牲在這一地區早期 AN 民族定居期間存在於其周圍的其他語言為代價而擴展的。

10.3.3.29　大中部菲律賓

雖然上面提到的十五個子群不太可能引起爭議，但在菲律賓內部更大的分群則難以確定。然而，有一個主要例外。Blust（1991a）提出的證據表明，7、8、9、10、11、12 和 15 的微群形成了一個更大的語群，稱為「大中部菲律賓」（GCP）。GCP 的分佈顯然是由位於民答那峨或比薩亞群島的祖先語言社群的擴大所造成的。其中一個分群（Gorontalic）通過在蘇拉威西北部建立了菲律賓語，並在更南邊站穩了腳跟。此外，GCP 借詞在菲律賓的非 GCP 語言和在沙巴的語言中很常見，這顯然是在擴張過程中有所接觸而形成的產物。

10.3.3.30　西部馬來波里尼西亞

雖然自 Blust（1977a）以來，許多研究都接受了西部馬來波里尼西亞（WMP）分群，但沒有關於這分群在音韻學上的證據。相當多的同源詞似乎專門由菲律賓及西印尼的語言共有，但目前仍不清楚這些是創新還是保留自 PMP。WMP 語言，包括從北菲律賓經西印尼到馬拉加斯語、帛琉語和查莫洛語，共享主動動詞形式上獨特地共有同部位音鼻音替代的音韻過程。雖然在任何台灣南島語或中-東馬來-波里尼西亞語言裡，這不是一個活耀的音韻規則，但有一些跡象顯示，它至少曾經存在於 CMP 和 OC 語言。因此，WMP 可能代表 MP 的幾個主要分群。

10.3.3.31　馬來波里尼西亞

　　Haudricourt（1965: 315）提議將南島語言分成三部份：（一）西部、（二）北部和（三）東部。這些大致對應於（一）西部馬來波里尼西亞、（二）所有台灣南島語的九個分群（=北部）和（三）現今的大洋洲語群，儘管 Haudricourt 沒有說明它們之間的階層關係，這意味著這三個分群是同等重要的。馬來波里尼西亞假說的第一個陳述出現在 Mills（1975: 581），Dahl（1976；1973 原始版本）和 Blust（1977a）中。Dahl（1976: 123ff）提出了二分法，認為「台灣南島語言似乎形成了這個語族的一個共同的分群」，而且，「從台灣南島語分離後的語言，演變為西部語言和東部南島語的共同祖先。這兩個分群可以說是形成了一個不同於台灣南島語群的共同分群。」在討論了 Dahl 關於台灣南島語是第一個分出來的建議之後，Mills（1975: 581）補充說，「剩下的語言—現在可以被正確地稱為原始馬來波里尼西亞—合併了 *T 和 *C，然後借用或以某種方式發展了一套新的上顎音 *c j ñ 系統。」大約在同一時間，在不知道這個新術語的情況下，Blust（1977a）提出了一個將南島語劃分為（一）泰雅語群、（二）鄒語群、（三）排灣語支和（四）馬來波里尼西亞語群的提議，其中再將馬來波里尼西亞語群分為（四 A）西部馬來波里尼西亞、（四 B）中部馬來波里尼西亞和（四 C）東部馬來波里尼西亞（後兩者之後統一在一個共同 CEP 節點。）馬來波里尼西亞假說可以因而追溯到1973 年，並且於 1975/1977 年獲得正式命名。

　　關於馬來波里尼西亞語群成立的論點很大程度上依賴於所提出的專有共享創新之品質。在這方面，它類似於北砂勞越語群成立的論點，但不同於後者，這裡訴諸於一系列不規則或狹隘條件之下的

變化，而不是一個由單一的規則音韻變化而產生了典型罕見結果。有一類型證據可以在 PAN 與 PMP 的比較看到，PAN *Sepat > PMP *epat「四」、PAN *Si- > PMP *i-「工具焦點」、PAN *Sipes > PMP *ipes「蟑螂」。這些例子很有價值，原因有二：（一）變化的方向是明確的，因此可以明確區分創新和存古，以及（二）這種變化在詞彙上是特定的，因為 PAN *S- 通常變成 PMP *h-。然而，這種不規則變化的價值，受到在馬來波里尼西亞語言中區分 *S 和零標記的語言數量有限（包含大多數菲律賓中部語言，加燕語、馬來語、古爪哇語以及西印尼的一些其他語言、東印尼的 Soboyo）之影響。儘管如此，在有同源詞的情況下，人們普遍支持這樣一種觀點，即台灣以外所有南島語言的祖先都發生了不規則的 *S 丟失（因此 *Sepat >塔加洛 ápat、加燕語 pat、古爪哇語 pat、pāt「四」，和 *SakuC >塔加洛 hákot「交通工具」、*Suab > 加燕語 huav「哈欠」或 *Sikan >古爪哇語 (h)ikan「魚」同時並存）。第二個不規則變化的例子在下面例子看到，PAN *paŋudaN > PMP *paŋdan「露兜樹」。再說一次，變化的方向是明確的，詞中音省略是詞彙特定的（比較 PAN *Caliŋa > PMP *taliŋa「耳」、PAN *qaNiCu > PMP *qanitu「鬼」、PAN *SapuSap > PMP *hapuhap「感覺，摸索」）。PAN 反身詞裡的不規則詞中音省略 *paŋudaN 在以下被發現，從北菲律賓（伊洛卡諾語 paŋdán）到西印尼（馬來語 pandan），東印尼（Kambera pàndaŋu、Ngadha pəda、得頓語 hedan、Wetan edna），及太平洋群島（Wuvulu paka、斐濟語 vadra、夏威夷語 hala）。最後，台灣南島語言顯示 *-CVS 對應台灣以外 *-hVC（C = 任何輔音，V =任何元音，及 S =原始南島語 *S），就像在 PAN *bukeS，但是 PMP *buhek「頭髮」，PAN *CaqiS，但

PMP *tahiq「縫合」，或 PAN *tapeS，但是 PMP *tahep「簸穀物」（Blust 1993c）。雖然這種變化是一再發生，但卻是不規則的。此外，在少數情況下，台灣南島語言顯示了 *-CVS 但是非台灣南島語言顯示了 *-hVC 和 -CVh 之間的差異，如 PAN*tuqaS > PMP *tuqah/tuhaq「老舊；成熟」，或 PAN*liseqeS > PMP *liseqah/lisehaq「卵，一個蝨子的蛋」。由於這些在任何情況下都需要 PAN *-CVS，最簡單的推斷是「在非台灣南島語言中，所形成的 *-hVC 具有創新性。」

　　除了不規則的語音變化外，有一些具有明顯規則，但是有條件、受制約的狹隘語音變化例子，可將台灣南島語與 MP 語言區分開來。其中之一可以在下面例子中看到，PAN *CumeS > PMP *tumah「衣服蝨子」及 PAN *buReS > PMP *buRah「噴灑水或從口中咀嚼藥物」，出現在歷史上次結尾輔音 *h 之前的 *ə 與 *a 合併，但在其他詞尾輔音之前不合併。再次申明，變化的方向是明確的，*CumeS 和 *buReS 的反映是相當常見的。第二個變化似乎是有條件、受制約，我們可以在以下對應中看到，PAN *baRuj：PMP *baluj「一種鴿子」，及 PAN *baRija：PMP *balija「編織用棒」。鑑於 PAN、PMP *qulej「蛆蟲，毛毛蟲」，或 PAN *Sulij，PMP *hulij「睡在旁邊」等例子，最簡單的假設是（即假定常規條件的變化，而不是僅根據出現在二個語詞不尋常變化 *l > R 而推定一個無條件音素分裂）變化的方向是 *R > l/ Vj。

　　Blust（2001f）把馬來波里尼西亞假說的發展比喻作一次用一顆石頭來建造一堵牆：有些證據，其中一些很小或晦澀，需要結合成一個更大的結構來顯示出與每一個新增證據持續增加的一致性。然而，馬來波里尼西亞分群也有三個音素合併（PAN*C/t > PMP *t、

PAN *n/N > PMP *n、PAN*S/h > PMP *h），以及人稱代名詞的某些創新等證據所支持，人稱代名詞最顯著的變化是，PAN *-mu「第二人稱複數屬格」變成 PMP *-mu「第二人稱單數屬格」，但在相應的長型代名詞中，沒有類似的變化（PAN、PMP *kamu「第二人稱複數」）。

10.3.3.32　西部平原

　　某些台灣南島語分群的關係是十分明顯的，它不需要大量的論證證明。這是真的，例如，Ferrell（1969）假定泰雅語群為一個獨特的分群，此假設亦為後來的研究所證實（Li 1980a, 1981, 1985）。第二個多年來已獲普遍認可的語群為鄒語群（Li 1972、Tsuchida 1976）。然而，誠如前述，諸多學者對於鄒語群之有效性有所質疑（Harvey 1982、Chang 2006、Ross 2012），目前看來，雖然卡那卡那富語與拉阿魯哇語一起被歸入同一（較低階之）子群，但鄒語則是南島語系（較高階之）主要分群。除了這些語群以外，我們一直都難以建構一個涵蓋更廣、得以獲得普遍認可的親屬關係分群。Tsuchida（1982）將四種已滅絕的臺灣南島語言（道卡斯語、法佛朗-巴布薩語、拍瀑拉語、洪雅語）歸屬作同一語群，這些語言都分布在台灣西部平原，約莫消失於 20 世紀初，日本學者已有所紀錄。Blust（1996e）增納邵語至該語群，然而這也引發些許爭議，因為邵語的地理分布位置離那些西部平原的語言距離較遠，又是該語群唯一還存活的語言成員，儘管說到 20 世紀末，邵語的母語使用者僅存 15 位（Blust 2003a）。

10.3.3.33　東臺灣南島語族

　　Blust（1999b）從臺灣東海岸的巴賽語、哆囉美遠語、噶瑪蘭語、阿美語等語言以及西南部平原的西拉雅語所共享的一組音變，提出了東臺灣南島語族的分群假設。該分群論點讓我們回到 10.3.2.4 節中所提起的問題。在這五種語言中，每一種都合併了原始南島語（PAN）中的 *j 與 *n，此音變在南島語系中是較為罕見的。如果我們將此合併的現象當作是趨同之結果，我們也無從說明為何同樣的音變無法對語系中其他語言（1262 種語言）產生影響。而 Li（2004a）也採納了此語言分群。

　　目前除了泰雅語群、鄒語群、西部平原語群與東台灣南島語群外，已無其他被廣泛認可的台灣南島語言分群，而在南島語系中層級次高的節點即為原始南島語（PAN）本身。Blust（1999b）發現了以下幾個南島語言主要分群並從各方面證實之：1）泰雅語群，2）東台灣南島語群，3）卑南語，4）排灣語，5）魯凱語，6）鄒語群，7）布農語，8）西部平原語群，9）西北台灣南島語群，10）馬來-波里尼西亞語群，其中最有爭議的或許是西北台灣南島語群（賽夏語、龜崙語、巴宰語），如某些許證據顯示，巴宰語也跟邵語一樣，有可能是西部平原語群下的一個獨立分群。我們可以發現，在南島語系中，就有至少九個主要分群下的語言都集中在台灣。

　　為方便起見，表 10.20 彙整了所有層級在中-東部馬來-波里尼西亞語群上的分群，呈現出各語群的文獻出處，並依照同於表 10.18 的分類方式進行分類：

表 10.20 印尼西部、菲律賓與臺灣的主要南島語言

No.	語群	來源	型態
1.	東台灣南島語群	Blust（1999b）	F
2.	西部平原語群	Tsuchida（1982）、Blust（1999b）	F?
3.	馬來-波里尼西亞語群	Dahl（1973）、Mills（1975）、Blust（1977b）	F
4.	西部馬來-波里尼西亞語群	Blust（1977b）	R
5.	大中部菲律賓語群	Blust（1991a）	F
6.	菲律賓語群	Zorc（1986）	F
7.	大北部婆羅語群	Blust（2010）	F
8.	北婆羅語群	Blust（1998e）	L?
9.	北砂勞越語群	Blust（1969, 1974b）	F?
10.	堰洲群島-北蘇門答臘語群	Nothofer（1986）	F?
11.	馬來-占語群	Blust（1981b, 1994a, 2010）	F?
12.	巴里托語群	Dahl（1951）、Hudson（1967）	F?
13.	大巴里托語群	Blust（2005c, 2007d）	F?
14.	大南部蘇拉威西語群	Adelaar（1994a）	F
15.	西里伯斯語群	van den Berg（1996b）、Mead（2003b）	L?

10.3.3.34 其他假說

　　文獻中對於台灣南島語言的分群，持有多種不同的觀點，但大多假說並未獲得學界普遍支持。例如，Ferrell（1969）將台灣南島語言分為泰雅語群、鄒語群與「排灣語群」，其中後者又進一步分作二支，分別為「排灣語群 I」（魯凱語、巴宰語、賽夏語、雷朗語、法佛朗語、道卡斯語、拍瀑拉語、洪雅語與邵語）與「排灣語群 II」（布

農語、西拉雅語、阿美語、噶瑪蘭語與雅美語）。隨後的研究皆顯示出 Ferrell 提出的排灣語群分群不堪一擊。排灣語群 II 當中的雅美語應為菲律賓語群，布農語亦缺乏和西拉雅語、阿美語與噶瑪蘭語獨有的創新；同樣地，排灣語群 I 也是充滿分歧性，除了缺乏內部獨有創新，也非西部平原語群。

Harvey（1982）提出了馬來-波里尼西亞語群假說的另一版本，指出南島語系分群中應存在阿美-馬來-波里尼西亞分群。雖然該觀點經常被反覆提起（有時又被稱作「Amis-Extra Formosan」），但該假說的相關證據卻很薄弱。此外，阿美語作為較大之東台灣南島語群（亦包含噶瑪蘭語、巴賽語、哆囉美遠語與西拉雅語）的觀點已愈趨明朗（Blust 1999b）。

Li（1985: 259ff）採用了 Ferrell 所提排灣語群之簡化版本，還提出了北台灣南島語群，包含泰雅語群、賽夏語、巴宰語、道卡斯語、巴布薩語、拍瀑拉語與洪雅語。對此分群，他指出了下列證據：1）「這些語言的結構標記通常沒有區分人稱與非人稱」，2）Dahl（1981a）所提之 *S2 和 * h 合併為 h，3）N 和 *ñ 合併為 l，4）所有北方分群的語言都保留了原始南島語（PAN）*t 與 *C、*n 與 *ɬ 間之差異，5）原始南島語（PAN）中的 * d 和 * z 已經合併。

此類證據在分群價值上差異甚大。Li 承認鄒語群、布農語、邵語、噶瑪蘭語與阿美語亦共享上述之證據 5）；如此，其作為標註北台灣南島語群的價值亦不再完好。而證據 4）為一存古特徵，因此無分群上的價值。而證據 1）可能很容易成為一個單獨的歷史變化下的結果。嚴格來講，事實上證據 1）是不正確的，因為泰雅語的屬格結構標記有區分人稱與非人稱（Rau 1992: 142）；至於證據 3），

Li 解釋說「此證據也在其他台灣南島語言如魯凱語與布農語中發現」。儘管布農語的情況並非如此（布農語將 *N 與 *ñ 反映為 n），這些原始音位的邊音反映不只存在於魯凱語中，亦可在卑南語、排灣語、西拉雅語與拉阿魯哇語中發現。此外，與道卡斯語、巴布薩語、拍瀑拉語與洪雅語同屬西部平原語群的邵語，將 *N 與 *ñ 反映為 z（濁齒間擦音）。這些觀察皆毫無選擇地指出 *N 與 *ñ 合併為某種邊音的情況（而事實上，*N 本就不是邊音）單獨發生在數個語言中。這使得證據 2）成為北台灣南島與群的唯一證據。Li 遵循 Dahl（1981a: 38）的想法，將 *S1 與 *S2 區分開來，並主張與 *h 合併的是 *S2。使用此音變作為分群證據的問題在於，Dahl 的 *S2 在數個其他語言中為零反映，有可能經歷過帶有 h 之中間階段。例如，*kaSiw（Dahl 表示為 *kaS2iw）「木頭；樹」的反映在泰雅語群、賽夏語與巴宰語皆為 h，但在巴布薩語、拍瀑拉語、洪雅語、鄒語群、邵語、西拉雅語與布農語中皆為零，而原始南島語（PAN）*SuReNa「雪」的反映在在泰雅語群、賽夏語與巴宰語皆為 h，但在洪雅語、鄒語群、魯凱語、卑南語與邵語中皆為零。許多台灣南島語言共享這些軟音反映的原因，本身確實是有趣且重要，但軟音反映 *S 的分布情形幾乎難以支持北台灣南島分群的存在。其他提出台灣南島語言分群假設的文獻還有 Starosta（1995），然而其在方法上存各方面的缺陷（Blust 1999b: 62ff），還有許多主張魯凱-鄒語群的論點，但那些證據似乎以語言擴散的結果來解讀較佳。

　　南島語系譜系圖的頂點分岔出十大主要分群，其中在台灣的語言就包辦了整整九支，這種缺乏分層的結構引起學者們的質疑。其中一個大家普遍認為的觀點是語言社區因為分岔而產生分裂，且這

種情況反覆發生，從而產生一個又一個的巢式結構[120]。但此種觀點有明顯的反例，像印歐語言通常都被認為包含有九個主要分群。無論這種耙狀結構是來自同時發生的多個分裂，還是來自間隔太近而無法透過比較方法進行區分的依次分裂，它們似乎確實存在著。此外，擁有十個主要分群的南島語系譜系圖，與個南島語族世界的定居模式有所一致。除了種植稻米與小米，原始南島語族具有強烈的海洋生活取向，海洋資源的取用十分重要，這點從他們的後代也可看出。為了取用海洋資源，他們有必要定居在沿海區域，直到人口增加至不堪負荷或者是被戰爭所逼迫才會離開。最初他們在台灣的沿海定居處，坐擁近 600 英里的海岸線，或許因此即建構出環繞整個島嶼的方言鏈。假如每個方言地區所占海岸線長度約為 60 英里，那麼隨著時間的推移，將創造出十個語言社區。這無庸置疑是個過分的簡化，因為週期性的滅絕與拓展所造成的樣貌改變，往往是不可預期的，但地形所造成的語言分裂，與早期語系分裂為大約十個方言區，兩者的基本關係亦並不矛盾，也因此隨著時間的推移，大約會產生相同數量的主要語言分群。

　　第二個分層結構的問題牽涉到馬來-波里尼西亞語群的地位。如果所有馬來-波里尼西亞語言都源於一個直系的共同祖先，我們對於為何在台灣沒有發現該祖先蹤跡，即可提出合理的質問。歷史上並沒有任何非強迫性遷移造成人口或語言群體完全移出原鄉的紀錄。或者說，即使所有馬來-波里尼西亞語族都順利從台灣跨越到菲律賓北部，我們也必須要問，那為何沒有人回到台灣建立由南到北的第

120　亦即「二分法分群」。

二殖民地。要回答這些問題並非容易，不過也有可能就像歷史上諸多民族遷徙的狀況一樣，部分馬來-波里尼西亞語族移出台灣，因此某部分的語群也跟著消失，而殘留下來的部分又在其他語群的擴張下消失殆盡。

有關南島語系中較高層級之分群，Sagart（2004）所提出的新假說無疑最具有挑戰性，他認為在南島語系譜系圖的頂端應該要有更多的分層。根據 Sagart 的說法，南島語系的第一個分岔是將台灣的雷朗語、巴宰語、賽夏語，與其他所有南島語言作區別。該主張之主要證據為數詞 5-10 的隱含關係。原始南島語（PAN）較普遍被採納的數字有 1）*esa/isa、2）*duSa、3）*telu、4）*Sepat、5）*lima、6）*enem、7）*pitu、8）*walu、9）*Siwa 與 10）*puluq。Sagart（2004: 413）指出，「在整個台灣，*puluq『10』的反映意味著 *Siwa『9』反映之出現，*Siwa『9』反映之出現又意味著 *walu『8』的反映之出現，*walu『8』的反映之出現又意味著 *enem『6』的反映之出現，*enem『6』的反映之出現又意味著 *lima『5』的反映之出現，『5』的反映之出現又意味著 *pitu『7』的反映之出現，而反推並不成立。」我們可以以下順序表示之：

puluq >> Siwa >> walu >> enem >> lima >> pitu

換句話說，所有反映 *puluq 的語言都包含在更大的反映 *Siwa 的語言集合中，而這些語言又包含在更大的反映 *walu 的語言集合中，依此類推。Sagart 將這些隱含關係解釋為語言接連分裂的證據：原始南島語（PAN）分裂為 Luilang、巴宰語與賽夏語的共同祖語，以及另一個被他稱作「Pituish」（源自 *pitu「七」）的語言。

「Pituish」語再分裂為泰雅語群、邵語、法佛朗語、道卡斯語、西拉雅語、拍瀑拉語與洪雅語的祖語，以及另一個被他稱作「Enemish」（源自 *enme「六」）的語言，這個語言僅為西拉雅語與「Walu-Siwaish」（源自 *walu「八」與 *Siwa「九」）的祖語。「Walu-Siwaish」語再分裂為鄒語群、排灣語、魯凱語、卑南語、阿美語、布農語的祖語，以及另一被他稱作「Muish」的語群，這個語群為其他所有南島語的祖語。在其解釋下，台灣南島語言的發展史呈現出一種巢式結構，這種結構從音韻變化與任何假定的基本詞彙創新都看不太到。問題在於我們是否必須將 Sagart 從台灣南島語反映（原始南島語（PAN）常見數詞在台灣南島語的反映）中發現的隱含關係，解讀為按時間順序連續創新之結果，或者他們是否有可能是由模式損失引發的結果，這個議題仍有待釐清。

Sagart 所提的「Muish」語群還有另一個出人意外之處，就是他把語言分群與遠距語言親屬關係的議題融合於一體。根據 Sagart 的說法，「Muish」有三個分群：1）東北台灣南島語（噶瑪蘭語 + 凱達格蘭語），2）Tai-Kadai、3）馬來-波里尼西亞語族。他不僅主張（除漢藏語系外）侗台語系與南島語系間有親屬關係，甚至將侗台語系分做南島語系的一支，與馬來-波里尼西亞語族存在姊妹語關係。侗台語系與南島語系間具有親屬關係的主要證據來自 Buyang（參見表 10.9），其為仡央語群的語言，位處中國南方。誠如前述，Buyang 與南島語系間存在歷史連結的相關證據資料，得到多數學者的認可，儘管他們對於這些觀察到的相似性，是來自共同起源還是早期借用，還是存在歧見。不過，關於 Tai-Kadai 是南島語系的分群而非姊妹語系這樣的觀點，著實是個全然新穎的主張。從此觀點來

看，噶瑪蘭語、凱達格蘭語／巴賽語等東台灣南島語言與侗台語系的親屬關係會比與阿美語或西拉雅語還來得更近，而塔加洛語、馬來語等馬來-波里尼西亞語言與 Tai-Kadai 之間的親屬關係，亦較其與排灣語、卑南語、阿美語、布農語或巴宰語等來得更近。

此想法乃基於 Sagart 對於原始南島語（PAN）數詞的序列創新理論，以及兩個詞彙或語意創新：原始南島語（PAN）*-mu「第二人稱複數屬格」> *mu「第二人稱單數屬格」以及原始南島語（PAN）中的 *qayam 在原始馬來-波里尼西亞語（PMP）中被取代為 *manuk「鳥」。關於 Tai-Kadai 分屬南島語系的主張，我們首先會遇到的同時也是最明顯的問題就是：噶瑪蘭語與阿美語之間，或者是馬來語與排灣語之間，至少都共享上百的同源詞，然而 Tai-Kadai 與南島語言間的同源詞，目前能認定的頂多就只有二十來個。為了避開此種異常現象，Sagart（個人評論）假定 Tai-Kadai 已從一種當今無人知曉但已滅絕的語言中，經過了大規模的詞彙重置，只保留原來南島語系詞彙的一小部分。

「Muish」語中的非數詞類創新幾乎是更沒有說服力了。首先，其提及之 Buyang 在 *-mu（ma312「汝、你」）的反映太簡短，使其無法在同源詞判斷上成為有力的工具，再加上元音反映也有所錯誤。其次，Sagart 假定原始南島語（PAN）具有 *qayam「鳥」，還有原始仡央語（Ostapirat 2000）*3/4ok「鳥」與原始馬來-波里尼西亞語（PMP）*manuk 有關，表示「原始 Muish」為 *manuk「鳥」。然而，這個解釋是有問題的。Sagart 被迫要在「東北台灣南島語群」中同時承認 *qayam 與 *manuk 的反映：噶瑪蘭語為 alam（Li and Tsuchida 2006），然而巴賽語為 manuk(ə)，哆囉美遠語為 manukka

「鳥」（1991: 233），而他假設（2004: 425）「*manuk 與 *qayam 在 Muish 與原始馬來-波里尼西亞語（PMP）共存著，前者為『野鳥』，後者為『家鳥』。」然而，如 Blust（2002b）所述，原始馬來-波里尼西亞語（PMP）*manuk 的意思是「雞」而非「鳥」。一種更合理的解釋是，在原始南島語（PAN）中，*qayam 意思是「鳥」，而 *manuk 意思是「雞」。在大部分的台灣南島語言中，後者已被擬聲新創詞所取代（卡那卡那富語為 tarikuka，魯凱語為 torokoku，法佛朗語為 kokko，排灣語為 kuka，利嘉卑南語為 torokok，阿美語為 kokoq，布農語為 toltok 等）。在原始馬來-波里尼西亞語（PMP）中，兩者的區別還是保留著，但在早期 *qayam 已被 *manumanuk 「鳥」取代。簡而言之，Tai-Kadai 為南島語言分群的主張令人驚奇，但著實禁不起嚴密的檢驗，因此我們還是必須重回較為保守的觀點，即在南島語族祖先抵達台灣之前，這些不同的語系已在亞洲大陸上相互接觸，不管該接觸是牽涉到從共同祖語分離（或許這是較為可能之假設），還是從南島語借詞到 Tai-Kadai。

　　關於南島語言分群的研究，最近期的代表為 Ross（2009, 2012），他以句法上的創新將卑南語、鄒語、魯凱語獨立劃分出來，其餘的語言他則統稱為「核心南島語」。Ross 所提出的假設，實際上是重返 Starosta、Pawlay 與 Reid（1982）最初提出的主張，即菲律賓式語言的語態標記起初僅具有名詞化的功能，後來在接連的重新詮釋下獲得其動詞特性。Sagart（2010）對此觀點提出質疑，而 Teng 與 Ross（2010）再次提出此一觀點，以反駁 Sagart 的批評，而 Foley（2012a）對卑南語進行了仔細的句法分析，對此觀點再次提出質疑，結論是他們自己的資料「讓 Teng 與 Ross（2010）的主張充滿

疑點，Teng 與 Ross（2010）主張卑南語並未經歷過名詞化到動詞的重分析過程，他們是將過程用來界定核心南島語，因此將卑南語排除在外」（Foley 2012a: 38）。簡而言之，Blust（1999b）所提減少南島語譜系圖主要分群的方法，都存在著嚴重的問題，無一倖免，而從目前來看，將南島語系劃分為至少九個僅包含台灣原住民的主要分群與單一個馬來-波里尼西亞語群，仍為最保守安全的觀點。

10.3.4　南島語言譜系圖

　　為方便讀者閱讀，我們以表 10.21 呈現南島語系下的高階層分群及其彼此間音韻上之對應關係。原始大洋洲語群（POC）中的濁塞音會自動前鼻音化（*b = [mb]，*d = [nd]，*j = [ndʒ]，*g = [ŋg]）；原始大洋洲語群（POC）中的 c > s 表示早期 *j 之存留，在原始大洋洲語群（POC）中為 *c，但在海軍部群島之外的大洋洲語群之語言則與 *s 合併。在原始南島語（PAN）與原始馬來-波里尼西亞語中（PMP），*e 為央中元音：

表 10.21　南島語高層次分群間的語音對應關係

原始南島語（PAN）	原始馬來-波里尼西亞語（PMP）	原始中東部馬來-波里尼西亞語群（PCEMP）	原始東部-波里尼西亞語群（PEMP）	原始大洋洲語群（POC）
p	p	p	p	p
	mp	mp	mp	b
t	t	t	t	t
	nt	nt	nt	d
C	t	t	t	t
	nt	nt	nt	d

原始 南島語 （PAN）	原始馬來- 波里尼西亞語 （PMP）	原始中東部馬來- 波里尼西亞語群 （PCEMP）	原始東部- 波里尼西亞語群 （PEMP）	原始 大洋洲語群 （POC）
c	c	s	s	s
	nc	ns	ns	j
k	k	k	k	k
	ŋk	ŋk	ŋk	g
q	q	q	q	q
b	b	b	b	p
	mb	mb	mb	b
d	d	d	r	r
	nd	nd	nd	dr
z	z	z	z	s
	nz	nz	nz	j
j	j	j	j	c > s
	nj	nj	nj	?
g	g	g	k	k
	ŋg	ŋg	ŋk	g
m	m	m	m	m
n	n	n	n	n
N	n	n	n	n
ñ	ñ	ñ	ñ	ñ
ŋ	ŋ	ŋ	ŋ	ŋ
s	s	s	s	s
	ns	ns	ns	j
S	h, Ø	h, Ø	Ø	Ø
h	h, Ø	Ø	Ø	Ø

原始 南島語 （PAN）	原始馬來- 波里尼西亞語 （PMP）	原始中東部馬來- 波里尼西亞語群 （PCEMP）	原始東部- 波里尼西亞語群 （PEMP）	原始 大洋洲語群 （POC）
l	l	l	l	l
r	r	r	?	?
R	R	R	R	R
	l / _ j			
w	w	w	w	w
y	y	y	y	y
a	a	a	a	a
e	e	ə	o, ə	o
i	i	i/e	i/e	i/e
u	u	u/o	u/o	u/o
-ay	-ay	-ay	-e	-e
-aw	-aw	-aw	-o	-o
-uy	-uy	-uy	-i	-i
-iw	-iw	-iw?	-i	-i

　　從此表中可清楚看出，原始大洋洲語群（POC）乃由語音創新所界定，特別是規則合併。相反地，原始東部-波里尼西亞語群（PEMP）並沒有具分群價值的語音創新（*-ay、*-aw、*-uy 與 *-iw是南島語言中經常出現的音變，亦很有可存在於原始南哈馬黑拉-西新幾內亞語群與原始大洋洲語群（POC）之中）。另一方面，原始中東部馬來-波里尼西亞語群（PCEMP）的語音證據雖然為數不多也不甚顯眼，但卻具有高價值，因為它牽涉到整個語群（涵蓋超過 600種語言）中同一同源詞組中不規則性的 *i 與 *u 發音降低（並且與

存在有袋哺乳動物創新詞的語言分布大致相當）。原始馬來-波里尼西亞語群（PMP）的語音證據更是微妙，因為需要辨別出容易被忽略掉的條件性音變，諸如 * R> l /＿j 等，零星卻反覆出現的原始南島語（PAN）音位變化 *-CVS 到 *hVC（*bukeS > * buhek「頭髮」等），以及其他零星或具高侷限性的語音條件的變化。

10.4 遷移理論

　　所有關於擴散中心，或關於語系或次分群祖語的「原鄉」，最終都必須根據次分群的結果來做推斷（戴恩 1956b）。就如同我們要確定植物的起源地一樣，關鍵主要不在於語言的地理分布，而是同語系語言的分布。簡而言之，同語系語言最集中的地方很可能就是起源中心。就南島語的例子來說，這個語系有九個主要分群都集中在台灣，另外只有一個龐大的非台灣南島語分群（馬來波里尼西亞），這項事實對於非台灣起源的假說而言是一個極具說服力的悖論，因為非台灣起源的假說會推論在歷史上有九次個別獨立的南島語族移入台灣的遷移，而非較合理的從台灣移入東南亞、馬達加斯加和太平洋島嶼和大陸的單一遷移。非台灣起源假說不僅不符合戴恩（1956b）所謂的「最小移動原則」，且沒有明顯理由可以解釋為什麼多達九個來自其他地方的遷移會有一個相同的終點。因此，對於目前所知主要南島語次分群分布最簡單的解釋都一致地指出台灣是最早的發源地，且可以藉由語言學的方法確立南島語遷移的過程。根據源於 Bayesian 的推論，現今正徹底改變生物種系發生學的技術

（Greenhill & Gray 2009），Gray, Drummond & Greenhill（2009）也得到相當類似的結論：南島語的發源地幾乎肯定是在台灣，且南島民族從台灣穩定地向南和向東遷移進入太平洋。

最近的放射性碳元素定年法以及語言學的證據都顯示，南島語言是在西元前 3,500－4,000 年的期間從鄰近的中國大陸進入台灣。南島民族在原地居住了一千多年，之後才移居至菲律賓北部，這一千多年的期間對於遍佈在這熱帶島嶼的南島民族之後的大遷移來說可稱為「第一次長時間停留」。對於這個停留的原因並沒有一個普遍接受的解釋，不過有學者認為這個停留終於隨著外伸獨木舟情結[4]的產生而被打破（Blust 1999b），外伸獨木舟情結是一種文化特質，其在台灣以外地區以及原始馬來波里尼西亞語的語言構擬都豐富可見，但不存在於原始南島語中（Pawley & Pawley 1990）。這個菲律賓語言意外密切的相關性顯示，現今菲律賓南島語言的分布不僅只是原來遷移模式的延續，隨著語言的異化導致語言隨著時間的推移變得較為複雜。相反地，關於菲律賓次分群的明顯證據透露，在最初南島民族移居至菲律賓群島之後，有一個語系（原始菲律賓語）大幅地向外擴展，而其他早期的南島語言則要麼已經滅絕，要麼就已經遷移別處，例如在西元前 1,500 年左右遷移到馬里亞納群島的古查莫洛語。（Blust 2000c）。

再往南，遷移的歷史變得愈來愈不明顯：南島民族向南的擴展分成至少兩個主流，一個通往印尼西部，另一個通往印尼東部和太平洋。然而，從菲律賓往南擴展的遷移流向可能分為三個方向，其中一個進入婆羅洲，然後到蘇門答臘、東南亞大陸和馬達加斯加，第二個進入蘇拉威西島，第三個進入印尼東部和太平洋。近年來越

來越清楚的是，目前已知南島語言的分布是由於當地的原始居住地和異化，以及之後的不僅在菲律賓、且在許多地區發生的語言同化現象，這兩者之間複雜的交互作用。在原始菲律賓語的擴展導致大規模的語言同化現象的很長一段時間之後，在整個菲律賓中部的大部分地區以及蘇拉威西島北部的部分地區，原始大中央菲律賓語的擴展導致語言的歧異性再次減少。最近建立的一個排除蘇拉威西島南部語言的「Celebic」語的超分群（Mead 2003b）說明了蘇拉威西島南部的語言，在被原始 Celebic 的擴展同化之前，有許多可能的早期語言歧異性線索。蘇門答臘南部的情況也是如此，在那些幾乎任何合理的南島語可能遷移路線裡，本來可以是最早移入的蘇門答臘南部地區中，有著低程度的語言歧異性（Blust 2005d）。至於帝汶和哈馬黑拉南部等其他地區，鑑於可能移入的時間點較早，可以想見其語言歧異性的程度分歧不一。語言史上對帝汶的了解仍然知之甚少，但這個島嶼的南島語言與小異它群島的其他地區或是摩鹿加群島大部分地區相比似乎歧異性較小。在摩鹿加群島北部、中部與中東部馬來波里尼西亞語幾乎肯定是彼此分裂的，且由於南哈馬黑拉－西新幾內亞語的使用者從伊里安的 Cenderawasih 灣往外擴展進入哈馬黑拉南部以及哈馬黑拉與新幾內亞之間較小島嶼的緣故，摩鹿加群島北部地區的南島語言的早期語言歧異性顯然是減少了。

所有這些推論均基於語言分布：歧異性高意味著定居期間相對較長，歧異性低意味著定居期間較短，但如果一個由於次分群較廣因此預期有高歧異性的地區卻有呈現歧異性，則意味著這個地區在史前時代發生了語言同化現象。由於這些一般原則的考量，戴恩（1965a）提出南島語的發源地是在新幾內亞和俾斯麥群島地區。他

支持這個推論所使用的語料是基於詞彙統計學。我們現在已知道詞彙統計學無法區分創新與保留，且如果跨語言的基本詞彙替換率存在顯著差異時可能產生嚴重扭曲的次分群結果，我們有充分的理由相信南島語系就是這種情況（Blust 2000a）。此外，1965 年的太平洋地區很少有考古研究，以語言證據作為基礎提出這樣的說法很可能會忽略考古記錄。在那之後的 40 年發生了巨大變化，因為藉由史前物質文化的分析，現在對於太平洋史前史有更詳細（雖然離完整還有很長一段距離）的記錄。記錄顯示，西太平洋最東處可達大布干維爾，這是更新世的一座大島嶼，包括大部分之後在後冰河時期成為索羅門群島西部和中部的地區，在距今至少 30,000 年前由「巴布亞」語言的居民所居住。然後，距今大約 3,350 年前，一群以拉皮塔文化為核心的居民突然出現在俾斯麥群島。由於他們幾乎肯定是通過新幾內亞的鳥頭半島北岸進入太平洋地區，南島民族起初一定是先在新幾內亞北部海岸及近海的小島嶼定居，之後才擴展至俾斯麥群島。目前大多數的假說都認為新幾內亞和新不列顛之間的維塔茲海峽地區是使用原始大洋洲語。然而，鑑於原始大洋洲語使用者眾所皆知的航海能力，我們尚不明白為何在有些部分原始大洋洲語社群沿著海岸到達休恩半島之前，卻沒有一部分原始大洋洲語社群從新幾內亞北海岸直接航行到阿得米拉提群島或聖馬蒂亞斯群島。至少在新幾內亞、俾斯麥群島和索羅門群島西部地區各地，南島民族顯然遇到了在數萬年前就已定居在美拉尼西亞西部的巴布亞民族。隨著時間的推移，持續的接觸造成人口和文化的融合（《美拉尼西亞島》），以及一些語言類型的共同特徵。在一兩百年內，南島民族往東直到斐濟、東加和薩摩亞。此時發生了第二次「長時間的停留」，

產生了原始波里尼西亞語的獨特特徵，然後在晚期進入波里尼西亞東部，這個地區似乎西元 1,025 年左右之前都無人居住（Wilmshurst 等人 2011）。

　　雖然麥克羅尼西亞大部分地區的考古研究仍然相對較不完整，但語言次分群的證據明確地將帛琉和馬里亞納群島的遷移歷史以及該地區的大洋洲語言劃分開來。在大洋洲語言中，雅浦語有非常獨特的歷史，可能代表南島民族在定居俾斯麥群島後不久，從阿得米拉提群島外移的早期遷徙（Ross 1996c）。在這個地區的其他大洋洲語言中，次分群的考量結果指出，原始麥克羅尼西亞語的使用者可能從索羅門群島東南部進入麥克羅尼西亞東部（吉里巴斯語－諾魯）（Blust 1984a）。從最初的入口開始，他們迅速定居在 Kosrae、Pohnpei 和 Chuuk 的高島，然後逐漸向西擴展到 Carolines 西部的環礁地帶。萬那杜和美拉尼西亞南部（新喀里多尼亞和羅雅提群島）最早人類居住的考古證據與拉皮塔文化複合體有關，因此存在大洋洲語言的使用者。然而，美拉尼西亞這個地區的體質人類學、傳統文化和語言類型等各方面都與一般的標準觀點互斥，顯示這個地區還有很多需要挖掘的地方（Blust 2005a）。

- -

① 這段法語的意思為：北美語言群和南美語言群分別與馬來－波里尼西亞語群和南島語群有關聯。

② 原文 lie athwart 可能是拼字錯誤

③ 在此小節中，作者用了兩種不同拼法（Tai 及 Thai）指稱傣語。

④ 拉皮塔人發明了外伸獨木舟（outrigger canoe），即具有特殊舷外支架的獨木舟。這項發明讓拉皮塔人的航海技術大為提升，Blust（1999b）稱之為「外伸獨木舟情結」。

第11章

南島語研究學界

11.0 簡介

南島語言研究若未能觸及學界，其資料很有可能欠缺完整性。我們可以從以下面向來探討南島語研究學界：語言研究學者的數量多寡資訊、研究南島語言的主要學術中心、定期的學術會議和出版品、以及南島語與其他主要語系之間關係比較研究的地位。

11.1 學者數量與主要的南島語學術中心

從最近的研討會發表狀況及已經出版的文章和書籍來判斷，在過去 10 到 15 年間，全世界約有 400 － 450 人正積極從事南島語言的研究。這些人可分為兩大類：於大學任職者以及主要由美國國際語言暑期學院所聘任從事傳教和聖經翻譯的工作者。

下表所列為主要的南島語言或語言學研究的學術中心，雖然我充分意識到嘗試編寫此類資訊有些許不妥之處。我此處的目的乃在特別列出一些利於該領域感興趣的初學者學習的學術機構，他們可以在這些學術機構中獲取南島語系或某幾個分群的廣泛知識。而一些重要的學者，尤其是形式主義的學者，通常是在其他的機構作為獨立研究者。對許多從事南島語言研究的形式主義學者而言，主要的研究重點在於語言學理論，南島語的作用則是作為測試理論的語料來源，不見得是他們自身感興趣的。因此，這些學者出版的文章之重點往往既深刻卻狹隘，無法對南島語系、其任何分群、地理既定區域的類型或歷史關係提供一個有用的介紹。

表 11.1　主要的南島語言／語言學研究學術中心

亞洲	
台灣	（新竹）國立清華大學、國立新竹教育大學
	（花蓮）國立東華大學
	（嘉義）國立中正大學
	（埔里）國立暨南大學
	（台中）靜宜大學
	（桃園）元智大學
	（台北）中央研究院、國立臺灣大學、國立臺灣師範大學、國立臺北科技大學
日本	（名古屋）愛知縣立大學
	（大阪）國立民族學博物館
	（東京）東京女子大學
菲律賓	（馬尼拉）菲律賓大學迪里曼分校、德拉薩爾大學
汶萊	文萊達魯薩蘭大學
馬來西亞	（雪蘭莪萬宜）馬來西亞國立大學
澳大拉西亞	
澳洲	（坎培拉）澳洲國立大學
	（新堡）紐卡索大學
	（布里斯本）格里菲斯大學
	（墨爾本）墨爾本大學、蒙納許大學
	（雪梨）雪梨大學
	（伯斯）西澳大學
紐西蘭	（奧克蘭）奧克蘭大學
	（漢密頓）懷卡託大學
萬那杜	（維拉港）南太平洋大學

北美洲	
美國	（加州）加州大學聖克魯茲分校、加州大學聖塔芭芭拉分校、加州大學洛杉磯分校、加州州立大學奇科分校
	（康乃狄克州）耶魯大學
	（德拉瓦州）德拉瓦大學
	（夏威夷）夏威夷大學
	（愛荷華州）愛荷華大學
	（麻州）哈佛、麻省理工學院
	（紐約）康乃爾大學
	（德州）萊斯大學
加拿大	（蒙特婁）麥基爾大學
	（渥太華）渥太華大學
	（多倫多）多倫多大學
歐洲	
俄羅斯	（莫斯科）東洋學研究所
	（聖彼得堡）聖彼得堡大學
荷蘭	（阿姆斯特丹）阿姆斯特丹自由大學
	（萊頓）萊頓大學
	（奈梅亨）馬克斯‧普朗克心理語言學研究所
法國	（巴黎）法國國家科學研究中心（CNRS）
德國	（科隆）科隆大學
	（基爾）基爾大學
	（萊比錫）馬克斯‧普朗克進化人類學研究所
英國	（倫敦）倫敦大學亞非學院（SOAS)、倫敦大學
	（曼徹斯特）曼徹斯特大學

菲律賓、印尼、馬來西亞和馬達加斯加也有當地研究該地區原住民語言的重要的學術中心。美國國際語言暑期學院（SIL）近期已陸續在菲律賓、沙巴、蘇拉威西島、摩鹿加群島、巴布亞／伊里安查亞和巴布亞新幾內亞等地成立分群機構。SIL 也在越南經營了一段時間，直至 1975 年。

　　在這些中心所從事南島語言研究的學者數量以及其研究所涉及的語言範圍存有相當大的差異。大部分荷蘭的南島語言學家在傳統上都專注於印尼的語言，不過現在的研究焦點正在擴增（在荷蘭境外從事研究工作的荷蘭學者的努力促成之下）。同樣地，法國學者傳統上主要致力於法國所殖民統治的東南亞大陸和太平洋地區的南島語言。而台灣當地學者從事的南島語言的研究，可想而知，幾乎都專注在剩餘的 15 個台灣南島語言（包括達悟語），其中幾個語言已高度瀕危。一些美國大學的研究幾乎完全集中在一或兩個語言上，例如加州大學洛杉磯分校對於塔加洛語和馬拉加斯語的句法研究的傳統。對南島語系研究範圍覆蓋最廣的要屬澳洲國立大學太平洋和亞洲研究院[1]的語言學系[2]以及夏威夷大學語言學系，前者的研究範圍涵蓋美拉尼西亞西部、波里尼西亞－斐濟和印尼東部的語言，且對其他地區的語言亦有所涉獵，後者的研究範圍亦涵蓋台灣、菲律賓、印尼－馬來西亞、美拉尼西亞西部、麥克羅尼西亞以及波里尼西亞的語言。

11.2 定期會議

　　衡量一個學科成熟度的一個重要標準，就是有無定期舉行讓學者討論該領域研究進展的國際性會議。自 1970 年代初以來，南島語言領域已舉辦許多定期舉行的會議。其中最古老、研究範圍最廣的是國際南島語言學研討會（ICAL）。其後近十年，有些學者嘗試在對美國東部學者更方便的地點維持一系列獨立的一般南島語言學會議，這些會議被稱為東岸南島語言學研討會，只舉行過三次。第一次是 1973 年末在耶魯大學舉行，就在規模更大的於檀香山所舉行的第一屆國際南島語言學研討會數月之前。第二次是 1976 年 5 月 4 日至 5 日在安娜堡密西根大學舉行，第三屆東岸南島語言學研討會（TECAL 的縮寫首次提出）是在 1983 年 5 月 6 日至 7 日由俄亥俄州雅典的俄亥俄大學主辦。最後兩屆會議都各自出版了研討會論文集（Naylor 1980；McGinn 1988）。

　　近年來，在某些方面，學界對於舉辦具有特定專業取向的南島語言學會議，已有愈來愈大的需求。這些會議有的聚焦在更特定的地理範圍，也有的從形式理論乃至類型或歷史觀點等不同的方法來分析語言。以前者為出發點的會議包含 1. 大洋洲語言學會議（起初縮寫為 ICOL，第三次會議起改為 COOL）、2. 馬來－印尼語語言學國際專題討論會（ISMIL）以及 3. 印尼東部語言東努沙登加拉研討會／會議（ENUS）。聚焦於形式理論研究發表的會議則為南島語形式語言學學會（AFLA）的年度會議。此外，雖然南島語言地域對於歐洲學者而言十分遙遠，但為了鼓勵這些學者，英國南島語研究團隊（UKARG）已於近期在薩里大學成立。2005 年，在該團隊的贊助下，

舉辦了為期一天的會議，名為南島語言暨語言學會議（ALL）。接著在 2006 年也舉辦了為期兩天的會議，2007 年舉辦了第三場會議。後來該會議的創辦人（Bill Palmer）遷至他處服務，因此 2009 年的 ALL4 移師倫敦，2012 年該會議擴展了語言廣度，囊括了巴布亞語言，並重新命名為南島與巴布亞語言暨語言學會議（APLL）。表 11.2 呈現出南島語言學術研究從 1990 年代初期開始不斷加大步伐發展，我們可以觀察以下幾個已舉辦多年的會議：ECAL/TECAL = 南島語言學東部會議；FICCAL = 第一屆比較南島語言學國際會議，後續會議去除「比較」二字，第二、三、四、五屆為 SICAL、TICAL、FICAL、VICAL，第六屆開始為 6-ICAL、ICAL-7、8-ICAL、9-ICAL、ICAL-10、11-ICAL 以及 12-ICAL；FICOL/SICOL = 第一屆／第二屆大洋洲語言學國際會議，後續的會議更改名稱為 COOL；AFLA = 南島語形式語言學學會；ISMIL = 馬來－印尼語語言學國際專題討論會；ENUS = 印尼東部語言東努沙登加拉研討會／會議；ISLOJ = 爪哇語言國際專題討論會。在 1973 年以前，並沒有針對南島語言學的定期會議。從 1973 年至 1993 年間只有兩種週期性舉辦的南島語言學會議（其中一種已於 1983 年走入歷史），但截至 2006 年，至少有五種定期舉辦的會議，舉辦的次數則有多有少。自 1973 年以來，南島語言學術研究國際會議的風氣迅速提升，我們可以看到在 1980 年代還只有四場會議，而在 1990 年代，一共就有 17 場會議，到了 21 世紀，在首十年間就有 36 場會議。光是 2002、2005、2006、2007、2009 這五年所舉辦的南島語言學會議數量就相當或大於整個 1980 年代的會議數量。而單單 2007 年所舉辦的會議數量，就幾乎與 1973 年至 1987 年的 15 年間的會議數量旗鼓相當。

表 11.2　1973 年至 2013 年舉辦的南島語言學會議

年度	會議縮寫的方式	會議論文集出版
1973	ECAL-1：美國康乃狄克州紐哈芬	無
1974	FICCAL：美國夏威夷州檀香山	有
1975		
1976	ECAL-2：美國密西根州安娜堡	有
1977		
1978	SICAL：澳洲坎培拉	有
1979		
1980		
1981	TICAL：印尼峇里島登帕薩	有
1982		
1983	TECAL：美國俄亥俄州雅典	有
1984	FOCAL：斐濟蘇瓦	有
1985		
1986		
1987		
1988	VICAL：紐西蘭奧克蘭	有
1989		
1990		
1991	6-ICAL：美國夏威夷州檀香山	無
1992		
1993	FICOL：萬那杜維拉港	有
1994	AFLA-1：加拿大蒙特婁	無
	ICAL-7：荷蘭萊登	有

年度	會議	會議論文集出版
1995	AFLA-2：加拿大多倫多	無
	SICOL：斐濟蘇瓦	有
1996	AFLA-3：美國加利福尼亞州洛杉磯	無
1997	AFLA-4：美國加利福尼亞州洛杉磯	無
	COOL-3：紐西蘭懷卡托	無
	8-ICAL：臺灣臺北	有
	ISMIL-1：馬來西亞檳城	無
1998	AFLA-5：美國夏威夷州檀香山	無
	ISMIL-2：印尼蘇拉威西島烏戎潘當（今錫江）	無
1999	AFLA-6：加拿大多倫多	無
	COOL-4：紐埃島	有
	ENUS：荷蘭萊登	無
	ISMIL-3：荷蘭阿姆斯特丹	無
2000	AFLA-7：荷蘭阿姆斯特丹	無
	ENUS-2：澳洲坎培拉	無
	ISMIL-4：印尼雅加達	無
2001	AFLA-8：美國麻薩諸塞州劍橋	無
	ENUS-3：荷蘭萊登	無
	ISMIL-5：德國萊比錫	無
2002	AFLA-9：美國紐約州伊薩卡	無
	COOL-5：澳洲坎培拉	無
	9-ICAL：澳洲坎培拉	無
	ISMIL-6：印尼廖內群島民丹島	無
2003	AFLA-10：美國夏威夷州檀香山	無
	ISMIL-7：荷蘭奈梅亨	無

年度	會議	會議論文集出版
2004	AFLA-11：德國柏林	無
	COOL-6：萬那杜維拉港	無
	ISMIL-8：馬來西亞檳城	無
2005	AFLA-12：美國加利福尼亞州洛杉磯	無
	ALL-1：英國牛津	無
	ENUS-4：荷蘭萊登	有[121]
	ISMIL-9：印尼西蘇門答臘省馬寧焦	無
2006	AFLA-13：臺灣新竹	無
	ALL-2：英國牛津	無
	ICAL-10：菲律賓普林塞薩港	無
	ISMIL-10：美國德拉瓦州紐華克	無
2007	AFLA-14：加拿大蒙特婁	無
	ALL-3：英國倫敦	無
	COOL-7：新喀里多尼亞努美阿	無
	ENUS-5：印尼帝汶島古邦	無
	ISLOJ-1：印尼爪哇島三寶瓏	無
	ISMIL-11：印尼西巴布亞省曼諾瓦里	無
2008	AFLA-15：澳洲雪梨	有
	ISMIL-12：荷蘭萊登	無
2009	AFLA-16：美國加利福尼亞州聖塔克魯茲	有
	ALL-4：英國倫敦	無
	11-ICAL：法國歐蘇瓦	無
	ISLOJ-2：印尼龍目島聖吉吉	無
	ISMIL-13：印尼龍目島聖吉吉	無

---

121 見於 Ewing & Klamer（2010）。

年度	會議	會議論文集出版
2010	AFLA-17：美國紐約州石溪	無
	COOL-8：紐西蘭奧克蘭	無
	ENUS-6：印尼帝汶島古邦	無
	ISMIL-14：美國明尼阿波利斯－聖保羅都會區	無
2011	AFLA-18：美國麻薩諸塞州劍橋	有
	ISLOJ-3：印尼爪哇島瑪琅	無
	ISMIL-15：印尼爪哇島三寶瓏	無
2012	AFLA-19：臺灣臺北	無
	APLL-5（延續 ALL）：英國倫敦	無
	ENUS-6：印尼峇里島登帕薩	有[122]
	12-ICAL：印尼峇里島登帕薩	有
	ISMIL-16：斯里蘭卡開拉尼亞	
2013	AFLA-20：美國德克薩斯州阿靈頓	
	COOL-9：澳洲紐卡斯爾	
	ISLOJ-4：印尼蘇門答臘島巴東	
	ISMIL-17：印尼蘇門答臘島巴東	

除了這些定期舉行的會議之外，還有幾次專題討論會也有重複舉辦的跡象，有些是獨立會議，有些則是較大的跨學科會議下的附屬會議。其中最重要的是兩場台灣南島語研究國際研討會（ISART），分別於 1992 年 12 月以及 2001 年 12 月於台北中央研究院舉行。[③]第一次的會議促成了大量的論文發表（Li 等人 1995）。其他舉辦超過

---

122 ENUS-6 為 12-ICAL 舉辦期間由 Marian Klamer 與 Frantisek Kratochvil 籌畫的兩天座談會。

一次的偶發會議還有婆羅洲研究學會會議中的臨時語言學課程，其中有一個也促成不少論文著作（Martin 1992），以及 2000 年 3 月和 2005 年 1 月的兩場關於婆羅洲西部語言會議，於雪蘭莪州萬宜新鎮馬來西亞國立大學馬來世界研究中心舉行。

　　如上所述，這些會議激增的原因，似乎是希望以小型會議方式聚焦於更大的主題上。實現這一目標的一種方法是通過限制會議主題語言的地區，如關於大洋洲語言、馬來語／印尼語、爪哇語以及印尼東部語言的新會議。另一方面，南島語形式語言學學會（AFLA）是由從事形式語法或音韻學的學者組織而成，其中一些學者顯然也感到南島語言學國際研討會主要是由歷史語言學家占主導地位，在這些大型且主題紛雜的會議中發表的論文缺乏一個嚴謹的理論框架，難以供句法或音韻理論有效地討論應用。有跡象顯示，AFLA 會議的主題正在擴大範圍，涵蓋歷史語言學、類型學和社會語言學，屆時 AFLA 和 ICAL 會議之間的區別可能變得愈來愈模糊。

11.3 期刊著作

　　南島語言最重要的一個學術出版品無疑是《太平洋語言學》（Pacific Linguistics, PL），起初是 1960 年代早期坎培拉語言學界的一系列書籍、專書和論文集，數年後由澳洲國立大學太平洋與亞洲研究學院的語言學系出版。在撰寫本文時，PL 系列在這超過 50 年的期間（1962－2011）已出版了 600 多本出版物，其中大部分都與南島語言有關。平均而言，《太平洋語言學》在這半個世紀內每個月

出版一本書以上，並在此過程中為南島語、巴布亞和澳洲原住民語言的文獻上做出了巨大貢獻。2012 年初，PL 系列轉由 DeGruyter Mouton 出版，其繼續出版的太平洋語言學專書成為其較大出版企業中的一部分。除了這個主要的出版品之外，許多期刊也以南島語言為主題。其中最主要的是夏威夷大學自 1962 年以來每年出版兩次的《大洋洲語言學》（Oceanic Linguistics, OL），及其相關的大洋洲語言學特刊。如同《太平洋語言學》，《大洋洲語言學》的研究焦點在南島語、巴布亞和澳洲語言，儘管其出版的大部分材料都與南島語言有關。其他以南島語言為主題的期刊出版品包含由雅加達的阿天瑪加雅印度尼西亞天主教大學（Atma Jaya Catholic University）自 1975 年以來出版的 NUSA，其為一系列關於印尼或其他地區語言的專書和主題或地區論文集、菲律賓語言學學會自 1970 年以來平均每年出版兩次的《菲律賓語言學期刊》、巴布亞新幾內亞語言學學會自 1968 年以來出版的《美拉尼西亞語言及語言學》（1968－1980 年期間稱為《Kivung》）、紐西蘭語言學學會自 1958 年以來出版的《Te Reo》、由台北中央研究院語言學研究所自 2000 年以來每年出版四次以中文及台灣原住民語言的語言學研究為主題的《語言暨語言學》、以及吉隆坡的馬來西亞國家語言學院出版的月刊《Dewan Bahasa》。其他以南島世界為主題的許多期刊是跨學科的，偶爾也有包含語言學主題的論文。特別值得一提的有 1852 年以來於荷蘭出版的《Bijdragen tot, de taal-, land- en volkenkunde》、1892 年以來由紐西蘭奧克蘭的波里尼西亞學會出版的《波里尼西亞學會期刊》、1911 年以來由砂勞越的古晉砂勞越博物館出版的《砂勞越博物館期刊》、自 1917 年以來由倫敦大學出版的《東方與非洲研究學院公報》（1940

年前為《東方研究學院公報》）、以及自 1928 年以來由中央研究院歷史語言研究所出版的《歷史語言研究所集刊》。

11.4 各語系學界指標

　　南島語是所有語系當中被研究最透徹的語系之一。以某些方面來說，這滿令人驚訝的，因為南島語系涵蓋的範圍極廣且包含的語言數量繁多，這麼說並非要去否認某些地理區域的語言謄錄狀況有所不足或在一些語言分析的領域不理想。與其他語系的學術研究發展相比，很重要的是南島語系的研究已完成大量描述性和比較性的研究，且在許多方面來說都是高質量的。因此，相較於其他語系，我們更有餘力能夠觸及南島語言中許多共時性現象的本質和普遍的理論相關性，以及南島語歷史語言學。表 11.3 和表 11.4 可用以支持此一觀點。表 11.3 列出了世界上十五個主要語系，每個語系所包含的語言數量，以及地理分布，各語系所涵蓋的東西方（EW）和南北方（NS）的約略距離（以公里為單位）：

表 **11.3**　主要語系的語言數量及涵蓋範圍

		語言	EW	NS
1	阿爾岡昆語系	38	4050	2740
2	阿拉瓦克語系	60	2200	5100
3	澳洲原住民語系	258	3900	3725
4	南亞語系	168	3690	3000
5	南島語系	1262	23000	10500

		語言	EW	NS
6	達羅毗荼語系	75	1940	3000
7	印歐語系	144	9140	7750
8	納－德內語系	47	2425	5400
9	尼日－剛果語系	1489	7050	6680
10	閃米語系	74	7500	4000
11	漢藏語系	365	4300	5280
12	圖皮語系	70	3800	3550
13	突厥語系	40	8270	4220
14	烏拉語系	38	5000	3160
15	猶他－阿茲特克語系	41	2000	2700

　　這樣的列表本身存在不少問題，但作為嘗試比較各語系之間的基本知識來說仍是有用的。首先第一欄列的是已知的語言數量。語言／方言的區別往往存在許多解釋空間，這點我們毋庸置疑。而這裡所有的數據均來自《民族語》（*Ethnologue*）（Lewis 2009）。語言區域計算的範圍是十五至十九世紀歐洲殖民擴張之前的區域。北非的阿拉伯語雖然是相對較晚出現的語言，但仍在十五世紀歐洲殖民擴張之前（西元 639 年後到達沿海地區，西元 1000 年後發生大規模的貝都因遷移），馬達加斯加和紐西蘭的南島語言也同樣在十五世紀之前。因此，英語、西班牙語和歐洲域外的法語不計入印歐語系的涵蓋範圍，然而北非的阿拉伯語和馬拉加斯語及毛利語卻計算在內。澳洲原住民語系包含塔斯馬尼亞語，儘管關於這個島嶼已滅絕語言的分類尚不確定。另一個可以納入表 11.3 中的是語言使用者的數量，但是事實證明這很困難。雖然《民族語》試圖將語言使用者

與民族身份認同區分開來，但這並非總是可行的。而且，由於語言系屬是按照國家所列，有一些語言在兩國邊界的兩邊皆有，因此重複計算的風險有時候是難以避免的。由於這些原因，雖然我們在第二章中有提供南島語言的一些人口統計數據，但我們這裡並不採用。最後，雖然《民族語》所提供的語言數量比其他來源（例如 Ruhlen 1987）還要多，但各語言統一都是如此，因此看起來並無扭曲各語言的相對數值。

　　表 11.3 描繪的是主要語系相對的語言數量以及歐洲殖民擴張時期的涵蓋範圍，而表 11.4 則列出這些主要語系在文獻中首次受到認可的年份、原始語言的音韻結構首次被系統性重建的年份、以及至今為止在各個層面已重建的約略的語素數量。換句話說，表 11.4 旨在概述關於各語系整體的學術成就。至少就比較的層面而言，「語系」這個詞僅代表可以重建或多或少完整的音韻系統的語言集合，以及至少共同擁有幾百個原始語素的語言集合（因此是阿爾岡昆語系而不是阿爾吉克語系，是閃米語系而不是亞非語系，是班圖語系而不是尼日－剛果語系等等）。除了阿爾岡昆、班圖、達羅毗荼、圖皮和突厥等時間深度較淺的語系之外，其餘語系大致都可以依序對應至 5,000－6,000 年前開始產生變化的古語。然而，也許有人會質疑這樣的列表有強求一致之嫌，因為至少南亞語系和納－德內語系都在音韻和詞彙重建的過程中挑戰比較方法的極限。另一項可納入的衡量標準是首次提出重要語音對應的年份（印歐語系為 1822 年，Grimm 提出的日耳曼語言子音變化規律，南島語系為 1861 年，范德圖克提出的「R－G－H」和「R－L－D」定律等等）。然而，大多數的語系都很難得知有關此點的訊息（LFR＝語系受到認可年分，

PR = 音韻重建年分，NRM = 重建語素數量）：

表 11.4　十五個主要語系的歷史研究重點

		LFR	PR	NRM
1	阿爾岡昆語系	1650/1703	1925	4,066
2	阿拉瓦克語系	1782	1972	203
3	澳洲原住民語系	1841	1956?	1,561?
4	南亞語系	1854?	1959	1,450
5	南島語系	1603/1708	1934 － 1938	6,370
6	班圖語系	1818	1899	1,000 － 4,000?
7	達羅毗荼語系	1816	1961	1,496
8	印歐語系	1786	1861 － 1862	4,200
9	納－德內語系	1915	－ － － －	無
10	閃米語系	?/1702	1908 － 1913	500+
11	漢藏語系	1828/1896	1972	450 － 700+
12	圖皮語系	1806 － 1817?	1971	221
13	突厥語系	11 世紀	1949	3000?
14	烏拉語系	1671/1770	1955	140?
15	猶他－阿茲特克語系	1859	1913 － 1914	2,622

　　同樣，首先要注意的是嘗試整理這樣的表格存在許多問題。一個語系最早受到認可指的是 1. 認可其所有的主要分群語言、2. 認可其至少兩個主要分群語言、還是 3. 認可兩個地理上分隔遙遠的語言擁有共同的來源？在大多數情況下，最後一個定義似乎是最實用的，我們在這裡採用此定義。以下討論各語系的具體情況。

　　1. 阿爾岡昆語系：根據 Goddard（1996: 第 291 頁起）的說法，

東阿爾岡昆語系至少在 1650 年就已被認可，且 Louis-Armand de Lomd'Arce, baron de Lahontan 男爵在 1703 年時已明確指出其與五大湖的阿爾岡昆語言皆屬較大的「Algonkin」語系。Bloomfield 在 1925 年時重建的他所謂的「中央阿爾岡昆」的音韻系統一般被認為是後來研究阿爾岡昆語言的比較音韻學的起點。至今為止原始阿爾岡昆語大約已重建了有 4,066 個詞彙（Hewson 1993），但據稱這個數字是被高估的，因為當中包含許多形態相關的詞彙（Ives Goddard，個人通訊，2004 年 3 月 17 日）。

2. 阿拉瓦克語系：Noble（1965: 1）指出，阿拉瓦克語系的很大一部分由早在 1782 年即客居委內瑞拉的義大利傳教士 Filippo Salvadore Gilij 所提出。Gilij 稱其所提出的語系為「Maipuran」，現在這個名稱被用來指該語系內部公認彼此相關的核心語言，以及構成據推測為「大－阿拉瓦克」語系核心的語言（Campbell 1997: 第 178 頁起）。很多阿拉瓦克語言現在都已滅絕，這對嘗試想確定語系的內部結構及重建其最早階段的音韻和詞彙來說是一個阻礙。第一個合理系統化嘗試重建原始阿拉瓦克語音韻和詞彙的顯然是 Matteson（1972），他提出了一個有 22 個子音和 12 個母音（6 個口音和六個鼻化音）的音韻系統。Payne（1991）指出了這個系統的缺漏，他提出了 19 個子音和六個母音，再加上 203 個經過精細辯證的「原始 Maipuran」詞彙重建，這顯然是所有現存的阿拉瓦克語言的共同祖先。

3. 澳洲原住民語系：1841 年，英國船長 George Grey 注意到整個澳洲南半部的語言在語音、詞彙和代詞系統上都廣為相似（Dixon 1980: 11）。這有時被認為是澳洲原住民語系首次受到認可，雖然大

多數的當代澳洲語言學家可能會反對 Grey 所比較的語言皆屬於一個覆蓋了大約八分之七澳洲陸地的單一子語系（Pama－Nyungan）。Capell（1956）談到「共同澳洲原住民語」的音韻，指出在澳洲大陸的大部分地區的語言中輔音或元音系統的變化很小。Dixon（1980）討論了「原始澳洲原住民語」語音的各種特徵，但沒有明確使用任何比較方法或分群。因此，一些澳洲語言學家質疑原始澳洲原住民語的音韻系統是否已經重建。O'Grady（1998: 209）指出，Susan Fitzgerald 在 1997 年時在其未正式發表的英屬哥倫比亞維多利亞大學的博士論文中為原始 Pama－Nyungan 語提出了「1,561 個推定同源詞」。可假定這些詞已經重建，因為 O'Grady 自己也提出了 25 個同源例詞和詞源。然而，其他澳洲語言學家認為，迄今為止，可靠的原始 Pama－Nyungan 語詞彙重建不超過 300 個，原始澳洲原住民語則更少（Nick Evans，個人通訊，2004 年 3 月 4 日）。

　　4. 南亞語系： 根據 Ruhlen（1987: 第 150 頁起），Friederich Max Müller 在 1854 年首次將印度東部的 Munda 語言視為與達羅毗荼語系不同的獨立語系，此為建立南亞語系的必要先驅。此後不久，J.R. Logan 和 F. Mason 皆注意到 Munda 和孟高棉語言之間的詞彙相似性。經過幾十年的探索和重新詮釋，南亞語系終於由 Wilhelm Schmidt 於 1906 年所確立─儘管其中帶有諸多遺漏和分析上的錯誤。一直等到 Pinnow（1959）原始孟高棉語才有一個合理且系統化的音韻系統重建。雖然 Munda 語言和 Khmer 語言之間的親屬關係已不再是一個議題，但針對原始南亞語層級的重建工作仍然很少。Gérard Diffloth（個人通訊，2004 年 6 月 30 日）編制了一個計算機語料庫，其中有原始孟高棉語大約 1,450 個重建，以及包含一個約

300 組 Munda－孟高棉比較的附錄。至今皆由其個人獨力完成。

　　5. 南島語系：如前所述，第一次明確認可兩個分隔遙遠的南島語言具有相同歷史關係的是 de Houtman（1603）中。過了一個世紀多一點後，Reland（1708）將這些語言與波里尼西亞西部的幾個語言劃分在一起，納入一個更大、仍未命名的分群。Brandstetter（1906）編纂了一部僅基於東南亞島嶼的語言材料的初步的比較詞典，其中的南島語比較音韻為田樸夫（1934－1938）奠定了堅實的基礎，他為「Uraustronesisch」重建了 2,213 個詞根。其中大約有 600 個現已遭到否決，因為它們僅出現於彼此緊密相關的印尼西部語言當中，或是由馬來語所借用而來，或者兩者都是。田樸夫的開創性比較詞典已被 Blust 和 Trussel（2013）的線上比較詞典所取代，目前包含 4,767 個未經高層級重建的基本詞根，以及超過 13,000 個形態衍生詞，但完成率還不到 50%。因此，連同田樸夫尚未更新的 1,600 個重建，在迄今為止已發表的比較證據中，未經高層級重建的南島語詞根數量共計約有 6,370 個。截至 2013 年 4 月，其中約 1,290 個被劃分為原始南島語（約 5,500－6,000 年前），2,730 個被劃分為原始馬來波里尼西亞語（約 4,500－5,000 年前）。然而，原始南島語的分群至今仍是眾說紛紜的，因為其只反映出最高層級的重建。舉例來說，台灣、菲律賓和大洋洲語言的相同反映的原始南島語重建，都自動充作對應的原始馬來波里尼西亞語重建以及所有至原始大洋洲語的中間節點的重建，全部都只算做原始南島語，因為低層級原始語的隱含重建並不在詞典條目的詞條中。所有早期針對距今約 3,500 年前人們口說的原始大洋洲語重建都已被 Ross, Pawley & Osmond 絕佳的重建結果所取代（1998, 2003, 2008, 2011, 2013 及尚未出版著作）。

6. 班圖語系：雖然直到 1950 年代 Greenberg 的研究才認可了尼日－剛果（或尼日－科爾多瓦）語系，但早在 1776 年天主教傳教士 Abbé Proyart 就已明確指出許多西部班圖語言之間的親屬關係，1808 年 Liechtenstein 觀察到南部和東部班圖語言之間的相似性，1818 年 William Marsden 指出，西部和東部班圖語言之間的相似處可能源自於它們在史前時代的共同起源（Marten 2006）。Meinhof（1899）為時間深度不可能超過 2500 年的原始班圖語制定了一個音韻系統。Schadeberg（2002）指出至今重建的原始班圖語形式在數量上變化紛歧，其中原因大部分是由於不同的分群假設所致。在 2004 年 3 月 24 日的個人通訊中，他認為大約有 1,000－1,500 個重建形式可以追溯到原始班圖語，但在某些情況下，個別次分群原始語的詞彙數量的重建量高達 4,000 個。然而，多層級班圖次分群的時間深度以及中間層級原始語的重建形式數量似乎尚不明朗。Stewart（2002）已開始重建原始尼日－剛果語，但仍然停留在初期階段。

7. 達羅毗茶語系：Krishnamurti（2003: 16-17）將達羅毗茶語系的認可歸功於 1816 年的英國公務員 Francis Ellis。雖然較早就已有部分原始達羅毗茶語音韻的重建，但第一個系統性的描述顯然是 Krishnamurti（1961）。Burrow & Emeneau（1984）提出了 5,569 個同源詞，但並無提供其詞源，因為他們對於母音重建的部分目前仍不確定，且至今尚無學者編纂完整的比較詞典。

8. 印歐語系：至少在 1599 年時，許多人就已發現歐洲的大多數語言擁有某些詞彙相似性。然而，當時人們通常將此歸因於借用，直到 1786 年威廉‧瓊斯爵士在加爾各答亞洲協會的著名演說中才首次明確認可印歐語系。從新語法學派時代到索緒爾的著作再到最近

的「聲門理論」，原始印歐語音韻的重建歷經了週期性的修訂。然而，除了細節之外，似乎可以公平地說，音韻系統的主要輪廓在 Schleicher 時代（1861－62），或者最近，到 Verner（1875）時就已經到位。原始印歐語紀錄最完整的詞彙重建仍然是 Pokorny（1959），包含大約 2,215 個詞根條目，但大多數的印歐語學者認為它已過時。據文獻所述，Pokorny 的許多粗體條目「並非真的存在（他們其實是早期的借用詞，或是其他僅基於一或兩個分群語言的不明文本等等），且相反地，許多較大的條目現在實際上會被分成幾個不同的詞根」（Brent Vine，個人通訊，2005 年 1 月 4 日）。較晚近的研究提出了更多的原始印歐語詞根形式，如 Mallory & Adams（1997: 661-680），其中包含大約 4,200 個條目，但沒有完整的支持證據。

9. 納－德內語系：根據 Ruhlen（1987: 197），「Gallatin 在其 1836 年的北美印第安語言的分類中認可了阿薩巴斯卡語言，雖然只有其北部分群。」Edward Sapir 於 1915 年提出將阿薩巴斯卡語言、Tlingit 和 Haida 結合的納－德內語系假說。於阿拉斯加南部使用的、Sapir 時代還不為人所知的 Eyak 語隨後也被加入算做阿薩巴斯卡語言的近親（Krauss 1979: 第 845 頁起）。將 Haida 語納入這一語系一直受到嚴重質疑，且在今日普遍受到反對（Krauss & Golla 1981: 67）。Sapir（1931）只重建了原始阿薩巴斯卡語的音韻系統，其為納－德內語系中的一個小分群，時間深度不超過 2000 年；此外，他的重建只限於阻礙音。Krauss（1964）完成了完整的原始阿薩巴斯卡－Eyak 音韻的重建。原始納－德內語的重建至今尚未有重大進展。

10. 閃米語系：近東閃米語言之間的親屬關係已確立不知多長時

間了。根據 Ruhlen（1987: 87），「法國人 Guillaume Postel 在 1538 年指出了猶太和伊斯蘭學者知之甚久的希伯來語、阿拉伯語和阿拉姆語之間的親屬關係。1702 年，Hiob Ludolf 擴展了閃米語系的核心，將東非衣索比亞的閃米語言納入其中，最後是 1781 年 von Schlőzer 提出了閃米語系的名稱。」因此，完整閃米語系語言的認可可追溯到 1702 年，但至少一些閃米語言之間的親屬關係在此之前幾個世紀就已發現。最早重建原始閃米語音韻和語法的要屬 Brockelmann（1908－13），但要確定確切的重建的詞根數量就比較難了。Fonzaroli（1975）指出，雖然閃米語言的比較音韻和構詞取得了很大的進步，但仍沒有閃米語言的比較詞典，以及大型的原始閃米語重建的語料庫。他自己發現了 500 多個詞素，每個詞素都在三個主要地理區（東部、西北和西南）中各別至少出現在一個語言或方言中。其中許多（85）都與人類或有時動物的解剖和生理有關。其他更具規模的研究計畫也有望在網路上看到，但令人驚訝的是，對於這樣一個經過充分研究的語系來說，迄今似乎尚無任何已發表的文獻所做的重建數量比 Fonzaroli 還多。

11. 漢藏語系：根據 Ruhlen（1987: 143），龐大的藏緬語系是由 B.H. Hodgson 於 1828 年所認可，1896 年 August Conrady 提出了一個更大的語系，其中包括中文、泰語和藏緬語。由於較早的年份僅涉及到漢藏語系的一部分，後來的年份則涵蓋一個比漢藏語系更大的語言集合，因此可以說如今的漢藏語系直到很久以後的二十世紀才算是得到認可。然而，較早的年份依然具代表性，因為藏緬語佔了漢藏語系的 95% 左右，Conrady 將整個藏緬語都納入漢藏語系之內，即使藏緬語本身已涵蓋甚廣。然而直到 Benedict（1972）才系

統性建立了原始漢藏語的音韻系統。Benedict（1972）列出了 300 多個原始漢藏語的重建。Graham Thurgood（個人通訊）指出，這些重建仍普遍被認為是合理的，且估計「合理建立的」原始漢藏語詞源的總數約為 450 個，雖然並非所有的詞源都出自同一個地方。Matisoff（2003）提出了超過 700 個原始藏緬語的重建，並提供支持證據。

12. 圖皮語系：圖皮語系有時被稱為涵蓋南美洲範圍最廣的語系，但阿拉瓦克語系在東西兩邊的幅員上涵蓋更廣（包括加勒比地區），兩者的總涵蓋範圍幾乎相同。圖皮語系的名稱顯然是首先在 Adelung（1806－17）中明確指出。然而，幾乎所有學者在關於這個議題上會提出以下幾點：1. 儘管在地理上分布廣泛，這個語系中的 40－50 個語言關係緊密，以及 2. 在歐洲殖民擴張時期，這些語言在巴西沿海地區迅速擴張，因此從亞馬遜河口到里約熱內盧拉普拉塔的人們口中可發現非常相似的語言形式。葡萄牙人稱此沿海語言為 Tupinamba 或 Lingua Geral。雖然這個名稱本身就表明了葡萄牙人在十五世紀末就注意到廣泛分布的 Tupinamba 語言之間的相關性，但不表示當時已相應地意識到一個更大的語系的存在。根據 Lemle（1971: 107），「即使簡單看過詞表，就可明顯看出構成圖皮語系的這近四十個方言之間的相似性。」鑑於這種關係的不言而喻的性質，不同的圖皮語言之間的關係有可能在 Adelung（1806－17）前就已被認可，但有關這方面的證據仍不明顯。一些學者，如 Rodrigues（1985）和 Campbell（1997），認為圖皮語系是一個較大語系下的一個次分群，但由於到目前為止重建僅在原始圖皮語的層級上進行，我在這裡僅把重點放在圖皮語系上。Lemle（1971）提出了一個「原

始圖皮語的音韻系統和有限的部分詞彙的初步重建」。重建的詞彙只包含 221 個條目，以及它們在她認為地理分布廣泛、且代表最高層級的次分群的十個語言的反映。

13. 突厥語系：根據 Ruhlen（1987: 128）的說法，突厥（「韃靼」）語系是首次於 1730 年由 Phillip Johann von Strahlenberg 所認可。然而，Stefan Georg（個人通訊，2004 年 2 月 25 日）指出，除楚瓦什語之外，「突厥語系在檢驗上作為一個親屬分群顯而易見」，且除了直到最近才逐漸確立的西伯利亞突厥語群之外，整個突厥語系已在書面上由十一世紀的突厥語言學家 Mahmud al-Kashgari 所認可。原始突厥語的音韻系統最初是由 Räsänen（1949）重建的，且據文獻所述，一部俄羅斯詞源計畫項下的原始突厥語字典在 2004 年初包含了大約 2,100 個條目，預計完成大約 3,000 個條目（Alexander Vovin，個人通訊，2004 年 2 月 25 日）。

14. 烏拉語系：Ruhlen（1987: 65）將最早認可芬蘭語－匈牙利語之間的關係歸功於 1671 年的瑞典學者 Georg Stiernhielm，並指出在 1770 年時已全面認可烏拉語系。至於芬蘭－烏戈爾語系，Collinder（1955）提出了約 1,025 個同源詞，但沒有重建。這組詞彙比較並不比 Budenz（1873 － 1881）多多少，其提出了約 996 個芬蘭語和匈牙利語的同源詞，雖然其中有許多現在被認為是錯誤的。Janhunen（1981）藉由原始薩莫耶德語和原始芬蘭語之間的比較重建了大約 140 個原始烏拉語形式，並描述了同源詞之間的語音對應，包括 58 個母音規律和 12 個子音規律（John Kupcik，個人通訊，2004 年 9 月 4 日）。

15. 猶他－阿茲特克語系：西班牙人在十六世紀初時就已接觸到

阿茲特克語言並開始對其進行一些語法描述，但直到三個世紀後才開始對這個語系產生比較多的興趣。一般來說，對猶他－阿茲特克語系的認可歸功於 Buschmann（1859），儘管這是有問題的，因為雖然他注意到墨西哥中部的阿茲特克語言和它們更北方的親屬語言之間非偶然的相似性，但卻將其歸因於語言接觸的關係。第一個初步重建原始猶他－阿茲特克語音韻的通常要算是 Sapir（1913－14）。第一個大量的詞彙重建是 Miller（1967），提出了大約 500 個星號形式，但認為這些形式「代表一種速記符號，使讀者能夠知道比較的是哪些音素」，而非明確證明的詞源（John C. McLoughlin，個人通訊）。最近，在一項私下流傳的未公開研究中，Stubbs（2008）提出了大約 2,622 個詞彙構擬，然而其中一些代表的是猶他－阿茲特克語系之下的某個單一分群（Lyle Campbell，個人通訊）

　　雖然這些評論超出了南島語言學的範疇，但可以讓我們得知南島語系與其他主要語系相比的相關比較學術研究的進展。從這些表中可以清楚地看出，南島語系不僅是最大且分布最廣的語系之一，也是最先被認可的語系之一。南島語音韻的構擬比大多數的其他大語系都還要早，且目前所重建詞彙的品質和數量可能都是首屈一指的。

11.5　南島語言學參考文獻

　　至今為止已出現相當多南島語言學的參考文獻。不過，多數參考文獻很快就變得過時。出於這個原因，除非沒有其他有用文獻，

不然我只引用 1970 年以後出版的著作。其中最重要的參考文獻如下：

台灣：1）Li（1992）：這個研究包含了 38 頁有關台灣南島語言學的參考文獻（約 600 出頭條目），在大約 1990 年之前可謂相當完整。它還包含一個相當龐雜的台灣以外南島語比較語言學的參考文獻清單。無任何註解。

菲律賓：1）Ward（1971）：西班牙殖民時期的早期文獻以及直到大約 1970 年以來的英語文獻，是相當詳盡、帶有部分註解的指南。包含約 3,300 個已發表論文條目，並列出約 740 個關於菲律賓語言未發表的手稿。2）Asuncion-Landé（1971）：共有 1,977 個關於菲律賓語言學的條目的參考書目。有些許註解。自 Ward（1971）出版後變得相形失色。3）Makarenko（1981）：一部含有關於塔加洛語／菲律賓語的 1,778 個條目的參考書目，帶有註解。這份清單的長度清楚顯示相對於其他南島語言，塔加洛語受到非常大的關注。4）Shinoda（1990）：帶有註解的含有日本學者自 1902 年至 1989 年間關於菲律賓語的已發表著作和未發表手稿的參考書目。5）Hendrickson & Newell（1991）：以菲律賓語言的詞典和詞彙為主題的參考書目，有 700 多個條目。此文獻涵蓋了之前文獻的大量語料，對於對菲律賓詞典編纂感興趣的學者來說是一項非常專門便利的工具。6）Johnson（1996）：一大型書目（3,908 個條目），據其所述是「一部早期幾個書目文獻的整理」。不幸的是，此參考書目的缺點是其含有不夠具代表性的文獻（例如，一些非主流學者，如 Laurance L. Wilson，被介紹得非常詳盡，而菲律賓語言學的主要貢獻者如 R. David Paul Zorc，卻完全略過不談），無任何註解。7）Yamada（1997）：此一主題侷限於菲

律賓北部和台灣的巴士語群（主要為巴丹語、伊巴亞頓語和雅美語），但頗具規模的參考書目包含驚人的 1,750－1,800 個條目。然而，由於這份書目僅只是為了單一目的，因此包含了一些與主題沒有明顯關係的出版著作，以及許多甚至只有「談話筆記」水準的未發表手稿。其較有價值的一個特點是本文之前 7 頁的「參考書目目錄」。8）Johnson, Tan & Goshert（2003）：慶祝國際語言暑期學院菲律賓分院 50 周年紀念的參考書目。包含國際語言暑期學院菲律賓分院會員的已發表和未發表著作約 3,150 個條目。

印尼－馬來西亞：1）Voorhoeve（1955）：關於蘇門答臘語言的古荷蘭語文獻的寶貴指南，含有 205 個條目，以及一般參考著作。如同同一系列的其他卷，本書含有註解，包含個別語言和語系的簡短（5－6 頁）介紹、一張語言地圖和該地區先驅調查者的一些照片。雖然有點過時，但它仍然是研究蘇門答臘語言的最好來源。2）Cense & Uhlenbeck（1958）：關於婆羅洲語言的舊文獻的有用指南，包含 323 個條目，以及一些一般參考著作。於今已非常過時，因為在其編纂完成後，已有大量關於婆羅洲語言的著作出版。3）Teeuw（1961）：這本書是一部細緻的學術參考書目，包含馬來語和印尼語的 1,050 多個一般條目，以及關於實用手冊、教科書、學校書籍等之類約 340 篇的附錄，無疑為 1960 年前出版著作的最佳參考來源，但現今已非常過時。4）Uhlenbeck（1964）：一部關於爪哇島和馬都拉島語言的全面調查，包含約 270 個巽它語條目、420 個爪哇語條目、450 個古爪哇語條目、以及 220 個馬都拉語條目，是 1960 年代初期完成且非常適合的參考書目，但現在已過時了。5）Pusat（1976）：專門收錄詞典的參考書目。主要包含大約 320 個馬來語／印尼語詞

典的條目，大部分是雙語詞典（印尼語－荷蘭語、印尼語－英語等），以及約 250 個關於印尼其他語言詞典的條目，和大約 240 個單語專業術語詞典的條目（縮寫／首字母縮略詞、百科全書、地質術語等等）。「詞典」的定義很寬鬆，因為有些條目僅為簡短的單詞列表。以印尼語書寫；無註解。6）Collins（1990）：一部關於婆羅洲馬來語方言著作的含豐富註解的調查報告，共有 359 個條目。幾乎涵蓋了所有直到 1980 年代後期的著作。7）Noorduyn（1991）：最後一卷即將出版於荷蘭皇家荷蘭東南亞和加勒比研究所的參考書目系列中。由於它在其他卷之後的 30 多年才發表，因此它所收錄的著作新近多了。然而，有關蘇拉威西島語言的許多重要著作都是近 15 年才發表，因此 Noorduyn（1991）這一部參考書目比後殖民時期才完成的著作，對於了解荷蘭殖民時期的文獻更有助益。整部書目 228 頁，其中 92 頁專門收錄蘇拉威西島南部語言，相比島上的大多數其他語言，布吉語和 Makasarese 語一直以來受到過度關注的情形可見一斑。8）Collins（1995a）：所有關於已知蘇門答臘的馬來語方言的著作的詳細列表。Voorhoeve（1955）是有關此一語言的更新版；以印尼語書寫。9）Collins（1995b）：如第八項，是一部關於爪哇島、峇里島和斯里蘭卡馬來語方言的著作的完整、含豐富註解的調查報告，共有 687 個條目。幾乎涵蓋了所有直到 1990 年代初期的著作；以印尼語書寫。10）Collins（1996）：一部幾乎涵蓋所有直到 1990 年代中期印尼東部馬來語方言的著作的彙編；以印尼語書寫。11）Collins（手稿）：目前無疑為最完整可得的關於半島馬來語方言的參考書目。

新幾內亞地區：1）Carrington（1996）：這部龐大的參考書目歷

時了二十年的著作時間，包含關於新幾內亞地區（西太平洋和印尼東部的鄰近地區）的巴布亞語和南島語言約 14,000 多個條目。它的收錄範圍甚廣，納入許多與新幾內亞地區沒有明顯聯繫的出版著作，顯然只是因為其作者所發表的*其他*著作是相關的故將其納入。為了最大限度地收錄，連國際語言暑期學院成員的打字稿、只含些許語言學內容的人類學著作、以及僅提及語言名稱但不含任何太平洋語料等相關資料都列入。因為它是按作者姓氏的字母順序排列，而不參考語言的親屬關係，因此如果沒有投入大量的時間和精力，很難確定有多少條目與南島語言有關。

萬那杜：1）Lynch & Crowley（2001）：此書的目的為更新 Tryon（1976），是一部關於萬那杜語言的調查報告，包括一個含大約 480 個條目的參考書目，涵蓋萬那杜和比斯拉馬的原住民語言。

大洋洲：1）Klieneberger（1957）：此書對於大洋洲語言整體而言是唯一的參考書目，現在已顯然過時。然而，此書對當時而言是一部完整且有用的參考書目，含有涵蓋了所有大洋洲語言、以及涇濱語和克里奧語的大約 2,166 個條目。

這份簡短的調查報告顯示南島語言的參考書目覆蓋範圍仍然存在差距。在書目方面，整個菲律賓和馬來語方言可能是最具代表性的地區。印尼的大多數非馬來語言的參考文獻數量嚴重不足。1950年代至 1960 年代的荷蘭語文獻在當時非常完整，但現在已過時了。馬拉加斯語、占語和新喀里多尼亞和羅雅提群島的語言沒有任何語言學的參考文獻書目。最後，Klieneberger 的大洋洲語言學的參考書目已有半個多世紀的歷史了。相對於大洋洲語言有大量的研究文獻，太平洋地區的語言出乎意料沒有地受到學者應有的重視。雖然

有過一些個別語言的詳細參考書目，如塔加洛語和馬來語，卻從未有波里尼西亞（或太平洋中部）語言整體或是麥克羅尼西亞語言的完整參考書目。

---

① 澳洲國立大學太平洋和亞洲研究院（Research School of Pacific and Asian Studies）已於 2010 年與亞洲研究學院（Faculty of Asian Studies）合併為亞洲與太平洋學院（College of Asia and the Pacific）。

② 原太平洋和亞洲研究院（Research School of Pacific and Asian Studies）的語言學系（Department of Linguistics）已裁撤，不存在於合併後的亞洲與太平洋學院（College of Asia and the Pacific）。

③ 作者所說的第二次會議，時間應為 1997 年、會議名稱為 8ICAL，該會議會後由中央研究院語言所出版會後論文集（詳見 Li & Zeitoun 1999），謝謝李壬癸老師的指正。

參考書目

以下為期刊和其他期刊出版物的縮寫:

AA American Anthropologist

AP Asian Perspectives (Honolulu)

BIHP Bulletin of the Institute of History and Philology, Academia Sinica. Began
in China in 1929, transferred to Taiwan with the Nationalist government in
1945. The Institute of Linguistics split off as an independent unit in 1997,
with a new journal *Language and Linguistics* beginning in 2000, at which
time *BIHP* ceased to exist.

BKI Bijdragen tot de Taal-, Land- en Volkenkunde. Began in 1851; until 1949
was *Bijdragen tot de Taal-, Land- en Volkenkunde van Nederlandsch-Indië*;
earlier abbreviation was BTLV.

BRB Borneo Research Bulletin. Published by the Borneo Research Council,
Department Of Anthropology, College of William and Mary, Williamsburg,
Virginia.

BSLP Bulletin de la société linguistique de Paris.

BSOAS Bulletin of the School of Oriental and African Studies, University of
London.

CA Current Anthropology.

CAAAL Computational Analyses of Asian & African Languages (Tokyo).

ILDEP Indonesian Languages Development Project. Series of occasional
  publications on languages of Indonesia, University of Leiden.

JAOS Journal of the American Oriental Society.

JASO Journal of the Anthropological Society of Oxford.

JMBRAS Journal of the Malayan Branch of the Royal Asiatic Society.

JPS Journal of the Polynesian Society. Published in New Zealand since 1891.

JRAI Journal of the Royal Anthropological Institute of Great Britain and Ireland.

JRAS Journal of the Royal Asiatic Society.

KITLV Koninklijk Instituut voor Taal-, Land- en Volkenkunde. Royal Institute
  ofLinguistics, Geography and Ethnology, Holland (not part of the
  Verhandelingen).

LACITO Langues et civilisations a tradition orale. Paris: Centre National de la
  Recherche Scientifique.

LL Language and Linguistics. Institute of Linguistics, Academia Sinica, Taipei.

LLMS Language and Linguistics Monograph Series. Institute of Linguistics,
  Academia Sinica, Taipei.

LSP Linguistic Society of the Philippines.

NUSA NUSA, Linguistic Studies in Indonesian and Other Languages in Indonesia
  Series of occasional publications issued through Atma Jaya Catholic
  University, Jakarta.

OL Oceanic Linguistics. Journal, began at Southern Illinois University,
  Carbondale in 1962; shifted to the University of Hawaii the following year,
  where it has remained ever since.

OLSP Oceanic Linguistics Special Publications. Monograph series associated
  with the journal *Oceanic Linguistics*, and issued through the University of
  Hawaii Press, Honolulu.

PJL The Philippine Journal of Linguistics: published by the Linguistic Society of the Philippines since 1970 (Manila).

PL Pacific Linguistics. Series of occasional publications issued by Department of
   Linguistics, Research School of Pacific and Asian Studies, Australian
   National University, Canberra. Began as 'Linguistic Circle of Canberra
   Publications', and the institutional unit was earlier called the 'Research
   School of Pacific Studies'. The numbering system changed in 2000.

SELAF Société d'études linguistiques et anthropologiques de France (Paris).

SLCAA Study of languages & cultures of Asia and Africa (Tokyo).

SMJ The Sarawak Museum Journal. Published by the Sarawak Museum,
   Kuching, since 1913.

SPLC Studies in Philippine Languages and Cultures. Published by Linguistic
   Society of the Philippines and Summer Institute of Linguistics, Philippines
   since 1977.

*UHWPL University of Hawaii Working Papers in Linguistic*s (Honolulu).

*VBG Verhandelingen van het Bataviaasch Genootschap van kunsten en
   Wetenschappen*. Proceedings of the Batavia Society of Arts and Sciences,
   published in Indonesia during the Dutch colonial period.

*VKI Verhandelingen van het Koninklijk Instituut voor Taal-, Land- en
   Volkenkunde*. Monograph series issued through the Royal Institute of
   Linguistics, Geography and Ethnology, Leiden; formerly in The Hague.

*VSIS Veröffentlichungen des Seminars für Indonesische und Südseesprachen der
   Universität Hamburg*. Monograph series issued through Department of
   Indonesian and Pacific Island Languages, University of Hamburg.

*WILC Workpapers in Indonesian Languages and Cult*ures. Published by the
   Summer Institute of Linguistics in collaboration with Cenderawasih
   University in Irian Jaya, Hasanuddin University in Sulawesi, and Pattimura
   University in Maluku, and with the cooperation of The Department of

Education and Culture, Republic of Indonesia.

ZfE Zeitschrift für Ethnologie. Published in Berlin and then Braunschweig since 1869.

ZfES Zeitschrift für Eingeborenen-Sprachen. Published in Berlin since 1910; began as *Zeitschrift für Kolonial-Sprachen.*

Abinal, R.R. and P.P. Malzac. 1970 [1888]. *Dictionnaire malgache-français.* Paris: Editions Maritime et d'Outre-Mer. Marseille.

Abo, T., B.W. Bender, A. Capelle and T. DeBrum. 1976. *Marshallese-English dictionary.* PALI Language Texts: Micronesia. Honolulu: The University Press of Hawaii.

Adam, T. and J.P. Butler. 1948 [1922]. *Grammar of the Malay language.* New York: Hafner Publishing Co.

Adelaar, K.A. 1981. Reconstruction of Proto-Batak phonology. In Blust: 1-20.

—— 1983. Malay consonant-harmony: an internal reconstruction. In Collins: 57-67.

—— 1989. Malay influence on Malagasy: linguistic and culture-historical implications. *OL* 28: 1-46.

—— 1991. Some notes on the origin of Sri Lanka Malay. In H. Steinhauer, ed., *Papers in Austronesian Linguistics*, No. 1: 23-37. Canberra: Pacific Linguistics.

—— 1992. *Proto-Malayic: the reconstruction of its morphology and parts of its lexicon and morphology.* Canberra: Pacific Linguistics.

—— 1994a. The classification of the Tamanic languages. In Dutton and Tryon: 1-42.

—— 1994b. Malay and Javanese loanwords in Malagasy, Tagalog and Siraya (Formosa). *BKI* 150: 50-65.

—— 1996. Malay in the Cocos (Keeling) islands. In Nothofer: 167-198.

—— 1997a. Grammar notes on Siraya, an extinct Formosan language. *OL* 36: 362-397.

—— 1997b. An exploration of directional systems in West Indonesia and Madagascar. In Senft: 53-81.

—— 2004. A la recherche d'affixes perdus en malais. In Zeitoun: 165-176.

—— 2005a. *Salako or Badameà: sketch grammar, texts and lexicon of a Kanayatn dialect in West Borneo.* Wiesbaden: Harrassowitz.

—— 2005b. The Austronesian languages of Asia and Madagascar: a historical perspective. In Adelaar and Himmelmann: 1-42.

—— 2005c. Malayo-Sumbawan. *OL* 44: 357-388.

—— 2010. The amalgamation of Malagasy. In Bowden, Himmelmann and Ross: 161-178.

—— 2011. *Siraya: retrieving the phonology, grammar and lexicon of a dormant Formosan language.* Berlin: de Gruyter Mouton.

—— 2012. Malagasy phonological history and Bantu influence. *OL* 51: 123-159.

Adelaar, K.A. and R. Blust, eds. 2002. *Between worlds: linguistic papers in memory of David John Prentice.* Canberra: Pacific Linguistics.

Adelaar, K.A. and N P. Himmelmann, eds. 2005. *The Austronesian languages of Asia and Madagascar.* London and New York: Routledge.

Adelaar, K.A. and A.K. Pawley, eds. 2009. *Austronesian historical linguistics and culture history: a festschrift for Robert Blust.* Canberra: Pacific Linguistics.

Adelung, J.C. 1806-1817. 4 vols. *Mithridates.* Berlin.

Adriani, N. 1893. *Sangireesche spraakkunst.* Leiden: Nederlandsch Bijbelgenootschap.

—— 1928. *Bare'e-Nederlandsch woordenboek.* Leiden: Brill.

Akamine, J. 2002. The Sinama derived transitive construction. In Wouk and Ross:

355- 366.

Alkire, W.H. 1977. *An introduction to the peoples and cultures of Micronesia* (2nd edition). Menlo Park, California: Cummings Publishing Co.

Ameda, C., G.A. Tigo, V.B. Mesa and L. Ballard. 2011. *Ibaloy dictionary*. Asheville, North Carolina: Biltmore Press.

Anceaux, J.C. 1952. *The Wolio language. VKI* 11. The Hague: Nijhoff.

—— 1961. *The linguistic situation in the islands of Yapen, Kurudu, Nau and Miosnum, New Guinea. VKI* 35. The Hague: Nijhoff.

—— 1965. Linguistic theories about the Austronesian homeland. *BKI* 121: 417-432.

—— 1987. *Wolio dictionary (Wolio-English-Indonesian). KITLV*. Dordrecht, Holland: Foris Publications.

Anderbeck, K. 2007. An initial reconstruction of Proto-Lampungic: phonology and basic Vocabulary. *SPLC* 16: 41-165.

Andersen, D. 1999. Moronene numbers. In D. Mead, ed., *Studies in Sulawesi Linguistics*, Part V: 1-72. NUSA 45.

Andersen, E.S. 1978. Lexical universals of body-part terminology. In Greenberg, ed., 3: 335-368.

Anderson, S.R. 1972. On nasalisation in Sundanese. *Linguistic Inquiry* 11.3: 253-268.

Antworth, E.L. 1979. *A grammatical sketch of Botolan Sambal*. Manila: LSP.

Arka, I W. and M. Ross, eds. 2005. *The many faces of Austronesian voice systems*: *some new empirical studies*. Canberra: Pacific Linguistics.

Arms, D.G. 1973. Whence the Fijian transitive endings? *OL* 12: 503-558.

Arndt, P. 1961. *Wörterbuch der Ngadhasprache*. Studia Instituti Anthropos, Vol. 15. Posieux, Fribourg, Switzerland.

Asuncion-Landé, N.C. 1971. *A bibliography of Philippine linguistics*. Athens,

Ohio: Center for International Studies, Ohio University.

Atkinson, Q.D. and R.D. Gray. 2005. Are accurate dates an intractable problem for historical linguistics? In C. Lipo, M. O'Brien, S. Shennan and M. Collard, eds., *Mapping our Ancestry: Phylogenetic Methods in Anthropology and Prehistory*: 269-296. Chicago: Aldine.

Atkinson, Q., G. Nicholls, D. Welch and R. Gray. 2005. From words to dates: water into wine, mathemagic or phylogenetic inference? *Transactions of the Philological Society* 103.2: 193-219.

Austin, P.K. 2000a. Verbs, voice and valence in Sasak. In Austin: 5-24.

—— ed. 2000b. *Sasak: Working Papers in Sasak*, vol. 2. Melbourne: Department of Linguistics and Applied Linguistics, The University of Melbourne.

Ayed, S.A., L.B. Underwood, and V.M. van Wynen. 2004. *Tboli-English dictionary*. Manila: Summer Institute of Linguistics.

Aymonier, É. and A. Cabaton. 1906. *Dictionnaire cham-français*. Bulletin de l'école française d'extrême-orient 7. Paris: Leroux.

Baird, Louise. 2002. *A grammar of Kéo: An Austronesian language of East Nusantara*. Ph.D. thesis, Australian National University.

Baldi, P., ed. 1990. *Linguistic change and reconstruction methodology*. Trends in Linguistics Studies and Monographs 45. Berlin: Mouton de Gruyter.

Ball, Douglas. 2007. On ergativity and accusativity in Proto-Polynesian and Proto-Central Pacific. *OL* 46: 128-153.

Bancel, P.J. and A. Matthey de l'Etang. 2002. Tracing the ancestral kinship system: the global etymon KAKA. *Mother Tongue* VII: 209-222.

Barber, C.C. 1979. *Dictionary of Balinese-English*. 2 vols. Aberdeen University Library Occasional Publications, No. 2. University of Aberdeen.

Bareigts, A. 1987. *Notes on Kkef.falan*. Fengpin, Taiwan (privately printed).

Barnes, R.H. 1974. *Kédang: A study of the collective thought of an Eastern*

Indonesian people. Oxford Monographs in Social Anthropology. Oxford: Clarendon Press.

—— 1977. *Mata* in Austronesia. *Oceania* 48.4: 300-319.

—— 1980. Fingers and numbers. *JASO* 11.3: 197-206.

Bauer, W. 1993. *Maori*. Descriptive Grammars Series. London: Routledge.

Beaujard, P. 1998. *Dictionnaire malgache-français: dialecte Tañala, Sud-Est de Madagascar*. Paris: l'Harmattan.

Beaumont, C.H. 1976. Austronesian languages: New Ireland. In Wurm 2: 387-397.

—— 1979. *The Tigak language of New Ireland*. Canberra: Pacific Linguistics.

Behrens, D. 2002. *Yakan-English dictionary*. Manila: Linguistic Society of the Philippines.

Bell, F.L.S. 1977. *Tanga-English, English-Tanga dictionary*. Oceania Linguistic Monographs, No. 21. Sydney: Department of Anthropology, University of Sydney.

Bellwood, P. 1979. *Man's conquest of the Pacific: the prehistory of Southeast Asia and Oceania*. New York: Oxford University Press.

—— 1997 [1985]. *Prehistory of the Indo-Malaysian archipelago*. 2nd, rev. edition. Honolulu: University of Hawaii Press.

Belo, M., J. Bowden, J. Hajek and N. Himmelmann. 2005. *The Waimaha language of East Timor*. Website accessible at http://rspas.anu.edu.au/linguistics/Waimaha/eng/sounds.html.

Bender, B.W. 1968. Marshallese phonology. *OL* 7: 16-35.

—— 1969a. Vowel dissimilation in Marshallese. *Working Papers in Linguistics* 1.1: 88-96. Honolulu: Department of Linguistics, University of Hawaii.

—— 1969b. *Spoken Marshallese*. PALI Language Texts: Micronesia. Honolulu: University of Hawaii Press.

—— 1971. Micronesian languages. In Sebeok: 426-465.

—— W.H. Goodenough, F.H. Jackson, J.C. Marck, K.L. Rehg, H.M. Sohn, S. Trussel and J.W. Wang. 2003a. Proto-Micronesian reconstructions – 1. *OL* 42: 1-110.

—— W.H. Goodenough, F.H. Jackson, J.C. Marck, K.L. Rehg, H.M. Sohn, S. Trussel and J.W. Wang. 2003b. Proto-Micronesian reconstructions – 2. *OL* 42: 271-358.

—— ed. 1984. *Studies in Micronesian linguistics*. Canberra: Pacific Linguistics.

Benedict, P.K. 1941. A Cham colony on the island of Hainan. *Harvard Journal of Asiatic Studies* 4: 129-134.

—— 1942. Thai, Kadai and Indonesian: a new alignment in southeastern Asia. *American Anthropologist* 44: 576-601.

—— 1972. *Sino-Tibetan: a conspectus*. New York: Cambridge University Press.

—— 1975. *Austro-Thai: language and culture, with a glossary of roots*. New Haven: Human Relations Area Files.

—— 1984. Austro-Tai parallel: a tonal Cham colony on Hainan. *CAAAL* 22: 83-86.

—— 1990. *Japanese/Austro-Tai.* Ann Arbor, Michigan: Karoma Publishers.

Benjamin, G. 1976. Austroasiatic subgroupings and prehistory in the Malay peninsula. In P.N. Jenner, L.C. Thompson and S. Starosta (eds.), *Austroasiatic Studies,* Part 1: 37-128. *OLSP* 13.

Bennardo, G., ed. 2002. *Representing space in Oceania: Culture in language and mind*. Canberra: Pacific Linguistics.

Benton, R.A. 1971. *Pangasinan reference grammar*. PALI Language Texts: Philippines. Honolulu: University of Hawaii Press.

Benveniste, E. 1973 [1969]. *Indo-European language and society*. Miami Linguistics Series No. 12. Coral Gables, Florida: University of Miami Press.

Bergsland, K. and H. Vogt. 1962. On the validity of glottochronology. *CA* 3: 115-153 (with comments).

Berlin, B. and P. Kay. 1969. *Basic color terms: their universality and evolution.* Berkeley: University of California Press.

Bermejo, J. 1894. *Arte compendiado de la lengua Cebuana* (2nd edition). Tambobong. Pequena Tipo-litografia del Asilo de Huerfanos.

Besnier, N. 2000. *Tuvaluan: a Polynesian language of the central Pacific.* Descriptive Grammars Series. London and New York: Routledge.

Bhat, D.N.S. 1978. A general study of palatalisation. In Greenberg, 2: 47-92.

Biggs, B. 1965. Direct and indirect inheritance in Rotuman. *Lingua* 14: 383-415.

—— 1971. The languages of Polynesia. In Sebeok: 466-505.

—— 1994. New words for a new world. In Pawley and Ross: 21-29.

Blacking, J. 1977. *The anthropology of the body.* Association of Social Anthropologists monograph 15. London: Academic Press.

Blagden, C.O. 1902. A Malayan element in some of the languages of southern Indo- China. *Journal of the Straits Branch of the Royal Asiatic Society* 38: 1-27.

—— 1916. Preface. In Brandstetter 1916: v-ix.

Blake, F.R. (1906). Expression of case by the verb in Tagalog. *JAOS* 27: 183-189.

—— 1917. Reduplication in Tagalog. *American Journal of Philology* 38: 425-431.

—— 1925. *A grammar of the Tagalog language, the chief native idiom of the Philippine islands.* American Oriental Series, Vol. 1. New Haven: American Oriental Society.

—— 1930. A semantic analysis of case. In James T. Hatfield, *et al*, eds., *Curme volume of linguistics studies*: 34-49. Baltimore: Waverly Press.

Blench, R. and M. Spriggs, eds. 1997. *Archaeology and language I: theoretical and methodological orientations*. London and New York: Routledge.

Blevins, J. 2003. A note on reduplication in Bugotu and Cheke Holo. *OL* 42: 499-505.

—— 2004a. The mystery of Austronesian final consonant loss. *OL* 43: 208-213.

—— 2004b. *Evolutionary phonology: the emergence of sound patterns*. Cambridge University Press.

—— 2005. The role of phonological predictability in sound change: privileged reduction in Oceanic reduplicated substrings. *OL* 44: 517-526.

—— 2006. A theoretical synopsis of Evolutionary Phonology. *Theoretical Linguistics* 32: 117-166.

—— 2007. A long lost sister of Proto-Austronesian? Proto-Ongan, mother of Jarawa and Onge of the Andaman Islands. *OL* 46: 154-198.

—— 2008. Phonetic explanation without compromise: the evolution of Mussau syncope. *Diachronica* 25: 1-19.

—— 2009a. Another universal bites the dust: Northwest Mekeo lacks coronal phonemes. *OL* 48: 264-273.

—— 2009b. Low vowel dissimilation outside of Oceanic: the case of Alamblak. *OL* 48: 477-483.

Blevins, J. and A. Garrett. 1998. The origins of consonant-vowel metathesis. *Language* 74: 508-556.

—— and S.P. Harrison. 1999. Trimoraic feet in Gilbertese. *OL* 38: 203-230.

—— and D. Kaufman. 2012. Origins of Palauan intrusive velar nasals. *OL* 51: 18-32.

Blood, D.W. 1961. Women's speech characteristics in Cham. *Asian Culture* 3: 139-143.

—— 1962. Reflexes of Proto-Malayo-Polynesian in Cham. *Anthropological Linguistics* 4.9: 11-20.

Bloomfield, L. 1917. 2 parts. *Tagalog texts with grammatical analysis*. University of Illinois Studies in Language and Literature. Urbana, Illinois: University of Illinois.

—— 1925. On the sound system of Central Algonquian. *Language* 1: 130-156.

—— 1933. *Language*. New York: Holt, Rinehart and Winston.

Blust, R. 1969. Some new Proto-Austronesian trisyllables. *OL* 8: 85-104.

—— 1970a. Proto-Austronesian addenda. *OL* 9: 104-162.

—— 1970b. *i* and *u* in the Austronesian languages. *Working Papers in Linguistics* 2.6: 113-145. Honolulu: Department of Linguistics, University of Hawaii.

—— 1971. A Tagalog consonant cluster conspiracy. *PJL* 2: 85-91.

—— 1972. Note on PAN *qa(R)(CtT)a 'outsiders, alien people'. *OL* 11: 166-171.

—— 1973a. Additions to "Proto-Austronesian addenda"and "Proto Oceanic addenda with cognates in non-Oceanic Austronesian languages – II". *UHWPL* 5.3: 33-61.

—— 1973b. The origins of Bintulu *6, d*. BSOAS 36: 603-620.

—— 1974a. A double counter-universal in Kelabit. *Papers in Linguistics* 7: 309-324.

—— 1974b. *The Proto-North Sarawak vowel deletion hypothesis*. Unpublished Ph.D. dissertation. Honolulu: Department of Linguistics, University of Hawaii.

—— 1974c. A Murik vocabulary, with a note on the linguistic position of Murik. *SMJ* 22.43 (new series): 153-189.

—— 1976a. A third palatal reflex in Polynesian languages. *JPS* 85: 339-358.

—— 1976b. Austronesian culture history: some linguistic inferences and their relations to the archaeological record. *World Archaeology* 8: 19-43.

—— 1977a. The Proto-Austronesian pronouns and Austronesian subgrouping: a preliminary report. *Working Papers in Linguistics* 9.2: 1-15. Honolulu:

Department of Linguistics, University of Hawaii.

—— 1977b. A rediscovered Austronesian comparative paradigm. *OL* 16: 1-51.

—— 1977c. *Sketches of the morphology and phonology of Bornean languages 1: Uma Juman (Kayan)*. Canberra: Pacific Linguistics: 7-122.

—— 1978a. *The Proto Oceanic palatals*. Memoir 43, The Polynesian Society. Wellington.

—— 1978b. Eastern Malayo-Polynesian: a subgrouping argument. In Wurm and Carrington, Fasicle 2: 181-234.

—— 1978c. Review of Thomas A. Sebeok, ed., *Current Trends Linguistics, vol. 8: Linguistics in Oceania. Language* 54: 467-480.

—— 1979. Proto-Western Malayo-Polynesian vocatives. *BKI* 135: 205-251.

—— 1980a. More on the origins of glottalic consonants. *Lingua* 52: 125-156.

—— 1980b. Austronesian etymologies. *OL* 19: 1-181.

—— 1980c. Iban antonymy: a case from diachrony? In D.J. van Alkemade et al, eds., *Linguistic studies offered to Berthe Siertsema*: 35-47. Amsterdam: Rodopi.

—— 1981a. Some remarks on labiovelar consonants in Oceanic languages. In Hollyman and Pawley: 229-253.

—— 1981b. The reconstruction of Proto-Malayo-Javanic: an appreciation. *BKI* 137: 456-469.

—— 1981c. Linguistic evidence for some early Austronesian taboos. *AA* 83: 285-319.

—— 1982a. The Proto-Austronesian word for 'female'. In Carle et al: 17-30.

—— 1982b. The linguistic value of the Wallace Line. *BKI* 138: 231-250.

—— 1982c. An overlooked feature of Malay historical phonology. *BSOAS* 45: 284- 299.

—— 1983/1984a. More on the position of the languages of eastern Indonesia. *OL*

22/23: 1-28.

—— 1983/1984b. Austronesian etymologies - II. *OL* 22/23: 29-149.

—— 1984a. Malaita-Micronesian: an Eastern Oceanic subgroup? *JPS* 93: 99-140.

—— 1984b. On the history of the Rejang vowels and diphthongs. *BKI* 140: 422-450.

—— 1984c. A Mussau vocabulary, with phonological notes. Papers in New Guinea Linguistics No. 23: 159-208. Canberra: Pacific Linguistics.

—— 1986. Austronesian etymologies - III. *OL* 25: 1-123.

—— 1986/1987. Language and culture history: two case studies. *AP* 27: 205-227.

—— 1987a. Rennell-Bellona /l/ and the "Hiti"substratum. In D.C. Laycock and W. Winter, eds., *A world of language: papers presented to Professor S.A. Wurm on his 65th birthday*: 69-79. Canberra: Pacific Linguistics.

—— 1987b. Lexical reconstruction and semantic reconstruction: the case of Austronesian "house"words. *Diachronica* 4: 79-106.

—— 1988a. *Austronesian root theory: an essay on the limits of morphology*. Amsterdam/Philadelphia: John Benjamins.

—— 1988b. Dempwolff's contributions to Austronesian linguistics. *Afrika und Übersee* 71.2: 90-96.

—— 1988c. Sketches of the morphology and phonology of Bornean languages, 2: Mukah Melanau. In Steinhauer 1988b: 151-216.

—— 1989a. The adhesive locative in Austronesian languages. *OL* 28: 197-203.

—— 1989b. Austronesian etymologies – IV. *OL* 28: 111-180.

—— 1991a. The Greater Central Philippines hypothesis. *OL* 30: 73-129.

—— 1991b. On the limits of the "Thunder complex"in Australasia. *Anthropos* 86: 517-528.

—— 1991c. Sound change and migration distance. In Blust, ed.: 27-42.

—— 1992. On speech strata in Tiruray. In M.D. Ross, ed., *Papers in Austronesian Linguistics*, No. 1: 1-52. Canberra: Pacific Linguistics.

—— 1993a. Kelabit-English vocabulary. *SMJ* 44.65 (new series): 141-226.

—— 1993b. Central and Central-Eastern Malayo-Polynesian. *OL* 32: 241-293

—— 1993c. *S metathesis and the Formosan/Malayo-Polynesian language boundary. In Øyvind Dahl, ed., *Language: a doorway between human cultures. Tributes to Otto Chr. Dahl on his ninetieth birthday*: 178-183. Oslo: Novus.

—— 1993d. Austronesian sibling terms and culture history. *BKI* 149: 22-76 (also published in Pawley and Ross 1994: 31-72).

—— 1994a. The Austronesian settlement of mainland Southeast Asia. In K.L. Adams and T.J. Hudak, eds. *Papers from the Second Annual Meeting of the Southeast Asian Linguistics Society*: 25-83. Tempe, Arizona: Program forSoutheast Asian Studies, Arizona State University.

—— 1994b. Obstruent epenthesis and the unity of phonological features. *Lingua* 93: 111-139.

—— 1995a. Notes on Berawan consonant gemination. *OL* 34: 123-138.

—— 1995b. Sibilant assimilation in Formosan languages and the Proto-Austronesian word for 'nine': a discourse on method. *OL* 34: 443-453.

—— 1995c. The prehistory of the Austronesian-speaking peoples: a view from language. *Journal of World Prehistory* 9: 453-510.

—— 1996a. Low vowel dissimilation in Ere. *OL* 35: 96-112.

—— 1996b. Low vowel dissimilation in Oceanic languages: an addendum. *OL* 35: 305-309.

—— 1996c. Notes on the semantics of Proto-Austronesian *-an 'locative'. In M. Klamer, ed., *Voice in Austronesian*: 1-11. NUSA 39.

—— 1996d. The Neogrammarian hypothesis and pandemic irregularity. In Durie and Ross: 135-156.

—— 1996e. Some remarks on the linguistic position of Thao. *OL* 35: 272-294.

—— 1996f. The linguistic position of the Western Islands, Papua New Guinea. In Lynch and Pat: 1-46.

—— 1997a. Semantic change and the conceptualisation of spatial relationships in Austronesian languages. In Senft: 39-51.

—— 1997b. Ablaut in northwest Borneo. *Diachronica* 14: 1-30.

—— 1997c. Nasals and nasalisation in Borneo. *OL* 36: 149-179.

—— 1997d. Rukai stress revisited. *OL* 36: 398-403.

—— 1997e. Review of Darrell T. Tryon, ed., *Comparative Austronesian dictionary: An introduction to Austronesian studies*. *OL* 36: 404-419.

—— 1998a. Seimat vowel nasality: a typological anomaly. *OL* 37: 298-322.

—— 1998b. Some problems in Thao phonology. In S. Huang, ed., *Selected Papers from the Second International Symposium on Languages in Taiwan (ISOLIT)*: 1- 20. Taipei: Crane.

—— 1998c. A note on the Thao patient focus perfective. *OL* 37: 346-353.

—— 1998d. Squib: a note on higher-order subgroups in Oceanic. *OL* 37: 182-188.

—— 1998e. The position of the languages of Sabah. In M.L.S. Bautista, ed., *Pagtanáw: essays on language in honor of Teodoro A. Llamzon*: 29-52. Manila: LSP.

—— 1998f. Ca- reduplication and Proto-Austronesian grammar. *OL* 37: 29-64.

—— 1999a. Notes on Pazeh phonology and morphology. *OL* 38: 321-365.

—— 1999b. Subgrouping, circularity and extinction: some issues in Austronesian comparative linguistics. In Zeitoun and Li: 31-94.

—— 1999c. A note on covert structure: Ca- reduplication in Amis. *OL* 38: 168-174.

—— 2000a. Why lexicostatistics doesn't work: the 'universal constant' hypothesis and the Austronesian languages. In C. Renfrew, A. McMahon and L. Trask, eds., *Time depth in historical linguistics*, vol. 2: 311-331. Papers in the Prehistory of Languages. Cambridge: The McDonald Institute for Archaeological Research.

—— 2000b. Rat ears, tree ears, ghost ears and thunder ears in Austronesian languages. *BKI* 156: 687-706.

—— 2000c. Chamorro historical phonology. *OL* 39: 83-122.

—— 2000d. Low vowel fronting in northern Sarawak. *OL* 39: 285-319.

—— 2001a. Some remarks on stress, syncope, and gemination in Mussau. *OL* 40: 143-150.

—— 2001b. Thao triplication. *OL* 40: 324-335.

—— 2001c. Reduplicated colour terms in Oceanic languages. In A.K. Pawley, M. Ross and D. Tryon, eds., *The boy from Bundaberg: Studies in Melanesian linguistics in honour of Tom Dutton*: 23-49. Canberra: Pacific Linguistics.

—— 2001d. Historical morphology and the spirit world: the *qali/kali- prefixes in Austronesian languages. In J. Bradshaw and K.L. Rehg, eds., *Issues in Austronesian morphology: a focusschrift for Byron W. Bender*: 15-73. Canberra: Pacific Linguistics.

—— 2001e. Language, dialect and riotous sound change: the case of Sa'ban. In G.W.

Thurgood, ed., *Papers from the Ninth Annual Meeting of the Southeast Asian Linguistics Society*: 249-359. Arizona State University Program for Southeast Asian Studies Monograph Series. Tempe: Arizona State University.

—— 2001f. Malayo-Polynesian: new stones in the wall. *OL* 40: 151-155.

—— 2002a. Formalism or phoneyism? The history of Kayan final glottal stop. In

Adelaar and Blust: 29-37.

—— 2002b. The history of faunal terms in Austronesian languages. *OL* 41: 89-139.

—— 2002c. Kiput historical phonology. *OL* 41: 384-438.

—— 2002d. Notes on the history of 'focus' in Austronesian languages. In Wouk and Ross: 63-78.

—— 2003a. *Thao dictionary. LLMS* A5. Taipei.

—— 2003b. *A short morphology, phonology and vocabulary of Kiput, Sarawak.* Canberra: Pacific Linguistics.

—— 2003c. Three notes on Early Austronesian morphology. *OL* 42: 438-478.

—— 2003d. The phonestheme ŋ- in Austronesian languages. *OL* 42: 187-212.

—— 2003e. Vowelless words in Selau. In Lynch: 143-152.

—— 2004a. Austronesian nasal substitution: a survey. *OL* 43.1: 73-148.

—— 2004b. *t to k: an Austronesian sound change revisited. *OL* 43: 365-410.

—— 2005a. Review of Lynch, Ross and Crowley, *The Oceanic Languages. OL* 44: 536-550.

—— 2005b. A note on the history of genitive marking in Austronesian languages. *OL* 44: 215-222.

—— 2005c. The linguistic macrohistory of the Philippines: some speculations. In Liao and Rubino: 31-68.

—— 2005d. Whence the Malays? In J.T. Collins and A. Sariyan, eds., *Borneo and the homeland of the Malays: four essays*: 64-88. Kuala Lumpur: Dewan Bahasa dan Pustaka.

—— 2005e. Must sound change be linguistically motivated? *Diachronica* 22: 219- 269.

—— 2006a. The origin of the Kelabit voiced aspirates: a historical hypothesis revisited. *OL* 45: 311-338.

—— 2006b. Anomalous liquid : sibilant correspondences in western Austronesian. *OL* 45: 210-216.

—— 2006c. Supertemplatic reduplication and beyond. In Chang, Huang and Ho: 439-460.

—— 2007a. The prenasalized trills of Manus. In J. Siegel, J. Lynch and D. Eades, eds., *Language description, history and development: linguistic indulgence in memory of Terry Crowley*: 297-311. Amsterdam/Philadelphia: John Benjamins.

—— 2007b . Disyllabic attractors and antiantigemination in Austronesian sound change. *Phonology* 24: 1-36.

—— 2007c. Òma Lóngh historical phonology. *OL* 46: 1-53.

—— 2007d . The linguistic position of Sama-Bajaw. *SPLC* 15: 73-114.

—— 2008a. Is there a Bima-Sumba subgroup? *OL* 47: 46-114.

—— 2008b. Remote Melanesia: one history or two? An addendum to Donohue and Denham. *OL* 47: 445-459.

—— 2009a. *The Austronesian languages*. 1st edition. Canberra: Pacific Linguistics.

—— 2009b. Palauan historical phonology: whence the intrusive velar nasal? *OL* 48: 307-346.

—— 2009c. The position of the languages of eastern Indonesia: a reply to Donohue and Grimes. *OL* 48: 36-77.

—— 2009d. In memoriam, Isidore Dyen, 1913-2008. *OL* 48: 488-508.

—— 2010. The Greater North Borneo hypothesis. *OL* 49: 44-118.

—— 2011a. The problem of doubletting in Austronesian languages. *OL* 50: 399-457.

—— 2011b. Dempwolff reinvented: a review of Wolff (2010). *OL* 50: 560-579.

—— 2012a. The marsupials strike back: a reply to Schapper (2011). *OL* 51:

261-277.

—— 2012b. One mark per word? Patterns of dissimilation in Austronesian and Australian languages. *Phonology* 29.3: 355-381.

—— n.d. (a). Fieldnotes on 41 languages of northern and central Sarawak.

—— n.d. (b). Fieldnotes on 32 languages of the Admiralty islands and adjacent areas.

—— n.d. (c). Fieldnotes on 6 aboriginal languages of Taiwan.

—— n.d. (d). Lexicostatistical lists of 231 Austronesian languages, with retention percentages from Proto-Malayo-Polynesian. Ms.

—— n.d. (e). The eye as center: a semantic universal. Ms.

—— n.d. (f). Fieldnotes on Jarai.

—— ed. 1981. *Historical linguistics in Indonesia*, Part I. NUSA 10.

—— ed. 1991. *Currents in Pacific Linguistics: papers on Austronesian languages and ethnolinguistics in honour of George W. Grace*. Canberra: Pacific Linguistics.

——, and Jürg Schneider, eds. 2012. *A world of words: Revisiting the work of Renward Brandstetter (1860-1942) on Lucerne and Austronesia*. Wiesbaden: Harrassowitz.

Blust, R. and S. Trussel. Ongoing. *Austronesian comparative dictionary*. Available online at ww.trussel2.com/ACD .

Bolton, R.A. 1989. Nuaulu phonology. *WILC* 7: 89-119.

Bopp, F. 1841. *Über die Verwandtschaft der malaisch-polynesischen Sprachen mit den indoeuropäischen. Gelesen in der Akademie der Wissenschaften am 10. Aug. und 10. Dec. 1840*. Berlin: Dümmler.

Boutin, M.E. 1993. Bonggi phonemics. In M.E. Boutin and I. Pekkanen, eds., *Phonological descriptions of Sabah languages*: 107-130. Kota Kinabalu: Sabah Museum.

Bowden, J. 2001. *Taba: description of a South Halmahera language*. Canberra: Pacific Linguistics.

Bowden, J., N.P. Himmelmann, and M. Ross, eds. 2010. *A journey through Austronesian and Papuan linguistic and cultural space: Papers in honour of Andrew Pawley*. Canberra: Pacific Linguistics.

Bradshaw, J. 1979. Obstruent harmony and tonogenesis in Jabêm. *Lingua* 49: 189-205.

—— 1982. *Word order change in Papua New Guinea Austronesian languages*. Ph.D. dissertation. Honolulu: Department of Linguistics, University of Hawaii.

Brainard, S. and D. Behrens. 2002. *A grammar of Yakan*. Manila: Linguistic Society of the Philippines.

Brand, D.D. 1971. The sweet potato: an exercise in methodology. In Riley, Kelly, Pennington, and Rands: 343-365.

Brandes, J.L.A. 1884. *Bijdrage tot de vergelijkende klankleer der westerse afdeeling van de Maleisch-Polynesische taalfamilie*. Utrecht: P.W. van de Weijer.

Brandstetter, R. 1906. *Ein Prodromus zu einem vergleichenden Wörterbuch der Malaiopolynesischen Sprachen*. Luzern.

—— 1916. *An introduction to Indonesian linguistics: being four essays by Renward Brandstetter*. Trans. by C.O. Blagden. Royal Asiatic Society Monographs, Vol. XV. London.

—— 1937. Die Verwandtschaft des Indonesischen mit dem Indogermanischen. *Wir Menschen der indonesischen Erde, II*. Luzern.

Bril, I. 2000. *Dictionnaire nêlêmwa-nixumwak-français-anglais*. Langues et cultures du Pacifique 14, SELAF 383. Paris: Peeters.

—— 2002. *Le nêlêmwa (Nouvelle-Calédonie)*. Langues et cultures du Pacifique

16, SELAF 403. Paris: Peeters.

Brockelmann, C. 1908-1913. 2 vols. *Grundriss der vergleichende Grammatik der semitischen Sprachen*. Berlin.

Brosius, J.P. 1988. A separate reality: Comment on Hoffman's The Punan: hunters and gatherers of Borneo. *BRB* 20.2: 81-106.

Brown, C.H. 1983. Where do cardinal direction terms come from? *Anthropological Linguistics* 25: 121-161.

Brown, C.H. and S.R. Witkowski. 1981. Figurative language in a universalist perspective. *American Ethnologist* 8.3: 596-615.

Brownie, J. and M. Brownie. 2007. *Mussau grammar essentials*. Data Papers on Papua New Guinea Languages. Ukarumpa, Papua New Guinea: Summer Institute of Linguistics-Papua New Guinea Academic Publications.

Brugmann, K. 1884. Zur Frage nach den Verwandtschaftsverhältnissen der indogermanischen Sprachen. *Internationale Zeitschrift fur allgemeine Sprachwissenschaft* 1: 226-256.

Brunelle, M. 2005. A phonetic study of Eastern Cham register. In A. Grant and P. Sidwell, eds., *Chamic and beyond: Studies in mainland Austronesian languages*: 1-35. Canberra: Pacific Linguistics.

—— 2009. Contact-induced change? Register in three Cham dialects. *Journal of the Southeast Asian Linguistics Society* 2: 1-22.

Budenz, J. 1966 [1873-81]. *A comparative dictionary of the Finno-Ugric elements in the Hungarian vocabulary*. Indiana University Uralic and Altaic Series, vol. 78. Bloomington: Indiana University Press.

Burger, P.A. 1946. Voorlopige Manggaraise Spraakkunst. *BKI* 103.1-2: 15-265.

Burrow, T. and M.B. Emeneau. 1984. *A Dravidian etymological dictionary*. Oxford: Clarendon Press.

Buschmann, J.C.E. 1859. Die Spuren der Aztekischen Sprache im nordlichen

Mexiko und höheren amerikanischen Norden. *Abhandlungen der Königlichen Akademie der Wissenschaften*, 1854, Supplement-Band II: 512-576.

Busenitz, R.L. and M.J. Busenitz. 1991. Balantak phonology and morphophonemics. In J.N.

Sneddon, ed., *Studies in Sulawesi Linguistics*, Part II: 29-47. NUSA 33.

Cachey, T.J. Jr., ed. 2007. *First voyage around the world, 1519-1522: an account of Magellan's expedition*. Toronto: University of Toronto Press.

Campbell, J. 1892. Remarks on George Patterson, 'Beothick vocabularies'. *Transactions of the Royal Society of Canada*, Sect. II: 19-26.

Campbell, L. 1997. *American Indian languages: the historical linguistics of native North America*. Oxford Studies in Anthropological Linguistics. New York and Oxford: Oxford University Press.

Campbell, W. 1888. *The gospel of St. Matthew in Formosan (Sinkang dialect), edited from Gravius' edition of 1661*. London.

—— 1903. *Formosa under the Dutch*. London: Kegan Paul.

Capell, A. 1943. *The linguistic position of South-eastern Papua*. Sydney: Australasian Medical Publishing Co, Ltd.

—— 1956. *A new approach to Australian linguistics*. Handbook of Australian Languages, Part 1. Oceania Linguistic Monographs, No. 1. University of Sydney.

—— 1962. Oceanic linguistics today. *CA* 3: 371-428 (with comments and reply).

—— 1968. *A new Fijian dictionary* (3rd edition). Suva, Fiji: The Government Printer.

—— 1969. *Grammar and vocabulary of the language of Sonsorol-Tobi*. Oceania Linguistic Monographs, No. 12. University of Sydney.

—— 1971. The Austronesian languages of Australian New Guinea. In Sebeok:

240- 340.

Carle, R., M. Heinschke, P.W. Pink, C. Rost and K. Stadtlander. 1982. *GAVAʻ: Studies in Austronesian languages and cultures dedicated to Hans Kähler*. VSIS 17. Berlin: Reimer.

Carrington, L. 1996. *A linguistic bibliography of the New Guinea area*. Canberra: Pacific Linguistics.

Carroll, V. and T. Soulik. 1973. *Nukuoro lexicon*. PALI Language Texts: Polynesia. Honolulu: The University Press of Hawaii.

Catford, J.C. 1988. Notes on the phonetics of Nias. In McGinn: 151-200.

Cauquelin, J. 2008. *Ritual texts of the last traditional practitioners of Nanwang Puyuma*. *LLMS* A23. Taipei: Institute of Linguistics, Academia Sinica.

—— to appear. *Nanwang Puyuma-English dictionary*. *LLMS* W5. Taipei: Institute of Linguistics, Academia Sinica Cavalli-Sforza, L.L., P. Menozzi and A. Piazza. 1994. *The history and geography of human genes*. Princeton, New Jersey: Princeton University Press.

Cense, A.A. 1979. *Makassaars-Nederlands woordenboek*. *KITLV*. The Hague: Nijhoff.

Cense, A.A. and E.M. Uhlenbeck. 1958. *Critical survey of studies on the languages of Borneo*. *KITLV* Bibliographical Series 2. The Hague: Nijhoff.

Chai, C.K. 1967. *Taiwan aborigines: a genetic study of tribal variations*. Cambridge, Mass.: Harvard University Press.

Chang, H.Y. 2006. Rethinking the Tsouic subgroup hypothesis: a morphosyntactic perspective. In Chang, Huang, and Ho: 565-583.

Chang, H.Y., L.M. Huang, and D.A. Ho, eds. 2006. *Streams converging into an ocean: Festschrift in honor of Professor Paul Jen-kuei Li on his 70th birthday*. Language and Linguistics Monograph Series W-5. Taipei: Institute of Linguistics, Academia Sinica.

Chang, K.C. 1969. *Fengpitou, Tapenkeng and the prehistory of Taiwan*. New
  Haven: Yale University Publications in Anthropology, No. 73.

—— 1986. *The archaeology of ancient China* (3rd edition). New Haven: Yale
  University Press.

Chang, M.L. 1998. Thao reduplication. *OL* 37.2: 277-297.

Chang, Y.L. 1997. *Voice, case and agreement in Seediq and Kavalan*.
  Unpublished Ph.D. dissertation, Tsing-hua University. Hsinchu, Taiwan:
  Department of Linguistics, Tsing-hua University.

Charles, M. 1974. Problems in the reconstruction of Protophilippine phonology
  and the subgrouping of the Philippine languages. *OL* 13: 457-509.

Chen, C.L. 1988 [1968]. *Material culture of the Formosan aborigines* (3rd
  edition). Taipei: Southern Materials Center, Inc.

Chowning, A. 1996. POC *mata: how many words, how many meanings? In
  Lynch and Pat: 47-60.

Chrétien, C.D. 1965. The statistical structure of the Proto-Austronesian morph.
  Lingua 14: 243-270.

Chung, S. 1978. *Case marking & grammatical relations in Polynesian*. Austin &
  London: University of Texas Press.

—— 1998. *The design of agreement: evidence from Chamorro*. Chicago and
  London: The University of Chicago Press.

Churchward, C.M. 1940. *Rotuman grammar and dictionary*. Sydney: The
  Australasian Medical Publishing Co.

—— 1959. *Tongan dictionary*. Tonga: The Government Printing Press. CIA-The
  World Factbook (www.cia.gov/cia/publications/factbook/geos/kr.
  html#People).

Clark, R. 1976. *Aspects of Proto-Polynesian syntax*. Auckland, New Zealand:
  Linguistic Society of New Zealand.

—— 1982a. Proto-Polynesian birds. In J. Siikala, ed., *Oceanic Studies: essays in honour of Aarne A. Koskinen*: 121-143. Transactions of the Finnish Anthropological Society, No. 11. Helsinki.

—— 1982b. 'Necessary' and 'unnecessary' borrowing. In Halim, Carrington, and Wurm 3: 137-143.

—— 1985. Languages of north and central Vanuatu: groups, chains, clusters and waves. In Pawley and Carrington: 199-236.

—— 1991. Fingota/fangota: shellfish and fishing in Polynesia. In Pawley: 78-83.

—— 2009. *Leo Tuai: a comparative lexical study of North and Central Vanuatu languages*. Canberra: Pacific Linguistics _____ n.d. POLLEX: Comparative Polynesian Lexicon (computer database). Auckland: University of Auckland, Department of Anthropology.

Clayre, B. 1988. The changing face of focus in the languages of Borneo. In Steinhauer 1988a: 51-88.

—— 1991. Focus in Lundayeh. *SMJ* 42: 413-434.

Clynes, A. 1994. Old Javanese influence in Balinese: Balinese speech styles. In Dutton and Tryon: 141-179.

—— 1997. On the Proto-Austronesian "diphthongs". *OL* 36: 347-361.

—— 1999. Rejoinder: Occam and the Proto-Austronesian "diphthongs". *OL* 38: 404- 408.

Codrington, R.H. 1885. *The Melanesian languages*. Oxford: The Clarendon Press.

Codrington, R.H. and J. Palmer. 1896. *A dictionary of the language of Mota, Sugarloaf island, Banks' islands*. London: Society for Promoting Christian Knowledge.

Coedès, G. 1971 [1964]. *The Indianized states of Southeast Asia*, ed. by W.F. Vella, trans. by S.B. Cowing. Honolulu: The University Press of Hawaii.

Cohn, A.C. 1990. Phonetic and phonological rules of nasalisation. *UCLA Working*

Papers in Phonetics, 76. Los Angeles: University of California at Los Angeles.

—— 1993a. The status of nasalized continuants. *Phonetics and phonology* 5: 329-367.

—— 1993b. Voicing and vowel height in Madurese: a preliminary report. In Edmondson and Gregerson: 107-121.

—— 1994. A phonetic description of Madurese and its phonological implications. *Working Papers of the Cornell Phonetics Laboratory* 9: 67-92.

Cohn, A.C., and W.H. Ham. 1999. Temporal properties of Madurese consonants: a Preliminary report. In Zeitoun and Li: 227-249.

Cohn, A.C., W.H. Ham and R.J. Podesva. 1999. The phonetic realisation of singletongeminate contrasts in three languages of Indonesia. *Proceedings of the International Congress of Phonetic Sciences*: 587-590.

Collinder, B. 1955. *Fenno-Ugric vocabulary: an etymological dictionary of the Uralic languages*. Stockholm: Almqvist & Wiksell.

Collins, J.T. 1980. *Ambonese Malay and creolisation theory*. Kuala Lumpur: Dewan Bahasa dan Pustaka.

—— 1982. Linguistic research in Maluku: a report of recent field work. *OL* 21: 73- 146.

—— 1983a. *The historical relationships of the languages of Central Maluku, Indonesia*. Canberra: Pacific Linguistics.

—— 1983b. *Dialek Ulu Terengganu* (The Upper Trengganu dialects). Monograf 8, Fakulti Sains Kemasyarakatan dan Kemanusiaan, Universiti Kebangsaan Malaysia.

Bangi, Selangor: National University of Malaysia.

—— 1990. *Bibliografi dialek Melayu di pulau Borneo* (An annotated bibliography of Malay dialects in Borneo). Kuala Lumpur: Dewan Bahasa dan Pustaka.

—— 1992. Preliminary notes on Berau Malay. In Martin: 297-333.

—— 1995a. *Bibliografi dialek Melayu di pulau Sumatera* (An annotated bibliography of Malay dialects in Sumatra). Kuala Lumpur: Dewan Bahasa dan Pustaka.

—— 1995b. *Bibliografi dialek Melayu di pulau Jawa, Bali dan Sri Lanka* (An annotated bibliography of Malay dialects in Java, Bali and Sri Lanka). Kuala Lumpur: Dewan Bahasa dan Pustaka.

—— 1996. *Bibliografi dialek Melayu di Indonesia Timur* (An annotated bibliography of Malay dialects in East Indonesia). Kuala Lumpur: Dewan Bahasa dan Pustaka.

—— n.d. *Bibliografi dialek Melayu di Semenanjung Melayu* (An annotated bibliography of Malay dialects in the Malay Peninsula). Kuala Lumpur: Dewan Bahasa dan Pustaka. Ms.

—— ed. 1983. *Studies in Malay dialects*. NUSA 16.

Collins, M.A., V.R. Collins and S.A. Hashim. 2001. *Mapun-English dictionary*. Manila: Summer Institute of Linguistics – Philippines, Inc.

Conant, C.E. 1911. The RGH law in Philippine languages. *Journal of the American Oriental Society* 31: 74-85.

—— 1912. The pepet law in Philippine languages. *Anthropos* 5: 920-947.

Conklin, H.C. 1953. *Hanunóo-English vocabulary*. University of California Publications in Linguistics, vol. 9. Berkeley and Los Angeles: University of California Press.

—— 1956. Tagalog speech disguise. *Language* 32: 136-139.

—— 1980. *Ethnographic atlas of Ifugao: a study of environment, culture, and society in northern Luzon*. New Haven and London: Yale University Press.

Constantino, E. 1971. Tagalog and other major languages of the Philippines. In

Sebeok: 112-154.

Cook, K.W. 1997. The Samoan transitive suffix as an inverse marker. In M. Verspoor, K.D. Lee and E. Sweetser, eds., *Lexical and syntactic constructions and the construction of meaning*: 347-361. Amsterdam/ Philadelphia: John Benjamins.

—— 2004. The role of metathesis in Hawaiian word creation. In A.S. da Silva, A. Torres and M. Gonçalves, eds., *Linguagem, cultura e cognição: Estudos de linguistica cognitiva*, vol. 1: 207-214. Coimbra: Almedina.

Coolsma, S. 1985 [1904]. *Tata Bahasa Sunda* (Trans. of *Soendaneesche spraakkunst*). ILDEP 21. Jakarta: Djambatan.

Corston, S.H. 1996. *Ergativity in Roviana*. Canberra: Pacific Linguistics.

Corston-Oliver, S. 2002. Roviana. In Lynch, Ross and Crowley: 467-497.

Costello, N. 1966. Affixes in Katu. In D.D. Thomas, N.D. Hoa and D. Blood, eds., *Mon-Khmer Studies II*: 63-86. Saigon: The Linguistic Circle of Saigon and the Summer Institute of Linguistics.

Costenoble, H. 1940. *Die Chamorro Sprache*. The Hague: Nijhoff.

Counts, D.R. 1969. *A grammar of Kaliai-Kove. OLSP* 6. Honolulu: University of Hawaii Press.

Court, C. 1967. Some areal features of Mentu Land Dayak. *OL* 6: 46-50.

Coward, N.E. 1989. A phonological sketch of the Selaru language. *WILC* 7: 1-42.

Croft, W. 2003. *Typology and universals* (2nd edition). Cambridge University Press.

Crowley, T. 1982. *The Paamese language of Vanuatu*. Canberra: Pacific Linguistics.

—— 1990. *Beach-la-mar to Bislama: the emergence of a national language in Vanuatu*. Oxford: Clarendon Press.

—— 1991. Parallel development and shared innovation: some developments in central Vanuatu inflectional morphology. *OL* 30: 179-222.

—— 1992. *A dictionary of Paamese*. Canberra: Pacific Linguistics.

—— 1995. Melanesian languages: do they have a future? *OL* 34: 327-344.

—— 1998. *An Erromangan (Sye) grammar. OLSP* 27.

—— 1999. *Ura: a disappearing language of southern Vanuatu*. Canberra: Pacific Linguistics.

—— 2003. *A new Bislama dictionary*. 2nd ed. Suva: Institute of Pacific Studies, University of the South Pacific.

—— 2006a. *The Avava language of central Malakula* (*Vanuatu*). Edited by John Lynch. Canberra: Pacific Linguistics.

—— 2006b. *Tape: a declining language of Malakula (Vanuatu)*. Edited by John Lynch. Canberra: Pacific Linguistics.

—— 2006c. *Naman: a vanishing language of Malakula (Vanuatu)*. Edited by John Lynch. Canberra: Pacific Linguistics.

—— 2006d. *Nese: a diminishing speech variety of Malakula (Vanuatu)*. Edited by John Lynch. Canberra: Pacific Linguistics.

Cumming, S. 1991. *Functional change: the case of Malay constituent order*. Berlin and New York: Mouton de Gruyter.

Dahl, O.C. 1951. *Malgache et Maanjan: une comparaison linguistique*. Studies of the Egede Institute, No. 3. Oslo: Egede-Instituttet.

—— 1954. Le substrat bantou en malgache. *Norsk tidsskrift for Sprogvidenskap* 17: 325-362.

—— 1976 [1973]. *Proto-Austronesian*. 2nd, rev. edition. Scandinavian Institute of Asian Studies Monograph Series, No. 15. London: Curzon Press.

—— 1978. The fourth focus. In Wurm and Carrington: 383-393.

—— 1981a. *Early phonetic and phonemic changes in Austronesian*. Oslo: Instituttet for Sammenlignende Kulturforskning.

—— 1981b. Austronesian numerals. In Blust: 46-58.

—— 1986. Focus in Malagasy and Proto-Austronesian. In Geraghty, Carrington, and Wurm 2: 21-42.

—— 1991. *Migration from Kalimantan to Madagascar*. Norwegian University Press. Oslo: The Institute for Comparative Research in Human Culture.

Darlington, P.J. 1980. *Zoogeography: the geographical distribution of animals*. Huntington, New York: Robert E. Krieger Publishing Co.

Davidson, J., G. Irwin, F. Leach, A. Pawley, and D. Brown, eds., *Oceanic culture history: essays in honour of Roger Green*. Dunedin, New Zealand: New Zealand Journal of Archaeology Special Publication.

Davis, K. 2003. *A grammar of the Hoava language, western Solomons*. Canberra: Pacific Linguistics.

Deck, N.C. 1933-1934. A grammar of the language spoken by the Kwara'ae people of Mala, British Solomon Islands. *JPS* 42: 33-48, 133-144, 241-256; 43: 1-16, 85-100, 163-170, 246-257.

De Guzman, V.P. 1988. Ergative analysis for Philippine languages: an analysis. In McGinn: 323-345.

Dempwolff, O. 1905. Beiträge zur Kenntnis der Sprachen von Deutsch Neuguinea. *Mitteilungen des Seminars für Orientalische Sprachen* 8: 182-254.

—— 1920. Die Lautentsprechungen der indonesischen Lippenlaute in einigen anderen austronesischen Südseesprachen. *ZfES*, Supplement 2. Berlin: Reimer.

—— 1922. Entstehung von Nasalen und Nasalverbindungen im Ngaju (Dajak). *ZfES* 13: 161-205.

—— 1924-1925. Die l-, r-, und d- Laute in austronesischen Sprachen. *ZfES* 15: 19-50, 116-138, 223-238, 273-319. Berlin: Reimer.

—— 1927. Das austronesische Sprachgut in den melanesischen Sprachen. *Folia Ethnoglossica* 3: 32-43.

—— 1934-1938. 3 vols. *Vergleichende Lautlehre des austronesischen Wortschatzes.*

ZfES, Supplement 1. *Induktiver Aufbau einer indonesischen Ursprache* (1934), Supplement 2. *Deduktive Anwendung des Urindonesischen auf austronesische Einzelsprachen* (1937), Supplement 3. *Austronesisches Wörterverzeichnis* (1938). Berlin: Reimer.

—— 1939. *Grammatik der Jabêm-Sprache auf Neuguinea.* Abhandlungen aus dem Gebiet des Auslandskunde, vol. 50. Hamburg: Friederichsen, de Gruyter.

Diffloth, G. 1976. Expressives in Semai. In P.N. Jenner, L.C. Thompson and S. Starosta, eds. *Austroasiatic Studies, Part I*: 249-264. *OLSP* 13.

—— 1994. The lexical evidence for Austric, so far. *OL* 33: 309-321.

Dixon, R.M.W. 1977. Where have all the adjectives gone? *Studies in Language* 1: 19-80.

—— 1980. *The languages of Australia.* Cambridge Language Surveys. Cambridge University Press.

—— 1988. *A grammar of Boumaa Fijian.* University of Chicago Press.

—— 1994. *Ergativity.* Cambridge Studies in Linguistics, No. 69. Cambridge: Cambridge University Press.

Dixon, R.M.W. and A.Y. Aikhenvald, eds. 2000. *Changing valency: case studies in transitivity.* Cambridge and New York: Cambridge University Press.

Dixon, R.B. and A.L. Kroeber. 1912. Relationship of the Indian languages of California. *American Anthropologist*, n.s. 14.4: 691-692.

Djajadiningrat, H. 1934. 2 vols. *Atjèhsch-Nederlandsch woordenboek met Nederlandsch-Atjèhsch register.* Batavia.

Djawanai, S. 1977. A description of the basic phonology of Nga'da and the treatment of borrowings. In I. Suharno, ed., *Miscellaneous Studies in Indonesian and Languages in Indonesia*, Part IV: 10-18. NUSA 5.

Donohue, M. 1999. *A grammar of Tukang Besi*. Mouton Grammar Library 20. Berlin: Mouton de Gruyter.

—— 2002. Tobati. In Lynch, Ross and Crowley: 186-203.

—— 2004. The pretenders to the Muna-Buton group. In J. Bowden and N.P.

Himmelmann, eds., *Papers in Austronesian subgrouping and dialectology*: 21-35. Canberra: Pacific Linguistics.

—— 2007. The Papuan language of Tambora. *OL* 46: 520-537.

Donohue, M., and C.E. Grimes. 2008. Yet more on the position of the languages of eastern Indonesia. *OL* 47: 114-158.

Dreyfuss, J. 1983. The backwards language of Jakarta youth (JYBL), a bird of many language feathers. In Collins: 52-56.

Dubois, C.D. 1976. *Sarangani Manobo: an introductory guide*. Manila: LSP.

Dunnebier, W. 1951. *Bolaang Mongondowsch-Nederlandsch woordenboek*. *KITLV*. The Hague: Nijhoff.

Durie, M. 1985. *A grammar of Acehnese on the basis of a dialect of North Aceh*. *VKI* 112. The Hague: Nijhoff.

Durie, M. and M. Ross, eds. 1996. *The comparative method reviewed: regularity and irregularity in language change*. New York and Oxford: Oxford University Press.

Dutton, T.E. 1975. South-eastern Trans-New Guinea Phylum languages. In Wurm 1: 613-664.

—— 1976. Magori and similar languages of southeast Papua. In Wurm 2: 581-636.

—— 1986. Police Motu and the Second World War. In Geraghty, Carrington, and

Wurm 2: 351-406.

Dutton, T.E. and D.T. Tryon, eds. 1994. *Language contact and change in the Austronesianspeaking world*. Trends in Linguistics Studies and Monographs 77. Berlin: Mouton de Gruyter.

Dyen, I. 1947a. The Malayo-Polynesian word for 'two'. *Language* 23: 50-55.

—— 1947b. The Tagalog reflexes of Malayo-Polynesian D. *Language* 23: 227-238.

—— 1949. On the history of the Trukese vowels. *Language* 25: 420-436.

—— 1951. Proto-Malayo-Polynesian *Z. *Language* 27: 534-540.

—— 1953a. Dempwolff's *R. *Language* 29: 359-366.

—— 1953b. *The Proto-Malayo-Polynesian laryngeals*. William Dwight Whitney Linguistic Series. Baltimore: Linguistic Society of America.

—— 1956a. The Ngaju-Dayak 'Old speech stratum'. *Language* 32: 83-87.

—— 1956b. Language distribution and migration theory. *Language* 32: 611-626.

—— 1962. Some new Proto-Malayopolynesian initial phonemes. *JAOS* 82: 214-215.

—— 1963. The position of the Malayopolynesian languages of Formosa. AP 7: 261-271.

—— 1965a. *A lexicostatistical classification of the Austronesian languages*. Indiana University Publications in Anthropology and Linguistics, and Memoir 19 of the International Journal of American Linguistics. Baltimore: The Waverly Press.

—— 1965b. *A sketch of Trukese grammar*. American Oriental Series, Essay 4. New Haven: American Oriental Society.

—— 1965c. Formosan evidence for some new Proto-Austronesian phonemes. *Lingua* 14: 285-305.

—— 1971a. The Austronesian languages and Proto-Austronesian. In Sebeok:

5-54.

—— 1971b. Malagasy. In Sebeok: 211-239.

—— 1971c. Review of Die Palau-sprache und ihre Stellung zu anderen indonesischen Sprachen, by Klaus Pätzold. *JPS* 80.2: 247-258.

—— 1971d. The Austronesian languages of Formosa. In Sebeok: 168-199.

Dyen, I. and D.F. Aberle. 1974. *Lexical reconstruction: the case of the Proto-Athapaskan kinship system*. Cambridge University Press.

Dyen, I., A.T. James and J.W.L. Cole. 1967. Language divergence and estimated word retention rate. *Language* 43: 150-171.

Edmondson, J.A. and K.J. Gregerson, eds. 1993. *Tonality in Austronesian languages*. *OLSP* 24. Honolulu: University of Hawaii Press.

Edmondson, J.A., J.H. Esling, J.G. Harris and T.C. Huang. 2005. A laryngoscopic study of glottal and epiglottal/pharyngeal stop and continuant articulations in Amis – an Austronesian language of Taiwan. *Language and Linguistics* 6: 381-396.

Egerod, S. 1965. Verb inflection in Atayal. *Lingua* 15: 251-282.

—— 1966. A statement on Atayal phonology. *Artibus Asiae Supplementum* XXIII (Felicitation volume for the 75th birthday of Professor G.H. Luce) 1: 120-130.

Elbert, S.H. 1953. Internal relationships of Polynesian languages and dialects. *Southwestern Journal of Anthropology* 9: 147-173.

—— 1965. Phonological expansions in Outlier Polynesian. *Lingua* 14: 431-442.

—— 1972. *Puluwat dictionary*. Canberra: Pacific Linguistics.

—— 1974. *Puluwat grammar*. Canberra: Pacific Linguistics.

—— 1975. *Dictionary of the language of Rennell and Bellona. Language and culture of Rennell and Bellona islands*, Vol. III, Part I. Copenhagen: The National Museum of Denmark.

—— 1988. *Echo of a culture: a grammar of Rennell and Bellona. OLSP* 22.

Elbert, S.H. and M.K.Pukui. 1979. *Hawaiian grammar.* Honolulu: The University Press of Hawaii.

Engelbrecht, W.A., and P.J. van Hervarden. 1945. *Ontdekkingsreis van Jacob Le Maire en Willem Cornelisz. Schouten in de jaren 1615-1617*: *Journalen, documenten en andere bescheiden.* 's-Gravenhage: Nijhoff.

Esser, S.J. 1927. *Klank- en vormleer van het Morisch*, part 1. Verhandelingen van het Koninklijk Bataviaasch Genootschap van Kunsten en Wetenschappen, No. 67.3. Leiden: Vros.

—— 1930. Renward Brandstetter—29 Juni—1930. *Tijdschrift voor indische taal- , land-, en volkenkunde* LXX.2-3: 146-156.

—— 1938. Talen. Sheet 9 of *Atlas van Tropisch Nederland.* Batavia: Topographische Dienst in Nederlandsch-Indië.

Evans, B., ed. 2009. *Discovering history through language: papers in honour of Malcolm Ross.* Canberra: Pacific Linguistics.

Evans, B. and M. Ross. 2001. The history of Proto Oceanic *ma-. *OL* 40: 269-290.

Evans, I.H.N. 1923. *Studies in religion, folk-lore & custom in British North Borneo and the Malay peninsula.* Cambridge University Press.

Ewing, M. and M.A.F. Klamer. 2010. *East Nusantara: typological and areal analyses.* Canberra: Pacific Linguistics.

Ferguson, C.A. 1963. Assumptions about nasals. In J.H. Greenberg, ed., *Universals of language*: 53-60. Cambridge, Mass: The MIT Press.

Ferrell, R. 1968. 'Negrito' ritual and traditions of small people on Taiwan. In N. Matsumoto and T. Mabuchi, eds., *Folk religion and worldview in the Southwestern Pacific*: 63-72. Tokyo: Keio University.

—— 1969. *Taiwan aboriginal groups: problems in cultural and linguistic classification*. Institute of Ethnology, Academia Sinica, Monograph No. 17. Taipei: Academia Sinica.

—— 1970. The Pazeh-Kahabu language. *Bulletin of the Department of Archaeology and Anthropology, National Taiwan University* 31/32: 73-96.

—— 1971. Aboriginal peoples of the southwestern Taiwan plain. *Bulletin of the Institute of Ethnology*, Academia Sinica 32: 217-235.

—— 1982. *Paiwan dictionary*. Canberra: Pacific Linguistics.

Fey, V. 1986. *Amis dictionary*. Taipei: The Bible Society.

Firth, R.C. 1985. *Tikopia-English dictionary*. Auckland: Auckland University Press.

Fischer, J.L., with the assistance of A.M. Fischer. 1970. *The Eastern Carolines*. New Haven: Human Relations Area Files Press.

Florey, M. 2005. Language shift and endangerment. In Adelaar and Himmelmann: 43- 64.

Fokker, A.A. 1895. *Malay phonetics*. Leiden: Brill.

Foley, W.A. 1976. *Comparative syntax in Austronesian.* Unpublished Ph.D. Dissertation.

Berkeley, California: Department of Linguistics, University of California.

—— 1986. *The Papuan languages of New Guinea*. Cambridge Language Surveys. Cambridge University Press.

—— 2012a. A comparative look at nominalisations in Austronesian. Keynote address presented at 12-ICAL, Denpasar, Bali, July 2, 2012. Ms., 50pp.

—— 2012b. Review of Claire Moyse-Faurie and Joachim Sabel, eds, Topics in Oceanic morphosyntax. *Language* 88: 910-914.

Fonzaroli, P. 1975. On the common Semitic lexicon and its ecological and cultural background. In J. and T. Bynon, eds., *Hamito-Semitica*: 43-53. The Hague: Mouton.

Forman, M.L. 1971. *Kapampangan dictionary*. PALI Language Texts:
Philippines. Honolulu: University of Hawaii Press.

Förster, J.R. 1996 [1778]. *Observations made during a voyage round the world*,
ed. by N.

Thomas, H. Guest and M. Dettelbach, with a linguistic appendix by K.H. Rensch.
Honolulu: University of Hawaii Press.

Fortgens, J. 1921. *Bijdrage tot de kennis van het Sobojo (Eiland Taliaboe, Soela-groep)*. The Hague: Martinus Nijhoff.

Foster, M.L. 1998. The transoceanic trail: the Proto-Pelagian language phylum.
Precolumbiana: a journal of long-distance contacts 1.1-2: 88-113.

Fox, C.E. 1955. *A dictionary of the Nggela language* (*Florida, British Solomon Islands*). Auckland: The Unity Press.

—— 1970. *Arosi-English dictionary*. Canberra: Pacific Linguistics.

Fox, G.J. 1979. *Big Nambas grammar*. Canberra: Pacific Linguistics.

Fox, J.J. 1971. Sister's child as plant: metaphors in an idiom of consanguinity. In
R.

Needham, ed., *Rethinking kinship and marriage*: 219-252. London and New
York: Tavistock Publications.

—— 1988. *To speak in pairs: essays on the ritual languages of eastern Indonesia*.
Cambridge University Press.

—— 1993. *Dictionary of Rotinese formal dyadic language*. Unpublished revision
of 1972 manuscript, with English to Rotinese glosses. Canberra: Department
of Anthropology, Research School of Pacific and Asian Studies, Australian
National University.

—— 1995. Origin structures and systems of precedence in the comparative study
of Austronesian societies. In Li, Tsang, Huang, Ho, and Tseng: 27-57.

—— 2005. Ritual languages, special registers and speech decorum in

Austronesian languages. In Adelaar and Himmelmann: 87-109.

Fox, J.J. and C.E. Grimes. 1995. Roti. In Tryon 1995, Part 1, Fascicle 1: 611-622.

François, A. 2002. *Araki: a disappearing language of Vanuatu*. Canberra: Pacific
Linguistics.

—— 2003a. Of men, hills, and winds: space directionals in Mwotlap. *OL* 42:
407-437.

—— 2003b. *La sémantique du prédicat en Mwotlap (Vanuatu)*. Société de
Linguistique de Paris LXXXIV. Leuven-Paris: Peeters.

—— 2004. Reconstructing the geocentric system of Proto Oceanic. *OL* 43: 1-31.

—— 2005. Unraveling the history of the vowels of seventeen northern Vanuatu
languages. *OL* 44: 443-504.

—— 2010. Phonotactics and the prestopped velar lateral of Hiw. Resolving the
ambiguity of a complex segment. *Phonology* 27.3: 393-434.

—— 2011. Where *R they all? The geography and history of *R-loss in Southern
Oceanic languages. *OL* 50: 140-197.

—— 2012. The dynamics of linguistic diversity: Egalitarian multilingualism and
power imbalance among northern Vanuatu languages. In P. Unseth & L.
Landweer (eds), *Language Use in Melanesia. International Journal of the
Sociology of Language* 214: 85–110.

Friberg, T. and B. Friberg. 1991. Notes on Konjo phonology. In J.N. Sneddon,
ed., *Studies in Sulawesi Linguistics*, Part. II: 71-115. NUSA 33.

Friederici, G. 1912-1913. 3 vols. *I. Wissenschaftliche Ergebnisse einer Amtlichen
Forschungsreise nach dem Bismarck-Archipel im Jahre 1908: II. Beiträge
zur Völker- und Sprachenkunde von Deutsch-Neuguinea* (1912)*, III.
Untersuchungen über eine melanesische Wanderstrasse* (1913). Berlin:
Ernst Siegfried Mittler und Sohn.

Gabelentz, H.C. von der. 1861-1873. *Die melanesischen Sprachen nach ihrem grammatischen Bau und ihrer Verwantschaft unter sich und mit den malaiischpolynesischen Sprachen*. Abhandlungen der philologisch-historischen Classe der Königlich Sächsischen Gesellschaft der Wissenschaften, 3, 7.

Gafos, D. 1998. A-templatic reduplication. *Linguistic Inquiry* 29: 515-527.

Galang, R. 1982. The acquisition of Tagalog verb morphology. *PJL* 13: 1-15.

Garvan, J.M. 1963. *The Negritos of the Philippines*, ed. by Hermann Hochegger. Wiener Beiträge zur Kulturgeschichte und Linguistik, vol. XIV. Horn – Vienna: Ferdinand Berger.

Garvey, C.J. 1964. *Malagasy introductory course*. Washington, D.C.: Center for Applied Linguistics.

Garvin, P.L. and S.H. Riesenberg. 1952. Respect behavior on Ponape: an ethnolinguistic study. *American Anthropologist* 54: 201-220.

Geddes, W.R. 1961. *Nine Dayak nights*. London: Oxford University Press.

Geerts, P. 1970. 'Āre'āre dictionary. Canberra: Pacific Linguistics.

Geertz, C. 1960. *The religion of Java*. Glencoe, Illinois: The Free Press.

Geraghty, P.A. 1983. *The history of the Fijian languages*. *OLSP* 19.

—— 1986. The sound system of Proto-Central-Pacific. In Geraghty, Carrington, and Wurm 2: 289-312.

—— 1989. The reconstruction of Proto-Southern Oceanic. In Harlow and Hooper I: 141-156.

—— 1990. Proto-Eastern Oceanic *R and its reflexes. In J.H.C.S. Davidson, ed., *Pacific island languages: essays in honour of G.B. Milner*: 51-93. London: School of Oriental and African Studies, University of London.

—— 1994. Linguistic evidence for the Tongan Empire. In Dutton and Tryon: 233- 249.

Geraghty, P.A., L. Carrington, and S.A. Wurm, eds. 1986. 2 vols. FOC*A*L I, II:

Papers from the Fourth International Conference on Austronesian Linguistics. Canberra: Pacific Linguistics.

Gerdts, D.B. 1988. Antipassives and causatives in Ilokano: evidence for an ergative analysis. In McGinn: 295-321.

Gibson, J.D. and S. Starosta. 1990. Ergativity east and west. In Baldi: 195-210.

Gifford, E.W. 1929. *Tongan society*. Bernice P. Bishop Museum Bulletin 8. Honolulu.

Gifford, E.W. and D. Shutler, Jr. 1956. Archaeological investigations in New Caledonia. Anthropological Records 18: 1-125. Berkeley: University of California Press.

Gil, D. 1996. How to speak backwards in Tagalog. In *Pan-Asiatic Linguistics, Proceedings of the Fourth International Symposium on Language and Linguistics, January 8-10, 1996, Institute of Language and Culture for Rural Development, Mahidol University at Salaya*, vol. 1: 297-306.

—— 2002. Ludlings in Malayic languages: an introduction. In B.K. Purwo, ed., *PELBBA 15, Pertemuan Linguistik Pusat Kajian Bahasa dan Budaya Atma Jaya, Jakarta*: 125-180.

Goddard, I. 1996. The classification of the native languages of North America. In I.

Goddard, ed., *Handbook of North American Indians*, Vol. 17, *Languages*: 290-323. Washington, D.C: Smithsonian Institution.

Golson, J. 2005. Introduction to the chapters on archaeology and ethnology. In Pawley, Attenborough, Golson and Hide: 221-233.

Gonda, J. 1947. The comparative method as applied to Indonesian languages. *Lingua* 1: 86-101.

—— 1948. The Javanese vocabulary of courtesy. *Lingua* 1: 333-376.

—— 1950. The functions of word duplication in Indonesian languages. *Lingua* 2:

170-197.

—— 1952. *Sanskrit in Indonesia*. Nagpur: The International Academy of Indian Culture.

—— 1975. *Selected studies*. Volume 5: *Indonesian linguistics*. Leiden: Brill.

Gonzalez, A.B. 1973a. 'Classifiers' in Tagalog: a semantic analysis. In Gonzalez, ed: 125-140.

—— ed., 1973b. *Parangal kay Cecilio Lopez: Essays in honor of Cecilio Lopez on his seventy-fifth birthday*. LSP Special Monograph Issue No. 4. Quezon City: Linguistic Society of the Philippines.

Gonzalez, A.B. and L.T. Postrado. 1976. The dissemination of Pilipino. *PJL* 7.1-2: 60- 84.

Goodenough, W.H. 1961. Migrations implied by relationships of New Britain dialects to Central Pacific languages. *JPS* 70: 112-126.

—— 1962. Comment on Capell, 'Oceanic Linguistics today'. *Current Anthropology* 3: 406-408.

Goodenough, W.H. and H. Sugita. 1980. *Trukese-English dictionary*. Memoirs of the American Philosophical Society, vol. 141. Philadelphia: American Philosophical Society.

Goodenough, W.H. and H. Sugita. 1990. *Trukese-English dictionary, Supplementary volume: English-Trukese and index of Trukese word roots*. Memoirs of the American Philosophical Society, vol. 141sg. Philadelphia: American Philosophical Society.

Goudswaard, N. 2005. *The Begak (Ida'an) language of Sabah*. Ph.D. dissertation, Free University of Amsterdam. Utrecht: Landelijke Onderzoekschool Taalwetenschaap (Netherlands Graduate School of Linguistics).

Goulden, R. 1996. The Maleu and Bariai languages of West New Britian. In Ross: 63-144.

Grace, G.W. 1955. Subgrouping of Malayo-Polynesian: a report of tentative findings. *American Anthropologist* 57: 337-339.

—— 1959. *The position of the Polynesian languages within the Austronesian (Malayo-Polynesian) language family*. Memoir 16, International Journal of American Linguistics.

—— 1966. Austronesian lexicostatistical classification: a review article. *OL* 5: 13-31.

—— 1967. Effect of heterogeneity in the lexicostatistical test-list: the case of Rotuman. In G.A. Highland et al, eds., *Polynesian culture history: essays in honor of Kenneth P. Emory*: 289-302. Bernice P. Bishop Special Publication No. 56. Honolulu: Bernice P. Bishop Museum.

—— 1969. A Proto Oceanic finder list. *Working Papers in Linguistics* 2: 39-84. Honolulu: Department of Linguistics, University of Hawaii.

—— 1975. *Canala dictionary* (*New Caledonia*). Canberra: Pacific Linguistics.

—— 1976. *Grand Couli dictionary* (*New Caledonia*). Canberra: Pacific Linguistics.

—— 1990. The "aberrant"(vs. "exemplary") Melanesian languages. In Baldi: 155- 173.

—— 1996. Regularity of change in what? In Durie and Ross: 157-179.

Grant, A. and P. Sidwell, eds. 2005. *Chamic and beyond: studies in mainland Austronesian languages*. Canberra: Pacific Linguistics.

Gravius, D. 1661. *Het heylige evangelium Matthei en Johannis overgeset inde Formosaansche tale, voor de inwoonders van Soulang, Mattau, Sinckan, Bacloan, Tavokan, en Tevorang*. Amsterdam (reprinted in Campbell 1888).

Gray, R.D. 2005. Pushing the time barrier in the quest for language roots. *Science* 309, 23 September, 2005.

Gray, R.D., A.J. Drummond, and S.J. Greenhill. 2009. Language phylogenies reveal expansion pulses and pauses in Pacific settlement. *Science* 323: 479-483.

Green, R.C. 1966. Linguistic subgrouping within Polynesia: the implications for prehistoric settlement. *JPS* 75: 6-38.

―― 1991. Near and remote Oceania―disestablishing "Melanesia"in culture history. In Pawley: 491-502.

Green, R.C. and A.K. Pawley. 1999. Early Oceanic architectural forms and settlement patterns: linguistic, archaeological and ethnological perspectives. In R. Blench and M. Spriggs, eds., *Archaeology and Language III: Artefacts, languages and texts*: 31-89. London and New York: Routledge.

Greenberg, J.H. 1954. A quantitative approach to the morphological typology of language. In R.F. Spencer, ed., *Method and perspective in anthropology: papers in honor of Wilson D. Wallis*: 192-220. Minneapolis: University of Minnesota.

―― 1957. *Essays in linguistics*. Chicago: University of Chicago Press.

―― 1971. The Indo-Pacific hypothesis. In Sebeok: 807-871.

―― 1978a. Some generalisations concerning initial and final consonant clusters. In Greenberg, ed., 2: 243-279.

―― 1978b. Generalisations about numeral systems. In Greenberg, ed., 3: 249-295.

―― ed. 1978. 4 vols. *Universals of Human Language*. Stanford University Press.

Greenhill, S.J., R. Blust, and R.D. Gray. 2008. The Austronesian Basic Vocabulary Database: from bioinformatics to lexomics. *Evolutionary Bioinformatics* 4: 271-283.

Greenhill, S.J. and R. Clark. 2011. Research note: POLLEX-Online: The Polynesian Lexicon project online. *OL* 50: 551-559.

Greenhill, S.J., and R.D. Gray. 2009. Austronesian language phylogenies: myths and Misconceptions about Bayesian computational methods. In A. Adelaar and A.

Pawley, eds., Austronesian historical linguistics and culture history: a festschrift for Robert Blust: 375-397. Canberra: Pacific Linguistics.

Grimes, B., ed. 2000. *Ethnologue: languages of the world.* 14th edition. Dallas, Texas: Summer Institute of Linguistics, Inc.

Grimes, C.E. 1991. *The Buru language of eastern Indonesia.* Unpublished Ph.D. dissertation.

Canberra: Department of Linguistics, Research School of Pacific Studies, Australian National University.

—— 1997. Compounding and semantic bleaching in languages of eastern Indonesia. In Odé and Stokhof: 277-301.

—— 2010. Hawu and Dhao in eastern Indonesia: revisiting their relationship. In Michael C. Ewing and Marian Klamer, eds., *East Nusantara: typological and areal analyses*: 251-280. Canberra: Pacific Linguistics.

Grimes, C.E. and K.R. Maryott. 1994. Named speech registers in Austronesian languages. In Dutton and Tryon: 275-319.

Guérin, Valérie. 2011. *A grammar of Mavea.* Honolulu: University of Hawai'i Press.

Guerreiro, A.J. 1998. The Modang men's house in regard to social and cultural values. In R.J. Winzeler, ed., *Indigenous architecture in Borneo: traditional patterns and new developments*:69-87. Borneo Research Council.

Guy, J.B.M. 1974. *A grammar of the northern dialect of Sakao.* Canberra: Pacific Linguistics.

—— 1978. Proto-North New Hebridean reconstructions. In Wurm and Carrington: 781-850.

—— 1983. Glottochronology examined and found wanting. Ms., 42pp. Hage, P.

1998. Was Proto Oceanic society matrilineal? *JPS* 107: 365-379.

Hage, P. 1999. Reconstructing ancestral Oceanic society. *AP* 38: 200-228.

—— 1998. Was Proto Oceanic society matrilineal? *JPS* 107: 365-379.

Hage, P. and F. Harary. 1996. *Island networks: communication, kinship, and classification structures in Oceania*. Cambridge University Press.

Hage, P. and J. Marck. 2003. Matrilineality and the Melanesian origin of Polynesian Y chromosomes. *CA* 44: 121-127.

Hajek, J. 1995. A mystery solved: the forgotten tone languages of New Ireland. *University of Melbourne Working Papers in Linguistics* 14: 9-14.

Hajek, J. and J. Bowden. 2002. Taba and Roma: clusters and geminates in two Austronesian languages. *Proceedings of the XIVth International Congress of Phonetic Sciences, San Francisco*: 1033-1036.

Hale, H. 1846. Notes on the language of Rotuma; Rotuman vocabulary. *United States exploring expedition under the command of Charles Wilkes*, vol. 6: 469-478. Philadelphia: Sherman.

Hale, K. 1968. Review of Hohepa, *A profile-generative grammar of Maori. JPS* 77: 83- 99.

—— 1971. A note on a Walbiri tradition of antonymy. In D.D. Steinberg and L.A.

Jakobovits, eds., *Semantics: an interdisciplinary reader in philosophy, linguistics, and psychology*. Cambridge University Press.

Halim, A. 1974. *Intonation in relation to syntax in Bahasa Indonesia*. Jakarta: Djambatan.

Halim, A., L.Carrington and S.A. Wurm, eds. 1981-1983. 4 vols. *Papers from the Third International Conference on Austronesian Linguistics*. Canberra: Pacific Linguistics.

Hall, K.. 1985. *Maritime trade and state development in early Southeast Asia*.

Honolulu: University of Hawaii Press.

Halle, M. 2001. Infixation versus onset metathesis in Tagalog, Chamorro, and Toba Batak. In M. Kenstowicz, ed., *Ken Hale: a life in language*: 153-168. Cambridge, MA: MIT Press.

Hamel, P.J. 1994. *A grammar and lexicon of Loniu, Papua New Guinea*. Canberra: Pacific Linguistics.

Happart, G. 1650. *Woordboek der Favorlangsche taal*. Reprinted by W.R. van Hoëvell in *Verhandelingen van het Koninklijk Bataviaasch Genootschap van Kunsten en Wetenschappen* 18 (1842).

Hardeland, A. 1858. *Einer Grammatik der Dajackschen Sprache*. Amsterdam: Frederik Muller.

—— 1859. *Dajacksch-Deutsches Wörterbuch*. Amsterdam: Frederik Muller.

Harlow, R. and R. Hooper, eds. 1989. 2 Parts. *VICAL 1, Oceanic languages: Papers from the Fifth International Conference on Austronesian Linguistics*. Auckland: Linguistic Society of New Zealand.

Harrison, S.P. 1973. Reduplication in Micronesian languages. *OL* 12: 407-454.

—— 1976. *Mokilese reference grammar*. PALI Language Texts: Micronesia. Honolulu: The University Press of Hawaii.

Harrison, S.P. and S. Albert. 1977. *Mokilese-English dictionary*. PALI Language Texts: Micronesia. Honolulu: The University Press of Hawaii.

Harrison, S.P. and F.H. Jackson. 1984. Higher numerals in several Micronesian languages.

In Bender: 61-79.

Harvey, M. 1982. Subgroups in Austronesian. In Halim, Carrington, and Wurm 2: 47-99.

Hassan, I.U., S.A. Ashley, and M.L. Ashley. 1994. *Tausug-English dictionary: Kabtangan Iban Maana*. Manila: Summer Institute of Linguistics (also published as Sulu Studies 6).

Haudricourt, A.G. 1963. *La langue des Nenemas et des Nigoumak (dialects de Poum et de Koumac, Nouvelle-Calédonie)*. Te Reo Monographs. Auckland: Linguistic Society of New Zealand.

—— 1964. Les consonnes postnasalisées en Nouvelle-Calédonie. *Proceedings of the Ninth International Congress of Linguists, Cambridge, Mass., 1962*: 460-461. The Hague: Mouton.

—— 1965. Problems of Austronesian comparative philology. *Lingua* 14: 315-329.

—— 1968. La langue de Gomen et la langue de Touho en Nouvelle-Calédonie. *BSLP* 63: 218-235.

—— 1971. New Caledonia and the Loyalty islands. In Sebeok: 359-396.

—— 1984. La tonologie des langues de Hai-nan. *BSLP* 79: 385-394.

Haudricourt, A.G. and F. Ozanne-Rivierre. 1982. *Dictionnaire thématique des langues de la région de Hienghène (Nouvelle-Calédonie)*. LACITO-documents, Asie- Austronésie, No. 4. Paris: Centre National de la Recherche Scientifique.

Hayes, B. and M. Abad. 1989. Reduplication and syllabification in Ilokano. *Lingua* 77: 331-374.

Hayes, L.H. 1992. On the track of Austric, Part I: Introduction. *Mon-Khmer Studies* 21: 143-177.

—— 1997. On the track of Austric, Part II: Consonant mutation in early Austroasiatic. *Mon-Khmer Studies* 27: 13-41.

—— 1999a. On the track of Austric, Part III: Basic vocabulary comparison. *Mon- Khmer Studies* 28: 1-34.

—— 1999b. The Austric denti-alveolar sibilants. *Mother Tongue* 5: 3-14.

Hazeu, G.A.J. 1907. *Gajōsch-Nederlandsch woordenboek met Nederlandsch-*

Gajōsch register. Batavia.

Headland, T.N. 2003. Thirty endangered languages in the Philippines. *Work Papers of the Summer Institute of Linguistics, University of North Dakota Session* 47: 1-12.

Headland, T.N. and J.D. Headland. 1974. *A Dumagat (Casiguran)-English dictionary*. Canberra: Pacific Linguistics.

Healey, P.M. 1960. *An Agta grammar*. Manila: Bureau of Printing.

Held, G.J. 1942. *Grammatica van het Waropensch* (*Nederlandsch Noord Nieuw-Guinea*). VBG 77.1. Bandoeng: A.C. Nix.

Hemley, Robin. 2005. Laurie Reid's importance to the Tasaday controversy. In Liao and Rubino: xxi-xxxii.

Hendon, R. 1964. The reconstruction of *-ew in Proto-Malayopolynesian. *Language* 40: 372-380.

Hendrickson, G.R. and L.E. Newell. 1991. *A bibliography of Philippine language dictionaries and vocabularies*. Manila: LSP.

Hervas y Panduro, L. 1784. *Catalogo delle lingue*. Vol. 17 of Idea dell'Universo, 21 vols. Cesena.

Hewson, J. 1993. *A computer-generated dictionary of Proto-Algonquian*. Seattle: University of Washington Press.

Hicks, D. 1976. *Tetum ghosts and kin: fieldwork in an Indonesian community*. Explorations in World Ethnology. Palo Alto, California: Mayfield Publishing Co.

Himmelmann, N.P. 1991. The Philippine challenge to Universal Grammar. Arbeitspapier Nr. 15 (Neue Folge). Köln: Institut für Sprachwissenschaft, Universität zu Köln.

—— 2001. *Sourcebook on Tomini-Tolitoli languages: general information and word lists*. Canberra: Pacific Linguistics.

—— 2005. The Austronesian languages of Asia and Madagascar: typological characteristics. In Adelaar and Himmelmann: 110-181.

Himmelmann, N.P. and J.U. Wolff. 1999. *Toratán* (*Ratahan*). Languages of the World/Materials 130. Munich: Lincom Europa.

Ho, D.A. 1978. A preliminary comparative study of five Paiwan dialects. *BIHP* 49: 565-681.

Hocart, A.M. 1919. Notes on Rotuman grammar. *JRAI* 49: 252-264.

Hockett, C.F. 1958. *A course in modern linguistics*. New York: Macmillan.

Hoffman, C. 1986. *Punan: hunters and gatherers of Borneo*. Ann Arbor, Michigan: University Microfilms International Research Press.

Hohepa, P.W. 1969. The accusative-to-ergative drift in Polynesian languages. *JPS* 78: 295-329.

Hoijer, H. 1956. Lexicostatistics: a critique. *Language* 32: 49-60.

Hollyman, J. and A.K. Pawley, eds. 1981. *Studies in Pacific languages and cultures in honour of Bruce Biggs*. Auckland: Linguistic Society of New Zealand.

Holmer, A.J. 1996. *A parametric grammar of Seediq*. Lund: Travaux de l'institut de linguistique de Lund.

Hooley, B.A. 1971. Austronesian languages of the Morobe District, Papua New Guinea. *OL* 10: 79-151.

Hopper, P.J. and S.A. Thompson. 1980. Transitivity in grammar and discourse. *Language* 56: 251-299.

Horne, E.C. 1974. *Javanese-English dictionary*. New Haven: Yale University Press.

Hose, C. and W. McDougall. 1912. 2 vols. *The pagan tribes of Borneo*. London: Macmillan & Co.

Houtman, F. de. 1603. *Spraeck ende woord-boeck, Inde Maleysche ende*

Madagaskarsche Talen met vele Arabische ende Turcsche woorden.
Amsterdam.

Hovdhaugen, E. and U. Mosel, eds. 1999. *Negation in Oceanic languages: typological studies*. München: Lincom Europa.

Hovdhaugen, E., Å. Næss and I. Hoëm. 2002. *Pileni texts with a Pileni-English vocabulary and an English-Pileni finderlist*. The Kon-Tiki Museum Occasional Papers, Vol. 7. Oslo: The Kon-Tiki Museum.

Howells, W.W. 1973. *The Pacific islanders*. New York: Scribner's; London: Weidenfeld and Nicolson.

Huang, L.M. 1993. *A study of Atayal syntax*. Taipei: Crane.

—— 2001. Focus system of Mayrinax Atayal: a syntactic, semantic and pragmatic perspective. *Journal of Taiwan Normal University* 46: 51-69.

Huang, L.M., M.M. Yeh, E. Zeitoun, A.H. Chang and J.J. Wu. 1998. A typological overview of nominal case marking systems of Formosan languages. In S. Huang, ed., *Selected Papers from the International Symposium on Languages in Taiwan*: 21-48. Taipei: Crane.

Huang, S. and M. Tanangkingsing. 2005. Reference to motion events in six western Austronesian languages: toward a semantic typology. *OL* 44: 307-340.

Hudson, A.B. 1967. *The Barito isolects of Borneo: a classification based on comparative reconstruction and lexicostatistics*. Data Paper No. 68, Southeast Asia Program, Department of Asian Studies, Cornell University. Ithaca, N.Y.: Cornell University.

Hull, Geoffrey. 2002. *Standard Tetum-English dictionary*. 3rd edition. London: Allen & Unwin.

Humboldt, W. von. 1836-1839. *Über die Kawi-Sprache auf der Insel Java, nebst einer Einleitung über die Verschiedenheit des menschlichen Sprachbaues*

und ihren Einfluss auf die geistige Entwicklung des Menschengeschlechts.
Abhandlungen der Königlichen Akademie der Wissenschaften zu Berlin,
part 2. Berlin: Königlichen Akademie der Wissenschaften.

Hymes, D. 1960. Lexicostatistics so far. *CA* 1: 3-44 (with comments).

—— 1962. Comment on Bergsland and Vogt. *CA* 3: 136-141.

Hyslop, C. 2001. *The Lolovoli dialect of the North-East Ambae language,
Vanuatu*. Canberra: Pacific Linguistics.

Inglis, John. 1882. *A dictionary of the Aneityumese language*. London: Williams
and Norgate.

Ingram, D. 1978. Typology and universals of personal pronouns. In Greenberg 3:
213-247.

Institute of Fijian Language and Culture. 2007. *Na iVola Vosa VakaViti* (*The
Fijian Monolingual Dictionary*). Suva: Government Printing Office.

Ivens, W.G. 1929. *A dictionary of the language of Sa'a (Mala) and Ulawa, South-
East Solomon Islands*. London: Oxford University Press.

Jackson, F.H. 1983. *The internal and external relationships of the Trukic
languages of Micronesia*. Ph.D. dissertation, University of Hawaii. Ann
Arbor: University Microfilms International.

Jackson, F.H. and J.C. Marck. 1991. *Carolinian-English dictionary*. PALI
Language Texts: Micronesia. Honolulu: University of Hawaii Press.

Jakobson, R. 1960. Why mama and papa? In B. Kaplan and S. Wapner, eds,
Perspectives in psychological theory dedicated to Heinz Werner: 124-134.
New York: International Universities Press, Inc.

Janhunen, J. 1981. Uralilaisen kantakielen sanastosta. *Journal de la Société
Finno-Ougrienne* 77: 219-274.

Jaspan, M.A. 1984. *Materials for a Rejang-Indonesian-English dictionary*.
Canberra: Pacific Linguistics.

Jauncey, Dorothy. 2011. *A grammar of Tamambo, the language of west Malo, Vanuatu.* Canberra: Pacific Linguistics.

Jensen, J.T. 1977a. *Yapese reference grammar.* PALI Language Texts: Micronesia. Honolulu: The University Press of Hawaii.

—— 1977b. *Yapese-English dictionary.* PALI Language Texts: Micronesia. Honolulu: The University Press of Hawaii.

Johnson, R. A. 1996. *A bibliography of Philippine linguistics.* Manila: LSP.

Johnson, R., G.O. Tan and C. Goshert. 2003. 4th ed. *Bibliography of the Summer Institute of Linguistics, Philippines 1953-2003. 50th anniversary edition.* Manila: Summer Institute of Linguistics, Philippines, Inc.

Johnston, R.L. 1980. *Language, communication and development in New Britain.* Ukarumpa, Papua New Guinea: Summer Institute of Linguistics.

Jones, A.A. 1998. *Towards a lexicogrammar of Mekeo (An Austronesian language of western Central Papua).* Canberra: Pacific Linguistics.

Jones, R. 1978. *Indonesian etymological project, III: Arabic loan-words in Indonesian.* Published simultaneously by the Indonesian Etymological Project and as Cahier d'Archipel 2, SECMI, Paris. London: School of Oriental and African Studies, University of London.

Jonker, J.C.G. 1906. Over de eind-medeklinkers in het Rottineesch en Timoreesch. *BKI* 59: 263-343.

—— 1908. *Rottineesch-Hollandsch woordenboek.* Leiden: Brill.

—— 1914. Kan man bij de talen van de Indische Archipel eene westelijke en eene oostelijke afdeeling onderscheiden? *Verslagen en medeelingen der Koninklijke Akademie van Wetenschappen,* 4th series, 12: 314-417.

—— 1915. *Rottineesche spraakkunst.* Leiden: Brill.

—— 1932. *Lettineesche taalstudiën.* VBG 69. Bandoeng: Nix.

Josephs, L.S. 1975. *Palauan reference grammar.* PALI Language Texts:

Micronesia. Honolulu: The University Press of Hawaii.

Kadazan Dusun Cultural Association. 1995. *Kadazan Dusun-Malay-English dictionary*. Kota Kinabalu, Sabah.

—— 2004. *Kamus Murut Timugon-Melayu, dengan ikhtisar ethnografi*. Kota Kinabalu, Sabah.

Kähler, H. 1959. *Vergleichendes Wörterverzeichnis der Sichule-Sprache auf der Insel Simalur an der Westküste von Sumatra.* VSIS 1. Berlin: Reimer.

—— 1965. *Grammatik der Bahasa Indonésia*. 2nd, rev. edition. Wiesbaden: Harrassowitz.

—— 1987. *Enggano-Deutsches Wörterbuch*. VSIS 14. Berlin: Reimer.

Kawamoto, T. 1977. Toward a comparative Japanese-Austronesian I. *Bulletin of Nara University of Education* 26.1: 23-49.

—— 1984. Two sets of sound laws between Japanese and Austronesian. *Bulletin of Joetsu University of Education* 3: 31-50.

Kayser, A. 1993 [1936]. *Nauru grammar*. Edited, and with an introduction by K.H. Rensch. Canberra: Embassy of the Federal Republic of Germany.

Keenan, E.L. 1976. Remarkable subjects in Malagasy. In C.N. Li: 247-301.

Keesing, F.M. 1962. *The ethnohistory of northern Luzon*. Stanford, California: Stanford University Press.

Keesing, R.M. 1988. *Melanesian pidgin and the Oceanic substrate*. Stanford: Stanford University Press.

Kelly, R.L., J-F. Rabedimy and L. Poyer. 1999. The Mikea of Madagascar. In R.B. Lee and R. Daly, eds., *The Cambridge Encyclopedia of hunters and gatherers*: 215- 219. Cambridge University Press.

Kempler Cohen, E.M. 1999. *Fundamentals of Austronesian roots and etymology*. Canberra: Pacific Linguistics.

Kennedy, R. 2003. *Confluence in phonology: evidence from Micronesian reduplication*. Ph.D. dissertation. Tucson: Department of Linguistics, University of Arizona.

Keraf, G. 1978. *Morfologi dialek Lamalera*. Ph.D. dissertation, University of Indonesia. Ende, Flores: Arnoldus.

Kern, H. 1886. De Fidji-taal vergeleken met hare verwanten in Indonesië en Polynesië. *Verhandelingen van het Koninklijke Nederlandsche Akademie van Wetenschappen, afdeeling Letterkunde* 16: 1-242. Reprinted in *Verspreide Geschriften* 4: 243-343, 5: 1-141 (1917).

—— 1889. Taalkundige gegevens ter bepaling van het stamland der Maleisch-Polynesische volken. *Verslagen en Mededeelingen der Koninklijke Akademie van Wetenschappen, afdeeling Letterkunde*, 3: 270-287. Reprinted in *Verspreide Geschriften* 6: 105-120 (1917).

—— 1906a. Taalvergelijkende verhandeling over het Aneityumsch, met een aanhangsel over het klankstelsel van het Eromanga. *Verhandelingen van het Koninklijke Akademie van Wetenschappen, afdeling Letterkunde* 8.1: 1-146. Reprinted in *Verspreide Geschriften* 5: 149-285 (1917).

—— 1906b. J.L.A. Brandes. Levensberichten der afgestorven medeleden van de Maatschappij der Nederlandsche Letterkunde. Reprinted in *Verspreide Geschriften* 15: 299-310 (1917).

—— 1908. Austronesisch en Austroasiatisch (review of Schmidt 1906). *BKI* 60: 166- 172. Reprinted in *Verspreide Geschriften* 14: 317-325 (1917).

—— 1913-1928. *Verspreide Geschriften* (Collected Works). 15 vols. The Hague: Nijhoff.

Kern, R.A. 1948. The vocabularies of Iacob Le Maire. *Acta Orientalia* XX: 216-237.

Key, M.R. 1984. *Polynesian and American linguistic connections*. Edward Sapir Monograph Series in Language, Culture, and Cognition 12. Supplement to

Forum Linguisticum 8.3.

—— 1998. Linguistic similarities between Austronesian and South American Indian languages. *Pre-Columbiana: A journal of long-distance contacts* 1: 59-71.

Kikusawa, R. 2002. *Proto Central Pacific ergativity: its reconstruction and development in the Fijian, Rotuman and Polynesian languages*. Canberra: Pacific Linguistics.

King, J.K. and J.W. King, eds. 1984. *Languages of Sabah: a survey report*. Canberra: Pacific Linguistics.

Kirch, P.V. 1997. *The Lapita peoples: ancestors of the Oceanic world*. The Peoples of South-East Asia and the Pacific. Oxford: Blackwell.

—— 2000. *On the road of the winds: an archaeological history of the Pacific islands before European contact*. Berkeley: University of California Press.

Kirch, P.V. and R.C. Green. 2001. *Hawaiki, ancestral Polynesia: an essay in historical anthropology*. Cambridge University Press.

Klamer, M. 1998. *A grammar of Kambera*. Berlin: Mouton de Gruyter.

—— 2002. Typical features of Austronesian languages in central/eastern Indonesia. *OL* 41: 363-383.

Klieneberger, H.R. 1957. *Bibliography of Oceanic linguistics*. London and New York: Oxford University Press.

Klinkert, H.C. 1918. *Nieuw Maleisch-Nederlandsch Zakwoordenboek*. Leiden.

Krauss, M.E. 1964. Proto-Athapaskan-Eyak and the problem of Na-Dene I: The phonology. *International Journal of American Linguistics* 30: 118-131.

—— 1979. Na-Dene and Eskimo-Aleut. In L. Campbell and M. Mithun, eds., *The languages of native America: historical and comparative assessment*: 803-901. Austin and London: University of Texas Press.

Krauss, M.E. and V. Golla. 1981. Northern Athapaskan languages. In W.C.

Sturtevant, general editor, *Handbook of North American Indians*, vol. 6: J. Helm, volume editor, Subarctic: 67-85. Washington, D.C.: Smithsonian Institution.

Krishnamurti, B. 1961. *Telugu verbal bases: a comparative and descriptive study*. University of California Publications in Linguistics 24. Berkeley and Los Angeles: University of California Press.

—— 2003. *The Dravidian languages*. Cambridge Language Surveys. Cambridge University Press.

Kroeger, P.R. 1988. Verbal focus in Kimaragang. In Steinhauer 1988b: 217-240.

—— 1990. Asu vs. tasu: on the origins of Dusunic moveable t-. In J.T. Collins, ed., *Language and oral traditions in Borneo*. Borneo Research Council Proceedings Series, vol. 2: 93-114. Williamsburg, Virginia: Department of Anthropology, The College of William and Mary in Virginia.

—— 1992. Vowel harmony systems in three Sabahan languages. In Martin: 279-296.

—— 1993. *Phrase structure and grammatical relations in Tagalog*. Stanford, California: Center for the Study of Language and Information, Stanford University.

Kuiper, F.B.J. 1948. Munda and Indonesian. *Orientalia Nederlandica. A volume of Oriental Studies*: 372-401. Leiden: Sijthoff.

Labov, W. 1972. *Sociolinguistic patterns*. Philadelphia: University of Pennsylvania Press.

Ladefoged, P. 1971. *Preliminaries to linguistic phonetics*. Chicago: The University of Chicago Press.

Ladefoged, P. and I. Maddieson. 1996. *The sounds of the world's languages*. Oxford: Blackwell.

Lafeber, A. 1922. *Vergelijkende klankleer van het Niassisch*. Ph.D. dissertation,

University of Leiden. The Hague.

Laidig, W.D. 1993. Insights from Larike possessive constructions. *OL* 32: 311-
351.

Laidig, W.D. and S.D. Maingak. 1999. Barang-Barang phonology: a preliminary
description.

In W.D. Laidig, ed., *Studies in Sulawesi linguistics*, Part VI: 46-83. NUSA 46.

Lakoff, G. and M. Johnson. 1980. *Metaphors we live by*. Chicago and London:
The University of Chicago Press.

Larish, M.D. 1999. *The position of Moken and Moklen within the Austronesian
language family*. Ph.D. dissertation. Honolulu: Department of Linguistics,
University of Hawaii.

Latta, F.C. 1977. Nasalisation in Sundanese: a closer look. Ms, 14pp. Laves, G.
1935. Review of Dempwolff 1934. *Language* 11: 264-267.

Laycock, D.C. 1975. Observations on number systems and semantics. In Wurm 1:
219- 233.

—— 1978. A little Mor. In Wurm and Carrington 1: 285-316.

—— 1981. Metathesis in Ririo and other cases. In Halim, Carrington, and Wurm
1: 269-281. Canberra: Pacific Linguistics.

Lebar, F.M., ed. 1972. *Ethnic groups of insular Southeast Asia, vol. 1: Indonesia,
Andaman islands, and Madagascar*. New Haven: Human Relations Area
Files Press.

—— ed. 1975. *Ethnic groups of insular Southeast Asia, vol. 2: Philippines and
Formosa*. New Haven: Human Relations Area Files Press.

Lebar, F.M., G.C. Hickey and J.K. Musgrave, eds. 1964. *Ethnic groups of
mainland Southeast Asia*. New Haven: Human Relations Area Files Press.

Lee, E.W. 1966. *Proto-Chamic phonologic word and vocabulary*. Ph.D.
dissertation, Indiana University. Ann Arbor, Michigan: University

Microfilms International.

Lee, K.D. 1975. *Kusaiean reference grammar*. PALI Language Texts:
Micronesia. Honolulu: The University Press of Hawaii.

—— 1976. *Kusaiean-English dictionary*. PALI Language Texts: Micronesia.
Honolulu: The University Press of Hawaii.

Lee, K.D. and J.W. Wang. 1984. Kosraean reflexes of Proto Oceanic phonemes.
In Bender: 403-442.

Leenhardt, M. 1946. *Langues et dialects de l'Austro-Mélanésie*. Travaux et
mémoires de l'institute d'ethnologie. Paris: Institute d'ethnologie, Musée de
l'homme.

Lees, R.B. 1953. The basis of glottochronology. *Language* 29: 113-127.

Lehmann, W.P. 1992. *Historical linguistics: an introduction* (3rd edition).
London and NewYork: Routledge.

Lemaréchal, A. 1982. Sémantisme des parties du discourse et sémantisme des
relations. *BSLP* 77: 1-39.

Lemle, M. 1971. Internal classification of the Tupi-Guarani linguistic family. In
D. Bendor-Samuel, ed., *Tupi Studies I*: 107-129. Norman, Oklahoma:
Summer Institute of Linguistics.

Lepsius, C.R. 1863. *Standard alphabet*. London and Berlin.

Lewis, M. Paul, ed. 2009. *Ethnologue: languages of the world*. 16th edition.
Dallas, Texas: Summer Institute of Linguistics, Inc.

Li, C.N. ed. 1976. *Subject and topic*. New York: Academic Press, Inc.

Li, P.J.K. 1972. On comparative Tsou. *BIHP* 49: 311-348.

—— 1973. *Rukai structure*. Institute of History and Philology Special
Publications No. 64. Nankang, Taipei: Institute of History and Philology,
Academia Sinica.

—— 1977a. Morphophonemic alternations in Formosan languages. *BIHP* 48:

375- 413.

—— 1977b. The internal relationships of Rukai. *BIHP* 48: 1-92.

—— 1980a. The phonological rules of Atayal dialects. *BIHP* 51: 349-405.

—— 1980b. Men's and women's speech in Mayrinax. In P.J.K. Li et al, eds., *Papers in honor of Professor Lin Yü-k'eng on her seventieth birthday*: 9-17. Taipei: Wen Shin Publishing Co.

—— 1981. Reconstruction of Proto-Atayalic phonology. *BIHP* 52: 235-301.

—— 1982a. Male and female forms of speech in the Atayalic group. *BIHP* 53: 265- 304.

—— 1982b. Atayalic final voiced stops. In Halim, Carrington, and Wurm 2: 171-185. Canberra: Pacific Linguistics.

—— 1982c. Kavalan phonology: synchronic and diachronic. In Carle et al: 479-495.

—— 1983. Types of lexical derivation of men's speech in Mayrinax. *BIHP* 54: 1-18.

—— 1985. The position of Atayal in the Austronesian family. In Pawley and Carrington: 257-280.

—— 1988. A comparative study of Bunun dialects. *BIHP* 59: 479-508.

—— 1992. *The internal and external relationships of the Formosan languages*. Taipei: National Museum of Prehistory Planning Bureau.

—— 1995a. Formosan vs, Non-Formosan features in some Austronesian languages in Taiwan. In Li et al.: 651-681.

—— 1995b. Is Chinese genetically related to Austronesian? In Wang: 93-112.

—— 2004a. Origins of the East Formosans: Basay, Kavalan, Amis, and Siraya. In Li 2004b: 927-940.

—— 2004b. *Selected papers on Formosan languages*. 2 vols. Language and Linguistics Monograph Series C3. Taipei: Institute of Linguistics, Academia

Sinica.

—— 2011. *Thao texts and songs*. *LLMS* 44. Taipei: Institute of Linguistics, Academia Sinica.

Li, P.J.K., C.H. Tsang, Y.K. Huang, D.A. Ho, and C.Y. Tseng. 1995. *Austronesian studies relating to Taiwan*. Symposium Series of the Institute of History and Philology, Academia Sinica, No. 3. Taipei: Academia Sinica.

Li, P.J.K. and S. Tsuchida. 2001. *Pazih dictionary*. *LLMS* A2. Taipei: Institute of Linguistics, Academia Sinica.

—— 2002. *Pazih texts and songs*. *LLMS* A2-2. Taipei: Institute of Linguistics, Academia Sinica.

—— 2006. *Kavalan dictionary*. *LLMS* A-19. Taipei: Institute of Linguistics, Academia Sinica.

Liao, H.C. 2004. *Transitivity and ergativity in Formosan and Philippine languages*. Unpublished Ph.D. dissertation. 582pp. Honolulu: Department of Linguistics, University of Hawaii.

—— 2008. A typology of first person dual pronouns and their reconstructibility in Philippine languages. *OL* 47: 1-29.

Liao, H.C. and C.R.G. Rubino, eds. 2005. *Current issues in Philippine linguistics and anthropology parangal kay Lawrence A. Reid*. Manila: The Linguistic Society of the Philippines and SIL, Philippines.

Lichtenberk, F. 1983. *A grammar of Manam*. Honolulu: *OLSP* 18.

—— 1984. To'aba'ita language of Malaita, Solomon Islands. *Working Papers in Anthropology, Archaeology, Linguistics, Maori Studies*. Auckland: Department of Anthropology, University of Auckland.

—— 1985. Possessive constructions in Oceanic languages and in Proto Oceanic. In Pawley and Carrington: 93-140.

—— 1986. Leadership in Proto Oceanic society: linguistic evidence. *JPS* 95:

341- 356.

—— 1988. The Cristobal-Malaitan subgroup of Southeast Solomonic. *OL* 27: 24-62.

—— 1994. Reconstructing heterogeneity. *OL* 33: 1-36.

—— 2008a. *A grammar of Toqabaqita*. Berlin: Mouton de Gruyter.

—— 2008b. *A dictionary of Toqabaqita (Solomon Islands)*. Canberra: Pacific Linguistics.

—— 2009. Oceanic possessive classifiers. *OL* 48: 379-402.

Lieber, M.D. and K.H. Dikepa. 1974. *Kapingamarangi lexicon*. PALI Language Texts: Polynesia. Honolulu: The University Press of Hawaii.

Lincoln, P.C. 1978. Reef-Santa Cruz as Austronesian. In Wurm and Carrington 2: 929- 967.

Lindstrom, L. 1986. *Kwamera dictionary*. Canberra: Pacific Linguistics.

Lister-Turner, R. and J.B. Clark. 1930. *A grammar of the Motu language of Papua* (2nd edition). Sydney: Government Printer.

Lobel, J.W. 2004. Old Bikol *–um-* vs. *mag-* and the loss of a morphological paradigm. *OL* 43: 469-497.

—— 2005. The angry register of the Bikol languages of the Philippines. In Liao and Rubino: 149-166.

—— 2010. Manide: an undescribed Philippine language. *OL* 49: 478-510.

—— 2013. *Philippine and North Bornean languages: issues in description, subgrouping, and reconstruction*. Unpublished Ph.D. dissertation. Honolulu: Department of Linguistics, University of Hawai'i.

—— n.d. Central Philippine verbal focus-aspect-mood morphology and its implications. Ms.

Lobel, J.W. and W.C. Hall. 2010. Southern Subanen aspiration. *OL* 49: 319-338.

Lobel, J.W. and L.H.S. Riwarung. 2009. Maranao revisited: an overlooked consonant contrast and its implications for lexicography and grammar. *OL* 48: 403-438.

—— 2011. Maranao: a preliminary phonological sketch with supporting audio. Language Documentation and Conservation 5: 31-59. Available online athttp://hdl.handle.net/10125/4487/.

Lopez, C. 1939. *Studies on Dempwolff's 'Vergleichende Lautlehre des austronesischen Wortschatzes'*. Summer Institute of Linguistics, Philippines. Mimeo.

—— 1965. The Spanish overlay in Tagalog. *Lingua* 14: 467-504.

—— 1967. Classifiers in Philippine languages. *Philippine Journal of Science* 96: 1-8.

Luomala, K. 1951. *The menehune of Polynesia and other mythical little people of Oceania*. Bernice P. Bishop Museum Bulletin 230. Honolulu.

Lynch J. 1977a. *Lenakel dictionary*. Canberra: Pacific Linguistics.

—— 1977b. *Notes on Maisin – an Austronesian language of the Northern Province of Papua New Guinea*. Mimeo. Port Moresby: University of Papua New Guinea.

—— 1978a. *A grammar of Lenakel*. Canberra: Pacific Linguistics.

—— 1978b. Proto-South Hebridean and Proto Oceanic. In Wurm and Carrington: 717-779.

—— 1981. Melanesian diversity and Polynesian homogeneity: the other side of the coin. *OL* 20: 95-129.

—— 1996. Proto Oceanic possessive-marking. In Lynch and Pat: 93-110.

—— 1998. *Pacific languages: an introduction*. Honolulu: University of Hawaii Press.

—— 2000. *A grammar of Anejom̃*. Canberra: Pacific Linguistics.

—— 2001. *The linguistic history of southern Vanuatu*. Canberra: Pacific

Linguistics.

—— 2002. The Proto Oceanic labiovelars: some new observations. *OL* 41: 310-362.

—— 2003a. Low vowel dissimilation in Vanuatu languages. *OL* 42: 359-406.

—— 2005. Final consonants in remote Oceanic. *OL* 44: 90-112.

—— 2009a. Irregular sound change in some Malakula languages. In Alexander Adelaar and Andrew Pawley, eds., *Austronesian historical linguistics and culture history: a festschrift for Robert Blust*: 57-72. Canberra: Pacific Linguistics.

—— 2009b. At sixes and sevens: the development of numeral systems in Vanuatu and New Caledonia. In Evans: 391-411.

—— 2010. Vowel loss in Tirax and the history of the apicolabial shift. *OL* 49: 369-388.

—— ed. 2003b. *Issues in Austronesian historical phonology*. Canberra: Pacific Linguistics. Lynch J. and T. Crowley. 2001. *Languages of Vanuatu: A new survey and bibliography*. Canberra: Pacific Linguistics.

Lynch J. and D.T. Tryon. 1985. Central-Eastern Oceanic: a subgrouping hypothesis. In Pawley and Carrington: 31-52.

Lynch J. and F. Pat, eds., 1996. *Oceanic studies: Proceedings of the First International Conference on Oceanic Linguistics*. Canberra: Pacific Linguistics.

Lynch J., M. Ross and T. Crowley, eds. 2002. *The Oceanic languages*. Curzon Language Family Series. Richmond, Surrey: Curzon Press.

Maan, G. 1951. *Proeve van een Bulische spraakkunst*. *VKI* 10. The Hague: Nijhoff.

Mabuchi, T. 1953. Takasagozoku no bunrui: gakushi no kaiko [Retrospective on the classification of the Formosan aborigines]. *Japanese Journal of*

Ethnology 18: 1- 11.

Macdonald, D. 1907. *The Oceanic languages. Their grammatical structure, vocabulary, and origin*. London: Henry Frowde.

Macdonald, R.R. and S. Darjowidjojo. 1967. *A student's reference grammar of modern formal Indonesian*. Washington, D.C.: Georgetown University Press.

Maddieson, I. 1984. *Patterns of sounds*. Cambridge Studies in Speech Science and Communication. Cambridge University Press.

—— 1989a. Aerodynamic constraints on sound change: the case of bilabial trills. *UCLA Working Papers in Phonetics* 72: 91-115.

—— 1989b. Linguo-labials. In Harlow and Hooper 2: 349-375.

Maddieson, I., and K. F. Pang. 1993. Tone in Utsat. In Edmondson and Gregerson: 75-89.

Madulid, D.A. 2001. *A dictionary of Philippine plant names*. 2 vols. Makati City, Philippines: The Bookmark, Inc.

Mahdi, Waruno. 1988. *Morphophonologische Besonderheiten und historische phonologie des Malagasy*. VSIS, vol. 20. Berlin: Reimer.

—— 1994a. Some Austronesian maverick protoforms with culture-historical implications – I. *OL* 33: 167-229.

—— 1994b. Some Austronesian maverick protoforms with culture-historical implications – II. *OL* 33: 431-490.

—— 1996. Another look at Proto-Austronesian *d and *D. In Nothofer: 1-14.

—— 1999a. The dispersal of Austronesian boat forms in the Indian Ocean. . In R. Blench and M. Spriggs, eds., *Archaeology and language III: Artefacts, languages and texts*: 144-179. London & New York: Routledge.

—— 1999b. Linguistic and philological data towards dating Austronesian activity in India and Sri Lanka. In R. Blench and M. Spriggs, eds., *Archaeology and language IV: Language change and cultural transformation*: 160-242. London & New York: Routledge.

—— 2005. Old Malay. In Adelaar and Himmelmann: 182-201.

—— 2012. Review of John U. Wolff (2010, *Proto-Austronesian phonology with glossary*, vols. I-II). *Archipel* 83: 214-222.

Makarenko, V.A. 1981. *Preliminary annotated bibliography of Pilipino linguistics (1604-1976)*, ed. by A. Gonzalez and C. Nemenzo Sacris. Manila: De La Salle University Libraries and LSP.

Mallory, J.P. and D.Q. Adams, eds. 1997. *Encyclopedia of Indo-European culture*. London and Chicago: Fitzroy Dearborn.

Marck, J. 1986. Micronesian dialects and the overnight voyage. *JPS* 95: 253-258.

—— 2000. *Topics in Polynesian language and culture history*. Canberra: Pacific Linguistics.

Maree, J.Y.M., and O.R. Tomas. 2012. *Ibatan to English dictionary*. Manila: Summer Institute of Linguistics.

Marrison, G.E. 1975. The early Cham language and its relationship to Malay. *JMBRAS* 48.2: 52-60.

Marschall, W. 1968. *Metallurgie und frühe Besiedlungsgeschichte indonesiens*. Ethnologica, Band 4. Köln: Brill.

Marsden, W. 1783. *The history of Sumatra*. London.

—— 1834. On the Polynesian, or East-insular languages. In *Miscellaneous Works of William Marsden*: 1-116. London _____ 1984 [1812]. *A dictionary and grammar of the Malayan language, with an introduction by R. Jones*. Singapore and New York: Oxford University Press.

Marshall, M. 1984. Structural patterns of sibling classification in Oceania. *CA* 25: 597- 637.

Marten, L. 2006. Bantu classification, Bantu trees and phylogenetic methods. In P.

Forster and C. Renfrew, eds., *Phylogenetic methods and the prehistory of languages*: 43-55. Cambridge: McDonald Institute for Archaeological Research, University of Cambridge.

Martens, M. 1995. Uma. In Tryon 1995, Part 1, Fascicle 1: 539-547.

Martin, P.W., ed. 1992. *Shifting patterns of language use in Borneo: Papers from the Second Bi-Ennial International Conference, Kota Kinabalu, Sabah, Malaysia*. Borneo Research Council Proceedings Series, vol. 3. Williamsburg, Virginia: Department of Anthropology, The College of William and Mary in Virginia.

Matisoff, J. A. 1975. Rhinoglottophilia: the mysterious connection between nasality and glottality. In C.A. Ferguson, L.M. Hyman and J.J. Ohala, eds., *Nasálfest: Papers from a symposium on nasals and nasalisation:* 265-287. Stanford, California: Language Universals Project, Department of Linguistics, Stanford University.

—— 1978. *Variational semantics in Tibeto-Burman*. Occasional Papers of the Wolfenden Society on Tibeto-Burman Linguistics, vol. 6. Philadelphia: Institute for the Study of Human Issues.

—— 1990. On megalocomparison. *Language* 66:106-120.

—— 1995. Sino-Tibetan numerals and the play of prefixes. *Bulletin of the National Museum of Ethnology* (Osaka) 20.1: 105-252.

—— 2003. *Handbook of Proto-Tibeto-Burman: system and philosophy of Sino-Tibetan reconstruction*. Berkeley: University of California Press.

Matteson, E. 1972. Proto Arawakan. In E. Matteson, et al, *Comparative studies in Amerindian languages*: 160-242. Janua Linguarum Series Practica, 127. The Hague: Mouton.

Matthes, B.F. 1858. *Makassaarsche Spraakkunst*. Amsterdam: Frederik Muller.

—— 1859. *Makassaarsch-Hollandsch woordenboek, met Hollandsch-*

Makassaarsch woordenlijst. Amsterdam: Frederik Muller.

—— 1874. *Boegineesch-Hollandsch woordenboek, met Hollandsch-Boegineesche woordenlijst*. The Hague: M. Nijhoff.

—— 1875. *Boegineesche Spraakkunst*. The Hague: M. Nijhoff.

Matthews, Peter. 1997. *The concise Oxford dictionary of linguistics*. Oxford and New York: Oxford University Press.

Maxwell, W.E. 1907 [1882]. 8th ed. *A manual of the Malay language, with an introductory sketch of the Sanskrit element in Malay*. London: Kegan Paul, Trench , Trübner & Co.

Mayer, J. 2001. *Code-switching in Samoan: t-style and k-style*. Unpublished Ph.D. dissertation, Department of Linguistics, University of Hawaii.

McCarthy, J.J. and A. Prince. 1990. Foot and word in prosodic morphology: the Arabic broken plural. *Natural Language and Linguistic Theory* 8: 209-283.

—— 1994. The emergence of the unmarked: optimality in prosodic morphology. In M.

Gonzalez, ed., *Proceedings of the North East Linguistic Society* 24: 333-379.

Amherst, Mass, Graduate Linguistic Student Association.

McElhanon, K.A. and C.L. Voorhoeve. 1970. *The Trans-New Guinea phylum: explorations in deep-level genetic relationships*. Canberra: Pacific Linguistics.

McFarland, C.D. 1976. *A provisional classification of Tagalog verbs*. SLCAA Monograph Series, No. 8. Tokyo: Institute for the Study of Languages and Cultures of Asia and Africa.

—— 1977. *Northern Philippine linguistic geography*. *SLCAA* Monograph Series, No. 9. Tokyo.

—— 1980. *A linguistic atlas of the Philippines*. *SLCAA* Monograph Series No. 15. Tokyo: Institute for the Study of Languages and Cultures of Asia and

Africa, Tokyo University of Foreign Studies.

McGinn, R. 1989. *The Rejang language: texts and grammatical analysis, based on the Musi dialect*. Ms., 138pp.

—— 2005. What the Rawas dialect reveals about the linguistic history of Rejang. *OL* 44: 12-64.

—— ed. 1988. *Studies in Austronesian linguistics*. Ohio University Monographs in International Studies, Southeast Asia Series, No. 76. Athens, Ohio: Ohio University Center for International Studies, Center for Southeast Asian Studies.

McGuckin, C. 2002. Gapapaiwa. In Lynch, Ross and Crowley: 297-321.

McKaughan, H.P. 1958. The inflection and syntax of Maranao verbs. *Publications of the Institute of National Language*. Manila: Bureau of Printing.

—— 1970. Topicalisation in Maranao – an addendum. In S.A. Wurm and D.C. Laycock, eds, *Pacific linguistic studies in honour of Arthur Capell*: 291-300. Canberra: Pacific Linguistics.

McManus, E.G. and L.S. Josephs. 1977. *Palauan-English dictionary*. PALI Language Texts: Micronesia. Honolulu: The University Press of Hawaii.

Mead, D. 1996. The evidence for final consonants in Proto-Bungku-Tolaki. *OL* 35: 180- 194.

—— 1998. *Proto-Bungku-Tolaki: reconstruction of its phonology and aspects of its morphosyntax*. Ph.D. dissertation, Department of Linguistics, Rice University. Ann Arbor, Michigan: University Microfilms International.

—— 1999. *The Bungku-Tolaki languages of South-Eastern Sulawesi, Indonesia*. Canberra: Pacific Linguistics.

—— 2001. The numeral confix *i- -(e)n. *OL* 40: 167-176.

—— 2003a. The Saluan-Banggai microgroup of eastern Sulawesi. In Lynch: 65-86.

—— 2003b. Evidence for a Celebic supergroup. In Lynch, ed: 115-141.

Meinhof, C. 1899. *Grundriss einer Lautlehre der Bantusprachen*. Leipzig: F.A. Brockhaus.

Merrill, E.D. 1954. *Plant life of the Pacific world*. New York: Macmillan.

Mettler, T. and H. Mettler. 1990. Yamdena phonology. *WILC 8*: 29-79.

Milke, W. 1958. Ozeanische Verwandtschaftsnamen. *ZfE* 83: 226-229.

—— 1961. Beiträge zur ozeanischen Linguistik. *ZfE* 86: 162-182.

—— 1968. Proto Oceanic addenda. *OL* 7: 147-171.

Miller, W.R. 1967. Uto-Aztecan cognate sets. *University of California Publications in Linguistics*, vol. 48. Berkeley and Los Angeles: University of California Press.

Mills, R.F. 1975. *Proto South Sulawesi and Proto Austronesian phonology*. 2 vols. Ph.D. dissertation, Department of Linguistics, The University of Michigan. Ann Arbor, Michigan: University Microfilms International.

Mills, R.F. and J. Grima. 1980. Historical developments in Lettinese. In Naylor: 273- 284.

Milner, G.B. 1958. Aspiration in two Polynesian languages. BSOAS 21: 368-375.

—— 1961. The Samoan vocabulary of respect. *JRAI* 91.2: 296-317.

—— 1966. *Samoan dictionary*. London: Oxford University Press.

—— 1967. *Fijian grammar* (2nd edition). Suva, Fiji: Government Printing Department.

Mintz, M.W. 1971. *Bikol grammar notes*. PALI Language Texts: Philippines. Honolulu: University of Hawaii Press.

—— 1991. Anger and verse: two vocabulary subsets in Bikol. In R. Harlow, ed., *VICAL 2: Western Austronesian and contact languages. Papers from the Fifth International Conference on Austronesian Linguistics, Parts One and Two*: 231- 244. Te Reo Special Publication. Auckland: Linguistic Society of

New Zealand.

—— 1998. *A course in conversational Indonesian*. Raffles Editions. 2nd rev. edition. Singapore: SNP Publishing Co.

Mintz, M.W. and J. del Rosario Britanico. 1985. *Bikol-English dictionary*. Quezon City, Philippines: New Day Publishers.

Mithun, M. 1994. The implications of ergativity for a Philippine voice system. In B. Fox and P.J. Hopper, eds., *Voice: form and function*: 247-277. Amsterdam/Philadelphia: John Benjamins Publishing Company.

Mithun, M. and H. Basri. 1986. The phonology of Selayarese. *OL* 25: 210-254.

Moeliono, A.M., et al. 1989. 2nd printing. *Kamus besar Bahasa Indonesia*. Jakarta: Balai Pustaka.

Moeliono, A.M., and C.E. Grimes. 1995. Indonesian (Malay). In Tryon: 443-457.

Molony, C.H. and D. Tuan. 1976. Further studies on the Tasaday language: texts and vocabulary. In D.E. Yen and J. Nance, eds., *Further studies on the Tasaday*: 13- 96.

Panamin Foundation Research Series, No. 2. Makati, Rizal, Philippines: Panamin Foundation.

Moriguchi, T. 1991. Asai's Basai vocabulary. In Tsuchida, Yamada and Moriguchi: 195-257. Morris, C. 1984. *Tetun-English dictionary*. Canberra: Pacific Linguistics.

Mosel, U. 1980. *Tolai and Tok Pisin: the influence of the substratum on the development of New Guinea Pidgin*. Canberra: Pacific Linguistics.

—— 1999. Towards a typology of negation in Oceanic languages. In Hovdhaugen and Mosel: 1-19.

Mosel, U. and E. Hovdhaugen. 1992. *Samoan reference grammar*. Oslo: Scandinavian University Press.

Mosel, U. and R.S. Spriggs. 1999. Negation in Teop. In Hovdhaugen and Mosel:

45-56.

Motus, C.L. 1971. *Hiligaynon dictionary*. PALI Language Texts: Philippines. Honolulu: University of Hawaii Press.

Moyse-Faurie, C. 1993. *Dictionnaire futunien-français*. Langues et cultures du Pacifique 8, SELAF 340. Paris: Peeters.

—— 1995. *Le Xârâcùù, Langue de Thio-Canala (Nouvelle-Calédonie)*. Langues et cultures du Pacifique 10, SELAF 355. Paris: Peeters.

Moyse-Faurie, C. and M-A. Néchérö-Jorédié. 1986. *Dictionnaire Xârâcùù-Français (Nouvelle-Calédonie)*. Paris: EDIPOP, Les editions populaires.

Mühlhäusler, P. 1979. *Growth and structure of the lexicon of New Guinea Pidgin*. Canberra: Pacific Linguistics.

Murdock, G.P. 1949. *Social structure*. New York: Macmillan.

—— 1959. *Africa: its peoples and their culture history*. New York: McGraw-Hill.

—— 1964. Genetic classification of the Austronesian languages: a key to Oceanic culture history. *Ethnology* 3: 117-126.

—— 1968. Patterns of sibling terminology. *Ethnology* 7: 1-24.

Nababan, P.W.J. 1981. *A grammar of Toba Batak*. Canberra: Pacific Linguistics.

Nathan, G.S. 1973. Nauruan in the Austronesian language family. *OL* 12: 479-501.

Naylor, P.B. 1986. On the pragmatics of focus. In Geraghty, Carrington, and Wurm, 1: 43-57.

—— ed. 1980. *Austronesian studies: Papers from the Second Eastern Conference on Austronesian Languages*. Michigan Papers on South and Southeast Asia, No. 15. Ann Arbor: Center for South and Southeast Asian Studies, The University of Michigan.

Næss, Åshild. 2006. Bound nominal elements in Äiwoo (Reefs): a reappraisal of the "Multiple noun class systems". *OL* 45: 269-296.

Needham, R., ed. 1973. *Right and left: essays on dual symbolic classification.*
Chicago and London: The University of Chicago Press.

Newell, L.E. 1993. *Batad Ifugao dictionary, with ethnographic notes.* Manila:
LSP publication 33.

—— 2006. *Romblomanon dictionary.* Manila: LSP publication 52.

Niemann, G.K. 1891. Bijdrage tot de kennis der verhouding van het Tjam tot de
talen van Indonesië. *BKI* 40: 27-44.

Nivens, R. 1993. Reduplication in four dialects of West Tarangan. *OL* 32: 353-
388.

—— 1998. Borrowing vs. code-switching: Malay insertions in the conversations
of West Tarangan speakers of the Aru islands of Maluku, eastern Indonesia.
Unpublished Ph.D. dissertation. Honolulu: Department of Linguistics,
University of Hawaii.

Noble, G.K. 1965. *Proto-Arawakan and its descendants.* Indiana University
Research Center in Anthropology, Folklore, and Linguistics, and Part II of
the International Journal of American Linguistics, vol, 31, No. 3. The
Hague: Mouton.

Noorduyn, J. 1991. *A critical survey of studies on the languages of Sulawesi.*
KITLV Bibliographical Series 1. Leiden: Koninklijik Instituut voor Taal-,
Land- en Volkenkunde.

Nothofer, B. 1975. *The reconstruction of Proto-Malayo-Javanic. VKI* 73. The
Hague: Nijhoff.

—— 1980. *Dialektgeographische Untersuchungen in West-Java und im
westlichen Zentral-Java.* Wiesbaden: Harrassowitz, _____ 1981.
Dialektatlas von Zentral-Java. Wiesbaden: Harrassowitz.

—— 1984. Further evidence for the reconstruction of *-&y and *-&w. *BKI* 140:

451- 458.

—— 1986. The Barrier island languages in the Austronesian language family. In Geraghty, Carrington, and Wurm 2: 87-109.

—— 1990. Review of Blust 1988a. *OL* 22: 132-152.

—— 2000. A preliminary analysis of the history of Sasak language levels. In Austin: 57-84.

—— ed. 1996. *Reconstruction, classification, description: Festschrift in honor of Isidore Dyen*. Abera Network, Asia-Pacific: 3. Hamburg: Abera Verlag Meyer & Co.

O'Connor, S, M. Spriggs, and P. Veth, eds. 2007. *The archaeology of the Aru islands, eastern Indonesia*. Terra Australis 22. Canberra: The Australian National University Press.

Odé, C. 1997. On the perception of prominence in Indonesian: an experiment. In Odé and Stokhof: 151-166.

Odé, C. and W. Stokhof, eds. 1997. *Proceedings of the Seventh International Conference on Austronesian Linguistics*. Amsterdam and Atlanta: Rodopi.

Ogawa, N. 2003. *English-Favorlang vocabulary*. Edited and with an introduction by Paul Li. Asian and African Lexicon Series No. 43. Tokyo: Tokyo University of Foreign Studies, Research Institute for Languages and Cultures of Asia and Africa.

Ogawa, N. and E. Asai. 1935. *The myths and traditions of the Formosan native tribes*. Taipei: Taihoku Imperial University [in Japanese].

O'Grady, G.N. 1998. Toward a Proto-Pama-Nyungan stem list, Part I: Sets J1-J25. *OL* 37: 209-233.

Onvlee, L. 1984. *Kamberaas (Oost-Soembaas)-Nederlands woordenboek. KITLV*. Dordrecht, Holland: Foris Publications.

Ostapirat, Weera. 2000. *Proto-Kra*. Linguistics of the Tibeto-Burman Area 23.1.

—— 2005. Kra-Dai and Austronesian: Notes on phonological correspondences and vocabulary distribution. In Sagart, Blench, and Sanchez-Mazas: 107-131.

Osumi, M. 1995. *Tinrin grammar. OLSP* 25. Honolulu: University of Hawaii Press.

Otsuka, Yuko. 2006. Niuean and Eastern Polynesian: a view from syntax. OL 45: 429-456.

—— 2011. Neither accusative nor ergative: an alternative analysis of case in Eastern Polynesian. In Claire Moyse-Faurie and Joachim Sabel (eds.), *Topics in Oceanic morphosyntax*: 289- 318. Berlin: Mouton de Gruyter.

Ouyang, J., and Y. Zheng. 1983. The Huihui speech (Tsat) of the Hui nationality in Yaxian, Hainan. *Minzu Yuwen*: 30-40 (in Chinese).

Ozanne-Rivierre, F. 1975. Phonologie du nemi (Nouvelle-Calédonie) et notes sur les consonnes postnasalisées. *BSLP* 70: 345-356.

—— 1984. *Dictionnaire iaai-français (Ouvéa, Nouvelle-Calédonie)*. Langues et Cultures du Pacifique 6. Paris: SELAF.

—— 1986. Redoublement expressif et dédoublement des séries consonantiques dan les langues de Îles Loyauté (Nouvelle-Calédonie). *Te Reo* 29: 25-53.

—— 1992. The Proto Oceanic consonantal system and the languages of New Caledonia. *OL* 31: 191-207.

—— 1995. Structural changes in the languages of northern New Caledonia. *OL* 34: 45-72.

—— 1998. *Le Nyelâyu de Balade* (Nouvelle-Calédonie). Langues et cultures du Pacifique 12, SELAF 367. Paris: Peeters.

Ozanne-Rivierre, F. and J.-C. Rivierre. 1989. Nasalisation/oralisation: nasal vowel development and consonant shifts in New Caledonian languages. In Harlow and Hooper 2: 413-432.

Pakir, A. 1986. A linguistic investigation of Baba Malay. Unpublished Ph.D. dissertation. Honolulu: Department of Linguistics, University of Hawaii.

Pallesen, A.K. 1985. *Culture contact and language convergence*. Manila: LSP publication 24.

Palmer, B. 2009. *Kokota grammar. OLSP* 35.

Palmer, B., and D. Brown. 2007. Heads in Oceanic indirect possession. *OL* 46:1 199-209.

Pampus, K.H. 1999. *Koda Kiwã: Dreisprachiges Wörterbuch des Lamaholot (Dialekt von Lewolema)*. Abhandlungen für die Kunde des Morgenlandes, vol. LII,4. Stuttgart: Franz Steiner.

Panganiban, J.V. 1966. *Talahuluganang Pilipino-Ingles*. Manila.

Parker, G.J. 1970. *Southeast Ambrym dictionary*. Canberra: Pacific Linguistics.

Paton, W.F. 1971. *Ambrym (Lonwolwol) grammar*. Canberra: Pacific Linguistics.

—— 1973. *Ambrym (Lonwolwol) dictionary*. Canberra: Pacific Linguistics.

Pawley, A.K. 1966. Polynesian languages: a subgrouping based upon shared innovations in morphology. *JPS* 75: 39-64.

—— 1967. The relationships of Polynesian Outlier languages. *JPS* 76: 259-296.

—— 1972. On the internal relationships of Eastern Oceanic languages. In R.C. Green and M. Kelly, eds., *Studies in Oceanic culture history*, vol. 3: 1-142. Pacific Anthropological Records, No. 13. Honolulu: Department of Anthropology, Bernice Pauahi Bishop Museum.

—— 1973. Some problems in Proto Oceanic grammar. *OL* 12: 103-188.

—— 1975. The relationships of the Austronesian languages of Central Papua: a preliminary study. In T.E. Dutton, ed., *Studies in languages of Central and South-East Papua*: 3-105. Canberra: Pacific Linguistics.

—— 1981. Melanesian diversity and Polynesian homogeneity: a unified explanation for language. In Hollyman and Pawley: 269-309.

—— 1982. Rubbish-man commoner, big man chief? Linguistic evidence for
hereditary chieftainship in Proto Oceanic society. In J. Siikala, ed., *Oceanic
Studies: essays in honour of Aarne A. Koskinen*: 33-52. Helsinki: The
Finnish Anthropological Society.

—— 1985. Proto-Oceanic terms for 'person': a problem in semantic
reconstruction. In V. Acson and R.L. Leed, eds., *For Gordon H. Fairbanks*:
92-104. Oceanic Linguistics Special Publication No. 20. Honolulu:
University of Hawaii Press.

—— 1996a. On the position of Rotuman. In Nothofer: 85-119.

—— 1996b. On the Polynesian subgroup as a problem for Irwin's continuous
settlement hypothesis. In Davidson, Irwin, Leach, Pawley, and Brown:
387-410.

—— 2005. The chequered career of the Trans New Guinea hypothesis: recent
research and its implicaions. In Pawley, Attenborough, Golson and Hide:
67-107.

—— 2006. Explaining the aberrant Austronesian languages of southeast
Melanesia: 150 years of debate. *JPS* 115: 215-257.

—— 2009a. Greenberg's Indo-Pacific hypothesis: an assessment. In Evans:
153-180.

—— 2009b. The role of the Solomon Islands in the first settlement of Remote
Oceania: bringing linguistic evidence to an archaeological debate. In
Adelaar and Pawley: 515-540.

—— 2011. Stability and change in Oceanic fish names. In Ross, Pawley and
Osmond: 137-160.

—— ed. 1991. *Man and a half: essays in Pacific anthropology and ethnobiology
in honour of Ralph Bulmer*. Auckland: The Polynesian Society.

Pawley, A.K. and K. Green. 1971. Lexical evidence for the Proto-Polynesian homeland. *Te Reo* 14: 1-36.

Pawley, A.K. and R.C. Green. 1973. Dating the dispersal of the Oceanic languages. *OL* 12: 1-67.

—— 1984. The Proto Oceanic language community. *Journal of Pacific History* 19: 123-146.

Pawley, A.K., and M. Pawley. 1994. Early Austronesian terms for canoe parts and seafaring. In Pawley and Ross: 329-361.

Pawley, A.K. and M.D. Ross. 1993. Austronesian historical linguistics and culture history. *Annual Review of Anthropology* 22: 425-459.

Pawley, A.K. and T. Sayaba. 1971. Fijian dialect divisions: Eastern and Western. *JPS* 80: 405-436.

—— 2003. *Words of Waya: a dictionary of the Wayan dialect of the Western Fijian language*. 2 vols. Privately circulated.

Pawley, A.K., R. Attenborough, J. Golson and R. Hide, eds. 2005. *Papuan pasts: cultural, linguistic and biological histories of Papuan-speaking peoples*. Canberra: Pacific Linguistics.

Pawley, A.K. and L. Carrington, eds. 1985. *Austronesian linguistics at the 15th Pacific Science Congress*. Canberra: Pacific Linguistics.

Pawley, A.K. and M.D. Ross, eds. 1994. *Austronesian terminologies: continuity and change*. Canberra: Pacific Linguistics.

Payne, D.L. 1991. A classification of Maipuran (Arawakan) languages based on shared lexical retentions. In D.C. Derbyshire and G.K. Pullum, eds., *Handbook of Amazonian languages*, vol. 3: 355-499. Berlin: Mouton de Gruyter.

Pejros, I. 1994. Some problems of Austronesian accent and *t ~ *C (Notes of an outsider). *OL* 33: 105-127.

Percival, W.K. 1981. *A grammar of the urbanized Toba-Batak of Medan*.

Canberra: Pacific Linguistics.

Peyros, I.I. and S.A. Starostin. 1984. Sino-Tibetan and Austro-Tai. *CAAAL* 22: 123-127.

Philips, S. 1991. Tongan speech levels: practice and talk about practice in the cultural construction of social hierarchy. In Blust: 369-382.

Pinnow, H.J. 1959. *Versuch einer historischen Lautlehre der Kharia-Sprache.* Wiesbaden: Harrassowitz.

Pittman, R. 1959. Jarai as a member of the Malayo-Polynesian family of languages. *Asian Culture* 1.4: 59-67.

Poedjosoedarmo, G.R. 2002. Changes in word order and noun phrase marking from old to modern Javanese: implications for understanding developments in western Austronesian 'focus' systems. In Wouk and Ross: 311-330.

Pokorny, J. 1959. *Indogermanisches Etymologisches Wőrterbuch.* 2 vols. Bern and Munich: Francke.

Porter, D. 1977. *A Tboli grammar.* Philippine Journal of Linguistics Special Monograph No. 7. Manila: LSP.

Post, Ursula. 1966. The phonology of Tiruray. *The Philippine Journal of Science* 95: 563-575.

Potet, J-P G. 1995. Tagalog monosyllabic roots. *OL* 34: 345-374.

Prathama, R. and H. Chambert-Loir. 1990. *Kamus Bahasa Prokem* (2nd edition). Jakarta.

Prentice, D.J. 1971. *The Murut languages of Sabah.* Canberra: Pacific Linguistics.

—— 1974. Yet another PAN phoneme? Papers of the First International Conference on Comparative Austronesian Linguistics, 1974 – Proto-Austronesian and Western Austronesian. *OL* 13: 33-75.

Pukui, M.K. and S.H. Elbert. 1971. *Hawaiian dictionary.* Honolulu: University of Hawaii Press.

Pusat. 1976. *Bibliografi perkamusan Indonesia* (Bibliography of Indonesian
dictionary writing). Jakarta: Pusat Pembinaan dan Pengembangan Bahasa.

Quick, P.A. 2007. *A grammar of the Pendau language of central Sulawesi,
Indonesia*. Canberra: Pacific Linguistics.

—— n.d. Interpretation of nasal-stop clusters in Pendau. Ms., 11pp.

Ramos, T.V. 1971. *Tagalog structures*. PALI Language Texts: Philippines.
Honolulu: The University Press of Hawaii.

Räsänen, M. 1949. *Materialien zur Lautgeschichte der türkischen Sprachen*.
Studia Orientalia 15. Helsinki: Finnish Oriental Society.

Rau, D.H.V. 1992. *A grammar of Atayal*. Taipei: Crane.

Rau, D. Victoria and Maa-Neu Dong. 2006. *Yami texts with reference grammar
and dictionary*. *LLMS* A-10. Taipei: Institute of Linguistics, Academia
Sinica.

Ray, S.H. 1911. Comparative notes on Maisin and other languages of eastern
Papua. *JRAI* 41: 397-405.

—— 1913. The languages of Borneo. *SMJ* 1.4: 1-196.

—— 1926. *A comparative study of the Melanesian island languages*. Cambridge:
Cambridge University Press in association with Melbourne University
Press.

—— 1938. The languages of the Eastern and South-Eastern divisions of Papua.
JRAI 68: 153-208.

Rehg, K.L. 1981. *Ponapean reference grammar*. PALI Language Texts:
Micronesia. Honolulu: The University Press of Hawaii.

—— 1991. Final vowel lenition in Micronesian languages: an exploration of the
dynamics of drift. In Blust: 383-401.

—— 1993. Proto-Micronesian prosody. In Edmondson and Gregerson: 25-46.

—— 2004. Linguists, literacy, and the law of unintended consequences. *OL* 43:

498- 518.

Rehg, K.L. and D.G. Sohl. 1979. *Ponapean-English dictionary*. PALI Language Texts: Micronesia. Honolulu: The University Press of Hawaii.

Reid, L.A. 1973a. Diachronic typology of Philippine vowel systems. In T.A. Sebeok, ed., *Current trends in linguistics*, vol. 11: *Diachronic, areal, and typological linguistics:* 485-505. The Hague: Mouton.

—— 1973b. Kankanay and the problem *R and *l reflexes. In Gonzalez: 51-63.

—— 1976. *Bontok–English dictionary*. Canberra: Pacific Linguistics.

—— 1978. Problems in the reconstruction of Proto-Philippine construction markers. In Wurm and Carrington: 33-66.

—— 1982. The demise of Proto-Philippines. In Halim, Carrington, and Wurm 2: 201-216. Canberra: Pacific Linguistics.

—— 1987. The early switch hypothesis: linguistic evidence for contact between Negritos and Austronesians. *Man and Culture in Oceania* 3: 41-59.

—— 1992. On the development of the aspect system in some Philippine languages. *OL* 31: 65-91.

—— 1994a. Possible non-Austronesian lexical elements in Philippine Negrito languages. *OL* 33: 37-72.

—— 1994b. Morphological evidence for Austric. *OL* 33: 323-344.

—— 2002. Determiners, nouns, or what? Problems in the analysis of some commonly occurring forms in Philippine languages. *OL* 41: 295-309.

—— 2005. The current status of Austric. In Sagart, Blench, and Sanchez-Mazas: 132-160.

—— 2006. On the origin of the Philippine vowel grades. *OL* 45: 457-73.

—— 2009. The reconstruction of a dual pronoun to Proto Malayo Polynesian. In Evans: 461-477.

—— 2010. Palauan velar nasals and the diachronic development of PMP noun phrases: a response to Blust. *OL* 49: 436-477.

—— ed. 1971. *Philippine minor languages: word lists and phonologies. OLSP* 8.

Reland, H. 1708. *Dissertationum miscellanearum partes tres*. 3 vols. Trajecti ad
Rhenum.

Remijsen, B. 2001. *Word-prosodic systems of Raja Ampat languages*. Ph.D.
dissertation. University of Leiden.

Renfrew, C. 1987. *Archaeology and language: the puzzle of Indo-European
origins*. London: Penguin.

Renfrew, C., A. McMahon and L. Trask, eds. 2000. *Time depth in historical
linguistics*. 2 vols. Cambridge: The McDonald Institute for Archaeological
Research.

Rensch, C.R., C.M. Rensch, J. Noeb and R.S. Ridu. 2006. *The Bidayuh language:
yesterday, today, and tomorrow*. Kuching, Sarawak: Dayak Bidayuh
National Association.

Rensch, K.H. 1993. Father Alois Kayser and the recent history of the Nauruan
language. In A. Kayser, *Nauru grammar*, ed. by K.H. Rensch: 1-13.
Yarralumla, Australia: Embassy of the Federal Republic of Germany.

Revel-Macdonald, N. 1979. *Le Palawan (Philippines): phonologie, catégories,
morphologie.*

Langues et civilisations de l'Asie du sud-est et du monde insulindien, No. 4.
Paris: SELAF.

—— 1982. Synchronical description at the phonetic and syllabic level of Modang
(Kalimantan Timur) in contrast to Kenyah, Kayan, and Palawan
(Philippines). In Halim, Carrington and Wurm 2: 321-331. Canberra: Pacific
Linguistics.

Richards, A. 1981. *An Iban-English dictionary*. Oxford: Clarendon.

Richardson, J. 1885. *A new Malagasy-English dictionary*. Antananarivo: The

London Missionary Society.

Riley, C.L., J.C. Kelly, C.W. Pennington, and R.L. Rands, eds. 1971. *Man across the sea: problems of pre-Columbian contacts*. Austin: University of Texas Press.

Rivers, W.H.R. 1968 [1914]. *The history of Melanesian society*. 2 vols. Oosterhout, Netherlands: Anthropological Publications.

Rivet, P. 1925. Les mélano-polynésiens et les australiens en Amérique. *Anthropos* 20: 51-54.

—— 1926. Les malayo-Polynésiens en Amérique. *Journal de la Société des Américanistes de Paris* 18: 141-278.

Rivierre, J.-C. 1973. Phonologie comparée des dialects de l'extrême-sud de la Nouvelle Calédonie. LACITO, No. 5. Paris: Centre National de la Recherche Scientifique.

—— 1983. *Dictionnaire Paicî-Francais (Nouvelle- Calédonie)*. Langues et cultures du Pacifique 4. Paris: SELAF.

—— 1993. Tonogenesis in New Caledonia. In Edmondson and Gregerson: 155-173.

—— 1994. *Dictionnaire Cèmuhî-Français*. Langues et cultures du Pacifique 9. Paris: Peeters.

Robins, R.H. 1957. Vowel nasality in Sundanese: a phonological and grammatical study. *Studies in Linguistics* (Special volume of the Philological Society): 87-103. Oxford: Blackwell.

—— 1959. Nominal and verbal derivation in Sundanese. *Lingua* 8: 337-369.

Robinson, L.C. 2011. *Dupaningan Agta: grammar, vocabulary and texts*. Canberra: Pacific Linguistics.

Robson, S. 2002. *Javanese grammar for students*. 2nd, rev. edition. Victoria, Australia: Monash University Press.

Rodrigues, A.D. 1985. Evidence for Tupi-Carib relationships. In H.E. Manelis Klein and L.R. Stark, eds., *South American Indian languages: retrospect and prospect*: 371-439. Austin: University of Texas Press.

Ross, M.D. 1988. *Proto Oceanic and the Austronesian languages of western Melanesia*. Canberra: Pacific Linguistics.

—— 1989. Proto-Oceanic consonant grade and Milke's *nj. In Harlow and Hooper: 433-495.

—— 1991. How conservative are sedentary languages? Evidence from Western Melanesia. In Blust: 433-451.

—— 1992. The sound of Proto-Austronesian: an outsider's view of the Formosan evidence. *OL* 31: 23-64.

—— 1993. Tonogenesis in the North Huon Gulf Chain. In Edmondson and Gregerson: 133-153.

—— 1995a. Reconstructing Proto Austronesian verbal morphology: evidence from Taiwan. In Li et al: 727-791.

—— 1995b. Proto Oceanic terms for meteorological phenomena. *OL* 34: 261-304.

—— 1995c. Some current issues in Austronesian linguistics. In Tryon: 45-120.

—— 1996a. Squib: on the origin of the term "Malayo-Polynesian". *OL* 35: 143-145.

—— 1996b. Contact-induced change and the comparative method: cases from Papua New Guinea. In Durie and Ross: 180-217.

—— 1996c. Is Yapese Oceanic? In Nothofer: 121-166.

—— 1996d. Pottery terms in Proto Oceanic. In Davidson, Irwin, Leach, Pawley, and Brown: 67-82.

—— 1997. Social networks and kinds of speech-community event. In Blench and Spriggs: 209-261.

—— 1998a. Proto Oceanic adjectival categories and their morphosyntax. *OL* 37: 85- 119.

—— 1998b. Possessive-like attributive constructions in the Oceanic languages of northwest Melanesia. *OL* 37: 234-276.

—— 2002a. The history and transitivity of western Austronesian voice and voicemarking. In Wouk and Ross: 17-62.

—— 2002b. Jabêm. In Lynch, Ross and Crowley: 270-296.

—— 2002c. Proto Oceanic. In Lynch, Ross and Crowley: 54-91.

—— 2003. Talking about space: terms of location and direction. In Ross, Pawley and Osmond: 221-283.

—— 2005a. Pronouns as a preliminary diagnostic for grouping Papuan languages. In Pawley, Attenborough, Golson and Hide: 15-65.

—— 2005b. The Batanic languages in relation to the early history of the Malayo-Polynesian subgroup of Austronesian. *Journal of Austronesian Studies* 1.2: 1-24.

—— 2006. Reconstructing the case-marking and personal pronoun systems of Proto Austronesian. In Chang, Huang and Ho: 521-563.

—— 2007. An Oceanic origin for Äiwoo, the language of the Reef Islands? *OL* 46: 456-498.

—— 2009. Proto Austronesian verbal morphology: a reappraisal. In Adelaar and Pawley: 295-326.

—— 2010. Lexical history in the Northwest Solomonic languages: evidence for two waves of settlement in the northwest Solomons. In Bowden, Himmelmann, and Ross: 245-270.

—— 2011. Proto Oceanic *kw. OL *50*: 25-50.

—— 2012. In defense of Nuclear Austronesian (and against Tsouic). *LL* 13: 1253-1330.

—— ed. 1996d. *Studies in languages of New Britain and New Ireland, 1: Austronesian languages of the North New Guinea Cluster in northwestern New Britain.* Canberra: Pacific Linguistics.

Ross, M.D. and Å. Næss. 2007. An Oceanic origin for Äiwoo, the language of the Reef Islands? *OL* 46: 456-498.

Ross, M.D., A.K. Pawley and M. Osmond. 1998. *The lexicon of Proto Oceanic: the culture and environment of ancestral Oceanic society, Vol. 1: Material culture.* Canberra: Pacific Linguistics.

Ross, M.D., A.K. Pawley and M. Osmond. 2003. *The lexicon of Proto Oceanic: the culture and environment of ancestral Oceanic society, Vol. 2: The physical environment.* Canberra: Pacific Linguistics.

Ross, M.D., A.K. Pawley and M. Osmond. 2008. *The lexicon of Proto Oceanic: the culture and environment of ancestral Oceanic society, Vol. 3: Plants* Canberra: Pacific Linguistics.

Ross, M.D., A.K. Pawley and M. Osmond. 2011. *The lexicon of Proto Oceanic: the culture and environment of ancestral Oceanic society, Vol. 4: Animals* Canberra: Pacific Linguistics.

Ross, M.D., A.K. Pawley and M. Osmond. 2013. *The lexicon of Proto Oceanic: the culture and environment of ancestral Oceanic society, Vol. 5: Body and mind.* Berlin: Mouton de Gruyter.

Ross, M.D. and S. Teng. 2005. Formosan languages and linguistic typology. *LL* 6: 739- 781.

Rubino, C.R.G. 2000. *Ilocano dictionary and grammar.* PALI Language Texts. Honolulu: University of Hawaii Press.

Ruhlen, M. 1987. *A guide to the world's languages, vol. 1: Classification.* Stanford, California: Stanford University Press.

—— 1994. *The origin of language. Tracing the evolution of the Mother Tongue.*

New York: John Wiley.

Sabatier, E. 1971. *Gilbertese-English dictionary*. Tarawa, Kiribati: The Catholic Mission.

Safford, W.E. 1909. *The Chamorro language of Guam*. Washington, D.C.: W.H. Lowdermilk and Co.

Sagart, L. 1990. Chinese and Austronesian are genetically related. Paper presented at the 23rd International Conference on Sino-Tibetan Languages and Linguistics, University of Texas at Arlington, Oct. 3-7, 1990.

—— 1993. Chinese and Austronesian: evidence for a genetic relationship. *Journal of Chinese Linguistics* 21: 1-62.

—— 1994. Old Chinese and Proto-Austronesian. *Oceanic Linguistics* 33: 271-308.

—— 1995. Some remarks on the ancestry of Chinese. In Wang: 195-223.

—— 2004. The higher phylogeny of Austronesian and the position of Tai-Kadai. *OL* 43: 411-444.

—— 2005. Sino-Tibetan-Austronesian: an updated and improved argument. In Sagart, Blench, and Sanchez-Mazas: 161-176.

—— 2010. Is Puyuma a primary branch of Austronesian? *OL* 49: 194-204.

Sagart, L., R. Blench and A. Sanchez-Mazas, eds. 2005. *The peopling of East Asia: putting together archaeology, linguistics and genetics*. London and New York: RoutledgeCurzon.

Salas Reyes, V, N.L. Prado and R.D.P. Zorc. 1969. *A study of the Aklanon dialect, volume two: dictionary*. Kalibo, Aklan (Philippines).

Salmond, A. 1975. A Luangiua (Ontong Java) word list. *Working Papers in Anthropology, Archaeology, Linguistics, Maori Studies,* No. 41. Auckland: Department of Anthropology, University of Auckland.

Sandin, B. 1967. *The Sea Dayaks of Borneo before White Rajah rule*. East

Lansing: Michigan State University Press.

Sanvitores, D.L. de. 1954 [1668]. *Lingua Mariana*. Micro-Bibliotheca Anthropos, vol. 14. Freiburg, Switzerland: Anthropos-Institut.

Sapir, E. 1913-1914. Southern Paiute and Nahuatl, a study in Uto-Aztecan. *Journal de la société des Américanistes de Paris* (n.s.) 10: 379-425 (I), 11: 443-488 (II).

—— 1915. The Na-Dene languages: a preliminary report. *American Anthropologist*, n.s. 17.4: 534-558.

—— 1921. *Language: an introduction to the study of speech*. New York: Harcourt, Brace and Company.

—— 1931. The concept of phonetic law as tested in primitive languages by Leonard Bloomfield. In S.A. Rice, ed., *Methods in social science: a case book*: 297-306. Chicago: University of Chicago Press.

Sato, Hiroko. 2009. Possessive nominalisation in Kove. *OL* 48: 346-363.

Saussure, F. de. 1959 [1915]. *Course in general linguistics*, edited by C. Bally and A. Sechehaye in collaboration with A. Riedlinger. Translated from the French by W. Baskin. New York: McGraw-Hill.

Savage, S. 1980 [1962]. *A dictionary of the Maori language of Rarotonga*. Wellington, New Zealand: Department of Island Territories.

Scaglion, Richard. 2005. *Kumara* in the Ecuadorian Gulf of Guayaquil? In C. Ballard, P.

Brown, R.M. Bourke and T. Harwood, eds., *The sweet potato in Oceania, a reappraisal*: 35-41. Pittsburgh and Sydney: Ethnology Monographs 19, and Oceania Monograph 56.

Scebold, R.A. 2003. *Central Tagbanwa: a Philippine language on the brink of extinction*. Manila: LSP publication 48.

Schachter, P. 1976. The subject in Philippine languages: topic, actor, actor-topic, or none of the above? In C.N. Li: 491-518.

Schachter, P. and F.T. Otanes. 1972. *Tagalog reference grammar*. Berkeley: University of California Press.

Schadeberg, T.C. 2002. Progress in Bantu lexical reconstruction. *Journal of African Languages and Linguistics* 23: 183-195.

Schapper, Antoinette. 2011. Phalanger facts: notes on Blust's marsupial reconstructions. *OL* 50: 258-272.

Schärer, H. 1963. *Ngaju religion: the conception of God among a South Borneo people*. Trans. by R. Needham. The Hague: Nijhoff.

Schefold, R. 1979-1980. *Speelgoed voor de zielen: kunst en cultuur van de Mentawaieilanden*. Delft: Volkenkundig Museum Nusantara, Zürich: Museum Rietberg.

Schleicher, A. 1861-1862. *Compendium der vergleichenden Grammatik der indogermanischen Sprachen: kurzer Abriss einer Laut- und Formenlehre der indogermanischen Ursprache*. Weimar: Böhlau.

Schmidt, H. 2003. Temathesis in Rotuman. In Lynch, ed: 175-207.

Schmidt, J. 1872. *Die Verwandtschaftsverhältnisse der indogermanischen Sprachen*. Weimar: Böhlau.

Schmidt, W. 1899. *Über das Verhälltniss der melanesischen Sprachen zu den polynesischen und untereinander*. Sitzungsberichte der kaiserlichen Akademie der Wissenschaften, philosophish-historisch Classe, vol. CXL. Vienna.

—— 1900-1901. Die sprachlichen Verhältnisse von Deutsch Neuguinea. *Zeitschrift fur Afrikanische, Ozeanische und Ostasiatische Sprachen* 5: 354-384, 6: 1-97.

—— 1906. *Die Mon-Khmer Völker: ein bindeglied zwischen Völkern Zentralasiens und Austronesiens*. Braunschweig: Friedrich Vieweg und

Sohn.

Schurz, W.L. 1959. *The Manila galleon*. New York: E.P. Dutton & Co.

Schütz, A.J. 1968. A pattern of morphophonemic alternation in Nguna, New
  Hebrides. In A.

Capell et al, eds., *Papers in the linguistics of Melanesia* 1: 41-52. Canberra:
  Pacific Linguistics.

—— 1969a. *Nguna texts. OLSP* 4.

—— 1969b. *Nguna grammar. OLSP* 5.

—— 1972. *The languages of Fiji*. Oxford: The Clarendon Press.

—— 1985. *The Fijian language.* Honolulu: University of Hawaii Press.

—— 1994. *The voices of Eden: a history of Hawaiian language studies*.
  Honolulu: University of Hawaii Press.

Scott, N.C. 1956. *A dictionary of Sea Dayak*. London: School of Oriental and
  African Studies, University of London.

Sebeok, T.A., ed. 1971. *Current trends in linguistics*: vol. 8: *Linguistics in
  Oceania*. 2 parts. The Hague: Mouton.

Sellato, B.J.L. 1981. Three-gender personal pronouns in some languages of
  central Borneo. *BRB* 13: 48-49.

—— 1988. The nomads of Borneo: Hoffman and "devolution."*BRB* 20: 106-120.

Senft, G. 1986. *Kilivila: the language of the Trobriand islanders*. Mouton
  Grammar Library 3. Berlin: Mouton de Gruyter.

—— ed. 1997. *Referring to space: studies in Austronesian and Papuan
  languages*. Oxford Studies in Anthropological Linguistics. Oxford:
  Clarendon Press.

Shen, Y., and D. Gil. 2007. Sweet fragrances from Indonesia: a universal
  principle governing directionality in synaesthetic metaphors. In W. van
  Peer, and J. Auracher, eds., *New beginning for the study of literature*: 1-17.

Singapore: Cambridge Scholars Press.

Shibatani, M. 1988. Voice in Philippine languages. In M. Shibatani, ed., *Passive and voice*: 85-142. Amsterdam/Philadelphia: John Benjamins Publishing Company.

Shinoda, E.B. 1990. *Annotated chronological bibliography (ACB) of publications and manuscripts in Philippine languages made by Japanese scholars (1902-89)*, ed. by E. Constantino. Quezon City: Cecilio Lopez Archives of Philippine Languages, and the Philippine Linguistic Circle.

Shorto, H. 1976. In defense of Austric. *CAAAL* 6: 95-104.

Sidwell, P. 2005. Acehnese and the Aceh-Chamic language family. In Grant and Sidwell: 211-246.

Simons, G.F. 1982. Word taboo and comparative Austronesian linguistics. In Halim, Carrington, and Wurm 3: 157-226. Canberra: Pacific Linguistics.

Sirk, Ü. 1983. *The Buginese language*. Moscow: Nauka.

—— 1988. Towards the historical grammar of the South Sulawesi languages: possessive enclitics in the postvocalic position. In Steinhauer 1988b:283-302.

Skeat, W.W. and C.O. Blagden. 1906. *Pagan races of the Malay peninsula*. London: Macmillan.

Skinner, H.D. 1923. *The Morioris of Chatham islands. Memoirs of the Bernice P. Bishop Museum*, vol. IX, No. 1. Bernard Dominick Expedition, Publication Number 4. Honolulu: Bernice P. Bishop Museum.

Smythe, W.E. n.d. *Seimat grammar and vocabulary*. Unpublished ms.

Sneddon, J.N. 1970. The languages of Minahasa, north Celebes. *OL* 9: 11-36.

—— 1975. *Tondano phonology and grammar*. Canberra: Pacific Linguistics.

—— 1978. *Proto-Minahasan: phonology, morphology and wordlist*. Canberra: Pacific Linguistics.

—— 1984. *Proto-Sangiric and the Sangiric languages*. Canberra: Pacific Linguistics.

—— 1993. The drift towards open final syllables in Sulawesi languages. *OL* 32: 1-44.

Sneddon, J.N., K.A. Adelaar, D.N. Djenar, and M. Ewing. 2010. *Indonesian: a comprehensive grammar*. London and New York: Routledge.

Sneddon, J.N. and H.T. Usup. 1986. Shared sound changes in the Gorontalic language group: implications for subgrouping. *BKI* 142: 407-426.

Snouck Hurgronje, C. 1900. Atjèhsche taalstudiën. *Tijdschrift van het Bataviaasch Genootschap* 42: 144-262.

Sohn, H.M. 1975. *Woleaian reference grammar*. PALI Language Texts: Micronesia. Honolulu: The University Press of Hawaii.

Sohn, H.M. and B.W. Bender. 1973. *A Ulithian grammar*. Canberra: Pacific Linguistics.

Sohn, H.M. and A.F. Tawerilmang. 1976. *Woleaian-English dictionary*. PALI Language Texts: Micronesia. Honolulu: The University Press of Hawaii.

Soriente, Antonia, ed. 2006. *Mencalèny & Usung Marang: a collection of Kenyah stories in the Òma Lóngh and Lebu' Kulit languages*. Jakarta: Atma Jaya University Press.

Southwell, C.H. 1980. *Kayan-English dictionary, with appendices*. Marudi, Baram, Sarawak: Privately printed.

Spaelti, P. 1997. *Dimensions of variation in multi-pattern reduplication*. Ph.D. dissertation. Department of Linguistics, University of California at Santa Cruz.

Sperlich, W., ed. 1997. *Tohi vagahau Niue = Niue language dictionary*. Honolulu: Government of Niue in association with the Department of Linguistics, University of Hawaii.

Spriggs, M.T. 1993. Island Melanesia: the last 10,000 years. In M.A. Smith, M. Spriggs and B. Frankhauser, eds., *Sahul in review: Pleistocene archaeology in Australia, New Guinea and Island Melanesia*: 187-205. Occasional Papers in Prehistory, No. 24. Canberra: Department of Prehistory, Australian National University.

—— 2011. Archaeology and the Austronesian expansion: where are we now? *Antiquity* 85: 210-228.

Starosta, S. 1986. Focus as recentralisation. In Geraghty, Carrington, and Wurm 1: 73-95.

—— 1995. A grammatical subgrouping of Formosan languages. In Li, et al: 683-726.

—— 2002. Austronesian 'focus' as derivation: evidence from nominalisation. *Language and Linguistics* 3: 427-479.

Starosta, S., A.K. Pawley and L.A. Reid. 1982. The evolution of focus in Austronesian. In Halim, Carrington, and Wurm 2: 145-170. Canberra: Pacific Linguistics.

Steinhauer, H. 1993. Notes on verbs in Dawanese (Timor). In G.P. Reesink, ed., *Semaian 11: Topics in descriptive Austronesian linguistics*: 130-158. Leiden: Vakgroep Talen en Culturen van Zuidoost-Azië en Oceanië, Rijksuniversiteit te Leiden.

—— 1996a. Morphemic metathesis in Dawanese (Timor). In Steinhauer, ed.: 217-232.

—— 2002. More (on) Kerinci sound-changes. In Adelaar and Blust: 149-176.

—— ed. 1988a. *Papers in Western Austronesian Linguistics*, No. 3. Canberra: Pacific Linguistics.

—— ed. 1988b. *Papers in Western Austronesian Linguistics*, No. 4. Canberra: Pacific Linguistics.

—— ed. 1996b. *Papers in Austronesian Linguistics*, No 3. Canberra: Pacific Linguistics.

Sterner, J.K. 1975. Sobei phonology. *OL* 14: 146-167.

Stevens, A.M. 1968. *Madurese phonology and morphology*. American Oriental Series, vol. 52. New Haven: American Oriental Society.

—— 1994. Truncation phenomena in contemporary Indonesian. In Odé and Stokhof: 167-181.

Stewart, J.M. 2002. The potential of Proto-Potou-Akanic-Bantu as a pilot Proto-Niger-Congo, and the reconstructions updated. *Journal of African Languages and Linguistics* 23: 197-224.

Stresemann, E. 1927. *Die Lauterscheinungen in den ambonischen Sprachen*. *ZfES*, Supplement 10. Berlin: Reimer.

Strong, W.M. 1911. The Maisin language. *JRAI* 41: 381-396.

Stubbs, Brian. 2008. *A Uto-Aztecan comparative vocabulary*. 4th preliminary edition. Privately circulated.

Summerhayes, G.R. 2007. Island Melanesian pasts: a view from archeology. In J.S.

Friedlander, ed., *Genes, language, & culture history in the Southwest Pacific*: 10-35. Oxford University Press.

Sutlive, V.H. 1978. *The Iban of Sarawak*. Arlington Heights, Illinois: AHM Publishing Corporation.

Suzuki, Keiichiro. 1998. *A typological investigation of dissimilation*. Unpublished doctoral dissertation. Tucson: Department of Linguistics, University of Arizona.

Svelmoe, G. and T. Svelmoe. 1974. *Notes on Mansaka grammar*. Language Data, Asian-Pacific Series No. 6. Huntington Beach, California: Summer Institute of Linguistics.

—— 1990. *Mansaka dictionary*. Language Data, Asia-Pacific Series, No. 16. Dallas: Summer Institute of Linguistics.

Syahdan. 2000. Code-switching in the speech of elite Sasaks. In Austin: 99-109.

Szakos, József. 1994. *Die Sprache der Cou: Untersuchungen zur Synchronie einer austronesischen Sprache auf Taiwan*. PhD dissertation, University of Bonn.

Taber, M. 1993. Toward a better understanding of the indigenous languages of Southwestern Maluku. *OL* 32: 389-441.

Tadmor, U. 1995. *Language contact and systemic restructuring: the Malay dialect of Nonthaburi, central Thailand*. Ph.D. dissertation. Honolulu: Department of Linguistics, University of Hawaii.

—— 2003. Final /a/ mutation: a borrowed areal feature in western Austronesian languages. In Lynch: 15-35.

Tang, C.C. 2004. Two types of classifier languages: A typological study of classification markers in Paiwan noun phrases. *LL* 5: 377-407.

Teeuw, A. 1961. *Critical survey of studies on Malay and Bahasa Indonesia*. *KITLV* Bibliographical Series 5. The Hague: Nijhoff.

—— 1965. Old Balinese and comparative Indonesian linguistics. *Lingua* 14: 271-284.

Teng, S.F.C. 2008. *A reference grammar of Puyuma, an Austronesian language of Taiwan*, Canberra: Pacific linguistics.

Teng, S.F. and M. Ross. 2010. Is Puyuma a primary branch of Austronesian? A reply to Sagart. *OL* 49: 543-558.

Tharp, J.A. and M.C. Natividad. 1976. *Itawis-English wordlist with English-Itawis Finderlist*. New Haven: Human Relations Area Files Press.

Thieberger, N. 2006. *A grammar of South Efate: an Oceanic language of Vanuatu. OLSP* 33.

Thomas, D.M. 1963. Proto-Malayo-Polynesian reflexes in Rade, Jarai, and Chru. *Studies in Linguistics* 17: 59-75.

Thompson, L. 1945. *The native culture of the Marianas islands*. Bulletin 185. Honolulu: Bernice P. Bishop Museum.

Thurgood, E. 1997. Bontok reduplication and prosodic templates. *OL* 36: 135-148.

—— 1998. *A description of nineteenth century Baba Malay: a Malay variety influenced by language shift*. Unpublished Ph.D. dissertation. Honolulu: Department of Linguistics, University of Hawaii.

Thurgood, G. 1993a. Geminates: a cross-linguistic examination. In J.A. Nevis, G. McMenamin and G. Thurgood, eds., *Papers in honor of Frederick H. Brengelman on the occasion of the twenty-fifth anniversary of the Department of Linguistics, CSU, Fresno*: 129-139. Fresno, California: Department of Linguistics, California State University at Fresno.

—— 1993b. Phan Rang Cham and Utsat: tonogenetic themes and variants. In Edmonson and Gregerson: 91-106.

—— 1994. Tai-Kadai and Austronesian: the nature of the historical relationship. *OL* 33: 345-368.

—— 1999. *From ancient Cham to modern dialects: two thousand years of language contact and change. OLSP* 28.

Thurston, W.R. 1987. *Processes of change in the languages of North-Western New Britain*. Canberra: Pacific Linguistics.

Ting, P.H. 1976. *A study of the Laʔalua language, Formosa – Grammar*. Ms. (in Chinese).

—— 1978. Reconstruction of Proto-Puyuma phonology. *BIHP* 49: 321-392.

Todd, E. 1978. Roviana syntax. In Wurm and Carrington 2: 1035-1042.

Topping, D.M. 1969. *Spoken Chamorro*. PALI Language Texts: Micronesia.

Honolulu: University of Hawaii Press.

—— 1973. *Chamorro reference grammar*. PALI Language Texts: Micronesia. Honolulu: The University Press of Hawaii.

Topping, D.M., P.M. Ogo and B.C. Dungca. 1975. *Chamorro-English dictionary*. PALI Language Texts: Micronesia. Honolulu: The University Press of Hawaii.

Tryon, D.T. 1967a. *Nengone grammar*. Linguistic Circle of Canberra Publications B-6.

—— 1967b. *Dehu-English dictionary*. Canberra: Pacific Linguistics.

—— 1968a. *Dehu grammar*. Canberra: Pacific Linguistics.

—— 1968b. *Iai grammar*. Canberra: Pacific Linguistics.

—— 1976. *New Hebrides languages: an internal classification*. Canberra: Pacific Linguistics.

—— ed. 1995. *Comparative Austronesian dictionary, An introduction to Austronesian studies*. 5 vols. Berlin: Mouton de Gruyter.

Tryon, D.T. and M.J. Dubois. 1969. 2 parts. *Nengone dictionary*. Canberra: Pacific Linguistics.

Tryon, D.T. and B.D. Hackman. 1983. *Solomon islands languages: an internal classification*. Canberra: Pacific Linguistics.

Tsang, C.H. 1992. *Archaeology of the P'eng-hu islands*. Institute of History and Philology, Academia Sinica, Special Publication 95. Taipei: Institute of History and Philology, Academia Sinica.

—— 2005. Recent discoveries at a Tapenkeng culture site in Taiwan: implications for the problem of Austronesian origins. In Sagart, Blench, and Sanchez-Mazas: 63-73.

Tsuchida, S. 1976. *Reconstruction of Proto-Tsouic phonology*. *SLCAA* Monograph Series 5. Tokyo: Institute for the Study of Languages and Cultures of Asia and Africa.

—— 1982. *A comparative vocabulary of Austronesian languages of sinicized ethnic groups in Taiwan, Part I: West Taiwan*. Memoirs of the Faculty of Letters, University of Tokyo, No. 7.

Tsuchida, S. and Y. Yamada. 1991. Ogawa's Siraya/Makatao/Taivoan (comparative vocabulary). In Tsuchida, Yamada and Moriguchi: 1-194.

Tsuchida, S., Y. Yamada and T. Moriguchi, eds. 1991. *Linguistic materials of the Formosan sinicized populations I: Siraya and Basai*. Tokyo: Department of Linguistics, The University of Tokyo Tung, T.H. 1964. *A descriptive study of the Tsou language, Formosa*. Institute of History and Philology, Academia Sinica, Special Publication No. 48. Taipei.

Turner, R.L. 1966. *A comparative dictionary of the Indo-Aryan languages*. London: Oxford University Press.

Uhlenbeck, E.M. 1955/1956. Review of Isidore Dyen, 'The Proto-Malayo-Polynesian laryngeals'. *Lingua* 5: 308-318.

—— 1960. *The Javanese pronominal system*. *VKI* 30 (reprinted in Uhlenbeck 1978b: 210-277).

—— 1964. *Critical survey of studies on the languages of Java and Madura*. *KITLV* Bibliographical Series 7. The Hague: Nijhoff.

—— 1971. Indonesia and Malaysia. In Sebeok 1971: 55-111.

—— 1978a. The Krama-Ngoko opposition: Its place in the Javanese language system. In Uhlenbeck 1978b: 278-299.

—— 1978b. *Studies in Javanese morphology*. *KITLV* Translation Series 19. The Hague: Nijhoff.

Urry, J. and M. Walsh. 1981. The lost 'Macassar language' of northern Australia. *Aboriginal History* 5: 91-108.

Vaihinger, H. 1911. *Die Philosophie des Als Ob. System der theoretischen, praktischen und religiösen Fiktionen der Menschheit auf Grund eines idealischen Positivismus.* Berlin.

van den Berg, R. 1989. *A grammar of the Muna language.* Ph.D. dissertation, University of Leiden.

—— 1991a. Muna dialects and Munic languages: towards a reconstruction. In R. Harlow, ed., *VICAL 2: Western Austronesian and contact languages. Papers from the Fifth International Conference on Austronesian Linguistics*: 21-51. Auckland: Linguistic Society of New Zealand.

—— 1991b. Muna historical phonology. In J.N. Sneddon, ed., *Studies in Sulawesi linguistics*, Part 2: 1-28. NUSA 33.

—— 1996a. *Muna-English dictionary.* Leiden: *KITLV* Press.

—— 1996b. The demise of focus and the spread of conjugated verbs in Sulawesi. In Steinhauer: 89-114.

—— 2003. The place of Tukang Besi and the Muna-Buton languages. In Lynch: 87-113.

van den Bergh, J.D. 1953. *Spraakkunst van het Banggais. KITLV.* The Hague: Nijhoff.

van der Leeden, A.C. 1997. A tonal morpheme in Ma'ya. In Odé and Stokhof: 327-350.

van der Tuuk, H.N. 1865. Note on the relation of the Kawi to the Javanese. *JRAS* 1: 419-442.

—— 1971 [1864-1867]. *A grammar of Toba Batak.* Trans. by J. Scott-Kemball. The Hague: Nijhoff.

—— 1872. 't Lampongsch en zijne tongvallen. *Tijdschrift voor Indische Taal-, Land-, en Volkenkunde* 18: 118-156.

—— 1897-1912. *Kawi-Balineesch-Nederlandsch woordenboek.* 4 vols. Batavia.

van Engelenhoven, A. 1996. Metathesis and the quest for definiteness in the Leti of Tutukei (East-Indonesia). In Steinhauer: 207-215.

—— 1997. Indexing the evidence: metathesis and subordination in Leti (Eastern Indonesia). In Odé and Stokhof: 257-275.

—— 2004. *Leti, a language of Southwest Maluku. VKI* 211. Leiden: *KITLV* Press.

Errington, J.J. 1988. *Structure and style in Javanese: a semiotic view of linguistic etiquette*. Philadelphia: University of Pennsylvania Press.

van Hinloopen Labberton, D. 1924. Preliminary results of researches into the original relationship between the Nipponese and the Malay-Polynesian languages. *JPS* 33: 244-280.

Van Klinken, C.L. 1999. *A grammar of the Fehan dialect of Tetun*. Canberra: Pacific Linguistics.

Verheijen, J.A.J. 1967-1970. *Kamus Manggarai*. 2 vols. 1. *Manggarai-Indonesia*, 2. *Indonesia-Manggarai. KITLV*. The Hague: Nijhoff.

—— 1977. The lack of formative IN affixes in the Manggarai language. In Ignatius Soeharto, ed., *Miscellaneous Studies in Indonesian and Languages in Indonesia*, Part IV: 35-37. *NUSA* 5.

—— 1984. *Plant names in Austronesian linguistics*. NUSA 20.

Verheijen, J.A.J. and C.E. Grimes. 1995. Manggarai. In Tryon, Part 1, Fascicle 1: 585- 592.

Vérin, P., C.P. Kottak, and P. Gorlin. 1969. The glottochronology of Malagasy speech communities. *OL* 8: 26-83.

Verner, K. 1875. Eine Ausnahme der ersten Lautvershiebung. *Zeitschrift für vergleichende Sprachforschung auf dem Gebiete der indogermanischen Sprachen* 23.2: 97-130.

索 引

　　因出版篇幅有限，改以線上方式呈現白樂思書中的索引，以下提供電子檔網址和 QR Code 條碼，敬請上網點閱及下載：

　　索引電子檔網址：https://www.linkingbooks.com.tw/LNB/book/Book.aspx?ID=16305501

　　索引電子檔的 QR Code 條碼：

人名索引

因出版篇幅有限，改以線上方式呈現白樂思書中的人名索引，以下提供電子檔網址和 QR Code 條碼，敬請上網點閱及下載：

索引電子檔網址：https://www.linkingbooks.com.tw/LNB/book/Book.aspx?ID=16305501

索引電子檔的 QR Code 條碼：

南島語言 The Austronesian Languages III

2022年6月初版　　　　　　　　　　　　　定價：新臺幣640元

著　　者	白　樂　思
	（Robert Blust）
譯　　者	李壬癸、張永利
	李佩容、葉美利
	黃慧娟、鄧芳青
特約編輯	李　　　芃
內文排版	菩　薩　蠻
校　　對	陳　羿　君
封面設計	江　宜　蔚

出　版　者	聯經出版事業股份有限公司	副總編輯	陳　逸　華
地　　　址	新北市汐止區大同路一段369號1樓	總編輯	涂　豐　恩
叢書編輯電話	（02）86925588轉5319	總經理	陳　芝　宇
台北聯經書房	台北市新生南路三段94號	社　　長	羅　國　俊
電　　　話	（02）23620308	發行人	林　載　爵
台中辦事處	（04）22312023		
台中電子信箱	e-mail：linking2@ms42.hinet.net		
印　刷　者	世和印製企業有限公司		
總　經　銷	聯合發行股份有限公司		
發　行　所	新北市新店區寶橋路235巷6弄6號2樓		
電　　　話	（02）29178022		

行政院新聞局出版事業登記證局版臺業字第0130號

聯經網址：www.linkingbooks.com.tw
電子信箱：linking@udngroup.com

國家圖書館出版品預行編目資料

南島語言The Austronesian Languages III /白樂思（Robert
Blust）著．李壬癸、張永利、李佩容、葉美利、黃慧娟、鄧芳青譯．
初版．新北市．聯經．2022年6月．632面．17×23公分
譯自：The Austronesian languages
ISBN　978-957-08-6392-5（平裝）

1.CST：南島語系　2.CST：語言學

803.9　　　　　　　　　　　　　　　　　111009058